U0530093

进退

刘长富 著

Promote or Demote

人民文学出版社

图书在版编目（CIP）数据

进退/刘长富著. —北京：人民文学出版社，2016
ISBN 978-7-02-011804-5

Ⅰ.①进… Ⅱ.①刘… Ⅲ.①长篇小说—中国—当代 Ⅳ.①I247.5

中国版本图书馆 CIP 数据核字(2016)第 142225 号

责任编辑　脚　印
装帧设计　陶　雷
责任印制　苏文强

出版发行　人民文学出版社
社　　址　北京市朝内大街 166 号
邮政编码　100705
网　　址　http://www.rw-cn.com

印　　刷　三河市宏盛印务有限公司
经　　销　全国新华书店等

字　　数　350 千字
开　　本　890 毫米×1290 毫米　1/32
印　　张　13.375　插页 2
印　　数　1—20000
版　　次　2016 年 7 月北京第 1 版
印　　次　2016 年 7 月第 1 次印刷

书　　号　978-7-02-011804-5
定　　价　33.00 元

如有印装质量问题，请与本社图书销售中心调换。电话:010-65233595

作者近照

第 一 章

刚刚四十一岁的唐跃胜，在松江市人代会上当选为副市长。

在松江这个北方地级市，唐跃胜还真是个人物。

唐跃胜出生在松江市临通县的一个小山村，那是个地图上根本找不到的小山村，隔江与朝鲜相望。唐跃胜在家中排行老二，唐家的四个孩子生得挺有节律，相互间都差两岁。三年自然灾害的岁月里，社会穷，山村穷，唐家当然也穷，日子过得非常艰辛。可唐跃胜偏偏生就了一副傲骨和一颗坚强的心，从懂事念书开始，除了和同龄孩子一样帮助家里干些必要的农活，他的工夫都用在了学习上，从小学、初中到高中，他在班里、学校学习成绩都是拔尖的，很是为父母和家庭争了面子。父母于是格外看重他，把全部希望都寄托在他身上，集中家里微薄的财力供他读书。1977年恢复高考后，时任公社中心小学教师的唐跃胜参加高考，考上了东北财经大学，一时间成了周围十里八村的风云人物。这个秀才让唐家人欣喜若狂，整个村庄也都为唐跃胜骄傲。

1982年唐跃胜大学毕业。那个年代的大学毕业生是稀有珍宝，唐跃胜的档案到了松江市人事局就成香饽饽了，许多部门都抢着要。计委主任于洪喜凭着与人事局局长的关系，最终将唐跃胜抢了过来，并放在计委最重要的部门——投资处。学经济管理出身的唐跃胜也很争气，不仅懂经济管理，竟还写得一手好文章，于是领导对他格外器重，一年后调他到办公室任秘书，第三个年头提拔为办公室副主任，负责文字综合工作，五年后做了投资处处长。于洪喜离开计委任松江市副市长时，唐跃胜被破格提拔为计委副主任，继而又升任林兰县县长、县委书记，仕途一路风调雨顺。

当选副市长后，唐跃胜分管城市建设工作，应酬格外多，很少回家吃饭，偶尔在家吃顿晚饭，都成了稀罕事儿。这天，太阳从西边出来了，晚上他竟然没有饭局，按时下班，拎着手提包回家了。

唐跃胜的妻子李文漪是松江市人寿保险公司的副经理，已经习惯了他不在家吃饭的生活方式。儿子在省城读高中，唐跃胜不回来家里就她一个人，她除偶尔有一些应酬外，晚饭一般都是一个人对付着吃点，不怎么开伙。唐跃胜回家吃饭也没提前打声招呼，冷不丁闯进家来李文漪还有点蒙门儿，这饭不能对付了，赶紧做饭吧。她一边系围裙，一边挖苦唐跃胜："今儿怎么有工夫回店里吃饭啦？"唐跃胜一下没反应过来，一边脱衣服一边纠正："这话怎么说的？是回家吃饭，怎么成回店里吃饭了？连家和店都分不清了。"李文漪抿嘴一笑："你一大早就走，晚上回来睡个觉，这个家对你来说不就是个旅店啊！"唐跃胜咧着嘴，摇摇头："啊，啊，这么个店呀！"

手脚麻利的李文漪不一会儿就张罗了几个菜，她拿手的麻辣豆腐，把唐跃胜吃得满头大汗，边吃边擦鼻涕，嘴还一个劲嘶嘶哈哈地吹气，一会儿又把衬衫脱掉，只穿个背心。

李文漪边递给他餐巾纸边用商量的口气说："哎，跃胜，医院我已经联系好了。你看什么时候去看医生，我好告诉人家。你的病情我和专家说了一下，医生一定要你亲自到医院去。"

"你是说我吗？"唐跃胜把筷子放在嘴边，两眼直瞪瞪地看着李文漪。

"你装什么傻？家里就咱俩人，不说你说谁？"李文漪用异样的目光盯着唐跃胜。

"我怎么了？你让我到医院看什么病？"唐跃胜真有点糊涂了。

李文漪抿嘴笑了："到市中心医院看神经科。我看你最近睡眠越来越差，老吃安眠药也不是个事。我到好几个医院问过，医生说你这种情况不属于一般性睡眠问题，而是工作压力大，心事重，不平和愤懑的情绪又不能对别人说，没有发泄的渠道，久而久之形成烦闷和焦虑，这是精神疾病的症状。我看你还是看看医生好，让专家诊断一下，给你制定一个科学的治疗方案。这病不能拖，也不能瞎吃药，否则时间长了会把你的身体搞垮。"

这下唐跃胜听明白了，老婆把他当成精神病患者，还要送到医院治疗。他拉着个脸，两眼使劲地盯着李文漪，啪的一声把筷子重重地摔在桌子上。"你真能胡闹，这是要断我官路，毁我前程啊！"

唐跃胜这一摔一吼，两个人的饭桌风云突变，温馨的气氛骤然被紧张所取代，餐厅陷入了寂静。

李文漪一看唐跃胜火了，不知所措地把一口饭含在嘴里，半天才咽下去。她很委屈地辩解："你怎么不知好歹呀，我和祥龙费劲巴拉地跑医院，联系医生，不都是为了你好吗？你怎么不但不领情，反倒急眼了，怪罪埋怨起我们来了。再说了，叫你看个医生怎么就扯到要毁你前程上了，这不是驴唇不对马嘴吗？"

她说的祥龙是唐跃胜的秘书赵祥龙。

唐跃胜紧接着李文漪的话茬儿："什么出力不讨好，驴唇不对马嘴，你们这是往我身上泼脏水，给我帮倒忙知道吗？"

话说到这个份儿上，李文漪有些不买账了，手里不停地摆弄着筷子，满脸不高兴地质问："跃胜，你要是这么和我说话，我看你真是有点犯神经了，怎么还给我上纲上线扣大帽子，你这不是小题大做吗？我帮你联系医生看个病，怎么就帮倒忙把你前程给毁了？你是把我当小孩吓唬，还是当彪子耍？真是的！"

李文漪还要往下说，唐跃胜打断了她的话："得得得，咱别打嘴仗了。刚才我的话有点重,没把意思表达清楚,你不明白其中的利害。"

"利害？看个病有什么利害？要说利害，我是你老婆，还能没心没肺地去挡你的道，坑害你啊！"

唐跃胜听着李文漪的气话，心里琢磨着，看来她的智商和见识就这样了，真是秀才遇到兵，有理说不清。我必须费一番口舌，让她明白其中的道理，不把这层窗户纸捅破了，她以后还会犯糊涂，好心办坏事。家虽然是个讲情而不是说理的地方，但有时候该说的理还是要说。就这样，两口子守着一桌子饭菜，每人手里握着双似吃非吃的筷子，面对面地交流起了思想。

唐跃胜是个性情温和的人，在家里很少用这样的口气和方式与妻子说话。他已经觉察到自己情绪波动得不恰当，特意放缓了说话的语调：文漪啊，虽然你是保险公司的副经理，也做管理工作，但商场与官场是有很大区别的。你毕竟没有深层次地接触官场，不了解官场的规则，不知道官场的奥妙，更不懂得官场的险恶。都说知识分子成堆的地方不好管，其实官员集中的官场才最难管。他们手里有任何一个群体都不曾有的权力，那种明争暗斗的激烈和复杂程度，是外界人想象不到的。我先讲个小故事，缓和一下刚才的紧张气氛，但绝不是贬低你，只是你没看到那一步。一个自恃有学问的人问孔子的弟子颜回，一年有几季？颜回顺口答道，有四季。那个人讽刺颜回，你枉做圣人的弟子，明明一年有三季，怎么说成了四季？两人为此争论起来。恰巧孔子从此路过，颜回述说了两人争执的原委，让老师来评判谁说得对。没想到，孔子看了那人一眼后对颜回说，他说得对，一年有三季。颜回刚要争辩，孔子连忙摆手制止。那人觉得自己有学问，又得到圣人的肯定，乐颠颠地走了。这时孔子对颜回说，本来一年就是四季，你没有错。可我看那人是由蚂蚱转世的，蚂蚱一到秋天就死了，从来没有经历过冬天，它的生命历程只有三季，所以在蚂蚱看来，一年就是三季。他的见识只有那么点，你何必和这样的人费口舌理论呢？因为他压根就不懂四季的事。咱把话说回来，人吃五谷杂粮哪有不得病的，可是官场上的人就不能随便得病。这么说吧，领导干部这个群体，你可以得这样那样的病，就是不能得精神方面的病，得了这种病要是让组织上知道了，那可就毁了。不管什么程度，"精神病"这三个字对当官的人，不论官大官小，都绝对是禁词，连私下议论、打听都犯忌讳，因为组织上有规定，患精神方面疾病的官员，是不允许提拔的。反过来想想也能够理解，一个精神不正常的人做领导，他能正确地决策用人，能正常地处理解决问题吗？

李文漪听得目瞪口呆，眼睛一眨不眨："哎妈呀，看个病有这么多说道啊！我弄不懂，不过我觉得你说的蚂蚱的故事像影射我，含沙射影说我见识短。"

"不是，不是，我只是那么个比喻。你得承认人的认识能力是有差别的。"

"不过要是像你说的那样，得了这种病就不能当官了，是不是有点过分了？"

"不过分，不过分哪！"唐跃胜一板一眼地为李文漪破解，"这就是官场规则，也是政治生态。任何规则的产生和存在，一定都有它的必然性与合理性。你想想，权力，特别是重要的权力，交到一个精神不正常的人手里，是组织上能放心还是老百姓能放心？那肯定会出问题惹乱子的。有精神障碍的人想得到提拔重用，那是痴心妄想，即便是投机取巧弄了个一官半职，只要组织上掌握了你精神方面出了毛病，你就得乖乖把权力交出来，把位置让出来。你要是不情愿，组织上就找个理由把你轰下台。让精神不健康的人当官掌权不行。"

李文漪若有所思地笑了笑："跃胜，你这话说得有道理，但也不是绝对的。精神病有轻重和类型之分，不能一概而论。你从当县长开始就吃安眠药，虽然不能说是精神病，起码也和精神系统有关系沾点边，可也没影响你当官啊！县委书记你只当了一年多，就被提拔为副市长，说不定还能往上升呢。"

唐跃胜放下手中的筷子站起来，抱着双拳对李文漪作了个揖："求求你别往我头上扣精神不正常的帽子。我当上副市长既是组织上认可信任，也是你我的造化。你可别忘了，这些年我脑神经衰弱喝的这个汤，吃的那个药，都是你去买的，我从来没有出头露过面，就连每年体检我都不向医生吐露半分，谁也不知道我有这方面的毛病。再说了，失眠睡不着觉，许多人都有这毛病，这和精神病算不上一回事。回到咱俩今天说的话题上，现在是个刮风的社会，有些人专门干捕风捉影坑害人的勾当，加上官场险恶，想抓你辫子都抓不到。他们要是逮着一件事，就加头加尾传谣言，添枝添叶编新闻。你和祥龙安排我去看神经科医生这件事要是张扬出去，一定会有人添油加醋说我得了精神病，要是传开让组织上知道了，副市长这个位置咱怕是坐不稳了，保不准什么时候找个茬口把我拿下，所以你们得长点心眼，留点精神头儿。可以这么说，我什么病都可以得，就是不能得精神病，什么病都可以去治，就是不能去治精神病。文漪，你看我这些话说没说明白？"

李文漪边点头边问："照你这么说，官场上有精神障碍的人恐怕不少，大家都不说，互相隐瞒着，表面上谁也看不出来，好人似的。"

唐跃胜用筷子在碗边敲了一下："这话让你说着了。打个比方吧，社会上患艾滋病的人都是绝对保密的，他们觉得没有脸面，羞于启齿。官场上许多有精神障碍的人，也不轻易向人透露，他们心有不安，怕误了自己。我估摸这样的人不在少数，而且情况各异，五花八门。我是有这种毛病被提拔的人，同样，我以前恐怕也没少提拔过这样的干部，问题是咱不了解人家这方面的情况啊，不知者不为过嘛。"

李文漪说："是啊是啊，真是话不说不透，理不争不明。今天可长见识了。我马上给祥龙打电话，医院不去了，而且这事要守口如瓶，对谁也不透半个字。你放心吧！饭都凉了，快吃吧，我好收拾。"

夫妻俩又接着吃饭。

李文漪这个人心肠热，又挺直爽，什么事都不大往心里去。听了唐跃胜的一席话，她心里一层一层地起着波澜。她一边收拾碗筷一边寻思，官场真是深不见底，两人在一起生活了几十年，没想到他心里藏了那么多自己没有感受到、没能触摸到的事和理。一个当了副市长、经历过风风雨雨的大男人，竟然害怕恐惧这种病。看来当了官的人，别看在社会上风风光光，耀武扬威的，也有致命的短板和不能触碰的死穴。做妻子的只能暗中保护他，把他的病都扛在自己肩上，扮演地下工作者的角色，不声不吭地替他求医抓药，让他敞敞亮亮、无所顾忌地去做官干事业。想着想着，她竟憋不住地笑了。

唐跃胜吃完了饭就坐在沙发上看电视，眼睛看着画面，精神却不能集中，心沉不下来，看不进去，还是看病的事触痛了他的神经。他连续换了几个台也没找到中意的节目，就悻悻地进了卧室。他有晚睡的习惯，一看表，十点多一点，不到睡觉的时候，也没有睡意，就站在窗台前面往外眺望。

初秋的夜色里，耸立在夜幕下的电视塔被五颜六色的霓虹灯簇拥着，那霓虹像天际飘逸的篝火。不远处的马路上，各种车辆川流不息，黄澄澄的路灯光照射在来往行人的身上，形成一个个拉得很长的暗影。小区外的街灯下聚拢着好几伙打扑克、下象棋的人，他们嘈嘈闹闹地乐在其中。唐跃胜看着看着，思绪又飘到了自己的心事上来。

唐跃胜的性格属于内向型，喜欢安静，不事张扬，渴望在私人的小天地里悄悄地品味、思考点什么。在他看来，人越多，聚集的场面越大，就越容易变得枯燥乏味，只有一个人独处的时候，才可以完全变成自己，才是自由的。而他的思维又是跳跃性的，不仅跨度大，并且能把不相干的事情串联到一起，进行类比，找到一个比较合理的答案。他双手托着后脑勺，倚着被子半躺在床上，回忆着这些年官场历程的艰难，憧憬着未来仕途的辉煌，提醒自己不能因为一着不慎而绊倒自己。每一个做官的人，都被官场大潮所裹挟，进退荣辱由不得自己。

有一个时期特别强调干部年轻化、知识化。拥有这两方面优势的唐跃胜，迅速脱颖而出，在基层垫了几小步后，三十六岁时当上了松江市计委副主任。计委在政府序列中是非常重要的一个部门，这个部门的干部格外被人看重。过了两年，也就是1993年的秋天，他升任林兰县县长，隔了一年多点，又当上了林兰县县委书记。这几个台阶他迈得很快，官场上的人看得眼热，他自己也觉得春风得意。

当上县委书记后，踌躇满志的唐跃胜带领县委一班人，做了几件让上级满意、老百姓难忘的事。他们先是确定了与众不同的县域经济发展目标：要让全县人民的生活有较大的改善，自然环境得到较好的保护，独有的自然资源能得到充分的利用。特别是在国家号召建设社会主义新农村的高潮中，林兰县实施了三大改造战略：农村建房统一规划，节约用地，改变村容村貌；改善提高农村饮用水质量，凡是条件允许的地方，都建自来水管道；改造农村道路，实现村村通乡乡通。林兰县创造的"三大改造"的经验很快在全省推广，名不见经传的唐跃胜引起了省市领导的关注，走进了他们的视线。省委组织部钱江部长到林兰县调研时，在几个场合肯定了林兰的发展方向和模式，说唐跃胜是个有品位的领导干部。

省委组织部部长的这个评价有点不同寻常。他不是一般性的夸夸其谈表扬肯定一番，而是选择了"有品位"这样一个字眼。官场上的人对上级怎样评价下级的工作、能力、品质非常在乎，而且人们对此相当敏感，会从领导的评价中做出各种各样的猜测。有人暗自羡慕唐跃胜有这么厉害的背景。不管别人怎么想怎么看，钱江部长评价唐跃胜有品位，至少说明领导认真研究过唐跃胜这个人，对他有着清晰独特的看法。

听到省委组织部长对自己有品位的评价，唐跃胜表面上若无其事，不太在意，而内心里却掀起了巨大波澜，这三个字刺激得他好几天睡不好觉。他细细地品，使劲地想，有品位到底包含着什么样的内涵。部长在公开场合对他的这个评价到底透出了什么信息，应当怎样去应对和把握，太费思量了。突然间，他的脑袋好像开了点窍，有了点灵感，在心里对有品位做了这样一个概括和描述：有品位的领导干部应在政治场中懂得选择，而选择要有眼光，有判断力，其标准和底线就是尽好为公的责任。能把责任扛在肩上、印在心上的领导干部，身上聚集的好东西会越来越多，能自觉地靠拢真善美，使自己成为一个有较高精神追求的人。一个领导干部要是缺了这种品位，他一定不懂鉴别和选择，身上的坏东西可能越聚越多，会在不知不觉中滑向假恶丑，使自己成为一个庸俗的、充满低级趣味的人。唐跃胜在心里反复琢磨推敲自己对有品位的认识是不是成立，能不能站得住脚，而关键在于，是否与钱部长的本意相贴切。不管怎么说，有品位包含着有正确价值观和较高精神追求是不会错的。

官场上的事，生活中的事，往往就是这样，你认为失去失落的，可能正在向你走来的路上。相反，你认为是得到、拥有的，可能正在失去的途中。钱江部长的一句有品位，无形中增加了唐跃胜的身价和分量，同时也引起了一些领导对他的警惕和防范。这是唐跃胜始料不及的，他也无法躲避。不久，在松江市召开的两次全市性工作会议上，林兰县都受到指责和批评，这让唐跃胜和县长赖家义非常尴尬被动。

松江市为了树立城市形象，以实施"五个一工程"为突破口，要求每个县都要建一个规模大、档次高的居民活动广场，而且是硬性规定，市里要检查验收的。林兰县委、县政府对市里这个要求认真进行过研究，唐跃胜提出了自己的看法，修建广场对改善城市环境，提升城市形象有促进和带动作用，但也不能一刀切。从县里财政的实际出发，他觉得还有不少困难，还有许多急需用钱、迫切需要做的事情，广场要建，但是应缓一缓。在反复权衡利弊得失后，县委形成了这样一个意见，要积极响应市里的号召，并制定符合要求的修建广场的计划，待条件成熟时进行修建。结果市里年底检查验收时，全市只有林兰县没有修建广场。在一次全市性工作会议上，刚上任不久的何劲市长讲话时，肯定表扬的话说得很到位，对某些单位和某些工作的批评挺含蓄，点到为止，但说到修建广场时对林兰县的批评，直截了当、指名道姓，而且很严厉，很不留情面，大家从何劲的语气和表情上，能感觉到他不满的程度。何劲说了这样一段话：实施"五个一工程"，是市委、市政府推进城乡建设的一个战略部署，是一项全局性工作，你们县有什么依据和理由不执行、不落实市里的部署，甚至和市里对着干？林兰县是松江市的林兰县，是全市一盘棋中的一枚棋子，你们要有大局意识，要有整体观念，不能我行我素，不能因为你那个局部而影响甚至损害大局，不能因为你们的不作为而拖了全市发展的后腿……这一通批评，像重磅炸弹落在会场，陡增了紧张的气氛和浓浓的火药味。如雷轰顶的唐跃胜不敢再往主席台上看，将视线从何劲有些愤怒的脸上移开，微微闭上眼睛，他怕别人看到他有些惊恐的神色，看破他惴惴不安的内心。坐在他身旁的县长赖家义侧脸瞅了唐跃胜一眼，也把眼闭上了，他感到一种莫须有的无奈与耻辱。唐跃胜一动不动地坐着，心里却翻江倒海，把沉淀已久的往事又翻搅上来。他由县长转任书记主政林兰县工作以来，因为没有主动跟随市里的招商引资团出国招商引资挨过批评，不让市里引进的一些污染重的项目在林兰县落户也挨过批评，但都没有今天这样严厉。是市长真的把修建广场看得很重，他们的做法引起了他的不满，还是醉翁之意不在酒，另有他意？唐跃胜实在理不出头绪拿不准调，思来想去，心乱如麻，真是剪不断，理还乱。打那以后，严重的焦虑使他精神负担加重，常常睡不着觉，不得不吃安眠药。

　　想到这里，唐跃胜翻了个身平躺着，喘了口粗气，用力揉揉太阳穴，强迫自己把思绪从不愉快的回忆中停下来。又躺了一会儿，他起身端起杯喝了几口水，到卫生间洗了把脸，对照镜子揪下前额长出的几根白头发。他望望那个屋，李文漪已经关灯睡了，就轻手轻脚回到床上,看看墙上的表,快一点了,该睡觉了。刚躺下他又翻身起来,忘吃安眠药了,正要下地,又一想算了,这么晚别吃了,不如畅畅快快地想想心事,能睡多少睡多少。在这种心理暗示下,他躺下半天就是睡不着,翻过来滚过去,两眼瞪得老大,记忆的闸门又被冲开,思绪重新回到如烟往事的河流之中。

作为松江市副市长候选人的唐跃胜,在人代会选举之前一直处于紧张与忐忑之中。他心里清楚,要是选举成功,他这个没有任何背景的草根市长,既不是能力强、政绩多得到领导赏识予以重用,也不是通过歪门邪道跑来要来争来的,而是自己碰巧赶上了这么个机遇,由于自己学历高、年龄合适,再加上经历过几个重要岗位,形成了一定的优势,这种优势和机遇结合起来,就像被潮水裹挟,自然地把你推到了那个位置上,并非自己比别人怎么优秀。真是吉人天助,人大选举时,唐跃胜竟高票当选。在中国官场上,当事人要是能够满票或高票当选,组织上宽心,当事者开心。唐跃胜是欢欣鼓舞的。可是也有不欢欣鼓舞的人。民政局局长范亚风虽然也当选为副市长,但丢了五十多票选票,占人大代表总数的四分之一多。人们自然议论纷纷,这个神秘、来路不凡的人,人气不怎么旺,看来松江老百姓不太喜欢他。从客观上看,唐跃胜的高票与范亚风的低票,确实形成了强烈的对比,一个心花怒放,一个尴尬难堪。唐跃胜对此却隐隐有些担心:我这个无根底的人压过了有背景人的风头,会不会招惹是非,产生麻烦?虽然这不是自己要和他论成败、比输赢,可范亚风会怎么想,市委、市政府领导会怎样看?唉,天有不测风云呀!

唐跃胜由县委书记升任副市长,各方面的人都来表示祝贺。那段时间,饭局排得溜满,他忙忙碌碌地应酬着。这都是人之常情,也是官场规则,那些饭局是不能拒绝的,有人感谢报恩,有人捧场做戏,也有精明人为自己的未来投资。在林兰县四大班子领导为唐跃胜送别的宴会上,县长赖家义端着酒杯,按照惯例讲了一些赞美的话之后，说了一段县长对书记评价的话：和跃胜书记搭班子，是我的偏得，我给他画了这么幅像，跃胜书记有头脑，有主见，有大局意识，有战略眼光，做什么事情都能从整体出发。他没有私心，不贪图名利，在选人用人上光明磊落，不搞小动作。对政府工作放手放心，从不插手工程项目这些问题，我是打心眼里敬重他的。跃胜书记很快就要离开林兰县了，我是恋恋不舍的，不知大家有什么感受？这几天我终于想明白一件事、一个理，在官场上，在社会生活中，什么叫人缘？不是你得势时有多少人认识你，而是有多少人愿意真心实意支持你；什么叫人脉？不是你利用过多少人，而是你帮助过多少人；什么叫人气？不是有多少人在你面前奉承你，而是有多少人在背后赞美你。掂量掂量，和跃胜书记比较一下，他人缘好，人脉旺，人气足……

唐跃胜无论如何也没想到，赖家义会在这种场合说出这么一番发自肺腑、意味深长的话。平日里他一丝一毫也没流露过，感动、感激、感谢的情感顿时涌上心头，可这种幸福而美好的感觉很快就被孔兆君的谈话给冲刷得无影无踪。市委书记找新上任的副市长谈话是例行公事，可谈话的内容却让唐跃胜感到火热之中被浇了一瓢冷水。

孔兆君说话的声音稍沙哑，有点磁性的感觉。他让唐跃胜在自己对面坐下，亲自端着一杯茶水递过来，这显然是事先准备好的。他说话不绕弯子，开宗明义地直奔主题："我受省委委托，也代表市委和你聊聊。你马上就要上任了，咱俩交流交流思想。"唐跃胜也是当过一把手的人，和下属谈话是常有的事，这种情况下说话的内容、路数以及语言、表情的选择，他并不陌生，但今儿个孔兆君要和他说些什么，却不好判断。孔兆君作为市委书记，在松江市的官场上，是有绝对权威的，他的威望无人能撼动。要是用形象一点的话来表述，可以说，他生就一副温和的面孔，却拥有一颗坚硬的心脏。他对松江市重大问题的把握处理，历来是坚毅果断而又不露声色，让所有人都顺从他的意志，领导层的人都怕他怵他。唐跃胜按捺住稍有不安的心情，静静地等待着。孔兆君对他当林兰县长后的工作，都给予充分肯定，虽然表扬的调门挺高，大多属于寒暄话，尽管说的都是成绩，却让人感到轻飘飘的，分量不重。然后孔兆君话语转了个弯，大概意思是你当了副市长，是省委、市委的信任，要承担好这份责任，为松江市的建设发展做出自己的贡献。

这个谈话基本上是孔兆君说，唐跃胜听。从整个谈话的结构看，唐跃胜也没有插话的机会，只能不断地点头，并用虔诚的微笑表示赞同。他的心里明白，破茧成蝶之前，必定是个作茧自缚的过程，自己要用足够的耐心和热情，尊重这个过程。孔兆君的谈话转了几个弯之后，又转了个弯，并且表情和语气也有所改变：老唐啊，走上更高的领导岗位，不仅责任大了，而且各个方面对你的要求也高了，这一点你一定要有个清醒的认识。不是你官职高了，就什么都比人强，就没有缺点毛病了，实际上我们的思想方法、工作作风都有不少需要改进的地方。你不要介意，要是有针对性地说点建议和要求，那么在今后工作中有这么几个问题还是要注意的，要用正常的心态处理好突出个人意见、个人意志与服从整体大局的关系，不能固执己见；要用正常的心态认识、看待和把握改革发展中出现的新矛盾、新问题，不能有抵触的心理；要用正常的心态建立良好的人际关系，不能让自己与大家游离太远，这个问题你尤其要注意。要是说得直白点就是，要让自己融入众人，要能够从众，不要觉得别人皆醉我独醒，别人皆浊我独清，太清醒、太精明的人容易孤立自己，和大家形成对立，那样不但工作难开展，也会挡了自己前进的路。当你能接纳别人、容忍不同声音的时候，你就不会感到自己和别人站在对立或敌对的位置上。你站在水池边喝水，也要为别人留下个喝水的位置。老唐啊，我这些话可能有点重，也不一定都对，但我是真诚的、负责任的，也算是给你提个醒，仅供你参考。我身上也有不少缺点，也希望你能常常给我提个醒，闻过则喜嘛！相互之间敲打敲打有好处。

唐跃胜挺了挺腰，情绪稍有激动地说了些表态性的话："孔书记，你对我的工作给予充分肯定，回想起来，有一些工作我没有做好，还是有些遗憾和惭愧。你对我的批评非常准确，非常有针对性，我从心里感谢孔书记对我的关心、爱护和帮助，我一定不辜负省委、市委和孔书记的希望，尽自己的全力负好责任，做好工作。"唐跃胜这个态度表得很敞亮。

想到当时谈话的情景，唐跃胜一激灵，霍地从床上坐起来，摸摸胸口，心跳有些加快。孔兆君连续三个要有正常心态的话，看起来好像是随意说的，仔细想想，那是经过深思熟虑、反复推敲才说出来的，实在是不同寻常。三年多来，这三句话始终萦绕在唐跃胜的耳边，挥之不去，因为话的分量很重，内涵挺多，他不敢有丝毫的大意。不管怎么说，分管城建工作三年多了，磕磕绊绊就这么走过来了，有辛酸苦辣，也有成功收获，成绩还是主要的。当眼前呈现出一个个工程项目开工或落成时的画面，他的激情又燃烧起来，浑身充满了信心和力量，脑海里又浮现出他所憧憬和描绘的继续成长进步的蓝图。自己现在才四十四岁，在副厅级这个位置上再往前走一步或几步，仍然有年龄的优势，到六十岁退休，还有十五六年的发展空间，虽然官场竞争激烈，宦海沉浮，但只要把握好自己，不出现大的偏差，上到正厅的位置是有希望的。如果命运青睐自己，说不定能迈上更高的台阶。按照这个行进路线推断，自己也属于前程似锦、前途无量啊！我这草根出身不起眼的鲤鱼，真的要跳龙门的。思绪走到这样一个诱人的节骨眼上，引得唐跃胜浮想联翩，野心也随之膨胀，人一下子兴奋激动起来，两手用力拍打着床铺，发出扑哧扑哧的声响。

思维大跳跃大转弯的唐跃胜，刚刚还沉浸在美妙幻想的幸福中，转眼间又把心绪拐进有些自卑的天地。他从当科长、处长再到县长、副市长，表面上看来仕途通达，官路很顺，在同龄人里职位比较高，属官场得意。但他有些孤僻的性格，不善妥协的品格，比较敏感的习惯，降低了他对官场和社会环境的适应度，与现实官场的规则、习惯和风气不协调、不融合，这是很不招人喜欢和待见的，也最容易受伤，不易于在官场上生存。虽然他常常试图改变这种性格和心理状态，可是骨子里的东西不容易改，硬要违心地去改变，就像是装出来的，弄得不伦不类，如同演戏。每当他有所松懈，孔兆君的话就会在耳边响起，那些话有鼓励和期待，但更多的是引导中夹杂着敲打。这给了他一个行事准则，也套上了无条件服从的绳索。是啊！对于领导干部来说，能够妥协、善于妥协是一种能力、一种品格，更是一种境界、一种智慧。自然界里的江河很少有直溜溜往前走的，大都是拐来拐去、绕来绕去的，因为大地不是无垠的平原，有山川大谷，有崎岖陡坡，总是较劲地挡着水前进的路。世界万事万物并存中有竞争，不是你水想怎么走就怎么走，想往哪里流就往哪里流，必须得跟大地妥协。虽然从总趋势上看，水最终东流到海，但如果不和大地妥协，不能做出必要的退让，水是流不到东边大海里的。

  让唐跃胜思考最多、令他最为痛苦的是，自己的根基、靠山、背景不行。对做官的窍门，有的人看不明白，有的人能看得明白却做不到，自己就属于后一种人。省委组织部钱部长鼎力支持帮助过自己，不然自己是坐不到副市长位置上的。可是愚笨的自己却没能抓住机会，没有以感恩的心走近部长，使自己成为他的人，哪怕需要屈膝奉承、打躬作揖，甚至付出金钱。这些当然逃不过官场上那些老到政治家的眼睛，他们看不到你身上的光环，看不到你身后的影子，自然就会降低你的身价。虽然自己知道做官要搞好下层关系，更要走好上层路线，结成牢固的圈子和同盟，可自己无论如何迈不过不要追名逐利、攀附高枝那道坎，总是担心将寄托在别人身上的希望，当成没有结果而又无可奈何的失望。自己做过县委书记，许多人不是梦想将自己作为他们的靠山吗？冷酷的现实不能回避：没有背景和靠山，要想在官场上得心应手，在仕途上走得很远，那是天方夜谭。

唐跃胜把自然界中物竞天择的原理、官场上为官处事的道理，与自己不善妥协的性格一比较，顿感一股冷气进入胸膛，这正是兴奋渴望才下眉头，悲观痛苦又上心头。他一骨碌爬起来，没有开灯，光着脚在黑夜的屋子里来回踱着步，想着事。是啊，在官场上做官创业，最大的能耐就是具有妥协的功夫，善于把原则性与灵活性巧妙地结合起来，不妥协就会处处碰壁，甚至碰得头破血流。可是妥协也不能不讲原则，不顾人格，关键是要把握好那个度。他细心地梳理着自己在这个问题上的得失，很快就得出了比较清晰的概念，官场上、社会中有许多人因为我真实真诚而喜欢我，支持我，帮助我，使我的事业取得成功，能够走到今天。也有不少人因为我有性格、不会来事而讨厌我、贬低我、拆我的台，给我的事业和人生设置障碍。有爱有恨，有得有失，这是事物的辩证法，是人生的辩证法，也是官场的辩证法。这个世界不会为谁的意志而改变，真理与谬误之间没有设定的红线，经历过才知道是与非的深浅。唐跃胜停下脚来，牢牢地站在那里，严正无声地自问自答：一个相信自己的人品，对自己的人生有自信心，从不忘却身上责任的人，不要在乎也不要期望那些根本不喜欢自己的人喜欢自己，要是让这样的人喜欢自己，要么失去自我，要么同流合污。要积极争取那些本应该喜欢自己的人，认识自己，发现自己，真诚地和自己并肩携手。

唐跃胜吧嗒吧嗒自己的心得，觉得有些道理，立马又有了愉悦的感觉，一高蹦到床上，又躺下了。他没开灯也不知道几点了，一股困意袭来，连打了几个哈欠。

李文漪想让唐跃胜到医院看病这么芝麻小点事，竟引得神经脆弱的他就这么折腾了大半宿。心理学家说，女人像一条小溪，总是哗啦哗啦地流淌，她们不管是喜乐还是哀愁，一定要说出来，哭出来，骂出来，哪怕是哭干了眼泪，哭哑了嗓子，哭碎了心肺，只有倾诉出来，发泄出来，才能感到解渴痛快。而男人，特别是那些有修养、有城府的男人不一样，他们如同深流的江水，对于事业和生活中的喜怒哀乐，不是在表面上折腾发泄，而是不声不响地在内心里搏斗，在宁静中思索，在沉默中较劲，这既是情感表达的一种重要形式，又是力量的象征。

这个不眠之夜没有白白浪费，它让唐跃胜打开了记忆的闸门，解放了思索的空间，在黑夜里沿着一个主题思遍了，想透了，把思想的脉络打通了，内心情感得到了宣泄，乱糟糟的心绪被理顺，通则不痛了。

有些疲惫的唐跃胜，连一粒安眠药都没吃，不知什么时候迷迷糊糊睡着了，还做了个梦，朦朦胧胧的，好像自己当选市长后站在台上发表就职演说。

第 二 章

　　政府机关食堂的伙食比较好，唐跃胜基本上是在食堂吃早饭。他吃完饭进了办公室刚坐下，秘书赵祥龙就进来了。他先是泡上一杯茶，然后站在唐跃胜对面问："市长，周助理昨天打电话给我，问你今天有没有时间，他想把澳商企业选址的情况再向你汇报一下。"

　　唐跃胜两手捂着茶杯，眼睛瞅着桌上的一堆文件，没有正眼看赵祥龙，话说得慢声细语，但又能明显感觉出他的不满："你别老叫我市长市长的，我是副市长，要想把'副'字去掉成为市长，要有天时地利人和的条件，首先身体必须好，尤其是神经系统要健康，不能出毛病。我要是市长就什么病都不怕了。"

　　赵祥龙昨天晚上就从李文漪那里得到唐跃胜对看病非常恼火的信息，心里有准备，他脸上赔着有些僵硬的微笑，往前挪了一小步："市长，都是我的错，考虑问题不周到，思想又简单，以后一定改。"

　　唐跃胜抬头望了赵祥龙一眼，把茶杯放在嘴边吹了吹："一个给领导做秘书的人，想问题、办事情要多动点心思，脑子里要多根弦，不要限于表面上，不要过于感情用事，不要满足于跑跑颠颠，应付来应酬去，而要有一双精明的眼睛，能看到事物背后的东西。做事情有轻重缓急之分，但不要随意地稀里糊涂地划分什么是大事、什么是小事，这会混淆你的视线，颠倒是非曲直。有些事看起来挺大，实际上很容易化解，有些事表面上看很小，但其中却藏着大是非、大道理。市长和副市长只有一字之差，却有天壤之别。副市长是市长的属下和助手，得当好铺路石，做好陪衬红花的绿叶。我经常失眠的毛病你最清楚，这不是个小事，不要把它放在嘴上，也别往工作日程上摆，更不能往外张扬，留在心里就行了。"

赵祥龙聚精会神地听着唐跃胜说的每一句话，这些话像是漫不经心说的，实际上却是一个久经官场的人不轻易说出来的经验之谈，有些话含有哲理。他觉得在一个有水平的领导身边工作是偏得，能获得真经，于是很真诚地表态："市长，你放心，我一定按你说的话去做。市长你看，不叫市长不得劲。"

唐跃胜知道自己的这个秘书喜欢读书学习，善于思考问题，办事周到细致，是个可塑之才。赶上了这个话头，唐跃胜就意犹未尽地多说了几句："祥龙啊，你爱学习，爱思考问题，学习成了你重要的生活方式，这对你的成长进步很有好处。中国有句老话说，腹有诗书气自华，这个气自华主要不是指读了多少书，储备了多少知识，而是指能不能把学到的知识升华到精神层面，变成智慧。有智慧的人要有雄厚的知识作基础，但知识多并不一定就有智慧，从知识到智慧需要加工训练。你们年轻人一定要注意这一点，让知识不断地得到升华，并在实际工作中让它的意义和价值显示出来，不要总觉得不被人看重，先得问问看看自己有没有分量。一个人在奔跑中追逐蝴蝶，蝴蝶一定会在惊恐中飞走。你要是在阳台上摆上几盆鲜花，蝴蝶会不追自来。前者叫追求，后者叫吸引。"

赵祥龙的眼里充满了敬意："市长，你的话给我的人生指明了方向。"他还要往下说，唐跃胜打断了他："我就说这么个意思，指什么方向呀！别搽脂抹粉唱我的高调。你说周助理要找我，今天上午十点参加一个开工仪式，现在还有点空，你叫他马上来。"

不一会儿，周助理乐颠颠地来到唐跃胜的办公室。周助理叫周之豪，是从区长的任上当的市长助理。在领导干部这个序列里，市长助理这个职务有点不伦不类，令担任这个职务的官员挺纠结的，因为这个职务没有明确的职责范围，随机性大。周之豪自己常打趣说，助理就是一块砖，哪里需要哪里搬；助理就是一抔土，哪里有洞哪里堵。对其他领导干部来说，这个职务也挺尴尬，他们不大好称呼他，叫市长，他不够格，没在那个位置上；叫助理，有点屈他，级别显示不出来；叫领导，像是忽悠，没边没沿的，说不清楚是哪级领导；直接叫名字，显然不大尊重。和他差不多资历职务，或者比较熟悉的人，有时干脆什么都不叫，遇见了或者有事找他，就哎一声，算是称呼，他自己也半推半就地应允着。

周之豪的屁股只坐到一半沙发，身体基本侧向唐跃胜，从他的坐相就知道助理这个角色的内涵。他满脸挂着恳求和无奈："唐市长，真不好意思，这事我已经向你汇报过三四次了。市长最近催得挺紧，要尽快拿出落实方案，你再不给一个明确答复，我真交不了差，大市长又要扔脸子给我了。"唐跃胜面无表情地听着。

周之豪说得挺重要的事，指的是去年何劲市长带领招商团到澳大利亚招商时，确定引进的一个治理污染的项目，互惠条件是，外商提供治理工业废水排放造成的水域和土地污染的资金与技术，松江市提供建造厂房需要的土地。这属于双方合作的正当要求，问题出在外商提出一个附加条件，由于资金投入不能一次到位，松江市要在比较好的地段划拨一块土地搞开发，用开发赚来的钱投入治污项目。明眼人一看就知道那是空手套白狼的主。这是市长招商亲自引进的项目，必须立项，而且得列入重点保证项目。自从有了这件事，市外贸局紧盯着跟进落实，作为分管城建和土地工作的副市长，唐跃胜也责无旁贷。为了稳妥起见，唐跃胜让市建委对这个项目的可行性进行调研论证，并对项目合伙人的背景作了详细了解。结论是，澳大利亚的金铸公司是个中型贸易公司，并没有治理污染方面的业务，治污只是个招牌。那个外商是个中国留学生，毕业后定居澳大利亚，他在国内有着挺大的背景，显得很神通。这样的调查论证结果，让唐跃胜心里有了底数。市长重视的项目不能不办，而假外商打着合资的旗号，利用中国现有的政策空手掘金的阴谋也不能让其得逞。最好的办法就是曲意逢迎，拖着不办，时间长了就拖黄了。当然，唐跃胜也知道市长助理的难处，要给他留个退路，在市长那里有个回旋的余地。

唐跃胜一本正经地告诉周之豪，这事咱俩呛呛好几次了，建委和土地储备中心正在搞调研论证，而外商报过来的基础性资料不全，还不能下最后的决心。我催他们加快速度办理，等论证结果出来后，咱们再商量选择一个比较稳妥的解决办法。不过有一点我要和你说清楚，这些年松江自己的和外地淘金的房地产商疯狂地开发，供求关系严重失调，巨大的房屋存量和增量，是压在房地产商，更是压在咱们政府身上的一块大石头。有前几年供地过剩的原因，才会有今天房地产市场过剩的苦果。我们现在如同站在悬崖边上，采用各种手段救房市，在这种情况下，房地产开发可不能再盲目扩张，把松江经济拖入泡沫堆里。这不光是我，更是何市长最为头痛、最要警惕的事情。你和市长说，我们做事情都要为他负责，市建委等有关部门正在积极推进这个项目的落实，现在主要是外商提供的资料不全，信息不对称，我们正在催办。唐跃胜不软不硬地把皮球踢回去了。

周之豪很快就把这个情况向何劲做了汇报。何劲是从省里空投下来的，有点学者的派头和气度。他主政松江市政府工作有一个基本理念，城市前进的动力来自于发展，发展是硬道理，快发展更有道理。因此他提出了一个让人意气风发、豪情满怀的口号：松江要走在时代发展的前列，是荣誉就要，是红旗就扛，是第一就争，是排头就抢。为了让松江市的经济快速发展起来，他非常热衷招商引资，而且来者不拒，引进的项目越多越好，运用外资的数量越大越好，产生的影响越广越好。听了周之豪没有结果的汇报，何劲直勾勾地瞪了他一眼，有些嘲讽意味地挖苦道："这件事怎么叫你们办得夹夹生生的？这是关系松江经济发展的大事，怎么把它当球踢了？你说说看，是副市长听市长的，还是市长听副市长的？是副市长为市长负责，为全市发展大局负责，还是颠倒过来？"这几句话都是设问，其真理和正义性是不需要解释和回答的。他一看周之豪有点吃不住劲儿了，便把口气缓和下来。"我以前和你说过，你是市长助理，不是副市长助理，你到上边到外地开会、汇报工作可以代表我，到下边检查工作、处理解决什么问题也可以代表我，别人没经过授权是没有这个资格的。在解决一些重要问题，处理一些棘手事情的时候，你的心思不能乱用，胳膊肘不能朝外拐，不能做随风倒的墙头草，这是个原则。要是你这个市长助理不能为市长遮风挡雨，排忧解难，给你安这么个头衔，还有什么意义和作用啊！你这个助理当的时间不短了，还能老这样'助'下去啊！你要用大家认可的作为，摘掉'助理'两个字，名正言顺地挂帅出征。"这是很刺激周之豪神经的弦外之音。

周之豪的脸红一阵子白一阵子，两只手的手心里都是汗，不知往哪儿放好。何劲看他为难的样子，又用另外一种语气表示同情和关爱："这事也不能全怪你，我们这里推进不力，外商有责任，只是要抓紧把这个项目落实好。一会儿你把规划局开发那芬湖过程中违规批地的材料看一下，人大要质询，我们得做好回应，可不能大意。这事唐市长负责，你去和他商量一下，做好准备。一定要把和人大的关系理顺。还有政协那边，也别忽视了，民意不可违呀。"

周之豪回到办公室，心里头火烧火燎的。他抓起茶杯，咕咚咕咚地喝了几口茶水，嘭的一下，重重地把茶杯按在桌子上，鼻子里喷着粗气。他曾百次千次地追问自己，当初争着抢着干这个倒霉助理干什么？答案模模糊糊的，那个问号始终没有拉直，或者变成一个句号。现在他又把这个问题提到了眼前，要从寻求答案中释放一点不满的压力。

周之豪原是松江市三湾区的区长，工作干得有声有色，有板有眼，是被看好的后起之秀。那年松江市竞聘市长助理,他看好了这个位置,一些亲朋好友,特别是官场上志同道合的人,劝他多考虑考虑,还是宁做鸡头不做凤尾。有人说得更形象,助理这个角色做得好是登天梯,弄不好就成了挡路坎。可周之豪力排众议,雄心勃勃,预感着凭借自己的水平能力和人脉,三年两载就可以把"助理"两字灭掉。要是机会好、运气好,直接冲到副市长的位置,也是能胜任的,甚至是绰绰有余。现在做凤尾,将来成栋梁。结果呢?五年的助理做下来,灰溜溜地扮演了一个小媳妇的角色,没有谁把他当盘菜,倒是他自己说话小心翼翼,办事看人脸色,有时候人多在一起走路都怕迈错了步,踩错了点,越过了线,看看前后左右的距离保持得对不对,因为助理的位置不好确定,说不出个大小来。

　　曾经当过一把手的周之豪,有两个痛点压得他喘不过气来。一个痛点是经常碰软钉子,市长和其他领导交办的事,大都是求人的事,凡求人的事几乎没有痛快的,求爷爷告奶奶的,甚至得点头哈腰装孙子。不管是市里的职能部门,还是区市县基层单位,包括大大小小的企业,都知道助理是市长身边的人,虽然做糖不甜,但做醋可能酸,有所顾忌,不大愿意得罪他,总是给些面子,仅此而已。许多时候是开张空头支票应付他,口头上说得挺好的,事拖着不办。这让周之豪心里很难受。再一个痛点是,他总是去堵枪眼炸碉堡,时间长了他摸出了一个规律,一些好事和好办的事,唱喜歌赞歌的事,市长一般都交给秘书长去办,一些难事难办的事,得罪人不讨好的事,市长总是甩给他去解决。这种不公平的对待让周之豪很是恼火窝火。难以处理的事情办好了,是领导的功劳,人家长的短的感谢领导,弄不好责任全在他,上头责怪他,下面埋怨他,真是猪八戒照镜子——里外不是人。

　　就说要不要给外商批开发土地这件事,周之豪心里明镜似的,这是市长与副市长之间权力的博弈,说得难听一些,那是正副职之间的明争暗斗。要说这事何市长很重视,可他从来不当面和唐市长说;

要说唐市长不重视，可他从来都是笑呵呵答应要积极推进，难的是他周之豪这个来回代言递话的中间人。他一个没有名分的助理能协调得了正副市长之间的事情吗？只能两头圆，不得已时还得两边骗。有一点周之豪看得明白，唐跃胜是个原则性很强的人，他顶着拖着不办，敢和何劲打太极，那是他了解这个项目背后的事，自己当然不能捅破这层窗户纸。

这些事情一股脑涌向心头，周之豪更加感到让人窒息的心痛。他以前也曾有过这样揪心般难受的感觉，就是因为心里有太多的苦楚和不平，其中也夹杂着无奈和愤恨。由于离市长太近，助理这个特殊地位和身份，多少有些神秘的色彩，所发生的这样那样的事情，都不好对别人说，不能随意发泄，只有哑巴吃黄连，往自己肚子里咽。其实性格刚烈的周之豪，感到压抑、焦虑、痛苦而又无法排解时，想到过请求领导调一调工作，也想过辞职下海，甚至有过自杀的念头。他曾经设想，用跳楼、吃药、卧轨，或者其他更加悲壮的方式结束生命，用死来了结累人的生活，来证明自己是条汉子，让社会震惊之后为自己惋惜。但人生美好的追求和理智，又总是把他从瞬间产生的偏激、恐怖的情绪中拽回来，可是他的心是受了伤的。

周之豪不经心地翻看着桌子上的材料，看着看着，突然眼睛一亮，像是在沉浮中抓住了救命的稻草，呀！我终于有了能和唐跃胜讨价还价的筹码，有了一块让他肯为我打圆场的挡箭牌。这就是磨道找驴蹄，慢慢赶吧！他拨通了赵祥龙的电话，约好与唐跃胜碰面的时间。

隔了两天，周之豪又来到唐跃胜的办公室。这一次交谈的氛围融洽平和多了。周之豪整个屁股实实地坐在沙发上，挺起来的胸脯稍显理直气壮："唐市长，规划局关于那芬湖开发的事又被翻腾出来，市人大要求质询，而且盯得挺紧，市长让我和你沟通一下，做好质询前的准备工作，他还要听一次汇报。"

唐跃胜心想，这么大的事市长为什么不直接和我说，而让助理来回传话？再说了，那芬湖的开发是前任市长的事，他并不知情，话该怎么说不好把握。看来,这又是在将他的军,那也得硬着头皮上阵哪!

唐跃胜没有接周之豪的话茬儿,而是拐到招商引资土地的审批上来。"之豪,咱俩打了半年多的马拉松官司,现在终于有了结果,你也好交差了。"说着从抽屉里拿出一份调查报告递给他,"这是建委关于澳大利亚金铸公司建厂房和商业开发需要土地问题的调查报告,我已经签批呈送市长,这一份给你。最后到底怎样处理这个问题,按市长的意见办。"

周之豪接过材料一看,这是唐市长签送市长的材料复印件:何市长,建委用了三个多月时间,就澳大利亚金铸公司筹建厂房和商业开发用地问题,进行了充分调查研究和分析论证,并提出了具体建议,请阅示。他用惊讶而佩服的目光,在唐跃胜的脸上转来转去:"唐市长,这样处理解决外商用地问题,体现了你的智慧和领导艺术,我可得好好向你学习。"他嘴里这样说,心里可乐开了花:副市长巧妙地、不动声色地把球踢给市长,不管怎样办,都由市长来决断定夺,我可解放了,再不用操那份心了。

唐跃胜用笑脸应着周之豪:"你是轻易不给别人戴高帽的人,今天给我赏了个脸,咱俩是同病相怜,我也是出于无奈。这样做首先是对这座城市和老百姓负责,其次是对市长负责,最后才是对你我负责。咱俩排在后面,这个排列顺序可不能颠倒。"

浑身轻松的周之豪有些拍马屁了:"这话说得有水平,有道理,有内涵。唐市长,这一出戏就算收了场,咱俩接着该演下一出了。"

唐跃胜皱了皱眉:"锣鼓都敲了,幕已经拉开,还能后撤呀,那就上场演吧,不管是演主角配角还是丑角,总得亮相啊!明天咱们和规划局局长一起商量一下。"

周之豪起身告辞:"信我带到了,市长的意图也转达了,你和规划局局长怎么研究我就不参加了,别好事坏事都往前凑,弄得讨人嫌。"

唐跃胜拦住他的话:"别别别,千万别这么讲,你往哪儿一去,就等于是钦差大臣,谁敢不敬你让你三分啊!"

周之豪把胳膊一甩:"唐市长,不管你是鼓励我还是嘲笑我,反正这话听起来顺耳,不别扭,有点甜滋滋的感觉,这些话只能从你这里听到。明天我可能陪市长下乡,以后有什么事需要我跑腿,尽管盼咐,愿效犬马之劳。要是有什么好事也别忘了捎上我,给你当个参谋打个下手,我还是够格的,有几次他们要灌你酒,还不是我挺身而出挡驾保护的你?"

赵祥龙作为唐跃胜的秘书,虽然人精明,但对外商需要土地这件事的奥秘并未悟透。他送走了周之豪,实在有些憋不住地悄声问唐跃胜:"市长,周助理今天特高兴,你看他走路的姿势都轻飘飘的,批不批土地这事对他真的那么重要?"

唐跃胜嗯了一声:"这个事推来挡去磨叽半年多了,过程你都知道,但利害关系你未必都清楚。这么说吧,在澳大利亚外商用地项目这件事上,我们三个人扮演着三个不同的角色,这样就有了三个不同的角度,因此会有三种不同的心态。市长是管全局的,他需要松江市经济发展规模大、速度快、数字高,能够最大限度地体现政府和他个人的政绩,这是他的追求和目标。至于下边采取什么方法,通过什么途径实现这个目标,他不管。市长认为好的项目就引进来,怎样消化落实项目的其他问题,他是不关心的。这就是主要领导的角度。我是分管副市长,从本质上说,副市长也是市长的助手,是要对市长负责的。在解决引进项目需要土地的问题上,我必须周密地考虑这个项目涉及的所有矛盾和问题,充分预测可能产生的不良后果和带来的副作用,尽可能地规避矛盾和问题的出现。这件事做好了,是市委、市政府决策正确,出了问题我是要担责任的。俗话说,一人做事一人当。这话虽然没错,但对于一个领导干部来说,这并不表示他们没做的事就没有责任。官场的规则就是这样,做副职的总是受人指使、摆布和利用,你的工作性质和承担的责任摆在那里。

这就是我的角度。那什么是周之豪的角度呢？他是个出力不讨好的角色，最难受、最不好当。表面上看这个项目成败与否和他没有关系，他不担什么具体责任，而实际上，能否通过他的沟通协调，促进这个项目有一个圆满的结果，是对他能力水平和责任心的一个检验。他现在是个助理，说话办事有些名不正、言不顺，急需通过若干政绩的积累，早点除掉'助理'这个字眼，有一个真正的名分。周之豪头上顶的不是乌纱帽，而是紧箍咒，他要想方设法摘下这个让他头痛不已的紧箍。所以，他不厌其烦地在我和市长之间来回跑腿，磨嘴皮子。他早就窝了一肚子火，可既在矮檐下，怎能不低头啊。"

唐跃胜喝了口水，望了一眼赵祥龙："我乱七八糟地说了这么一堆，你明白我的意思吧？"

赵祥龙几乎是笔直地站在那里，好像一头钻进唐跃胜那番话里，仔细地消化理解，听到唐跃胜的问话，顿了一下才回过神来："市长，你说得太深刻了，让我长了见识。要不是你点拨，这些道理恐怕我一辈子都想不到、悟不透。"

第二天一大早，规划局局长郎旭光就来到了唐跃胜的办公室，把厚厚的文件袋放在茶几上，慢慢悠悠地开腔了："市长，人大质询那芬湖开发的事，已经闹腾好几年了，去年还有人大代表、政协委员联名向省里反映，后来就把这件事压下了。这一次不同寻常，我听说又有一百多人大代表和政协委员，准备越过省、市，直接向中央反映，要把事情闹大，引起高层领导的重视，非要把那芬湖开发的盖子揭开。"

"是有点山雨欲来风满楼的势头。"唐跃胜补了一句。

那芬湖的开发建设到底出了什么问题，引得人大代表、政协委员和社会有关方面耿耿于怀，老是抓住不放？

那芬湖坐落在松江市西南部的风景区，景色宜人，那里聚集着好几个疗养院。随着开发建设温度的升高，开发商盯上了这块风水宝地，把它当作唐僧肉，谁都想吃一口，可以用蜂拥而至来形容。

由于那芬湖是国家级名胜保护区,国家和省、市对那里的开发建设有明确的规定和要求。可一浪高过一浪的改革开放大潮,让内商外商一股脑儿涌了进来,一再突破已严格限制不准开发的条条框框,高档酒店、宾馆特别是各种名目的培训中心、研究基地大楼,一幢幢、一排排站立起来,一下打破了那芬湖及周边地区的幽美宁静,湖边有些地段已经满目狼藉。几年来,人大代表和政协委员通过写议案、提提案等方式,向市委、市政府提出加强那芬湖区域的开发管理,扼制乱批滥建现象的建议,并强烈要求把已经批准但尚未开工的项目停下来。那些建议有点作用,但效果不理想,超常建设依旧。于是,矢志不渝的人大代表、政协委员再次联合起来向市里提出这个问题,而且情绪激烈地表示,如果市里不能很好地解决那芬湖的开发建设问题,他们将直接向省里和中央反映。

唐跃胜挠挠头:"那芬湖的开发虽然是前任的事,我也早就听说过,可越是捂着压着盖着,越是神秘,各种传言就越多。现在我分管城建开发工作,即使不想涉及以前的事,但现实问题不能回避,要以积极的姿态应对。咱俩共事时间不短了,不要说上下级,就从同事朋友这层关系上说,彼此间是信任的。我昨天晚上琢磨了半宿,你要真诚如实地给我说清楚三件事:第一件事是,这几年那芬湖的开发到底是怎么样一个情况,是不是像社会上流传的那样,有很大的背景在操控着,结成了巨大的利益网。第二件事,那芬湖开发过程中,规划局在依法依规办事方面,到底存在什么问题,有什么漏洞。第三件事,作为规划局局长你是脱不了干系的责任人,就个人来说你有没有违规违纪、贪赃枉法的事,自己到底干不干净,有没有拿人家的钱,如果拿了,拿了多少。按理说官场上没有这么问话的,但我不想绕弯子,你给我个痛快话。"

唐跃胜这几句步步紧逼的话,问得郎旭光有些晕头转向,拿水杯的手微微地有些抖动。他张了张嘴,又闭上了,点上一支烟,大口大口地吸起来,似乎一边抽烟一边寻找能恰当回答唐跃胜的话。

为了缓解一下他的紧张心理，唐跃胜半真半假地开着玩笑："旭光，我不是纪委不是检察院来查案子，也不是无聊地打探个人隐私，我的意思是，你围绕那芬湖开发这个主题，把可以对我说的话说出来，让我知道事情的真实面目。不是说社会有传闻、有反响，就说明那芬湖的开发一定有问题，现在需要你我做的事情是，能够向人大代表、政协委员以及社会各界把事情说清楚，给他们、给社会各方面一个说法。流言止于智者，眼前就看你是不是智者了，即使你有难言之隐。我为人处世的原则和风格你是了解的，我知多少情，就为你挡多大的风，不能两眼一抹黑乱讲话瞎讲话，不该说、不能说、不必说的话，我是绝不会开口的，宁可做哑巴，我是有保持沉默定力的人。"

唐跃胜发自内心的话，拨动了郎旭光的心弦，他的左手紧攥着，像是在下决心似的，然后一五一十地讲述了几年来那芬湖开发建设的过程，末了的话他说得很愧疚：市长，那芬湖开发多年来遗留下的那些臭事乱事，现在让你来擦屁股，替人受过，我觉得对不住你。有一点请你放心，我对你也是对苍天发誓，所有开发项目规划局都是按规操作，没有乱来的，这个我清楚。班子成员中有没有浑水摸鱼、中饱私囊的我不知道，就我个人来说，确实有不干净不检点的地方，接受过手表、西服、皮鞋等挺贵重的纪念品，不太大数量的钱和银行卡我也收过，饭吃过，澡洗过，歌唱过，但没有利用权力做交易，大把大把地捞钱。一来我不需要也不敢，我要是贪污受贿让我那个当过省劳模的老爹知道了，他能揍死我。别看我当了局长，他对我的要求非常严格，经常说的一句话就是，我们不想沾你什么光，你也别让我们脸上无光。这二来，二来嘛，咳，不怕你笑话市长，我摊上个贪心胆子大的老婆，她常常让我坐卧不宁。一帮帮的人围着规划局局长送钱送物送美女，这是可以理解的，因为我手里有审批权力。在俺家发生了两件让我心惊肉跳的事，从此我对自己约法三章，绝对不向金钱伸手。有天晚上吃完饭，俺老婆神秘兮兮地把一张银行卡亮给我看，我问多少钱是谁送的？她毫不掩饰地说，锦竹开发公司的张总送的，一百万。你得好好关照人家，咱辛辛苦苦一辈子也挣不了这么多钱。我一听吓得头皮发麻，我们俩文的武的、前因后果、该要不该要地争执了半天后，我瞪着牛一样的眼睛告诉她，立即把银行卡退给人家，这个数足以使咱们家破人亡，今后不准背着我收任何人给的钱，哪怕是一分钱，要是让我知道，不是你离开这个家就是我离开，坚决离婚。她看我态度那么强硬坚决，面如土色地表示不再收人钱财，明天退还银行卡。我说不是明天，而是现在，是马上。半个小时后，她不情愿地退还了银行卡。

还有一件事是我舅哥在电话里警告教训我。有一年五一节的第二天，我正在开会，手机响后我一看是他的电话。估计有什么急事，平时他不怎么给我打电话，我从会议室出来一吭声，那边就火了，连吼带喊："郎旭光，你把小芹好好管一管，有点太不像样子了。昨天回家你看她嘚瑟的，背着名牌包，戴块名牌表，浑身珠光宝气的，还说她准备到国外去旅游，显摆给谁看呀！你们俩都在机关里工作，一个月才挣多少钱还穿这戴那的，这要是张扬出去你能向谁说清楚啊？真是活腻了你们。你别装大头蒜，家里的事多操点心，把日子过安稳了。"啪的把电话挂了。俺老婆叫陈小芹，这个娘儿们太能张罗了。女人穿得好一点，打扮漂亮一点也不为过，但她太出格了。让舅哥一顿训我窝了一肚子的火，晚上回家我要包看，她不知道我的用意，痛痛快快地从柜子里把包拿给我，还一个劲儿显摆。气头上我的力气特别大，抓过包三下两下就扯了个稀碎。她哭着叫着扑过来抢包，我没客气一把把她推倒在地，她刚要耍泼，我吼了一声，狠狠地说道，你这是要找死，是要把咱这个家往绝路上推呀！你知不知道我成天为你为这个家提心吊胆的？你要和我好好过，就彻底收敛起来，别惹是生非；你要是不想好，明天就离婚，谁也不干涉谁，你想干什么就干什么。我把话说到这个份儿上，她傻眼了，干流泪不敢吭声了。我常常暗里责骂自己下贱无耻，一个大男人总把离婚挂在嘴上，太不是东西了，可不这样吓唬她能有什么办法？市长，都说家丑不可外扬，我这是说给你听，也不算外扬。从那以后我铁了心，要彻底关死权钱交易的闸门，要不然不一定哪一天泛滥的洪水会把我和这个家冲垮冲毁灭。看看那些在官场上走麦城、倒运气的人，再掂量掂量自己这些年经历的那些事，我明白了一个理，过分追求金钱物质，好像是你占有它们，而实际上是你无形中被金钱物质所占有套牢，其结果都是悲剧性的。市长，不论在那芬湖开发上还是在别的事情上，我敢说没有问题的话，就敢担责任。我要是说假话来欺骗你，叫你吃苍蝇，让上帝惩罚我，让雷公劈死我，让我死无葬身之地。"

唐跃胜一看他说了狠话，赶忙制止："你别发毒誓了，我相信你，现在的当务之急是做好灭火、疏导、交心这几件事。"

"市长，你定盘子把方向，我按照你的要求抓落实。"郎旭光干净利落地表态了。

唐跃胜把手往后一背："马上以市政府的名义向市人大、市政协通报城市建设情况，以几个大项目为重点，主要把那芬湖开发情况敞敞亮亮说清楚，这个问题人们最为关注。一会儿我就向市长汇报，他要是同意，你们赶紧准备材料，到时我去通报。这是灭火。疏导这件事你得亲自去办，先把你们的想法向市长汇报一下，到市人大汇报材料怎么写，让市长定个原则和调子。该找阎王爷办的别去找小鬼，然后单独向人大罗主任汇报一次，他是你的老领导，多听听他的意见，那老爷子一指点江山，能帮你化解很多矛盾。我为什么用'交心'这个词呢？就是提醒你，人大代表、政协委员，都是社会各界的代表人物，属于精英阶层，向他们汇报工作，通报情况，要用真心真情，求得他们的理解、谅解与支持，交好心的核心是会说话。"

郎旭光有些不解地问："会说话，市长，怎么叫会说话？我们应该怎么说？"

唐跃胜有意无意地轻咳几声："你这个局长是有智慧的，还用我教啊，处理这样的事情你们都猴精猴精地很会说话的，要不然你干吗能当上局长，还是手握实权的规划局局长？实际上呢，对城市开发建设中出现的一些重大偏差，不能不清不楚地笼统推给市里，这样就把导火索引到上边来了，那叫把矛盾上交，问题上推。遇到问题和矛盾，做具体工作的职能部门首先要把责任担起来。就这件事来说，你们首先要强调市委、市政府对城市规划建设高度重视，对出现问题的解决分管领导非常关心，出现的偏差和问题主要是由于你们对市里精神理解不透、执行不力而造成的。这样表述的好处是，市委、市政府在决策上没有失误，主要领导没有责任，同时也为分管领导解脱了。反过来，分管领导就必须为下面开脱，真的惹了事出了乱子，市里在处理过程中也一定会抬抬手，很可能是高高举起，轻轻放下。就这么个精神，随便你怎么理解。"

唐跃胜的话音刚落，郎旭光就跷起大拇指："乖乖呀，市长，听你一席话，胜读十年书。你这叫大智若愚，我这里豁然开朗，真有点开窍了。我一项一项落实你的指示，有什么情况及时向你汇报。"

郎旭光走后，唐跃胜反觉心里不踏实，人大、政协这样盯着那芬湖的开发，是对着规划局局长去的，还是对着他和市长来的，或者是把矛头对准了他的前任，这让他费思量。不管怎么说，先把这股风平息下来再说。

俗话说，树欲静而风不止。那段时间，那芬湖开发建设有严重问题被传得沸沸扬扬，特别是省纪委、省检察院组成联合调查组将要开进松江的说法，让许多人心神不宁。还有一些不怕乱子大的人说得更邪乎，上边下来就是撤干部抓人，而且不是一个几个是一批人，大的小的一勺烩，说得有鼻子有眼。这股风把规划局推到了风口浪尖，郎旭光他们顶着压力，备受煎熬。

有一天快下班的时候，赵祥龙急匆匆来到唐跃胜办公室："市长，我刚才听秘书处的人说，规划局郎局长吓疯了，天天哭酒，精神有点不正常，我要不要过去看看，或者打电话问一下？"

唐跃胜听了一愣:"什么叫哭酒?"

"他在酒桌上喝了酒就号啕大哭,泪流满面,什么话都说,劝都劝不住,影响挺不好的,都传开了。"赵祥龙解释说。

唐跃胜似信非信地看着赵祥龙:"要是这样可别出乱子呀,"他边看手表边说,"你马上订个酒店,通知郎旭光说我晚上找他有事,就六点吧!"

赵祥龙答应着马上去落实。

唐跃胜说话办事非常讲信誉,尤其是守时。他提前五分钟来到酒店,一进包间,郎旭光已经等在那里。赵祥龙把饭菜安排好就离开了,他们二人对坐着。

还是郎旭光先说的话:"市长,这么急找我,有什么指示?"

唐跃胜摆弄着酒瓶:"嗯,有点事找你商量,加上这几天挺累的,想一起喝杯酒。这是瓶茅台酒,咱俩一人一半,再喝点啤酒溜溜。"说着让服务员把酒打开,倒进杯子,自此,唐跃胜不动声色地对郎旭光察言观色,搜寻着他身上的异样和破绽。郎旭光一如既往,没有什么防备,也不多想什么,自自然然地说着话,吃着饭,喝着酒。

两人吃着,喝着,唠着。唐跃胜问郎旭光:"新开辟的东交路要挖隧道这个方案到底可不可行,各方面有些不同的声音。"

郎旭光回答的语气很肯定:"在挖隧道、建高架桥和动迁民宅这三个方案中,还是挖隧道更理想一些,虽然投资都差不多,但挖隧道对环境破坏小。"郎旭光一条条详细分析给唐跃胜听。

"我看就下决心采用这个方案吧。"唐跃胜附和着,然后有意把话题转到最让郎旭光烦心闹心担心的事上。"旭光啊,这些日子外面传闻很多,你身上的压力不小哇,要正确对待,也要忍一忍,不要让那些不着边的传闻把自己弄二乎了。"

这时候他们的杯中酒已经下去大半,郎旭光听到这句话马上情绪激动起来,手紧紧抓住酒杯,眼泪一下涌到眼圈上,哭腔哭调地诉说着:"你知道吗市长,头几天市纪委的耿书记找我谈话了,虽然没说什么要害问题，像唠家常一样，但听话听声，锣鼓听音，警告的弦外之音我能听不出来吗？再说了谈话本身就意味着我有问题，组织上已经不信任我了。这两天还有谣传，说要撤我的职，把我抓起来，还要判刑坐牢。"说到这里，郎旭光再也控制不住自己，推开酒杯，两手捂着脸，呜呜地哭了起来。

唐跃胜见此有点慌神，不知如何是好。门外的服务员听到里面有哭声，不知发生了什么事，推门进来了，傻愣愣地站在那里。唐跃胜摆摆手："你出去吧，有事我叫你。"

赵祥龙心里惦记着这边，一会儿过来一趟，在门口停顿一下，听听没有什么声音再离开。这次过来听到有哭声，而且声音挺大，他怕让别人听到，就对服务员说："你去忙吧，我在这里，待会儿我叫你。"服务员走了，他就死死守在门口。

郎旭光一边流着眼泪，一边又喝了口酒，牙咬得直响："市长，我这个规划局局长当得窝囊，这个位置多少人眼热，多少人来争。当年为了谋求这个位置，我送过礼，请客吃过饭，都属人情往来的事，没干用钱买官的勾当。现在的规划局和名声好听的局长，能管得了定得下什么事啊！这么说吧市长，规划局能管住没有背景的，抑制背景小的，放手有大背景的，遇到根子粗靠山硬的，我们不放手行吗？规划局局长是个什么东西？是个算盘珠子，谁扒拉都得动，哪个领导说句话我敢不听？你没听说过这么一句话吗市长，规划规划，纸上画画，墙上挂挂，橡皮擦擦，不顶领导一句话。虽然这是埋汰贬低规划局，但确实是不可否认的事实。大领导的'同意'两个字，能打败所有的法律规章。说句不好听的话，那芬湖哪个开发项目的后面没有一批领导保驾护航？松江市的哪个领导没给我打过招呼？有的大权在握者像笑面虎似的，话说得挺委婉含蓄，可那软绵绵的话里藏着杀机，我敢和人家龇牙较真吗？可是要是有了问题，出了乱子，一个个都躲得远远的，推得一干二净，所有问题都让我们顶着扛着，板子打在我们的屁股上，我们成了窦娥冤了，纯是冤大头。"

被酒劲儿驾着的郎旭光越说越气愤,眼泪像断了线的珠子,一股一股地往外涌。他抓过几张餐巾纸,眼泪鼻涕一起擦,然后往烟灰缸里使劲一摁,接着又往下说。唐跃胜想安慰他几句,一时找不到合适的话,干脆让他由着性子说吧,还能把天说塌了不成。

郎旭光用泪眼瞟了一下唐跃胜,看他没有制止自己的意思,更肆无忌惮地把肚子里的话往外掏:"市长,那些项目后面乌七八糟的事咱不说,因为没有依据,摆不到桌面上来,但是看到那些占了国家便宜、搂得腰包鼓鼓的还在我眼前卖乖耍派的人,我恨透了他们,也从牙根里瞧不起他们。可我不能说,甚至不敢吭声,因为站在他们后面的人咱惹不起。社会上的人以为规划局局长手里有权,看我像大爷一样,我当孙子的难处谁知道,谁能体会得到。咳,我的苦楚在自己心里,我的那一点点潇洒总是在别人的眼里。市长,我不该当你的面又哭又说,你别笑话我怪罪我,这些年真憋死我了,精神都快崩溃了。这些日子连俺老婆都说我精神不正常,并表决心她没有胆大妄为地乱收别人的钱。你可得为我做主啊市长,我的心里苦归苦,难归难,但绝没有精神病,可别把我当精神垃圾处理。"

唐跃胜一看郎旭光声泪俱下发泄了一通后,情绪稍稍有些平复了,端起酒杯和他碰了一下,喝了一小口:"你说自己没有精神病,谁信啊,刚才这顿眼泪鼻涕不是精神病征兆是什么?话说回来,男儿有泪不轻弹,只是未到伤心处。我虽然没有经历那些事,但你心里有苦处有难处有痛处,我是能感受到的,也能理解。看叶子能识别一棵树,但仅看衣服外表不能识别判断一个人。我从你成天乐呵呵的脸上,慢条斯理的话语里,真没看出你心中的苦闷。今天咱俩唠了不少,想你心里能有多少忧和愁,这一顿眼泪让我知道了,恰似一腔苦水向外流啊。那芬湖开发的风波不会简简单单就这样悄没声了,不知什么时候还会起波浪,把这件事再翻腾出来。好在经过多方面工作,风头还是过去了,但病根未除啊!根据我的经验,你的工作可能会有变动,我说是可能啊!你得有个心理准备,因为你在这个位置上已经不便开展工作了。换个位置也好，也是一种解脱。"

郎旭光腾地一下站起来，爽朗地表态："那可真是老天开眼，谢天谢地啊！只要不出毛病软着陆，那就是烧高香了，到哪里去干点什么都行。"

"你能有这个态度我就放心了。"唐跃胜松了口气。

郎旭光哭过之后倒显出了几分睿智，他一边擦拭眼泪一边说着显然是经过长久思量的话："市长，那芬湖开发生出的是是非非，让我明白了一件事，就是得赶紧立个法。现在不是强调建设法治国家，要依法治市吗？市委那边得立个组织法。你看这些年的机构改革，改来改去机构越改越多，级格越改越高，人员越改越超。弄了个那芬湖管委会，级别比委办局高半格，我们下去检查工作还得听他们摆弄，看他们的脸色，管不了管不住人家呀！政府这边也得立个规划法，不能凭领导者个人意志爱好，随心所欲地改变规划，真是一个领导一把号，换茬班子换个调。有的领导把自己当成城市总设计师了，而把专门搞规划的职能部门当成了画图员，要成天围着他们转，听他们调遣使唤。不应是领导管住规划，而要倒过来，让规划管住领导。"说着说着，他突然打住了。"市长，我这是杞人忧天瞎操心，城市开发建设，特别是规划这一块，你从来不伸手，不说话，不搞瞎指挥。"

唐跃胜哈哈大笑："没想到你老兄生了双爱流泪的眼，长了颗忧国忧民的心，精神可嘉啊！这就叫松江兴旺，你我有责。我看你要是当副市长肯定比我强。"

郎旭光两手直扇乎："市长开玩笑了，我连你个小脚指头都赶不上。"这时他脸上出现的笑容挺灿烂的。

半个月后，唐跃胜带着规划、建委、房产等几个部门的同志，参加市人大的专题质询会，郎旭光汇报了那芬湖几年来开发建设的基本情况和今后的整改打算。唐跃胜在会上通报：市政府成立以何劲市长为组长，由发改委、审计局、监察局、财政局等部门组成的调查组,对那芬湖的开发建设情况进行彻底清查,发现问题严肃处理,并及时向人大、政协通报。这就等于给了市人大、市政协和人大代表、政协委员一个承诺。至此,有关那芬湖开发的质询风波得以平息。

三个月后,唐跃胜看到市委关于干部任免的通知:郎旭光不再担任市规划局局长,调任市政府副秘书长。

一天下午,郎旭光从市委组织部谈话回政府后,径直来到唐跃胜的办公室,一进门就问:"市长,我工作调动的事他们事先有没有征求过你的意见?"唐跃胜的脸有些阴沉凝重:"我虽然有预感,但却不知情,市委领导和组织部的人,谁都没和我说过,我没有能力保护你呀旭光。你还不知道孔书记的风格和做派?"郎旭光马上安慰道:"千万别这么说,你已经够保护支持我了。我虽然不当规划局局长,但依然和建设口打交道,和你也靠得近。"还真的是那样,在副秘书长分工中,郎旭光协助唐跃胜分管城建工作。

郎旭光离开规划局局长的位置需要交接。他和新任局长之间按程序办理,简简单单地就完事了,没多说一句话一个字,倒是郑重其事地向唐跃胜提了个建议。那天中午吃饭时,他俩膀靠膀地坐在一起,边吃饭边唠嗑。"市长,规划局的工作上午已经交接完了,我虽然不当局长管不了那里的事,但规划局还是你分管,我是因为那芬湖风波被赶下台滚蛋的,就想说说那芬湖的事。依我看,那芬湖不能再这么无序胡乱开发下去了,湖边的好地段都被瓜分了,湖水正遭受污染,周边的环境不断恶化,这个湖已经不堪重负了。我个小局长奈何不了什么,你得利用副市长这个权力干预一下。山清水秀的那芬湖是苍天赐予松江的,可这个湖不仅属于过去和现在的松江人,也属于松江的子孙后代。对那芬湖的开发不能太急功近利,不能丧心病狂地要把它身上的油都榨干,得为以后和未来想想,总不能留给子孙们一个臭水坑吧?"

"你现在摇身一变说得轻巧浪漫,自己栽树自乘凉、今朝有酒今朝醉已经成为体制性弊端,你让谁去想子孙和未来?"唐跃胜嘟囔道。

"就算现在急于要政绩，不去想二百年三百年以后的事也行，至少要把眼光放在三十年五十年后的地方吧，要是只看脚下、只顾先得利，连三年五载都不想不顾，那芬湖就完了，松江也没有希望。我们将愧对子孙后代，我们要遭后人的唾骂。"郎旭光语音不高，但说得挺激动。

唐跃胜用筷子敲了下碗："我想有这样的眼光和远见，可有用吗？再说了，我一个权力有限的副市长，要挡住有权势人物从上边伸过来的手，让他们对那芬湖和松江市的未来放一码，你相信吗？那是螳臂当车，不自量力，弄不好没等我动手，人家就先把我收拾掀到一边了。"

两人都不吱声了，相视苦笑一下。

第 三 章

　　郎旭光改任市政府副秘书长后，虽然社会上官场上有这样那样的议论说法，他自己也觉得面子不好看，挺丢份的，但总的说心里还是挺平和的。在他看来，当了官的人也会经常面临各种选择，特别是有些选择伴随着利益与诱惑，让人难以作出判断。从局长到副秘书长的岗位变动，虽然不是自己的主观意愿，会有一定程度名声利益损失，但这个结局自己能够接受。在险恶的政治风浪面前，往后退一步，兴许是个好事，塞翁失马，焉知非福。他把对自己的宽慰告诫编成了顺口溜，写在笔记本里：眼前事，莫攀比；得到的，会失去；失去的，由他去；得志时，不忘形；失意时，不伤悲；过去事，不后悔。唐跃胜知道后，模仿郎旭光的格调，赞美他是一个"热问题，冷处理；敢碰硬，不硬碰；走直道，拐活弯；常宽己，好心情"的汉子。由于工作关系，他和唐跃胜之间来往更多了，还真有点形影不离的感觉。唐跃胜对郎旭光更是放手放心，涉及建设口的事大都交给他去处理，就是家里和亲朋好友求助的事，也一股脑推给他和秘书赵祥龙，自己落得个省心，更主要的是给自己留个退路和缓冲的余地。

　　当了副市长的唐跃胜，在家乡人眼里可是个了不起的大官，要权有权，要钱有钱，呼风唤雨，无所不能。唐家人包括远近亲戚，也都感到荣耀，有这么大的光环罩着，荣华富贵是少不了的。许多人看准了唐跃胜手中的权力，都想沾一点这个大官的光，就是不能挣大钱发家致富，也总想在他那儿弄点好处。于是到松江来找唐跃胜要工程的，找活儿干的，落户口的，送孩子读书的，到医院看病的，一波接着一波。唐跃胜为了应酬这些事，常常感到心烦意乱，虽然有郎旭光他们挡驾，但有些人和事他必须打照面，还得装着挺热情，不能表现出冷淡。人家大老远地抱着挺大的希望来，也不容易，要是打点照顾不好，回到老家是要被说闲话吐唾沫的。为了不惹乱子，唐跃胜给了郎旭光和赵祥龙一个原则，不管大事小事，好办的事难办的事，办得了的事办不了的事，态度要好，说话和气，事理说到，不能生冷硬地糊弄伤害他们，得磨嘴皮子哄着，要是弄僵了就要挨骂。唐跃胜是从农村走出来的，他非常清楚，农村人什么脏话都能说出嘴、骂出口，让你顶风臭三十里，把你贬得一分不值。

久经沙场的郎旭光应付这些事得心应手，那张嘴虽然说话节奏慢，但也是水光溜滑的，不吃饭都能送你二里地。但凡能办的事他都给处理打点得挺妥当。可总有摆不平的事，唐跃胜的弟弟唐跃利就让他给得罪了，见了面像仇人似的。有一次唐跃利带着两个开发商找到郎旭光，想弄一块地搞开发挣点钱，并有点不答应就不走的意思。郎旭光感到这是大事，又是副市长的亲弟弟，不能自作主张，就向唐跃胜说明了情况，得到的答复是，小小不然的事能关照就关照，事关要地皮搞开发这样的原则性、政策性很强的事，一概不能答应，别怕得罪谁。你们要是办了，出了问题你们自己负责，和我没有关系，我也不会为你们说情摆平。郎旭光有了这个尚方宝剑心里就有底了，硬是给顶了回去，连带来的土特产也没要。唐跃利几次打电话向唐跃胜告郎旭光的状，说了一些不三不四的话，把郎旭光好顿埋汰。唐跃胜装着认真，半真半假哼哼哈哈地搪塞过去了。

1998年中秋节前夕，唐跃利借着过八月十五的理由，又到哥哥家来了。

唐跃胜吃了晚饭正在看电视，一阵硬铮铮的敲门声，把他吓了一跳，隔门一问，是弟弟来了，赶紧把门打开。唐跃利拎着大包小卷，鞋也不脱就进屋了。唐跃胜问："吃饭了吗？让你嫂子给你弄饭。"

"吃了，吃饱了。"唐跃利大声大气地答应着。

李文漪在里屋听到小叔来了，赶紧出来和他打招呼。一看他脚上还穿着脏乎乎的皮鞋，就要往屋里进，赶忙伸手挡住他，拿出拖鞋让他换上，她最怕农村来的人没轻没重地把屋里弄脏。唐跃利以为是嫂子客气，不在乎地朝嫂子一笑："不用换了，和俺哥说几句话，坐会儿就走，不换了。"

"着什么急，大老远来了，我给你弄饭，现成的，吃了饭再走。"李文漪边说边把拖鞋放在唐跃利的脚下，不依不饶地逼着他脱下那双脏皮鞋。李文漪话说得挺艺术，既表达了当嫂子的热情，又表示不留你在家里住。

唐跃利一边阻止嫂子为他张罗饭，一边不情愿地换上拖鞋，心想，城里人的穷毛病就是多，到家里来要换鞋，吃饭要洗手，抠个牙还得把嘴捂上，真是吃饱撑的。再说了，那个软不邋遢的拖鞋套在脚上也不得劲呀！把你弄到农村去，成天泥里滚、灰里钻，累你个半死不拉活，看你还穷讲究。他拍拍上衣，"嫂子，我鞋脏，衣服挺干净的，就不换了，坐了啊！"说着一屁股坐在沙发上。

唐跃胜对弟弟还是挺亲热的，问道："你怎么不打个招呼突然就来了？有什么事吗？"唐跃利迎着哥哥的脸："是爸妈叫我来的，说八月十五月亮圆，办什么事也容易圆满。哥，这次是专门为我大舅哥想在你这儿搞开发的事来的。这可是实实在在的亲戚，不是外人，他们家有点实力，人又信得过，这个忙你可得帮，要不然爸妈脸上都过不去。再说了，我在老丈人、丈母娘跟前拍胸脯、打保票了，你得给我留点面子，可别让我难堪，叫他们家的人瞧不起我，瞧不起咱家。"说着，把放在门旁边带蓝花格的蛇皮袋子拎了过来，看样子挺沉的。他瞪大眼珠往门边瞅瞅，然后打开袋子，里边又套了个帆布袋子，用手指指袋子里的东西："哥，人家不过意麻烦你，给你带了三十万,等开发挣了钱,还会重谢你的。让嫂子把钱收起来吧!"

唐跃胜斜着眼看了看唐跃利,一动不动地坐在那里:"这事爸妈知道吗?"

"知道知道,为了这事我先和爸妈说过,他们没反对,只是带钱来我没告诉他们。"唐跃利爽快地应答着。

唐跃胜把脸一拉:"你怎么胡来,拿人家钱干什么?"

"哥,这怎么叫拿人家的钱呢?现在办事哪有不花钱的。说实在的,不带钱来我还真不好意思进你这个门。人家就是意思意思,你别嫌少,以后还有,他人挺敞亮的。"唐跃利有些着急,他以为是哥哥嫌钱少。

唐跃胜狠狠白了他一眼:"你越说越离谱了。我是说你不该把钱带到我这里来。我不认识他,他不认识我的,凭什么平白无故地收人家的钱?"

唐跃利用惊异的目光看着哥哥:"真有意思,钱还咬人哪?哥,我就看不惯你这一点,自己家兄弟还弄得假惺惺的。我还能害你咋的,你不认识他,还不认识我呀!我是你亲兄弟。咱们为他办事,也不是白拿他的钱。你看郎秘书长那个熊样,好像我是阶级敌人似的,连顿饭都不敢吃,我就不信他不食人间烟火,别看他嘴上说得好听,弄不好背地里比谁都搂的贪的都厉害,真能装正经。"说着站起来,"哥,钱放这儿,这事你看着办吧,俺也不催你,有谱了你就通知我。"边说边脱拖鞋准备走。

唐跃胜一把扯住他的胳膊:"你给我坐下,往哪儿走?看你那个样,酒喝得不少吧!问你吃没吃饭,你说吃了,你什么时候来的,在哪儿吃的饭?"

唐跃利一看哥哥不高兴了,降低了嗓门:"我们下午就到了,在酒店吃的饭。本来俺舅哥想和我一起来见你,我没让,怕你不方便,我得为你着想呀。"

哥俩这几句对话,坐在里屋的李文漪听得清清楚楚,她怕哥俩话说不到一块弄僵,就以倒茶的名义出来圆场:"晚上夜静,说话小声点,让人听到不好,慢慢说。"

唐跃利刚想和嫂子搭话,让嫂子帮说说情,唐跃胜正言厉色地对着他:"跃利,咱们是亲兄弟,我今天就和你说说心里话。我现在当了副市长,按理说应当多给家里和乡里乡亲些关照,实际上你们没沾到我什么光,反倒让家里人为我操了不少心。我念大学的时候家里困难,是姐姐和你挣钱供我念的书,真得好好感谢你们,我常常为此感到不安和愧疚。但是,人生的路各有各的走法,官各有各的做法,我所追求的就是当官也好做老百姓也罢,都要安安稳稳、平平安安的。我要是利用手中权力贪赃枉法,胡作非为,成了腐败分子,首先就对不起爹妈、姐姐和你,不但没给家里争光,反倒抹黑让你们在人前抬不起头来,你们也肯定不希望我走这条路。你们要找工作,承包个小工程,弄点活儿干点事儿,我都尽力帮你们解决,凡是应该做也能做到的从来不推辞。但要地皮、搞开发这样的事我是一概拒绝,因为这违反政策规定,风险太大。你舅哥这个口子不能开,开了一个口子,拥上来一大群,帮了他一个,得罪所有人。最重要的是,这样的忙要是帮不好,害了他,害了我,也害了咱们全家,后悔都来不及。"说到这里,唐跃胜顿了顿,望着弟弟狐疑的脸。"我说这话不是吓唬你,你能明白其中的意思。"

唐跃利对这些话还真的是似懂非懂,一个人在个人利益的局内还是局外,对同一件事的看法和评价是不一样的,他怎么能一下辨清看明其中的利弊得失呢!"哥,弄块地盖点房子赚点钱有那么严重吗?咱又不是去偷去抢。这钱都拿来了,你要是不收,怎么和我舅哥说呀!"

唐跃胜仰脸一笑:"这好办,你就说现在不是时候,等以后有合适的机会一定帮忙。"

"那啥时候能有合适的机会,你得给个准话。"唐跃利还抱有希望地问。

"谁知道什么时候有合适的机会？哎呀，你听不出这是一句搪塞的话吗？心眼太死性了。有了机会我会告诉你的。"

唐跃利看哥哥的态度很坚决，没有一点回旋的余地，没精打采地叹口气："那好吧，我回去跟他们说，慢慢等机会，但钱我得留下来。"

唐跃胜眼睛一瞪："你这个死脑筋怎么一点不开窍，你要是不好跟你舅哥说，就往我身上推，我装黑脸，关键是钱必须给人家，一分也不能少。我不能为人家办事，怎么能把钱留下来，那不是缺德吗？"

唐跃利又急眼了："哥，你说我不开窍，你才是死心眼呢！钱还有嫌多的吗？你怎么这么格路，连咱妈都说钱多不咬人，没钱难死人。"

唐跃胜拍拍弟弟的肩膀："跃利啊，不是哥格路，人不能没有钱，没有钱怎么生活过日子？可钱也不是越多越好，钱多了会让人变质作恶。啊，你就记住了咱妈的这句话，别忘了咱妈还说过另外的话：地多压死人，钱多压死人，艺多不压人，理多不压人。她还说过，一粒米养恩人，一石米养仇人。就我现在做的官、管的事，要是想捞钱，还用得着你送吗？三十万对你们来说是个天文数字，可在有钱人眼里那是个小钱。这么和你说，只要我有胆量，敢把手伸长，赚个几千万上亿元都不难，上杆子送钱的开发商有的是，我还真看不上你那三五十万。可是天上掉馅饼，不是陷阱就是火坑。搞房地产开发那些人哪一个比咱傻，哪一个算不开账？他们的头发梢都是精神，那些人之所以慷慨地要送钱给我，还不是看中了我手中的权力？他们用钱来换权，权钱交易后能给他们带来更多的钱，送钱人是不会做赔本买卖的。权力和金钱交易你来我往，好像是等价的，实际上是不等价的，一旦出了问题，损失最大的还是权力者，哪个送钱的人肯站出来为你说句话，把责任和罪过揽在自己身上？不落井下石就算吉星高照了。你看看社会上，有多少领导干部权钱交易败露后党票被撕了，乌纱帽被摘了，有的还得进监狱，甚至掉脑袋。

你说这个代价大不大啊！你不希望哥落到这步田地吧！这么和你说跃利，当官的人生活大都不太平静，我要想把日子过太平、把生命延长多活几年，用不着烧香拜佛，只要不张狂、不贪婪，不违背法律和道德，保管什么事没有。对当了官的人来说，这肯定是一剂良药。"

唐跃利听到这里，苦笑着一龇牙："哎妈呀，好了哥，你别说了，听懂了，听懂了，吓死我了。你这张嘴真能白话，死人都能叫你说活了。这政治课叫你上的，你的光俺不沾了，我们得赶十点钟的火车。"说着把装钱的蛇皮袋袋口用力扎紧，背起来就要出门。唐跃胜急忙把门打开，小声嘱咐："小心点，注意安全！"唐跃利噔噔噔地沿着楼梯往下走，头也不回应了声："知道了。"听那声音，有点不耐烦，再听那脚步声，节奏有点加快，像有股气在顶着。

送走了小叔子，李文漪飞快地拿起拖布开始擦地，然后又用抹布把唐跃利坐过的地方好顿抹，把拖鞋放在脸盆里用洗衣粉泡上，洗了手就挨着唐跃胜坐了下来："跃胜，你哥俩说的话我都听到了，这么多年还很少听你和家里人一套一套地说道理。别说哈，你真有点水平，我看叫你当副市长屈才了。"

唐跃胜听她这么一说，乐了："你也很少说这种拍马溜须的话。是不是也有什么事求我，快说吧！"

李文漪一边咯咯咯地笑着，一边轻轻地拍打着唐跃胜的胸脯："你成半仙了，我心里想什么都能猜出来。借你弟弟来的这个由头，那就说了，可别怪我。"

"虱子多了不咬人，看你这意思不像是什么好事，说吧！不要铺垫，我承受得住。"唐跃胜逗着乐。

这样一来，李文漪的话可就单刀直入了。"俺俩姨姊妹家养了个修路施工队，市内每年要修的路很多，他们想承包一个路段，实在不行插到别的施工队里干也行。这个活儿挺挣钱的，他们多次说要请咱俩吃饭，或到家里坐坐，我都没答应，怕你为难，给你添堵。表妹说要给你买点冬虫夏草，那东西对身体大补，能增加免疫力。"

说着望望唐跃胜的脸，看看有什么反应，也像是征求意见。

唐跃胜深知李文漪的脾气和性格，她不是那种争强好胜、招摇生事的人，走她门路办事的人不少，大都让她挡回去了，也很少正面和他说，有时以旁敲侧击或是玩笑的方式说个一句两句，只要他不明确表态，那就算白说了，也不用解释，她从来不计较。看看官场上一些人的沉浮，唐跃胜常常在心里庆幸自己有个不贪财、不捞钱的老婆。今天她既然把话说得这么直白，而且一心想促成这件事，他也不能像以前那么草草应付，就很认真地问："他们的实力怎么样？现在工程大部分靠自己垫款，没有点实力还真不行。你大概不知道，市内道路的修建和维修，都是由市政部门负责，要求也很高。等我和旭光说一下，要是有适合他们干的工程，让他帮忙协调一下。"

李文漪听了这话，激动地不知是想拥抱他一下，还是亲一口，总而言之，从语言到肢体动作，都能感到她从里到外的兴奋："这么多年了，你还真是头一次痛痛快快地答应我一件事。我明天就和表妹说，她们要是来感谢你，我也不拦着，走亲戚嘛！"

唐跃胜像触了电似的，一下子从沙发上站起来："哎妈呀，你可别嘚瑟，稳当点。你和她们说时要留点余地，别大包大揽地夸海口，要是一时半会儿遇不到合适的工程，那不是吊人家胃口嘛！再就是也是最重要的，千万别收人家的钱，一分钱也不行。冬虫夏草那东西多贵啊！咱俩身体好好的，吃那虫的草的干什么？要养好身体，把一天三顿饭吃饱吃好就行了。别看是两口子，咱们有言在先，你要是接了她们的钱，我马上就封口，别想在我这儿拿一点工程。饭咱也不吃，真想吃饭你们过年过节走动走动就行了，可别为这事专门吃饭，那味道就变了。还有啊，你们千万别给郎旭光送东西，那样就夹生了，他绝不是那种见钱眼开贪心重的人。"

两口子你来我往说着话，唐跃胜突然想起弟弟还扔下了个包，李文漪打开一看，原来是榛子和葵花子。她一样装了一盘放在桌子上，两人边嘎嘣嘎嘣吃着榛子，边又把话题扯到刚刚走的唐跃利身上。唐跃胜知道弟弟的底儿："你别看他当面没说什么，回去后还不知道怎样向爸妈告状呢，能埋汰死我。没有事的时候我总寻思，要说官当到副市长也不算小，手里有实权，可从来没有给家里和乡亲们办过什么大事，觉得挺亏心挺遗憾的。我也听到些风言风语，说我假装正经自顾自，表面上坚持原则挺高尚，背地里不知捞了多少钱，做了多少见不得人的事。虽然我不在乎别人望风捕影说什么，但这些话真的刺激得我挺难受。"

正在兴头上的李文漪一看话题怎么扯到这上面来了，想用话岔开："我看你走得正、做得正，身正不怕影子歪，别听他们的，听兔子叫还不种黄豆！现在这个社会风气、社会环境谁能有什么办法，好像没有一个好人似的。"

她本想把话岔开，而实际上不但没岔开，又在那个话题的方向上往前迈了一步。

唐跃胜叹了口气："从生活经验看，社会环境和风气是由很多人和事长期形成的，不是一个人几个人能造成和改变的。既然咱们不能改变风气、改变环境，那就得去适应环境，在因势利导中改变自我。这些年来不管外界怎么变化，我就一个信条，把握好自己，不被环境和风气左右。虽然我改变不了社会，但也绝不让污浊的东西来污染我。从当上县长手握实权开始，我就是一个不开窍的榆木疙瘩脑袋，不大会变通，为人处世只限于一般性的人情往来，离能让人大富大贵的钱权交易远远的。这是我从不逾越的底线。"

李文漪接过话头："在这一点上我佩服你，敬重你。我经常把你和官场上的人横的竖的进行比较，觉得别扭过、不平衡过，心里也埋怨过你。咱也不差哪，他们为什么就肥得流油？有的领导干部的老婆穿金戴银，背高档包，开高档车。再仔细想想，要那么多钱干什么，够吃够喝就行了。再说了，整那些景给谁看，一旦倒了霉比谁都难看。人和人之间真的不能简单地攀比，一样的眼睛不一样的看法，一样的嘴不一样的说法，一样的人生不一样的活法。咱这日子过得虽然不起眼，但舒舒坦坦挺好的，不像有些人成天提心吊胆的。"

俗话说，不是一家人，不进一家门。唐跃胜和李文漪两口子真是对撇子了，可称作天造地设的一对，大事小情心能想到一块，话能说到一块，事能做到一块。就说他们的爱情和婚姻生活，普通平淡得看不到一点火花，可一旦走进他们的内心世界，那情感中蕴含着的情投意合、志同道合，却会让人羡慕、折服。

中国人的传统观念里，男女谈恋爱一般都是男追女，要是女追男就有点不合情理，就显得特别，或者说有点什么隐情。唐跃胜和李文漪之间就是女追男。

那时李文漪在商业局办公室做文书，唐跃胜在计委办公室当秘书，市政府办公厅召开的一个文秘工作会议，让两个人不期而遇，并且相互坐对面，想不看对方那张脸，都躲不开视线。李文漪那双水灵灵的大眼睛，让唐跃胜一个上午都怦然心动，总觉得她像哪个电影里的演员，像谁呢？啊，想起来了，像《英雄儿女》里的王芳，太像了。当他确定了这个相似的偶像，情不自禁地又扫了李文漪一眼，赶紧把目光移开，那眼神清澈透明得一点杂质都没有，太勾魂了。勾魂归勾魂，把她与自己联系在一起，让她成为自己的老婆，唐跃胜可没敢往这方面想。看看自己的条件，想这美事，那可是有点自不量力。

李文漪听了唐跃胜的发言，一股热流涌遍全身。他那不事张扬又有些浑厚的语音，表述问题的简明与严谨，产生了巨大的磁力，引得李文漪心中绽放着一朵敬佩爱慕的花儿。在一个大楼里上班，打探消息还是方便的。自那以后，魂不守舍的李文漪非常机敏地搜集唐跃胜的各种情况。当她得知唐跃胜是个单身，便迅速向他发起了攻势。

在李文漪看来，自己的父母是普通工人，而唐跃胜也是平民出身，和他搞对象门当户对，自己既没高攀，也不属下嫁，算是打了个平手。

自己和唐跃胜都是大学毕业，有着良好的教育背景，接触中她真切地感受到唐跃胜有教养，不论是工作中的成功与喜悦，还是生活中的迷茫与苦恼，他都保持着平静的心绪，保持着自觉的反省，保持着进步的姿态。一个走上社会、踏入官场不久的年轻人有如此定力，太难得了。再者，唐跃胜虽然长得不是很帅气，但浑身充满了精气神，生就了一副让人信赖、耐人欣赏而又靠得住的肩膀。总而言之，他是值得把一生托付给他的那种男人。李文漪相信自己的眼力、缘分和命运，她看准了唐跃胜是个对自己人生具有重要意义而不能割舍的潜力股。

唐跃胜被李文漪追得热血沸腾，心神荡漾，但他依然清醒地坚持着自己的审美逻辑：我首先爱她的美貌，尤其她像王芳一样迷人的眼睛，会让自己幸福自豪一辈子，把她带到哪里都拿得出手，都会给自己长分。交往下来唐跃胜又爱上了李文漪的谈吐、气质，并不是有意讨好别人的话她都说得敞亮、动听、感人，那些话不掺杂市侩的东西，呈现出清水芙蓉般的高雅气质。再往前走一段，唐跃胜被李文漪美好的心灵吸引、感动。虽然女人都想嫁个好郎君，都有一颗遮盖得很严的虚荣心，但李文漪的精神世界丰富多彩，内心平静踏实，没有更多的浮夸，好像她对物质享受与精神追求的比例做了恰当的安排，挺平衡的，这最让唐跃胜动心与放心。他感到和李文漪结成夫妻是自己的福气，正应了农村老家人常说的那句话：好妻是块宝，娇妻是筐草。他觉得是苍天赐给了自己一块宝，李文漪是彻头彻尾值得自己珍爱的一块宝。

谈了两年多的恋爱后，唐跃胜与李文漪走进了婚姻的殿堂，第二年便生下了儿子唐振平。

在那个低工资、低消费的年代里，唐跃胜和李文漪两人的工资加在一起不过百十来元，住着机关分配的二十来平方米的旧房子，生活得甚是寡淡。他们上有老，得咬牙挤一点钱给双方老人，表示一下孝心；下有小，儿子刚上小学正长身体，不能亏欠了孩子。李文漪这个家不好当。然而做什么都不动声色的李文漪精打细算，节衣缩食，竟然巧妇能为无米之炊。每当到了月底青黄不接的时候，他们家总是要连续吃上三五天的包子，因为吃包子主副食就一起解决了，能省不少。一个冬天的早晨，熟睡中的唐跃胜翻了个身，下意识感到身旁是空的，睁开眼一看，老婆不见了，脚底下小床上的儿子还在。他起来披上衣服来到了厨房，只见李文漪正忙着包包子。唐跃胜有些心疼地问："你怎么这么早就起来包包子？"

"昨天晚上发的面。我给闹钟定了时，四点钟就起来了，已经蒸好了一锅。三锅包子够吃一个礼拜了，反正冬天也不怕坏。你起来干什么？快回去睡吧。"

"醒了就睡不着了，来，我帮你擀皮。"唐跃胜说着就要过去洗手。

李文漪擎着两只沾了面的手，用胳膊一挡："拉倒吧，你别沾手了，我一会儿就弄出来了。你笨手笨脚的，干不了这个活，天亮还早呢，你去睡吧，这儿不用你。"李文漪硬是把唐跃胜撵走了。

早饭自然是包子就大米粥，一家三口静悄悄地吃着饭。吃着吃着儿子唐振平突然好奇地问："妈，你吃的是带褶的包子，我和俺爸吃的包子都不带褶，怎么不一样啊？"

李文漪瞪了他一眼："吃饭也堵不上你的嘴，什么带褶不带褶的，都一样，快点吃，吃饱了好上学。"

娘儿俩的对话引起了唐跃胜的注意，他随手抓起带褶的包子一口咬下去，使劲地嗒吧嗒吧味道，眼一下直了，几乎是脸贴脸地问："老婆，你怎么包两样馅的包子，你吃的包子里根本没有肉哇。"

李文漪装着一愣："我打小就不喜欢吃肉，主要是怕胖，吃点素馅包子挺好的。"

唐跃胜的眼角挂着泪花，一脸愧疚地对儿子说："儿子，你妈把肉都省给咱爷儿俩吃了，咱可得对你妈好点。"

唐振平用力点着头："俺妈老伟大了。"

唐跃胜还真的选了个机会，送给李文漪一个回报。他当了计委副主任后,有一年秋天陪领导到厦门开会,除了纪念品会议还给每人发了四个柚子。唐跃胜从来没看到也没吃过这种水果,心想李文漪可能也没吃过这玩意儿,既然是会议发的,会有点讲究,一定不会差,带回去给她娘儿俩尝个鲜。参加会议的人大都把柚子吃了,唐跃胜没舍得吃,不辞辛苦地倒飞机、坐火车,把四个大柚子从厦门背回了松江。李文漪守着几个大柚子,瞅瞅这个,摸摸那个,哈哈地笑过后又小声嘟囔:"这大老远的怎么背回来的,累不累呀?"说着几滴泪珠儿落在了柚子上。

随着社会的发展进步,有出息的唐跃胜官一步步做大了,物质生活条件也有了很大的改善。有些人官大了,钱多了,心和情也在潜移默化地发生变化,千方百计地寻求刺激。四十来岁就当上了县委书记的唐跃胜声名鹊起,李文漪高兴之余心里也生出些许不安,她最担心的是怕他被那些漂亮而世故的女人缠住腿,英雄难过美人关。李文漪思虑再三后,决心旁敲侧击地敲打敲打唐跃胜,验证一下他那颗心变没变色。

那是个星期天,唐跃胜从林兰县回松江休息。如以往每次一样,李文漪准备的饭菜甚是丰盛。酒足饭饱后,她拉着唐跃胜在沙发上坐下来看电视,按自己设计的步骤,做了充分的铺垫后,把话题引到领导干部生活作风这个主题上来,语境气氛挺融洽,前言后语搭配挺得当:"唉,跃胜,头两天在外面吃饭时大家都私下议论,现在不少领导干部太花心,身后总是跟着一群群女人。他们是外面彩旗飘飘,家中红旗不倒。我看这话挺靠谱,不是胡诌出来的,你说呢?"

听话听声,锣鼓听音。唐跃胜先是一激灵,继而哈哈大笑起来:"你这是投石问路搞火力侦察呀,也可以说是对我不放心进行审查。这些顺口溜我早就听说了,还有比这更花哨、更难听的。这确实是当前社会和官场存在的一个现象。你看到处都是按摩房、桑拿房、洗头房、麻将房,那里有形形色色的内容,挡不住的诱惑啊!"

"那你敢说自己一清二白,一点花心没有?现在你官当大了,接触的人更多了,还能没有漂亮女人打你的主意,围着你转,上杆子靠近你?常在河边走,哪能不湿鞋。"李文漪的话虽然软绵绵的,可带着很强的针对性,挺刺激人的。

"要说遇到漂亮女人没动过心,那肯定是说瞎话,但我心里明白,这个世界上有些东西本来就不是你的,那就不能碰、不能动,即使是有求于我的女人,再漂亮也不属于我,过过嘴瘾、饱饱眼福可以,但不能有非分之想,更不能动真心。你没看棺材的棺字是怎么写的?当了官的人要是捞钱财、贪女色,弄不好就要毁前程进棺材。人不能把钱带进棺材,钱却能把人送进棺材。养情妇、包小三成了一些领导干部的追求和嗜好,这不仅让他们的生活和人生没有品相,被人鄙视,说不定哪一天就会被美女蛇咬伤送命。我可不干图一时快乐而做不顾后果的傻事。"唐跃胜说得荡气回肠。

李文漪抿抿嘴,似笑非笑地接过话茬儿:"你真的有那么高的觉悟、那么大的定力?"

"那还用说,我的心天地可鉴。"唐跃胜卖了个乖子,"我说这话是有根据的,不是胡说八道。古人柳下惠坐怀不乱成为美谈,我要比他更胜一筹,压根就不让美女坐到怀中来。《红楼梦》里的贾宝玉是个情种,就这么个花花公子还说过'任凭弱水三千,我只取一瓢饮'的话,那是他对林黛玉发誓。要是借鉴这个意境,我可以明白地告诉你,虽然现在人的思想解放了,乌七八糟的花花事多了,但对我来说该守住的底线不能破,做人的本色不能改,世上美女千千万,我唐跃胜只爱你李文漪一个人,今生今世就守着你。"这几句慷慨激昂的话,硬是让李文漪把持不住激动的心,幸福的眼泪一串串往下掉。

唐跃胜被此时的情绪所感染,从沙发上站起来,迈着轻盈的脚步,从天天上班拎着的皮包里掏出一个有些陈旧褪了色的黑钱包,往李文漪手里一搁:"老婆,你看看里面装着什么?"

李文漪接过钱包扒拉一看,里面一分钱也没有,再翻翻,把工作证、身份证和保险证掏出来了。唐跃胜在一旁看着急了:"哎呀,动作太慢,再往里面翻。"当李文漪翻到钱包最后一个夹层时,掉出来一张照片,拿起来一看,是自己年轻时扎辫子的半身黑白照。她端量着自己的照片有些惊讶地问:"你怎么把我的照片放在钱包里,就这么天天带在身边啊!"

"对呀,这么多年了,就这么我天天陪着你,你也天天陪着我,不管我离开家多久,走千里万里路,你天天都在我身边,都在我心上。"唐跃胜边说边坐到李文漪的身边,"你看你那双眼,多像电影里的王芳,怎么看也看不够,有时工作累了烦了,想想你那双眼就一下子轻松了。俺妈也最爱看你那双眼,说你那双眼能俊死人。有这张照片陪着我,就等于有了护身符,什么美女、妖女、魔女都别想靠近我,咱俩是前世修来的一对,面相悦,情相近,心相印,棒打不散哪。"唐跃胜说的得意扬扬,李文漪听得抿紧了嘴唇,泪水哗哗往下流。

一眨眼,唐跃胜的儿子十七八了,正上高三,已经长成一米八几的小伙子。有一天他收到同班一个女同学的情书,话说得挺露骨挺肉麻,这下难住了唐振平。他不知道怎样处理这种初恋的事,从省城回来时把这事拐弯抹角地说出来了,然后问道:"妈,你说什么叫爱情呀?"李文漪被儿子有些小资情调的话问得有点发慌,该如何回答呢?自己谈恋爱那阵子,不管心里多么爱对方,可那个爱字从来没说出口,只能在心里生根发芽。现在世道变了,少男少女们成天把爱和爱情挂在嘴上,就像吃口饭喝口水那样轻易随便,可那些甜言蜜语真的没有多少发自内心的爱。她知道儿子已经进入青春期,不是小孩子了,需要在他人生的这个阶段给一些引导,想了一会儿说:"振平,你问的这个问题挺大挺深奥的,一下说不出个明确的答案,我用咱家现实的事做背景来解释,兴许你能听明白,给你一点启示。过去你爸没当官、没有钱、没有房子,可以说他什么都没有的时候,妈妈喜欢他,是真心实意的。而现在呢,颠倒过来了,你爸他当了挺大的官,有了地位、有了金钱、有了房子,什么都有了的时候,他却不变心,依然不离不弃地喜欢妈妈,而且是矢志不移铁了心的。"儿子听了乐了:"原来这就是爱情呀。"李文漪嘱咐儿子:"振平,你现在长大了,以后还要成家娶媳妇,你们有你们的想法、追求和选择,有一点不要忘了,千万不要找一个长得挺漂亮、家里什么都有却不真心爱你的女孩儿。"儿子认真地点头表示赞同,其实他是似懂非懂。

唐跃胜一跃当上了松江市副市长,李文漪的身价自然水涨船高地得到提升,传统观念里伴随而来的是更高层次的荣华富贵。可实际上呢,作为副市长夫人的她可能有、应该有的虚荣之心、贪婪之心,不仅没有随着丈夫官运亨通而膨胀,反而对自己的言行多了一些约束。李文漪心里有一个坚定不变的准则和情结,要用自己的生命守护好丈夫的名声和事业。她明白,他在官场上要是出了事站不住脚跟,自己和这个家就完了。李文漪的这种情感和举止变化并没有过多表露出来,但唐跃胜还是从点点滴滴的细枝末节中感觉和领悟到了,她在克制着自己,不给心爱的人添堵添难添乱,这是多么令人尊敬的人生境界啊!有些人当了官后不仅自己官升脾气长,连老婆孩子也跟着盛气凌人,动不动就居高临下说些不干不净、不三不四的话。唐跃胜当了副市长之后,李文漪还和原来一样文文静静的,她特别会说话,有不少想通过她走唐跃胜后门的人,她都委委婉婉、柔柔和和地给挡回去了,不把不满对立的情绪引到唐跃胜身上,真正是为他挡了风遮了雨。

有着如此相同秉性的夫妻,注定了他们的爱情是真诚长久的,也决定了他们的家庭是和睦平静的。唐跃胜和李文漪之间经常交流、和亲戚朋友说得最多的一个话题就是,别成天追求轰轰烈烈,我们没有那样的造化,担不了那样的名声,偶然的机会得了一官半职,也不要张牙舞爪,要保持低调,低调才能生活在自己真实的世界里,而趾高气扬的高调大都是生活在别人虚夸的世界里。唐跃胜还有一个观点,家庭平安才是福。什么是福,那个福字本身就说清楚了,有衣穿、有饭吃就是福。当官的人可别把家搞得花里胡哨像宾馆似的,那样太夸张，张扬过分就等于用权力和金钱把家给架空了，会把人弄得不安分，把是非黑白弄颠倒。家是个过日子的地方，不是为银行存钱放钱的柜，不是藏赃款赃物的窝，不是摆放高档装饰品的展览馆，不要让本该平静温暖的家潜藏着政治风险。

唐跃胜和李文漪就是用这么些零碎的、不起眼的、柔弱的东西，让人们感受到沧桑的生活使他们的爱情和人生美丽灿烂，领悟到他们牵手走来虽然也有数不清的无奈与遗憾，却一直朝着光明的方向。再往深里琢磨琢磨，不难看到，他们人生的航船是停泊在精神港湾里的，共同的价值观始终给他们以校正、引导和支撑。

两口子嗑着瓜子吃着榛子，话越说越多，而且还很投机。李文漪以往这个时间早就躺下睡了，今天不知哪来的精神头，两眼锃亮。情绪是相互传染的，看看李文漪的劲头，唐跃胜更是没有睡意，他本来就是个夜猫子，还经常失眠，今天有人陪着唠嗑，陡然生出一股温馨的情愫："哎呀，你看我神经衰弱把你给急的吓的忙活的，到处求医问药，真是让人感动。你放心吧，我这个人的心态决定了，那个毛病就这样，重不到哪里去。当了这么个官，心事除不了，好也好不到什么地方，但是好不好，重不重咱不对外人说，烂到自己肚子里。"

李文漪阻拦道："这话可不对，医生说了，缺觉少觉是影响身体健康的万恶之源，对身体伤害非常大，可不能说是小毛病。我担心你弟弟来折腾这么一下，你心里又有负担了，那个觉还能睡好啊。"

唐跃胜把嘴一咧："别说得那么邪乎，睡不好觉这事儿总是让你担心，其实我也经常自己恨自己。但是用辩证的观点看，睡不着觉并不都是坏事，也有好的因素，有时也会带来一点好的结果。"

李文漪不愿意听了："你这就是唱高调，闹玄乎，打官腔了，有点虚伪。"

唐跃胜两手扶着李文漪的肩膀："这话不是官场上说的假大空，是我的真情实感。什么事都不能一概而论，睡不着觉也有不同原因。

咱们不从医学角度说，仅就当官的人来看，睡不着觉分好几种情况，各有各的原因。有的人睡不着觉是让自己的私心贪欲给缠的，你看有些领导干部人前像个人似的，说得冠冕堂皇，可心里想的、私下里忙活的都是自己、家庭、朋友圈子里的事，特别是想往上爬的人心事更重，他们瞪着一双明亮的眼睛，为自己升迁进步寻找时机，时间长了一定很苦很累，一到提拔干部的时候，这些人保证神经衰弱睡不着觉。我也想进步，也有野心，也想当更大的官，但不属于挖空心思硬往上爬的人。还有一种人睡不着觉是让心事压的。我就属于这种情况。俺妈常说我天生就是个操心的命。有些事到了别人手里，人家根本就不在乎，做好做不好不往心里去，得过且过，我就不行，心里搁不下事。城市建设的那些大事小情都得花钱，而且花的是大钱。花钱不是好玩的，而是一种责任，你得把钱往正经地方花，得往刀刃上用，不能乱来，得好好算计。凡是我分管的工作，哪里弄不好出了事我都有责任，我睡不好觉都是让这些事情搅和的。再有一种人比较特殊，他们睡不着觉是给吓的。我也有私心贪欲，我也常常心理不平衡，我身上也有不干净的地方，但我能控制住自己，说得好听一点那就叫定力。你看有些领导干部真是心黑眼红，昧着良心贪财捞钱，肆无忌惮地搞钱权交易，什么样的朋友都敢交，什么人的饭都敢吃，什么人的钱都敢收，什么享乐的地方都敢去。别看我不贪不捞，但那些实权部门和掌权的人捞了多少，贪了多少，我大概能掂量出来。有些人可以说是罪孽深重，他们够蹲几辈子监狱，够杀好几回头。可是他们贪了那么多钱敢用敢花敢消费吗？不敢，怕露了马脚。你忘了被判了二十年徒刑的发改委前副主任吴兴敏？贪污受贿一千多万元，为了掩人耳目，夏天总是穿件旧的不能再旧的衬衫，不管什么场合就那套西服，再不就弄件褪了色的夹克衫披在身上，把自己打扮得挺廉洁，叫花子似的。贪了上千万元的钱，又不敢花不敢用，到底图的是什么，想想都让人恶心。这种人肯定成天魂不守舍，疑神疑鬼，有点风吹草动，就心惊肉跳，如惊弓之鸟，你说他们还能睡得着觉？恐怕有些人一觉睡过去，就不想再醒来了。这样的人个保个都有心理疾病。"

唐跃胜看李文漪不吭声，似乎在想什么，轻轻扒拉她一下："想什么呢？挺入神的，是不是在琢磨我说的话？"

李文漪微笑着："嗯，是在寻思你刚才说过的话，但还是一下子反应不过来，得慢慢消化理解。"

唐跃胜更是意犹未尽："我说这些话可不是虚头巴脑，也不是从书中报上抄来的，是思考总结大半辈子的感悟，你要是一下子都听明白了那就没有价值了，还真得多用点心思，才能品出其中的道理。我剖析过自己的灵魂，我内心深处也有自私、卑微、虚伪，实际上卑微与伟大、恶毒与善良、仇恨与热爱，是可以互不排斥地并存在一颗心里。我常常为自己的私念、卑微、迎合、退让而感到耻辱，但我从来没有淡漠过对事业的信仰和热爱，没有放弃过精神追求，没有忘记身上的责任，这是我最为自信和自豪的一点。我不是当着你的面说大话吹嘘自己，今天晚上拒绝跃利送来的钱，他们肯定是老大的不愿意，骂我只想往上爬，没有人情味，甚至说些更难听的话。我不在乎，为什么呢？不做亏心事，不怕鬼敲门。你说你的闲话，我过我的日子，我这个官不是为自家人当的，不是专门为他们张罗事的，不收他们的钱，我心安理得，收了人家的钱，我心里会不安生的，那不是自找苦吃吗！"

唐跃胜走到窗前，抬头朝天空望去。一层层、一圈圈的鱼鳞状云彩，拥簇在白净透明的圆月周围，在深蓝色天幕的衬托下，勾勒出十分美妙的意境。由于没有一丝风，这幅美景就定格在无垠的天际。他高兴地喊道："文漪，快来看，太漂亮、太好看了。"

李文漪快步走到窗前来，被天上的美景所吸引，竟脱口而出背诵起苏东坡的《水调歌头·明月几时有》："明月几时有，把酒问青天……人有悲欢离合，月有阴晴圆缺，此事古难全，但愿人长久，千里共婵娟。"唐跃胜称赞道："这么长的词你都能背下来，真了不起。"

"别瞧不起人,我可是学中文的。"

两口子和着月色躺下了,却都失眠睡不着觉了。

唐跃胜倚着床头,不知不觉又想起弟弟送钱的事。他早就有预感,也时不时地自己跟自己打赌较劲,现在的社会环境、现行的管理体制,让官场上的一些人钻了政策和法律的空子,官运亨通,大红大紫,捞得贪得腰包鼓鼓,花天酒地。但是他们能大富,却做不到大贵,他们的精神空虚了,灵魂堕落了。党纪国法一定不会放过作恶多端的人,漏网的鱼会有,但一定会有大大小小被网住的人。只要敬重法律和道德这两重天,不改变为国家、为老百姓做事的准则,我的人生就能走得平稳,笑到最后。

李文漪属于头落枕头就着的人,可今天晚上一反常态,望着天花板睡不着。虽然唐跃胜的那些想法、看法和理论、观点,她并不能全都理解、弄懂,但她却更加认定唐跃胜是一个理智、正直、善良的人,这是他比一些官员高明的地方。和这样的人生活在一起心里踏实,有安全感,平安才是幸福。这个念头在脑海里掠过,李文漪真正明白了自己最需要的是什么。

油然而生的幸福感,成了她的催眠曲。

第 四 章

　　随着那芬湖开发建设规模的逐步扩大，来那芬湖旅游的人也迅速增加，解决交通堵塞问题成了当务之急。市里决定修建自松江市中心到那芬湖的快速路。市建委、城建局、交通局等部门经过调研论证，提出两个方案：一个方案是修盘山路，投资相对少，施工难度小，最大的问题是大面积砍树，对周围环境破坏太大，同时居民和企业动迁的压力也很大。另一个方案是修建地下隧道，虽然投资稍多一些，但路径短，有利于保护生态。经过有关部门和专家学者的反复研究论证，认为建地下隧道更可行。市里最后决定建地下隧道，并定名为松湖隧道。

　　为了保证隧道工程顺利推进，市政府成立了工程建设指挥部，城建局局长陈鹏担任总指挥。开始时，何劲市长提议让唐跃胜担任总指挥，唐跃胜向市长解释说，让具体负责这项工作的城建局局长做总指挥，可以减少不必要的中间环节，有利于提高工作效率，他做好协调保障工作。其实，唐跃胜不愿当隧道工程总指挥，还有另外的考虑，把自己摆在那个位置上，只是挂个名，所有工作都靠城建局去做，而大事小情都需要请示汇报，这对陈鹏是个束缚。让陈鹏担任总指挥，他可以放开手脚干，这样不仅自己能超脱一些，遇到什么问题也有个回旋余地。陈鹏推让一番后答应做工程建设总指挥,当然也有自己的想法。松湖隧道是在市委、市政府挂了号的重点工程,是松江市有史以来规模最大、投资最多的工程,必定引起各方面的高度关注,把这个招牌式工程做好,无疑会大大提高自己的威信,赢得市委、市政府主要领导的信任,增加继续升迁的政治筹码。陈鹏仿佛觉得,建设好松湖隧道,是构建了一条铺平自己仕途发展的光明大道。至于化解工程带来的风险和危机,一半靠上帝保佑,一半靠自己的智慧和奋斗。

在一个急躁、浮躁、狂躁的年代,在干什么都要提前提速跨越的社会氛围中,要想把心沉下来扎扎实实做点事,是很不容易的。开工典礼那天,何劲做了慷慨激昂、鼓舞人心的讲话,他号召工程建设者和参与者,要以敢为天下先的开拓创新精神,走在时代前列,抢在光阴前头,缩短工期,创造纪录,争取提前半年竣工通车。这就意味着,按照计划两年才能完成的隧道工程,一年半就要完工。

总指挥陈鹏的压力大了。他三番五次找唐跃胜叫苦:"市长,两年的工期是专家经过反复论证、精心计算提出来的,这是一个周密而科学的计划,要是提前半年完工,就等于打乱原来的计划,一切都是随机行事的,我担心出问题。这样的工程不出问题拉倒,出了问题就是大乱子,到时候我是跑不了,你也得负领导责任哪。我的想法是,工程建设正式开始前,咱和市委、市政府领导说清楚,不要规定提速度、赶进度,我们按照计划保质保量完成任务,我觉得这样稳妥。"

唐跃胜白了他一眼:"提前半年完成任务,那是市领导的要求和期望,也是对大家的激励和鼓舞,并没有做出硬性规定,不是刀架在脖子上不提速就人头落地。我认为这个工程做得好不好,关键不是提不提速,而是在保证安全前提下的优质。要是质量不合格,又出了事故,再怎么提速有什么意义啊!"

其实唐跃胜对不顾客观实际乱加码提速的说法做法,本来就看不惯,可市长要么么说能有什么办法。他知道那个讲话稿是政府研究室那几个笔杆子炮制的,他们坐在办公室里拍脑袋、选词汇,闭门造车造出来的,还真不能把它当真了,有几个领导对自己说的话能负责?唐跃胜心里琢磨,现在赶超已经成为经济社会发展的一种形态,各级各层都这么想这么干。可是赶超就意味着速度,速度就意味着压缩进程,压缩进程就意味着各种矛盾和问题的集中聚堆,为了解决这些矛盾和问题,难免形成运动式的思路和方法。这已经成为各级领导干部的习惯了,自己也得随大流。

陈鹏说话语速特别快,好像嘴是租的,说完后就要还回去似的,上句话和下句话之间不大停顿,别人想插句话都插不进去,他不管说长话短话,基本没有标点符号,大都是一气呵成。那天在施工现场,陈鹏又和唐跃胜对上话了:"市长,指挥部的工作已经启动,而且层层做了动员,大家都有决心和信心,为城市建设做贡献嘛。但有两个问题我现在就要向你汇报清楚,咱丑话说在前面。一个是资金要到位,咱们市的财政情况你最清楚,到时候可别又要我们干活赶进度,又不按时足额给钱,又要马儿跑得好,还要马儿不吃草。巧妇难为无米之炊啊!有了钱工程上不去我负责,没有钱又要抢工期,那我没有办法。再一个是人要到位,现在从指挥部到各工程部门,人员都是按岗设计好的,可不能从我这里乱抽人,说这里重要时把人送过来,说那个工作需要时又把人抽走,我要保证工程实施的连续性。"话说得不断线,像打机关枪似的。

唐跃胜侧着耳朵听,当陈鹏没有声音时,就马上接上话:"你说完了吗?咱们之间说话每次都是听你教导,等你说够说累不想说了,才能临到我说话。"

"哪里哪里,市长你知道,我就这么个德行,要说什么话非一口气说完,就是吃饭也喜欢一口气吃饱,你别见怪。每次和你一起吃饭,都要遭你几次白眼,嫌我没有吃相,不看别人脸色,不看酒桌气氛,像逃荒要饭的。我刚才瞎咧咧的那些话不一定对,要怎么办,都听你的。"你看,就是解释的话他也说得很紧凑,话与话之间不点标点符号，一点空不留。

唐跃胜往凳子上一坐："这些日子为工程的事咱俩老打嘴仗，这样也好，做好一件大的事情，需要方方面面达成共识，咱们在一起磨嘴皮子打嘴仗，实际上是很有针对性地讨论研究，深化认识，力求把问题想得更细，把困难想得更多，把事情做得更好，而不是好大喜功随意地跟风，盲目地提速。你说的那两条都对，而且很重要，我向你表个态，给你个定心丸，财政方面的事你别说话，我来协调；没有特殊情况谁也不许动人。工程方面的事我不插手，你全权负责，我就全心全意做好你的后勤部长。这样行了吧！"

陈鹏乐了："市长，这样的心就踏实了，你老人家只管坐镇指挥，我负责具体落实，最后你再一项一项验收。"

"陈鹏啊，这副担子可不轻，总结借鉴工程建设方面的成功经验和失败教训，千言万语、万语千言，归根结底一句话，安全第一，不能出事，无论如何不能大意，大意失荆州啊！咱们宁可慢点，也别为赶速度而捅娄子。出了事谁都不好交代。"唐跃胜一字一句地嘱咐着。

松湖隧道工程顺利进行着。开始时，陈鹏的神经绷得紧紧的，成天盯在工地上，时间长了他实在累得受不了，神经慢慢松弛下来。

那天晚上，陈鹏很晚才从工地上回家，懒得和老婆说话，吃了饭，冲了个澡就上床睡觉了。下半夜突然响起的电话铃声把他从睡梦中惊醒，一骨碌从被窝里爬起来，自言自语道："坏了坏了，出事了。"他顾不上穿衣服，几步蹿到客厅抓起电话，手有些哆嗦。"喂，谁打电话？"电话里传来指挥部办公室主任杜宏年的哭腔："局长，出事了！早晨三点来钟发生了塌方，有二十七八个人被埋，现在正组织抢救，你快过来吧！"

"好好，我马上过去。"陈鹏说话的声音都变了。

这个晴天霹雳一下把陈鹏炸蒙了，他眼前发黑，两腿发软，鬼使神差地一屁股坐在地板上，无助地说道："这下我完了，完了。"他老婆苗小茜被说话声弄醒了,披着衣服跑了出来,一看陈鹏穿着裤衩坐在地上发愣,一边拽他一边问:"出什么事了?"

"塌方了,一大堆人埋在里面。"

这时陈鹏缓过了神,一蹦高站起来,手忙脚乱地穿衣服。苗小茜提醒他:"你不赶紧叫车呀!"

"还叫什么车,来不及了,打个出租车就过去了。"陈鹏说着头也不回就往外走。苗小茜抓起棉大衣塞到他怀里:"外面正下雪,把大衣穿上,再急也不能穿着单衣服出去呀!"

等陈鹏赶到事故现场,何劲市长、唐跃胜副市长,还有市委、市政府一些工作人员已经到了。何劲看陈鹏比自己来得晚,劈头盖脸地训斥道:"怎么能发生这样的事,你不在工地跑哪里干什么去了?"陈鹏刚要说从家里赶来,唐跃胜马上挡了过去:"市长,这是偶然发生的事故,由于赶工期,指挥部的人连轴转,他们太累了。"何劲还要说什么,又咽回去了。

人命关天。事故现场临时成立了以何劲为组长的事故救援领导小组,并立即展开工作。他们紧张而有序地从省里和全国各地邀请有关专家,很快确定了抢救方案,目标就一个,不惜一切代价,尽可能争取不死人、少死人。

抢救工作开始后,陈鹏基本上就靠边站,派不上用场了。他自己也很知趣地躲到一边,干点打零杂的事儿。虽然饥肠辘辘,可一点也不觉得饿。他踩着地上的雪,咯吱咯吱地来回走着想着,想得最多的是一旦死了人,自己就要承担全部责任,这个官一撸到底那是最轻的,很有可能双开后蹲监狱坐牢。想到这里他连续打了几个寒战,一股冷气从心底冒出,下意识地掏出手机,拨通了苗小茜的电话:"喂,你在哪儿?"

"我在家,事故的情况怎么样?"

"你在家等我,我一会儿就回去。"

挂了电话,陈鹏和郎旭光耳语了几句,不知说的什么,然后,坐车回了家，一进门就问苗小茜："你怎么没去上班？"

"出了这么大的事故，我不放心你，就没去，我已经和单位说了，没事的。"然后焦急地问，"抢救情况怎么样了？"

"塌方事故的抢救非常复杂，各方面专家都在，我也插不上手，抽空回来和你交代个事：要是死了人，我得判刑蹲监狱，你要有这个思想准备。赶紧给我准备好衣服和日用品，好到监狱里用。你隔三岔五到监狱里看看我，送点好吃的，我估计怎么也得判个三年两年的，咱欠了二十几条人命呀！我现在心里乱，事一下想不完整，等我想起来再告诉你。"

没等陈鹏说完，吓得苗小茜哇的一声就哭了，也忘了给陈鹏弄饭吃了。陈鹏一看这架势赶忙安慰她："别哭，哭什么呀，我只是这么说说，好让你有个思想准备。天无绝人之路，我这个人从来没做过什么臭事恶事亏心事，俺家祖祖辈辈都行善，应该不会有牢狱之灾的报应。你把心放宽，赶紧弄饭，饿死我了。"

苗小茜听陈鹏这么一说，心里稍宽慰点，饭菜现成热在锅里。陈鹏狼吞虎咽地吃了饭，抬腿就走了。

苗小茜是松江市外贸局所属进出口公司的党办主任。出了这么大和丈夫有关的事故，她没有心思上班，就请了假。陈鹏回来又是判刑又是蹲监牢地说了一通，这不是在交代后事吗？他要是真的进去了，这日子可怎么过。想到这儿，她的心一阵阵慌乱，手有点不听使唤了，拿的东西总往地上掉。突然间，她想起母亲有个大仙朋友，能掐会算，为人指点迷津，于是马上给母亲打电话，说明了事情的原委。过了不长时间，母亲按照大仙的指点，出了招。

苗小茜按招办事，买了些香和纸，并在纸上画了一群人头，还备了些烟酒果品之类的东西。她带上这些贡品，打了个出租车，直奔事故现场附近，远远看到那些忙碌的身影，知道事故还在抢救中。她选了个背风的小土坎，用脚把雪划拉干净，铺上纸，摆上果品，然后把香、纸点燃，边用树枝拨弄火头，边四下里张望怕被人发现。

幸好离出事点远，香、纸火的烟又不大，没人注意。苗小茜望望事故现场那边，再仰脸看看随着气流上升的淡淡的烟雾，自言自语地说："都收了，都收了。"等香、纸燃尽后，她双膝跪地，虔诚地两手合十，朝西天拜了三拜，口中念念有词："请上帝保佑那些被埋在地下的人，保佑陈鹏平安无事。"做完这一切，她释然地打车回去了。

事发的第三天傍晚，传来了好消息，被埋的二十八个人都救了出来，有两个伤势重点儿的正在抢救，但没有生命危险；轻伤的也在医院接受治疗。一个轰动整个松江、让全市人为之揪心的灾难，就这样化险为夷，转危为安。苗小茜欣喜若狂，觉得是自己的祈祷感动了上帝，上帝发了慈悲，救陈鹏他们于水火之中。她炒了几个菜，打开一瓶红酒，把两个杯子倒满，等待陈鹏归来。

晚上十点来钟，陈鹏拖着疲惫的身躯回家了，满脸灰突突的，鞋上全是泥，看不到皮鞋的模样。苗小茜帮他脱下脏衣服脏鞋，催他去洗了个澡，然后神定气闲地坐在饭桌旁。待陈鹏坐下来，她乐颠颠地举起酒杯："来，陈鹏，为逢凶化吉、遇难呈祥敬你一杯。"两个玻璃杯子碰在一起，由于酒太满，发出的声音不清脆，而是闷闷的。碰完了杯，两人一饮而尽。陈鹏吧嗒吧嗒嘴："这两天我是度日如年哪！无数次在心里祈祷，还真是吉人自有天相，被埋在地下的和我们这些人，都平安走了过来，得感谢苍天啊！"苗小茜嘿嘿一笑："陈鹏，你知道我为你做了什么吗？"

"有什么惊人之举？"陈鹏好奇地问。

"我到出事的地方烧香烧纸，磕头作揖了。是我求上帝保佑你们的，你们给现实的上帝干活，我求天上的上帝保佑。"说完自己忍不住笑了起来，笑声脆脆的、甜甜的。

陈鹏做了个苦脸："事故没死人，我不用蹲监狱了，躲过一劫。但这么大的事故，是要调查原因追责的，责任的处罚我是逃不掉的，这个城建局局长八成是当不成了。不当就不当吧，没摘掉官帽进班房就是我的福，这时哪敢有太高的要求。"他不甘地叹着气，"这个事故的发生，等于给我的做官路设了卡、下了套，再往上走恐怕此路不通啊。人算不如天算，一切都事与愿违。"

苗小茜有些不解地问："工程指挥部那么多人，责任还能都叫你一个人背啊！上面还有市长呢。"

"出了事故当然要追究责任，虽然各担其责，但我是总指挥，当然要扛大头，负主要责任。现在的问题是，就看事故调查怎样认定，要是属于偶然性事故，我的罪过和责任就轻多了，最多给个处分，乌纱帽还能保得住。要是认定为责任事故，我难辞其咎，怎么处理都是咎由自取。"陈鹏有理有据地解释。

"那你可得和唐市长好好说说，做点工作，要不我和他爱人说说？俺俩挺好的，能说上话。"苗小茜有些不甘心。

"净瞎说，这样的事能随便做工作吗？整不好就成了弄巧成拙，让自己更加难堪。这时候别把责任往别人身上推，要显示出一点姿态和胸怀，这也是一种投桃报李，能兜就兜着，越想脱干净越是推不掉。唉，小茜，前几天你不是烧香烧纸了吗？不管显不显灵，反正对上点了，要不你再悄悄烧点香、纸，说不定还能对上点呢！"

"这么短时间老求上帝保佑，人家可能不高兴啊，我怕不灵验。"

"先别管灵不灵，给老天爷送点金条钱财总是好事，官还不打送礼的，他们看着办吧，心诚则灵，烧了再说。"

"好，吃了饭我就去办。"

他们加快了吃饭的节奏，吃完饭苗小茜把碗筷一推，不收拾了。她麻利快地穿好衣服，跨出家门，和上帝对话去了。 没过多长时间，她乐呵呵地回来了："哎妈呀陈鹏，这香、纸点着后呼呼地着，火苗直往上蹿，那边收得真快，我还念叨了几句。"

"你说什么了？"

"这样的话不能重复，天机不可泄露，你别问了，保你平安无事。"

不到十天时间，隧道塌方事故调查报告出来了，定性为一般性偶发事故，不是因违规操作造成的。同时提出了一些改进施工、保证安全的具体建议。

　　松江市委、市政府，主管城建工作的唐跃胜，工程总指挥陈鹏，皆大欢喜。

　　唐跃胜苦苦熬过这些天后，虽然一块石头落了地，但也深知事故中的教训应当认真总结汲取。他让赵祥龙通知陈鹏，明天上午九点到他办公室来。

　　第二天，陈鹏准时来到。唐跃胜亲自泡上大红袍，又把茶杯递到陈鹏手上："在我这儿这算是顶级茶叶了，平时舍不得喝，今天庆贺一下，来一杯。咱俩现在算是患难之交了吧？俗话说，大难不死，必有后福。对你我来说那是消灾避祸，人生平安哪。俗话还说，天有不测风云，人有旦夕祸福，但愿风暴之后真的能阳光明媚。"唐跃胜吹吹杯子里漂浮的茶叶，轻轻抿了一小口，放下杯子瞅着陈鹏的脸："叫你过来有件事和你商量一下。这次塌方事故虽然平息过去了，但教训还是有的，主要是为了赶进度，搞人海疲劳战术，这不行。上面的话我们要听，上级的指示要执行，但绝不能盲目迎合，得实事求是，得讲究科学。这次要真的出了人命，咱俩都成了罪人，还能坐在这里谈工作吗？往事不堪回首呀！你们把工程进度计划调整一下，市里有什么说法我挡着。还有个事，对落实市委、市政府提出的建设高档次、现代化居民小区的要求，要尽快拿出一个实施方案。虽然这项工作规划、建委、城建几个部门都要参与，但道路、水、电、气这些事都是你管，大头在你这儿，你要担起这个纲。我知道你现在担子重、压力大，但没有办法，谁叫你是城建局局长，两副担子一肩挑吧！陈鹏我给你提个醒，你的年龄优势明显，这些工作既是压力，也是考验，更是机会，你要善于把压力转化为动力。有一个问题你要引起重视，就是说话别太随便，更不能老是说怪话、发牢骚。当然，在我这儿说，交换交换思想那不算。"

　　唐跃胜说话时，陈鹏就急着要插嘴，但没好意思。唐跃胜的话音刚落，他就迫不及待地开腔了："市长，塌方的事你一直为我遮着挡着，让我感动得直想流泪。大恩不言谢，我慢慢报答。隧道工程三分之一都不到，以后还不知道会发生什么情况，我们肯定会总结经验教训，严格按照计划认真组织实施，绝不盲目蛮干，这点你放心。前几天我听说市里在城市建设上要有大动作，要搞大手笔，实现大变化，别人听了欢欣鼓舞，我听了特别闹心。这么点个小城市，怎么净喊大口号？大来大去的，能大到哪里去啊！市长，我今天在你这儿说说，算是发泄发泄，肯定是牢骚话，离了这个门就不说了，规规矩矩的。城市建设是个历史过程，过去说百年城市百年建，现在我们为什么非要在短时间内改天换地，有那么多钱吗？我最不能理解、也最看不惯的是，有些领导凭主观意志拍脑袋瓜指点江山，制定宏伟蓝图。做工作、干事业是要争速度、抢时间，可也不能什么都只争朝夕，跨越提速。我觉得，我们现在把改革创新这句话当话说了，当歌唱了，当筐用了，什么东西都往改革创新的筐里装，而实际上，装到筐里的不一定都是菜，有可能装进了一些毒草。"

陈鹏说到这里停下了，好像想起了什么："市长，你听没听说民政局局长说的殡仪馆改革的笑话？"

"没听说，什么笑话说给我听听。"唐跃胜追问。

陈鹏仰脸嘿嘿一笑，有一次和民政局张局长一起吃饭，不知怎么就东拉西扯说到殡葬改革的事，那是他管辖的天地。改革是全方位的，各行各业都在搞，也不能把殡仪馆落下。馆长犯难了，怎样做才能体现出殡仪工作紧跟形势，和上级的改革精神相一致？想了很多办法都不理想。他们的副馆长是个军队转业干部，在部队搞宣传工作，是个笔杆子，脑瓜也灵。有一天他给馆长送来一副对联，上联是：深化改革，建立殡葬管理新机制；下联是：狠抓落实，推进殡仪事业大发展。馆长看了对联乐得够呛，这能充分体现和展示殡仪改革的气势和境界。民政局召开系统改革工作会议，馆长信心满满地汇报改革工作情况，特意说明了那个富有色彩的口号。民政局局长寻思半天没弄明白殡葬事业大发展的内涵指的是什么，就问馆长。

馆长在会上直言不讳地说,殡葬业大发展指的是,一方面不怕死人多,殡仪工作挣的就是死人的钱;另一方面要为他们服好务,让他们舒服满意地离开人间,走进天堂。他的解释引起会场笑声一片。

陈鹏擦擦流出来的眼泪:"市长,你说这改革多瘆人哪,难道殡葬工作改革是盼着多死人?这叫什么事儿?我觉得吧,不论哪个部门和单位,需要改点什么,能改点什么,就实事求是地改点什么,别到处喊口号戴帽子贴标签,戴了改革或者叫深化改革的帽子就是真理?就符合科学发展的规律了?我看未必,你说呢市长?说实话,许多人都感悟到了,能够给我们的社会带来革命性变化,能够给老百姓带来幸福生活,靠的不是名目繁多的所谓改革创新的空谈,而是切切实实的符合客观规律的行动,更是人对自身的认识和把握。"

陈鹏说话的语速快,说到激动处还有些结巴。唐跃胜刚要接过他的话,他两手用力拍着大腿,开始表扬起唐跃胜来了:"市长,我不是拍马溜须吹捧你,你是当大官的料,而且适合做一把手,有战略思维,能把握方向,善于拍板决策。当领导干部和科学家不同,搞科研的人失败九十九次不要紧,那是正常付出学费,只要有一次成功就功成名就。当官的人恰恰相反,你有九十九次成功没人理会你,而有一次失败就可能身败名裂。咱们这些在第一线干事的人,不知什么时候就会有个闪失,一失足就成千古恨哪。现在的用人机制不行,你往上走,我们才有希望。"他还要往下说,唐跃胜一看话题扯到自己头上,立即把话打断:"得得得,就此打住,打住,我可受用不起。陈鹏啊,咱俩今天是谈工作,随便唠了这么多嗑,就是放松一下。咱们都是讲政治的人,这些话说对说错都不算数,没有记录,没有录音,出了我这个门,所有的话都被大风吹散了,带走了,一切都不存在了。"

陈鹏走出了市政府大楼,刚要上车,手机响了,电话里又传来了不祥之音:"局长,刚才工地又出现了零星塌方,不过不影响工程进展。"陈鹏一听塌方这两个字,就觉得天要塌下来一样,心一下子蹦到嗓子眼上。他一头钻进车里："快，到工地。"司机问："到哪个工地？""还有哪个工地？隧道工地。"等陈鹏到了施工现场，那里已经把故障排除了。

虽然是场虚惊，但陈鹏心里落下了病根，他一听到塌方的字眼，就心惊肉跳，一想到当时抢救事故的场景就寝食难安，并且他的言行举止有些怪异。有天晚上，陈鹏带着一身酒气回了家。从他摇摇晃晃走那几步道儿的姿势能看出来，酒喝多了。正在看电视的苗小茜想和他搭话，他用手画了个大圈一摆，径直钻到卫生间，拧开水龙头哗哗哗地洗了把脸，把衣服脱下来往凳子上一扔，倒在床上不大一会儿就呼噜上了。事有凑巧，苗小茜正在看的谍战电视剧里突然有电话铃声响起，把熟睡中的陈鹏给惊醒了，他一高爬起来，嘴里不停地念叨："坏了坏了，又出事了。"然后朝客厅里的电话机猛扑过去，抓起电话便问："喂，谁打的电话？"电话里没有动静。他着急了，先是用嘴吹话筒，继而又用手拍打，喂喂喂地又喊又叫，还是没有回音，电话里静悄悄的。这突如其来的一幕把苗小茜弄蒙了："陈鹏，你干什么，是不是睡毛愣了？"

"谁睡毛愣了？我明明听到电话响，怎么没有说话声？哎呀，这时候来电话肯定又是出事了，我陈鹏是天不怕地不怕，就怕半夜来电话。小茜，来电话你怎么不接啊？这不断了线。"陈鹏说着揉揉眼睛。

苗小茜愣愣地望着陈鹏："没来电话呀！咱家的电话也没响啊！我就坐在旁边，有电话来我能听不到、能不接吗？"

陈鹏提了提大裤衩子把脸一拉："你这个人真是的，看电视都入迷了，连电话声都听不到，电话哇哇直响，连我都听到了。"

这下把苗小茜点拨明白了："哎妈呀，陈鹏，你纯脑子有病，刚才是电视里电话铃响，咱家的电话没响，没人来电话，也没出什么事。看你一惊一乍的，能吓死人。"

苗小茜这么一解释一数落，陈鹏也如梦初醒，皮笑肉不笑地拍着大腿："真他妈的神经病，脑子进水了，电视里的电话铃声叫我听到了，我还当是咱们家的电话响了。对不起啊，睡觉了。你也早点睡吧，看那个破玩意儿干什么。"说着打着哈欠上床了。可这下睡不着了，他瞪着两眼琢磨着，隧道工程离完工还早着呢，这要担惊受怕到哪年哪月才能完结啊！不能让邪气这样没完没了地缠着自己，得想个办法解脱出来。他一下想到自己认识的那个大师，兴许他有解救自己的办法。陈鹏似睡非睡地熬过这一宿，第二天与大师紧急会面磋商，之后便神不知鬼不觉地开始实施除妖辟邪的工程。

  初春的夜晚，微风习习，催着人们进入梦乡。陈鹏一觉醒来正好10点半钟，是被闹钟叫醒的。他把房间的门关好，轻手轻脚地从箱子里拖出一个长条形的人造革包，从里边拿出一把二尺来长的剑，一张一尺见方的钟馗像，用双面胶将钟馗像贴在墙上，然后从大衣柜里拿出一套军装——陈鹏是某预备役部队的参谋长，有一套上校军衔的军装。按照大师要求，除妖行动不能让任何人看到，要在绝对保密的情况下进行，而且要穿一身黑色衣服，增强震慑作用。陈鹏觉得穿黑色衣服太瘆人，就用军装代替。他穿上军装，戴着头箍，手握宝剑，俨然是个武士。定了定神后，他长吁一口气，朝钟馗像拜了拜，把灯关了，按照大师指点的套路，在漆黑的房间里舞起剑来。开始时他非常谨慎小心，生怕弄出动静让老婆听到，一旦被别人发现就不灵验了。舞着舞着他心情放松了，动作稍有随意懈怠走样，剑时不时碰到墙上、门上，夜深人静，发出的声响很清晰。

  苗小茜的觉比较轻，常常睡不沉，有点什么动静就醒了。睡梦中她总觉哪里有点什么动静，慢慢睁开眼细听，还真的有声音，好像是陈鹏那个屋子里发出来的。她心想，半夜三更哪儿弄出来的动静，是不是进来小偷了？这个念头掠过，她的心一下狂跳不止。转念一想，丈夫在家，就是有个什么事也好应付。她壮着胆，轻手轻脚爬起来披上衣服，没敢开灯，蹑手蹑脚走到门前，一摸门，关着，再摸到窗前一推，窗也关着，都好好的。门窗都关着，又是五楼，哪有人进得来？她正在愣神，陈鹏的卧室里突然发出砰的一声响，像什么东西碰门的声音,难道陈鹏睡觉不老实,手碰到床头或大衣柜了?不管怎么样,得看个究竟。

苗小茜怕惊动熟睡的陈鹏,一小步一小步挪到他门口,先是耳朵贴着门听,怎么会有粗粗的喘气声?她轻轻推了下门,开了一道缝,屋里没开灯黑乎乎的,再用力推一点,门开了,一个黑乎乎的身影在她眼前晃动。她刚要问是谁,一把明晃晃的剑刺了过来。她下意识地躲着剑,大声喊道:"陈鹏,有小偷,救命啊!"腿一软,一头栽倒在地上。

正聚精会神舞剑的陈鹏,被尖叫声吓得一哆嗦,急忙打开灯,看见苗小茜倒在地上。他把剑扔了,抱起苗小茜。她脸色苍白,额头上鲜血直流,摸摸脉搏跳得很微弱,把手放在她鼻子下面,还有气息。陈鹏一下子反应过来,这一定是让自己吓的。他轻轻把苗小茜平放在地上,从药箱里翻出救心丸,扒开她的嘴放在舌头下,然后跪在地上,一边用大拇指掐她的人中,一边小茜小茜不断地轻轻呼喊着。他拿来水杯,把苗小茜的头托起来放在自己的腿上,想让她喝口水,可苗小茜的嘴紧闭着,喝不进去。过了一会儿,苗小茜苏醒过来,睁眼一看,自己躺在可怕的陌生人怀里,于是奋力挣扎着,惊恐地大声质问:"你是谁?"

陈鹏忙赔着笑脸:"我是陈鹏,怎么连我都不认识了?"

苗小茜用疑惑的目光瞪着他:"你是陈鹏,怎么这身打扮?"

陈鹏为了救人,忘了自己的穿着打扮。他往镜子里一瞧,狠狠捶了自己一拳,他妈的,昏了头了,差点把老婆吓死。他急促地脱下军装,把头箍摘下摔在地上,半跪着抓住苗小茜的手摸自己的脸:"你看看,我是不是陈鹏?"这时苗小茜才敢正眼看看陈鹏,用手摸摸他热乎乎的脸,突然哇的一声哭出来:"吓死我了你,半夜三更装神弄鬼,你想干什么?我这命差点让你给害了!"

陈鹏连忙赔不是:"老婆别生气,我扶你坐起来,再慢慢向你汇报,完全接受你的批评和处罚。"他扶苗小茜坐到床上,又端来一杯水递到苗小茜手里。"喝点水，压压惊。都是我惹的祸，向你认错，向你谢罪，要不要到医院看看？"苗小茜有点惊魂未定，不放心地又瞭了陈鹏一眼。"上什么医院，去了怎么和医生说？不嫌丢人啊！"

苗小茜的心渐渐平复下来，家也恢复了宁静。陈鹏坐在床边一五一十地讲述了这段时间他压抑、惊恐的心路历程，慌不择路地做出这么个驱鬼辟邪的荒唐事情。他边用毛巾擦拭着苗小茜额头的血迹，贴上创可贴，边关切地问："还疼不疼？"

"吓都吓死了，哪顾得上疼。"苗小茜的声音里透着不满。

"谢天谢地呀！这又是一个化险为夷。我要是没治好自己的神经病，倒把你吓出精神病来，可要后悔一辈子。再不干这种傻事了。"陈鹏愧疚不已地说。

这时苗小茜才正儿八经地埋怨起陈鹏来："你说你啊，这样的事怎么能在家里做？真的需要做也得告诉我一声呀！让我有个心理准备，谁黑灯瞎火看到你那个模样不吓个半死？你赶紧给我停了，别胡闹了，把剑和画像都扔了，还有头箍，军装也别要了。你要是还把我当你老婆，想让我活下去，就不要再瞎折腾了。"

陈鹏霍地从床边站起来："小茜，我向你发誓，以后绝不犯类似的错误，明天就把这些东西全处理了。但我有一个请求。"还没等他往下说，苗小茜一仰脖："什么，你还有要求，这时候你还敢讨价还价？"

陈鹏俯下身握着苗小茜的手："不是要求，而是请求，不是讨价还价，而是请你宽恕，就是这事就咱俩知道，别往外说，要是传出去可成了天大的笑话了。"

苗小茜一听，哭笑不得地答应："这肯定了，家丑不可外扬，我可不是那种多嘴快舌的女人。放心吧，赶紧睡觉，明天还要上班。"

陈鹏低头一看闹钟，好家伙，下半夜三点了，闹腾了半宿。他有点讨好地把苗小茜送回卧室："你要是没有什么事，那我去睡了。"

陈鹏回到自己房间，又是捶胸脯，又是拍脑袋，为自己的鲁莽差点闯下大祸而后悔自责。他点上一支烟,猛吸了几口,望着飘忽的烟圈来了灵感,脑子里一下闪现出好几个有关得不偿失的成语:什么偷鸡不成蚀把米、赔了夫人又折兵、捡了芝麻丢了西瓜等等,虽然不一定贴切,意思能沾上点边。再一想,都说大难不死必有后福,大概这是我和苗小茜的造化,我得好好珍惜她和这个家。他把事情这样合理化地想一想,心里安稳透亮多了,躺下不大一会儿就打起了呼噜。

苗小茜哪睡得着,惊魂未定的她一闭上眼睛就有个黑影向她扑过来,心狂跳一阵子。她索性把灯开着,还是不行。那就不睡吧。睡不着觉的滋味是不好受的,苗小茜好不容易才熬到天亮。这种情形持续了半个多月,那个黑影不离不弃地缠绕着她。始终心有余悸的苗小茜人瘦了,脸色微微有些发青,最明显的是出现了黑眼圈。她有点支撑不下去了,去找好姐妹李文漪,让她陪自己去看医生。医生告诉她说,这是由于受到强烈刺激,得了幻觉症,需要很长时间的心理调适。

有一天唐跃胜和陈鹏一起来到隧道工地,交谈了施工情况后,唐跃胜把话题一转,挖苦起陈鹏来了:"你真行啊,用跳大神的方法,把自己的精神病转嫁给了苗小茜。你知道她得了幻觉症吗?自己的精神病没治好,还把老婆搭上了,这真是有苦共担啊!你说你哪像个爷们,再没有良心也不能坑害折磨自己的老婆呀!"

陈鹏一听两眼冒金星,心想坏了,肯定是苗小茜把家里发生的事告诉李文漪了,要不然唐跃胜怎么能知道。他有些语无伦次地解释:"哎妈呀,市长,我哪能坑害老婆,俺俩的感情真是不错,只是由于我粗心才出了这档子事,幻觉症这病能治好吧?"

"我哪懂哇,这得问医生。不过我警告你啊陈鹏,从现在开始,你要在精神上多给她一些安慰,不能再让她受刺激,那会出危险的。"唐跃胜说这话时,陈鹏好像心不在焉,他正快速地回忆。"是这样,市长,苗小茜这些日子饭吃得不好,精神头也差了,总有什么心事似的，原来是出现了精神障碍，好好的一个人弄成这样，我真是作孽该死，这事要是让儿子知道，还不恨死我呀！"他无地自容地使劲搓着两手。

这时唐跃胜又是开导又是安慰："瞎想什么呢？一个大男人，没有事要想事，摊上事别怕事，既然事情已经出了，就别闪着躲着，用你的腰板把事情担起来。那病说病是病，说不是病也不算病，坚持吃一段时间定神安魂之类的药慢慢就好了。"

陈鹏有些激动的样子："市长，你说的话我信，上帝会保佑小茜。可是你说我也有精神病，这不对呀，我的精神可没毛病，好好的，之所以做了那么个荒唐事，都是听信了大师的话，出发点还是好的，为了消灾避祸。"

"拉倒吧你，没有病去哪门子的妖和邪？你这样做不是此地无银三百两，不打自招吗？在我眼前耍花枪，一边去吧！"唐跃胜讽刺挖苦地说。

陈鹏认真起来了："市长，求求你，这事你得为我担待点，可别再让人知道。我是个进不了大殿的小鬼，心眼小，见识短，面子窄。话说回来，谁都会有个错，有个闪失，备不住什么时候把左脚的鞋穿到右脚上，你别见笑，宽容我点。"

唐跃胜笑着摇摇头："这话叫你说的，咱俩年龄差不多，职务差不多，谁担待谁呀！你在局长的位置上管城建，我是从副市长的角度分管城建工作，其实是一条绳子上拴的两个蚂蚱。咱俩就像在空中走钢丝，不知什么时候会失足掉下来，也像在趟地雷阵，不知哪天会被炸趴下。咱俩再精心细心，但有些灾和难还是躲不过去，这就是命。你信命不？"

"市长，我信命。你说得对，人别和命过不去。就说咱俩，自从当上官走上仕途，可能上帝把所有的事情都安排好了，把一辈子的命运都定下来了。人的命运中有好事、有荣耀、有欢笑，也会有坏事、有挫折、有悲伤，谁也逃不掉的。"陈鹏深有感触地说。

唐跃胜拍拍陈鹏的肩膀:"要我说呀,命运有两个,一个命运握在上帝的手里,咱们奈何不得,要扁要圆人家说了算。另一个命运藏在自己心里,当了官的人,只要眼正心正,不忘责任和担当,再多的难处、苦处都能化解,心里坦荡坦然,就不做噩梦了。"

"这话我愿意听,什么狗屁的精神病,见鬼去吧,借问瘟君欲何往?纸船明烛照天烧。我回家让苗小茜烧把香、纸,把病呀魔呀鬼呀统统送走。"陈鹏说着有些手舞足蹈起来。

第 五 章

　　话还真让唐跃胜说中了，许多命里注定的事，你是摆不脱、逃不离的。随着经济改革的不断深入，迫切要求改革政治体制与之相适应。于是深化干部人事制度改革在全国兴起，基本提法是：要适应新形势，树立新思维，探索新路子，建立新机制，努力开创干部人事制度改革的新局面。唐跃胜没想到，松江市干部人事制度改革的浪潮，竟将他卷进去了，而且把他灌得够呛。

　　一天，唐跃胜和其他几位副市长列席了市委常委会，会议的主题是，松江市在深化经济体制改革的同时，要成龙配套地推进政治体制改革，把进一步深化干部人事制度改革作为突破口，建立起干部能上能下、能进能出的优胜劣汰机制，具体做法是实行末位淘汰。组织部制定的改革方案里有这么一段话：要对市属局级领导班子，包括公检法和群团组织，进行民主评议，实行末位淘汰制，不论哪个部门和单位，凡是测评票列末位者，一把手一律出局；倒数第二者，黄牌警告，谈话诫勉。方案中把改革的指导思想、重大意义、目的要求、方法步骤、组织领导等要素，说得清楚明白，待常委会通过后马上实施。

　　除了干部人事制度确实需要不断改革，关键是这个改革是市委书记孔兆君倡导和推行的，所以常委会对这个改革方案，几乎是异口同声地表示赞同。有的会说话的领导更是对此项改革高调评价。唐跃胜列席常委会，没有汇报的内容，是没有发言权的，并且列席常委会的领导一般也不好说什么，主要是领会会议精神，抓好贯彻落实。听了组织部长江海鸣介绍的改革方案，唐跃胜有一种不祥的预感，政府系统容易得罪人的部门大都在他分管之列，实行末位淘汰，他们恐怕难逃一劫。他反复琢磨要不要发个言，能不能有个说几句话的空当儿。

正在他犯难时，孔兆君很大气大度地启发大家："今天参加会议的还有政府、人大、政协的领导同志，你们有什么想法和意见也可以说说，集思广益、群策群力嘛。"

唐跃胜马上抓住这个机会："孔书记，我说几句。"

"好，有什么话就说。"孔兆君爽快地答应。

唐跃胜先是高度评价市委关于深化干部人事制度改革的决策，表示要坚决贯彻落实好，然后进入主题："我觉得干部人事制度改革非常重要，也很敏感，市委在没有正式下发文件前，可不可以采取不同形式征求一下下面的意见？征求意见的过程实际上也是一个宣传引导、达成共识的过程，为顺利推进这项改革做必要的铺垫，避免产生阻力，或出现负面效应。"末了又补充一句："我的想法不一定对，供领导参考。"虽然这是一句画蛇添足的话，但这样说符合官场规则。

本来已经通过的改革方案，唐跃胜来了这么一嘴，好像煽风点火一样，把一些人压在心底的火苗又点燃了。政法委书记齐元堂抬了抬身子，稍有些激动地说道："孔书记，从大的方面看我赞同这个改革，深化改革自然包括改革僵化的干部人事管理体制，通过改革激发干部队伍活力。但是按照现在这个方案实行，我又有点担心。为什么呢？大家知道公检法担负着特殊的职责，和党政部门相比，有很多不同的地方，把他们和其他部门放在一起评议，能不能因为利害关系产生偏差，还真不好说。就拿法院来说吧，他们审案判案，在维护一些人合法权益的同时,也一定会得罪另一些人,形成对立面,这难免使他们在评议中丢票。法院判案子不是在作什么决策,也不是一般性地以群众利益为标准,而是以事实为依据,以法律为准绳,他们忠诚的是法律,而不是政策和群众的具体利益。我想是否可以把评议的标准,按不同类别加以区分,不搞一刀切?"

孔兆君很平静地听着大家的发言,当齐元堂说到"不搞一刀切"这句话时,他感到很不入耳,很不舒服,紧锁眉头,手里的钢笔有节奏地在桌子上轻轻地敲着。齐元堂见此,知道书记不愿听了,马上把话头打住:"我说完了。"

作为市委书记,孔兆君的政治敏锐性非常强,他认为这不仅是一个成熟可行的改革方案,而且就当前的社会环境看,这个改革绝对具有超前性意义,将会产生轰动效应。这就等于松江这个不怎么起眼的地级市,找到了能够影响全局的突破口,在改革的天空中放了一颗卫星,所产生的政治冲击波,很可能越出省界,在全国引起轰动,这个政治影响力是巨大的。他不想再议来议去耗费时间,于是以总结性的口吻收口:"今天这个会议很重要,开得也很好,组织部要把大家提出的意见建议好好归纳一下,吸收到实施方案中,力求使方案更完善,更具有操作性。"然后他把话锋一转:"任何改革都带有试验探索的性质,没有经过实践的验证,谁都不能打保票给出一个定性的结论,成功与失败的可能同时存在,这需要我们有胆量、有魄力、有信心,积极地促成事情向好的方面转化。包括这次干部人事制度改革在内的所有改革,都是为了城市的发展,都是为了人民的利益,忠诚法律与忠诚人民是一致的,而不是对立的。在改革过程中会遇到未曾预料到的矛盾和问题,我们就是要以大无畏的精神迎接挑战,在疏导解决这些矛盾和问题中,不断把改革引向深入。大雨过后有两种人,一种人抬头看天,满眼都是蔚蓝色的美丽,前景光明灿烂。还有一种人低头看地,他们的眼里全都是泥泞和绝望,失去对未来的信心。作为领导干部要有胸怀,要有眼光,敢于顶着改革带来的冲击和压力,坚信风雨之后是彩虹。金秋是一个收获的季节,相信我们的干部人事制度改革能够取得丰硕成果。"

孔兆君的话富有激情,也充满浪漫色彩,很感染人,激起一片掌声。

唐跃胜忐忑不安的心没有被感动多少,他依然担心自己分管的哪一个部门会被推到风口浪尖上,成为改革的牺牲品。到那时不但自己面子不好看,还可能影响到未来的前程。可市委已经定了,那就随大流吧!

唐跃胜最担心最害怕的事还是发生了。在政府序列的评议中,综合执法局得票最少,倒数第一,规划局倒数第二,环保局倒数第三。有人开玩笑说,建设口真行,最差成绩被他们包揽了。倒数第三的环保局局长林书泉只是觉得脸面不好看;倒数第二的规划局局长潘德叶被行政警告,诫勉谈话;倒数第一的综合执法局局长张泽春要被淘汰出局。不到一个星期,人事变动结果出来了,张泽春被免去综合执法局局长职务,调到市人大任副秘书长。

综合执法局得票少是预料中的事,为什么呢?这是由他们担负的职能和工作性质决定的。用形象点的话说,城市建设管理中脏乱差的事都归他们管,和脏乱差打交道哪有不得罪人的。有些部门所做的大都是栽花贴金的事,而他们净干挑刺拔钉子的活,只要挑刺就涉及方方面面的利益,触犯了别人的利益就要树立对立面,并且他们一得罪人往往不是一个人,而是一串人一帮人,那些人里面什么样背景的都有,千丝万缕地纠缠在一起,难免在官场中反映出来。偏偏张泽春又是个坚持原则的黑脸包公,这个不讲情面的黑脸汉子在官场内外树敌太多,反对他的票哪能不多呢。

这个改革举动如同强地震,松江市的角角落落都有了震感,各种各样的议论说法,以极快的速度铺天盖地地传播着,而且五花八门,千奇百怪 。一个人说话不管对与错,只有在出口那个瞬间是真实的,在若干个重复者、传播者按照自己的意志、想法和需要加工后,就失去了原始的真实性，变得不伦不类甚至是面目全非。于是，人们的社会生活就因为语言的混乱，而生出纷繁复杂的矛盾、麻烦和苦恼。

那天晚上唐跃胜十一点多才回家，进得屋来咚的一声带上门，又咣当一下把手提包重重扔在桌子上，嘴里好像还在嘀嘀咕咕说着什么。李文漪听着和往常轻手轻脚不一样的动静，就迎了出来："吃饭了吗？"

"废话，谁这个时候不吃饭，想饿死人哪！"

"你怎么像吃了枪药似的，谁惹你生气了？"

"谁惹我生气？说出来吓你一跳，是市委、是孔兆君惹我生气了。"

唐跃胜一边动作很大地脱衣服，一边狠狠地回应着李文漪的问话。李文漪一看，他这是心里有气，不想好好和自己说话，那就躲躲，别自找没趣吧，帮他挂好衣服轻声说道："你赶紧洗洗，早点休息吧。"唐跃胜又是没好气地应了一声。

李文漪躺在床上纳闷，他从来不把外面不好的情绪带回家来，摔摔打打扔脸子给自己看。今天是怎么了，大概遇到让他咽不下去的伤心事了。能是什么事？她正思着想着，那边屋里传来有些粗鲁的谩骂声：操他个娘的，怎么能这么祸害人，这叫什么党管干部，这叫什么用人政策，这叫什么管理机制，真是气死我了。说着，不知把什么东西砸在了地板上，发出了咚的一声响。听到这刺耳的响声，李文漪一骨碌爬起来，急忙赶了过来。"哎呀跃胜，深更半夜地你发什么神经，动静弄得太大了，让邻居听到不好。"她低头往地上一看，是他把茶杯摔了，水和茶叶弄了一地。李文漪见他盘腿坐在床上，两眼瞪得滴溜圆，胸脯一起一伏的，像受了挺大委屈似的，可不知用什么话来劝慰他。"你看你，有什么大不了的事，至于发那么大的火，自己气自己。"

唐跃胜忽地从床上站起来，两手用力地比画着："我现在是满腔怒火，满肚子委屈。他们欺人欺负到家了，这是把人往死里整啊！"李文漪这时猜到可能是因为张泽春的事，就上前抓住他的手，使劲把他按在床上。"你小声点，冷静点，半夜三更的闹什么。"李文漪边说边转身拉开窗帘，然后把窗子推开。"来来来，跃胜，你往外面看看。"唐跃胜诧异地随着李文漪来到窗前，"你搞什么名堂，黑咕隆咚地叫我看什么？"李文漪用手指指天空，"叫你看看天，你看天塌没塌下来呀！能有多大的事啊，怎么就沉不住气了，星星月亮都在天上，天没塌下来。天就真的塌下来了，那也是大伙儿顶，用不着你一个人扛，你把心放平静点，别自己难为自己了。别说一个局长，就是十个八个局长被撤职，松江市照样存在，照样发展，离了谁地球不转哪？何况不是你撤他的职，而是市委要把他拿下来。"

唐跃胜眨眨眼，突然间感到自己的行为失控了，过分了，若有所思地又坐在床上，但依然愤愤不平地向李文漪述说着刚刚发生在松江市官场的风波。

面对如此的改革结局和社会舆论，唐跃胜怅然若失。那段时间，同情、埋怨、指责的声音不绝于耳，形成强大的冲击波，横冲直撞地向他扑去。可是他不能说，不能躲，只能装哑巴自认倒霉。事情明摆着，谁也不知道改革能革到自己头上，政府系统那么多委办局，最后三名都是他主管的城建口，没有理由对人们解释什么，没有根据对改革说三道四，甚至张嘴说一句话都是多余的，他只有在怅然中接受现实，反思自己。他在反思中悟出了个朦朦胧胧的东西：伪善不是善，骗局却是局。有些美妙的忽悠挺感动人的，但更能坑害人。人别把自己看得太高，那样容易被看低，可也别把自己看得太低，那样又容易不被人看重。看来在官场上做事，微笑和沉默是两个好东西，微笑能解决很多问题，沉默能避免不少是非。不管发生了什么，自己就带着微笑和沉默来应对吧！

可人家张泽春不干了，他愤怒了，他爆发了，他要找个说理的地方。这个在松江官场素有"嘴茬硬、骨头硬、干事硬"的络腮胡子，面对如此残酷的现实，要用铁嘴钢牙申冤讨公道，并制定了行动路线图。他先后找了组织部长江海鸣，找了管干部的副书记杨明辉，找了市长何劲,而把重点挑战对象放在分管市长唐跃胜身上。他认为他的这个灾难是唐跃胜明哲保身不作为导致的。

按照事先约定,在唐跃胜的办公室里,两个人进行了富有戏剧性的对话与表演。之所以用了"表演"这个词,是因为他们除了语言,还有着变化丰富的表情,更有未曾预料的肢体动作。

唐跃胜为了应对这个谈话,想了好几天,思想斗争了好几天。他不愿面对这个现实,但又必须接受这个现实,他预感和张泽春之间难免有一场尖锐的思想交锋。唐跃胜特意和张泽春坐得很近,两人的膝盖紧挨着。他看到张泽春的胸脯剧烈地起伏着,喘息声也明显有了张力,可嘴却闭得紧紧的。唐跃胜示好地拍拍他的肩膀:"泽春啊,出了这个事就想和你谈谈。我知道你要强,心里难受,我的心也好像有两把刀子在里边搅动,是苦是痛,是怨是恨,说不清楚了,最想说的就是对不住你。今天咱哥儿俩说说掏心窝子的话。"说着眼泪涌上了眼眶。

张泽春先是按捺着情绪,说话的口气也还算平和:"这几天我到处跑,何市长、杨书记和江部长,我都找了,让他们给我一个说法。他们像通了气订了攻守同盟似的,打的都是官腔,说的都是安慰话。从他们那里我找不到真理,找不到平衡,也找不到答案,那就到你这里找。因为你分管我,是我的直接领导,取得成绩你有份,出了问题你有责,我现在不需要安慰,而是需要公道,大概你能还我一个公道。唐市长,你先别说什么难过之类的话,也别猫哭耗子假装慈悲,我相信你这里有公正公道。"

这几句说的声调越来越高,大有咄咄逼人之势,并且改称"唐市长",以前从来都是称呼市长,现在把"唐"字加上去了,说明两人之间有了距离。

唐跃胜的话说得很勉强、很尴尬:"泽春,咱俩老早就认识,又在一起共事了三年多,于公于私我是怎样的人你是了解的。要是说能力水平有限对你帮助支持不多,这我认账,但我不是那种文过饰非、明哲保身的人,从没干过落井下石、背后下绊子的事。你到我这里讨公道,我手里有权力吗?没有权力拿什么来还你公道。你是市委管的干部,让你到人大工作我连知道都不知道,人家也没征求我意见哪,在干部问题上我是没有话语权的。"

张泽春听了先是一愣,继而满腔怒气地嚷嚷道:"什么,市委没征求你的意见?你这个分管副市长是个牌位啊,你在耍我是吗?真是画虎画皮难画骨,知人知面不知心。"

唐跃胜急忙解释:"市委工作有自己的规矩和程序,我有必要在这个问题上撒谎吗?"他正要往下说,张泽春腾地站起来:"唐市长,你还在糊弄忽悠我是不是?作为分管市长,我为你鞍前马后,冲锋陷阵,什么难办的事都顶着扛着。平时为了哄我干活,我这也好那也好,可是到了关键口上你保护我了吗?你向市里说话了吗?你坚持原则了吗?到了这个份上你还一口一个这不知那不知,一推溜干净,说好听点,你这是只管自家门前雪,不顾他人瓦上霜。说得难听点,你这叫卸磨杀驴,玩弄政治权术,是心术不正。"

这几句话使唐跃胜的自尊心受到了伤害,他气哼哼地用力把张泽春按在沙发上:"张泽春,你这话太伤人心了知道不?你是不了解官场情况,还是故意耍泼妇攻击我?咱们都是党员干部,都有原则和底线,对民主测评领导班子这件事,我曾在市委常委会上说过自己的一些看法,除此之外,我不能随便乱讲什么,这是市委做出的一个重要改革决定,我唐跃胜能不执行市委的决定吗?能和改革对着干吗?干部人事制度改革总是会触碰到一些个人利益,而任何个人荣辱得失都得服从改革这个大局。我不是跟你说原则话、讲大道理,要是民主评议市级领导干部让我下台滚蛋,我也得受着,谁要是成了改革大潮的绊脚石,一定会被踢开。"

张泽春本来想点支烟,好像总没找到点烟的空当儿,就把那支烟时不时地在嘴上叼一会儿,又拿下来,有时还把烟的头尾弄颠倒了。当唐跃胜说到绊脚石要被踢开这句话时,他把烟折断,在烟灰缸里拧了好几个圈儿，大声吼叫起来："你说谁是绊脚石？"顺手抓起烟灰缸在唐跃胜眼前比画着。唐跃胜一下惊呆了，他怕火头上的张泽春真把烟灰缸砸向自己，上去就掐住他的手腕，夺下烟灰缸，重重地把他推到沙发上。张泽春霍地又站起来，冲着唐跃胜去了。"你这话说得让人寒心哪唐跃胜，我怎么就成了改革的绊脚石要把我踢开？你在教训我还是威胁我？来来来，你告诉我，我张泽春犯了什么错、什么罪，把我给免了，你怎么和杨明辉他们一路货色、一个德行、一个鼻孔出气，你和他们也商量串通了吗？杨明辉还装腔作势警告我别说过头话，要让离任审计顺利过关，现在有几个领导干部经得起细查深查呀，有了问题还是多从主观上找差距。听听啊，你们这话说得像是一个妈教的，几个人穿一条裤子都嫌肥是吧？我算看透一些人的嘴脸心肝，自己放了屁还到处看别人；自己是个贼，倒喊叫别人去捉贼。唐跃胜，我敢和你叫这个板，审计审查我，我能够做到面不改色心不跳，可有的领导干部包括他杨明辉，经得起查吗？你去问问，他为多少违规建筑的事说情打招呼！"

　　唐跃胜一看这话涉及市委领导，要让别人听到传出去，会惹出大麻烦的，把自己也装进去了，真是怒火中烧。他用握着的拳头指着张泽春的鼻子："你给我闭嘴！给你个脸不要脸了，咱们打锅说锅、打盆说盆，你东拉西扯，茄子绞葫芦说那些话干什么，能解决什么问题？人事制度改革也好，整顿干部队伍也罢，不是哪个人的个人行为，不是谁处心积虑要整你，这是组织行为，个人服从组织这是原则。"

　　张泽春的脖子暴着青筋，毫不客气地打断唐跃胜的话："你别在那儿强词夺理唱高调儿，也把臭嘴闭上。我这个局长是市委决定的，是人大按照程序提拔起来的，我是个合法的局长。可是现在呢？就凭各个部门因感情和个人好恶投的票，就把一个局长给免了撸了，这符合程序吗？我问你唐跃胜，免我这个局长人大走程序了吗？符合干部工作原则吗？咱党一贯强调党管干部原则，这样的改革是各个部门管干部，还是党管干部？就说这次评议投票，有多少感情因素在里面，综合执法局到处干得罪人的活，对立面一大堆，那些净唱赞歌送人情的部门，当然得高票，活干得越多越倒霉，活干得越少越讨巧，市委、市政府真的看不懂这其中的利害？"说这些话的时候，张泽春的嘴有些发颤，两只手握成了拳头。

唐跃胜觉得脸有些热辣辣的，再望望张泽春那张怒不可遏的脸成紫茄子了，真是百感交集。他过去想把张泽春握成拳头的手扒拉开，可越使劲张泽春的手握得越紧，而且不停地抖动。此时此刻张泽春心里是怎样的翻江倒海可想而知。唐跃胜从烟盒里抽出一支烟送到他嘴边，又拿起打火机把烟点上，有些沉重而又无奈地劝慰道："泽春，你这些话虽然说得很重，带刺有味，但我听得懂，听得进去。我没有资格埋怨你、怪罪你，廉价的安慰也没有什么用。说句良心话，你今天这个结局是不该出现的。我有责任，但不是我给你造成的，你不该把这个账算在我头上。现在木已成舟，既成事实，你我都没有办法改变，但在我的权力范围内要做一件事，就是向市委、市政府说明综合执法局和你的工作情况，让主要领导知道你们的功过是非，并且我也要向市委、市政府阐明我对这个改革的看法，不能以改革的名义伤害干部。该我说的我说，该我做的我做，这不是向你讨好，而是觉得有这个责任。"说到这里，他把脸正面转向了张泽春，当两人的目光聚焦到一起时，他发现张泽春的眼神有些散，带着泪痕的目光有点呆滞，一种不安的感觉涌上心头，于是把话题转了。"泽春，我还要说的一句话是，放下强求，随遇而安。要表达什么意思呢？世事复杂，不能要求所有的人、所有的事都来适应自己、满足自己，更不能把自己的行为方式和个人意志强加给别人。你到人大工作压力小了，是非少了，不再忙碌，辛辛苦苦干了这么多年，轻轻松松喘口气，这也是件好事。对于人世间纷繁复杂的事情，面对社会生活中的五花八门，咱们只要努力去做，都不去强求，事事追求自然，万物看得乐观，也就了无烦恼幽怨。咖啡是苦是甜，不在于怎样去搅拌,而在于是不是放了糖。一段伤痛不在于怎样去忘记,而在于是不是有勇气重新开始。我希望你能振作起来,别让人看笑话,瞧不起。"

张泽春对这些话似听非听,低着头似乎陷入了沉思。过了好一会儿,他像醒过神来,瞅了唐跃胜一眼:"我走了。"

"唉,你走啊!"唐跃胜竟没有反应过来,也找不出合适送行的话。

和张泽春不欢而散的谈话,刺激着、逼迫着唐跃胜必须和何劲交谈一次,不仅要为张泽春鸣冤叫屈,也为自己讨个公道。张泽春事件发生后,他听到了不少有关自己的风言风语,说他是只顾自己当官,不管部下死活的缩头乌龟,是彻头彻尾的伪君子。这些带有人身攻击的话,不少是从机关和有些领导嘴里说出来的。他要让市长站出来说句话,不能就这样不清不楚地把责任推到他身上,把尿盆子扣在张泽春头上。

市长、副市长事情都多,要想找个大块的时间在一起谈谈心,交换交换思想,真是挺难的。那天的市长办公会议题不多,开得也很顺利,给他们留出了说话的空当儿。

两人一前一后走进何劲办公室,刚一落座,唐跃胜就说明了意图。没想到何劲也不避讳:"跃胜啊,干部评议这件事把整个城市都搅动起来了。这些日子我心里很不踏实,你恐怕更是焦头烂额,压力比我大得多。张泽春找我了,我只能给他一些安慰,虽然可以充分肯定他的工作成绩,却不能改变现实,更不好给他什么承诺,因为这是市委做出的改革决策。作为一项带有探索性的改革,难免有不完善的地方,不能指望一个改革是完美无缺的。但如果这种改革带来的负面影响和消极因素太多,那就需要调整甚至改变。"

唐跃胜一看今天的谈话何劲先定了调子,心理一下亮起来,就无所顾忌地接上何劲的话:"市长,我非常赞同你的观点,社会上怎样传得沸沸扬扬不要紧,关键是市委、市政府领导的头脑要清醒。你是市长,又是市委副书记,是我们的直接领导,也是咱们松江市的主心骨,我有什么想法就直接和你说,向你汇报,我不会在私下里捅捅咕咕,说这说那,犯自由主义,要是说得对,给你当参考,说得不对,你多包涵。"

"咱俩之间有什么话不能说,都是为了工作,你本来就有思想、有见解,你说什么我都愿意听,不用说那些客套话。"何劲鼓动唐跃胜说真话。

唐跃胜不再看何劲的脸色,把憋在肚子里的话一股脑地往外掏。这次以评议干部为主要内容的干部人事制度改革,愿望和出发点是好的,而实际效果和社会影响是不理想的,负面的东西对干部队伍产生很大冲击。市委是松江市的领导核心,是要统揽全局的,尤其是培养、选拔、任用好各级领导干部,调动好发挥好干部队伍的积极性和创造性,那是市委最重要的责任。按理说,各委办局领导班子综合素质怎样,工作成绩怎样,特别是一把手的驾驭能力怎样,市委是清楚的,如何把他们放在最能发挥作用的位置上,人尽其才,才尽其用,市委最有发言权,怎么能把一个领导干部的升降去留,由渗透了诸多感情因素的评议票的多少来决定呢?就说张泽春吧,我听说他是你点将硬把他推到综合执法局局长的位置。这几年共事下来,我很佩服他、敬重他,为什么呢,他除了有时说话太直太硬,方法有些简单,他对党的事业是忠诚的,他的责任心是很强的,他的工作是很出色的。可以说他是一个敢挑重担、敢作敢为、不为自己谋私利的好干部,综合执法局的工作没让领导操过心。在松江市的干部队伍中,能在综合执法局局长这个最容易得罪人的岗位上把活干得这么漂亮,挑不出几个人来。就是这么一个好干部被几张评议票弄得狼狈不堪,这对他是不公平的。

说到这里唐跃胜稍停顿一下,扫了一眼何劲的面孔,只见他的脸色凝重,嘴角使劲抿着,说明自己的话他听进去了,也打动了他,不需要对说话的内容、方式和角度进行调整。"市长,张泽春是啃硬骨头不叫苦,遇到困难不喊难的人,有许多棘手的事我都压给他,他从来不讨价还价。清除迎宾路广告牌子的事，是你下的死令，他虽然直喘粗气，但咬着牙硬着头皮干了下来。事后他给我说了一通牢骚话，'市长啊，你们这是往绝路上逼我呀，你知道那些广告牌子后面站了多少想挣大钱的人，而想挣大钱人的后面又站了多少有权有势的领导干部吗？你们的心太狠了。'后来我才知道，拆除广告牌子的当时就有人和他叫板，你现在断我们的财路，我们将来断你的官路，咱们走着瞧。现实结果真是兑现了那些人的愿望。被撤了职的张泽春伤心，我这个副市长也伤心，作为一个分管副市长保护不了非常优秀的部下，我感到羞愧和耻辱。"

何劲猛然抬起头："你保护不了，我这当市长的不是也没保护得了他吗？我比你更有苦难言，因为我是同意那个末位淘汰原则的，能说什么呢？现在人们的言论空间扩大了，眼界比以前开阔了，对民主的要求也多了，同时对环境的容忍度低了，看不惯的事情多了，不仅不满的情绪传染得快，而且思想多元的状态更加明显，这是特殊转型时期不可避免的社会历史现象。但是，事关重大的干部人事制度改革不能轻举妄动，搞什么新花样，那样会伤害干部，损害事业。"

唐跃胜顺着何劲的思路往下说："我也这样认为，既然是实行前所未有的改革，又是政治体制改革中的干部人事制度改革，一定要事先搞好设计，搞好调研论证，科学规范地逐步实施。你看看我们这个改革，是怎样调查、论证、设计的，谁能说清楚。所谓改革就是制表、发表、填表、合表，我把它归纳为'四表'改革，然后根据表里的数字撤换几个干部。改革能这么简单化吗？我说个常识的例子，把咱们松江市各行各业最优秀拔尖的单位放在一起打分，也一定会有个得票多少，打分高低的问题，不会齐刷刷一般多。要是把得票少的那个单位一把手撤了，这既不合常理，也不合干部选拔任用规则，更不合公平公正原则。这样的改革不但不能建立起优胜劣汰的激励机制，反而会使干部陷入拉选票、搞关系的泥沼。市长，我今天说了这么多话，觉得心里痛快多了，归根结底有两个建议，一个建议是，干部人事制度改革不能这样搞下去，应当及时进行调整完善，认真总结经验教训。再一个建议是，对已经做了工作调整的干部，要做好疏导工作。我听说法院院长调整后，他已经向市里、省里提出辞职，不干了，说这不是改革，是整人。千万不能因为改革措施不当，既毁了干部的政治前途，又伤害了他们的身心。我隐隐约约感到张泽春有点扛不住劲了。社会舆论抨击和他内心压力两股劲叠加在一起，很可能把他撂倒。"

何劲的手往茶几上一拍："跃胜，很感谢你推心置腹和我说这些话，至少对我是信任的。我虽然不能向你承诺什么，但我不是木偶，会有个态度的。干部的调动市委已经定了，不好再说什么，铁打的衙门流水的官，张泽春年龄不算大，先在人大那儿干着，这对他也是一个很好的历练，有了合适的机会再作调整，当然不一定再回综合执法局，这个事我会记在心里。我们已经亏了、对不起他一次了，不能让他背着十字架混人生。关于干部人事制度改革的事，我一直在反思自责，那天你在常委会上的发言，已经引起我的共鸣，只是顾及和孔书记之间的关系，就顺水推舟了，在这一点上我不如你。不知你注没注意到这么个现象，社会各界的交流，特别是私下里议论，那是慷慨陈词，大家都是明白人，都焦虑，摇头，拍案，可一到公共场合，一到了会场，又都换了一副嘴脸。这样下来，一些事情就难办了。这件事我会郑重其事地和孔书记交换意见，在政治原则问题上我不能糊涂地让步。这个改革即使是继续搞下去，也必须做出重大调整，不能这么个搞法。改革弄不好就变成了折腾，这么一折腾人心就散了，事业就完了。"

唐跃胜与何劲交谈得挺投机，何劲的那些话也让唐跃胜异常感动。但有一点唐跃胜心里是明白的，甚至是深信不疑，在民主评议领导班子这件事上，何劲对孔兆君的态度肯定是妥协退让，丢卒保车。他所说的对张泽春的工作适当机会再做调整，不能再对不起人家一次，只是嘴硬表示一个姿态，让自己和张泽春领他的情，他不会为了张泽春的前途和未来，而与孔兆君叫板，更不敢翻脸，因为他没有那个资本，他不但惧怕孔兆君，将来更需要孔兆君。

八个月后，唐跃胜的判断得到了证实。唐跃胜在与何劲谈论综合执法局工作时触景生情，向何劲提起张泽春工作调整的事。何劲面无表情地给了唐跃胜一个答复：你真是好记性，到现在还惦记着张泽春的工作调整。他在人大副秘书长的位置上不是很好吗？人大也是市级领导班子，那里的工作也得有人去做，他到那里也是人尽其才、才尽其用呀！你真觉得现在调整他的工作对你对他都很重要吗？大家都知道你为他抱不平、叫冤屈，可他领你的情吗？这段时间他闹了多少笑话，整了多少景啊！那不是他自己作践自己、自己臭自己吗？真的让组织上看到了他的真面目，这样的干部还能再重用他吗？此一时彼一时啊，我看眼下有许多比调整张泽春工作更为重要、更值得花心思的事情。

这一番话，噎得唐跃胜哑口无言，一个字都没说出来。

就在他俩交谈的当天下午，唐跃胜给张泽春打电话，想约他晚上一起吃个饭，可他手机关机打不通。原来两天前张泽春就请假到杭州他弟弟那儿去了。

从对干部评议到职务调整，不到半个月就结束了，但这阵狂风暴雨给张泽春内心留下的创伤，却不是短期内能抚平的。若是熟悉的人相遇，没有不为他鸣不平的，而只要有了这样的机会，张泽春也一定要淋漓尽致地叫冤屈、倒苦水。时间长了，这成了他与人交流的一种模式和程序，人们都害怕遇到他，都不愿与他交流，说他魔怔了。这消息自然会传到唐跃胜的耳朵里。

有一次唐跃胜到人大参加环境保护听证会。会议一结束他就急匆匆地去看张泽春。秘书处的人告诉他，张秘书长身体不好，挺长时间没来上班了。唐跃胜心里咯噔一下，身体不好，怕是精神有问题吧？回到办公室，他把赵祥龙叫过来问："张泽春身体不好的事你听说过吗？"

"听说过,我听人大的人说的,已经挺长时间了,而且有不少他的传说,挺有传奇色彩的。"

"什么传奇色彩,来来,你说给我听听。"

"市长,这个故事曲里拐弯的,话简单了说不明白,非得从头到尾,详详细细的才能听懂。我是说个大概呀,还是详细点说?"

"你就看着办吧,怎么得劲怎么说,能让我听明白就行。"

于是,赵祥龙绘声绘色地讲述了张泽春离奇的传闻。

一天晚上,张泽春在外面吃饭,挺晚了还没回家。他老婆叶妙娜和女儿张萍有些不放心,打了几次电话他也不接,娘儿俩就坐在电视机前等他。眼瞅着快十一点了,张萍忽然听到外面不大不小有点声音,细听听又没了。她把电视机声音调小,隔了一会儿声音又出来了,像有人撬门,吓得她一头钻到卧室里去了。叶妙娜赶紧把电视关了,灯也闭了,支棱着耳朵听外面的动静,心想会不会是张泽春回来了,又一想不会是他,要是他的话早就开门进来了。想问问是谁又不敢出声。她动作很轻地来到里屋,告诉女儿肯定是小偷,正在撬门,你爸又不在家,等小偷真的把门弄开了那就晚了,赶紧报警。惊慌失措的张萍拿起手机报了警。

喝多了酒精神有些恍惚的张泽春,半夜回到家门口,到处找钥匙找不到,不知怎的就把裤腰带长出来的那一截当钥匙了,扯出来就往门钥匙孔的地方捅,越捅越捅不进去,越捅不进去就越着急,心里还直嘀咕:门锁怎么坏了,开不开了。这就弄出来腰带划碰摩擦门的声音。屋里人哪知道这情形,以为是来了贼了。

不大一会儿,两个警察就冲到了三楼,一看有人正在用腰带开门呢,大喝一声,不由分说掏出手铐就要动手。张泽春转过身来问,你们找谁,半夜三更的小声点。警察看他攥着自己的腰带,满嘴酒气,也没有要反抗的意思,有点纳闷,这也不像小偷呀!警察就上前问他是干什么的,这么晚来开人家的门,是不是想盗窃。

张泽春一听火了,骂警察穷德行,告诉警察这是他家,回自己家不行啊，盗什么窃呀！你们不认识我吗？我离开综合执法局没有几天就不认人了，真是势利眼，他娘的不是个东西。你们把我当小偷要抓走是不是，来呀。说着把两手一伸，让警察戴手铐的意思。然后吐了口唾沫又骂，你要是抓错了人，看我不把你这身皮扒下来，个小兔崽子。

这下把两个警察弄二乎了，他到底是谁呀？敢骂人，口气还挺大的。有个警察眼尖，仔细端详了一下，面前这个人有点面熟，猛然间想起在电视里见过，就有些讨好地问，我好像在电视里见过你，你是哪一位呀？

什么叫好像，我就上过电视，是综合执法局的局长。张泽春的名字听说过吧，那就是我。唉，我这个局长被撤了你们就瞧不起我，把我当坏人来抓呀！你们这叫夜闯民宅，知法犯法懂不懂？张泽春有些不依不饶。

拿手铐的警察向他解释，你别误会，不是我们对你无礼，而是有人报警说楼内有小偷我们才过来，这就遇上了你。

这下张泽春更火了。报警，谁报警了？你怎么胡说八道，来来来，你把报警的人叫来我看看。当警察把手机里报警人的姓名和手机号码亮给他看时，他愣住了，女儿张萍报的警？这怎么可能，她干吗报警让警察抓我呀，不能啊，他自己也二乎了。

他们这一阵子大声对话，把楼上楼下的邻居都惊动了，出来不少人。有的认识张泽春，看他身边站着警察，手里还拎着手铐，就问他，张局长，怎么回事，这大半夜的。这时张泽春稍清醒了些，指着两个警察说，你问问他们，把我当小偷了，真是岂有此理。到了这个份儿上，警察为了不被误会，不受指责，必须把事情的原委说清楚。他们向楼内围观的人解释，刚刚接到叫张萍的女士的报警电话，说是有人撬他们家的门，我们就赶过来了，碰巧遇到这桩事。不管怎么说，我们来时这位张先生确实是用自己的腰带当钥匙在开门。现在大家共同认定他开的是自己家的房门，那我们就撤警，打扰你们了，对不起。

张泽春终于从手提包里翻出钥匙，打开房门，哐的一声把门带上。他一边脱鞋一边大声喊，萍萍，萍萍你在家吗？

这时候，叶妙娜和张萍母女俩面如土色地从屋里走出来，萍萍浑身哆嗦着。见到她俩的模样，张泽春的火噌地一下就上来了，厉声喝道，萍萍，是你报的警吗？由于惊吓，张萍说不出话来，叶妙娜怒视着张泽春，是我们打电话报警的。

我怎么了？你们报警让警察来抓我，真是大水冲了龙王庙，一家人不认一家人了，还把我当成了坏蛋，你们真行啊！张泽春有些怒不可遏。

当幼儿园园长的叶妙娜，性情开朗温存，她闻到一股浓浓的酒味，知道张泽春又喝多了，压抑着愤怒与不满，既不争执，也不解释什么，而是帮他脱下衣服，连拉带拽把他弄到沙发上，又端来一杯热水。她声不高但又很严厉地面对着他，你把我们娘儿俩都快吓死了，酒怎么能这么个喝法，不知道控制一下自己吗？然后把报警前前后后发生的事说了一遍。

张泽春还在那儿强词夺理。外面有动静，门上不是有猫眼吗？一看不就清楚了，干吗要报警？已经醒过神来的张萍跺着脚，直瞪着张泽春，爸，你太不像话了，听到外面的声响，俺妈和我都吓掉了魂，敢到门前去看猫眼，敢隔着门问你是谁吗？你在门外那么长时间不用钥匙开门，在门上划来碰去鼓捣什么呀？

张泽春又辩解，我酒喝高了，找不到钥匙，把腰带当钥匙往钥匙孔里捅，你们听到的碰门声是我弄出来的。报什么警呀，想出我丑是不是？你们怎么也看不起我。

叶妙娜听罢，不知想哭还是想笑。泽春啊，这些日子我和萍萍真是为你担心，你看看自己的精神状态和以前一样吗？局长不当了到人大当秘书长，又怎么了，这日子不是照样过吗？我们谁也没说你半个不字，没说你一句闲话。我知道你要强，面子上不好看，可是既然摊上了这事，就得能担事顶事。你现在成了话痨了，遇到个熟人就絮叨个没完没了，不论男人还是女人，一旦成了话痨就完了。俗话说言多必失，为那点事一天到晚说个没完，谁还把你当盘菜啊！你就那么需要别人同情吗？争取别人同情就等于失去别人对你的尊重。男人就像一座城，不能城门四开，那样会被别人一眼看到底，当人们把你看透了、看穿了，也就看扁了。你要注意控制、改变自己，我担心这样下去你的精神会垮的。

听说自己精神会垮，张泽春一下从沙发上弹起来，又重重坐下。什么，精神会垮？笑话，我一个大男人精神垮不了，只是感到不公正。当初他们死活把我推到那个位置上，好话说了一大筐。现在倒好，卸磨杀驴，无缘无故地把我踢开，让我受委屈，给我制造了这么个不光彩的历史，我心有不甘。你们嫌我话多了，我还想喊、想哭、想申诉、想告状，把他们都拉下马来。

叶妙娜一听他说到这个份儿上来，害怕了，苦口婆心地开导。谁都要面对现实，你在综合执法局局长位置上的功过是非，不用自己去争去说，别人会给你一个公正的评价，你在社会上的威信真的不差。当了这么多年领导干部的人，要拿得起放得下，要是自己拿不起放不下，别人肯定瞧不起你，对你另眼相看。

这句话又触动了张泽春的心弦。你说什么，拿得起、放得下，这话说说容易做起来难呀！你让我怎么放得下，我就是死也是一个屈死的鬼。然后，他像泄了气的皮球。"咳，屈什么屈呀，是上帝给我关上了这扇门，要打开的另一扇门就是要我看透官场，远离政治。从今往后，我什么都不想，什么都不计较了，本本分分、安安静静地过自己的日子，你们不用操心。"

讲着故事的赵祥龙，时不时地扫一眼唐跃胜，看看他的表情决定自己是多说点还是少说几句，没想到他竟然听得很有兴致。已经讲完故事的赵祥龙看唐跃胜似乎在思考什么，没有打断他的思绪，静静地等着他。过了片刻，唐跃胜下意识地反应过来："讲完了？"

"完了。"

"没想到你这么会讲故事。哎，这故事不是你们瞎编的吧？要是用好听点话说就是虚构演绎出来的。"

"我看这个版本比较可信。"

张泽春的故事搅得唐跃胜心里乱糟糟的，他的胸腔充满着爱恨交织的复杂情感。那情感中有同情与无奈，也有不平与抗争。他在压抑中梳理着自己的情绪，从社会生活角度看，赵祥龙讲得是一个挺有趣的故事，而对那个有着很强事业心和责任感的张泽春来说，可是一个天大的事故。故事也好，事故也罢，都会打上社会和时代的烙印，所反映的也绝不是张泽春一个人的命运。

而对张泽春来说，远离权力中心就等于离开了是非烦恼，何尝不是件好事。

按理说，市委主导开展的一项重要改革活动，结束后是要认真进行总结的，为以后继续开展好这项活动，总结积累经验，使之更加完善。实际上呢，市委对这项活动的功过是非似乎无动于衷，没有给出个说法，轰轰烈烈而起，无声无息落幕。那个评议活动对松江市来说，既是首创，也是绝版，以后再没人提起这事。

第 六 章

松江市的城市建设变化就像万花筒,五彩缤纷地一天一个样,让人眼花缭乱。有人比喻城市建设如同打扮女孩子,可把女孩子打扮漂亮,一是要有钱,没有钱啥事也做不了;二是要有度,要是施粉太重,衣着花色搭配不当,美丽就可能变成丑陋。

唐跃胜又发愁了,愁什么呢?他是愁怎样落实市委、市政府提出的让松江"亮起来、绿起来、美起来"的市政建设规划。把城市建设得漂漂亮亮,这是谁都喜欢希望的,"三个起来"的口号本身就很亮丽,可支撑美丽的是金钱和实力。人们已经习惯了,事关城市形象、领导形象的工程,有钱得上,没有钱想办法也得上。

在市长办公会上,当进行到"三个起来"议题时,何劲先说了几句定性的话:松江虽然是个内陆城市,经济发展速度和规模不能和沿海城市相比,但改革开放的步伐不能慢,城市形象不能差,要通过实施"亮起来、绿起来、美起来"工程,把城市形象树起来,把城市名片打出去,打造招商引资新平台,筑起经济发展新高台。这是当前政府工作的一个重点,各有关部门要从大局出发,相互配合,不惜财力,共同唱好这台戏,一起盘活这盘棋。

唐跃胜本来想在会上说点不同看法,一看范亚风副市长抢先表态,说了一堆赞成之类的话,作为分管副市长就不大好说别的了。

他权衡来权衡去觉得还是不说好。这三项工程都是自己主管,市委、市政府做出工作部署,市长又强调了"三个起来"对整个城市建设发展的重要意义,在这个时候、这样场合说些不同看法,哪怕是一点点,也会有唱反调、不听话、对着干的嫌疑,别惹人讨厌了,把嘴闭上吧!唐跃胜不但不张嘴说话,连眼睛也闭上了。他用耳朵听别人说话,用脑袋想自己的心思。

何劲转头望了望唐跃胜:"唐市长,这都是你分管的事,有什么要说的?"

唐跃胜一下睁开眼:"刚才市长说得很明确,我和建设口的同志,要按照市委、市政府特别是何市长的要求,集中人力物力财力,把相关的工程做好。具体怎样实施,会后我们再根据市长办公会的安排,做进一步研究,切实抓好落实。"

这是个表态性的话,不多不少,挺得体。

何劲又环顾了一下会场:"你们几位副市长和其他同志,还有什么好的建议?都说说。这是个系统工程,需要各个部门相互配合,协调行动。"建设口的几位局长看唐跃胜说了表态性的话,都不再言语了,静静地坐在那里。财政局局长冷文波两手使劲搓搓脸:"市长,我说几句。市委、市政府关于树立城市形象的决策,我非常赞同,但是'绿起来'工程需要一定的财政投入,种草和栽大树都需要大量资金,尤其是栽大树,成本很高,财政压力实在有点大,可不可以考虑分步实施,逐渐推进?"唐跃胜听了这话心里乐开了花,只是不动声色。

何劲稍有不耐烦:"你就别哭穷了,松江有多少家底我能不知道?栽几棵大树,种几片小草就把财政压垮了?我们还没有脆弱到那个份儿上。好钢要往刀刃上使,钱财要往关键处用。发改委、财政局、城建局、建委你们几家再碰碰,好好研究一下,一定要保证这个工程的顺利实施。"

市长办公会后,唐跃胜就和城建局局长陈鹏密谋策划起来。他俩先是算了一笔账，要是把松江市的几个广场和主要路段都栽上大树，需要将近三千万元的资金，而大树的成活率不足百分之四十，无形中拉高了成本，并且会形成年年栽树年年死，年年死又年年栽的恶性循环，财政每年拨给城建的款是有数的，根本填不上栽大树这个窟窿。要是下狠心把有数的钱往栽大树上用，别的事就别想干了。为了应对这个局面，他们想了两个办法，一个办法是偷梁换柱，把栽大树换成栽中树或小树，但必须把市委、市政府周边和领导能看到的地方的活干利索，让他们满眼大树满眼春。还有一个办法是搞一个城市绿化五年规划，把工程分解开，这样既显示了积极的姿态，又将绿化的时间拉长了，压力也就缓解了。

陈鹏点上一支烟，一个接一个地吐着烟圈。"市长，这样做对城建局来说是个好事，给我们减轻了压力，减少了工作阻力，但对上边来说可不是好消息。说句不好听的话，咱们这是欺上瞒下，搞上有政策下有对策，犯的叫欺君之罪。"说完自己苦笑了一下。

唐跃胜早在心里权衡过这么做的利弊得失，有点神秘地和陈鹏咬耳朵："为了稳妥起见，咱们近期组织召开几个专家学者论证会，既听听他们的意见建议，也造造势遮人耳目。同时和人大、政协环保部门沟通协商一下，搞几次视察，看看社会各方面的反映，特别是把各个方面不同的意见和声音，很好地归纳一下。这样不仅有利于我们把工作做得更好，也体现出我们所做的事情反映了社会各界和人民群众的愿望、要求，利用这样一个条件为我们挡挡风、遮遮雨。现在松湖隧道工程已接近尾声，你可以把主要精力放在做好这件事上，别有太多顾虑，什么事都求十全十美。"

陈鹏一笑被烟呛着了，咳嗽几声后边擦眼泪边说："姜还是老的辣。什么叫官场经验？什么叫政治智慧？这就是。我自叹不如啊。"

唐跃胜直晃脑袋："这话有味儿，你可别整景。我们这不是搞阴谋诡计，不是玩两面三刀，而是从实际出发，是尊重民意。就咱俩来说，绞尽脑汁想办法，挖空心思搞对策，是为自己树名声、捞好处吗？不是，可以说是心底无私地为了这个城市，为了全市的老百姓。调整调整方案，一次能省下一千多万，这也是在做善事好事。善有善报，恶有恶报，我们这样做会得到福报，你信不信？"

陈鹏乐了："怎么不信。市长，你这么一说一分析，我心里有了点底数，觉得做这样的事理直气壮，腰杆子硬朗。要不然嘴上说硬话，心里空落落。我害怕捅马蜂窝惹乱子，把精神病勾引犯了，那就毁了。"

陈鹏心里明白得很，以这样的方式贯彻落实市里的工作部署，是犯忌的。社会上流传着你糊弄我，我糊弄你，下级糊弄上一级，一级糊弄一级；村骗乡，乡骗县，一直骗到国务院。虽然这是一个笑谈，其实笑谈中有真内容。各级在制定计划、政绩统计和情况交流时，掺进了过多的水分。我们搞城市绿化毕竟是在落实一项实实在在的工作，要是和市长要求相差太大，即使是出以公心，检讨是跑不了的。领导要是从政治方面来琢磨你，说你阳奉阴违，不懂规矩，政治上不成熟，那就是作茧自缚，自找苦吃了。所以他在具体实施过程中小心翼翼，如履薄冰，一边做着唐跃胜派下来的活，一边思虑着不在何劲那里留下阴影。可是千虑之一失，市长的慧眼还是看出了破绽，何劲让秘书通知唐跃胜和陈鹏到他的办公室。

市长过问了解一项重要工作的进展情况，那是正常的。陈鹏按部就班地汇报绿化工程进展情况，当他说到已经在重点路段栽种了多少棵大树时，何劲断然打断了他的话："你说什么，重要路段栽的是大树？陈鹏，我问你，你说的大树是多大呀？大树小树怎样区分呀？立在路边的树桩谁看不到哇。别说大树，就连中树也算不上。你栽的不都是些小树苗吗？我没得白内障，眼睛好着呢，你是不是要跟我耍把戏玩障眼法？"

这时陈鹏低着头，不敢正眼看市长，心里暗自叫苦，后悔不迭。

何劲看陈鹏不吱声，突然把声调拔高了："陈鹏，你怎么瘪茄子不说话了？唐市长也在这儿，你要把话给我说清楚了，对市里的工作决策和部署为什么有这么大的抵触情绪？这不是明目张胆耍领导吗？你真是目中无人，胆大包天哪，你是在用栽树这件事和我顶牛、和我叫板吗？这两年城建工作接二连三地出问题，你基本上是在做给领导上眼药、拆台子的事。"陈鹏像当头挨了一棍子，眼前一阵阵发黑，铁青的脸上渗出颗粒清晰的汗珠。

按常理，何劲会沿着当时说话的意境和思路继续说下去，可是他已经发觉刚才的话说重了，得赶紧补救一下，缓和缓和气氛，于是转过头来问唐跃胜："唐市长，他们改变绿化工程计划的事你知道吗？有没有向你汇报过？"

这突如其来的问话，把唐跃胜弄了个措手不及，说知道和不知道都不合适。他没有正面回答何劲的问话，有点答非所问："城建局为了更好地落实市里的工作部署，召开了有关专家学者听证会，分别到市人大、市政协听取意见，在这个基础上制定了个松江市绿化五年规划。由于资金不到位，到外地预购的大树暂时运不进来，他们为了尽快打开工作局面，就急匆匆地栽了些中等树苗，虽然看起来不大上眼，但成活率没有问题。我们接受市长的批评，马上进行调整，等大树运进来再栽种。"说着瞅了一眼陈鹏，"你们的主要问题是急躁，让城市绿起来要从实际出发，不能急功近利，急于求成。"

唐跃胜这一番模棱两可和稀泥的话，虽然有为城建局摆好解脱的意味，可何劲不觉得刺耳，虽然他明明知道唐跃胜是这出戏的后台和主谋，但这样的解释不算出格，还是能接受的。

陈鹏听了这话，就像在波涛汹涌的大海中抓到救命稻草，遇到大救星一样，情不自禁地流露出一缕得意安稳的神色。

何劲用带有辩证色彩的话来敲打陈鹏："刚才唐市长给你解了围，你要摆正自己的位置，不要自以为是，不要异想天开，什么时候都不说出格的话，不做过头的事，更不做不该做的事。我是市长，决策是我的职责，决策错了我负责；你是局长，执行好决策是你的职责，要是执行不好，或者随意改变领导决策，出了问题和偏差你要负责任。该阎王管的事，小鬼别瞎操心，该小鬼做的事，阎王别乱插手，这叫各司其职，各负其责，谁都别越位。下步的工作，我赞成唐市长的意见，尽早尽快进行调整，要是再出现问题，你就要考虑考虑自己能不能继续待在城建局局长这个位置上了。"说完看看陈鹏，又瞥了一眼唐跃胜，意思大概是，我这话是说给陈鹏听的，也包括你唐跃胜。

离开市长办公室快要下班了。唐跃胜回屋拿了手提包，和陈鹏一起走出大楼。

唐跃胜问："陈鹏啊，晚上有事吗？"

"没什么事，回家吃饭。"陈鹏紧张得说话都有点不利索了。

"有多长时间没回'旅店'吃饭了,想回去露露脸表示你的存在？走吧走吧，表现好坏不差这一天一顿，咱俩到饭店吃点饭，正好说说话。"唐跃胜开他的心。

"市长，我哪有心思吃饭喝酒，肚子里像吞了块冰疙瘩，我是透心凉啊。"陈鹏抱怨着。

"我知道，跟我走，我来帮你把肚子里的冰融化掉，几杯酒下肚就冰融雪消。"唐跃胜逼着他上车。

陈鹏一看唐跃胜的态度，再不愿意去也不能驳市长的面子，跟着走吧。

到了饭店他俩边等菜边交谈起刚刚发生的事。

又是陈鹏抢先说话："市长，绿化工程做的让大市长不满意，责任在我。可市长那些话说得也够重的，对我刺激太大，有点接受不了。看来他对我成见挺深，以后工作不好干了，关系更难处。真他妈的扯淡，都怪我杞人忧天，政府有钱就花呗，也不是从我兜里掏钱，上面有了指令别说栽大树，就是栽金树银树与我何干？照着上级说的做就是了，损害的也不是我一个人。我这就叫没有眼力见儿，出力不讨好，真发贱。"

这通牢骚发的让唐跃胜觉得不大是滋味，似乎包含着埋怨自己的意思。于是，唐跃胜话说得就复杂了点，既像安慰陈鹏，也像自责。

"陈鹏，在这件事上你没有错。要说工作没做好引起领导不满，责任在我，因为我是始作俑者。用这么个办法尽量减少因栽大树造成的损失，这是我的想法，我的主意，我不是在市长面前已经替你挡驾了吗？你别再去钻牛角尖了。你信不信，人在干天在看。那个天是谁？是老百姓，是天地良心，是领导干部的道德操守。我们成天喊要有崇高的事业心和责任感，那不是空洞的口号和说教，而是实实在在、点点滴滴的行动，咱们干的这事就是责任心强的具体体现。有句成语叫旁敲侧击，刚才市长的那些话表面上是批评你，实际上是说给我听的，这叫弦外之音。你得会听话，不但要听他说了什么，还要辨别那些话的内涵，更要琢磨他想说而没说出来的话。我之所以在市长批评你时没有过多解释什么，为你开脱，把责任揽在自己身上，而是说了些模模糊糊的话，就是不想把事弄僵，留出余地。要是再说得清楚明白一点，就是不能告诉市长咱俩是统一战线，我是你的后台，较着劲儿来对付他。你得让市长感觉到，他才是咱俩共同的后台老板，咱都听市长的话，是替市长着想的，你是一心一意跟着市长走的亲近人，只是偶尔好心办了错事。"

陈鹏顺杆爬梯地直点头："市长，你这才叫有智慧。公理公道地说，咱们这么做不是以权谋私，没有私心杂念，不是想从工程中捞什么好处。可是一片好心要是得不到好报，领导不理解、不支持，这叫弄巧成拙。何市长是盯住咬准这件事了，咱们适可而止、见好就收吧，反正已经省了不少钱了，省多少是多呀！我看咱们就按市里的要求，该栽大树的地方全都栽上。我明天就亲自到财政局要绿化专项经费，他们不给钱，我就不走人。有钱谁不会花，管花在哪儿，花了拉倒。千万不能因为这些事，使咱们和市长之间的关系产生裂痕，那损失就大了。"

唐跃胜从陈鹏有些消极的话语里，感受到了他的无奈与纠结，感受到了权力的威力，于是把自己说话的语气安排得非常和蔼："陈鹏啊，我知道你的难处。作为职能部门的一把手，你比我承受的压力要大得多。我这个副市长是个什么角色呢？就像是一条小船，载着市长的意志曲里拐弯地在你们几个肥头大耳的局长中间，来回穿梭搞协调。有时候，在有些问题上还得看你们的脸色，说些小话。我现在没有理由在你面前说那些趾高气扬、打气励志的话。在市长眼里你是小鬼，我也是小鬼，小鬼得听阎王的。我们没有决策权，只有服从命令听指挥，认真扎实抓落实的责任。在我和市长之间，你当然应当选择服从最高领导的意志。在栽大树这个问题上，我不自量力犯了个错误，不能让你再犯错误，背着包袱和压力去干活，要真的为这件事把你这个局长拿掉，那我要痛苦后悔一辈子的。我可以明白告诉你，不仅栽大树，包括要扩大若干块绿地，你们都按书记、市长的想法和要求去做。我虽然不赞成，也睁只眼闭只眼，决不挑刺挡路，尽我所能为你们开绿灯，当好铺路石，毕竟让城市绿起来、亮起来、美起来，让松江人民的生活好起来，也是我盼望的。"

听了唐跃胜赤裸裸的表白，陈鹏似乎不相信自己的耳朵，疑惑地瞪着一双大眼："市长，这可不是你的性格。"

唐跃胜的头一歪："什么性格不性格，小庙里的鬼本就不该有什么性格。我分管城建工作这几年连连出事，规划局局长、综合执法局局长都挪了位、换了岗，我心都疼死了，但在干部使用问题上我没有话语权，也保护不了干部，甚至连向主要领导提点建议的机会都没有。你不能再出事了，要是因为没栽大树惹恼了领导，让你挨批评丢了官，我的罪孽就更大了，在松江会为万夫所指，那真是天地不容啊。说句难听的话，大家伙一人一口唾沫都能把我淹死。我之所以不和市长争辩，为的不是我，而是为了你。我心里明白，现在自己最主要的任务和职责，是保护好一起共事的干部，而不是保护我，哪个轻哪个重的账我算得过来。咱俩本来想为城市发展尽点心、做点事，但事与愿违，那怎么办，就急流勇退，更弦易辙。小鬼不能与阎王争，别拿鸡蛋往石头上撞，以卵击石，毁灭的是自己。能进咱就往前走，走不通就慢下来、停下来，必要时还得往后退几步。"

这时的陈鹏忘却了自己内心的痛苦与委屈,从唐跃胜紧紧咬着牙的情形,似乎看到了他胸中燃烧着的火焰。他站了起来,用有些抖动的手给唐跃胜添了点红酒,然后给自己倒了满满一杯:"市长,我敬你一杯酒。俗话说,烈火见真金,日久见人心。在你领导下和你共事了这几年,真是很难得。开始时我们是对你有过一些想法看法,觉得你做事近于苛刻,有些清高不太近人情,在对你工作支持配合上不够积极协调。时间长了,大家一点点感受到,你光明磊落,对自己要求严格,特别是你眼光远、心胸宽,心里装的是城市发展的大事,老百姓生活的实事,我们从内心里敬重佩服你。虽然官场险恶,鱼龙混杂,但善恶美丑的界限我们还是能分清的。你处处支持着我们,我们也要真诚地维护你。"说着,把满满的一杯酒一口气喝了下去。

唐跃胜被陈鹏的举动感染,也举起杯:"来来,陈鹏,我也敬你一杯酒。现在官场上虚话假话套话太多,听不得信不过,但你我之间说的都是真心话。你今年四十六岁,在这个位置已经干了五年了,应该说组织上对你是信任的。你抓工作思路清晰,知道轻重缓急,很有感召力,年龄优势也明显,再上一个台阶的可能性是有的。这时确实要多权衡利弊得失,不要因小失大,把眼光放远一点。"说了这些话后他忙看看表,"要说的话都说了,该喝的酒也喝了,你把剩下的菜打打包,我先走,省建设厅乔厅长在那芬湖疗养院疗养,过来三天了,这几天事多没来得及去看他,我一会儿过去。"

"我陪你去吧,乔厅长我也熟。"

"不用了,我自己去,你安排一下,明天晚上咱们请他吃个饭。"

陈鹏回家,唐跃胜去了那芬湖疗养院。

乔世成是省建设厅常务副厅长,和唐跃胜很处得来。他说身体不太好,到那芬湖休息几天。正好他女儿在疗养院工作,方便照顾。

老朋友见面分外高兴。唐跃胜握着乔世成的手:"你老很少游山玩水,身体哪里不好?到这儿躲清闲来了吧。"

乔世成用手指指脑袋:"这里不好,老伴说我脑子有病。"唐跃胜故意装作没听懂:"怎么,里面长东西了?"乔世成自我解嘲:"没长东西,进水让水泡了,不正常,神经错乱。"他仔细端量了一下唐跃胜,"唉,我说唐市长,你的脸色也不太好,是不是太累了,可得注意休息。"唐跃胜凑近他:"是有点累,不是身累,而是心累,恐怕也是脑子不太好。"然后把下午发生的事给乔世成描绘了一番。

乔世成是个性情中人,听了故事气就不打一处来,鼻子使劲一哼:"栽大树可不是你们松江市的发明创造,省城好几年前就开始栽大树了,结果是劳民伤财。当时看他们栽大树大把大把花钱我心疼,看到那些不死不活的一排排树桩子我心疼,听到老百姓的议论和骂声我心疼。为这事我得罪了不少领导,咱俩是同病相怜。"

说着说着话题就转到乔世成能不能当厅长这件事上来。省建设厅厅长韩恒策调到国家建设部后,就由常务副厅长乔世成主持工作。按照官场规则,主持就意味着要接任,经过一段时间的磨合过渡是要转正的。可是大半年过去了,他一直主持着,始终没有出现转正的迹象。对乔世成来说,这是一段难熬的时光。他努力工作,加倍小心,积极创造转正的条件,总觉得转正是水到渠成的事。但当官升官这事复杂得很,不是你工作积极、聪明能干、业绩突出就能得到提拔重用,还要看天时地利人和,是主客观诸多因素的巧妙结合,尤其得有赏识你的人,而乔世成恰恰在人和这个问题上出了毛病。

说到转正,乔世成仰天长叹:"是上帝不想给我这个官衔呀。前些日子省委组织部钱江部长找我谈话,给我乐的,以为是时来运转要当厅长了。唉,高兴过早了,他说的是另一番话。由于年龄原因,要派一个四十多岁的年轻同志来接任厅长,我到省政协人口资源环境委员会当主任。这样既能解决正厅职务,工作也不累。这真是兜头给我浇了一瓢冷水。我当时真想说说自己的看法,我五十五岁不能提厅长,不是有个五十八岁的主照当厅长吗?话到嘴边转念一想,组织部长说了话,那就等于判了刑,说什么都是无济于事的废话。再说了,你不是要解决正厅吗?政协人资环委主任也是正厅,组织上并没有亏待你。我是有苦难言呀!那天我没说一句话,没有吱一声,就离开了钱部长办公室。这股无名火顶得我躺了三四天,血压升高不说,心理压抑引起了耳鸣。那个耳朵白天响晚上响,搅得我心烦意乱,吃药也不管用。女儿知道后,非要我到这儿休息治疗一段时间,要不然我哪能跑到这儿享清闲呀!"

唐跃胜逗他:"看来你老头是官场失意寻世外桃源来了。哎呀厅长,你今年才五十五岁,年龄也不算大呀,怕是人家不想用你吧?"

乔世成生气地把茶杯往桌子上一放:"你我都是做过县委书记的人,想用这个干部你能说出许多道理,不想用他同样可以找出不少理由。这几年省里连续提拔了好几个快到退休年龄的厅长,五十五岁是个弹性的年龄,往小上靠一靠或者往大上贴一贴,都能说得过去。有一点组织上是不负责任的,明明知道我是这个年龄,也不想提拔,为什么让我主持工作?叫我临时负责不就得了吗!弄得我上不上下不下的,光腚推磨转圈丢人,让我非常痛苦恼火。换了你,能这样对待干部吗?"

唐跃胜没有接乔世成的话茬,而是转了个角度:"依我的经验判断,你主持工作这段时间肯定干了让领导不高兴的事。你让他们失望,他们就要把你扒拉开,把位置让出来。要不然会顺理成章地把你推上去,主持工作基本就是板上钉钉子了。"

乔世成也不避讳,用力地点了点头。"这些日子我虽然痛苦压抑,用俺老婆的话说,我是半拉子精神病,但我的意识是清醒的,没有真的糊涂。我认认真真、反反复复地对主持工作半年来的所作所为进行了反思,到底在什么地方出了岔、犯了错,终于找到了原因,和你说的完全一致。我做了两件让省委、省政府领导烦心恼怒的事。"乔世成像汇报工作似的向唐跃胜讲述着自己的历险记。

建设部要求各省每半年上报一次建设工程开工率情况。去年底建设厅上报材料里写的是,全省各市开工率为百分之六十五,就这个数也是掺进了至少百分之二十的水分。我把这个材料签呈给分管副省长，不知怎么弄到省长手里。省长一看怎么是百分之六十五的开工率？非常不满意，就这个状态还能开创新局面哪，然后大笔一挥，改为百分之九十五，增加了三十个百分点。我觉得这样不妥，就在电话里向省长做了个说明，特别强调我们担心建设部会提出异议。电话里传来省长严厉的训斥声："你只怕上面不满意，就不怕我不满意吗？是他们能提拔你还是我能提拔你？胳膊肘怎么往外拐啊！"嘭的一声把电话挂了。我放下电话眼前一阵发黑，有点天旋地转的感觉，差点没摔倒。好吧，按百分之九十五的开工率往上报。结果建设部一位副部长打电话给我："你们的上报材料加了多少水分哪，南方省市的开工率才百分之六十左右，全国开工水平将将达到百分之四十，你们北方地区天寒地冻的，开工率竟达到百分之九十五，比南方还高出一大截，真是活见鬼了。你们是怎么凑起来的这个数字？弄虚作假都弄得很拙劣，就是撒谎也得靠点谱吧！这个上报材料要不要改，你们自己掂量着办吧！"嘭的一声电话也挂了。一份报告，我是两头不讨好，两面得罪人。等到北京开会看到那位副部长时，还没等我检讨他就指着我的鼻子训："我首先是个经济学家，然后才是官员。这些年我始终关注研究中国经济发展的深层次矛盾。在层层虚报作假基础上做出的决策，能不发生偏差吗？房地产造出来的泡沫，搞不好能使我国经济陷入灭顶之灾。咱们都在领导岗位上，说话做事得讲良心，得讲职业道德，得为国家和人民着想。现在有些领导干部既没有理想，又没有操守，除了当官发财、功名利禄，什么都不放在心上。上面查得紧了就收敛一点，上面一松下来就肆无忌惮地弄虚作假、贪污浪费，这几乎等于动物性生存，所谓操守、尊严、人格对他们来说都是挂在嘴上的空话。"领导的这通呛白，把我训得晕头转向，但他说的道理我能接受。

　　唐跃胜边听边皱着眉头想，报假数、栽大树，事不同理同，弄不好是会惹怒领导的。你要是让领导一时不高兴，领导会让你一辈子不高兴。乔世成看看唐跃胜的眼神和表情，好像在想什么心事，不是听自己说话，就咳嗽了几声："唐市长，你在听我说话吗？我怎么看你走神了。"

唐跃胜故意挺挺精神："我不但认真听，还在仔细想。你的话启发了我，触动了我的心灵，我是边听边思考。"

乔世成噢了一声，又接着抱冤屈。省委召开救房市工作座谈会，核心思想是，在经济不景气、房市处于低迷的情况下，要动员整个社会力量，特别是企业界来共同救房市，重振房市雄风。省委李作林副书记亲自到会听取意见。我这个缺乏政治敏锐性的半吊子，不看火候，不看脸色，二乎八道地在会上说了些关于政府要少干预、靠市场调节之类的混账话，还特别强调房市不能救，该死就让它死，不能让全省经济与房市同归于尽。你说这不是和省委、省政府对着干吗？我发言时，李作林时不时地微闭着眼睛摇头，会场的不少人用异样的目光打量我。我当时心想，自己说的是心里话，你们用那样的目光瞅我干啥？会后第二天，省报头版头条刊发了省委、省政府全力救房市的工作部署，还配发了社论。看了报纸，我万分后悔在那样的场合不知深浅胡言乱语。我在痛苦自责中想起了巴金说过的一句话："一个美国人敢于站出来说真话，因为他知道身后会有千万个美国人用行动支持他。一个中国人不敢站出来说真话，因为他知道周围的同胞会默默地与他保持距离。"这话说得太对了，当官场上的人不承认恶就是恶，错就是错时，承认善良和正确就会非常危险。我现在才知道那些真心话所产生的严重政治后果。我这个人真是格路，不知好歹，省里要救房市你跟着救就是了，瞎放什么炮啊，那房市救活救不活关你屁事。我真恨死自己这张破嘴了，被别人舌头绊倒的人可怜，被自己舌头绊倒的人可悲，我就是悲哀的可怜虫，当不上厅长活该，我就是个混蛋糊涂虫。

打开了话匣子的乔世成，几乎是脸对脸地看着唐跃胜："这些话我一直憋在肚子里，能对谁说呀。今天咱们兄弟相见，才婆婆妈妈地倒了出来。唐市长，咱们都当官，而且当了好多年，但未必能悟到权力的特性和本质。经过这次事儿我稍稍明白了点,任何掌握权力的人都拥有合法的伤害权,他们对部下功过是非的评价,不是以客观正确与否为标准,而是以个人好恶为准绳,合乎领导的心意就信任你,提拔重用你,不合领导心意就贬损你,排斥取缔你,而这一切都披着合理合法的外衣。"

说这些话时,乔世成的面部表情变化挺复杂的,有无奈、有痛楚,抑或有后悔、有自责。他两手用力一拍:"唐市长,我当不上厅长完全是自己惹的祸,是自作自受,不能怨组织上不给你机会,更不能说组织上不信任你,而是自己的不当言行断送了机会。这些日子我内心产生了严重的自卑感,不愿出门,不愿见人。在家帮老伴干家务活,可精神总是集中不起来。有一天她把菜买回来,让我帮择菜,好菜装在一个塑料袋里,不好的烂菜叶装在另一个塑料袋里。菜择完了,我把装好菜的袋子扔到门外,把垃圾袋留下了。她做饭时一看,不高兴了,挣命似的把我喊过去,'你怎么把好菜扔了,有点神魂颠倒是不是?老糊涂了你。'我乖乖出去把好菜袋拎了回来。"

含了满口茶水的唐跃胜,听到这里憋不住笑,扑哧把水喷了出来。"乔厅长,你这真算得上精神不正常了,连好菜袋和垃圾袋都分不清,病不轻啊。"

"俺老伴这段时间对我的态度不太好。怎么说呢,她对我又是心疼又恨得慌,数落起来没完没了。"乔世成还在抱冤屈。

"嫂子都说了你些什么?"唐跃胜好奇地问。

乔世成虽然露着笑脸,但不大自然像装出来的。"说什么,老娘儿们什么难听的话都说,最主要的是责怪我太死性、太闷骚,一点不活络。有一天晚上我们俩正吃饭,不知怎么话不投机,她不满意了,用筷子指着我鼻子说,你看看人家当官的,天天在外吃喝拉关系,你可倒好,一个大男人,官也不小,就知道往家里钻。我天天给你张罗饭,你想把我累死呀!从你主持工作开始我就催你,给有关领导送点儿礼,这个年头不送礼能当大官吗?不是咱想不想送,社会风气就这样,送了礼不一定能升官,不送肯定没有戏。你看你三脚踢不出个屁来的样儿,还装大爷,连三岁孩子都懂得的道理,你就不明白。你这辈子就这样了,别想东想西的,活该当不了一把手,就戴着那个副字进棺材吧!"

乔世成拍拍巴掌:"你听听,这话多损多噎人哪。她不是看不起我,而是恨铁不成钢。"说着扑哧一声笑了,"唐市长,小家子女人没见过世面,人还抠门。你猜她让我送礼给我准备什么东西了,都是从市场买来的家种人参之类的东西,最高的一次是十万块钱。从她手里拿出十万元,那是破了天荒的,在她心里十万元钱是个吓人的数,是大礼厚礼。她不懂人情世故,更不知道官场行情,这点钱能拿得出手吗?到了领导家还不把你当要饭花子给轰出来。你我心里都明白,十万元钱不够人家塞牙缝的,连瞅都不会瞅一眼,送给谁都是打水漂。所以这么多年来,我压根就不送礼。"

然后,乔世成卖关子似的,嘴都快贴到唐跃胜的耳朵上了。"唐市长,我不送礼还有另外的考虑。这是第一次说出来。我不是抬高自己,往自己脸上贴金,在当官这个问题上我确实没给哪个领导送过钱,除了我没有那么多钱送,最主要的是怕送礼付出的代价太大。权钱交易有得有失,有些情况下失比得大。我送钱当了官,心理肯定不平衡,一旦手里有了权,指定会用权力把失去的钱捞回来,补上老本。人的欲望是没有边的,越捞越想捞,越多越盼多,贪得无厌。看起来自己占了便宜,可是一旦走了背字,问题暴露,可就身败名裂了,到时候失去的不单单是权力和金钱,很可能是人身自由,甚至是身家性命,彻底断送自己的前途和人生,弄不好把命都得搭进去,这太残酷可怕了,代价太大了。我常常想,一种植物不按照自己的本性生长,那它就要死亡;一个领导干部不按照自己的本分生活,那他就会堕落。咱不跑官不买官会有失,可是当不了大官也会有得,那就是生活得平安,平安是福嘛。比咱官大权大的人能决定咱们的官运,但决定不了咱们的命运,人生命运掌握在咱自己手里。有些人用高价买了高官，表面上看是官运亨通，但钱同样能送给他们倒霉的命运，这可不是以人的意志为转移的。"

乔世成的这一通议论让唐跃胜兴奋得激动起来了。"乔厅长，你的一席话明我眼睛，开我心窍，长我心智。实话对你说，想进松江市委常委是我的期盼，在怎样打通关节、梳理关系、寻求支持这些问题上，我非常非常纠结，这样的事又不能对外人说，折磨得我心力交瘁。送礼的事咱不想做，上不去又不甘心。但不管心怎么乱，幻想怎么多，我决不违背良心意志做过格的事。社会上、官场上人人都在喊反腐败，痛恨腐败，许多人却又同时以各种形式搞腐败；人人都在喊社会风气不好，社会道德沦落，人人却都把自己看得高尚廉洁。我不去掺和那些廉价的理论评价和道德批评，因为自己身上也有腐败的东西，也有不干净的污点，只是尽量不让自己变得很污浊，很丑恶。"

老话说夫唱妇随，说明他们情投意合。没想到乔世成与唐跃胜竟能心灵相通地你说我随，你唱我和。乔世成对唐跃胜的话赞赏有加："你这个心态值得我学习，比我强多了。我就是瞧不起、看不上那些虚伪的阳奉阴违的领导干部。有人一边坐在台上大谈民主、信仰、廉洁，一边放纵权力张狂；一边说公平、公正、自由，一边用特权制造社会的不公和失衡。咱们都是从物质贫乏的年代走过来的，生活再苦再难也把精神追求看得高于一切。改革开放后这些年，老是在喊解放思想，可是有的领导干部的思想没怎么解放，利益追求倒是解放了，他们一头拱进物质享受的泥堆里，全身心地钻到钱眼里去了，解放思想是假、是演戏，是说给别人听的，而利益解放是真是实的，不折不扣地把金钱留给自己，好享受呀！"

唐跃胜有点吹捧地表扬起乔世成来："厅长，我说句唱高调、让人听了起鸡皮疙瘩的话。从一个时代的领导干部，也包括咱们这些人，怎样对待金钱物质与精神信仰的关系，能够看出这个时代官场的精神道德倾向，能刻画出这个时代形形色色官员的灵魂。我不是标榜自己清高,也不是希望别人出点什么事,我有一种预感,那些有权有势的人为所欲为、胡作非为的状况,不会老这样下去。该有一场暴风雨,把官场上和社会生活中的污泥浊水彻底冲刷冲刷了。"

乔世成哈哈大笑起来:"我这次到松江来疗养,就是想缓解一下心理压力,调节调节不良情绪,让精神健康振奋起来。今天晚上咱哥儿俩唠的这些嗑,真是一剂灵丹妙药,比俺闺女送的药丸子强多了。我在这儿待个十天八天就回去上班,等正式任命到了,我就到政协去报到。那个地方工作压力小,不怎么操心,这是一种解脱。唉,对于官场的荣与辱、得与失、苦与乐,只有情境中人才有切身感受。"

"是这么回事,你说的完全对。"唐跃胜附和着,"俺老家来人找我办事,我说不好办,并在他们眼前叫苦说官不好当,太操心,责任大。他们听了觉得好笑,是在编瞎话骗人,说我得了便宜还卖乖。退一步说,就算咱可以骗别人,还骗得了自己这颗心吗?厅长,谁都想当官当大官,但命有八尺,难求一丈。再说了,要是没有那个造化,当了官也难受,你担当不起啊。我看哪,咱们不是自己给自己找梯子下,还是保持一个好身体、好心情最重要。权力是国家的,身体是自己的。"

乔世成又附和着唐跃胜:"唐市长,老早就流传着一个顺口溜,说领导干部退休离休后,正科副科一起唠嗑,正处副处落到一处,正局副局同一个结局,正部副部一起散步。官当到多大是大呀!咱们不去算计这些事了,十几年、几十年的官做下来,老百姓不骂娘,能够平稳着陆就是好家伙。"

唐跃胜两手朝天一扬:"为了我们能平稳着陆,为了我们精神健康身体愉快,明天晚上我请你吃饭,建设口的几位局长作陪。"乔世成乐呵呵地应承了。

第 七 章

　　郎旭光为乔世成设的饭局，定在松江市新建的红都酒店，这个四星级酒店在松江算是最豪华的。按照唐跃胜给出的原则，建设口的几个局长都要参加，一个不能少，以显示对上边来的人的热情和诚意。郎旭光挨个通知，大家都很支持配合，到了陈鹏这里却出故障卡壳了，他说老家那边有点急事，需要回去一趟，饭局不能参加了，让郎旭光向唐跃胜请个假，并代向乔厅长敬杯酒。家里有急事要处理，不参加宴会是正常的事，谁也不会挑礼，郎旭光也没多想。可陈鹏不知是粗心大意，还是想当然地认为乔世成住在那芬湖，那里宾馆档次挺高，唐跃胜肯定就在那儿宴请他，竟没有细问郎旭光饭局定在哪个酒店，于是出现了让人啼笑皆非的一幕。

　　傍晚，郎旭光早早来到红都酒店，在大堂迎接客人，同时安排宴请的一些事情。他正吧嗒吧嗒抽着烟，陈鹏的身影突然映入眼帘。他不相信自己眼睛似的再瞪大一点，果然是陈鹏，眼睛瞪得大小都是他。郎旭光惊异地看着陈鹏时，陈鹏也看到了郎旭光，两人在红都酒店大堂不期而遇。两人走到一起四目相对时，从眼神、表情到肢体动作，都显出一种不自在。这话该怎么说呀！郎旭光挠了挠头："陈鹏，你不是回老家了吗，怎么又跑这儿来了？你是来去坐的火箭哪，还是使用了分身术障眼法？哎，和谁共进晚餐哪？"这话听起来稍稍有点味道。陈鹏的笑属于皮笑肉不笑的那种,一副尴尬相:"几个同学找我,说有重要事,非不让我走。我怕他们挑,说我摆架子,只能改天再回去。旭光,你看我是先到你们那桌去,还是等一会儿再过去敬酒?"郎旭光将了他一军:"你们在哪个厅?别人我不管,我得代表厅长、市长过去敬杯酒,好给你撑撑架、长长脸。"这话把陈鹏吓了一跳,连忙摆手:"我还不知道在哪个厅。不用去,不用去,就是同学聚聚说点事,敬什么酒,不敬了。"他说这话时有点假惺惺的,好像假装欣赏别人并不引人发笑的笑话所产生的那种说不清的微表情,那么的言不由衷,目光的聚焦点也不在郎旭光的脸上。郎旭光给他台阶下:"好好好,等你弄清楚哪个厅再说,我得接客人去。"陈鹏也转身快步向电梯走去。

郎旭光心里那个别扭、那个不自在呀,又不好当着厅长和其他人的面说出来。酒过三巡之后,他借敬酒把唐跃胜拽到一边,小声嘀咕起来:"人心隔肚皮呀!市长,你猜我在大堂碰到谁了?陈鹏。他也在这个酒店吃饭,但不知和谁,他说和同学在一起,我看不像。"唐跃胜把酒杯一晃:"他不是有事回老家了吗,怎么又跑这儿来了,你没看错人吧。"郎旭光把头一甩:"怎么会看错人,俺俩还面对面说了一阵子话。他神色不大自然,有些紧张。真是活见鬼,天大的笑话,他来吃饭竟然不知道在哪个厅,不知道在哪个厅你来那么早干什么。让人奇怪的是,他也不问问咱们在哪个厅,真是近在咫尺不往来呀,这不明摆着躲着咱、防着咱吗?一滴水能折射太阳的光芒,一顿饭划出了相互间的分水岭啊。"唐跃胜又晃了晃酒杯:"看来我是个不招人喜欢的瘟神,也是个令人恐惧的深渊,他这是悬崖勒马躲着我呀。旭光啊,他不愿和我一起吃饭,已经不是一次两次、一天两天了,我知道,天也知道。这叫大路通天,各走一边。走走走,他吃他的饭,咱喝咱的酒,井水不犯河水。"

虽然坐在酒桌上,郎旭光还是不死心,一股被人奚落的闷气冲击着心扉。好哇陈鹏,和我要戏法变鬼脸,我非要把今晚的谜底揭穿,看看你小子葫芦里卖的是什么药,肚子里装了些什么花花肠子。他估摸着和陈鹏一起吃饭的人有点来头,有点神秘,就以打电话为由到外面分别给唐跃胜和自己的司机交代,要他们打起精神,在车里守着酒店大门,看看晚上市里哪个领导从酒店里出来,陈鹏和谁在一起。唐跃胜的司机不知有什么重要情况,怕自己误事,把赵祥龙也叫了过来。这样,三个人在酒店门口严防死守。

民间关于饭局有好多说法,对领导干部参加的饭局另有特殊强调:吃什么不重要,重要的是和谁一起吃。饭局是酒文化的一部分,而官场上的饭局如同万花筒,折射着五彩缤纷的世界里隐藏着的无穷奥妙。唐跃胜感觉很准,说得也对,陈鹏不想吃这顿饭是表明一个态度,他不愿和唐跃胜不清不浑地搅和在一起,不说划清界限,起码也是要拉开距离。这是陈鹏认清严酷的现实后做出的选择。

在领导的感觉中,在同事们的眼睛里,陈鹏是个非常精明而有上进心的人。唐跃胜也充分认识到了这一点,一心想为这个不满于现状想往上迈个台阶的人铺路搭桥。帮助人,成人之美毕竟是好事。陈鹏对自己的未来有着比较美好的设计,也有个基本估计。在松江市的局级干部中,特别是在建设口,他起步比较早,上路比较快,走上正局级岗位的时间比较长,相对优势比较明显,往前走一步,往上升个格的可能性最大。就陈鹏的心气和志向看,他信心满满地时刻准备跨越,局长不是终点站,当上副市长是他梦寐以求的奋斗目标。这一点连他老婆苗小茜都看得很清楚。苗小茜是个知足者,较少一般有地位家庭女人的贪婪心、虚荣心,她既理解支持陈鹏能在政治上有更大的进步,同时又对陈鹏的一些做法不大理解,产生一丝忧虑,甚至觉得他的功利心太重,担心过于急功近利会带来负面的东西,伤害了他。这就是俗话说的,知女莫如父,知夫莫如妻。在这种情形下,苗小茜并不过分盼望陈鹏不顾死活地硬往大官堆里钻,更不吹枕边风,推波助澜怂恿他不择手段往上爬,倒是时不时地泼点冷水浇浇火,这让陈鹏心里很不舒服。

一天晚上，有些来头的客人到家里拜访陈鹏。陈鹏的等级观念很重，虽然相互不认识，但能到家里来，客人的分量可不是一般的。临别时他们相互留了名片。陈鹏送走客人坐在沙发上，把那个名片翻过来覆过去地看，爱不释手地一会儿放下去，一会儿又拿起来，细细端量着，静静思考着，仿佛从名片上看到了什么，读懂了什么。苗小茜有点看不惯，凑到他眼前说："名片上有花还是有朵，那么吸引你，看不够似的。"陈鹏转过脸来："告诉你吧，比花啊朵啊好看多了，中用多了。"说着把名片亮给苗小茜看，"广源建设集团董事长。这能吓着我呀，这个董事长那个总经理的，我见得多了，顶个屁用，关键是这个董事长非同一般，是常务副省长介绍过来的。这可是用得着的重量级人物，千金难买，我一辈子能交上几个这个级别的朋友？轻视不得，怠慢不起啊！我看重的不是什么董事长，而是站在他身后的副省长。通过他，我可以直接和副省长对话，必要时可以走到副省长身边。你说这有多大的魅力呀！"陈鹏说到这里卖乖子似的，迈着轻盈的脚步钻进卧室，小心翼翼地把名片放在一个檀香木的小盒子里。陈鹏有一个分拣淘汰名片的习惯，官场上的人交际广，四面八方、三教九流的，收的名片也多，有的名片上印着一大串头衔，宣示着主人的身份地位。慧眼识珠的陈鹏，定期将收到的名片划拉到一起进行分拣，有用的留下，没用的扔掉。最后能进入他那个小檀香木盒子里的名片数量很少。

有一天，陈鹏又把分拣后不要的一大把名片扔进垃圾桶。苗小茜忙问："你怎么把名片都给扔了，要是让人看到多不好，起码是对人不尊重。"她刚要伸手去捡，被陈鹏一把拉住。"算了算了，扔了的东西捡它干什么，这些都是被筛选过滤掉的，不是金子，而是沙子。"苗小茜把手缩回来，又看了看垃圾桶里的名片，嗔怪中伴着提醒："陈鹏啊，有的人对你有用，有的人对你没用，有的人离你近，有的人离你远，人和人之间确实有个远近亲疏、轻重厚薄的区别，可你也不能门缝里瞅人把人看扁了，有用没用也是相对而言。你要是功利心太强，很有可能错过现在没用、将来有用的朋友。你认为留下来的全是有用的人，结果是和你志同道合、有趣有味的朋友越来越少。"苗小茜的这些话，陈鹏有点不以为然，淡淡回答道："趋利避害是这个世界的重要法则，我扔别人的名片，别人也扔我的名片，各取所需。我这个城建局局长不是所有人都需要，不是对什么人都有用。你用不着为我扔几张名片而大惊小怪。你看看那天晚上收的名片我扔了吗？没有，不但不能扔，还要好好放着护着。那是个护身符，说不定什么时候就发了神威，派上用场了。"苗小茜听了这话，觉得浑身冷飕飕的，心想，眼前这个男人挺阴险的，这不成阴谋家了吗？但嘴里没说出来，她开玩笑似的问陈鹏："水往低处流，人往高处走，你真的把能再往上升一级看得那么重要吗？上次隧道塌方你的魂都快吓掉了，怎么还那么恋官，无官一身轻啊！"陈鹏有些挖苦地说道："你这叫妇人之见，鼠目寸光。这党办主任叫你当了个稀碎，一点也不开窍。人群是分等级的，官场是分层次的，地位不同，权力就不同；权力不同，作为就不同；作为不同，价值就不同；价值不同，社会认可度就不同。"陈鹏说着从冰箱里拿出一瓶矿泉水，在苗小茜眼前晃了晃。"看好了啊，同样一瓶矿泉水，便利店里卖两块钱，大一点的超市卖五块钱，要是到了五星级宾馆，那可一下飙升到三十块钱。水还是那瓶水，放在不同的地方价值是不一样的。很多时候，一个人的价值不取决于他的能力、水平和操守、贡献，而是取决于他所在的位置，位置决定水平，决定命运，决定一切。"这一番话真的让苗小茜茅塞顿开，既佩服陈鹏的远见卓识，同时又莫名其妙地产生了一种陌生的感觉。她的这种心理情结不是这一件事促成的，而是和陈鹏一起生活了大半辈子，从许许多多叠加的往事中淘出来的。

官场上的人哪个没有野心？都有，大小不同而已。可野心这东西有归有，能把野心变成现实的人并不多，而想把野心变成现实所采取的方法、措施和手段，更是五花八门。但有一点是相同的，许多人把寻找靠山作为将野心变现最有效的方法。

陈鹏知道自己出身贫寒根底浅，虽然城建局局长挺有权力，但他使用这个权力时是收敛的，不敢放肆张扬，他明白权力来之不易，怕权力出卖了自己。更何况自己不甘心、不死心在局长的位置上坐到底，需要慎用权力的同时巧用权力，借台打擂，借鸡生蛋，借风造势。于是，他瞪着一双雪亮的眼睛，四处寻找能让自己靠得住的肩膀，培育能让自己立得起的靠山。多年官场风雨历练，无数经验教训的积累，陈鹏由浅入深、由感性到理性地对靠山这个概念的内涵，有了独特而深刻的理解，他把靠山分为金山、石山、冰山三种类型。金山，也包括属性相同的银山、铜山、铁山，那是牢不可破、坚不可摧的象征，如果有了如同金子般的靠山做背景，谁能奈何自己，谁能阻挡自己，官何愁做不大，人生何愁不辉煌。比金山逊一筹、次一些的当属石山，木桩水泥桩也在此列，它们的成色之所以比金山差，是因为石头经不起敲击，用铁锤一砸，再坚硬的石头也会破碎的。木桩就更不用说了，看上去挺拔地立在那里，可经不起暴风雪的摧残，风能折断它，火能烧毁它，雨能销蚀它，其可靠可信度是要打折扣的。木桩一倒，猢狲皆散，就像缠树的藤，它的命运靠树来支撑。最让人纠结的是冰山，在最适宜生存的寒冬腊月，冰山是耀眼自豪的，银光闪闪很能吸引人的眼球。可是严冬一过，在太阳的照射下，高耸的冰山渐渐化成水，变成蒸汽，化为乌有。谁要是靠上了冰山，那可是要吃亏倒霉的，一切美好愿望都要付诸东流。陈鹏用这样的理念分析松江市的官场，孔兆君和何劲当属金山，但自己和他们无缘，很难靠上去，可望而不可即。接下来便是神秘的权势人物范亚风，这个石山自己也离他有些距离，但这距离不是遥不可及，经过努力距离可以缩短。最次的是自己的主管领导唐跃胜，他是座中看不中用的冰山，靠上他会有危险和灾难。从政府工作的角度看，市长何劲定我生死，副市长唐跃胜给我苦乐，为求一线生机，范亚风副市长不能不拜。

本来唐跃胜对陈鹏的前途寄予很大期望，积极张罗为他创造条件。就他们两个的家庭关系来说也走得很近，于公于私相互间都不应该有芥蒂，更不存在鸿沟。可陈鹏为什么会对唐跃胜有那么大的成见，必欲疏远而后快？表面看不可思议，但站在陈鹏的角度想一想，那是有根有据，顺理成章的。自从唐跃胜分管城建工作以来，一连串的倒霉事让人心惊胆战。规划局局长郎旭光因为那芬湖开发违规用地批地风波，被调离规划局，虽然面子上过得去，可政府副秘书长是个拉帮套敲边鼓的角色，什么时候都没有自己的主场，干什么都不能成为主角。在戏剧舞台上演配角戏，尚有出头之日，在官场上演配角戏，那是日落西山，是典型的落魄凤凰不如鸡。虽然事情的根由在上任分管领导身上，不良结局却发生在你主管城建工作期间，那个责任和名声是推不掉的。后来，一场公开评议领导班子，整个建设口都跟着蒙羞，综合执法局局长张泽春遭罢免，差点得了精神病。再后来，因为栽大树的事，何劲对陈鹏横眉冷对，严厉呵斥，直截了当提出还能不能继续在城建局局长位置上干的警告。每当想起这些，陈鹏就心发慌、手发抖、头皮发麻。这一波接一波灾情的出现，不会无缘无故，根源在哪？尽管这些事是诸多主客观因素相互作用的结果，但都与唐跃胜有关。作为分管市长，他有不可推卸的责任。在陈鹏的思维中，即使是松湖隧道塌方这种偶然事故的发生，他也和唐跃胜联系起来：要是没有他，不是他分管这项工作，能冒出来这么多丑事、险事、难事吗？于是，他得出了这么个结论：日常生活中，唐跃胜是个有爱心的人，值得亲近。而从政治生态和官场生涯来看，唐跃胜会克人，总是给别人带来不幸，他是个地地道道酿灾的克星。离开灾区，脱离苦海，是任何一个正常人的明智选择。陈鹏经过反复思考论证，觉得自己的认识是正确的，所得出的结论能够成立，自然要权衡利弊得失。按照两利相权取其重，两害相权取其轻的原则，陈鹏要改弦易辙，不能眼睁睁地把自己画在唐跃胜那条线上，更不能瞎目糊眼地在那个圈子里硬撑，这等于自我毁灭。要想仕途上走得好，没有背景不行，靠错了背景、找错了靠山更不行。

把所有这些都理清楚了、想明白了,陈鹏下定决心,要用理智代替感情,与唐跃胜保持距离,甚至离开那条贼船。

陈鹏是个有着丰富官场经验的人,他既要与唐跃胜拉大距离,疏远关系,又要遮人耳目地极力掩饰,不能让人看出破绽,那样不好与人相处共事。可这是陈鹏的一厢情愿,一块石头投进湖里,平静的水面会泛起层层涟漪,这是不以人的意志为转移的。陈鹏内心变化的浪花,定会波及周围的每一个人。换句话说,陈鹏对唐跃胜情感的变化想不让别人发觉,那是掩耳盗铃。他自身由这种变化而产生的焦虑和烦躁,同样是控制不了、遮盖不住的 。最先感受到这种变化的,当然是他老婆苗小茜。

一个星期天的晚上,陈鹏一家三口早早吃了晚饭,儿子陈玉明出去玩去了,他和苗小茜坐在沙发上看电视。不一会儿有人来电话,约他出去洗澡活动活动,他说自己已经吃饭推辞一番没推开,看来必须去。陈鹏向苗小茜解释了几句,换好衣服拿手表,结果没找着。喜欢手表是陈鹏的爱好,他不管到哪里干什么事,表从不离手。出去参加朋友圈子的活动,他肯定要戴表去。开始时他耐着性子慢慢找,动作也很轻,找了一会儿没找着,烦躁恼怒的情绪一下子涌了上来,叮叮咚咚的翻箱倒柜的声音弄得挺大,接着便骂骂咧咧地说家里来了贼,把他的手表偷走了。起初苗小茜没在意,只是觉得那个屋里有点响动,当听到那些不太入耳的话,就走过去看个究竟。"陈鹏啊,你不是要出去吗?怎么磨磨蹭蹭还不走?"陈鹏满脸不高兴,"什么磨磨蹭蹭,我的手表不见了,半天都没找着。活见鬼,家里怎么来贼了。再不就是表让玉明拿走了,他几次说喜欢这块表,和我要,这不开偷开抢了。真是少教,这小兔崽子,该修理修理他了。"话说得像机关枪扫射似的。苗小茜站在门口,听到陈鹏对儿子无端的指责,从心里生出反感,也稍稍抬高了声音:"你看这屋子叫你翻腾的,就不能慢慢找吗!表在家里怎么会丢呢!再说了,找不着也不能往儿子身上赖啊,他什么时候偷过抢过别人的东西?你这是对他的伤害，做爸爸的说话要讲分寸。"这下陈鹏火了，亮起了大嗓门："伤害，我伤害谁了？咱家就三个人，这表你没拿、我没拿，又没有贼进来，不是他拿的，表还能自己长翅膀飞了？你大事小事护着他、向着他，现在拿块表，将来敢偷国库，惯子如杀子知道吗？"苗小茜不是爱逞能的人，陈鹏说出这样难听刺耳的话，再生气也不吭声，说不出个理来。停了一会儿，苗小茜让陈鹏出来，"你到厅里看电视，我进去找找。"陈鹏出来气呼呼地往沙发上一坐，苗小茜进了他的房间，不到两分钟喊道："陈鹏，你过来，表找到了。"陈鹏纳闷地问："找到了，在哪找到的？我翻天覆地找了半天没找到，你进去一会儿就找着了，不简单。"苗小茜没应答陈鹏的话，只是把他拉到床边让他坐在床上，"你仔细听听就知道表在哪儿了。"这时，陈鹏憋口气，侧耳一听，床头被缝里发出滴答滴答的声音。陈鹏有些不好意思地把表掏出来，边往手上戴表边说："小茜，你找表的方法好，比我聪明。"苗小茜似笑非笑，"不是我比你聪明，而是比你心静。陈鹏啊，我不是借题发挥，小题大做，我觉得你和以前不一样了，最明显的就是总心神不定，干什么都火急火燎的。找表不能急于求成，升官当领导也不能急于求成，那是个细工慢活。"陈鹏的表情挺复杂，"啊，你的提醒有些道理，我会注意的，走了啊！"他不愿意听苗小茜絮叨。

让苗小茜产生警觉的，是她和李文漪之间发生的一件小事。唐跃胜与陈鹏两家来往多、关系好，主要不是市长和局长之间工作关系建立的，而是因为苗小茜和李文漪处得好。李文漪在保险公司分管的业务，正好对应着苗小茜所在的外贸局进出口公司。十几年交往下来，两人成了至交。女人交朋友有个特点，对上眼了喜欢了就热血沸腾，很快就好得死去活来，可往往好得快恼得也快，没大有长性，朋友与仇人之间的转化速度太快。可是这俩女人不一般，十几年交往下来，弄了个友谊天长地久，好得像一个人似的，许多人都羡慕死了。天有不测风云，陈鹏的歪心思，给两个美好和谐家庭的上空布满了阴云，给两个要好女人的情谊平添了苦涩，最后的结局是让唐跃胜和陈鹏之间产生了难以弥合的裂痕。一个星期六的上午，快吃中午饭了，苗小茜乐颠颠地拨通了唐跃胜家的电话，李文漪一如既往地甜甜应答着。两人说了几句问候的话后，苗小茜告诉李文漪："陈鹏刚从那芬湖里弄了几条鲤鱼，秋天的鱼特别肥，活蹦乱跳的，我一会儿给你送过去，中午炖着吃。"李文漪忙制止："别别别，你别过来，我和跃胜走个亲戚，不在家，你们自己留着吃。"苗小茜不肯："那就让唐市长的司机过来拿，要是放冰箱里就不新鲜了。"李文漪再三客气地婉言谢绝："你别忙乎了，司机和我们在一起，不方便过去。你不要往冰箱放，以后有机会多留几条给我。"苗小茜有些遗憾地回应："那好，我们自己吃了，下次给你多留点。"这是一种平平常常的往来，平平常常的对话，可是里边藏着不易觉察的危机。

　　苗小茜放下电话，急忙去洗鱼，准备中午炖。洗着洗着突然感到不对，我打的是他们家的电话，电话又是李文漪亲自接的，怎么能说人不在家呢，显然是撒谎。到底出了什么情况？苗小茜的心一下乱了，脸也忽地一下热起来。她把鱼往水池里一扔，手都没顾得上洗，抓起电话又往李文漪家打，电话通了却没人接。又连续打了几遍，都没人接。大概李文漪也反应过来了，自己说了不该说的假话，假亦真来真亦假，是真是假说不清楚了。苗小茜意识到，肯定是我或者陈鹏得罪人家了，人家不想要这个鱼，推说不在家。她手握电话快速地思索着，我自己没有什么惹李文漪不高兴的地方，也没做错什么事，问题可能出在陈鹏身上。她放下电话，几步蹿到陈鹏的房间，用质问的口气说："陈鹏，你是不是什么地方得罪人家唐市长了？"这一问把陈鹏问愣了，他站起来："你没头没脑说的什么呀，我吃饱了撑的没事去招他惹他，犯的上吗？"苗小茜憋不住，把刚才发生的事说了一遍。"你好好琢磨琢磨想一想，这么多年了，俺姐俩可从来没红过脸，没有什么过节，李文漪突然收了笑容冷了脸，会是无缘无故的吗？虽然我说不清楚这到底是怎么回事，但它提醒咱们，多少年要好的两个家庭之间已经出了故障，很可能是你和唐市长之间的不和谐造成的。我和李文漪亲不亲热,来往多少那不要紧,而你和唐市长工作在一起,又是上下级关系,不管怎样得处好了,要是出现异常或是弄僵了,虽然谁都不愉快,但受伤严重的肯定是你。这个道理是明摆着的,你可别打哈哈。"

陈鹏两手使劲搓着脸,好像要把蒙在上面的灰都搓下来似的,长长叹了口气。"你说得有些道理,可是从另外一个角度看,事情也并非如此。俗话说距离产生美,我和唐市长因工作关系成天在一起,由于走得近、来往多,不可避免地要处于一个圈子里,而官场恰恰讲画线入圈。做生意要讲成本,在官场上做事也要讲成本。把话说得白一点,难听一点,唐跃胜虽然官不小,但他在官场上既不得志,又不得势,和这样的人走得太近,你说我会得志得势吗?拉开一点距离,反而为彼此留出了空间和余地。什么叫适者生存,什么叫择木而栖,什么叫丢卒保车,这里面的学问大着呢,有许多事情你是看不懂、弄不明白的。"苗小茜看看陈鹏有些洋洋自得的神情,从心底生出一股反感。"也许你走的是一盘大棋,我看不了那么全那么远,要是从做人的角度想,我总觉得你的聪明有时用得不是地方,人不聪明不行,可聪明过头了也不行,特别是不能拿聪明来耍,一耍就变成小聪明了,多少个小聪明加在一起,也赶不上抵不过一个大智慧。你和唐市长之间的区别可能就在这里。咱们是两口子,话说多说少说轻说重都无所谓,反正我感到你和唐市长都属非常聪明的人,要是谁把聪明用的不恰当,用得不是地方,很可能就把你们之间的信任给毁了。你的心理行为变化,唐市长能感觉不出来吗?你防着人家,人家能不加倍防着你吗?朋友之间也好,上下级之间也好,彼此间尊重信任的建立非常不容易,需要长时间的磨合,就像把一个人画得漂亮,要花好多好多功夫精心描画,而要想让一个人变丑,很简单,一笔黑墨就得了。我和你们比当然是小官了,可你也别什么都小看我,瞧不起我,还是要听听我的想法和意见好,这又是一种旁观者清。不是有那么句话嘛,听人劝,吃饱饭,不听劝,要完蛋。不论是普通人还是当了官的人，路走对了，远点也不怕；路要是走错了，再近也会觉得遥远，甚至会遇到风险。"

　　在家里，在陈鹏眼里，苗小茜很少这样说话，她是下意识地感觉到陈鹏的人生追求掺进了过多的杂质，潜藏着一些危机。作为妻子，她不能不说，也不该不说。其实陈鹏自己也在内心深处千次百次地思虑过，这样处理和唐跃胜之间的关系，到底是明珠暗投，还是弃暗投明，结论模模糊糊的。人无远虑，必有近忧，对陈鹏来说，依他的年龄、经历和综合条件，不会去展望去等待十年八年以后的前景，到那时他该退出历史舞台了。他所思考忧虑、迫切追求的是眼下能不能顺利地走到副市长的位置上。因此，他所权衡的不是什么三十年河东、三十年河西的岁月和命运轮回，而是着眼于眼前当下东风西风谁占上风的现实选择。至于往哪边靠靠胜算更大，除了自己的努力，那就靠上帝和命运了。在陈鹏看来，为了实现既定的目标，虽然不能无毒不丈夫地去做伤天害理的勾当，但见风使舵的手段是可以用的。他摆了个八面玲珑、四面讨好的阵势，伺机以待。

　　松江市委、市政府做出"清路障、扒小房，建设通透明亮新松江"的决策后，城建局作为主要职能部门，自然要首当其冲地唱主角，扛大梁。按照惯例，对于涉及全局性的一个大动作，唐跃胜要和城建局、建委这些部门认真商量后，拿出一个切实可行的方案，这样做比较稳妥。已经嗅到味道、看出端倪的唐跃胜没有急于行动，他想观察一下自己手下的几大金刚特别是陈鹏的动静。在市政府召开的关于建设新松江的市长办公会上，陈鹏把没有事先和唐跃胜商量研究的设想抛了出来，他侃侃而谈，要跳出松江看松江，要抛开眼前看长远，要牺牲局部保全局的"三要"说法，语惊四座，大家面面相觑。但何劲市长很赞赏这个说法，表扬说城建局在建设美丽新松江这件事上，有新的思路和创意，有大的勇气和决心。得到市长的肯定，陈鹏乐在心里，喜在眉梢。唐跃胜则一动不动地坐在那里，听着看着眼前发生的事情，心想，陈鹏果然按捺不住跳出来了，要绕开踢开自己闹革命建功名了。我倒要看看这么庞大复杂的工程，没有主管市长的支持帮衬，你将如何把戏演下去，把工作开展起来。他正有些幸灾乐祸地往下想，何劲又走程序似的让唐跃胜说说想法。

在这样的专题会议上，分管市长对怎样干好自己分内的活，是必须说话的。所以唐跃胜早就打好了腹稿，胸有成竹地作了表态性的发言："市委、市政府做出的'清路障、扒小房，建设通透明亮新松江'的决定，非常正确；贯彻落实这个决定，非常重要；对建设口来说，做好这项工作，完成好这个任务，非常光荣。但我们仅有这样的热情和决心是一回事，落到实地、有条不紊、健康顺利地把工作做好又是一回事。这是一项牵扯面广、涉及千家万户切身利益的系统工程，需要用科学的态度，扎实有效地落实好市里的工作部署。今天的市长办公会专题研究这个问题，说明何市长高度重视这项工作。会后，我要和建委、规划局、综合执法局、城建局这几个相关部门一起，按照市长的要求，好好商量研究一下，拿出一个切实可行的工作方案。"本来这项工作是由城建局担纲牵头，唐跃胜讲话时却把城建局排在了第四位，是他有意这样排列，还是无意中疏忽了，很难说。

唐跃胜这些圆圆滑滑的官场话，对陈鹏的刺激不是很大，因为在这个会上要不要发言，怎么组织发言的内容，把话说到什么份儿上，陈鹏已经把其利弊得失分析权衡过多少遍了，更主要的是，他的这些想法会前向何市长汇报过，得到了认可。让他没想到的是，领衔主打的城建局被唐跃胜排在了第四位，心里稍有不快，唉，管他排第几位，反正市长和参加会议的所有人，都知道我陈鹏的态度，先在气势上赢得了主动，这就够了。至于具体工作怎么做，会遇到什么困难和问题，到时候再说，车到山前必有路。

实际上，市长办公会后唐跃胜并没有马上召开碰头会，而是分别和几个局长交流了开展这项工作的一些想法，特别是有针对性地详细分析了可能出现的困难、问题和矛盾，唯独没找陈鹏谈。唐跃胜在隔岸观火地等待，什么时候开这个碰头会，他在选择时机，先把陈鹏晾晾再说。唐跃胜不慌不忙地等待，让陈鹏成了热锅上的蚂蚁，一下滑到了进退维谷的两难境地。工作方案已经形成，先报给唐跃胜，怕他以种种理由卡住，工作不能及时开展；不把方案报给他，先斩后奏，开始动作，那是大逆不道，违背规矩和常理。更主要的是，越过分管市长，要是事情做得好，成绩不全在他，要是出了问题和乱子，全由他一个人兜着，那太得不偿失了。进不得也退不得的陈鹏如坐针毡，只好给唐跃胜的秘书赵祥龙打电话，询问唐跃胜什么时候有时间,有重要工作汇报。赵祥龙对唐跃胜与陈鹏之间关系的微妙变化，早就看在眼里，也明白其中的利害。所以陈鹏每次来电话，他答复的都不紧不慢、不冷不热的：这几天领导特别忙，排得满满的，我一定尽量往前排。你要是着急，就亲自给领导打电话，这样会更快些。不软不硬地把陈鹏挡在了门外。

　　半个多月过去了，唐跃胜这里按兵不动，一点动静没有，陈鹏再也沉不住气了，连电话也不打，一大早没等上班就等在了唐跃胜的门口。吃了早饭的唐跃胜抹着嘴，用一个微笑把陈鹏迎进门，半真半假地开着玩笑："什么要紧的事，像讨债的堵上门了。"陈鹏虽然不大自然，但应对这种事情还是得心应手，亮起打机关枪似的嗓门："市长啊，您赶紧下达命令吧，这些天我都急死了，用个词形容叫心急如焚、度日如年哪。我在市长办公会上立了军令状，到今天连一间小房都没扒。不过市长，我得先向您做检讨，那天的话没有事先向你请示，更主要的是话说得有些高、有点满，没给自己留出余地。这除了我性子急，还有个活思想，就是上次栽大树没把握好度，让何市长不满意，我想利用这次机会把上次的娄子补回来，也是给您长长脸。我在会上的话说得不一定合适，不过心是好的，您可别怪罪我呀市长。我是您的部下和助手，哪地方说得不对，做得不好，该批您就批，该训您就训，我统统领着受着，反正都是为工作着想，也是为了我好。完成好清路障、扒小房的任务，没有您的关心支持我是寸步难行，现在城建局上下做好了一切准备，就等您一声令下，您一挥手，我就带着兄弟们冲锋陷阵，赴汤蹈火，在所不惜。"陈鹏一句紧似一句的话，把唐跃胜给说乐了。"哎呀呀，看你说得那个严重劲儿，是不是还准备英勇牺牲啊，没有那么夸张。市委、市政府的决定是正确的，何市长对做好这项工作的要求是明确的，你作为主要职能部门的负责人，在市长办公会上表么个态度也不为过，只是我的思路有点跟不上你们，动作也就比较迟缓，要是拖了后腿，跟不上节奏，你多包涵可别怪我啊。这些天我反反复复就想了一个问题，小房扒好了，城市通畅明亮，上下皆大欢喜。小房要是扒不好，会闹地震哪，能不能天塌地陷都难说。没经过实践检验谁都不能轻易下结论，那你们就边干边探索边总结，实践出真知。作为分管市长，我会力所能及地给你们帮助支持。咱们共同为市委、市政府负责。"

唐跃胜的这些话不但让陈鹏打消了顾虑，思想也通透起来。他又向唐跃胜表态了："市长，您放心，有您给我撑腰，什么困难都能克服，什么问题都能解决。我们遇山劈山，遇河架桥，争取较短时间见到成效。还是那句话，您老人家只管坐镇指挥，等待成功的好消息。"唐跃胜笑着满口赞成，陈鹏如沐春风般地跨出了唐跃胜的办公室。

送走了陈鹏，唐跃胜又坐回到沙发上，一动不动地想着心事，不知想到了什么好笑的事，他竟呵呵呵地笑出了声。以往唐跃胜和陈鹏研究工作、交流想法时，很少打官腔说套话，单刀直入，开门见山，还时不时地打个哑谜，可今天他也使用了官场上惯用的语言。他断定陈鹏肯定与何劲有过交流，达成了某种共识，要不然陈鹏不敢在市长办公会上说那些慷慨激昂的话，这时候自己说什么都可能是多余的。更耐人寻味的是，唐跃胜与陈鹏交流中用了两个包含特殊意义的字眼：一个是"力所能及"。分管市长帮助支持职能部门的工作，那是义不容辞、天经地义的，因为这是他的责任，必须不遗余力、全力以赴，不能打折扣的。而唐跃胜选择了"力所能及"这个字眼，意思是说，我帮助支持你是有条件、有限定的，即使是帮助支持不到位，你也不能挑，不是我不想为，而是力所不及，我既不拆桥，也不兜底。他选用的另一个词是"共同对市委、市政府负责"，这就是告诉陈鹏，各级领导干部的所作所为，都是对组织负责，不是突出个人之间的情感恩怨，更不能投桃报李讨好领导个人。为了做到心中有数，唐跃胜不仅和有关局长进行了交流，还不动声色地就扒小房问题听取各个方面的意见建议，虽然仁者见仁智者见智，褒贬不一，但有一点是不容怀疑的，影响城市景观和交通的各色各样小房，不是一朝一夕建起来的，而是几十年形成的，它的后面是说不清道不明的利益盘踞，和这么庞大的利益群体对抗，其难度和阻力之大可想而知。要是把握处理不当，就会演化成政治问题，对社会稳定产生巨大冲击，我一个副市长，有这么强硬的铁手腕吗？我这副小身板，能担负起铺天盖地的压力吗？你陈鹏立功心切，想要闯这道火海，趟这个雷区，企图以此打通走近何劲的路，那你就试试看吧，未必能如愿哪。唐跃胜袖手旁观地看着他们的行动。

结果真的是那样，十来天的工夫，因扒小房产生的冲击波，把松江市搅了个昏天黑地，一群群的人到市委、市政府上访，一些老百姓为了维护自身利益，不惜组织起来与扒小房的人动武，甚至扬言政府要是敢无理无据地压迫我们，我们就用炸药把政府大楼炸掉。面对这种恶劣局势，陈鹏束手无策。唐跃胜还在明察秋毫，何劲上火着急了，又把唐跃胜和陈鹏叫到办公室。这一次陈鹏不是有板有眼地汇报扒小房工作情况，而是一张嘴就叫苦不迭，说老百姓觉悟低、目光短，不理解、不支持政府工作，然后就是自我检讨，什么组织不得力，方案不细致，问题想得少等等都上来了。他说话语速依然那样快。何劲虽然很不耐烦，但说话语调还是挺和缓："陈鹏，我要听工作汇报，不是听你来诉苦申冤的。扒小房是个非常敏感、非常复杂的系统工程，你们在组织实施过程中，为什么不事先和宣传部门沟通好，通过媒体进行广泛宣传教育，做好疏通引导工作？为什么不和区里的各有关方面协同作战，尽可能减少阻力，而是单兵冒进？做好这项工作不能凭你一人之力，你不要逞匹夫之勇，更不要有急功近利的投机心理。你们马上把工程停下来，好好总结一下，制定一个完整的、操作性强的工作方案，磨刀不误砍柴工。"

唐跃胜坐在那里一言不发，静静听着何劲与陈鹏的对话。何劲知道唐跃胜不说话不是无动于衷，而是心里有点气，是在想怎样化解被动局面的对策，同时也在琢磨怎样应付他的办法，于是转过头来："唐市长，由于这段时间乱事比较多，怎样做好扒小房工作咱俩没来得及碰头，市里只提出个目标和轮廓，在操作层面上还缺乏深入细致的调查研究，刚刚上马就碰了钉子，出现这样的局面我有责任。下步你组织建设口好好研究一下，特别是在搞好宣传引导，调动群众积极性上下功夫，顺利、平安、健康地推动这项工作。既不能刚起步就下马，也不能盲目推进出乱子，这个尺度你把握一下。"这时，唐跃胜以积极的姿态明确表态："我会按照市长的要求，继续抓好这项工作的落实，只是要循序渐进，不能操之过急，那样会欲速则不达的。我们先做个方案，听听方方面面的意见建议，最大最大地增加动力，最大最大地减少阻力。"何劲频频点头："行行行，就按你说的办，我同意。"这时的陈鹏如雷轰顶，后悔不迭。他恨自己不自量力敢玩火，终于让火把自己烧了，真是作茧自缚，罪有应得。

唐跃胜和陈鹏之间发生的这些故事，官场上的明眼人有所察觉，而他们的夫人却不知情。后来李文漪从唐跃胜言行的蛛丝马迹中知道了个大概，而苗小茜却一直蒙在鼓里。这才出现了两个男人斗智斗法，两个女人如火如荼的不和谐景况。

这是一年后发生的一个富有戏剧性的故事。陈鹏为了当上副市长，经过多方面努力后，仍觉自己势单力薄，竞争的底子不够雄厚，特别是唐跃胜周围的人脉圈子，越来越和他渐行渐远了，这是可悲而可怕的损失，他掂量出来了，少了这一块，竞选副市长无望。要想挽回这个颓局，只能回头是岸，重新走近唐跃胜。陈鹏连续几次试探未遭拒绝后,壮着胆子在唐跃胜办公室里倾吐了自己的肺腑之言,中心意思是,自己竞选副市长志在必得,希望市长大人大量不计前嫌,能伸出手、发句话全力支持自己一下,市长的态度对自己的人生有着决定性的意义,这是终身不忘之恩。唐跃胜的脸露着笑容,大大方方地表了要支持他进步的态度,话说得挺诚恳,也挺肉麻的。

晚上回到家,唐跃胜边吃饭边给李文漪讲述白天发生的事情。李文漪挖苦他:"你这个人就是不长记性,三句好话就把你顶的不知南北了,还用热脸去贴他的冷屁股,真愁死人。"唐跃胜用筷子敲了敲碗:"你这话说得没水平啊,太小肚鸡肠。官场上的人和事得给个面子,得饶人处且饶人。他能和我说这个话,不知经过什么样复杂的思想斗争,不是轻易张的嘴。至于是真支持还是假支持,或者是半真半假支持,我心里能没有数吗?打一巴掌给个甜枣吃的事,我不是没经历过,用不着说在嘴上,挂在脸上,存在肚子里最好。我和你说啊,在领导干部这个群体里,不仅有层次之别,也有等级之分。对待上等人,要直指人心,可以真心对真心,郎旭光就是这种人。对中等人,最多给予一些隐喻暗示,要讲分寸感,见面只说三分话,不可全抛一片心,环保局局长林书泉可算这种人。对下等人,要面带微笑,双手合十,语言优美,因为他的心眼太小,太爱算计,情感脆弱,只能用世俗礼节对待他,不能真帮他,不用说,陈鹏就是这样的人。你信不信,陈鹏的所作所为逃不过我的眼睛,也逃不过官场上那些能决定或者左右他命运人的眼睛。他平时没有用心真正地结缘,而是到处讨好拉关系,早就积怨埋下了祸根。他现在就像没烧透的土豆,整个人都夹生了,再怎么也烧不熟了,除非忍痛烧焦扔掉。将来他不但当不上副市长,能在城建局局长的位置上坐稳,就算积德了。"

结果真像唐跃胜预料的那样,人代会前,对两位副市长人选的推荐,陈鹏的票少得都没能入围,灰溜溜地终于尝到了自己酿的苦果。隔了两年,陈鹏到市委统战部做了常务副部长,又过了两年,改任市委副秘书长。至此，陈鹏的人生命运定了格。他郁闷之极，不但没能圆当副市长的梦，倒是由挺精神的人变成了小老头儿。

那天，唐跃胜请乔世成吃饭的场面始终很热闹，虽然他和郎旭光心里不是很痛快，但没有影响宴会的气氛。八点半，赵祥龙推开门，用眼睛把郎旭光叫了出去。"秘书长，范市长和一帮子人刚刚走。陈鹏没有和他们一起出去，隔了四五分钟才单独出来，还东张西望，怕被人发现似的。做贼心虚，他们肯定在一起吃饭。"郎旭光冷笑一声："好，情况弄清楚了，我们一会儿就撤。"

饭后，有专车送乔世成回那芬湖疗养院。赵祥龙刚要上唐跃胜的车，郎旭光一把拽住他："你坐我的车回去，我坐市长的车，俺俩要说说话。"赵祥龙只好答应，一再叮嘱郎旭光："你告诉市长，周秘书长来过两次电话，说明天上午务必要见他，有重要事情汇报，你千万别忘了。"郎旭光手一摆："放心吧，忘不了。"说着，钻进唐跃胜的车。

第 八 章

　　市政府秘书长周之豪一大早就在机关食堂门口等唐跃胜。原来的政府秘书长郭嘉兴当上人大副主任后，周之豪接任政府秘书长兼办公厅主任。煎熬了六年，终于把"助理"两个字除掉了，常常挂在他脸上的愁容云开雾散，多年的媳妇熬成婆，不容易呀！

　　周之豪坐在唐跃胜对面，掐了一小块馒头拿在手里。"唐市长，何市长说上访事件要尽快灭火平息，无论如何不能扩大升级，一定要在松江市消化解决，不要留下后遗症。"

　　周之豪说的上访事件，是半个月前因动迁补助不合理而发生的集体上访。四五百人从区里闹到市里，还扬言要是得不到合理解决就到省里和北京上访，弄得市领导心里发毛。

　　动迁工作归市房产局，分管市长唐跃胜当然脱不了干系。

　　唐跃胜边喝粥边回应："今天下午开个碰头会研究一下，把有关部门的负责人都叫来。这样的事我听了心里也有点发毛，倒不是怕事，而是感到烦躁。市里对动迁补助有明确规定，有的部门、有的人就是胆大妄为，我行我素，随意变动动迁补助标准，这不惹出乱子来了，还得政府兜底。这就是我们不作为、乱作为结出的苦果。"唐跃胜正说着，突然打了个嗝，像触痛了哪根神经似的，唉了一声。"俺家也有和房子有关的上访户，由于我办事拖拉不作为，儿子结婚房子的事迟迟没给人家落实，他们回家催过好几次了，我答应好好的，就是不往心里去，他们对俺两口子表示了强烈的不满，每次回家都为这事对我们摔鼻子扔脸的。想想也是，该办的事不给人家办好，他们心里窝火，我也觉得心亏。"

周之豪赶忙插话："儿子结婚用房的事不落实，是欠情亏理。怎么，需要我帮你处理吗？前院再怎么闹腾，后院得平静，不能起火。"

唐跃胜一下回过神来："是不能起火，得好好安顿好了。哎呀，之豪，咱俩怎么扯到这上面来了，跑题了，赶紧言归正传，回到正题上来。"

会议在市政府第三会议室召开，市政府副秘书长郎旭光、信访局局长姜敬亭、房产局局长郭家平，还有这些部门的几位处长，把个小会议室坐得满满的。

唐跃胜主持会议的开场白，一般都比较简明扼要，直奔主题。他环顾一下会场的人："今天这个会就一个主题，研究因动迁上访的解决办法。这件事的来龙去脉、前因后果是清楚的，不再说来议去，请各位来就是商量一个恰当妥善解决这个问题的具体办法。市委、市政府主要领导在信访局的上报件上做出明确批示，要尽快平息事态，媒体不得借机炒作，防止和杜绝到省特别是进京上访事件的发生。这是给我们解决好上访问题的一个原则。"

上访事件本身并不复杂，就是开发商给动迁户补偿标准太低引起众人不满，要求政府干预，提高补偿标准。会议开得很顺利，责成郎旭光负责起草会议纪要，上报市委、市政府。

会后，郭家平跟着来到唐跃胜的办公室。

唐跃胜明白他的心思，因为有些话在会上是不能说的。看看他没大有什么表情的脸，唐跃胜说："说吧，就咱俩，可以说悄悄话了。"

"市长，刚才研究确定的由政府出面协调，适当提高动迁补偿标准的办法我赞成，但这件事的责任我还是要说几句，你别嫌我絮叨，有些事你未必清楚，我也不便在会上说，那样影响不好，当然我不是要推脱什么。"郭家平不紧不慢地说着。

唐跃胜听他这么一说,觉得话中有话,便怂恿郭家平:"今天下午我没什么事,时间有的是,有什么话你就尽管说,你这也是对我的信任。"

有了唐跃胜的承诺,郭家平就放开胆子说了起来。

这个开发项目从招投标开始就被人操控。政府项目的动迁都是由房产局动迁处直接管,可动迁处对这个项目却无法插手,很难掌握局面,他们知道这个项目后面的势力太大、水太深,不能也不敢去碰谁。现在是老鼠戏猫,猫怕老鼠。开发商搞动迁的那帮人,像一群地痞流氓黑社会,耀武扬威的。更让人惊讶的是,那个工地的大门口,天天晚上有武警站岗,真是厉害,把穿军装的都搬来了。动迁处的人见了他们都得躲着,惹不起呀!没有人在后面撑腰,他们敢吗?我几次和动迁处处长郝庆说要按照市里要求,依法实行管理,他总是向我诉苦:"局长啊,你让我多活两天行不行,我这小体格扛不动他们哪!"郝庆不知是吓的还是想躲避,到现在还在医院打吊瓶,医生说他不光高烧不退,睡眠也非常不好,经常说梦话,而且说得不掉板,怀疑是神经系统有障碍,高烧退了后让他看神经科医生。今天开会来了个副处长。这么说吧市长,这不是简单的动迁上访事件,背后是权力与金钱的交易,是权力与法律的较量。你也得多注意点,防人之心不可无。

"怎么防啊,我知道哪个大的工程项目后面都站着不少有权势的人,可你查查看,哪个工程项目都是按规定和程序做的,光明正大呀。你们报来的材料我看了,很正常,就是动迁补偿标准的确定也名正言顺,没有什么破绽。"唐跃胜无奈地两手一摊。

郭家平的头摇得拨浪鼓似的:"市长,这个工程项目是公检法方面的权势人物在背后操控,要不然就开发商那几头蒜敢在我眼前耍威风、闹派头?滚他妈一边儿,我收拾不死他。这些年经历的风风雨雨我算看透了,金钱的诱惑力太大,权力的占有欲太强,权力对金钱的追求和占有是无孔不入,而被金钱腐蚀的权力又无恶不作。我不是在你面前表白自己怎么清白高尚,谁不需要钱哪,谁不喜欢钱哪,我横的竖的掂量过、攀比过,越线过格的事不是不想做,而是不敢做,怕赶上倒霉点。过去学政治经济学时,对有人为了追逐高额利润不惜铤而走险这个说法我一直没弄明白,他们为什么要铤而走险呢?现在看看身边和社会生活中的人和事,我懂了。有的领导干部道貌岸然,而内心里装满了欲望。欲望人人都有,可是手里有了权力又敢滥用权力的人,欲望就会无限地膨胀,贪婪的潘多拉盒子一打开,那可就是一个欲望推动着另一个欲望,一种贪婪紧随着另一种贪婪,永无休止啊!他们捞钱捞得都到了疯狂的地步,真是不惜铤而走险,我看这些人将来怎么收场。"

唐跃胜赞许地笑笑:"哎呀家平,你是真人不露相啊。平时你说话大大咧咧没正经的,饭桌上你的黄段子最多,到了关键口上这道理说得挺深挺透哇,我真有点佩服你了,你是外表糊涂心里明。好在这次动迁事件引起市委、市政府领导的重视,信访局全力参与配合,解决起来不会有太大阻力。你现在倒是要把部下的事情处理好了,多给他们一些关心和支持,不要让他们的身体和精神出问题,他们还要成长进步,还要居家过日子。我要表达的意思是,你这个当局长的要尽量帮他们卸下包袱,减轻点压力,别让他们绷得太紧的弦断了。"

郭家平显得有些激动:"市长,你总是为别人着想,这样积德行善一定会有福报,我相信善恶有报。"

郭家平从唐跃胜那儿出来,没回办公室,而是让司机买了些水果,径直去了医院。到病房一看,郝庆的床位上换人了。医生告诉他,这人已转到神经内科。郭家平自言自语地说:"真的得了精神病呀?"按照医生的指点,他们来到了郝庆的病床前。为了营造一个宽松的气氛,郭家平一进病房就开起了玩笑:"你老兄行啊,搞体检来了,每个科室都要住两天体验一下。"正在闭目养神的郝庆睁眼一看是局长来了,有点受宠若惊的样子,一下坐起来,就要穿鞋下地。郭家平一把按住他:"别下来,别下来,我就坐你床边。"说着坐了下来。

郝庆红着脸:"局长,不好意思,你那么忙还来看我。其实我的高烧早就退了,可医生不知发现了什么,和俺老婆嘀咕半天,非让我转到这个科观察几天,真能闹。俺老婆这个人也犟,连拖带拽就把我弄到这个地方。我问问其他几个患者,才知道这是神经内科,治疗神经系统的毛病,说直白点就是治疗精神病。我不愿意来,是医生和俺老婆硬鼓捣我过来的。谁想到能得这么个病,可别让人知道,这病好说不好听。"

郭家平像挺明白似的解释:"你净瞎说,精神病和神经系统的毛病是两回事。你别把不相干的事扯到一块儿。"他嘴上这么说,心里却平添了一些不安。郝庆有神经系统的毛病不是一天两天了,这次动迁上访风波又把他卷进了漩涡之中,没日没夜地奔波,使他的病情加重了。

三年前,郝庆当上了房产局最有实惠也最具风险的动迁处处长。这个精明又会来事的人,知道自己是在风口浪尖上跳舞,会有鲜花掌声,能引来羡慕的目光,可一旦落水就危机重重。所以从当上处长第一天开始,他为人处世就特别谨慎小心,不张不扬,很是低调,试探性地去改变无序开发动迁中的一些做法。可是社会风气、人情世故不会围着你这个芝麻粒大小的官转,所以他说的话如同蚊子哼哼几声,是完全可以忽略不计的,谁都不会理睬。各种各样因动迁引起的上访像潮水一样,一波接一波、一浪连一浪地向他涌来,他刚刚浮出水面,又一个更大的浪头掀过来,让他上气不接下气地疲于奔命。他开始想依仗着处长这块牌子耍耍横,拍拍桌子说几句硬骨头话,可上访的人三教九流,有些人属于滚刀肉,他亮的那一套属小儿科、玩杂耍,没人搭理他。凡上访的人,特别是上访老油条,有理无理争三分,在你这里得不到好脸,满足不了利益要求,就想方设法往上捅,把事情闹大,让个人利益诉求变成社会性问题,上面的领导一重视、一干预，事情就好办了。

碰了若干钉子败下阵来后，郝庆知道自己这个处长的能耐了，想退缩一些，以守为功，做一个随遇而安的人。他老是和周围的人说，遇到比自己条件优越强大的，不羡慕眼红；遇到飞扬跋扈不讲理的，先把自己保护起来免得受伤；遇到爱占小便宜的，尽量容忍；遇到搅局 浑水的，睁只眼闭只眼。他想用这些防范措施驾驭自己、影响别人。可让他意想不到的是，这样非但没改变影响别人，反而被别人影响改造了，他变成了一个婆婆妈妈、絮絮叨叨的人。他把在办公室接待上访人员的说话、行为方式，搬到了日常生活中，一件事他能反复说好几遍，生怕别人不明白他要表达的意思。并且他和人说话时面部表情非常丰富，就像玩变脸似的，一会儿目不转睛地盯着你，一会儿把不知从哪儿来的一串串笑脸送给你，一会儿紧鼻子夹眼地奚落你，一会儿又旁若无人地把目光投向远方，把人弄得不知如何是好。

动迁处的人都知道郝庆的生活中有三怕：一怕接有关信访方面的电话，一接这样的电话说话就结巴，有时候竟说不出话来，直拍桌子，实在憋得受不了，就在地上乱跺脚，时间长了，处里人挺习惯听他那有节奏的跺脚声，而背地里却笑话他无能。二怕有人盯梢跟踪，他是松江地产圈里的熟人，有的开发商为了达到目的，不惜采用跟踪的卑劣手段恐吓威胁，以此征服郝庆服从他们的意愿。为了预防不测，郝庆只要发现可疑苗头，马上改变行动路线，把自己弄得鬼鬼祟祟，像过去革命战争年代地下工作者似的。三怕说梦话，太大的工作压力使郝庆染上了说梦话的习惯，常常在梦里掰扯上访的事，要是那个时候有人和他对话，都能接上茬，无形中泄露了秘密，这让他很无奈。许多人不大怎么相信，觉得是不是有人拿他开涮，或者添枝加叶编派出来的。后来，事实证明那是真的。

春节前夕，郝庆带着处里的原春荣到省里接访，两人住一个房间。跑了一整天，他们累了乏了，吃了晚饭早早就睡下了。郝庆的觉来得也快，躺下去不一会儿就打上呼噜了。原春荣没急着睡，一来觉比较轻，入睡慢，不折腾一阵子睡不着。二来他想用这个机会验证一下，郝庆是不是像传说的那样，梦里说话还能对上话。他怕影响郝庆睡觉，把灯关了，躺在被窝里听动静。时间长了，他听着郝庆均匀的呼噜声，自己也犯困了，一个劲儿打哈欠，迷迷糊糊刚要入睡，就听郝庆翻了个身，吧嗒吧嗒嘴说话了：这个事情我知道，你的心情我能理解，但你也得体谅我的难处。这有政策规定，不是你想怎么样就怎么样，乱来是不行的。

听到郝庆开始说梦话，原春荣一激灵，虽然他有思想准备，还是有点惊奇，浑身的汗毛都竖起来了，心里默默安慰自己，这是在宾馆，又不是和外人住在一起，没有什么可怕的。他稳了稳神就想接话茬和郝庆对话。不少梦话是日有所思，梦里才有表达，他说的正是动迁上访的事，对起话来会很自然。原春荣就往郝庆床边挪了挪：
"处长，你说什么事不能乱来？"

"就是提高动迁补偿标准的事，上级有规定，不能随便突破，我和他们说了一百遍了，还一个劲磨叽，真是无理取闹。"

"那他们没给你送点好处，比如说送点钱什么的？"

"给了，那天拿了一包钱要往我兜里塞，我挡回去了，没敢要。"

"多少钱哪？"

"我没要，谁知多少。我用手摸了一下信封，挺厚的，两三万元有。"

原春荣一看话说到这个份上，不好再往下说了，一旦问出点不该说的话，那可就不厚道了。他掀开自己的被子钻了进去，郝庆又恢复了均匀打呼噜的节奏。

原春荣摸摸胸口，心还咚咚地跳得挺快。刚才发生的这一幕既让他感到怪异，又有点心疼。动迁处处长这差事，在外人看来权力挺大，实惠挺多，其实是酸甜苦辣咸五味俱全。平日里大家总在背后说郝庆精神不正常，话多时像得了魔怔，没话时坐在那里像个泥塑的人，表情木讷，难道他真的是精神不好？不了解内情的人，谁能品出其中的甘苦。原春荣转过身望了一眼郝庆，觉得他挺可怜的。

第二天早晨，两人来到餐厅吃早饭，一坐下来郝庆就问："昨晚睡得怎么样，我没说梦话吧？"

"怎么没说，说得挺有逻辑，我还和你对话了呢。哎妈呀，和说梦话的人对话太神奇了。我长这么大头一次遇到这种事，这个体验非常难得。"

"咱俩说了些什么，没透漏什么秘密让你小子抓住把柄吧？"

"没有什么秘密，属于咱动迁处工作的事。不过我到现在还纳闷，你已经睡着了，可那些话接得一点不走板，难道你睡觉时大脑不休息，还在工作？真怪死了，这就叫怪人怪事怪现象。"

"我也觉得怪，睡觉说梦话是常有的事，但还能和人对话很少听说。"

"你是怎么发现的。"

"是俺老婆偶然间发现的。"

于是，郝庆把他老婆告诉他说梦话还能和人对话的情境，说给原春荣听：

有一次，我喝得醉醺醺的，回来得挺晚，倒在沙发上就睡了。俺老婆看我呼噜打得嘎嘎响，有时半天才喘出一口气，她怕我憋着，就来扒拉我，让我喘喘气。正在熟睡中的我说起了酒话："剩那么点干什么，养鱼啊，我这都干了。"俺老婆挠挠我脚心："睡觉了还喝酒，你想喝死啊！"没想到这话让我听到了，还接上了茬："酒是粮食精，越喝越年轻，怎么能喝死。"俺老婆一听愣住了，怎么接上她的话了，就用力推了我几下，我也没醒。她索性在我身边坐下，拍拍我的脸，又揪揪耳朵，我依然呼呼地睡。好奇心驱使她再试试，看看我还能不能接上茬："你晚上和谁一起喝酒，有没有女的？"睡梦中的我张了张嘴又接话了："有女的，那娘们不但长得挺俊，酒量也大，一个劲灌我，到底把我放躺下了。"她一听和女的一起喝酒，立马不高兴了，提高了嗓门："你们就喝酒啊，没有别的事？"

"她走我的后门,想在动迁时占便宜。"

"你答应了?"

"我早就有防备,她是醉翁之意不在酒,不过她要是真心对我好,那也可以考虑考虑。"

郝庆说到这里忍不住笑起来。春荣你不知道,俺老婆是干车工出身,两手的劲可大了,抓着脖领就把我拎起来了。"你个臭不要脸的,还回家来睡觉,赶紧给我出去,找那个妖精去吧。"说着就往外推我。迷迷糊糊的我打个哈欠,揉揉眼:"我睡得好好的,你把我弄起来干什么,半夜三更的叫我上哪去,抽风啊你。"

"你才抽风呢,和你一起喝酒的女人是谁,和你什么关系,不说清楚我就没完。"

"我和哪个女的怎么了,你让我把什么说清楚?"

"你少装彪卖傻,就你刚才睡觉说梦话时咱俩对话说的那个女的,是你亲口说的,别糊弄我。"

"你这人怎这样啊,说梦话的事我哪知道,再说了,梦话梦话,那都是没经过大脑思考胡乱说的,不算数,你还当真的了。"

她虽然不吭声了,还像不认识我似的一个劲端量我,大概她也纳闷怎么会有这样的怪事。我怕她把这事说出去,就千叮咛万嘱咐不让她往外说。

俺老婆这个人嘴快没把门的,没过几天就当笑话说出去了,然后就一传十十传百地传开了,要不然你们怎么能知道俺两口子之间的事。

原春荣听得憋不住笑,一口饭喷了满桌子。郝庆瞅着碗盘:"这饭叫你吃的,脏死我了,饱了不吃了,走走走,还擦什么呀!"

原春荣打个饱嗝:"天下之大,无奇不有,这故事真能笑死人。"

郝庆边抠牙边顺嘴说道:"这不好奇,就在咱们身边还有比这奇特的事,那才是典型的神经病。"

这话把原春荣的心说痒痒了,缠着郝庆想知道个究竟。

他俩这次到省城,是协助市信访局来接访的,事情不复杂,任务完成得挺顺利,他们就变得比较轻松,准备坐上午十点的火车回松江。

　　郝庆刚进房间,原春荣就火急火燎地敲门进来了,口口声声要听故事。郝庆装着不耐烦:"你这人怎么听风就是雨,我就随便那么一说,你还当真了,收拾收拾准备走。"

　　原春荣把表在郝庆眼前一晃:"早着呢,还有一个半钟头。再说了,咱俩空着手来的,有什么可收拾的,快讲吧,要不怎么打发时间哪。"原春荣心里明白,虽然自己的处长变得越来越婆婆妈妈的,但他说话嘴有根,办事脚有跟,从来不说没边没沿的话。

　　郝庆把说出来的话又收回去,他是多了一层考虑,因为故事中的人很快就要和他有关系。说得白一点,这个女主人公最近就要调到动迁处来工作,他怕这个时候背后说人家的长短不好,所以欲言又止。他瞅瞅原春荣,看他急不可待的样儿,再一想饭后茶余闲磨牙,也不是造谣污蔑谁,大家将来在一起共事,原春荣知道也无大碍,还可能给她一些关照呢。

　　郝庆不知想吊原春荣的胃口,还是想事周到,故事没开讲先说了一番道理。"春荣哪,你是研究生,文化高、素质好,年轻有为,前途无量,别看你现在是个'员',将来肯定比我有出息,官会当得挺大。看人看问题不能限于表面,而要变换几个角度,往深里想想,往细处看看,这样就可能从别人没留心、没注意到的细节中发现问题,认识事物。你说我说得有没有道理?"这话像开导人,也像堵人的嘴,原春荣瞪着眼睛,没有猜透郝庆说这些话的用意。

　　这时候原春荣没有心思听这些道理,随口回应着:"处长,你的话我听进去了,道理也都对,对我很有启发,一定照着你说的办,快说故事吧。"

　　"这事你只能当故事听,听完就完,不能往外说,否则,你就不好与人共事了。"郝庆做了这些铺垫和说明之后,讲述了女干部徐盛兰晕字晕话的故事。

松江市房屋交易中心,是房产局下属的事业单位,那里有个女干部叫徐盛兰,在窗口负责办理各种房屋交易手续。在这个岗位上工作的人不仅要精明干练,还得有爱心耐性,他们每天所服务的对象,什么样的人、什么样的情况都有,需要给予恰当的回应和解释,需要以平和的心态与人相处。平时这个窗口就热闹忙碌,前来办事的人总是排着长队。后来市政府出台了经济适用房政策,有些住房困难收入又低的家庭提出申请后,由区街层层把关,最后通过摇号获得购买经济适用房的资格。能尽快买一套廉价房,对于那些困难家庭是天大的事。但这种经济适用房的审批很烦琐,手续也多,凡是摇到号到交易中心来办手续的人,一律都是焦急万分,人人都盼望加急,变着法地向工作人员施加压力,生怕慢了一点把自己的事耽误黄了。并且这些人火气特别大,说话声音也高,稍有不高兴就吵着嚷着说些不三不四的话,像催命似的催窗口工作人员快点。坐在那里工作的人听得最多、刺激最大的责怪话就是:"你能不能快点,慢慢腾腾真能磨蹭。"天长日久,"快点"这两个字就像钢针刺痛着他们的神经,成了不可触碰的敏感区。

徐盛兰就身处这样一个水深火热的环境之中。她的身边永远是焦虑的声音,焦虑的情境,焦虑的话语,她感到自己太无助了,好像全世界都在催她挤她,让她快点再快点,有时听到"快点"这两个字就心惊肉跳。普普通通的两个字,让徐盛兰备受煎熬,成为她的生活乃至人生中最不能闯入的禁区。

开始时,"快点"这两个字对徐盛兰的刺激效应是,不由自主地流眼泪,再悄悄抹去,外面来办事的人不知道原因,还以为她有什么伤心事呢。她脸上淡淡的愁容,会引起人们的同情。后来,她开始厌食,常常看到饭就饱了,感到饿时就吃点零食,人明显有些消瘦。这些她从不对人说,而是默默地忍受着,谁让自己在这个岗位上工作,坐在这里就要担这里的事。再后来,她恐惧"快点"这两个字的症状明显加重了,当"快点"两个字出现的频率增多时,她就一阵阵恶心,大口地呕吐。有一天,正在办手续的徐盛兰实在控制不住,突然大口呕吐起来。她来不及躲避,索性就吐在餐巾纸上。这一情景被大厅里的人看到了,有几个好事的女人开始嚼舌头:这小媳妇怀孕的反应还挺大的,脸色都变了,怀个孩子真不容易。其中一个女人扒拉开前面排队的人,探头关切地问:"几个月了?得好好休息一下,老这样对胎儿不好。"徐盛兰旁边的一个女人说:"你怎么乱说话,人家是个姑娘,还没结婚哪,怀什么孕呀!"那个女人一看有人帮腔挡横还来劲了:"这本来就是怀孕反应,还不承认。结婚的人不一定怀孕,怀孕的人不一定非要结婚,这能骗得了人吗?"

徐盛兰听到这些带有侮辱自己人格的话,勉强抬起头,狠狠白了那女人一眼,想说什么,却咬咬牙离开了。她这一走更坏事了,外面的人不干了:"怎么上班时间随便离岗,讲不讲职业道德,体不体谅老百姓的难处?"什么牢骚批评话都出来了。

郝庆说到这里又发了一通议论:"哎,社会生活就是这样,有些人只是让政府、让别人看到他的苦和难,他却不去体谅理解政府的难、别人的苦。打个不一定恰当的比方,改革开放中有些人先富了起来,这就为想富裕的后来人提供了借鉴和便利,但决不能因为有了先富,别人就有了劫富的权力,把劫富当成了人权。人与人之间的理解、支持与关爱是相互的,不能剃头挑子一头热,你说是不是?"

"可不是嘛,现在有些人自顾自,把原因和结果颠倒过来,非要拿着不是当理讲。"原春荣附和着。

这个如花似玉的徐盛兰真是叫人可怜,她把那些苦水都咽到肚子里,别说单位里的同事们,就连她的亲人也不知道她的苦衷,不但没有为她排排忧、解解难,还在无意中伤害她。郝庆接着绘声绘色地讲述着徐盛兰人生中的不幸。

徐盛兰的姐姐叫徐盛梅,为了儿子结婚买了一套二手房,需要办理过户手续,妹妹在房屋交易中心当然方便了。一天晚上,徐盛梅吃了饭就给妹妹打电话,刚端起饭碗的徐盛兰拿起手机就和姐姐说上话了,当听到姐姐催她快点把房产证办下来时,她把碗筷一放,哇的一声就哭了,手机也扔了。她哭得挺伤心:"你们怎么和别人一样来逼我、挤对我呀,还让不让我活了。"她妈傻了,抱着女儿一边流泪一边问:"你这是怎么了,吓死妈了。"

徐盛梅哪知道妹妹的苦楚,听到电话里的哭声怔住了,觉得妹妹这儿出了什么事,打辆出租车就过来了。到家里一看,妹妹躺在床上,脸上挂着泪痕,母亲正在劝慰她。她摸摸妹妹的手:"盛兰,刚才你怎么啦,为什么哭呀,姐姐哪里说得不对、做得不好吗?"母亲把话接过来:"不是你的错,而是她选错了工作。"接着把盛兰害怕"快点"两个字的前前后后告诉盛梅。母亲的话刺痛了盛梅的心,顿感对不起妹妹。她坐在床边拢了拢盛兰的头发:"小妹,姐不知道你工作不顺心的事,不是特意地,别怪姐啊,我以后再也不说这两个字了。"顿了顿,她贴着盛兰的脸,"你个傻妹子,要什么强啊,他们催你快点你就快点啊,各人的猴各人耍,慢点又怎么了,能扣你工资还是能少发奖金,你怎么连应付人应付事都不会呀!真是个死心眼。这年头,多干快干不一定得好,慢干少干不一定吃亏,这么个理你都掰扯不开呀!"

盛兰听姐姐这么一说,反倒把眼泪催下来了,像有许多许多委屈要向亲人倾诉:"我在单位里一坐到窗口的凳子上,仿佛就像进了监狱判了刑,被剥夺了人身自由,可是工作又不能不干,还得争气干好点,那是我的责任啊!回家来我想舒舒服服轻松轻松,你们还来找事刺激我,真是受不了,难受的时候真是死的心都有。"

一个"死"字弄得徐盛梅魂不附体,马上去捂妹妹的嘴:"傻丫头,可别乱说,你还没结婚,好日子长着呢!"咳,不是当事人,谁解其中味,徐盛兰现在不但怕"快点"两个字,更怕听到"结婚"的字眼。徐盛梅的话音刚落,她就一头扑到姐姐怀里,号啕大哭起来,把徐盛梅吓得不知所措。"妈你快过来,我也没说什么呀,妹妹这是怎么了？"

母亲很不高兴地拉着脸："你的心思都在儿子身上，什么时候过问过妹妹的事？亏你还是当姐的，心太粗了，她和对象拉倒了。"

"他们不是处得挺好的吗？怎么说吹就吹了，我找他去。"

"你待着吧，找人家干什么？事还不都是自己惹的。"母亲把发生在盛兰与对象之间的意外告诉了盛梅。

前段时间的一个星期天，两人约好出去玩，对象开车在楼下等她。这丫头又是收拾又是打扮，时间拖长了点。对象在下面等着急了，就打电话让她快点。她一接电话就哇哇吐了起来，人就像瘫了一样倒在沙发上，动弹不得。楼下的人等得不耐烦了，就跑了上来，看到盛兰的狼狈样，上气不接下气地问她怎么了。盛兰闭着眼一直不吭声，被问急了，突然冒出一句："让你这个催命鬼逼的，以后别让我听到'快点'这两个字，我讨厌。"对象丈二和尚摸不到头脑，让盛兰给弄二乎了。但他意识到可能发生了什么误会，或者"快点"两个字里藏着什么秘密。这时候小伙子没工夫多想，也不征求意见，背起盛兰就往楼下跑。盛兰挣扎着不走，可她哪能挣过年轻力壮的小伙子。他们到了医院，医生检查过后嘱咐小伙，女朋友没有什么大毛病，是精神受到刺激出现的不良反应，吃点安神镇定之类的药就好了。

盛兰吃了药很快恢复了平静，小伙却添了难以根除的心病，医生的话老是响在他耳边。精神受到刺激产生的情绪不稳定，这不是暗示她患有精神方面疾病吗？我们谈恋爱一年多了，正准备结婚，怎么从来没听她说过自己有这样的毛病？是难以启齿，还是瞒着我？精神病是会遗传的，要是和她结婚，生了孩子也有这样毛病，家就毁了。小伙思来想去，不如趁早分手，免得酿成悲剧。从此以后，小伙渐渐对盛兰疏远冷淡，最后提出分手。任凭盛兰怎么解释，小伙铁了心要劈腿，他不愿意冒那份险。

母亲说着眼泪扑簌簌地往下掉。盛梅知晓了妹妹的遭遇，心疼得一边流泪，一边擦去妹妹脸上的泪水。"盛兰啊，这事怎么不早点给姐姐说一声，就放在肚子里一个人扛着，屈死妹妹了。你别着急，也不要伤心，姐帮你想办法解决这事。"

当母女们心绪平静下来，盛梅拉着妈妈和妹妹对父亲说："盛兰不能再这样耗下去了，她的工作环境需要改变一下。房产局局长是俺大伯哥的同学，听说他们关系挺好，咱们送点礼，让他帮帮忙，把盛兰的工作调一下。"爸爸愁眉不展地说："既然有这层关系就赶紧求人办，工作压力大，对象又黄了，对她打击太大了，帮她调整一下工作是咱家最大的事。"

郝庆一气把故事讲了下来，问原春荣："怎么样，有何感想？"

"处长，你这讲的是咱局里的真人真事，还是在播电视连续剧呀？这些富有传奇色彩又极其感染人的故事情节，不是你编造出来的吧？"原春荣打着哈哈。

郝庆斜睨他一眼："怎么说话呢？这些都是局长亲口对我说的。他和我商量要把徐盛兰调到动迁处来，就把这些情况告诉了我，让我心里有数。"

"咱们是行政编，徐盛兰是事业编，能调进来吗？"原春荣问。

"活人能叫尿憋死啊，本单位、本系统内的干部可以混岗使用，咱们处正好缺一个懂财务的人。这人我没见过，听局长说徐盛兰工作责任心非常强，人也长得挺漂亮，在房屋交易中心是一朵花，她在那边的女人堆里出类拔萃。"

原春荣挺为徐盛兰惋惜的："人再好再漂亮，有精神病那也拉倒了。"

"住嘴吧你，别瞎咧咧，人家哪有精神病，她们家庭家族里根本就没有这种病根，完全是工作环境造成的精神压抑，离开那个环境病就好了。咱们的马局长还看过神经病科呢！你能看出他有精神病吗？都是工作压力大弄得鬼使神差的。我听医生说过，那不叫精神病，属于精神焦虑。"

郝庆说到这里眼睛突然一亮，盯着原春荣上下打量："你今年多大了，有没有对象？"

"二十九，没有对象，这你都知道，明知故问。"原春荣随口回答，并没有领会处长的用意。

郝庆审问似的："是没有还是不想找，或者没找到？"

"这两年处了几个，都觉得不太合适。我想等一等，事业上没有什么成就，经济条件又不允许，连房子都买不起，我老家在农村指望不上。另外，我正在攻读法律博士学位，再有一年就毕业了，等各方面条件好一点再考虑，选择的余地比较大。没有坚实物质基础的爱情是不牢固的，那可不是闹着玩的。"原春荣说得挺在理。

郝庆摸摸胡茬子，话语中透着神秘而调侃的情调："你信不信缘分，找对象这东西真怪，你越是上心要找一个可意的人，那些觉得合适的人越与你擦肩而过，离你而去，这叫有心栽花花不发。有句俗话叫'踏破铁鞋无觅处，得来全不费功夫'，还有一句诗说'众里寻他千百度，蓦然回首，那人却在灯火阑珊处'。和你讲徐盛兰故事时我就琢磨，老天爷是不是在一个合适的时候给你送来了一个合适的人？这也是千里姻缘一线牵，无心插柳柳成荫哪！"

原春荣红着脸："哎妈呀，处长，你这是说的哪一出哇。这人都没见着就当起媒人来了。讲故事怎么讲到我头上了，真能闹。"

"谁和你闹了，我虽然没见徐盛兰长什么样，就凭局长的眼光和重视程度，这人差不到哪里去，你俩弄不好真是郎才女貌的一对。我当什么媒人，那是月老牵的红绳，瞧好吧你。不管怎么说，徐盛兰没来处里工作之前，你不要谈对象，我先把这事号下，要是不合适咱再放手。你看我这菩萨心肠，上哪儿找去。"郝庆说完自己先哈哈大笑起来。

原春荣的话有点讨好的意味："处长，跟着你出来办事就是痛快，有成就感，回去向局长也好交差。我看信访局的人比咱们辛苦。"

"那活可不是人干的，辛苦点不要紧，关键是精神高度紧张。他们为了躲避上访人，有时下班都不敢走正门，像贼似的从后门溜。你看看他们的眼神，总是不用正眼看人。咱们有咱们难唱的曲，他们有他难念的经。"

"处长，你的理论水平高，工作经验又丰富，有个问题想请教你一下。"

郝庆听到"请教"两个字，抖抖膀子一跺脚："别虚头巴脑的，有什么话就敞敞亮亮说，咱就是闲谈磨论，交流交流思想，请什么教啊，快说吧！"

"这些年从上到下都在喊稳定压倒一切，发展经济需要一个安定团结的社会环境。这肯定对，要是社会不稳定乱哄哄的，经济就不能很好发展，老百姓就不能安稳生活。但强调过头也有问题。改革发展也好，社会进步也好，总是在发现问题解决矛盾中实现的，有了问题矛盾不去揭露解决，而是捂着盖着，表面上看和谐稳定，可潜藏着更大的不和谐不稳定的隐患呀！我们的一些领导干部太爱面子讲虚荣，在社会稳定上搞形式主义。"

这话点燃了郝庆的心头火："你这话虽然有点硬，也算有点过头，但非常有道理。从我当处长开始，经常接触动迁上访的人，也和信访局打过不少交道。上访人群中，确实有不讲理、不懂法，胡搅蛮缠的滚刀肉、钉子户，他们变着法地只想从政府这里讨好处。但有许多上访人属于弱势群体，有很正当的利益诉求，上访是出于无奈。他们需要解决的问题对于政府来说是举手之劳，而且合情合理合法。可有些部门、有些领导干部找这个理由那个借口，就是拖着压着不给办，甚至可以说，有些上访就是由于各级政府决策不对头，官僚主义作风严重，领导干部不作为造成的，别怨老百姓。"

"我太赞成这话了。要是说稳定压倒一切也行，可是都压倒一切了这么重大的问题，这么重要的任务，也不能一股脑推给信访局一个部门啊。你看信访局成了消防局、救火队了，成天东跑西颠，到处救火救灾，这不能从根本上解决问题。还是通过建设法制社会，依法治市，才能真正保障经济发展，促进社会进步。"

"年轻人行啊，见识不浅，你怎么不把这些想法观点写成文章发表出去？让大家学习学习，借鉴借鉴。"

原春荣伸伸舌头："饶了我吧，这可是个政治问题、原则问题，没有事闲扯几句行，到了正规场合哪能说这些。私下里可以说的话，不能往桌面上搬，不能在人前讲。处长，你现在要是想抓把柄揪辫子，我跳进黄河也洗不清了，浑身都是嘴也难辩，死定了。"

郝庆嘴一咧："我哪能干那缺德事儿？还得给你当媒人呢。有道是天上无云不下雨，地上无媒不成婚，为了你的婚事也得好好保护你。"

郭家平到医院看望郝庆，是出于对他的关心爱护，不想走程序似的点个卯就走，就不急不忙地拉起了家常。可郝庆心里想的就多了，这个时候局长来看我，是不是因为动迁上访的事想让我早点出院上班？再者自己得了这么个不大体面见不得人的病，让局长知道了很可能会影响自己的前途，不想让郭家平在病房里待的时间长了，最好点到为止，说几句话就走，更不愿意把话题停留在自己的病情上。他有些闪烁其词的语言和神态透出的信息，很快就被郭家平捕捉到了，郭家平又调侃道："郝庆，今天来看你没带别人，就我自己，这个意思你明白吧！你不要多虑，更不用担心。动迁上访的事唐市长专门召开了会议，信访局全面介入，事态很快就会平息下来。你呀眼不见心不烦，就好好休息养病。你得的这个病更无所谓，我还经常偷吃安眠药呢，也没耽误当局长啊，是不是？我从来不在乎这个事。人家美国总统都定期看心理医生，而且是公开的，不怕人。你想啊，他们天天想着称霸领导全世界，那压力会有多大啊！需要医生帮他们搞好心理疏导。"

郝庆的脸唰地一下红了："局长，非常感谢你的关心理解。其实我没多想什么，只是觉得你们都在忙活，而我却跑到医院里来，心里不踏实。我和医生交流过好几次，这几天调整得挺好，明后天我就办理出院。"

郭家平忙阻止："你拉倒吧，可别传出去说局长逼着病号去上班，这话可不好听。既来之则安之，等把病弄好再说，那么大个机关还少你一个人哪！"

郝庆嘴一咧："局长，五一节快到了，原春荣和徐盛兰要在五一举行婚礼。小原的家不在松江，许多事得我来帮他张罗，现在进入倒计时了，再不弄就来不及了。"

"噢，你是为这事着急啊，是你撮合的吧？"

"不是，人家是自由恋爱。"

"我说当初和你一说就痛痛快快答应下来，原来有这么一招棋在等着呀！"

"要是从根本上说，这个红娘是你啊局长，你要是不把徐盛兰安排到动迁处，哪有这个好事。"

"这么说还真和我有关系。"

郝庆面带笑容地请求郭家平："局长，我替原春荣和徐盛兰邀请你为他们证婚讲话。"

郭家平拿把了："证婚讲话可以，但你请不行，得他们亲自请。"

"好好好，我让原春荣和徐盛兰亲自给你送请帖。"郝庆乐得，把自己的病都忘了。

第 九 章

　　俗话说清官难断家务事，对唐跃胜来说，不是难断家务事，而是怎么样处理好解决好家务事。李文漪一天打好几遍电话提醒他，晚上儿子和没过门的儿媳要来家，全家人一起吃晚饭，别在外边跑疯了。

　　唐跃胜这个人就这样，儿子时间长了不回来，想得慌；人家真的回来了，又烦得慌。他心里清楚，儿子无事不上门，他这是又要回家上访来了，目的是解决结婚房子的事。提起这桩事他心里就敲鼓，有些打怵。为什么呢？自己口口声声应承儿子房子的事，到现在还没着落，悬在那儿。

　　长久以来，唐跃胜对儿子唐振平一直怀有愧疚感，揣在心里的那个情结总也解不开。唐振平读高中时赶上了出国热，一些领导干部赶新潮，纷纷把孩子送到国外深造，成才不成才另说着，至少是见了世面。可自费到国外读书需要一大笔经费，唐跃胜虽然当了县长、县委书记，但他拿不出这笔钱，也不想举债供儿子出国读书。这期间，不少人上杆子要为领导分忧，唐跃胜都是婉言谢绝。为此儿子和他吵过，甚至用离家出走断绝父子关系来威胁他。终因唐跃胜的坚持，唐振平的两只脚没能在那时迈出国门，父子俩从此结了怨。虽然事情早已过去，在儿子出国这件事上唐跃胜表面看无所谓的样子，其实他内心里是不安的。要是真的因为出不了国而影响儿子前程,改变了他人生命运,自己可就成了不可饶恕的罪人,对儿子的负罪感常常萦绕心头。

打那以后,唐振平所经历的填报高考志愿、大学毕业找工作这些人生大事,都不怎么和爸爸商量,总是和妈妈嘀嘀咕咕地讨论,对爸爸最多一句两句通报一声。当然,这些毕竟都是儿子人生中重要的事情,李文漪不能也不会独断专行,私下里是要和唐跃胜商量的。唐振平那些大事的最后决定,表面上是妈妈的意见,实际上大都是按照爸爸的想法定夺的。对唐振平来说,爸爸好像是个门外人、多余的人,其实他还真是重要家务事的掌门人,是他人生的定盘星。

唐振平大学毕业后,选择在松江师范学院任教,虽然身份和职业是教师,但他酷爱历史,渐渐成了研究清史的专家。他的学术成就在国内学界有一定影响,可以说在中国史学领域有一席之地。他的未婚妻孙莉是师范学院的英语教师,他们谈婚论嫁万事俱备,只欠房子。说起房子,唐振平早就和母亲打过招呼,唐跃胜也毫不含糊地一口承应下来,但一直没有落实。唐振平对爸爸的拖拉或叫不负责任非常不满,也可形容为耿耿于怀。而现实的情形是,他再恨再怨爸爸,解决婚房的事还真离不开他,离了他玩不转,他的作用是妈妈不能替代的,这可真是又爱又恨,爱恨交加。

儿子媳妇好长时间没来家吃饭了,李文漪一高兴就张罗了一桌子菜,打开一瓶平时舍不得喝的红酒。往常她是一边弄饭菜,一边催大家吃饭,不厌其烦地一趟一趟辗转于厨房和饭桌之间,也不用人打下手。今天却改变了打法,她知道儿子回家来有主题、有使命,需要和爸爸对话,担心爷俩话不投机,翻出不愉快的陈年老账,唇枪舌剑地吵起来。于是弄好了饭菜,一屁股坐下就不起来了,偶尔需要点什么东西,就支使儿子去做。她是任凭风浪起,稳坐钓鱼船,就是不动弹了,随时当好灭火器、排气筒。

唐跃胜虽然清楚儿子的来意,却不主动说破,而是采取守势,随机应对。唐振平心里有事，话不能不说，几杯酒下肚情绪也张扬了，胆子也大了，不做什么铺垫，也不绕道拐弯，直接说到房子的事。但那话说得挺怪，明明是求爸爸办事，他却对着妈妈说："妈，我们结婚房子的事你和我爸说好了吧，我们准备十一办婚礼，你们看行不行？"

李文漪瞅瞅唐跃胜却不开口。唐跃胜略有沉思："还有不到四个月的时间，是不是有点紧张？"他看儿子的脸一下拉下来，把"能不能再缓一缓"的话咽回去了，没敢说出来，怕惹恼了儿子。

唐振平不平静了，话说得有点出言不逊："爸，我们结婚用房子的事两年前就给你们说了，而且十遍八遍不止吧，怎么就不放在心上呢？是不是到现在八字没有一撇呀！你们怎能这样对待儿子的终身大事啊，我可是你们的亲儿子呀！"唐振平不高兴归不高兴，指责爸爸时的用语还是有些讲究，不是用"你"而是"你们"，这样就把妈妈也包括进去了，不至于让爸爸反感恼火。李文漪一看儿子用不大敬的口气和爸爸说话，心一下提到嗓子眼，赶忙把话揽过来："房子的事你爸和我商量过好几次，早就有谱了，只是他工作忙，没顾上落实。这有什么难的，随时都可以办。"

有妻子和稀泥打圆场，唐跃胜就比较好借话下梯子，不至于把场面弄僵。他望着儿子和儿媳像打哈哈："家里的事都是你妈做主我出力，我就你这么一个儿子，哪能不心疼。你在我和你妈心里是国宝级的懂不懂？啊，还有孙莉，都是国宝级的。房子的事我抓得不紧，向你们作检讨，不过这不算事，我会很快落实的。既然说到房子，咱们一起商量敲定一下。"然后转向身边的李文漪，"这话还是你说好，你说吧！"李文漪知道他这是给自己留个空，好有回旋余地，就一边给孙莉夹菜一边说道："我和你爸希望你俩结婚住到家里来，生活在一起热闹，将来有了孩子也好帮着照顾。你们要是不愿和我们住一起，给你们八十万元，看好哪就在哪买房子。"说着看看儿子的脸，再瞅瞅儿媳的脸，那是征求意见。

孙莉有点大家闺秀的气质，在这些事情上从来不乱插嘴，不多说一句话，只是眼看耳听。她知道，虽然婚房关系到自己的切身利益，但解决婚房的自主权却在公婆那里，自己的父母也帮不上什么忙，在这种时候、这种场合，还是少说不说为好，反正事情会向好处做的，让他们父子俩讨价还价定盘子吧。唐振平就放肆了："妈，我们隔三岔五回来看看你和爸，你们会感到亲切，要是住在一块儿，没几天你们就烦了。我本来就不得你们的意，还是离你们远点吧，你们眼不见心不烦。我爸虽说官不小，又主管城建，但基本属于两袖清风的领导干部，你们省吃俭用给我们那么多钱买房子，已经不少了，按理说我们应该知足。可是现在的房价多贵呀，这些钱在好一点的地段也就能买套七八十平的房子。管城建市长的儿子自己花钱买这么大个房子有点寒碜，让人瞧不起，你们不觉得丢人呀！"他看看爸妈都没有阻止自己的意思，又把嗓门提高了点。"爸平时对我要求很严，恩恩怨怨那些事也都过去了，我们都很理解你、尊重你，在这个前提下我要是哪句话说得不中听，或者说错了，爸你得多包涵点。我觉得吧，你这个市长当得有点累，也有点窝囊。主管城建工作，建设口的权力都在你手里，就是不以权谋私，起码的待遇不能降低吧，可到现在还住着百十来平方米的房子。松江市领导干部里面再找不到第二个了。不要说市长、局长，不少处长、科长住的房子都比咱家的大，哪个市级领导手里没有个三套五套房子，他们儿女结婚还用愁房子吗？咱不知道你到底图个啥。你对自己严格要求这没错，可我们结婚弄套大一点的房子过分吗？咱给钱，又不是白要，无非是多打点折。爸，我这话可能说重了，刺激你了，你别生气。不管怎么说这次你可别当甩手掌柜的，把什么都推给我妈，她办不了这个事，你不发话，我们都是白忙活。"

唐跃胜听得出，儿子的话诉苦中包含着挑战。唉，家是个讲情的地方，不好论理，事到如今不好说也得说，要不然肚子里的苦水往哪儿倒哇。他呷了一小口酒："振平啊，你一气呵成说了不少话，但没有过格的话,也不存在刺激我,使我生气的事。现在外边人特别是老家的亲戚邻居们,都说我当了官忘了本,假装正经、不近人情,这些话比你刚才说的难听多了。照他们的说法,我已经够上十恶不赦了。你不愧是当老师的,对我的批评和攻击使用了比较文明含蓄的语言。"

孙莉听了未来公公的话大概憋不住了,嘿嘿嘿地笑个不停,像怕吓着谁似的小声小气:"爸,你真幽默,自己埋汰自己,自己批判起自己来了。振平说的都是酒话,他喝点酒嘴就没把门的,胡说乱说,你别理他。"

李文漪这个和事佬说话了:"爷俩说话什么多一句少一句、深一句浅一句,谁也不会怪谁,快吃饭。"

唐跃胜在心里掂量,尽管儿子流露出不满的情绪,但他还挺通情达理的,不是不知天高地厚,仗着当官的爹在社会上横行霸道、胡作非为的料,这么一想真觉得自己亏欠了儿子。他拿起酒瓶,先往自己杯里倒了些酒,又往其他几个人的杯里都加了一点,端起杯子轻轻晃了两下:"非常感谢你们这样理解体谅我。来,我敬你们一杯。刚才振平说了个半截子话,还有不少话你没说出来,是怕伤我自尊。我在官场上摸爬滚打了这么多年,阅人无数,这点话还能听不出来吗?我听话和别人不一样的一个地方是,不但听他说了什么,还听他该说没说的话,更注意听他想要说的话。这一点可能比你们高明一点。振平说我这个官当得有点窝囊,不能说这话一点不刺激,老实说有时我自己也觉得有点窝囊,该要的没要,该占的没占,该贪的没贪,攒了点买房子的钱还不能满足你们,有点寒酸哪!可是咱们要是往远处宽处看看,往细里深里想想,我真的窝囊吗?不见得。咱家现在的房子是不大,够住就行啦,多大是大?这几年有多少房产商巴结我,送钱的给房子的,那些钱可不是小钱,说出来能吓你们一跳,够好几辈子花的。房子就更不用说了,三四百、四五百平方米的房子,带车库、精装修,有的花园别墅更是阔气得很,只要我轻轻点个头,多少高档的房子弄不到呀?可那些是属于咱们的吗?他们能平白无故送房送钱给我吗?那是天方夜谭。这个世界上发生的事,都不会是无缘无故的。我只要吃了人家的,拿了人家的,收了人家的,就等于把我、把咱们这个家的命运拴在人家的裤腰带上,任人摆布地让他们牵着鼻子走。咱松江市这些年有十个八个市级局级干部落马,大都与商人有关联。他们需要你时说得天花乱坠,称兄道弟,送这给那,不惜血本。真的出了事,他们不但不护你救你,第一个出卖的就是你,把你踢下水,自己上岸去。"

李文漪一看这气氛挺融洽的,不但悬着的心放了下来,还夫唱妇随地帮上腔:"你爸这话说得明白透亮,人比人得死,货比货得扔。谁想要住多大房子就住多大房子,咱过自己的日子,不去和他们比,越比心理越不平衡。"

"这话待人听,道理说得也靠谱,我给你加点酒。"唐跃胜说着往李文漪杯子里加了点酒,两口子像演双簧剧似的。

唐跃胜难得在这么个和谐的家庭环境里说点心里话,既然把话匣子打开了,索性说个痛快。他和颜悦色地看看儿子和儿媳:"现在你们为一些脸面上的事、不开心的事、既得利益的事,在与别人横向比较和攀比中,对我也包括对你妈有这样那样的看法,甚至有怨气怒气,就是恨我们也不过分,但我心里有杆秤,绝不用金钱去换官职,去买亲情。你们还没有这方面的体会,有权力人的江湖最险恶。俗话说,树大易招风,官大易招祸。干部当大了,大都处于安逸荣耀的地位,争夺权力和维持权力随时能招来危险,而富有又经常让人走向险境,导致羞辱。将来有一天你们会感谢你爸你妈的这个见识和定力。我在仕途上,在官场中走得平稳,这不仅仅是我个人的福,也是全家的福,更是你们的福。当我能阳光地、体面地在事业上、生活上给你们一些帮助和支持,能在人生上、精神上给你们一些鼓励,你们不因为我的堕落而受辱蒙羞,能够受尊重地在社会上立足,展展扬扬地为人做事,难道这不是你们的福分?反过来,对我和你妈来说，也不要求你们怎么样地出人头地、荣华富贵，只要你们能依靠自己的本事，做好自己喜欢的事业，踏踏实实干事，堂堂正正做人，我们就高兴，就会为你们感到自豪。这个理你们认不认哪？"

唐振平刚要表态，唐跃胜挥手拦住他："我还有几句话没说。换个角度看，做官发财应当两道，这是古今中外官场的通行规则。发财的人不要做官，想做官的人不能发财，不能既想当官又想发财，这太危险。人生成功的标志不能光用金钱来衡量，我总结这么多年的经历悟出了一个道理，钱多房大是收入赢利，当了官特别是大官也是收入赢利。一个人当了级别挺高的领导干部，那就成了家庭乃至整个家族的荣耀，生养他们那个地方也觉得光彩。可是要是一个当了官的人贪赃枉法，自甘堕落，那就是这个家庭家族的耻辱，他们要被人指脊梁骨，在人前抬不起头来。所以我说当了官不要再贪图发财，为家庭家族争光，获得社会尊敬，也是一种收入赢利。"

借着酒劲的唐振平使劲鼓了两下掌："妈，你看我爸这口才。他终于对自己不贪不占、守法从政找到了理论依据。真开眼界，学老东西了。"然后转过脸来，"爸，我不但是你儿子，还甘拜下风做你的学生。"腼腆的孙莉终于找到插话的机会："爸说得道理怕我们一辈子都不能真正弄懂，我俩给爸当学生还不够格呢！"

挂着笑脸的唐跃胜看看孙莉："哟，看你这话说得，你俩都是老师，是教育别人的人。你们的思维、行为、语言和价值观不仅直接影响学生，也影响你们自己的事业能达到的高度，影响你们人格能实现的纯度，不要什么东西都和别人攀比。"

李文漪把握着这场家宴的进度。她看看一家人吃饱喝足了，话也说得差不多了，就留儿子儿媳在家里住，小两口异口同声要回学校，还说出要回去的理由。李文漪也不强留。她心里非常清楚，既然他们为房子的事来，还得把话引到这个主题上来，好给他们一颗定心丸。她先是笑笑，又歪头盯着唐跃胜问："房子怎么定啊，给他们个准信。"唐跃胜满面春风地拿起手机给郎旭光打电话："喂，旭光啊，振平孙莉国庆节结婚,咱们还没把人家的房子准备好,亏心啊!你嫂子已经下最后通牒了,赶紧办吧。我现在是现场办公,人都在身边坐着,咱们讲点效率,还是我原来给你说的原则,不超过150平米,价格你和他们砍吧,只要不白要就不犯错误。你千万别说是给我办的,那些开发商恨死我了,要让他们知道是我买房子,还不卡死宰死我呀!具体怎么办我和你嫂子都不管,振平和你联系。你别让他们失望啊,咱不搞腐败,可也得说得过去,抓紧办。"他把球踢给了郎旭光。电话里传来郎旭光的声音:"这事交给我了,你不用操心,保证他们满意。"对郎旭光来说,办这么一件小破事那是手到拈来,轻车熟路。

唐振平手舞足蹈起来:"爸,我第一次看你现场办公。话说得干净利落,效率挺高,真感动人。"

"感动什么人哪,你们不要把我理想化,也别妖魔化。我还没高尚到一点私心杂念都没有。谁心里都有公与私的算盘,谁的人性中都难免有卑劣丑陋的东西,真善美与假恶丑往往搅和在一起,就是那些伟大人物也有卑微的时候。这个世界上没有纯粹的人和事。"唐跃胜的话一出口就有点哲理的味道,真的让唐振平和孙莉刮目相看。

送走了儿子儿媳,唐跃胜神情荡漾地哼着小曲,主动帮李文漪打扫卫生,边拖地边聊着天。"我和振平这么多年的恩恩怨怨,今天就算了结了吧!至少心里不再犯嘀咕,不再受压抑了,似乎获得了解放和自由。这让我想明白了一个理,在所有感情危机中,亲情最容易修复,因为其中有血缘关系的牵连,而没有金钱和物质利益的掺和。不过有件事让我挺纳闷的,以往家里来人都是你一手张罗,不让人插手。今天怎么一反常态,一屁股坐下来就不动了,净支使别人,这里有点什么道道?"

李文漪停下手里的活直起腰来:"我怕你和振平说话不投机闹得不愉快,随时准备给你们爷俩拉架堵枪眼哪。"

"要想家和谐,得有贤内助。"唐跃胜临时编了句顺口溜。

"唉,你今天怎么这么大方,雷厉风行地在饭桌上就打电话落实房子的事，还特意将郎秘书长的话让他们听到。"

"做戏嘛，在官场上要会逢场作戏，家里婆婆妈妈的事有时也得做戏，我在这个位置上弄套房子本来就不是个事。儿子儿媳在眼前，做做样子表示一个姿态呀，我这个老江湖还不会作秀讨个好哇，咱们老了还不得指望人家啊。"

两人其乐融融地说着话，处于兴奋状态的唐跃胜突然停住手："唉，文漪，这个晚餐有点美中不足，少了个人。"

"少谁啊。"

"小雁呗，忘了叫她一声，我挺长时间没见到她了。"

说到小雁，李文漪脸上的笑容一下收拢了起来，没有正面回应唐跃胜，而是搪塞一下把话岔开了。

唐跃胜说的小雁，名叫薛雁，是他的外甥女，省工业大学毕业后留在省城工作是没有问题的，可是舅舅在松江市当副市长，这层关系会给她未来的发展提供得天独厚的条件，于是就奔着舅舅这儿来了。说来也巧，那年松江市工商局招聘工作人员，薛雁幸运地中榜。按理说，刚到松江工作，家里经济条件又不太好，住在舅舅家里是挺好的事，可她不干，非要在外边租房子住。舅舅舅妈拧不过她，就让她住在外面。

唐跃胜和工商局局长孙程远是很要好的朋友，薛雁的具体工作安排就由孙程远来办。他是个心很细的人，对薛雁的工作、生活格外关照，把她安排到综合条件比较好的东宁工商分局市场科。别看薛雁这个女孩草根出身，不但争强好胜，而且心高气傲，不知天生就那个气质，还是依仗舅舅这个后台硬、根子深，不管什么事都不大在乎，谁也不放在眼里，说话的口气、行事的风格和她的地位身份极不相称，挺拿架子的，弄得人际关系很紧张，人缘口碑都不太好。这些事情都不断地反映到分局局长侯绍良的耳朵里，他碍于孙程远的面子，再加上让人忌讳的背景，就那么得过且过地将就着。

可是市场科科长李俊凯受不了，顶不住了，三番五次地找局长，要求很简单,要么把薛雁调走,要么让他离开,坚决不在一起共事了。用他的话说,薛雁是个祖宗,他领导不了她,没有一天不找事的。侯绍良从分局整体考虑,市场科是个重要科室,不能因为一个黄毛丫头而影响工作。他和其他几位副局长商量了一下,以人事制度改革的名义对局里的人事做了微调,把薛雁从市场科调到消费者协会。侯绍良以为不动声色对她做这么个调整,大家都能接受,没想到此举动引起一场轩然大波。

人事调整名单宣布后,薛雁当着全科人的面把桌子拍得啪啪响,质问李俊凯为什么把自己弄到消协。李俊凯答复的是官样话,深化改革进行人事调整,是局里决定的,和自己没有关系。薛雁二话没说,把门一摔,直接闯进侯绍良的办公室。侯绍良正在跟人说话,没想到会有人不打招呼冲进来。薛雁一进门就横眉冷对地盯着侯绍良:"侯局长,我在市场科干得好好的,为什么不征求意见就把我扒拉到消协?我犯什么错误了,哪里做得不好了,你这不是欺负人整我吗?"

侯绍良一看她这架势是来找事的,虽然气得牙根都痒痒,还是装得很平和:"别吵别吵,有什么话坐下来说。"这时薛雁声泪俱下:"你当初是怎么答应孙局长和我舅舅的,不但不关心支持我工作,还在暗地里整我、迫害我,我坚决不到消协去,就在市场科干,你得再把我调回来。"

侯绍良耐着性子开导她:"这次改革调整了好几个人,又不是你一个,主要是从工作需要出发。人事调整是局党委研究决定的,作为个人要服从组织安排。你还是要尽快到协会报到,别给组织上添麻烦。"

薛雁瞪着眼睛拍打着桌子:"我告诉你侯局长,别以为我好欺负,你不让我顺心,我也不会让你好过,咱们走着瞧。"使劲抹把眼泪,又摔门而去。侯绍良被她这几句话噎得半天没顺过气来,他没想到更大的麻烦还在后边。

薛雁事件引出的风波,孙程远很快就知道了,但唐跃胜一无所知,而李文漪知道个大概其。薛雁工作调整大闹局长办公室后,没敢告诉舅舅,轻描淡写地和舅妈说了几句。李文漪以为年轻人感情用事,把不满的情绪发泄一下就完了,也就没太在意,心想,在哪个部门工作还不一样,多经历几个岗位见识也多,能得到锻炼,兴许是好事。

儿子儿媳走了,饭桌厨房都收拾停当后,李文漪在沙发上坐下想看会儿电视,突然心头掠过一丝不安,从刚刚唐跃胜的问话看,他并不知道薛雁工作变化的事。这丫头好几天没来,也不打个电话,会不会出什么事儿?她正准备进屋问唐跃胜,电话铃响了。她急忙抓起电话:"喂,嫂子吗?我是工商局的孙程远。唐市长在没在家,我想和他说几句话汇报点事。"

"他在家,你等着,我叫他。"然后就喊,"接电话,孙局长的。"

唐跃胜小跑似的快步走过来:"程远啊,什么事这么晚打电话来?"

"唐市长,是你外甥女薛雁的事。她最近捅了个大娄子,把侯绍良局长告到区纪委了,纪委正准备调查,她没告诉你吗?"

唐跃胜听到薛雁捅了大娄子这句话,脑袋嗡的一声,心咚咚地跳:"没告诉我呀!到底怎么回事,你详细和我说说。"

"市长,这事一句半句说不清楚,我给你打电话就想看你什么时候方便,我当面向你汇报。"

唐跃胜看看表十点半了,时间有点晚,就说:"程远,今天太晚了,明天早晨八点,我在办公室等你。"

刚才还兴高采烈的唐跃胜,像被推到了冰窟窿里,从头冷到脚。他气哼哼地拨打薛雁的手机,关机。再拨,还关机。唐跃胜嘭地把电话放在话机上:"真丢人,这不是往我脸上抹黑吗?"

"你别上火,头些日子她给我打过电话,说工作岗位变动了,要好好教训教训、修理修理那几个家伙。我看你工作忙怕你烦心,就没给你说。这丫头还真闯祸了。她刚来时我就提醒过你,这闺女太野性,不太着调,让我说中了吧!"李文漪的话既有安慰,又有责怪。

唐跃胜又失眠了。她凭什么把人家局长告到区纪委？为什么不事先和我说一声，我会断然制止她，告诉她怎样解决这个问题。孙程远看在我的面子上把她安排到各方面条件都比较好的局，她这么一闹腾能不能把人家也牵扯进来？虽然事不大，要真是那样可对不起朋友啊。再说了，这个李文漪已经知道消息，怎么就不早点告诉我一声？到底闷出事了。他想了好一阵子也没理出个头绪来，倒是觉得心身疲惫，就强迫自己闭上眼睛，可越是逼迫越难入眠。他突然想起，晚上还没吃安眠药呢，下地倒了半杯水，服下两片药，往床上一躺，心一横，反正药吃了，睡不睡得着随他去。

第二天上午八点，孙程远如约来到唐跃胜办公室，一张嘴就叫苦不迭："市长，这个外甥女的胆子太大了，把侯绍良局长告到区纪委了，弄得整个分局成了一锅粥，真是捅了马蜂窝了。"

唐跃胜拉他坐下："到底怎么回事，你慢慢说。"孙程远详细叙述了薛雁工作调动过程后解释说，"侯绍良是一番好意，想通过这种方式改变一下她的工作环境，适当时候再作调整。薛雁有想法也好，有意见也罢，和我们说就是了，千不该万不该把侯绍良告到纪委。纪委书记找到我，要是匿名举报，在要不要查、怎样查上有些说道，但实名举报是非查不可的，这有规定。"

"都举报了些什么？"唐跃胜急着问。

"主要内容是在用人上搞不正之风，乱收管理费，私设小金库这些事，一共六条，其中两条最要命，说人家侯局长私设小金库，贪污公款；再就是说他有作风问题，搞权色交易，养了好几个情妇，好在没说具体人，说这话是要有根据的。"孙程远紧道道的一句跟着一句，他喘了口气，"唐市长，我跟你汇报要表达这么几个意思，这也是我和区纪委、局纪委同志商量过的。咱不是搞官官相护，薛雁毕竟年轻不懂事，举报可能是一时冲动，或者被人利用，但不管怎么说，实名举报和匿名举报在处理上是有区别的。侯绍良已经知道是谁举报他，局纪委书记也和他交换过意见，他压力很大，好几天没上班。

局里也都传开了，说他已经被双规。区纪委的人说，实名举报查实了要追究责任，要是举报不实，被举报人很可能反告举报人诬告罪，这就麻烦了。市长，这件事我们可以先压一压，但不能拖太久，问题的焦点就在薛雁身上。她要是肯退一步认个错，主动撤回举报，事情就好办了，区纪委和局纪委可以不立案，事情也很快就会平息下来，其他工作我来做。现在只能是亡羊补牢。再就是，向纪检司法部门举报直接领导，这是法律赋予的权利，但要是不能正确运用和行使权利，也会触犯法律的，这个利害可一定要和薛雁说清楚。市长，你定个原则，我好去落实。"孙程远又一口气说了这么些想法。

唐跃胜听孙程远说的这些情况，血直往脑门子上涌，时不时感到眼前发黑。他想发火发怒，可向谁发呀。他稳稳神，整理一下思路："程远啊，薛雁惹了这么大的麻烦，真对不住你，你替我多担待点啊。侯局长那边的事交给你了，薛雁的工作我来做，咱俩帮她把这件事化解了。薛雁挺长时间没来家了，昨天打电话又关机，我得尽快找到她。一句话，让她尽快撤回举报，然后该怎么做就怎么做。"

孙程远站起来："薛雁我帮你找。这几天我怕有人找她麻烦出乱子，让办公室以抽调到局里帮忙为由让她别上班，在家里待几天，手机也关了，不要和外面联系。现在人际关系复杂，要是有人利用她，火上浇油，推波助澜，她可要吃大亏了。我让人告诉她，叫她回家找你。你看什么时间？"

"就现在，我马上回家。"唐跃胜说完拎着包就往外走。

孙程远从唐跃胜那儿出来，就给侯绍良打了个电话，让他马上到自己办公室。侯绍良以前到市局去那是很阳光的，年轻有活力，走路都器宇轩昂，特别是他梳得油光锃亮的头，挺招眼的。今天来他像有意躲着人似的，头不抬眼不睁，直奔局长办公室。他一坐下就眼泪汪汪看着孙程远："这叫什么屁事，弄得不清不浑的，我怎么工作，怎么做人？这几天我一宿宿睡不着觉，还不敢和俺老婆说，特别是生活作风问题，那是最埋汰人的，她都能撕了我。局长，你们赶紧查,有什么问题我接受处罚,没有问题还我一个清白。到那时我是要说话的,不会老是装哑巴,善恶都有报,我已经找好了律师,管她有什么市长省长背景后台,我非和她较量较量不可。他妈的小浪崽子,我弄不死她。"

孙程远拉着个脸:"看你个熊样,还请律师了,没找个大法官哪,用得着吗?绍良我和你说,别发牢骚,也不要说狠话。我要你对着太阳、凭着良心一对一跟我说,你有没有从小金库里贪污公款,有没有在男女关系上出过格?特别是在本局范围内拈花惹草?"

侯绍良噌一下蹦了起来:"局长,我对天发誓,向你保证,局里的财务分几下,确实有个小金库,要不然接待那么多的外地客人,上哪去弄钱?我去偷啊抢啊!但我没有贪污过小金库里的钱。在生活作风方面,偶尔到练歌房唱过歌,到桑拿找小姐按摩过,但和局里上下女同志之间我绝对是清清白白的。你以为我二乎啊,兔子还不吃窝边草呢,有本事那些大小明星都可以去划拉,就是不能对身边的女人下手,那是个定时炸弹。局里是有几个挺漂亮的女人,这俺老婆也知道,她怕我与她们搭边有事,就经常敲打我,还给我讲故事听:有一只兔子又馋又懒,不到外边觅食,专门吃窝边草。有一天赶上倒霉点,被猎人逮着了,剥皮下了油锅,兔子疼的嗷嗷叫啊。她这是在提醒我、吓唬我,吃窝边草的时候要想想后果,这我能听不出来吗?别说,我真还拿这故事给自己敲警钟。其他的我不敢说,在这两个问题上我要是有事,出门让车撞死,过海让水淹死,下雨让雷劈死。局长,这个年头打死人偿命,屈死人不偿命。我把心里话都掏给你了,你得为我主持公道。"

孙程远装着生气的样子:"年纪轻轻的,怎么老把死挂在嘴上?真是个熊蛋包、软皮蛋、糊涂蛋,你没听说好死不如赖活着啊!"

"哎妈呀,局长,你和俺老婆说的一样一样的,几乎一个字不差。我在你眼里年轻有为,精明能干,可在俺老婆眼里却是个熊蛋包一个,在家里她对我想扁就扁想圆就圆,她要是听到我生活作风方面的传闻,我就大难临头了,家庭暴力是免不了的,太可怕了。一想到受她的摧残和折磨,我的心就揪揪死了,真有点痛不欲生的感觉。"侯绍良说得诚惶诚恐。

"我给你说真格的绍良,举报你的事,外面传来传去的,其实他们并不了解具体内容。你现在要做的就是,用党性和人格保证自己确实没有什么问题,同时要用一颗平常心对待自己,对待别人,特别是薛雁。这个时候你要大度一些,宽容一点,像个男人的样,别再到处躲着藏着,既然你没做过什么见不得人的事,躲什么藏什么?越躲越藏越说明你心里有鬼。"孙程远说得入情入理。

走出孙程远的办公室,侯绍良的精神头不一样了,腰杆又挺直了,东张西望地引人眼球。

送走侯绍良,孙程远心里依然不踏实,他在等唐跃胜的消息。

唐跃胜急匆匆赶回家来,把李文漪弄愣了:"你怎么不晌不夜地回来了?"

"这个混蛋,真气死我了。刚才程远局长把薛雁举报他们局长的事详细和我说了。他通知薛雁马上到家来,我回来等她。"唐跃胜满腔怒气。

过了半个钟头,有人敲门,从轻轻的声音就知道是薛雁。

李文漪一打开门,薛雁叫了一声舅妈,扑到她怀里哇哇哭了起来,边哭边说:"舅妈,你看看门外边有没有人,我总觉得后面有人跟踪我。"这一下弄得李文漪慌了手脚,一边安慰一边帮她脱鞋:"别哭别哭,没人跟踪你。你舅在家等你,要好好说话,别顶嘴,啊!"

薛雁顾不上抹去满脸泪水,怯怯地看了唐跃胜一眼,挪着小步磨蹭到他跟前,扑通一声跪下了:"舅,我做错了事,你打我吧。"说着又哇哇哭了起来。

唐跃胜铁青着脸,坐在那里一动不动。李文漪跑过来,用力把薛雁拽起按在沙发上,用毛巾把她脸上的泪水擦去。唐跃胜狠狠瞪了她一眼,薛雁立刻低下了头。这个瞬间,唐跃胜看到她原本胖乎乎的脸消瘦了,而且不再红润,面容焦黄而憔悴。恨铁不成钢的怒气和怜悯之情交织在一起,他竟一时找不出得体的话来开头。他有意让自己平息一下,然后用很严厉的语气问:"你说做错了事,做什么错事了?"

薛雁瞅瞅舅妈,再看看舅舅,紧张得不知道怎么说好。李文漪看出薛雁的心思,鼓励中带有引导:"事都出了就别瞒着,市工商局长已经和你舅说了,还有挽回的余地,但你得把事情如实和你舅说,要不然他怎么帮你呢。吃一堑长一智,快说吧。"

薛雁仗着舅妈的胆,顺着她的话说开了。可那话说得不得要领,东一锤子西一棒子,乱糟糟的不成句。唐跃胜听得火急火燎的,打断她的话:"你别二乎八道地说了,这事的过程我大致了解,我问你几个问题,你就按我问的说清楚就行了。"这样一来薛雁觉得坦然一些:"舅,你问吧,我保证说清楚不撒谎。"薛雁向舅舅发誓。

"这次分局搞人事制度改革调整了几个人?"

"五个。"

"既然是五个人,别人都不吱声,为什么你沉不住气,挑头闹事呢?"

"我原来在市场科,那是局里最好的科室,可他们给我弄到协会,那是谁都不愿去的地方,要钱没钱,要权没权,不窝囊死啊,我年轻轻的在那里待着,能有什么出息呀!"

"那你为什么告局长呢?你说他的那些事有根据吗?"

"告他的那些事都是平时大家议论和猜测的,要是较起真来还真拿不出真凭实据,主要是想臭臭他,出出气。"

"你怎么胆子那么大用实名举报,把你的名字都写上了?"

"我不懂,有几个人给我打气,说写匿名信没有用,人家不查,要想引起上级重视,就得实名举报,他们也不敢糊弄你。"

"那你想过实名举报别人的后果吗?"

薛雁听到"后果"两个字,吓得浑身一哆嗦,眼泪唰的又下来了,一边抽泣一边说:"后来我才知道有个诬告罪,要是查不实,人家反告我诬告,我就得吃官司,一辈子就完了。这些天我都吓麻爪了,不管往哪儿走都觉得后面有人跟踪,不知往哪里躲好,我怕有人对我下黑手。舅妈,你们可得救我呀!"

"这事你爸妈知道吗?"

薛雁嗷的一声又哭出声来:"我哪敢和他们说,俺妈要是知道我闯了这么大的祸,她不扒了我的皮呀,你们千万别告诉俺妈。"

"说说看,这事你想怎么处理?"

薛雁像抓住了救命稻草似的:"舅,舅妈,祸是我闯的,我有错有罪,任凭你们怎么打我骂我,我再不敢任性了。你们说怎么办就怎么办,我保证听话保证改。"

唐跃胜看看火候到了,开开脸给薛雁一个台阶:"犯错误也好犯罪也罢,反正事是你起的,你请的神还得你来送。你马上写一份检讨交给区纪委和市局纪委,把那个举报信撤回来,请求组织处理。再写个检讨当面交给你们局长,向他道歉,求得他的原谅,他说你什么哪怕是打你骂你,你也别吭声。你给人家弄得精神都快失常了,都过不下去了知道吗?等这件事平息下来后,再考虑调整一下工作单位的事。"

进得舅舅家门来,薛雁刚刚喘了口匀溜气:"舅妈,饿死我了,要不要在家吃饭哪?我怕俺舅不让在这儿吃。"

"你这孩子,到舅妈家还装假?我马上做饭,吃饱了好上班。眼前的事就按你舅说的做,别走样了啊。"

薛雁撒娇似的抱着李文漪,使劲在她脸上亲了一口。

饭桌上薛雁大一口小一口地吃着,唐跃胜看不惯了:"你个女孩家,吃饭不能悠着点吗?怎么狼吞虎咽的,谁和你抢啊!"

薛雁不好意思地苦笑一下:"哎呀,舅,我好几天没正经吃饭了,吓得我都不知饿了。"

唐跃胜看看这个外甥女,心里涌起一股酸楚的感觉,给她夹了一筷子菜,语重心长地对她说,小雁你虽然大学毕业念了几天书,可你对社会、对官场知道什么懂什么呀,千万别耍小聪明。有的人可能具有许多人的优点和长处,但有的人恰恰相反,他们身上集中了许多人的缺点和短处,这点你得用心想想,自己属于哪种人。从现在开始,不论在哪个单位做什么工作,都要低着头、闭上嘴,夹着尾巴做人。别以为有了舅舅这个背景,就可以盛气凌人唱高调,我永远当副市长吗?人生的道路靠自己走。有一个道理你记住了,有些人把背景看作是庇佑自己的保护伞,有恃无恐地用它去煽风点火,可是风能吹灭小火,也能煽起大火,这就可能引火烧身。你要是善于把我当作你成长的背景,就别拉大旗作虎皮,到处惹是生非,而是借助这个背景把翅膀练硬,让自己飞起来。我和你舅妈都希望你能飞得高点远点,那才叫有出息。还有,你要做个善良人。小小年纪就学会告刁状、诬陷人,你心里哪来的仇啊恨哪。让人成长的不是大喊大叫的疼痛,而是无处诉说的委屈。这是我从你舅妈那里听来的故事:有一支考古队要闯过被称为死亡之海的撒哈拉大沙漠。当他们发现随处可见的死亡者的遗骨,队长就让大家停下来,把遗骨埋起来,还用树枝和石头为他们竖起个简单的墓碑。当然有人抱怨这样做浪费时间。有一天,他们正在行进中,突然狂风骤起,并且几天几夜不见天日,考古队完全迷失方向,食物和淡水极度匮乏,这时他们才明白从前那些同行为什么没能走出撒哈拉,大家陷入了绝望。在这危难时刻,队长突然说,大家不要绝望,我们来时在路上留下了路标。于是,他们沿着来时一路掩埋遗骨竖起的墓碑,最终走出了死亡之海。小雁啊,在人生的道路上,善良是心灵的指南针,你无故告了局长,使他受到伤害,幸亏人家没和你计较。你记着,不论你伤害谁,就长远来看,都是伤害自己,凡你对别人做的,就是对你自己做的,不管你对别人做了什么,那个真正接受的人肯定是你自己。你和同学、同事、朋友一起吃饭,抢着结账的人,不一定是钱多,而是他把友情看得比金钱更重要。工作时愿意主动多干的人,不是因为傻,而是懂得责任。

　　薛雁听得泪流满面,一个劲地点头。悔恨和耻辱,让她无地自容。

　　末了唐跃胜征求意见似的问:"小雁,以后到环保局工作怎么样?"

　　"舅,到哪干都行。我一定要洗心革面,重新做人,为你们争气。"

　　唐跃胜听了薛雁用词不当的表态,脸上挂着一丝苦笑,心里却平添了些许担忧。看来领导干部要管好身边人这件事太重要了。他们让你扬眉吐气难,而败坏你的名声易如反掌,自己要吸取教训哪!

　　他们正说着话,唐跃胜冷丁想起孙程远还在等信呢,马上拿起手机拨通了他的电话:"程远哪,薛雁到我这儿来了。她错误犯得挺大,改正错误的决心也很大,谢谢你给她的人生把了个大关,救了她也帮了我。下面的事情就按照咱们商量的办,我来协助你。"

　　电话那边也传来了笑声:"好哇市长,咱俩还说那客气话。这边的工作我来做,你放心吧!"

第 十 章

唐跃胜不论在官场上、工作中，还是在家庭里、朋友间，为人处世都非常谨慎，除了他低调内敛的性格，在主观上，他不愿意让那些无端的事情成为别人的把柄，影响自己的形象，自己为自己的仕途发展设障碍、挖陷阱。他在努力提高自我的同时，精心而巧妙地利用各种社会资源，多方面创造机会和条件，为自己往上走增加筹码，增添色彩。

政治家不是不往自己脸上贴金，而是不无故伤害别人。

松江虽然是个内陆城市，但改革开放以来城市面貌变化很大很快，特别是唐跃胜主管城建工作这几年，又有不少创新和突破，这是全市上下公认的。由于有了这样一个基础和成果，唐跃胜就在心里酝酿召开一次全市城建工作会议，主题是全面总结城市建设历史经验，努力提高城市管理水平。其实，唐跃胜想召开这样一个会议的更深层考虑是，年底前后市委将要换届，自己有进常委的可能性，召开一个层次高一点的系统性工作会议，对于扩大城建工作影响，提高自己的威信，无疑是大有益处的。没想到他把自己的想法和何劲市长一说，他也非常赞同和支持，两人一拍即合。何劲考虑的是召开这样一个专题性工作会议，对于塑造松江城市形象，更多地吸引外商前来投资，增强经济发展后劲，有着很大的推动作用。

在这样一个背景下筹备召开松江市城市建设工作会议，唐跃胜的重视程度可想而知。他亲自担任筹备小组组长，市政府副秘书长郎旭光是副组长，建设口各局局长、政府办公厅负责文字综合工作的副主任冯云晨都是小组成员。筹备组特别组成了由冯云晨牵头的五人写作班子，也称为材料组。唐跃胜在材料小组会上强调，开会开的就是材料，材料的水平和层次决定了会议的水平和层次。大会发言由相关单位自己准备，材料组主要负责市长讲话和大会主题报告。他还对工作分工提出明确要求，写作班子的所有工作都由冯云晨全权负责，他和郎旭光虽然不是材料组成员，但要全力以赴为材料组提供保障服务。那次会议后，材料组就进入了运行轨道，写作班子的其他四个人由冯云晨点将，是松江建设系统有名的几支笔杆子。搞会议文字起草是个地地道道的苦差事，为了调动他们的工作积极性，迸发出创作热情，唐跃胜会后请笔杆子们吃饭。大家知道这是唐跃胜的感情投入，施以恩惠，收买人心，好为他出力干活。不管怎么说吃饭总是个好事。唐跃胜举起酒杯，笑容可掬地环顾每一个人："同志们，开好这次全市城建工作会议，市委、市政府主要领导非常重视。我负责城建工作以来还是第一次召开这么大规模、这么高层次的会议，这个时候需要在座各位的才能和智慧，需要你们的积极性和创造性。虽然这是个苦差事，但对你们这些笔杆子来说，那是苦中有乐，功不可没。我敬大家一杯酒。这是鸣锣开场酒，等会议圆满结束我再宴请大家，好好奖赏你们，咱们共同喝杯庆功酒，这叫有头有尾、有始有终。现在是7月中旬，到10月中旬开会满打满算就三个多月，祝你们成功。"唐跃胜连敬了三杯酒。

冯云晨被唐跃胜的话鼓励得激情满怀的样子，第一个站起来带头给唐跃胜敬酒表忠心。因为酒喝得有点急，话也就说得有点热辣辣的酒味："唐市长，你这样信任我们，我们大家一定尽心竭力，用一流的速度，写出一流的文稿，开成一流的会议，绝不辜负市长的期望。"然后他发动那几个人："大家有没有信心？"那几个家伙端着酒杯齐声答道:"有。"

"那好,咱们大家共同敬市长一杯酒,感谢市长的信任和厚爱。"冯云晨做了淋漓尽致的表演。

那些话那些酒把唐跃胜感动得热泪盈眶。

冯云晨工作抓得挺紧,隔了一天就召开材料组工作会议,明确分工,确定工作进度,提出具体要求,并把唐跃胜也请了来,主要是了解领导意图,把握会议主题,把调子和方向定好,不能跑偏,以免做颠覆性的工作。

唐跃胜的工作再忙,也能分出个轻重缓急来,这是自己的事呀,他按时参加会议。会上,他居高临下地先从大的方面说了召开这个会议的重要意义,特别强调会议要深刻领会、充分体现市委、市政府关于提高城市建设和管理水平的精神实质,会议安排要精简,会议组织要精干,会议材料要精彩。这些话说的高度深度都够,原则方针明确,可那几个人却似懂非懂,面面相觑。

冯云晨是牵头的,有些话只有他说合适。他对唐跃胜这些穿靴戴帽的话习以为常,领导一般都是这么提要求的,要是按照这么个路子写材料,写不出个什么像样的东西来。他毕竟是长期搞文字的老手,政治敏锐性很强,一下抓住唐跃胜强调的要"深刻领会、充分体现市委、市政府有关精神实质"这句话,满脸堆笑,非常谦卑地讨教:"市长,你就别考我们这帮秀才了。这几个伙计听话肯干,笔头快,人不笨,你就直接告诉我们市委、市政府的精神实质是什么,我们实在理解不透、把握不准市委、市政府关于城市建设的精神实质到底是什么,要是理解偏了错了,领导不满意不说还耽误事。"

唐跃胜当了这么多年领导,从来没想过也没遇到过这样的问题。他咧嘴一笑:"我哪知道精神实质是什么呀!这些年上上下下的大小会不都是这么说的,我也这样要求你们。大概这是所有会议主持人固定的、必不可少的台词,也是下级贯彻上级会议精神一贯强调的内容,可谁也没明确说出精神实质是什么,大家都是按照自己的认知水平去猜去悟。我刚才强调这么几句，也是随大流说的程序性的话，市里要求的精神实质到底是什么，靠你们这些笔杆子、思想家去归纳、概括、提炼，这正是你们比别人高明的地方。你们就琢磨看着写吧，什么是精神实质，以你们的理解判断为准。"说完，他走了。

门外唐跃胜的脚步声刚消失，几个笔杆子发开牢骚、说起怪话来了。董智超带头发难："'精神实质'这四个字折磨我们十几年了，讲话的人要求理解精神实质，又不说精神实质是什么，其实他自己就不知道什么是精神实质，而是装腔作势吓唬人、忽悠人。如果说一百个作家笔下有一百个哈姆雷特，那么一百个人心里就有一百个不同的精神实质，以哪个精神实质为准哪？咱们中国人太能玩文字游戏了。搞文字工作就像被人控制的木偶，一切都掌控在领导的手里，他们说精神实质是什么才是什么，咱们只能当跟屁虫，让人牵着鼻子、顺着风向走的跟屁虫。说句埋汰自己的话，咱们这些人脑子都没有毛病，但净说些、写些脑子有病的话。"这几句话把大家逗乐了，一个个笑得前仰后合。

董智超是建委办公室副主任，负责文字综合和信息宣传工作。他是复旦大学新闻系的毕业生，又会写诗又能写文章，通过公务员考试进了建委。那些年在机关里很少见到复旦这样名牌大学的学生，人们格外高看他一眼，觉得他身上有点神秘的色彩。董智超从人们有些羡慕的眼神和话语中，估摸到自己的身价，自然地也就认为自己非同凡响。在他眼里，机关里的人大都是没有知识的土包子，而实际上他错了，这就叫脸盆里扎猛——不知深浅。

董智超刚进机关不久，办公室主任孟凡勇为了检验他是不是有真才实学，有意把一篇工作总结交给他。董智超是初生牛犊不怕虎，不推不让地领了任务，很快就把稿子写出来了，并胸有成竹地交了卷。孟凡勇认真看过之后提出修改意见，让他重新修改。董智超认为那样改没有道理，还是维持原判，只动了几个字，基本原封不动地把稿子又交给主任。孟凡勇一看这小子想跟自己叫板哪，在稿子上写了两个字"重写",退到董智超手里。他一看这次不是修改而是重写,觉得自尊心受到伤害,同时意识到领导不买自己的账了,就忍气吞声地重写。孟凡勇也不多说什么,在送来的稿上又写了三个字"重新改"。连续几次受到类似挫折之后,董智超渐渐心灰意冷,失去了往日的自信,周围的人也向他撒去异样的眼光,他的心灵和精神受到不易察觉的创伤。为了让自己走出被人看轻看淡的阴影,他暗地较劲要争口气,用超乎平常人的勤奋努力,重塑一个全新的自我,但这种重塑的根基稍稍有点偏。开始时他的畸形心理表现为过高估计了工作的意义,而刻意忽略人生的其他需要。他和爱人是大学同学,毕业后爱人留在省城,他来到松江。大家看他过着清心寡欲的生活,都劝他把爱人调过来,或者自己调到省城去,以解除生活之苦。董智超不干,他认为工作就是生活,搞文字就是事业,生活和事业加起来就是人生,他要创业创大业,在这个过程中宁愿做权力和文字的奴隶,也不让家庭琐碎的生活缚住手脚。后来呢,为了出人头地,董智超生出了可怕的自虐倾向,浑身散发着一种狂热的能量,而这种能量的释放又催生了表演性人格,不论在什么场合他都热衷于自我展示,当失去了这样的机会和条件,他又用更强烈的工作来抵消沮丧的情绪。

董智超的付出得到了回报,到机关工作的第四个年头,他被提拔为办公室副主任。地位变了,责任重了,而他的情绪依然如故。他经常参加各种会议,需要汇报发言,为了说话流畅富有表现力,他自己对着镜子练嘴皮子功夫,竟达到出神入化的程度,可以长时间不间断地说话,能脱口而出大段励志书和名人传记里的警句名言,可以彻夜不眠地写成万八千字的讲话稿,他的精神处于亢奋状态。可是在节假日里,在偶尔脱离亢奋的时空里,他又能一言不发地静静坐在那里,情绪由亢奋的高峰跌落到沮丧的谷底。他就是这么个阴阳两面人。

孟凡勇逐步了解了董智超的性格为人后接纳了他,在喜欢他的同时也深深为他担忧。孟凡勇做事从不张扬，他不露声色地到医院替董智超会了把诊，医生说他这种状态属于中度精神系统疾病，准确的说法叫"双向情感障碍症"，又称"躁郁症"，临床表现为狂躁与抑郁交替，情绪波动大，其病因大都是心理压力大造成的。医生建议早点住院进行干预性治疗，拖延时间长了就难治了。孟凡勇向建委领导汇报了董智超的病情，并利用自己和他的工作关系，进行有针对性的劝说和引导。

一天晚上，孟凡勇约了董智超和几个朋友一起吃饭。他很真挚坦诚地搂着董智超的脖子："智超，于公于私咱俩都没说的，工作中你总是为我分忧解难，但我在生活上关心帮助你不够。机关文字工作量太大，你又要强，几乎得不到休息。你夜里加班成了家常便饭，这样下去身体会受不了。我已经和领导请示过了，安排你到医院检查一下身体，让医生帮你调理调理。磨刀不误砍柴工，你负责的那些工作我会妥善安排的，放心吧！"

董智超端起酒杯既没喝，也不放下，他品出孟凡勇话的味道了："主任，你是不是说我有病，让我到医院治疗？那你得先告诉我是什么病，可我自己感觉挺好的，没有什么病啊！"

"不是说你有病，是用脑过度神经系统出现了一些故障，需要修理。打个比方吧，汽车跑时间长了需要保养，不保养跑起来不安全。"孟凡勇拐弯抹角地解释。

"你是说我脑神经有毛病吗？净扯淡，俺家祖辈就没有这样的病，我现在这种工作生活状态是有人看不惯，说三道四的，这就是我与众不同的地方。主任，我不是在你和朋友面前夸口说大话，这是成功人士独有的特质，也可以说是富有魅力的风采。孟子说，天将降大任于斯人也，必先苦其心志，劳其筋骨，饿其体肤，空乏其身，行拂乱其所为，所以动心忍性，增益其所不能。"董智超夸夸其谈地来了这么一套嗑儿。

孟凡勇看看董智超那个劲头和神态，心想别再说了，现在说什么都不能打动他，只有暗中保护他，给他减点压了。

这一次冯云晨之所以把董智超弄到材料组来，是要他挑重担的。他根据写作班子里几个人的不同特点做了工作分工，冯云晨和政府办公厅秘书一处副处长杨雪松写市长讲话，董智超和规划局办公室副主任蒋贵全写唐市长工作报告，当然是董智超挑大梁、唱主角，蒋贵全协助配合。剩下的人负责其他会议材料。

董智超只要领到了任务，就如同上足了劲的发条，迅速而有节奏地运转起来。他把自己圈在家里，将所有相关材料都翻腾出来了，按照大致的分类，摆得满桌子满地都是。他认真细致地对那些材料进行筛选、分类和选择，有的用笔画上，有的叠个角，有的则剪裁下来。在做了这样一番工作之后，开始写文稿提纲，基本路数是，在阐述重大意义基础上报告工作成绩，概括总结经验，提出未来设想。这是起草和撰写这类文章的基本政治要求，在保证政治鲜明性和坚定性的前提下，再追求特点特色，创新出彩。

过了一个星期，冯云晨集中材料组几人研究文稿提纲。这几个人在一起研究文章还是能碰出火花来的。由于环境比较宽松，相互间也不提防什么，大家七嘴八舌地什么话都说。这些平时有苦无处诉的笔杆子们，终于有了发泄一下的机会。

杨雪松成天在领导眼皮底下干事，养成了谨言慎行的习惯，一般不多言多语，说话很讲分寸。今天他不知怎么把自己解放了，话也说得有点信口开河："我看这两个稿子的提纲有点分量和力道，不管是立意还是结构，都很有创意。咱们几个人的水平就决定了文稿的水平，文稿的水平又决定了会议的水平。说句不太谦虚也不太要脸的话，文稿和会议的质量取决于咱们几个人，不取决于领导，几乎和领导没有什么关系。"

这几句话等于在搞思想发动，一下把那几个人的情绪调动起来了。董智超在这种时候最为活跃，绝不会甘于寂寞，他比比画画做着手势："领导干部官一大就开始养尊处优，有几个肯在这方面动脑筋、下功夫？你看那些大块头的讲话啊报告啊，都是枪手们编出来、抄出来、拼出来的，一级抄一级，省事又安全，最多是改改题，换个角度，重新弄出个大拼盘。现在是动荡的社会动荡的心，越是领导干部心越不安分。动荡什么呢？怎样能够爬得更高，怎样捞取更多的利益和享受，他们没有心思也没有耐性培育培养自己的想法，再把想法告诉咱们这些玩笔杆子的。要是到了会上讨论报告，大都是说一些冠冕堂皇的话，可恨可气的是有的领导不懂装懂，讨论稿子、改稿子也是只会打官腔，基本上是'四个一点'这么个语言段式：主题再鲜明一点，结构再严谨一点，内容再丰富一点，语言再精炼一点。你们说这四句话哪一句管用？就拿主题再鲜明一点来说，这个主题怎么不鲜明，怎样才能鲜明，你要说出个道道来，他们没有这个道道。我不是瞧不起唐市长在背后说他的坏话，等修改稿子时，他跑不了这几点。要不信咱们打个赌，我今天把话撂这儿放着，让事实来证明来检验。"

冯云晨趴在桌子写着什么，其实这些话听得一句不漏，他直起腰，摘下近视镜揉揉眼："你们几个小子在忆苦思甜哪，还是在开领导的批斗会？"

董智超又嚷嚷开了："主任，装啥呀，谁不知道谁？你干文字的时间比我们长，窝火的事肯定比我们多，趁这个机会也把你的苦水往外倒倒吧！"

冯云晨虽然没有正面回应，却在心里回味着这些年自己是怎样在克制和压抑中走过来的，愤懑和委屈交织着情感的撞击，常常感到胸口好像压了块大石头，透不过气来。特别是遇到那些不通情达理、霸道蛮横的领导，更是满肚子话没地方说，你也不敢说呀！阴暗的心灵、扭曲的人格长久地伴随着自己的工作和生活，没进精神病院就算是造化。这种痛苦经历也不是一无是处，至少锻炼了自己的意志和品格。这么想着，心胸豁然开朗起来，情不自禁地嘿嘿一笑："哎呀各位，我给你们讲个笑话，就咱们松江的事，听完就完，别出去说，要是让谁对号入座那就讨厌了。"

那几个人有点不耐烦地催他:"你真能絮叨,谁吃饱撑的出去说?快点说吧。"冯云晨一抹嘴:"好好,别催,马上就讲。"

头几年,咱们松江市的一位领导一上午要参加两个重要活动,并且都要讲话。有关部门分别给他准备了讲话稿。他事先也不看看熟悉熟悉,就那样揣在兜里。这样一来他的西装兜里装了两个内容截然不同的讲话稿:一个是开工典礼讲话,一个是工程落成庆典讲话。他先参加的是开工典礼,临到领导讲话时他把稿子掏出来,有板有眼地念了起来,大家一听就愣住了,怎么工程还没开工,市领导就来祝贺完工?一个个弄得目瞪口呆。再往下听更是驴唇不对马嘴了,人们开始交头接耳地议论,有的干脆小声开起玩笑:这位是不是从精神病院跑出来的,脑子有病啊,说了些什么,听不懂。站在台上的几位领导表情复杂,不知所措。那天的会场布置得挺隆重,人也来得多,人群里有些骚动。这位领导念着念着觉得人们的情绪不对头,猛然间意识到自己的讲话文不对题,张冠李戴,弄串了,他顿觉天旋地转,芒刺在背。能当到这个层次的领导都不是白给的,是经过风雨见过世面的人,有着非凡的应变能力。他立即把自己的心态调整过来,此时此刻谁也救不了他,只能自救,自己来解自己的围,圆自己的场,自己为自己铺垫一个下台阶的路。他不紧不慢地把稿子叠了一下握在手里,脱稿讲起了话:"这个稿子是办公厅给我准备的,今天的场面让我非常激动感慨,就不照稿子念了,痛痛快快和大家说说实在话。"于是他采用文学作品中倒叙的方式,把话题重新引到做好这个工程对全市经济社会发展所具有的重大意义上来,要求各级领导干部高度重视这项工程,各有关部门、有关方面要顾全大局,相互支持,通力合作;参与这项工程的所有人员,要敢于创新,努力拼搏,以高度的责任感和工作热情,优质高效地完成任务,不断为城市发展做出新贡献。

这个场圆得真是有点功夫,很快就把破绽修复了。虽然在场的所有人都明白是怎么回事，但领导讲话结束时依然响起掌声。这得给领导面子呀，何况人家后半段脱稿讲得很有声色。领导讲话过程中，最感到恐惧和无地自容的人，当属秘书了。他呆若木鸡地站在那里，眼睛一刻也没敢离开领导的脸，在心里默默地祈盼赶快结束讲话。开工典礼结束，领导依然带着笑容和有关同志一一握手，然后快步走向自己的车，拉开车门一头钻进车里，车立即启动，一溜烟走了，秘书跟在车的后面紧追了几步，不得不停下脚来，蹲在地上掩面痛哭。过了不久，秘书因精神原因住进了医院，离开了秘书的岗位。

冯云晨把故事讲完后还反复强调，你们可别到处乱说，要是有人对号入座就不好了。哎呀，什么叫伴君如伴虎，这是现成的例子。有些领导的秘书看起来挺风光，狐假虎威地指手画脚，办起事来能量挺大，得心应手，但他们也很累、很苦、很难，这就叫大有大的难处。

人的情绪是会传染的。冯云晨这么一活跃，那几个人就更没有心思研究稿子了，一些沉淀在心灵深处有趣而又有苦味的往事被勾了起来，并且非要说出来与大家分享。蒋贵全用手梳理一下稀稀拉拉的头发："哎呀同志们，看看我这头发，原来哪是这个样儿，那是又浓又密啊，黑油油的还带卷，俺老婆就是冲着我这一头黑卷发追的我，甩都甩不掉。一个隔点让我走了背字，头发也一绺一绺不可收拾地往下掉。下面就进入故事，主人公当然就是我。"

董智超又不耐烦了："看把你嘚瑟的，讲个破鸡巴故事垫了那么多废话，引子太长了，快说故事。"

蒋贵全是能沉住气的，又捋了把头发。俺们以前的领导，我就不指名道姓他是谁了，在全市系统年终工作总结大会上讲话，那个稿子是我写的，当然也有别人参与，领导亲自把关。因为这个工作报告一万多字，比较长，我怕领导念稿时出错，老早就提醒他多看几遍，最好念出声，这样不但保证流畅，还能把文中隐含的感情充分表达出来。他没吭声，斜眼看了我一眼，意思是说你个小样还瞧不起我。我就没再吱声，反正该提醒的我提醒了，听不听是你的事，有了问题也不出我的丑。结果怎么样，开会那天真出了大笑话，他说错了两个不该说错的地方，念出了两个大病句。有一句是：工作富于创造性，生活具有丰富内涵。也凑巧了，上一页的最后几个字只能写到"工作富于创造"，按照他的习惯就把这个句子念成了"工作富于创造，性生活具有丰富内涵"。他的话音刚落，引来笑声一片。会场再怎么乱糟糟的，他还得硬着头皮往下念稿子。过了一会儿又出现一个病句，原话是"深刻学习领会中国特色社会主义理论，讲改革、敢创新"，上页末尾写的是"社会主"，"义"字写在下一页，结果他又念不成句子，把"社会主义"这个词组断开，念成了"深刻学习领会社会主，义理论、讲改革、敢创新"，还挺顺口的，不仔细听感觉不出有什么毛病。可有的人耳朵尖，听出了这句话的毛病，就咬耳朵说讽刺话："你看这领导干部什么破水平，稿都念不好还讲话呢，把嘴闭死得了，我上去念都比他强。自己写不好，别人给你写好了，念都念不成句，废料一个。"

  会议一结束，有几个好事的人和他开起了玩笑："领导，你说的'性生活具有丰富内涵'怎么理解，你再给我们精神精神。"大家伙一起哄，弄得他下不来台："什么内涵不内涵，是稿子写错了，别瞎起哄往外传啊，谁要是传出去让我知道了，我收拾不死他。"

  虽然是玩笑话，他的面子上却过不去，隔了两天他要我到他办公室去。我心想坏了，可能为念错稿子的事找我算账。果不然，一进门他就阴阳怪气地问："知道我找你什么事吗？"

  "不知道。"

  "你还装模作样不知道。"他用手指指桌子上的材料，"我要找你算账。"

  我一听算账，心里咯噔一下，但没敢吭声，等着挨训吧，鸡和鸭子斗嘴，人家嘴大。

  他开始挖苦我了："你小子行啊，讲话稿有那么个写法吗？你为什么把两个不该断的句子断开,是不是下套成心丢我的丑,出我的洋相?"我看他这样说话,觉得把事情复杂化了,就赶忙解释:"不是我故意把句子断开,而是凑巧稿纸的格把句子分开了,真不是有意的。"

我这一解释他更火了:"还在那儿强词夺理。你是搞文字的,不会把句子改造一下顺一顺吗?或者用别的字句代替?啊,我说开会前你三番两次让我熟悉稿子,原来里边有扣哇。你以前怎么不那样关心我,偏偏这次表现得挺热情周到,心里有鬼是吧?你给我提醒那是黄鼠狼给鸡拜年,没安好心肠。我告诉你蒋贵全,你现在出我一次丑,小心以后我出你百次丑,看咱俩谁能丑过谁。"

说到这里蒋贵全一脸痛苦,无奈地抖抖肩膀,同志们啊,我是哑巴吃黄连有苦难言。领导放出这样的狠话,我还能说什么?那不是越解释越说不清楚,越描越黑吗?干脆把嘴闭上。那天以后我事事处处都小心谨慎,生怕惹出什么事来让领导抓住把柄,那我可就倒了霉了。有一次吃晚饭时我无意中和俺老婆说起这事,谁知她竟拍案而起为我鸣不平:"你那领导怎么那副德行,自己长了个猪八戒样儿嫌镜子不光溜,拉不出屎怨地球没有吸引力。哦,我说这些日子你无精打采的,还没完没了地唱《朝阳沟》里的那句歌词'我往哪里去,我往哪里走',唱得有气无力,难听死了。哎老头,我给你撑腰,大着胆子往前走,这么点个 毛小事他能把你怎么着?你个大老爷们的别像裤裆里的老二,成天耷拉个头,要有点尿性挺起来、硬起来。"

冯云晨捂着肚子:"哎妈呀,笑死我了,都岔气了。你老婆不是泼妇也是个惹不起的悍妇。我给你们说啊,家有贤妻是男人的福,家有悍妇是男人的魂。俺老婆要是有他老婆一半的尿性,给我撑撑腰打打气,我的腰杆也肯定比现在硬,不至于吃不下睡不着的。"

这几个小故事刺激得董智超按捺不住了,又站了起来:"最倒霉的还是我,到现在还心有余悸,一提起这事我就想尿尿。"

"先憋着，讲完故事再尿。"几个人起着哄。

董智超的口才这下找到用武之地了，绘声绘色地讲述着自己的历险经过。

俺们家一个领导在市委党校学习，快要结束前党校要求每人写一篇学习体会文章，不少于四千字，工作总结、调查报告、理论文章都行，并强调学员要认真对待，将从这些文章中挑选好的在校刊发表，最后把所有文章汇编成册报市委组织部。现在的领导干部有几个亲自动手写这些东西的，但要报市委组织部他们就不敢大意了。一个周末都快下班了，领导从党校回来给我交代了一个任务，让我给他弄一篇质量好点的文章。俺这个领导人挺好，就是爱耍点小聪明，这一点我看不惯，但领导说话了我就满口答应下来。我知道这篇文章是为了应景，不想费事扒拉动手写，就找了篇专报市政府领导的工作报告，在送俺们领导之前把文章做了处理，但文尾忘弄了，"当否，请批示"的字样还在上面。过了几天，我献殷勤地把这个稿子用信封装好，亲自到党校交给他。俺们领导可能出自对我的信任，也可能是懒得看，原封不动地就交上去了。毕业总结会上，党校领导从关心爱护学员的角度，提了一条让所有人都莫名其妙的要求：希望各位领导注意一些，把单位里工作总结、调查报告拿来也行，但文字一定要处理好，特别要把文尾弄干净，别闹出笑话。俺们领导也不知道是说他，还和其他人一起评头品足。有一次他到市委开会，碰到组织部一位副部长，那位副部长禁不住地笑："哎老兄，听说你在党校学习时写的调研报告有深度，也有文采，怎么文尾没做处理啊，'当否，请批示'还留在上面。那文章肯定不是你写的，找的枪手吧？"

组织部副部长说的话，别人会很在意的，他马上问："部长，那篇文章你看了？"

"我哪有时间看，是干部培训处处长告诉我的。他们每一篇文章都看，还要装进档案。"

"哎呀部长，我太粗心了，今后一定注意，不出现这样的问题。"

他回来的路上，头脑过电影似的掠过组织部副部长和党校校长说这件事时的表情和神态，似有轻蔑不敬之意，这使他的心惴惴不安。到了单位他没有回自己的办公室，而是直奔我们的屋子，一脚门里一脚门外地喊："董智超你来一下。"我跟着就进了他的办公室。他绷着个脸，劈头盖脸地吼起来："董智超你耍我？你让我在党校、在组织部丢尽了脸。"然后把事情的原委像打机关枪似的向我发射过来，我连躲避的机会都没有，那就挨枪子装死吧。末了，他居高临下地威胁我："你工作认真，对领导负责，领导才能信任你，给你创造进步的机会。你要是马大哈，不把领导说的话、交办的事儿放在心上，堵的是自己的路，坏的是自己的事儿。好了，你回去吧，好好反省反省。"连向他解释、道歉、检讨的机会都不给。我灰溜溜地从他办公室出来，周身的热血奔涌，牙也咬得紧紧的，人都快要疯了，想大声地喊叫，想放声哭一场，可在机关里你喊给谁听，哭给谁看哪？不论是委屈、不满还是愤慨、仇恨，都让它无声无息地入心吧，宁可心痛也不能说出来，委曲才能求全。从那以后，我明显感到领导对我冷淡了，有些事情不交给我办。可我不敢树敌呀，男子汉大丈夫得能屈能伸，韩信不经历胯下之辱，能有后来驰骋风云的壮举吗？我就装着什么都没发生一样，寻找一切机会和领导找话说，套近乎，以缓和紧张局势。人世间什么事情最痛苦？就是违背自己的感情和意志，点头哈腰，低三下四地像个巴儿狗一样。现在说起这事我都手出汗脸发烧。哎呀，我得尿尿去。

冯云晨看看表，十一点半，快吃午饭了。他伸伸懒腰："伙计们，咱们几个人扯了一上午的淡，什么活都没干，时间都搭进去了，下午1点接着干，看来晚上得加班加点了。"

董智超又接过话头："主任，加班加点熬夜对我们来说那不是常事吗，不要紧，关键是今天上午哥儿几个一起无拘无束侃了回大山，发了通牢骚，说了些真话，心里痛快。俗话说，良宵一刻值千金，依我看，千金难换真心话。走，吃饭，喂脑袋。"

董智超的话虽然是在调侃，但还是表达了许许多多官员的心声。当我们走进现代文明的社会环境之中，民主就逐渐成为社会主流意识，但民主的成熟度却很低，还处在初级阶段，最突出的特征就是话语权还集中在少数领导者手里。从理论上说，官员群体是有话语权的阶层，其实这个群体中的许多人没有多少话语权，他们常常要压抑克制自己，不说领导不愿听的话，不说不符合潮流的话，不说批评刺激别人的话，也不说有独到见解的话。许多人的官做得很巧很乖，他们知道在官场上多说话不一定获罪，但少说话一定安全，报喜不一定得喜，但报忧一定得忧。于是，秉承着上天言好事、下界保平安信条的大小官员，渐渐失去了独立人格。

冯云晨带领写作班子的几员大将，经过两个多月的辛勤努力，市长讲话和主题报告都已出炉，又几经修改润色，可以送领导过目审定了。第一关把门的自然是主管市长唐跃胜。

他接过稿子一摸，挺厚的，真打怵看稿，再打怵也得看哪。按照轻重缓急，市长的讲话稿他粗粗扫了几眼，市长应该讲什么话，他想讲什么话，人家自己清楚，用不着他操那份心，他得把自己的讲稿弄明白了。等他把自己的讲话稿看明白了，怎样修改的路数也清楚了。于是他又召集材料组开会，先是对大家的工作给予高度赞扬，对形成的文稿给予充分肯定，然后对自己的那个讲话稿提出具体修改意见。

非常出乎董智超的意料，唐跃胜对讲话稿提出的修改意见很具体，很有针对性，并且在行在理，听起来很舒服，愿意接受，也好把握。正当他对此困惑不解时，唐跃胜的话转了个弯，对市长讲话稿的修改他说了三个原则性意见：主题还不够鲜明，再突出一点；内容平淡了些，再丰满一点；篇幅稍显长，再简练一点。唐跃胜工作忙，他再一次肯定材料组的成绩，对两个重要稿子给予了定性的说法后，承诺定稿后请大家吃饭。人又走了。

唐跃胜刚离开，董智超就迫不及待地说话了："怎么样哥们，让我说中了吧,领导干部修改稿子就那么个套路,讲不出什么东西来。这就给咱们发挥主观能动性留出了空间。权握在人家手里,想怎么用就怎么用,嘴长在人家脸上,想怎么说就怎么说,可手长在咱们胳膊上,想怎么写就怎么写。"杨雪松补充了一句:"脑袋在咱们脖子上,想怎么看他们就怎么看。"

冯云晨戏谑着哥几个:"你们真是些两面光。这些话唐市长在时怎么不说,人一走就放空炮,那是自己给自己壮胆的马后炮,过过嘴瘾吧。以我之浅见,谁敢和权力对抗,谁就得玩完。领导干部的情况也不一样,有的领导对文章要求不高,将就将就就过去了。有的领导对文字要求严抠得细,不好糊弄。其实这样的领导都不可怕,要求高你就得多下功夫让他满意,最难应付、最让人讨厌的是那些缺少见地、没有主心骨,人云亦云、变来变去的领导。他自己没有一个成熟的想法,也不知想要说点什么好,今天定了明天改,早晨说了晚上变。遇上这样的领导就坏了。那么怎样去对付这样的领导呢?我说个办法供大家参考:要是不是特别重要会议的文稿,也不需要集体讨论研究,稿子写好了别提前给他,他要是问就说正在写,快了,写完就送你看。临近开会再把稿子塞给他,就这东西,他想改都来不及了。"

董智超赞美起冯云晨来:"你这是狐狸斗猎手哇,可一旦撞到枪口上,后果就不堪设想了。我可不敢冒风险这么干,要是让领导识破,他还不把我押送到精神病院去呀!"

第十一章

2001年年底,松江市委要换届。按照干部管理条例,因年龄关系有三位常委要退出。有的直接退休,有的转岗到市人大、政协工作,换换位置。退出三个人,还要相应增补三个人。谁能坐上市委常委的席位,不仅仅是几个人升迁的事,而是关系到松江市官场的格局,影响着这个城市的未来。因此,常委的人选成为社会各方面非常关注的热门话题,特别是那些愿意和政治挂钩、喜欢掺和政治的业余组织部长们,活灵活现地排兵布阵,在不同层次、不同场合、不同圈子里,排列着各色各样的人选阵容。当把这些人选阵容再经过系统组合、严格筛选,就形成了交叉点,真正能被圈进交叉点里的人并不多,唐跃胜是比较集中的人选之一。

在官场上走过这么多年,唐跃胜还是有些自知之明的,他知道自己的优势和特长在哪,也清楚自己的劣势和短处在什么地方,掂量来掂量去,没有显赫的背景,缺乏坚实的靠山,是唐跃胜跨进市委常委大门的最大短板。可他又是那种不轻易改变志向而屈从权力的人。他常常情不自禁地露出宁愿因做自己而招人厌恶,也不愿为了迎合他人而伪装自己、出卖自己的情结,从不用别人的眼光和标准,来评价衡量自己的成败。在他看来,有欲望,就有得失;有得失,定会有凶吉。因此,他本能而理智地和欲望保持距离,即便如此,就唐跃胜的综合素质和条件，优劣的平衡点明显偏向于优，胜算比较大，信心是有的。社会生活中生成的事有时是由不得人的，许多人捧你推你，为你摇旗呐喊，为你撑腰打气，造成呼声很高、志在必得的气势。不管你心里是怎么想的，积极迎合配合，明朗地表明姿态是必要的，也是必需的。而且还应有相应的物质和情感投入，投入了不一定有回报，而不投入肯定不会有收获。处在这个政治漩涡之中的唐跃胜，将会做出些什么样的举动呢？

　　李文漪不是贪得无厌那种人，比较容易满足，丈夫官居副市长是她做梦都没有想到的，常常不加掩饰地表露，那是他们老唐家祖坟冒青烟了。可人心不足蛇吞象，社会生活中的人总是要往上攀、往高处走的，谁都免不了这个俗。李文漪当然也期盼丈夫能再出人头地，哪怕往前挪一小步也好。那段时间里唐跃胜要进常委的风刮得很硬很猛，她的耳朵里也灌满了各种各样的说法。有些人为唐跃胜描绘的升官图，更是让她心动，胃口被高高地吊起来，总觉得成功就在眼前。可是唐跃胜还是一副不紧不慢、不冷不热的状态，李文漪对此非常着急，这叫皇上不急太监急。怎样争取进常委的事成了两口子饭前茶后的主要话题，一个平时不怎么唠嗑的人，一下子成话痨了，而且有点步步紧逼之势。当然说这些话时她总是看着唐跃胜的脸色，唐跃胜要是表现出一种淡然或不耐烦时，她马上就打住。

　　一天晚上李文漪看唐跃胜心情不错，便主动扯出这个话题，唐跃胜不但没阻止，还兴致挺高地附和着，她就得寸进尺地发动进攻了，并且选了个能调动唐跃胜热情和信心的角度："跃胜，我听说为了争常委的位置，外面都翻天了，靠谱的不靠谱的都在活动。我怎么看你老是不动弹，成天在家囚着？我都替你着急。这年头你自己不活动不走动不煽动，有谁上杆子帮助支持你，等着吧你。中医说痛则不通，不疏通打理就成了死结，最后吃了亏才知道心痛。你的智慧、能力和为人我佩服，但你的情商不够，处在一个较低的水平上，你个性太强了，我说这话你别不爱听。"

唐跃胜不赞成也不反对地听着她叨叨,当李文漪说到情商和个性的字眼时他抬了抬屁股,打断了她的话:"你说的有道理,不过这句话还是需要商榷的。人们都认为人在小时候或年轻时富有个性,等长大有了社会阅历和人生经验就慢慢失去了个性,这个看法是有片面性的。你就看看我,年轻时说话办事有点锋芒毕露的风格,当了官后特别是官越来越大,逐渐开始圆滑世故,逢场作戏,讲究平衡。你说我真的没有个性了吗?还有,为了适应环境强制自己改了些,但骨子里的个性还存在,不同的是我比较能看清理解许多事情背后这样那样的迫不得已。回想一下这些年走过的路让我懂了一个理,人的生活尤其是官场生涯,不是用美好美丽美妙来取悦你,而总是用艰苦艰难艰辛来教导你,大大小小官僚的宽容、谦让和低调并不是与生俱来,而是被逼出来、压出来、摔出来的,他们的外在表现和内心深处并不都是一致的。就说我吧,起初总是揣着糊涂装明白,喜欢说大话,即使不懂的事,也要白话白话,喊喊口号,自己给自己壮威提胆。后来呢,就学会揣着明白装糊涂,把自己的真实面目遮起来,见人说话藏三分。并不是我愿意把话说得不清不楚,人活得不明不白,只是好多事情一透明就会拆穿,拆穿就意味着失去。我的性格需要包装改变,但个性是难改了,或者叫本性难移。反过来说,我把属于自己的个性都改掉了,那还是我吗?"

李文漪对这一番觉得对又不完全赞同的话,不知如何回答,不好回答就不回答,仍旧把交流的主题引到自己的路数上来。"跃胜,不管怎么说现在是特殊时期,你把自己的个性放一放,叫低调也好、屈尊也罢,反正得放下架子,撇开面子,该说的话得说,该做的事要做。你一辈子能有几次这样的机会?需要什么东西,需要多少钱,我给你准备,该做的咱都做了,就是不成功没达到目的也不后悔。"

听着李文漪这些在情在理的话,唐跃胜在心里琢磨着,不论大官小官都是要讲尊严的,可尊严这东西又是和欲望成反比的。你想拼命得到一样宝贝,想挖空心思谋取一个官位,往往会变得点头哈腰，低三下四，有时甚至是死皮赖脸，欲望可能得到满足，而人格和尊严就要降低了、丢失了，这个付出代价太大。而当你对眼前这个人、这件事、这个岗位、这些利益无动于衷的时候，尊严就会在你的心中拔地而起，别人的看法、议论和脸色，都是无所谓的，这大概就是无欲则刚的道理。在当前这种热热闹闹、吵吵嚷嚷的环境中，保持清醒才是对自己最大的负责。唉，人别欺骗别人，也别欺骗自己，用不着借口，用不着回避，也用不着后悔。后悔是最烦人累人的。想到这里，他的心忽然开朗起来，边摆弄茶杯边微笑地看着李文漪的脸："我知道你们都在为我着想着急，要是能当上市委常委当然是个好事，但当官这个事不能凭主观意愿，得天时地利人和这些条件都具备才行。我一个在官场上摸爬滚打的人，你说的那些道理我能不懂吗？你想想，我当县长、书记时，有多少人为得到提拔走我的门路，打通我的关节，送名贵手表的，送高档西装的，送名人字画的，送金条玉镯的，什么都有，大多数人不都是你挡回去的吗？有一个镇党委书记送来一箱子钱，他说是土特产，你打开一看全是钱，吓得连箱子都不敢动，逼着我给他退回去。咱不是不想要，而是不敢要，怕人家秋后算账。"

李文漪捂着嘴咯咯地笑个不停："哪止这一次，谁不喜欢钱哪，可一看那么多不明不白的钱，就慌神了，觉得有种不祥的兆头，谁能平白无故给咱们送那么多的钱呀！"

"这叫你说对了，他们所做的这些事都不是为我这个人，而是冲着我手里的权力来的。你最清楚，除了正常的人情往来，当时给我送钱送物的人，我是打心眼里瞧不起他们，即使有人得到了提拔，我也不去重用他，而是安排在一般性的部门和岗位。将心比心，用我对待别人的心理和态度，思量思量咱们做了同样的事，上级领导会怎样看咱们？我给你说啊，社会环境和社会风气怎么样咱管不了，咱也得入乡随俗，但为了进常委又是请客，又是送礼的，我心里不安稳，就是如愿以偿地挤进去了，这个官的分量和成色也降低了，不要说别人看不起你，连自己也看不起自己。我自从走进了官场当上了领导干部，官当到现在这个份儿上，不是吃出来送出来的，而是拼出来干出来的。性格决定命运，以前咱看不起别人的事，现在咱也不去做，别让人看不起、瞧扁了咱。你现在的主要任务是当好这个家，官场上那些事你别去操心，也不要掺和，有些什么不愉快的烦心事，我一个人背着就得了。"

李文漪还是有些不甘心："咱不跑不送可以，但选票总得拉呀，这你可别大意。现在谁都在争这事，你看美国总统竞选还不是到处拉选票呀，不拉选票谁选你当总统。"

"这是两码事。中国国情和美国以及西方国家不一样，你没看到每当几大班子换届时，上边一再强调不准拉选票，不准跑官要官吗？"唐跃胜给她解释。

"这有用吗？就那么说说呗，基本上是糊弄人的。你也干过这事，一边要求不让拉选票，一边又以票取人，谁不拉票谁是傻子。"李文漪反驳道。

唐跃胜叹了口气："有道理，有道理，咱们国家的许多事情坏就坏在这里，规定纪律一大堆，但属于聋子的耳朵——摆设，自己定的规矩管不了自己的事，圆不了自己的场。其实不少干部不愿低头哈腰装笑脸拉选票，谁都有个自尊心呀，可你不拉别人拉，你的票就丢了，丢了选票基本上就等于丢了官。高票数不一定都得官，要是票数低，肯定得不到官。这些年就是这个推荐票、民测票耽误了、影响了一些有能力、有发展潜力的好干部，也确实让一些能力德行都不怎么样，但会投机钻营的干部捡了便宜。这难免伤害大多数干部的积极性，使党和国家的事业蒙受损失，对社会风气和老百姓的生活也带来了消极影响。这些事咱们改变不了，但以票取人的做法以后非改不可，我觉得这是用人导向上出了问题，要是这样滥下去，官场的腐败将是不可想象的。你放心吧，我马上着手做我应该做的事，让喜欢我的那些人在这个时候支持我一下，助助威，壮壮胆。"

唐跃胜有个习惯，他要是琢磨思考点什么事，就离开电视，把自己关在房间里，床上躺一会儿，地上溜达一会儿，就在这种反复的交替中完成了使命。

和李文漪的一番对话，尽管是夫妻间的随意交流，还是引起了连锁反应，他的心中不平静起来，又进入他那个静悄悄的狭小天地。虽然副市长和市委常委都是副厅级，但两个官的分量是不同的。要是能当上市委常委，不仅意味着进入松江市的决策层，成为权力核心的成员，而且是再往上迈一步的桥梁和阶梯。当上了常委很可能担任常务副市长的角色，成为市政府的二把手，将来就是不接市长的班，到人大主任、政协主席的位置也是可能的，那就成为正厅级大班子的一把手。要是进不了常委，后面所有这些都是靠不上边的。并且这次要是进不了常委，自己的官场生涯和政治仕途基本就画上了句号。这么一权衡，他不掩饰、不回避，也不怀疑自己对市委常委这个位置是渴望的，迫切需要得到它。

唐跃胜和许多人想问题不同的一个明显特点是，一般人思考问题，特别是思维顺畅的时候，总是沿着一个方向往前推进，而他却频频转换角度，让思维跳跃式地发生转折，产生不同的认识，得出不同的答案。他在确信自己有进常委的优势和可能，也清楚这个位置对自己人生重要性的同时，思维又发生了转向，在官场上谋求官位的人应当善于选择，会选择是一种能力，敢选择是一种胆量。海越深，人就越想往深处探索，领略深处的奥妙，但深可灭顶；山越高，人就越想爬到山顶，去欣赏无限风光，可高处不胜寒。要不要往深处高处多迈一步，是具有魅力和胆识的选择。在官场上选择，会比在与自然界风霜雨雪搏斗中选择复杂得多。官场是迷人诱人的，正是这种迷人诱人造成了官场的残酷与冷漠，并且让人产生幻想，明明是一辈子都走不完、跨不过去的路，却会产生三步两步就能达到的错觉。很多时候看上去离目标很近，甚至近在咫尺，却一辈子都走不完、够不到，不一定在什么时候、什么地方卡壳搁浅了。副市长和常委虽属同一个级别,但要迈过这道坎,恐怕怎么努力都坐不到那个位置上。

想到这里,唐跃胜觉得胸口微微有些发痛,从内到外透着一股凉意。他似乎懂得了自己苦苦追求的常委那个目标,很可能开的花朵挺漂亮但不结果,最后会是个无言的结局。难道我一定要在无言的结局中挣扎吗,他在内心里命令自己,不要过于痴心做赌注式的追求,只作可能性尝试,尝试也是一种追求。于是确定了尝试性追求的工作程序图。他的朋友圈子比较简单,先后参加了几个饭局,用开玩笑的方式把自己的想法表达出来,而且每次都说着大体相同的话:票多不一定当常委,而票要是少了肯定没戏,到了推荐的时候多长点精神头儿,别弄得票太少为人家垫底当分母。我的目标是只要不难堪,面子上说得过去就行。这话等于没说,按照常规官场上每个人都有人脉圈子,形成不同的势力范围,实际上不少人早就帮他张罗拉票了。

市长何劲的态度,对唐跃胜竞争常委成败的作用是很大的,这一点他心里非常清楚。那段时间他一直在寻找能和何劲聊一聊的机会,哪怕是一点作用不起,这个程序也得走。没想到机会竟在一次吃午饭的时候出现了。不知巧合还是有缘,那天何劲和唐跃胜来得都很晚,食堂里没几个人了,正副市长坐在同一张桌子上吃饭。他们边吃边说着话,谈了一些工作上的事,竟是何劲主动说起市委换届常委调整的事:"市委换届临近了,各种传言的风很快就刮起来了,有些人真能煽风点火,连我这个当市长的都不知道,他们却说得有鼻子有眼,像真的似的。不管外边怎么传,反正和你有关系,我是希望你能把握住这次机会的啊。"

唐跃胜一看何劲不避讳地说到这个敏感话题,不知道他真的对自己关心支持,有意透出一点信息,还是无意中扯到这个事,或者是做个姿态卖人情。不管怎样都得从容应对好。他真诚地看着何劲:"市长,我本来就是你的部下和助手,按照你的要求抓好分管工作的落实。你是整个政府工作的核心,我们大家都围着你、维护你。这次市委换届的常委人选,外面闹闹的风声我也听到了一些,那都是没根据的瞎传,对于我来说能不能进常委,你的意见很重要,也可以说机会握在你的手里。"

"哎呀跃胜,这话可言重了。咱俩还什么上下级关系,就是在一起搭班子做事的同事。你的能力为人大家有目共睹,你能力挺强,人缘挺好,人气挺旺,这是非常好的基础和条件。至于能不能进常委,那是省委、市委决定的事,我个人意见不足为重,当然我有推荐你的责任。人生能有几回搏呀,你要礼贤下士地多做点疏导工作,广结善缘总是件好事。"何劲认真而笑容可掬地说着。

"谢谢市长的关心支持,虽然我也在领导的视野之中,是组织上考虑的人选之一,但我没想很多,毕竟这样的事不完全是由个人努力能决定的,该组织上考虑决定的事,我可不去瞎操那份心,留点时间和精力多做些实际工作。"唐跃胜有些言不由衷地附和着。

何劲和唐跃胜真是心有灵犀,似乎都猜到了对方的心思,当他们认为不该再继续谈论这个问题的时候,不约而同地又把话题转到工作上,不咸不淡地吃着饭,说着话。

两个领导饭桌上的对话,语言不多,内涵却挺丰富,应答的巧妙而含蓄,都表达了个人的某种意愿,又都留有余地,不把话说满说过,从哪个角度看都不出格离谱,体现出很高的领导艺术和为官智慧。

唐跃胜回到办公室后斜躺在沙发上,用心品味着何劲的话外之音。他的那些话看起来是不经意说的,而实际上包装得很严实,几乎是守口如瓶,自己最想获取的信息颗粒未收,一无所得。对于何劲来说,政府这边谁进了常委,那理所当然要做常务副市长,而常务副市长毫无疑问是要市长点将,要是市长不喜欢或不愿用的人,这件事是难以成行的。自己和何劲对话时,他一点口风都没透,丝毫没有让自己协助他的意思,这说明他压根就没有让自己当常务副市长的想法。依何劲的风格和习惯,他即使不能把内心的想法和盘端出,至少也会让你感觉到、领悟到他的倾向,而自己连一点点感觉都没有,他心中肯定另有人选,而对我已经是此路不通。当唐跃胜想到这一层,失望失意的感觉一下涌上心头。

唐跃胜从沙发上坐起来,两眼有些发直地仰望着天花板,看了一会儿,天花板上的图案似乎重叠晃动起来,觉得有些头晕,赶紧揉揉眼睛,把目光移开。这时胃里又开始搅劲,阵阵恶心冲击着喉咙,真想呕吐。他拿起杯喝了几口水压压,又在沙发上躺下来,想睡一会儿,把心绪调整一下。可眼睛闭了半天也没睡着,心乱得像团麻,找不出头绪,失去方向和定力的心,不再沿着一条道路往前走,而是东一头西一头,想了这又想那,不知想思考什么,应该思考什么,就信马由缰地胡思乱想。心想痛了,神经也麻痹了,他仿佛掉进波涛汹涌的大海,无助地在狂风恶浪中挣扎,沉下去,浮上来,再沉下去,又浮上来。正在恍惚中觉得自己已经精疲力竭、奄奄一息的时候,听到敲门声,睁眼一看是赵祥龙进来了,原来自己是在梦中。他有点不大情愿地问:"什么事?"

"省里有个会议通知,后天召开全省土地工作会议,要求主管领导参加,不知你能不能去?再一个是,市政协近期要搞一次关于环境保护大视察,办公厅让你确定具体时间,请你陪同。"

"省里的会我参加,市政协的视察我全程陪同,具体时间让办公厅和市政协商定,事先通知我就行了。另外视察的服务接待工作要协调安排好,不要出纰漏。"唐跃胜嘱咐道。

"还有个事市长。郎秘书长让我请示你,他想请市人大几个专委会主任坐一坐,问你有没有时间去。他的意思最好你能去,和他们见见面,说说话。"赵祥龙说完在那儿等话。

唐跃胜当然知道郎旭光近期组织的一些饭局,都是为他拉票的,不去吧有碍面子,人家是为你张罗的,万一由于票数少而被切下来,这个损失就大了,那是无法弥补的。去参加吧,除了说些感激之类的话，还能说些什么呢，要是饭桌上说太多言不由衷的话，会影响大家情绪，自己也很尴尬。他略一思忖："你让郎秘书长来一下。"赵祥龙出去不大一会儿，郎旭光哼着小调，紧道道就进来了。"市长，什么吩咐？"

"什么，我吩咐你，是你给我派活儿吧。"

"唉，市长，我那不是派活儿，而是排兵布阵。明摆着的，这次竞争会很激烈，咱们得紧锣密鼓做工作，有备才能无患哪！"

唐跃胜站起来，拉着郎旭光的手，两人并排坐在沙发上。"旭光啊，这阵子让你费力操心了，连你嫂子都过意不去，关键时刻见真情，我是千恩万谢谢不尽哪。不过旭光，我从你的精神头上还琢磨出点道道，你从大权在握的规划局局长，到名好听而没有实权的副秘书长，是不是特失落而心有不甘？你胸膛里是不是还藏着颗野心，有朝一日想东山再起？你要是有这个想法，我来帮你铺路做工作。"

唐跃胜的话音刚落，郎旭光往沙发背后使劲一靠："开我心哪市长，多大岁数了，还无聊地想东想西？我已经体会过权力的滋味了，让我官复原职不可能，往上动一动那更是痴心妄想，白日做梦，我没长那个头盖骨，还想什么好事？现在挺好的，我很知足这种没有压力，平平安安舒舒服服的日子。虽然我没有成功的喜悦，但也没有失败的痛苦。"唐跃胜轻轻朝郎旭光后背拍了一下，"你的话我信，基本没有水分，那就辛苦你帮我张罗吧。不过，我这两天不太舒服，胃特别难受，不能喝酒，另外还要到省里开会，吃饭就不参加了，你全权代表我，等方便时我再请大家坐坐。"

郎旭光走后，唐跃胜心里泛起一阵燥热，那边是满腔热忱，一炉炭火，这边是云里雾里，一瓢冷水，这对朋友是不公正的，自己哪怕有一点点消极和不作为，都可能导致山穷水尽，兴许再做些努力还会出现柳暗花明的转机。对，不要放弃，有时候成功来源于再坚持一下的努力之中。他在办公桌前坐下，要给省委钱江书记打电话。

唐跃胜打开电话本，找到钱江书记的电话，刚要去按键，手又抽了回来，心咚咚地乱跳。这个时候给领导打电话是不是有些唐突，我能说什么呢？虽然钱书记曾经赏识过、提携过我，我这个副市长就是他当省委组织部部长时力排众议才当上的，可是这些年我从来没有专门到省里看望过他，更没有给人家办过事、送过礼，我不属于他的人。虽然他算是我曾经有过的一个背景，但我却没有资格把他作为自己的靠山。在这么个节骨眼上给人家打电话是不是太功利了？他会怎么看我呢？算了，还是不打电话为好，把话筒放了回去。转念一想，省委对松江市换届人选不一定酝酿那么早，把自己的想法和当前松江市的动向和钱书记汇报一下，让他心里有数也属必要。于是唐跃胜又拿起电话，刚拨了两个号又停住了，心里嘀咕起来，就一般性工作程序来说，涉及市委换届这么重要的事情，孔书记肯定事先和省委领导打招呼沟通，这个电话打过去结果是难料的。如果市委已经考虑自己了，那情有可原，上下对点；要是市委确定的人选没有自己，这不是明目张胆地要官吗？是自己把自己推进两难的境地。现在打电话不妥，他又把电话放下了。

　　唐跃胜在屋里来回走着，脚步连同心灵都在徘徊着，犹豫着。他走到镜子面前，下意识地转过头，看着镜子里自己的面容，有些憔悴和不安，面容和躯壳里面藏着的是不甘和无奈的灵魂。他口问心、心问口，我到底应该彻底地放弃，与世无争，还是不论结果如何，做完所有应该做的动作？哪种选择是明智的君子之举？当他透过镜子看到自己已经有些花白的头发，瞬间又爆发出老骥伏枥的凛然豪气，做官只是为公共服务的一种职业选择，不断有新的追求，担当更大的责任，为社会和老百姓做更多的事情，这是荣耀，不是可耻，我应当义无反顾地去追求。想到这里他快步走到办公桌前，拿起电话便拨号，立即传来嘟嘟嘟的鸣叫声。当听到这个声音，他浑身像触了电似的一颤，手又迅速地把电话按下，嘟嘟叫的呼声立即消失，中止了已经拨打出去的电话。这时他感到自己的头脑异常清醒，倘若省委对松江市委换届人选已经定了盘子，自己不管说什么都是给钱书记出难题，添麻烦，己所不欲，勿施于人，这样做是不道德的。难道自己需要别人的几句赞美、安慰和开导的话吗？那样不成了拿不起、放不下的可怜虫了吗？他自己把自己问得脸发烧，心发慌。

正在这当口，电话铃响了，一看电屏显示号，是杨明辉副书记打来的。他拿起电话先问了声好，电话里传来杨明辉的说话声："跃胜啊，好长时间没见到你了。明天晚上你要是没有什么安排我请你吃个饭，有点馋酒了。"

"明辉书记，明天没有事，晚饭的事我来安排，你别管了。"

"唉唉，那不行，我请客怎么能叫你安排？这次我坐庄，下次你安排，这样还可多吃一次，就这么定了。具体时间地点我让秘书告诉你。"

放下电话，唐跃胜嘘了口气。他平时不大喜欢应酬性的饭局，但对明天晚上杨明辉的安排却有些期待。依他的官场经验和政治敏锐性，隐隐约约感到明天晚上是个非同一般的饭局，会有很浓的政治色彩，很可能得到一个关于自己命运的答案，破解让自己困惑已久的谜团。

杨明辉是资深的副书记，他和省委钱江副书记是大学同学，交往甚密。有意思的是，他俩都对唐跃胜有好感，都对唐跃胜的成长进步起过重要作用。由此看来，杨明辉在这个时候为唐跃胜设饭局，意义确实不同寻常。

第二天傍晚，唐跃胜按时来到那芬湖宾馆，推开房门杨明辉已经等在那里，菜都上桌了。唐跃胜以为自己来晚了，抱歉地笑笑："哎呀，我来晚了，还有谁？"

"没有谁，就咱俩。不是你来晚了，而是我来早了。"杨明辉给他解围。

杨明辉的秘书吩咐服务员，把酒菜备好后不要待在房间，领导叫再进去。

杨明辉和唐跃胜并肩而坐。他端起红酒杯："跃胜，这几年两人喝酒咱俩还是第一次，没有外人说话方便，也不用客套寒暄。来，先干一个。"唐跃胜响应，都一饮而尽。因为没有服务员在场，唐跃胜拿起酒壶先给杨明辉倒上，又给自己倒了小半杯，举起杯来："明辉书记，感谢你多年来对我的关心、支持和爱护，我敬你一杯。"说完一口干了。杨明辉也响应喝干了杯中酒。"你说我在工作上关心支持你，这是事实，但要说爱护那就说过了，我做得不够，有时也力不从心。要是说支持咱们也是相互的，不论于公于私都得感谢你呀！你是那种做得多说得少，只做不说的人。用古人的话说，这是国宝，但国宝不一定就能放在国宝的位置上。"

唐跃胜听出话中有话，摆弄摆弄筷子："明辉书记你过奖了，我今天一看这吃饭的阵势，就知道你有什么话要和我说，我洗耳恭听。"

杨明辉也不绕弯子："这地方僻静，人少好说话。是你逼得我关心支持你，那我就得说真正关心支持你的心里话。咱丑话说前边，要是我说错了，说得不好听了，你可得担待啊，不能记仇。"然后，杨明辉把话转入正题。

"这次市委换届关于常委人选问题，全市上下都在议论，各种各样的信息把耳朵都填满了。你的那些狐朋狗友都在为你摇旗呐喊到处拉票，有的绕了个圈子竟把选票拉到我这里了。不信你到大小酒店走走，肯定能碰上一伙一伙的人，都是干这事的。让人到我这儿拉票不会是你的主意吧？"

唐跃胜听说拉票拉到副书记头上了，赶忙解释道："明辉书记我可不敢乱弹琴，虽然这个机会对我很重要，而推荐票的多少更为重要，就和关系比较好的人打了些招呼，但决没有过格的行为，这一点我敢保证。"

杨明辉笑得很爽朗："在这些问题上你也做不出过格的事。比如说吃饭，今天要不是我请你吃饭，你才不会主动请我。你下不了这个决心，脸上挂不住，这一点我了解你。正因为这次机会对你对有些人很重要，所以无形中增大了阻力。有人为了达到目的，可以说不惜血本，押宝似的一赌输赢，你是站不到这个行列里的。要是套用机遇与风险同在这句话，敢冒风险的人进常委机会就大。你唐跃胜不愿去冒风险，我看机会就小或者叫没有。"

唐跃胜不住地点头，一句话也不说，静静地听着，哪怕是"没有机会"这句刺耳的话，他也听得很平静。

杨明辉端起酒杯晃了晃，然后用鼻子闻杯中的酒香，有点说酒话的意味。"跃胜，我讲个故事，虽然你是个读书人，可以称得上儒官，我不敢在读书人面前班门弄斧，但这个故事启发了我，不知能不能也启发启发你。宋仁宗的部下狄青功高，却遭到贬黜。他不解地问宰相文彦博这是何故。老宰相伸出四个指头：'朝廷疑你。'不论哪个部门和单位，要是主要领导对他的部下和助手不放心、有疑虑，事情就不好办了。你呢，聪明有智慧，工作扎实有魄力，特别是有前瞻性思维，掌控驾驭全局的能力很强，这几年城建工作的成绩摆在那儿，谁都看得到。你是从来不说多余的话，不做过格的事儿，这些构成了你在官场上的优势，恰恰是这个优势成了你往前走往上升的障碍和阻力，优势反倒成了劣势。要是用换位思考的方法，便能把领导干部之间的关系看得更清楚。这么说吧，我要是一把手，也不喜欢用你这样很优秀的副手，因为你会遮着我的光，挡着我的亮，总是能把我看透看明白，我不自在呀！并且你的存在让我相形见绌。怎么办？我要控制使用你，既要用你做事，又要尽可能缩小你展示自我的空间和舞台。而官场的最大奥秘就是不说破，只意会不言明是官场为人行事的最高境界。再说了，等价交换原则早已渗透官场，我提拔使用你是要讲双赢或多赢的，就是说我使用你的前提是，你要能给我带来政治或经济利益。"杨明辉点上支烟，边吧嗒嘴边问："你有没有给钱书记打电话？"

"没有。想打来着，考虑来考虑去怕给他添难，就没打。"

"别打了，他确实很难，在松江市领导班子配备问题上他有难言之隐。你看松江地方不大，这湾水可不浅哪，有人有通天的背景。

你我都是草根出身，背后没有大树可以依靠，小草哪能和大树斗。小草柔柔弱弱根底浅，谁会在乎你。大树就不同了，根深杆硬的，谁能撼动。我估摸将来的松江官场会有几笔大交易，咱俩都能看得到，现在是初现端倪。钱书记当组织部长时可以力荐你当副市长，可当了副书记后上面的背景也发生了变化，他对来自上头的声音不能不顾忌，此一时彼一时啊！"

听着杨明辉的分析，唐跃胜明白这是知情人对自己公开的暗示，他很动情地端起酒杯："明辉书记，感谢你对我的信任。你刚才的一席话拨开了我心中的迷雾。"他还要继续往下说，"我"字刚出口就被杨明辉抢过话头："唉唉，我还没说完，你先把酒杯放下，等我把另一层意思说完。在松江市的官场上，你的威信是比较高的，特别是光明磊落、较少私心的风格，使你没有什么把柄握在别人手里，而你自己又能摆正位置，较少非分之想，做官的路走得很平稳，非常安全，这是你的福气，也是你老婆孩子的福分。真正有情有义的亲人不会贪图你给他们带来的荣华富贵，而是在和谐平安中享受生活的真谛。我不羡慕你官做的多大，而是羡慕你对人生把握得好。来来来，就为这我再敬你一杯。你是个明大势见好就收的人，不像有些人不见棺材不落泪，不到黄河不死心，不撞南墙不回头。"

杨明辉变着花样从几个角度、几个层次进行暗示引导，也算说破了：这一次市委换届的常委人选，不管你唐跃胜怎么优秀，也不管你的推荐票得了多少，都不会有你的份儿，任何努力都是徒劳的。只有少数几个人知道的背景是，书记碰头会议过几次，省委也原则同意松江市委的意见，唐跃胜没有进入常委候选人名单，不在考虑之列。

本来一两句话就能说明白的事，杨明辉却曲里拐弯说了那么一大堆话。他之所以不说得太直白，一来官场上的人对这类事情特敏感，一点就透，何况是唐跃胜这样的精明人，说直白了反而会让人觉得不舒服。再者，官场上的人事安排变幻莫测，定的好好的事情，不知什么就发生了逆转,把话说得含蓄点也是给自己留个退路。

此时此刻唐跃胜的内心是很复杂的,他端起酒杯目不转睛地看着杨明辉:"明辉书记,你的肺腑之言让我感动,主观愿望和客观现实之间往往有很大距离,在选拔使用干部这个问题上包含着许多复杂因素。你在副书记的位置上管了这么多年干部,我也曾经当过县委书记,有些干部不是他不行你不用他,而是你不用他他才不行。在这行和不行、用和不用之间隐藏着辩证法。这次市委换届,让谁进常委都会有他的道理,不让谁进也有充分的理由,这可不能用秤来称,用尺来量,只是现在有人明目张胆地消费权力资源,我们有些看不惯罢了。既然改变不了社会,就得适应社会,适者生存这是自然法则,也是社会法则,谁违背法则就要被淘汰,就会受到惩罚。我的那点想法都装在你心里,你用心良苦地这么一破解,我就不再东想西想了,老老实实干点活,你放心吧。"

杨明辉有些眉开眼笑:"这才是有修养有内涵的领导干部说的话。你的通透敞亮让人受教育。通透敞亮就是自己把自己看明白了,自己把自己打通了,这样的人未必能够得志,能够繁花似锦,但一定能在官场上、社会中站得住、立得稳,一定能让自己安静平和。其实安静平和才是真正的繁花似锦,在这一点上我不如你。今天这个饭可没白吃,你看快两瓶红酒了,这是酒逢知己千杯少。咱俩也没头没脑地说了不少话,算是话语投机不嫌多。这个饭局是我安排的,你什么时候请我吃饭?有来无往非礼也。"

唐跃胜站起来握着杨明辉的手:"要是你有时间周末怎么样?"

"行啊。"

"好,君子一言。不过我想再别就咱两个好不好?有好几个人想和你一起坐坐,苦于没有机会,这也是你深入基层、了解民情的一个重要渠道。"唐跃胜的话说得很轻松。

杨明辉哈哈大笑起来:"你这是将我的军哪,吃饭的事由你安排布局,一切听你的。我是兵来将挡,水来土掩,保证不掉链子,让他们看看,唐跃胜身边的人不糠啊!"

回家的路上,唐跃胜仰脖倚在车座靠背上,像过电影似的把杨明辉说话的情境,一幕幕地回放着,有的地方还反复回放,反复琢磨。特别是杨明辉说的他在官场上聚集构成的优势,成了往前走往上升的障碍和阻力,优势反倒成了劣势,让他不寒而栗。唐跃胜聚精会神地咀嚼着、玩味着这句话的内涵,脑海里快速地搜索着有助于消化理解这句话内涵的所有信息。突然,一个哲理小故事蹦了出来:一天,三个人同时出门,一个人带着伞,一个人带着拐杖,另一个空手而行。等回来时,带伞的人浑身湿透,带拐杖的人腿被摔坏,什么都没带的人完好无损。其中有什么道理呢?原来带伞的人无所顾忌地在雨中走,衣服被淋湿;拄拐杖的人不管什么路都往前闯,结果摔伤了腿;什么都没带的人雨来时躲着走,遇到泥泞坡路小心走,反倒没事。唐跃胜吧嗒吧嗒嘴,这个小故事太耐人寻味,太有启发意义了。官场中,官员身上所具有的优势和劣势,在一定条件下是可以转化的,并且往往得出相反的结果。所谓逆境出人才,那是说缺点给你带来天然障碍,让你远离诱惑,逼你破釜沉舟,让你咬牙坚持走到高处。而顺境则常常出祸端,优势和长处不仅怂恿你趾高气扬,目中无人,更容易遭到嫉妒,木秀于林,风必摧之,结果是让你折断,这是官场的真实写照。有的领导干部并没有什么优势,可一步一步走上更高的层次;有的人优势明显,可偏偏不被看好而走向平庸。

唐跃胜想努力使自己弄明白、理清楚事物间的辩证关系,可越想越想不清楚,索性不去想了,太累人了。他直起腰告诉司机:"放首歌听听,轻松轻松。"

第 十 二 章

　　人可以驾驭意志，但往往摆脱不了感情的纠缠。唐跃胜和杨明辉吃了一顿饭，他明白了松江市不久将来的政治格局，知道了自己的政治前途，有了种从枷锁中解放出来的轻松感觉，同时也陷入了情感冲击的漩涡。他心灵天地的一个小小角落里，还残留着不丁点的幻想，就这么一丁点幻想的火种，撩拨得他坐卧不宁，寝食难安。他明明知道自己已经是个被淘汰出局的人，而且要是没有强大外力干扰不可能发生逆转更改，可还不想彻底放弃宿命的理念。在官场上，在世事中，有人算也有天算，而人算不如天算的事时有发生。官场上的人事安排，常常出现意想不到的变故，有时连板上钉钉的事都能颠覆，难道我就不能成为偶然变故中的一个角色？如果上帝也无情地把我的梦打碎，那我就顺从天算，无怨不悔地任凭命运的摆布。

　　唐跃胜神不知鬼不觉地排演了一出戏，打发郎旭光奔赴五台山，去和上帝对话，因为传说到五台山求官运最灵验。

　　很巧的是，郎旭光的一个大学同学叫牛茂俊，是五台山地区负责民族宗教工作的领导，他要亲自陪同老同学上山，并建议唐跃胜最好能亲自去，面见宗教界颇有名望的慧宁大师。电话打过来，唐跃胜二话没说，到省城买了飞机票，辗转奔五台山而来。以前他去过一些名山大川，拜过不少菩萨，但这次不同，不是游山玩水顺便拜拜，而是带着使命专程前来。

那天，唐跃胜一行乘车来到五台山。一路上牛茂俊介绍五台山历史的时候，随便夹带了一些拜佛和参拜大师需要注意的事情，虽然出于礼貌话说得挺虔诚含蓄，但唐跃胜心领神会，上得山来就一个诚字，心诚则灵。这就是道上人强调的，山不在高诚则灵，三心二意莫拜佛。

唐跃胜一行没有多少心思观赏五台山的美景，而是被熙熙攘攘的人群簇拥着来到五爷庙前，那里早已挤满了烧香拜佛的人。郎旭光按照庙里的规矩，先是请了一炷高香，递给唐跃胜："市长，这香得你亲自点，我不能代替。"唐跃胜接过香，一脸肃穆地双手紧握着香的根部举过头顶，寓意着顶礼膜拜，接着在燃烧正旺的香炉火种上把香点燃，然后万般虔诚地微闭双眼，对菩萨、对上帝、对苍天默默许了自己的心愿，把正燃的高香插在香炉里。做完这些他们来到大雄宝殿，在推推搡搡的人堆里找了个缝，唐跃胜面对着菩萨像跪下来，恭恭敬敬地磕了三个头，并默许了同样的心愿。他刚站起来，就听身后的几个香客嘟嘟囔囔地说道："菩萨啊，我香也烧了，头也磕了，愿也许了，你可得显点灵啊，我不能大老远来却空手而归。"

唐跃胜还是第一次遇到香客和菩萨讨价还价的事，满脸疑惑地望望那几个香客，再转回头瞅瞅牛茂俊和郎旭光："这佛门圣地也有人敢乱讲话啊，怎么和菩萨做起交易来了？菩萨要是能够听得到，还不惩罚他们呀！胆子真大。"

牛茂俊吭了一鼻子："唐市长，寺庙里经常能听到这类的话，有的还和菩萨叫板呢，说要是不灵小心把你推翻砸烂了。他们真是胆大包天，竟敢在神仙面前说出这种大不敬的话来。我看咱们中国人是个怪物，特别是怀揣各种功利心的香客，对菩萨先是敬他、怕他、恭维他，也用心保护他，同时又要贿赂他，利用他，逼迫他，威胁他，意思是我烧香磕头敬你爱你是有条件的，你不能无动于衷地只管享受而忘记偿还，要不然我干吗平白无故地给你烧香磕头。到了寺庙来总得索取点什么，不能做亏本的买卖。"

郎旭光摇摇头："茂俊，我不懂佛法，不敢乱讲话，从你的话里我听出了点道道，有些来寺庙进香的香客，把社会生活中那些不伦不类的东西搬到了佛门圣地，他们觉得命运是没有办法靠自己的双手来创造，于是就用金钱和香火贿赂面前这个能够掌握命运的菩萨。功利心也太重了。"

唐跃胜一言不发地紧随着他们，看着各种各样人的脸色，听着杂乱无章的说话声。他们刚迈下大雄宝殿的台阶，一个年轻小和尚迎上前施礼，为他们引路，显然他认识牛茂俊。拐了几道弯，来到一个幽静而清新的小院落，门口站着一位完全佛家装束的老者，微胖的脸上露出浅浅而又慈祥的笑容。牛茂俊快走两步略弯腰，双手合十："慧宁大师您好。"然后把唐跃胜和郎旭光介绍给慧宁大师，大师谦卑地还礼。

唐跃胜他们几个人随慧宁大师进入会客室。客厅是个中式厅堂，正面墙上挂着佛祖的像，厅堂两边整齐地排列着单人木质沙发，茶几上摆放着茶水和果盘，还有一个装佛珠的小盒子。慧宁大师以佛家规矩礼节，先请唐跃胜落座在自己的对面，待几个人都依次坐下后，自己才坐下来。他一边请大家喝茶一边寒暄着："唐市长远道而来，为我这院落客舍增光添彩不少，非常欢迎几位来此给我们指点。"唐跃胜马上站起来鞠躬还礼："岂敢岂敢，我们是来向大师学习讨教的，给您添麻烦了。"

这时牛茂俊站在茶几旁，彬彬有礼地说着开场白："慧宁大师在我国宗教界有着很高的威望，也是我非常崇敬的导师和朋友。这些年来大师以忘我精神，呕心沥血地对寺庙进行扩建改造，对于弘扬中华民族优秀传统文化做出了重要贡献。"然后他转过脸向慧宁大师介绍，"唐市长和郎秘书长也是我的好朋友，他们在松江市担任重要领导职务，以忠诚善良的心热爱自己的事业，为老百姓造福。"牛茂俊说这些话时很是流利，而且富有表情，看来这是他经常扮演的角色。

慧宁大师很客气地打量过每个人："我虽然闲居，却不怎么接待香客。茂俊局长一声令，我哪能不应。今天难得与远道而来的朋友聊一聊，也可开眼界，多长见识。"

唐跃胜略欠欠身体："有劳大师了，我和郎秘书长早就听说过大师的恩德，今天能当面聆听教诲深感荣幸，望大师不吝赐教。"

郎旭光知道，在这样的场合虽然自己不能多说话，但也不能一句不说，起码得说几句话表个态呀！可唐市长说的已经代表他的意思了，再说点什么得体的话呢？他眼睛转了转没想好，为了接上话茬不出空当儿，竟莫名其妙地和慧宁大师讨教起问题来了："大师，刚才我们几个进香的时候，听到几个香客毫不掩饰地和菩萨讨价还价，要求菩萨一定要显灵，否则要对菩萨不客气。佛门圣地怎么会有这样奇怪的事？"

慧宁大师微笑着："你是少见多怪了，这种事我是经常听到看到，也就见怪不怪了。我潜心研究过西方思想史，咱们中国有寺庙，而西方有教堂，西方人进教堂是为了忏悔，为了赎罪，为了请求上帝宽恕，所以他们是十分虔诚的，所作所为是发自内心的，他们进教堂的目的很明确，恭听布道，清洗灵魂，得到教诲，让自己的人生灿烂。你再看看咱们中国人进寺庙的情况，那可就是五花八门复杂多了，但目的也比较明确，他们花钱上了香火之后，乞求升官发财，乞求消灾免祸，乞求生意兴隆，乞求考试中榜，乞求健康平安，等等，不一而足。很明显，中国人进寺庙是为了对菩萨进行贿赂，向菩萨索取。这是中西文化的一个很大差别。香客怀着这样的心情和目的花钱拜菩萨也没什么错，因为他们的祈祷中有期待，希望上帝能给自己解惑引路。问题在于他们把求拜作为交易，这就污损了菩萨那颗纯洁善良的心，这些不会说话的菩萨会很难过的。我给你们说个香客抑郁而病的故事。"

有一对夫妻香客来到这里进香，那个女人烧了香就跪在那里旁若无人地说，求菩萨保佑我丈夫官运亨通，能顺利当上县长。我们今天来给你上高香，你要是不满意还有什么要求，就托梦给我，我肯定一丝不差地按你的要求办，让你满满意意、高高兴兴，只是俺们托你的事可别糊弄忽悠，得讲信誉。她抬起头来看菩萨的时候，觉得菩萨冷冰冰地瞅了她一眼。心想坏了，菩萨不乐意了，瞅那一眼就是对她的藐视和嘲笑，肯定不会帮忙。当她把这个话说给丈夫听时，他当即心跳加快，神情紧张得说不出话来，看来自己要当县长的事菩萨没答应。回到家里后他异常地沮丧郁闷，老觉着菩萨和自己过不去，精神总是恍惚着。医生告诉他，这是患了精神综合征。其实众多官员陷入迷信，那是他们没有信心把握命运的表现。他们知道自己是怎么升上来的，更明白下属是如何升上去的，这样一来他们心里就有了两个神：一个神是上级领导，得讨好进贡；另一个神就是上帝掌握的命运，得烧香拜佛。与神做交易是许多官员的追崇。

　　慧宁大师用和顺的目光看着墙上的佛像："菩萨是泥塑木雕铜铸的，本没有情感、生命和灵魂，可是人能够按照自己的意志和愿望，赋予他生命、情感和灵魂。就像有些事情，它本身是看不出什么意义的，需要人赋予其有价值的内涵。就说玫瑰花吧，你看不到它有什么意义，但当你把它送给女朋友时，便产生了情的浪漫和爱的色彩。要是从这么个角度看，菩萨有眼睛，能看到美与丑；菩萨有耳朵，能听到真与假；菩萨有鼻子，能嗅出香与臭。表面上看各种各样的人纷纷前来拜菩萨是乞求盼望，姿态恭顺谦卑，而当你进入到他们的内心世界就会知道，他们是在放贷做交易，透出一股不容拒绝的控制欲来。我既然给予你了，也必须从你这儿得到点什么。菩萨虽然不能说话，但心里明镜似的，你们一面爱我敬我，一面又贿赂我利用我，把我当成纯粹的交易对象，没有一点真情实感，真是伤透了心。当然了，菩萨是善良、美好、慈悲的化身，是不会和那些市侩的凡夫俗子计较的。"

　　唐跃胜对慧宁大师的学识见地深深地敬佩，他在想，大师这些话的寓意是否在暗示什么，怎样把话引到自己此行的目的上呢？其实牛茂俊已经把唐跃胜来五台山的目的与慧宁大师做了交流,他知道大师的气质与风格,是用这样一种方式制造出相互信任而又宽松的氛围后,自然会把话题引到正题上来,也就不急于挑明。

慧宁大师喝了口茶。"我在佛门圣地待得久了便有了点名望,实际上那也是有名无实、名不副实呀!不管通过什么关系,每一个来见我的人都不会无缘无故,都希望我能说点什么,有的叫指点迷津,有的称神机妙算,这些话都说虚了假了。人贵有自知之明,有几个人敢说自己是高人,能为人祛灾避祸?有几个人敢说自己有无边法力,能让人逢凶化吉?除了巧合,大都是自己的心在起作用。唐市长和郎秘书长大老远来到五台山,我要是不说点什么怕对不住你们,凡事仁者见仁,智者见智,我的话要是有点参考价值,你们可借鉴一二,要是不对或无聊,就随风刮去,当我没说,千万别让我的话误了你们的事。"

几个人一起站起来,拱手施礼,对大师表示感谢。

"相由心生,说得是事物的现象与本质之间的辩证关系。"慧宁大师语气平缓地说着。"唐市长到五台山来算是有求于我,而一个有求于他人的人能够保持如此平静平稳的姿态,说明内心平静,我便知你是个不出卖自己灵魂和人格的人。我和唐市长是第一次见面,算是萍水相逢,得出这样的结论,完全是你的外在举止透给我的,而不是算出来的。"

唐跃胜听罢不禁吃了一惊,心想,我没有什么能引人注意的言行啊!郎旭光转身看了看唐跃胜,也没看出他有什么特别的地方,也许成天在一起看惯了。

慧宁大师把身体侧向唐跃胜。"我和唐市长握手时先后用力是不一样的,两只手接触到一起是礼节性的,然后我两次稍稍用力,手随心动,这个微妙变化你感应到了,也随我稍加用力,其敏感和真诚由此可见。有的人对你握手时的心理变化很麻木,无动于衷,他不大会去体会握在一起的两只手发生的变化,我行我素的就那个样,把握手看成是无关紧要的一个程式，而你则不同。到客厅来你坐下的一瞬间，我发现你往沙发后面看了一眼才落座，不是盲目地一屁股坐下去，这说明你做事谨慎而留有余地。我们见面后的几次鞠躬施礼，你都很有分寸，没有一味讨好拍马的嫌疑，这说明你敬人而又自重。我非常仔细地看过你的眼神，明亮中透出一丝忧郁。肝脏与眼神相连，我不是算命而是说原理，要是我没有说错的话，唐市长你经常胃不舒服，其实你的胃没有毛病，是肝火太盛浸入脾胃，中医叫肝火犯胃，吃胃药是不管用的，需要消肝火以梳理脾胃，肝火小了败了，脾胃自然舒服。"

郎旭光拍着大腿："哎妈呀，大师，你说得完全对，唐市长经常念叨胃不舒服，今天吃这个胃药，明天换那个偏方，干吃不见效。体检时也做过胃镜检查，好好的没有毛病。你从他的眼神中能看出内脏毛病，真神了。"

慧宁大事摆了摆手："不是神，而是医道与佛道相通。俗话说，内行看门道，外行看热闹。你们来到五台山或者去别的什么名山寺庙，所看的都是热闹的场景，我在这里却能通过喧嚣的热闹，看到人情世故和炎凉世态。那些怀着特殊目的而来的香客游人，他们觉得自己诚心给予了菩萨，也迫切要求菩萨给予回报，要是愿望没能实现，就会产生怨恨，怨菩萨作弄他，怨上帝对不住他，这种情绪积压在心里，就生成了心智障碍。唐市长你为事业为百姓操心劳神，也要寻求心理平衡。但社会生活中的人和事不以你的意志为转移，自己施以善行，得到的却往往是恶的回应，破坏了你平衡的情感，常常会感到压抑和焦虑，这是摆脱不了的。"

慧宁大师虽然年事已高，但思维相当敏捷，话语的表达也非常清晰，丝丝入扣，引人入胜。他环顾几位客人的表情后说道："交流是平等的，但我的话明显多了，你们不介意吧？"

牛茂俊马上答话："慧宁大师您客气了，我们来就是要听您说话，多多益善哪。"

"那我就接着说。"慧宁大师由佛道说到为官之道。"我虽身不在官场,但佛道与为官之道也相通,只是人们很少从这个角度考虑问题罢了。一个人走进了官场,进退荣辱就成为常态常事,要想成功取决于诸多主客观因素,有一点却不能忽略,就是要熬得住,把'熬'字说得直白一点,就是不要轻易放弃,不要轻易改变,喜悦时要有一份凝重,悲伤时要保留一份希望,失去时不忘负有的责任,懂得成功在于坚持。能悟到此,算是人生的一种境界。有些人官做得很高,可太患得患失,结果失去丢掉了很多。有些人在官场上气势如虹,潇洒自如,反而会有意想不到的收获,其中的道理就是,因为他不在乎得到什么,也就不害怕失去;没有更多欲望,也就少了恐惧;看不出明显弱点,就不怕会被人攻击。在官场上做官的人要是抱着这样的心态,说明他有超凡脱俗的信念,他不会硬要去争什么、抢什么、得到什么。而实际上呢,得到的远比期待的多,比失去的多。做官的人能悟到此,算是达到了一种较高的境界。"

说到这里慧宁大师不再往下说,端起茶杯喝了几口,又慢慢咀嚼着留在嘴里的茶叶。按照与客人之间说话的节奏和比例,基本上是大师说客人听。他说到半截打住话头,显然是对客人的尊重,想听听客人的看法,不是居高临下滔滔不绝地说个没完。

唐跃胜凭着经验想到了这一层,于是在这个间隙插了一段话:"大师虽然长年隐居山里,但对世事和官场洞若观火,分析得精辟入里,使我深受启发。而我一个久在官场的人却不能有这样的认识和见解,对许多事情的认识理解很肤浅、很模糊。长久以来我的心里一直有个结,总觉得人往高处走这是个规律,就好比踏着青云往上飘,是不能往下来的,最多是改变一下行进方向,往下走不行,停止不动不行,沿着原路往回走也不行。有一次我们到苏州游览狮子林,上台阶时导游员提醒我们,现在迈的每一个台阶都刻有祥云,寓意着走过这个台阶的人会平步青云,最好不走回头路,那样就意味着走了下坡路,不吉祥。当时大家都很兴奋,认为踏上祥云便会官运亨通。

事后想想哪有这样的好事呀，谁能一辈子都平步青云往上走呢，只有上帝能做到。往上走是愿望、是追求，算是人生理想，而在现实生活中常常要往下走，曲里拐弯地走，荆棘丛生地走，恐怕这才是常态。我的认识不够，做得不够，境界也不够呀！"

慧宁大师兴奋地双手合十："唐市长不愧做了这么多年的领导干部，说出的事理让我受益匪浅。刚才我说了做官人的两重境界，那么接着你的话往下说，做官的人还有第三重境界，这也是我今天主要想对唐市长说的话。牛局长和郎秘书长也都属于手中握有权力的人，算是与你们分享。所谓做官精明，是说经历官场磨炼找到了做官的秘诀，叫做官窍门也行，这不是贬义词。我们可以把官场中的人分为四类：有的领导值得被人利用，那么这是给你机会和舞台，能够促使你成才；有的领导能忍受别人利用，那么他能在千击万砺中除棱角以成器；有的领导不习惯被人利用，由于不能融合而显得势单力薄，这种人的成功概率大打折扣；有的领导拒绝被人利用，他们往往桀骜不驯，性情中有太多的清高，成功和这样的人无缘。相互利用是官场亘古不变的法则。"慧宁大师看看唐跃胜，再看看牛茂俊和郎旭光。"要是我说的领导干部四种类型成立，那请你们三位对号入座仔细分析评估一下，现在你成功的道理在哪？而不能如愿以偿地得到更大权力的原因可能出在哪？官场险恶，人生坎坷，一半是现实生活挖的坑，一半是自己的棱角刺的洞。要是做这样一个假设，一个做官的人想利用别人，而又不想被别人利用；想控制别人，而又不想为别人控制；想获取更多名利，而又不想为他人奉献，请问，这种人做官的路会走得顺畅吗？很难。"

听到这里唐跃胜的心跳突然加快，额头上也沁出一层细密的汗珠，好像积淀内心已久的死结瞬间被打开，眼前豁然明亮起来。他明白了，一个人经过何种程度的锤炼与搏击，就能获得何种程度的醒悟与修养。自己曾经如此渴望人生的辉煌和命运的波澜，到现在才发现成功与否都在天，而天则由心主宰。我们总是怀疑野心从何而来，是从自己的心中来。当你迈上做官的第一个台阶，不满足的欲望推动你想迈上第二、第三甚至更高的台阶，于是贪婪的野心就萌生和扩张了。官场也好，人生也罢，最美好的风景依然是自己内心的淡定与从容。唐跃胜发现思考使自己走神了，赶紧把思绪拉回来，前倾着身体："慧宁大师，你的话使我如梦初醒，好像在迷雾中见到了太阳。"

慧宁大师连连摆手："唐市长过奖了，刚才你默默地思考或叫问心，兴许咱们想到了一起了。荣与辱、成与败、福与祸都深藏在自己的内心里。水静到极致能照出万物的影像，心静到极致能悟出久违的真谛。水不能静是大自然有风有雨，心不能静是社会诱惑太多太大。喜欢做梦的人，不要被梦主宰；善于谋划的人，切忌过分空想；而拥有实干精神的人，一定要辨别好方向，选对方向比努力做事更重要。"

这话说到唐跃胜的心里去了，他有些激动地站了起来："慧宁大师，是你为我们做官做事做人指明了方向，可惜我没有早一点来向您讨教，这使我的人生多了不少遗憾。"

"可别说我是指方向的引路人，我担不起这样的名分。社会生活中有两种东西最容易让人迷失，一种是谎言，有些人靠着一知半解就去给人算命，解密过去，指点未来，相信算命先生话的人大都误入歧途。还有一种让人迷失的东西就是欲望，人一旦钻进欲望的圈套，就会被各种利益蒙上眼睛，堵住耳朵，嗅觉失灵，辨不明方向，看不清道路，他们的前途命运可想而知。我不敢标榜能成为你们的引路人，但我们可以做朋友。你们不要总是站在我的身后，我没有资格给你们带队引路，但也不要大步流星硬要冲在我前边，我老朽不一定能跟上你们的脚步。怎么办呢？我与你们同行，咱们携手并肩，做相互关心、互相支持，又能互相提醒敲打的同路人。"慧宁大师说着也站起来走向唐跃胜，两人的手紧紧握在了一起。

虽然是第一次相见，慧宁大师把话说到朋友的份上，这让唐跃胜他们兴奋不已，随即心情放松了，话也说得随便些。郎旭光这一阵子没捞着说话，憋得够呛，气氛一松弛活跃就耐不住地问："慧宁大师，我从一个经济内参上看到，说是普陀山、九华山、五台山、灵隐寺、少林寺等名寺都在积极筹备登陆资本市场，实行市场化运作，今后这些名山名寺都将成为上市公司，有这事？"

慧宁大师听了这话，顿时满脸涨得通红。他端杯的手一用力，茶水洒到地上，愤愤地说道："做官人有做官人的忧虑，出家人有出家人的苦恼。这一段时间我吃不好睡不稳，郁闷至极，觉得自己的精神有些不正常了。"

这话一出口，把几个人吓了一跳。郎旭光伸伸舌头，本想说点轻松活跃的话题，怎么捅到大师的伤疤上了，忙道歉："对不起大师，我不知道您为这事烦恼。"

"不妨不妨，遇到朋友说道说道、发泄发泄也好，要不然我真会郁闷成疾。"慧宁大师苦笑着说，那话音明显有些颤抖。他克制着让自己的情绪平静下来。"郎秘书长，你说的要把中国的名山大寺包装成上市公司，并非空穴来风，真的确有其事，只是现在还没成行，牛局长对这事最清楚。随着社会的发展进步，各大寺庙也在发生着深刻变化，国内外游客增多，要不断扩大规模，提高管理服务水平，特别是要对陈旧设施进行维修改造，需要大量的资金投入。当官的人现实主义的理念多一些，他们要考虑客观现实利益，考虑自己的政绩名声。可寺庙的管理与服务属公共事业，一直都由国家负担。现在出来个市场化运作，那些有钱人看准了这个风水宝地是块赚钱的肥肉，脑瓜削个尖要钻进来，并且打着改革的旗号，怂恿权力进行干预。你名山大寺要生存，我就用金钱把你包裹起来，用金钱来驾驭和操纵文化。如果真的让那些对宗教、对中国传统文化一窍不通的暴发户，把中国的这些名寺庙把持住，变成上市公司，挂上上市公司的牌子，五台山还会是五台山吗？人们所敬仰的、要去朝拜的那个心灵家园，变成了要去参观的一个个充满着铜臭的上市公司，难道这不是我们的国家和民族的悲哀吗？当我听到这个风声，多次向省市宗教管理部门，也向省政协和全国政协写了提案，试图用全国政协委员这个身份，来反映宗教界和社会民众的心声，对于这种行为我是坚决反对。中国的名寺古刹，是中华民族优秀传统文化不可分割的重要组成部分，难道否定中国悠久历史，抛弃优秀传统文化也称得上改革吗？我理解啊，改革不是简单的借鉴和拿来，而是不同文化的融合，要把外来的思潮和自身的血脉、现实的需要与传统的历史融合起来。一个巴掌拍不响，两个巴掌拍出的共鸣才能使改革有新意、有前途、有生命力。有些人被承包冲昏了头，连文化和历史都要承包，真是岂有此理。我敢说以市场化改革为由，把名寺古刹挂上上市公司的牌子，那是中华民族的耻辱，是中国优秀传统文化走向没落的一个象征，他们这是打着现代化的旗号，要毁掉经过几千年历史沉淀的古老文明。"慧宁大师越说越气愤，不知什么时候眼角挂上了泪花。

牛茂俊见此急忙上前安慰道："我也不赞成这样搞，公共事业不能让有背景有靠山的人用钱去垄断。"他转过头面向唐跃胜，"我和慧宁大师商量过，对于这种行为就一个字，拖。"郎旭光直摇头："光拖能行啊，中国的经济和社会事业都是政府主导的，要是政府一级级强制推行，谁能挡得住啊！"

郎旭光的说法慧宁大师是赞成的："这正是我所担心的，对于可能出现的结果和产生的连锁反应，我思考不知多少遍了，一个出家人左右不了社会，更左右不了政府，别看我现在管理着五台山，其实我也把握不了它的命运。要是真的到了那一天，我绝不与权力交易下的有钱老板同流合污，来玷污流传了几千年的传统文化。他们可以挂各种各样的招牌，但五台山的名字他们改不掉，五台山的根基他们撼不动，五台山的灵魂他们毁不了。我呢将以佛家特有的方式，融入五台山的怀抱，以表达我对它的热爱和忠诚。"

慧宁大师振聋发聩的几句话，让唐跃胜感到一阵阵凄楚与悲凉。

"慧宁大师，你不必失望，涉及这么大范围、这么深层次的宗教领域的改革，不会轻举妄动，需要充分研究论证，广泛听取社会各方面的意见建议。现在有人专门标新立异、花哨作秀，掏的是政府和老百姓的腰包，谋求的是个人和小集团的利益。在这方面国家有明确的政策规定，有的还以法律的形式固定下来。"

"什么，你们真的相信那些政策规定吗？在我们国家几乎是什么政策都可以变通，什么规则都能打破。官场上的人不但会作秀欺骗别人，有时也最能自欺欺人。"慧宁大师无奈地把两手一摊。

唐跃胜抬手看看表，四点多了，已经与大师交谈了近两个小时。他左右看看牛茂俊和郎旭光："怎么样？时间不早了，慧宁大师也累了。我是第一次到五台山来，能当面聆听大师教诲甚为荣幸，收获颇多，我是不虚此行，不知大师还有何指教？"

慧宁大师又习惯性地摆一下手："可不要说指教，我一年到头接触的人不少，能和唐市长这样的领导深谈，也是不多呀，说明我们缘分到了，情分到了。"他指指牛茂俊，"你和郎秘书长都还年轻有为，要走挺长一段为官的路，此别不知何日再相见，推心置腹地说说心里话。"说着他又指了指茶几上的佛珠，"我没有什么送你们，一串佛珠略表心意。你们别小瞧了这串珠子，里面也藏着玄机，戴着它不仅仅是为了祛灾避邪，它会告诉你为人处世要心静、要圆滑、要胸中有数，它也会提醒你开始与结束紧密相连，事事处处都处于转化之中。事物在刚开始时、在初发生时，你不要盲目乐观，不要粗心大意，而要精明和精细地预测它的未来和结果。当一个事物归于终结，又意味着新的事物、新的生活、新的追求的开始，这样周而复始，构成了环环相扣、连绵不断的世界和人生。相见时难别亦难哪，我今天说了不少话，把你们说话的时间都占了，有点自私霸道。我知道你们是为我而来，写文章有开头也有结尾，而结尾处往往会要给出一个答案，或者出现一个结局，所以我想回到唐市长来访的主题上来，送几句话吧。第一句话是不争不夺，远离尘嚣。为什么说这个话呢？官场的最大特点是欲望多、争斗多，做官的人要想平和不累，怎么办呢？有文化没文化要学会听话，得过且过太阳出来就暖和，有些矛盾和问题要睁只眼闭只眼。你在现在这个位置干的时间并不长，可你以自己的能力与人格造成尾大不掉的势力和影响，这个势力和影响会让人不放心的，也许你自己不觉得怎么样，而你周围的人会感到威胁和压抑，会感到不舒服不安心，特别是你常常挡着别人发财的路。这个位置权力大，但风险也大，是非太多。俗话说，退一步海阔天空。咱俩今天第一次握手时我看了下太阳，属于动时，另外你们注意到外面的鸟叫吗？那不是喜鹊声，而是乌鸦在叫，这当然在传递着一种信息，世事感应的信息。依我看，唐市长继续往上移动一个台阶的可能性不大，倒是要不了多久，你的具体工作位置可能要动一动。动了好，动了你就接地气了，因为你有这方面的经历和经验。哎呀，不要把自己的人生设计得太满太挤，要有些缝隙和空间。留一点好处让别人占，留一条宽道让别人走，留一点时间让自己思考。唐市长，我只是这样说说，不说这话，你心里不踏实，觉得没达到此行的目的。说了这个话，又是我没有根据的推断，所以呀你不要太往心里去，让时间和实践来验证。"

唐跃胜得到慧宁大师给出的答案，轻轻舒了口气，想说什么却欲言又止，他急于听到慧宁大师下面要说的话。

"我要送你的第二句话是，坐禅内省，慧己惠人。"慧宁大师开着玩笑，"这本来是我们这些人修行的功课，却让你们来做，我想这是一门大有裨益的功课。坐禅不是寺庙里人的专利，之所以要让僧人们坐禅，是要用这种方式让他们开悟见性，再逐步泛化成安身立命的生活智慧。《六祖坛经》中说，'外离相为禅，内不乱为定。'这是告诉我们不要被外在现象所迷惑所束缚，也不能被内在意念所误导所纠缠。内心里要保持冷静与平和，举止应做到自持与理智，心行相印，清净善美。"这时慧宁大师嬉笑着指指自己，"我自知六根不净，对世事会有抱怨，也就选择坐禅来调节修复自己。我建议你们坐禅的目的,不是像寺庙里这些人成天打坐诵经,而是希望你们面对着现实生活中的诸多现象,不是一味地拒绝、指责、咒骂,而是进行内在的反思与反省,透过生活和生命的现象,探求其内在的规律与法则,并在这个能动的过程中获得真知,得到心灵的安顿,实现精神的超越。以我这么多年的坐禅修行体会,禅不是乞求外在法力的工具,而是一种省察灵魂的方法,真的能运用好这种方法,定会提升精神境界,改善生命状态,增加人生智慧。人要在生活中修禅,在禅修中生活,从而达到拥有生活的智慧,享受智慧的生活。你们看看,把我的这些感受移到你们这些领导干部身上,能不能起点启蒙的作用呢?我觉得应该有的。"

牛茂俊回应着:"这是我第三次听你劝导做官的人坐禅修身,我早就照你说的做了,少吃酒、少应酬、少交际,多读书、多反省、多修好,这对我对于家庭可以说是受益无穷,我要把坐禅作为一辈子的功课。"

慧宁大师双手合十地一笑:"你的经验应当让更多做官的人学习效法。现在官场上的人心浮气躁惯了,宁可跑来跑去应酬交际,也不甘心静下来读点书、想点事,这种人表面上抛头露脸挺风光,也能捞到些好处,实际上内里空虚龌龊,我看你们不属于这类干部。你们别嫌我啰唆,我还要送给唐市长第三句话,这句话同时送给牛局长和郎秘书长,也是送给我自己的,就是'悟透乾卦,一生通达'。我是学习研究过《周易》的,虽然学得不精,也略知一二,我一生喜欢、崇尚、实践这个卦象。这个卦象的卦辞是'元亨利贞'四个字,不论你是单独看每一个字,还是把四个字连起来,其含义意境都是叫你真善美,让你的生活和人生既有良好的开端,又有完满的结局,有始有终。始和终是不能断开的,一旦断开必定是灾难降临。这些年有不少当官的人,特别是位高权重者,被削了职、罢了官,坐了牢、杀了头,他们这些人都有一个美好的开始,经历着辉煌的过程,可是他们却没有一个好的结局,不得善终,葬送了好端端的人生,好端端的事业，好端端的家庭。不能善终，万劫不复，教训太深刻了，完全背离了乾卦的意义。美好的人生与做多大官没有必然联系，不是一回事，想做官想做大官虽然不是坏事，但你的能力、你的智慧、你的操守都不够，就不要挖空心思巴结着往上爬，利用投机钻营手段往上爬的人，难免爬得高、摔得重的厄运。愿我们用乾卦共勉。"

唐跃胜刚要起身辞谢，慧宁大师仰天一笑："唐市长，稍坐片刻，我还有几句重要的话差点忘了。常有人问我，为什么念佛时要敲木鱼，而不是鸡呀鸭呀其他动物。我告诉他们，鱼是世间最勤快的生物，从不合目，从不休息，从不懈怠。如此勤奋还需要敲打，何况有欲望和惰性的人。可鱼从不考虑世人怎样看它。唐市长，不论你官职、位置怎样变动，都会有人说三道四，不要去理会，你不要用影子衡量一棵树的长短，也不要用传言评价看待自己的优劣，你就是你自己。"

唐跃胜一行依依不舍地与慧宁大师告别。回去的路上，三个人都沉浸在与大师交谈的情境之中。唐跃胜的一句话打破了宁静："我上五台山最大的收获，不是得到做官的秘诀，而是懂得怎样善待人生。"郎旭光感慨万端："听人传说这个大师那个大师，今天这个慧宁大师才是真正的大师，太有智慧，太厉害了。"

唐跃胜半真半假地逗郎旭光："怎么样啊旭光，对做官这件事还抱有什么野心和幻想？"郎旭光吭了一鼻子，"过去吧心里还稍稍有点想法和念头，今天经慧宁大师这么一指点，算是通灵了，可以说我内心深处六根已净，做大官、掌大权、做大事、得大利的欲望一扫而光，不复存在。就像鱼儿一样，自由游动，无为而作，既不刻意奢求什么快乐，也不压抑摆脱什么烦恼，有吃的就吃口，没有吃的就继续游，缘起随缘，不去强求。市长，你看我这认识水平怎么样？"唐跃胜会心地一笑，然后比量出两个大拇指。

牛茂俊却没急着说话，虽然是陪客人上山，但受同学之托总觉得自己身上担着责任。他寻思着，尽管慧宁大师对唐市长升迁的事从多个角度做了说明，进行了暗示，自己也听懂了，但不知唐市长会不会有不明白的地方，或者产生什么误会，于是，他转过头来试探性地问："唐市长，你这次上山来不知感觉如何，我算不算完成任务？"唐跃胜一口咬定："你是超额完成任务，我是意外得到收获，大师一语道破天机，他什么都说清楚了，我什么都听明白了，我顺从服从命运的安排，从此不再有任何幻想。非常感谢你和慧宁大师，你选个时间到松江来，我和旭光陪你游那芬湖。"听了这话，牛茂俊才把悬着的那颗心放下来。

第十三章

松江市委如期换届，唐跃胜果然不在常委之列。有为之惋惜的，有为其鸣不平的，也有幸灾乐祸的，绝大多数人则无动于衷。因为干部进进出出、上上下下那是常态，用谁都是用，哪个人进常委都能说出道理，不让谁进也有充足的理由，用不着大惊小怪。

对唐跃胜来说，面对这个结果也比较能接受，他知道自己为此付出的努力与现实结果之间成正比。特别是五台山归来后，更有了充足的思想准备，即使周围掀起些波澜，内心也还是挺平静的，他非常清楚，在这种时候这种情况下，自己要是做不了自己心态的主人，必然沦为情绪的奴隶，被不良的情感牵着鼻子走，不仅自己沮丧，也会被别人瞧不起，里外都不合算。此时此刻他真的把没进常委的事放下了，倒是很快就要到来的人代会让他心里有些不安，担心工作分工会有变化。他不是害怕改变分工对自己有什么损失，而是觉得先是没有进常委，接着分工又发生变化，这种变化之间的连带效应会让人对自己另眼相看，影响自己的威信。每当他为此而苦苦思考时，慧宁大师的暗示和告诫就在耳边响起：不争不抢，远离尘嚣，选对做官的方向。唐跃胜对选对做官方向做了具体分析，在政府工作的几大板块中，金融、文教、工业这几个方面自己都不是很熟悉，算是软肋短板，要是不管城建，就属农业和农村工作比较对路子,这大概就是应当选择的方向。作了这样的优劣分析,他的心境踏实平静多了。

临近两会,关于政府、人大、政协领导班子人事变动的信息,又沸沸扬扬地传开了,什么版本都有,还都挺靠谱的。至于政府领导如何分工却没有人关心。有一点是肯定和明确的,进了常委的范亚凤副市长一定是负责常务工作,位列政府二把手的位置。

那么唐跃胜给自己的定位是,在松江市的政治舞台上,自己是个拉帮套的配角,在松江市发展的大格局中,自己是枚不起眼的棋子,不论布局怎么变化,只需演好属于自己的那个角色。不久,唐跃胜心里藏着的那台戏鸣锣拉开了序幕。

一天早晨,唐跃胜刚进办公室,何劲的电话就打了进来,而且是亲自打的,让他过去一下,有事情商量。这个电话拨动了唐跃胜敏感神经那根弦,他从容地应对着。

他们两人在沙发上相对而坐。何劲略带笑容的脸上,透出一丝不易被察觉的尴尬。他把茶杯往唐跃胜面前推了推开腔了:"去年底召开的全市城建工作会议非常成功,各方面反映都很好。你不仅平时工作抓得力度大,会议组织得也很精彩。通过召开这样一个会议来提高城市建设和管理水平,无疑会有很大的推动和促进作用。"唐跃胜知道何劲给自己戴高帽,是为下面要说的话作铺垫,这是个引子和开场白,也就曲意逢迎地附和着:"这是市委、市政府决策得好,也是市长领导得好,我是按照要求做具体组织实施工作的,功在领导。"

何劲说了些客套话后,很得体地把话转入到正题上来:"跃胜,市里两会很快就要召开了,政府、人大、政协领导班子的人事变动你可能也听到些传说。咱们现职的几位副市长一个由于年龄原因要转岗到市人大,一个要调任省政府,需要增选两位副市长。按照市委报到省里的盘子,如果人代会上不出意外,副市长的人选初步定下来了。我和孔书记碰过两次,想把副市长的分工做点调整,让你分管农业这一块。咱俩今天交流一下，主要是听听你的意见，你要是有什么不同想法咱们再商量。"

唐跃胜想了想，既然是书记和市长商定的事，自己不好也不想再说什么，毕竟这已经是预料中的事了，于是爽快地答应下来："何市长，我的为人和性格你了解，在这些问题上我没有什么要求，服从市委、市政府的考虑安排。"

他话音刚落，何劲就接上话头："我就知道你是个心胸宽阔、以大局为重的人。说实在话，对于工作分工的调整我挺犹豫的，一直下不了决心。这几年你分管城建工作，思路清晰，重点突出，一些工作具有开创性，城市面貌发生很大变化。但是城建工作压力大、责任大、风险也大，难免会集聚一些矛盾，虽然这些矛盾不是由于你工作失误造成的，但你是分管市长，人们会不分青红皂白地把责任推到你身上。把工作调整一下，你不分管这项工作，那些矛盾和问题自然就消失和淡化了，这也是一种解脱。另外我想，松江是个农业主导型城市，工业商业都不够发达，农业和农村工作点长面宽，情况复杂。你当过县长县委书记，抓农业和农村工作心里有数，轻车熟路，有得天独厚的优势，是能压得住阵脚的人，由你掌控这一块我放心。"何劲把话说到这儿又转折了一下，"对你的工作做这个分工调整不是我个人意见，孔书记也赞成。怎么样跃胜，看看你还有什么不同想法？"

唐跃胜的脸上几乎看不出什么表情，自然中又有点木讷。他本来不想说什么，可何劲这么一问，又不能什么都不说，虽然刚才已经有了一个明确态度，但要是不做点回应，显得有点消极，就是应付也得说几句。"市长，我的态度是明确明朗的，一个领导干部服从组织安排是天经地义的，我不会在工作分工上挑挑拣拣，干什么都一样，政府那几摊子工作总得有人去做。这几年我对农村工作接触少了，有些陌生，那不要紧，在学中干，再说还有你为我撑腰把舵，这个你不用做什么思想工作了。担子往身上一压，自然就得快点往前走。"

何劲连连说道:"好好好,你如果没有不同意见,工作分工的事就这么原则上定下来,等人代会产生新的班子分工时,也就不再议这个话题了。"

唐跃胜走到门口又折了回来:"何市长,有件事我想和你商量一下。我这个人有恋旧的情结,现在是郎旭光副秘书长协助我分管城建这一块,相互间的性格、脾气、秉性都比较了解,工作时间长了就有了感情,有点舍不得。你看他是不是可以不动,继续协助我,这样工作起来也顺手。"开始时何劲心里咯噔一下,怕唐跃胜改变主意,提出其他要求,听说是这件事,他不假思索地答应下来:"行行行,这没有问题,就让郎秘书长继续协助你,不动了。"

唐跃胜回到办公室不一会儿,赵祥龙就跟着进来了:"市长,综合执法局局长和环保局局长都要向你汇报工作,你看时间怎么安排好?"

唐跃胜皱了皱眉头:"他们要是没有什么特别急的事,就等几天再说,我这里有些事要处理。"

赵祥龙看唐跃胜的脸色不太好,关切地问:"市长,你是不是身体不舒服?"

"身体没问题,是心里不舒服。唉,祥龙啊,你现在是副科级吧?"

"是啊,是副科级。"

"几年了?"

"四年。"

"有点亏你了。你这个年轻干部有思想有主见,工作认真负责,又善于处理各种关系,不能老当秘书,这有很大的局限性,要是有进步的机会,你是想留在办公厅呢,还是愿意到下面去?要是下去的话,是想选择城建口,还是到别的什么地方?"

唐跃胜提出的一连串问题把赵祥龙问蒙了,他根本没有思想准备,不知怎样回答好。他涨红着脸小心翼翼地问:"市长,是不是我哪里做得不好不对，你要调动我的工作，不让我在你身边？"

唐跃胜一看自己没头没脑打的横炮把赵祥龙弄紧张了，马上换了轻松的语调："你想到哪里去了，我是关心你的成长进步，不是要撵你走。你给我当秘书是称职的，我对你的工作很满意，可秘书当的时间长了容易耽误你们进步。这样吧，话我已经露出来了，你好好想想，回家和媳妇再商量商量，有什么想法就跟我说，别不好意思，我会为你考虑的。"

此时此刻，唐跃胜有颗忧郁的心，赵祥龙怀着颗忐忑的心。

赵祥龙走后唐跃胜把门扣死，把自己关在屋里，想静静地清理一下乱糟糟的心绪。他泡上一杯茶，看着茶叶在热水的浸泡下慢慢地将叶面伸展开，轻轻晃动一下玻璃杯，那些绿莹莹的叶面在水中悠然地浮动着，紧接着就是一股清香扑鼻而来。唐跃胜怕破坏杯中茶叶美好的姿态，端起杯来只在杯口轻轻地吸了一小口，又慢慢放回原处。他的思绪也像没有根的叶面在浮动。

从竞争市委常委未果到马上到来的工作分工调整，说明自己在官场上没有往前走，再上一个台阶，而是在原地踏步，要是按照逆水行舟不进则退的说法，这等于开始走下坡路了。再怎么想得开看得透，毕竟有个面子和自尊心的问题，社会各方面的人包括亲戚朋友会怎么看自己，人家嘴上不说，心里能不犯嘀咕吗？凡是挂出去的画包括那些名画，没有一幅是不被别人评价的，凡在官场上做事的人包括那些取得巨大成功的人，没有一个是不被别人议论的。虽然自己可以不在意不计较别人的议论和评价，但一个领导干部应有的自尊心是要保持的。哎呀，什么是自尊呀！它又来自哪里？唐跃胜搜肠刮肚地寻根求源。想着想着想出个大致的轮廓，自尊先是来自于别人对自己的重视和尊重，并相应地产生适应、满足、自信等情感。但从深层次上看，自尊心是靠主观努力争取来的，正所谓择善人而交得益一生，择善行而从积德修身，择善事而为福禄深厚。健康的自尊不是靠名声、地位和吹嘘、谄媚而来，一定是用自身的行为赢得的。不能在仕途上遇到挫折就妄自菲薄，每一个人都有自我实现的需要，做了官当了领导有着比一般人更强烈的自尊自爱的愿望。可是做官的路上不是自己一个人在走，而是一大群人在争在抢，在这个千军万马拥挤不堪的独木桥上，自己能够走多远，就量力而行地走多远，可能成为什么样的官，就应该知足地成为那样的官。自己所做的已经充分发挥了自己的潜能，也符合自身本性和内心道德，这是自我价值的体现，也是自尊的体现。

把事情想到这个层面，唐跃胜浑身轻松了许多，他觉得这个理是能够说服自己的。所有的事情都不止一个答案，当别人有一个或若干个说法和答案时，你不必惊慌失措，庸人自扰，只需耐心地找到一条辅助线，合理的解释会在辅助线的端点上诞生。这意味着唐跃胜能够以优雅平静的心态，去接纳和应对来自各个方面的冲击和挑战。

过了半个来月，市人代会结束，新的政府领导班子业已组成，人们很快就从报纸上和电视中看到了政府领导分工情况，唐跃胜分管农村工作，其中还包括民政工作和民营经济发展。

让唐跃胜没想到的是，工作调整自己没怎么样，家里人得到消息却沉不住气，找上门来了。那天下班后，唐跃胜早早回家，等着弟弟唐跃利的到来。不一会儿，唐跃利又风尘仆仆地登了哥哥的家门。他怕嫂子让他换鞋，事先买了双鞋套，上得楼来先把鞋套套在脚上，门一开就把脚抬起来："嫂子，你看脚上套了套，是新买的，弄不脏地，还挺好看的，就不换鞋了啊！"说着又用手把浑身好顿扑打，然后，把一个蛇皮袋放在门旁。哥俩刚刚在饭桌前坐下，李文漪又过来了，非要唐跃利去洗手，说饭前必须洗手。他不想也不敢犟，乖乖到卫生间把手洗了。说是洗手，连肥皂都没打，就用水把手冲了冲，也不擦，一边甩着手一边又坐下了，把水甩了一地。

哥俩见面自然要喝一杯。两人端起红酒，碰了下杯后，唐跃胜问弟弟："为什么事急三火四地赶过来，还非得晚上来？"

唐跃利的表情有些复杂:"不是我要来,是咱家的领导爸妈把我撵来的,没有事我敢随便来打扰你呀!我给你说哥,你不用害怕,我这次来不和你要地皮要项目,而是为你来的。"唐跃胜两眼盯着他,"为我来的?这话怎么讲?"唐跃利用手抹了把嘴,"你看咱妈那么大岁数了,大字不识几个,可她耳不聋、眼不花,头脑特别清醒,硬是从电视上看到你工作变动的事,我们都没看见。她这下不得了了,一天问我好几遍,说你是不是出了什么事了,要不然干得好好的,工作怎么就变了。我和她说,领导干部工作变动是经常的事,今天在这儿,明天可能又到那儿去了,在哪都一样,干什么都一样,用不着大惊小怪的。可她不信。我让她给你打个电话问一声,她又死活不打电话,非逼我来看个究竟。这两天闹心死了,我舅哥的工程还有不少事要做,哪有闲工夫到处跑呀!可不来不行,她成天嘟嘟囔囔催命似的。你看啊哥,咱哥仨,你在大城市里当官,高高在上,家里基本指望不上你,俺们也不敢指望你呀!弄个老三一丢丢到加拿大去了,真是一去无踪影,一年到头不回来一趟,他可省心了,家里就像没有这个人一样。就我在爸妈跟前,这才怪了,越是在跟前伺候越不得意,出力越多越不讨好,他们要是有点不顺心的事,净拿我撒气,火都发在我身上,想躲都躲不开。细想想,爸妈死活让我来看看,也是情有可原,他们不知道你这里的情况,生怕你出什么事,他们担心哪!正应了古语说的儿行千里母担忧那句话了。哥,你给我说实话,你是不是得罪上边了,人家让你把好位置让出来,安排个遭罪的活让你干?这么说吧,你得罪俺们这些小草民,那无所谓,最多是心里有气说点难听刺激的话,要是得罪了上边那可是要命的事,容易砸饭碗。你可别家里家里埋怨你,外头外头不得意你,里外你得占一头,名利你要得一头,可不能竹篮打水一场空。"

　　这唐跃利不管哥哥愿不愿意听,话就着酒,磕磕巴巴地说了一大堆。唐跃胜耐着性子也不插嘴,任由他说。李文漪这个当嫂子的也不多说话,哥俩爱说什么说什么,礼节性地陪他们吃了会儿饭,碗一推,告诉他们哥俩慢慢吃,看电视去了。唐跃利末了说的话挺逗的:"哥,你怎么不说话?净让我瞎咧咧。"他还倒打一耙。

唐跃胜手捂着酒杯口:"你问我怎么不说话,想说也没有说话的空当儿呀!你一句接一句的牢骚话、埋怨话、开导话,一勺烩了,乱糟糟的一锅。跃利,我这里工作好好的,你们倒坐不住金銮殿了,担的哪门子心哪!铁打的衙门流水的官,谁能老是固定在一个岗位上?动一动就有问题了?你回去和爸妈说,我这里一切都正常,别乱想瞎琢磨。我虽然没有太大的本事,但该有主心骨的时候能镇得住场,不该有的时候能心安理得地随遇而安,放心吧,把心放到肚子里。"

唐跃利乐了,端起酒杯自己干了。"哥,饭吃了,酒喝了,喝的还是红酒,情况弄清楚了,也得到了你的圣旨,我回去如实禀报。"站起来就往外走。

李文漪迎出来:"这时候你坐什么车走,要不就住这儿,明天再回去。"

唐跃利使劲咧咧嘴:"哎妈呀,谢谢你嫂子,你家这么干净,规矩讲究又这么多,我可不敢住这儿,正好赶十点钟的火车,什么事也不耽误。"他走到门口,用脚踢了踢蛇皮袋子。唐跃胜问:"里边装的是什么东西?"唐跃利斜着眼瞅了哥哥一眼:"咱妈让我带的瓜子和榛子,我还能空着手来啊,里面没有钱,放心吃吧!"说着,推开门扑哧扑哧往楼下走。

唐跃胜站在门口小声说:"鞋套,把鞋套摘下来。"

"知道啦!"唐跃利回了一声。

那些天,忙于工作交接的唐跃胜算是不理政务,不务正业,大部分时间用来应酬。

分管市长之间的交接很简单,就是相互作个情况介绍,他们又不管人财物,也不存在离任审计。可唐跃胜分管的城建口内的一大摊子人和事,可不容易一下子交接清楚,而且有些事情是他没有预料到的。

  郎旭光以政府副秘书长的名义，为唐跃胜举办了一个告别宴会，那也是他自己和大家告别。建设口的几位局长都参加了，有的还带着藏了很久的茅台酒。这是个礼节性活动，说的都是场面上礼节性的话，唐跃胜虽然感动，但他很注意把握这类活动的尺度和分寸，不让大家喝太多的酒，以免热血沸腾说出过格的话，要是传出去，是无法向别人解释清楚的。相互敬酒时，环保局局长林书泉拉着唐跃胜的衣袖小声说："市长，你虽然不再分管环保局的工作了，但我仍然是你的部下，你还是我的领导，于公于私都得关心支持我的工作。"

  "有什么事直说，别绕弯子，怎么婆婆妈妈的，快说吧！"唐跃胜催促他。

  "这事吧一言难尽，你只有亲自到我们局去一趟才能化解，局里的同志都想和你见个面，你就是环保局的大救星。"

  "大救星，哎我的天哪，你真能夸大其词，大救星小救星都出来了，我还有这么大的重要性？行行，既然你有这个要求，我答应你，一定去。"

  "这才像个领导样。"林书泉主动碰了下唐跃胜的酒杯，一口干了。

  宴会结束后，城建局局长陈鹏磨磨蹭蹭地和唐跃胜套近乎："市长，我和你说几句话。"

  "什么话说吧，还怕人哪。"

  "不是怕人，挺难为情的，反正是向你求救，你得给我点面子。"然后在唐跃胜的耳边嘟囔了几句。由于声音小，别人不知道他说了些什么，只见唐跃胜的脸一下换了副惊讶的表情。

  唐跃胜告别城建工作之前，要做一回大救星，因为有两个干部的不幸遭遇都和他有关。

  他第一个要拯救的是环保局办公室副主任李琴。

  三个月前，有关城市发起的江河湖泊环境保护研讨会在扬州市召开，并且规格挺高。松江有个著名的那芬湖，于是被组委会邀请参加会议，唐跃胜带领环保局的人去参加。本来环保局局长林书泉要去，因为一个重要的环保项目开工走不开，就让副局长万起和陪同唐跃胜一起去。唐跃胜外出开会一般不带秘书，他这个习惯大家都知道，为了方便起见，万起和让办公室派一个人，办公室副主任李琴就一同前往。

三十五六岁的李琴，单独看她的脸蛋并不觉得怎么漂亮，但要是把脸与曲线分明的身段组合起来看，就透出一股迷人的风采和魅力。

他们一行到了扬州刚住下，松江就来电话了，说省里有个重要会议一定要唐跃胜参加。唐跃胜连瘦西湖都没来得及游玩，马上打道回府。他这一走就剩下万起和、李琴两人。

民间组织的研讨会一般都比较松散，会上随意发发言交流交流，大部分时间是安排参观游览活动。到了扬州，瘦西湖、个园这些名胜是必须看的。

万起和与李琴虽然随团游览，但基本上是单独活动，一边赏景一边拍照，他们两人走在一起无拘无束地说说笑笑，还真挺招眼的。事有凑巧，松江市劳动局副局长黎东明带着一帮人以学习考察的名义，也来到瘦西湖游玩，两伙人在二十四桥景点不期而遇。他们中有的人熟悉，热情地打个招呼握握手，然后又各玩各的。只是李琴心里稍有别扭，觉得不应当在这种环境里与熟人相遇，但也没太在意。她万万没有想到，就是这样一个平平常常的邂逅，给她的仕途、人生和家庭埋下了祸根。

打探别人隐私，传播桃色新闻和风流韵事，成了许多人的生活时尚，他们需要刺激，需要那些乱七八糟的东西来填补空虚的灵魂，以获得快感。

万起和与李琴从扬州回来不久，李琴就隐隐约约听到了一点传闻，后来风声愈来愈大。李琴坐不住了，去问万起和听到什么动静没有？迟钝麻木的万起和竟一无所知。又过了些日子，一股夹着冰霜刀剑的邪风向他们俩猛扑过来，主题当然是围绕着漂亮女干部仕途升迁中的花边新闻，这对女干部太具杀伤力了。虽然粗粗拉拉的万起和没怎么在乎，但他明白，李琴作为一个女人可能承受不了这样的压力，希望林书泉以局长的身份做一点说明和疏导工作。

开始时万起和用各种方法劝说安慰李琴，没做亏心事，不怕鬼叫门，身正不怕影子斜。后来看到李琴脸上的红晕渐渐退去，人也消瘦得很厉害，他要挺身而出保护她，不能让一个好端端的干部无故受到伤害。他又找到林书泉说这个事："一同出去开个会竟掀起这么场轩然大波，这样下去会把李琴摧垮的。她在局里抬不起头，怎么和人相处，怎么开展工作呀！我看你我都得站出来说句公道话，起码得为她挡一挡啊，不能站在干沿上看笑话。"

林书泉把眼一瞪："看笑话，你说谁看笑话，谣言止于智者，可是现在妖风四起，你能挡住这股风吗，你能封住别人的嘴吗？唉，你说说，这样的事怎么向人解释，能讲清楚说明白吗？这件事和你有关，你就别撑硬汉挺身而出，又要向人解释自己的清白，又要和人论是非讨公道，你这不是引火烧身，自投罗网吗？我告诉你起和，你现在最应该做的就是老老实实把嘴闭上，他们说累了，自己觉得没有意思了，自然就停了。装彪卖傻，不声不吭，就是你对李琴最大的保护。李琴那儿我找她谈谈。"

李琴泪流满面地坐在林书泉办公室的沙发上，她站起来坐下，坐下又站起来，燃烧的满腔怒火压抑得她连话都说不成句了："局长，我是为工作和领导一起出去开会，他们这样望风捉影传我的瞎话，你能眼看着不管吗？这对我是不公平的，让我怎么做人哪！"林书泉看着她深陷的眼窝和明显发乌的黑眼圈，知道她内心受着怎样的煎熬。"李琴，现在安慰你、劝导你都不会让你解脱，但有一点你不要糊涂，我和环保局党组是信任你的。我在班子会上作为一条纪律提出来，要求大家明辨是非，不要跟着瞎搅和。局里绝大多数同志是理解你的，传播谣言的人毕竟是少数。从现在开始你不要再逼着万局长帮你说话，澄清事实，那不是越描越黑，越表白越此地无银三百两吗？他几次想站出来替你说话，为你洗个清白，是我制止了他，因为这样做不但不能起到好的作用，反而会使你们更加难堪。还是那句俗话说得好，让时间治疗创伤最有效。"

李琴哽咽着："谢谢局长对我的理解和信任，风刮起来煽不灭，我现在最担心最害怕的是这风声传到我爱人的耳朵里，他对我和孩子都特别在意，要是他真的听到了谣传，我就更难了，那是往死路上逼我呀。"说着双手捂着脸，哽咽着哭了起来，哭声是那样的无助和伤感。

这个话头倒是让林书泉警觉起来，自言自语地轻声说道："不至于吧！"那声音就在喉咙里头。

李琴抹干眼泪，悻悻地离开林书泉的办公室。

世间事的因果关系太复杂、太微妙，一种情况是有心栽花花不发，无心插柳柳成荫。还有一种情况是越是怕有鬼，鬼越找上门。鬼在敲赵正金的门了。李琴的丈夫赵正金是松江市客运公司的总经理，一次聚餐时，朋友泄露了李琴生活不检点、暧昧出轨的天机。一向沉稳的赵正金听罢怒不可遏，把杯子一推坐车回到家来，正言厉色地质问："李琴，你不是说自己有病吗？什么病，是怕你的丑行败露的心病吧？"李琴听到此话如雷轰顶，惊慌失措，憋了半天才哇的一声哭出来。"别人往我身上泼脏水，你怎么也不相信我？我是什么样的人你不知道吗？"已经产生偏见的赵正金是听不进这些话的，连李琴解释的机会都不给，他们开始冷战了。过了一段时间赵正金突然要和李琴谈谈。李琴有些喜出望外，以为赵正金回心转意了。那天两个人都按时下班回家，正准备做饭的李琴被赵正金挡住："不忙做饭，说完了话我就走。我是眼里揉不得沙子的人，咱们不要吵闹，也别让孩子知道。你好好考虑一下，要真的是咱俩的缘分尽了，就好合好散各走各的路，要是还能继续过下去，就做个亲子鉴定，这样对你对我对孩子都好，我等你回话。"说完把门重重地一摔走了。

李琴瘫坐在沙发上，两眼呆滞地望着外面黑乎乎的世界，她欲喊无声，欲哭无泪，面对从天而降的灾祸，真是心乱如麻，心如刀绞。丈夫给出两个选择，而不论选择哪一个都会深深伤害无辜的女儿，她才十一岁，怎能经受起这样的打击，弄不好会毁了孩子的整个人生。哦，还有第三条道，我可以用死来证明自己的清白与无辜。想到死，李琴不寒而栗地打了个冷战，全身心都被恐怖所笼罩。死虽然是一种解脱，可为了一个子虚乌有的流言去死值得吗？可不死就得承受离婚或亲子鉴定的蹂躏，全家人都跟着痛苦，那种折磨也是难以忍受的，我该如何选择，老天爷呀！精神有些恍惚的李琴水米未进，就那么眼睁睁地和衣躺在床上，她使劲地揪自己的头发，恨恨地问自己，女人长得漂亮一点、标致一些有错吗？当了干部的女人一定要出卖自己的身体和灵魂吗？此时她恨办公室主任，为什么让我出那趟差，是不是有意给我挖陷阱下套子？当然她最痛恨的是劳动局那几个无耻的造谣生事者，为什么要无中生有地污蔑伤害一个无辜的人。现在家里家外的人都在蔑视我，看不起我，而我又没有说话申辩的地方，只有选择死这条路了。哭累了，想累了，不知什么时候李琴迷迷糊糊睡着了，并且进入了梦境，一下从高高的悬崖上跌落下来。她啊的一声从噩梦中惊醒，双手捂着咚咚咚狂跳不止的胸口。李琴猛然间从床上爬起来，轻轻走到女儿房间的门口，怎么一点声音没有？噢，为了上学方便她住在姥姥家，房间里没有人。她眼泪涟涟地回到卧室，坐在梳妆台前，拿出笔和纸，写遗书。

一个有着好端端的家庭、好端端的事业、好端端身体的人要结束生命，决心难下呀！李琴咬着嘴唇写了撕，撕了写。向家人告别，向自己生活着热爱着的世界告别，这多么残酷而残忍。可是我在遗书里要向他们告别什么呢？只是说明自己是清白无辜的吗？吉林大学毕业挺有文采的李琴，竟组织不成一句完整的话。她顿悟到，这是上帝不让我死，写什么遗书，天无绝人之路，我要和命运抗争，我要好好活下去。

唐跃胜听完林书泉讲述的李琴落难的故事问:"书泉啊,这事虽然和我有点瓜葛,但我没有什么责任哪,我去了说什么呀?"林书泉哀求道:"市长啊,你是救苦救难的观音菩萨,行行好吧,李琴正在水深火热中挣扎,可怜死了。你以和大家告别的名义,把你们到扬州开会的事三言两语一说,把那层窗户纸捅破,就会云消雾散,一了百了。我们费事扒拉说一大堆话,也不如你轻描淡写说一句,你的话是真理,一句顶一万句。你要是不去说这个话,李琴得了精神病满大街跑,或者上吊自杀,那就完了,咱对不起人家呀!"

唐跃胜寻思寻思后说:"既然你说得这么严重,这么诚恳,那我就走一趟说几句话,又不是见不得人,不过起不起作用我可不能打保票。"

"你一张嘴说话,就显灵了。"林书泉贫嘴地为唐跃胜打气。

唐跃胜分管环保局工作好几年,第一次参加他们的班子会,而且是在这个时候为这么件事。那天会议的场面弄得还挺大,各个处的处长都来了。唐跃胜说了一些感谢大家之类的话,又对环保局工作好顿表扬之后,面部神情一下冷峻严肃起来:"舌头底下压死人。李琴的事我听说了,我今天来就是要为她说句公道话,把泼在她身上的污水洗干净。"他从包里拿出一沓文稿往桌子上一放,"你们看看,这是我和万起和、李琴大上个月到扬州开会的发言稿,是你们环保局为我准备的。本来三天的会,因为我要参加省里的一个重要会议,第二天就又赶了回来。他们两人参加了会议统一组织的参观游览活动,会议一结束马上就回来了,哪里都没有去,财务报销的飞机票据可以证明。这件事的毛病出在哪儿呢?如果我不提前回来三个人在一起,可能是风平浪静,剩下两人在一起就风起云涌。事情有那么简单吗?在这个问题上如果说有错,那先是错在我不该提前回来,留下他们两个人,而最不该的是他们在瘦西湖碰到劳动局那几个无耻下流的鬼男女。我估计今天就会有人把话传过去,你传吧,我正好要他们来找我,我会让他们无地自容的。你们都觉得我挺斯文的,可今天我要粗鲁一次说点脏话,编造传播李琴他们这个桃色新闻的人,是些不要脸的烂货、贱货、骚货,他们以自己肮脏的灵魂去看待揣度别人。那么在环保局将谣言传来传去的人,则是些狭隘卑鄙的小人。在座的有好几个女同志,要是只要男女两个人在一起就有问题,那么我可以断言,环保局里所有的人几乎都是地痞流氓,没有一个好东西,也包括我在内,因为我们每个人都有这样的机会和可能。可是你相信和承认自己是这样的人吗?话能这么说这么传吗?传播女干部的小道消息成了恶劣的社会风气,只要哪个女干部升迁进步了,一定会有人嚼舌头说人家来路不正,编造一大堆难听的话,这太无聊可耻了。万起和与李琴是书泉局长安排他们去工作,不是去游山玩水,不是平白无故出去的。我今天在环保局班子会上说了这么一番话,里边还有不干不净的骂人话,就是来辟谣,为他俩洗冤昭雪。过去的事就不再说了,从现在开始大家就不要再说再传了,要学会尊重人爱护人,尊重他人就是尊重自己,损害别人就是损害自己,善恶终会有报的。同志们哪,你输出的是灰暗,所收获的就不可能是阳光。"说着他看看林书泉,"书泉局长要我说的都说了,你也可以在适当的时候和全局同志说一下,也要和李琴的丈夫过个话,话说开就好了,别钻牛角尖认死理,难道一个副市长和环保局领导班子,还有这么些处长,为一个女人证明不够吗?别闹了,好好工作,好好过日子,好好地对待人生。"

唐跃胜为李琴正名的事很快在松江市传了个遍,据说第二天李琴上班的时候,脸上露出了久违的笑容。她和别人开玩笑:"俺家后院的火灭了,前院的花开了,严冬已经过去,明媚的春天回来了。"这话说得挺浪漫,还真是有点文采。

唐跃胜从环保局出来,马不停蹄直奔松江第一医院,去看望正在住院的城建局办公室主任马治臣。陈鹏和赵祥龙备好了水果和鲜花,在医院门口等候。

几个人一起来到神经内科病房。马治臣正躺在病床上打吊针，他看到局长陪同副市长来看自己，急忙张罗着要坐起来，陈鹏按住他："正在打针，别动。"马治臣激动得有些语无伦次："真不好意思，劳驾市长来看我。哎呀！我这个人总是不争气，关键口上老掉链子，净让局长操心。"

陈鹏安慰他："话不能这么说，在局里你是最能为我挡风遮雨的人，有什么破事烂事都推给你。你这个病就是活太多累的，我心里有愧呀！"

唐跃胜在床边的凳子上坐下："是我对不住你呀治臣，以前由于我和你们局长这层关系，咱们之间接触也比较多，你处事稳重，文字又好，我特别喜欢你、信任你，有些重要的文字材料就往你那儿塞，我知道你就是熬夜赶写我的述职报告发的病。"马治臣忘了手上有吊针，忽地抬起手，要做摆手的手势，可能是针头碰到肉了，疼得他哎哟一声："市长，不是不是，我主要是在修改局里的年终工作总结，和你要的材料没有关系。"然后他向唐跃胜讲述了那天晚上的经历：

吃了晚饭，我就坐下来修改局里的年终工作总结。这个总结写得挺好的，局长不放心让我再看看。改着改着冷不丁想起还有市长的述职报告没动手，我就把工作总结放一边，起草市长的述职报告。十点半来钟俺老婆催我早点休息，我顺口答应着，让她先睡，没完成任务哪能睡啊！经常加班加点，早就习惯了，她也不理我看自己的电视。我写东西精力比较集中，不知是用脑过度还是真的累了，眼睛开始出现重影，看字有些模糊，过了一会儿觉得一阵阵恶心，精神也有些恍惚，突然间觉得天旋地转，眼前昏暗一片，控制不了自己的身体，想抓住什么东西手也不听使唤，一下摔倒在地。俺老婆听到扑通一声，跑过来一看我躺在地上闭着眼睛，吓得连哭带叫问我怎么了，我的意识模糊说不出话来。她马上拨打120叫了急救车，和我儿子一起把我送到医院的急诊室，办理了住院。开始住在内科，第二天几个医生会诊后把我转到神经科来了。我挺纳闷的怎么弄到这个病房？医生说我患有严重的精神障碍。我心里咯噔一下，应该不会吧，怎么能得精神病呢？我告诉俺老婆，不要对外人说我住院，更不能说我精神不好，这病不能对旁人说。这几天没有人来，挺清净的。关键是那几个材料没弄完，还压在我手里，真急人。

唐跃胜握着马治臣的手："别着急，有病先治，工作的事以后再说。可能你已经知道了，我的工作也有了新的变化，分管农村和农业工作。这样一来，以后咱们的联系可能就少了，我也再不能不知轻重大小地给你加码添乱，让你心情不好。治臣，你不要紧张，这不是精神病，是由于工作压力大、精神过度焦虑造成的心智障碍，是暂时性的，休息段时间调养调养就好了。"

"哎妈呀，市长，你还懂医学呢，医生也像你这么说。可是市长，你千万别说给我加码添乱，那是你对我的信任，以后有什么材料需要我弄，就交给我，我保证让你满意。"马治臣精神放松了。

陈鹏在一边捂着嘴偷偷地乐，心想他是个老牌精神病号了，能不懂这点事。依照陈鹏的性格，以及和唐跃胜几年来的朝夕相处，特别是他们很快就要分开，不在一块儿共事了，他会用很快的语速说几句挺幽默的玩笑话。可他内心里与唐跃胜距离的拉大，不能不克制自己，玩笑话没敢说出来。

他们正说着话，马治臣的爱人丁桂玲送饭来了。丁桂玲是松江华晨集团公司销售经理，性格直爽，快言快语。当陈鹏告诉她唐市长来看马治臣后，她感谢的话说得不怎么亲热，稍有点生硬，听起来不太舒服，还把长得稍长的脸又往下拉了一块。因为她内心也有难言的苦痛，又不好说出来，那是夫妻之间的秘密。

社会生活中哪有什么真正的秘密。马治臣和丁桂玲之间不可告人的秘密，是他们自己捅出去的，传播的路线是，先是马治臣向陈鹏诉苦，陈鹏不经意间告诉了妻子苗小茜，苗小茜和唐跃胜的妻子李文漪好，李文漪知道唐跃胜也差不多都知道了。这个秘密就是马治臣和丁桂玲夫妻生活不和谐。

马治臣不到四十岁，丁桂玲小他三岁，两人都是正当年。按照三十如狼四十如虎的说法，二人的性需求都是很旺盛的，可马治臣满足不了妻子。他这个主任当的比较累，办公室专门负责文字综合的副主任相对弱一些，这样一来，他既要统筹办公室的全面工作，还要用相当多的精力管文字，凡重要的文稿他都要亲自把关。压力和压抑使他身心疲惫，久而久之造成性功能障碍，很长时间不光顾丁桂玲一次，偶尔有那么一次半次，也常常草草了事或半途而废，质量很糟糕。用马治臣自己的话说："我最怕办完事后听到俺老婆那一声哀怨的长叹，我也想把当年的雄风继续奉献给老婆，可不知怎的就是力不从心，一想这事就精神紧张，精神负担一重，到时候就败下阵来，形成了恶性循环。在这种情况下最好的办法就是不想少做，哎，这样一来就对不起老婆了。"了解马治臣的人都知道，善良稳重的他，对家庭非常有责任感，对妻子也很关心体贴，就这个事算是美中不足，让两个人感到遗憾，苦不堪言。虽然丁桂玲不明显抱怨，更不羞辱他，可马治臣从她的眼神表情以及肢体动作上，都读懂了，也就以守为攻，从不多言，甘拜下风吧。

丁桂玲第一次见到唐跃胜，她知道丈夫的病为何而起，可心里再不高兴也得装装，不能扔脸子给领导看。人家是副市长，来看看你个小处长算是天大造化了，于是就像卖关子似的对着陈鹏："局长，治臣的病是怎么得的你们当领导的都清楚，城建局离了他就不转了吗？能不能把他的工作换一换？他实在是太辛苦、太压抑了。他这个人实在还死要面子，你们也不能因为他好用就使劲用，不把他身上的油榨干不松手，鞭打快牛是出活，可那牛也完了。俺们也不求做大官、挣大钱，就想能太太平平地干点事，过个安稳日子。这要求不高吧，也没给领导出什么难题。"

"要求不高，不高。丁经理，我今天是陪唐市长来看看治臣，同时也告诉你们，局党组已经研究了，治臣的工作岗位很快就要调整，我们有个考虑，也想听听治臣的想法。"陈鹏用这话来打圆场。

丁桂玲一听，脸上的乌云唰的一下散了，由阴转晴，那笑容如同灿烂的阳光，献殷勤似的又是拿矿泉水，又要去洗水果。接下来便是两口子不停地感谢，那真是千恩万谢的，弄得唐跃胜和陈鹏挺不自在。

这时候马治臣的主治医生朱敏大夫走了进来，她用很甜美的声音告诉马治臣，为了缩短疗程，提高疗效，从今天开始要加大药剂量，可能会有一些不良反应，让他不要紧张。丁桂玲和医生熟了，怕怠慢了市长和局长，主动地向朱大夫做了介绍，相互握了手后，唐跃胜表达了对医生感谢的意思，并希望马治臣尽快恢复健康。笑盈盈的朱敏大夫还是小声小气地："马主任这个病的症状还是挺重的，好在他的心态非常好。治疗这方面的病需要打针吃药，但更需要调整心理和工作环境，再高明的医生只能治好一部分病，另一部分靠患者生命的意志来医治。医学的价值不完全在疗效的高低，而在于温暖的服务，唤起生命健康的迷失与彻悟。治疗神经系统疾病的原则是，有时是医治，常常是帮助，总是去安慰。希望领导能给马主任提供一个比较宽松的工作环境，尽量减轻心理冲击和精神压力。"

陈鹏马上应承："朱大夫说得对，我们一定配合医生，那就辛苦你了。"

朱敏大夫又是莞尔一笑："辛苦什么，还是你们当领导的辛苦。医生手里托的只是患者的健康，而你们当领导的手里托的是老百姓的幸福，还是你们责任大、操心多。"

陈鹏看看唐跃胜，笑了，笑得不大自然。

第 十 四 章

分管农业和农村工作的唐跃胜走马上任了。他和郎旭光一起,先是到省城,向分管农业的副省长报了到,又到省农口的几个厅一一拜访。回过头来,到松江市的四个县走了一圈,打打招呼见见面。拜完了各路诸侯神仙后,他和郎旭光坐下来商量研究开展工作的思路和办法。

那天郎旭光拎着茶叶袋进了唐跃胜的办公室。"市长,这是今年的新茶,来一杯。"说着自己动手了。唐跃胜看他的情绪挺好,边品茶边有些调侃地与他唠起了嗑:"旭光,你本来是栋梁之材,应担当大任,可屈就做了副秘书长,本来协助我分管城建工作,结果又随我到了农口。农口的活儿不比城建,成天往下边跑,挺辛苦的,你这是一步步走低啊。怎么样,是不是心里有些委屈?委屈也好,不痛快也罢,反正我是离不开你,你就算上了贼船啦!茫茫人海中,能有几个真心朋友?咱俩算一个,我是非常珍惜这份情谊。"

郎旭光吹吹茶杯的蒸汽。"市长,你这话不知是高看我,还是小瞧我。我一个普通工人家庭出身的人怕什么苦啊累的,其实我那点心思都装在你心里。一个人选择工作那就是选择领导,我到了这个年龄能和你走到一起,是件很幸运的事。什么分管城建分管农村工作,只是内容有所不同,和你在一起我心里踏实,心里痛快,不用算计,不需设防,上哪去找这样的好事?用慧宁大师的话说,咱们缘分到了。我追捧的信条是,宁给好汉牵马坠镫,不给熊包当祖宗。你就是我心目中的好汉。至于你说的那份真情,我会永远记在心里。"

唐跃胜仰脸朝天,张着大嘴呵呵地笑。"我就是摸透了你的心思,才向何市长求情把你留在身边,咱俩是心心相印啊。旭光,这些天面子上、程序上的事都做完了,下一步咱们该做实事了。松江市农村农业发展的大政方针,市委、市政府已经定盘子了,我们的任务和责任就是抓好落实。具体工作摆布我有这么个想法你看行不行,咱俩分下工,别老待在一块儿,我到下边跑的时候你别去,在家里守摊,掌控处理好上边方方面面的事,你坐镇我放心。要是有什么事需要你下去处理解决,我就在家里待着,这样可以保证上下两不误。"郎旭光满口赞成,他对唐跃胜可是言听计从。

虽然说隔行不隔山,领导工作有许多相同相通的地方,但生性谨慎为人低调的唐跃胜没有急着去烧三把火,踢开头三脚,开创新局面。当过县委书记的他深知开创农村工作新局面,不是件容易的事。他考虑最多的是怎样和前任副市长定的那些东西衔接好,不能轻易改变,更不能随意否定,要保持政策的连续性,保证工作的稳定性。有着丰富基层工作经验的唐跃胜明白,自己在分管农业工作这个岗位上能发挥的作用是有限的,从大的方面说,自己决定不了、也改变不了什么,是时势把自己推到这个位置上,而自己却造就不了时势,哪怕是职责权力范围内的事往往也左右不了。他心里清楚,从表面上看中国的官场是开放的,而实际上却是封闭的,所有权力都归为由体制机制决定的一把手。

当然,唐跃胜不属于随波逐流跟屁虫式的领导干部,他总是要在力所能及的情况下,做点有益于社会和人民而又属于挺格路、挺叛逆的事,或者试图去改变一些东西和事情。这样的事往往不讨好上级,甚至让顶头上司厌烦。

转眼春天到了,唐跃胜迎来了分管农业工作的第一个植树节。

中国人喜欢轰轰烈烈的活动和运动，连植树造林也是运动式的，到了植树节那天，各级党政机关全员出动，人山人海，红旗招展，车水马龙，浩大的声势非常壮观。但很少有人能把栽树的效果说清楚。在一些领导的眼里，组织大规模植树造林活动本身就是成绩，就是效果。

按照惯例，林业局半个月前就开始为植树造林制造氛围，做着各种准备工作。由于新来了分管市长，为了让领导尽快了解情况，林业局局长柳建铭搞了一个关于松江市近年来植树造林工作情况的综合材料，又搞了一个当年植树造林工作方案。唐跃胜看了这两个东西，心里大致有了点数，也产生了一些疑问，他要找柳建铭问个究竟。

柳建铭与唐跃胜是老交情，虽然以前不在一条战线工作，但二人的来往还是很密切。柳建铭是典型的学者型干部，做事严谨认真讲死理，较少灵活变通，是不太招上级喜欢的主儿。他常说的口头语是："官帽拎在领导手里，让我干干两天，不让干我去搞业务。"这样的性格气质与唐跃胜有点相似。

以往的植树造林基本上是程序化的，不用费什么脑筋，比照往年的做法依葫芦画瓢就行。今年的植树节要不要有点什么创新，弄出点新花样呢？唐跃胜和柳建铭两人在悄悄策划。说是策划，实际上是在算账。柳建铭向唐跃胜报了个账，也算揭了个谜底。松江市包括几个县，党政机关每年植树造林要投入资金一千八百多万元，而树的成活率不足四成，实际上投入的大量资金打了水漂。听着这些数字唐跃胜坐不住了："那你为什么不向市里说明，还听之任之地胡闹呢？叫我说你这是失职，叫渎职也行。"

柳建铭气哼哼地死死坐在那儿不动："市长啊，你扣的这顶帽子我可不戴。我不是犯自由主义背后说领导，俺原来那个头范亚风他听吗？他只管对上讨得好印象，我们的建议他根本听不进去，我也不能隔着锅台上炕直接和市长说呀，那不等于告他的状吗？为这事我们发生过争执，我差点儿都说粗话了。不管怎么说小胳膊拧不过大腿，我用尊重纳税人的钱来说服他，他用市长、书记需要政绩来压制我，我不举手投降还硬顶着找死啊！"

唐跃胜喘着粗气："再怎么要政绩，也不能这么不管不顾地祸害糟践纳税人的钱哪，这可都是血汗钱呀！建铭你可是读书人出身，又是高级知识分子，古人说书生留得一分狂，专家学者型领导干部总得有和一般干部不一样的地方，有点个性，有点棱角，有点风骨，当了官的人要是都一味的乖巧、温顺、圆滑，即使职位升得挺高，那也是精神的侏儒，不会令人敬佩的。"

柳建铭站了起来："市长，你看我这个局长当的，基本上就是个牌位，心里别扭死了。去年植树造林节我碰到了经委主任杨占福，他迎着小北风挖苦我，你小子少干点缺德事儿吧，我们那些企业没日没夜地拼命挣钱，你倒好丧心病狂地乱花钱。你这一天下来，够二十多个企业忙活半年的了，你糟蹋的这些钱是工人们一分一分挣出来的，真是崽花爷钱心不疼，你就等着报应吧。他表面上是和我开玩笑，可那也是他的心里话，我能听不出来吗？这些话刺激得我都快发神经了，跳楼的心都有。人家挣钱我花钱，得把钱花在点子上，花在正地方。我女儿经常说我精神不健康，有心理障碍，劝我少操点心。可我就这么个熊样，爱在背地里操那些不会有结果的心。我总结了，总是去干些无功或者有副作用的工作，最容易产生心理焦虑，焦虑时间长了，精神和心理障碍就跑来找你。我在家里要是有点什么不高兴的事，有点不愉快的表情，俺老婆就数落我又犯神经了。我吓唬她，这话在家里说说可以，到外边可别乱讲，让上边知道我有神经病，这个局长就当不成了。市长，既然你在植树造林上有这么个态度，我算是遇到透亮的主了，今年咱俩就做一回离经叛道的人事，反正我是个姥姥不亲舅舅不爱的人，冲锋陷阵的活我来干，你给我当后盾，天要是塌下来你帮我扛个角就行。"

唐跃胜拍拍他的肩膀："我比你个儿高，天要是塌下来我先顶着。

咱做的不是伤天害理的缺德事，天会助我们的，塌不下来。"

动了一番心思后，柳建铭把植树点选在离市区较近的一个荒山坡，按照从简的原则组织落实植树造林的所有事宜。四大班子领导被安排在一块比较平坦的地方，各委办局的地段大都是乱石岗，活干起来挺费事的。

唐跃胜和柳建铭自然是在四大班子领导那群人里面，时不时地向领导介绍个情况。何劲一下车就感到气氛和往常不大一样，有些冷落的感觉，山坡周围没有插彩旗，山上的人也不多，显不出气势，他心里老大不高兴。等上得山来，看到已经挖好的坑的旁边放的都是一米来高的小树苗，立马做出一个判断，今年的植树节被改革改造了，是在减肥瘦身，这一定是两个气味相投的人走到一起演的双簧戏。市长对自己的部下是了解的，他让秘书把柳建铭喊了过来，绷着个脸问："国家和省里对植树造林有什么新精神新要求吗？"

"没有哇。"

"既然上级没有新精神，植树造林活动怎么变了味改了调呢？"

"没变没改，还是按原来的办法做，就是规模稍微小了一点点。"

"为什么要缩小规模？"

柳建铭看市长步步紧逼地追问，不能简单地一问一答了，需要给他一个合理的解释。"市长，是这么回事，我们考虑今年的财政比较紧张，在植树造林的预算上稍压缩了一下，党政机关栽树主要是起对社会的影响和引导作用，还真的能指望机关栽多少树呀。市长，我们这都是为你着想，想在这旮旯帮你省点钱。"

"你真会说话啊，为我着想，帮我省点钱，心眼真好使。你看看这么个阵势能对社会形成什么影响，产生什么引领作用？你是不是想来应付市委、市政府？"何劲说着用力把铁锹往树坑里一撞，"你明明知道松江正在争创省绿化先进城，来这一套不是要给我和孔书记下绊子上眼药水吗？你别以为耍小聪明玩障眼法我不知道，这几年你就在算计植树造林这件事，有人挡着，一直没鼓捣成，这下机会来了，终于如愿以偿了。看来你是我的克星，专门和我对着干。"他还要往下说，柳建铭却大不敬地打断了他的话："市长，我觉得你把话说重了。拍拍良心说，我这么安排没有一点要为个人谋私利的企图，没有一丝要往你脸上抹黑的坏心眼，要是哪些工作没有做好，市长尽管批评，我们注意改进，但要是把工作上的事说成是个人之间的恩怨，我觉得不太合适。"

大概何劲自己也觉得话说得重了些，就把口气缓和下来，但说出的话却更刺激人："你的一双眼只盯着钱是不是？按照你的逻辑，你当局长的心疼钱，而我这个当市长的没有觉悟，是个乱花钱的败家子？我告诉你柳建铭，一个局长官也不算小了，要有大局意识，要有政治眼光，要有辨别能力。物质和精神具有统一性，但有时物质和精神却是相分离的，这时候就不能把物质和精神完全摆在一个平面上。一个没有政治嗅觉和判断力的人，会净做蠢事傻事糊涂事。"说到这里，何劲疑惑地看看柳建铭。"你今年五十七八了吧？"

柳建铭见何劲问自己的年龄，知道他是醉翁之意不在酒，也猜出了他要往下说的话，倒不如自己先说了痛快。风吹得他眼泪流出来了，他用手套擦擦眼："市长，你真好记性，我今年五十七周岁，再混两年就到头了。我这是在站好不说最后也是末尾一班岗，随时准备退休退二线，那样我就省心省事省力了。我现在没有那些杂七杂八的乱心思，就想老老实实、扎扎实实做点不违背良心、不被人骂的事。"

何劲没想到柳建铭会扔出这么一串硬邦邦的话，这不是来堵自己的嘴吗？他心里琢磨，一个随时准备交出权力、退居二线而无所求的人，就等于死猪不怕开水烫了，话说多说重了反而会形成反弹，真的可能不给你面子，让你灰溜溜的，于是就顺坡下驴："是啊是啊，谁都有退居二线退下来的那一天。你得注意身体呀，今年林业工作的任务很重，你可不能偷懒耍滑，创建绿化先进城我可指望你啊，你得哈哈腰把红旗给我扛回来。"

何劲和柳建铭唇枪舌剑般的对话始终声音不大,周围的人只见他们比比画画地在说话,可没听到说些什么,还以为柳建铭套近乎向市长汇报工作呢。

柳建铭离开何劲,迎着风口站着,从兜里掏出烟点上猛吸起来,三口五口就把烟吸了一大半,然后把另一半扔在地上,用脚狠狠地拧了几下。他觉得自己怒火中烧,嗓子眼和鼻孔有一团团火向外喷射,要把自己烧焦。

何劲和柳建铭两人说话交谈的这个插曲,唐跃胜看得清清楚楚,心想柳建铭肯定挨撸了,暗暗替他叫苦,自己却不能也不便说什么。唉,官场有时是没有是非界限的,功在上,错在下,弄不好我分管农业工作后打的第一炮是哑炮臭弹。

不大一会儿柳建铭拎着铁锹走过来,唐跃胜开他的心:"我看你和市长谈笑风生,春风得意啊。"

柳建铭摘下手套,使劲捏把鼻涕:"还春风得意呢,简直是寒风刺骨。大老远看俺俩说得挺亲近热乎的,实际上那是冤家对头,逢场作戏。"

他俩正要说下去,电视台的记者扛着摄像机赶过来要采访,唐跃胜扭头就走,把柳建铭扔下。心里不痛快的柳建铭再三推辞,记者不依不饶,柳建铭一看实在推托不掉,就两手挂着铁锹和记者聊了起来。

何劲有个习惯,凡电视里有他镜头的节目都是要看的,他挺愿意自我欣赏,这也是一种成就感。当晚他请客人吃饭,等送走客人就回到办公室,打开电视看松江新闻。市主要领导参加植树造林活动肯定是头条消息,他看看不大出彩的画面感到索味寡淡。电视里突然出现记者采访林业局局长柳建铭的镜头,说要对植树造林实行市场化改革。电视的一过性,何劲没完全听懂那句话,但市场化改革这个意思是清楚的。他调小电视声音仔细地思量,在林业系统进行市场化改革,这是个大动作,我怎么不知道,难道这是唐跃胜和柳建铭自作主张策划的？一个重要改革措施的推出不经市委、市政府研究批准，事先也不报告，就自作主张地公开在媒体上宣传发布，这是违反政治纪律的，也太胆大妄为了。他让秘书找电视台台长，立即把当日新闻节目的录像带送到办公室来，然后反复好几次查看柳建铭接受采访时说的那句话。他越看越来气，想拿这件事好好修理修理这个敢抗上的刺头局长。

柳建铭接到电话不大一会儿就赶到市长办公室。何劲让他坐下，什么话也不说，放起了新闻录像带，等播到记者采访他的镜头时画面定格了。柳建铭不知市长的用意，不敢开口说话，怕对不上点，就一声不吭地坐在那里，等待何劲问话。何劲有意轻咳了两声："建铭，这是今天植树造林时记者采访你的镜头，其中有两句话让我很吃惊。"柳建铭一听这话立马紧张起来："我说什么错话了让市长不高兴？"

"我仅仅是不高兴吗？而是愤怒，我再放一遍你听听，要对林业和植树造林进行市场化改革，怎么，林业局要和市委、市政府叫板搞独立王国吗？在一个行业搞市场化改革，这是个大事，你连声招呼都不打，竟敢在媒体上公开发布。背着市委、市政府搞改革，你的胆量魄力不小哇，真就不把我这个市长放在眼里，你的改革方案在哪里呀！"

柳建铭紧张得满头是汗，话说得有些磕巴："市长，我不是这么说的，更没有背着市委、市政府搞什么改革，就是借我几个胆儿也不敢啊！"何劲一拍桌子："柳建铭，你这张嘴真硬啊，电视你没看到还是自己说得话没听到？到了这个份上还打马虎眼，是不是有点不自量力了？电视在那儿，你再好好看看。"

柳建铭不敢应声，拿起遥控器战战兢兢地打开放像机，自己被记者采访的镜头又出现了。他屏住呼吸仔细听着说话的声音，用力辨别着前言后语所表达的意思。反复看了两遍，他终于找到能为自己辩解的根据了。他迫不及待地走到何劲身边："市长你误会了，我当时说了好几句赞美市委、市政府的话，关于对植树造林实行市场化改革这句话,前面有个修饰词,将探索对植树造林实行市场化改革。我说的是将探索,而不是要进行改革,这只是一个设想。我们哪敢不经过市长同意就随便搞改革呀。"他边说边用手擦拭额头上的汗。

何劲听柳建铭这么一说,就又看了一遍录像回放,还真的有这几个字眼,要是加上这几个字意思就完全不一样了。他责怪自己怎么粗心不听仔细点呢?柳建铭看到何劲有点尴尬的表情,估摸他是要找个恰当理由和话语给自己下台阶,就不咸不淡地笑笑:"市长,我当时说话有点快,不仔细听还真容易理解成你说的意思,以后可不敢再接受记者采访了。这事我得吸取教训。"何劲果然借梯下楼:"在林业系统进行市场化改革不是那么简单的事,涉及权力和利益的再分配、再调整,非常敏感,你们即使有这方面的积极性,也要搞好调研论证,拿出切实可行的改革方案,不是你们林业局也不是你柳建铭想怎么改就怎么改,想怎么办就怎么办,这可是政治纪律,也是对你政治素质的检验。市里决定改革的事,你们要敢于往前冲,积极探索研究,别推三阻四的;市里没有下决心要做的事,你们要和市里保持一致,即便想要搞一些探索性的改革创新,也要谨慎些,不能异想天开,免得犯错误。"

何劲之所以用这种不软不硬的语气收口,他是有另外一种考虑:柳建铭改变植树造林打法的幕后指使者,一定是唐跃胜。但从本质上看,满脑子新主意、满肚花花肠子的唐跃胜不是为了谋私利,也不是调皮捣蛋和自己过不去,而是一边出于公心,压缩节约资金,一边显示自己与众不同,也与以往不同,想通过这些事情为自己提高身价赢分,这是可以理解的。

柳建铭狼狈地逃离市长办公室,坐在车里回味着何劲的话。市长真不愧为政治家,太能随机应变,太善于自我防御,他总能以合理的方式把自己的错误失误归咎于他人,或者把自己的欲望和焦虑转移到别人身上,这是多大的本事和能耐,我是学不会呀。今天这个事算蒙混过了关,谁知道磨道赶驴蹄,还能找自己什么岔呢?

回到家来，柳建铭无精打采地坐在沙发上，不断吐着烟圈，好像要用一圈一圈的烟雾把自己的心事罩起来。妻子艾欣凑过来："这么晚到市长那里挨狗屁呲了吧！"柳建铭唉声叹气地向艾欣述说了白天夜里发生的事情。

艾欣是个街道的副主任，在基层工作时间长了，养成了泼泼辣辣、快人快语的性格，有时说话口无遮拦。她一屁股坐在柳建铭的身边开始数落起来，而且声调拔得挺高："你说啊，领导本来就不得意你，植树造林又不需要改革创新，你照猫画虎推着干不就得了，搞什么花花肠子。"

"你知道什么呀，照以前那么弄太浪费，我心疼那些钱。"柳建铭有些不耐烦地解释。

"哎妈呀，还唱起高调来了。真笑死个人，你说你嘚瑟个啥呀，那钱是咱家的呀，书记市长不心疼钱，你操哪门子心哪，省下来的钱是给你几个还是给我几个？建铭啊你识点相吧，这个年头好心不得好报。你为市里省了钱，可讨出好来了吗？你说你的好心是上边领导领情还是下边老百姓知情？那就是好心赚了个驴肝肺，以后可别干这傻事了，都快退休的人了，把身板养得好好的，熬个好老头，那才是正儿八经的事。唐市长愿意闹腾新花样让他忙活去，你别跟着瞎哄哄，到时候打不着狐狸惹身骚。你们是河沟里的泥鳅，掀不起大浪。"

柳建铭不爱听这话："你这老娘儿们说话太呛人，还带股臊味。我是个倒霉蛋，你怎样贬低埋汰我都行，可别错看了唐市长，这么多年交往下来我能认不出个好歹人？在松江的官场上我是挺敬佩他的。他是有内涵、有眼界、有胸怀的人。一个领导干部要是有了境界，就能讲出高远的话，有责任感的话，大气的话，唐跃胜就是这样的领导干部，属于上乘。说好听点俺俩是志同道合，要是拣难听的话说，那叫臭味相投，合穿一条裤子都嫌肥。他的能力和为人当市委常委那是绰绰有余，可被挡在门外，人家一不怨二不恨，照样干自己的事，就这胸怀都够我学一辈子的。今年的这个植树造林，俺俩一策划为松江省下差不多一千万了，这是个小数吗？你说说这是不是在做善事积厚德？你呀大小也是个领导干部，街道的事也是千头万绪，做事不能光凭要讨谁的好，要讲做人的良心，要讲职业道德。实际上每个当官的人都有价值体系，其中怎样认识看待处理自身名利得失的价值观念，是这个体系的核心，在如何对待个人得失问题上最能判断出一个领导干部的优劣。换句话说，任何一个领导干部都不能没有正确的价值观。我和唐市长的最大问题是，价值观没有大问题，但缺少自我保护和防御，这个教训值得汲取。我还是那句话，我们的出发点和价值观是没有毛病的。"

这一席话说得艾欣没有词了："你在给我上课呢？还一套一套的。也许你说得有道理，但不管怎么说你得有适应社会环境的能力，让自己在不受伤害的情况下生存下来，别让人拿你当彪子耍。"

柳建铭不想再和艾欣争辩，毕竟她说的也有道理。社会生活中的理往往有多重性，从不同的角度、用不同的方法能看到不同的理。他回到房间想睡觉，可一点睡意也没有。柳建铭平时很注重锻炼身体，睡眠一向都很好，可是今天出了故障。他一支接一支地抽烟，一遍又一遍地考问自己，植树造林采取的举动不是为个人争名争利呀，这都多大岁数了，还图什么名啊！再说了省了这么多钱，自己没往兜里揣一分，那是为什么呢？不就是想多做几件对松江市、对老百姓有利的事情吗？不管上边领导领不领情、买不买账，不管社会和老百姓知不知道、明不明白，反正这么做有良知、不缺德。他又从烟盒里抽出一支烟，刚要点又把打火机熄灭，何劲问他多大岁数的情形又闪现在眼前。这句话所传递的信息虽然不难猜测，但具体指向却不明确，是要我辞职？工作上造成一般性失误，相互间出现意见分歧和不协调，还达不到让人辞职那样严重程度。要么想把我调离，这么大岁数了还动啥呀。可能性最大的是让我退二线，自己明年就到了这个线。虽然退居二线就是交权，对自己这个不善用权的人来说又不算失去什么。想着想着怎么有牙疼的感觉,而且越来越明显,他打开抽屉想找止痛片吃,扒拉半天没找着,想过去问问艾欣,听她熟睡的声音不忍心打扰,算了坚持到天亮再说。俗话说,牙痛不算病,痛起来要人命。这一宿他是忍着牙痛熬到了天亮。

柳建铭一起床就捂着腮帮子约唐跃胜在办公室见面。

唐跃胜一看柳建铭的左脸腮肿起来了,又心疼又愧疚:"建铭啊,这股无名火把你的脸吹肿了,都是我惹的祸,你看我能为你分担点什么?不是有那么句话吗,幸福的事要是有人分享,就变了更多更大的幸福,而不幸的事要是有人分担,就会减少降低痛苦程度,我想为你分担点。"柳建铭把昨天从早到晚发生的故事都搬了出来,说到动情处眼里闪动着泪花。他喘了口粗气:"都这么大岁数了图个啥呀,我真有点屈得慌。"唐跃胜想安慰柳建铭,谁遇到困难和不幸的时候都需要同情和安慰,适度的同情可以拯救他的意志,激励他的精神,唤起他的信念。可是,任何不当的同情反而都会让人意志消沉,自尊心受挫,同情和安慰成了廉价的怜悯。为什么人们喜欢"莫斯科不相信眼泪"这句话,那是在强调,人可以痛苦但不能崩溃,受伤的人不能自己倒下,而给予同情的人要把握尺度。于是,他也喘了口粗气:"唉,你有委屈我有委屈,官场上的人哪个没有委屈?各有各的委屈呀,只是每个人委屈的内容和程度不同罢了。怎么办?忍一忍吧。用官场上的话来说,就是学会忍让妥协,得熬得住。当遇到不顺心的事,特别是不公正的事,有时需要说出来发泄一下,有时候就得熬住咽到肚子里,毕竟我们都不是在为自己谋私利、捞好处。是善事自己不用扬名,是恶行早晚逃不了惩罚,你信不信?"

柳建铭似信非信地看看唐跃胜:"论工作咱俩是上下级关系,论交情咱俩是无话不说的好朋友,论年龄我比你长两岁,我愿意把心窝子里的话掏给你。我早知道市里的几个领导看不惯我,这次的事虽然不算犯错误,但在领导眼里那是比错误还严重的大不敬,要是以人划线我更不到他们的圈子里。人家不得意我,可我偏偏把自己拴到你这条船上来,从现在开始我大概没有什么好果子吃。如果有可能,我主动要求退二线,你看怎么样?"

其实唐跃胜也想到了这层,他看柳建铭有了这么个明确态度,话也说得干脆,自己的话就好说多了:"建铭啊,满打满算你还能干两年,现在有退居二线的政策,要是能到二线上来反倒是个好事。你我都是本性难改的料。"说来也巧,就是在这些事情上,他们两人也是一拍即合。

送走柳建铭,唐跃胜连口水都没喝,坐在办公椅上半天没有动弹,他在深深地自责:我这是做的什么事呀!由于自己的自负与冲动,把一个正直善良的干部推到了风口浪尖上,弄得他到了进退两难的境地,让他在这个年龄段上还要挣扎着去做没有什么意义的选择,这不等于给他的人生加上沉重的包袱,给他的精神套上羞辱的枷锁吗?真是对不起朋友,对不起人家呀!他握着拳头用力砸着桌面,发出咚咚的声响。这是在为柳建铭鸣不平,而实际上他更是在追问自己,我们生活着的这个社会到底有没有公正和正义,到底有没有真与假、是与非、好与坏的界限?要是有,是到法律那儿去寻找,到民众那里去寻找,还是到权力那里去寻找?想到这里,唐跃胜昏昏暗暗的胸膛里似乎挤进一丝光亮。唉,至少是现在,很大程度上是权力规定着、左右着那些问题的界限。哎呀!自己太幼稚了,太感情用事了,太自不量力了。

唐跃胜噌一下拉开抽屉,把前些天柳建铭送来的关于林业管理市场化改革的初步设想的报告拿了出来,看着看着就像触摸到他那颗纯洁无私的心。如果松江市的林业工作按照这个改革思路推进,将会有突破性的进展,还能产生一定的示范效应。可是这个方案是领导不喜欢的人提出来的,那里有再好的建议、办法和措施,也不会受待见,因为领导压根就不喜欢这个人。我自己呢,和柳建铭是一路货色,同样属于鸡肋式的人物,想用你心不爽,抛弃你又觉得可惜。中国的改革需要民众的创造,但归根结底是由上而下推动,树根不动树梢再摇也白搭。算了吧,别没事找事了,自己左右不了大局就别去蹚浑水,得过且过对人对己都没坏处。他拿起笔在文头空白处写了四个挺醒目的字:永久封存。然后把这个报告锁在文件柜的最里边,意思是说你就永远在这里待着吧,没有人会青睐你的。

植树造林事件后半个来月,林业局接到审计局的通知,近期要进行例行性审计检查。办公室主任齐斌把这个通知报给柳建铭时,他毫不犹豫地在上面批示:请有关方面做好准备,为审计工作提供方便。

所谓例行性审计检查,就是审计局每年都要对一部分政府职能部门的资金使用情况做专项检查,以免出现问题。在柳建铭眼里这是一项常规性的工作,为了避嫌,他甚至对班子成员和财务部门都没有一句特别嘱咐和交代,更不会在审计之前搞点什么小动作。

当天晚上审计局局长曹厚良给柳建铭打电话,解释为什么这个时候安排到林业局审计,还说了些客气话。柳建铭知道曹厚良是市长赏识的圈里人,不想多说什么,不冷不热地应付着。"你老兄是履行公务,用不着和我打招呼,你这么一解释倒像是公事私办似的。我和办公室都交代了,你们随时都可以进来,我们会很好地协助你们开展工作。"

这又是一个无巧不成书。柳建铭半年前和三峡的一个经营林业的公司商量过合作的事,正好这时候要去签协议。唐跃胜提醒他能不能缓几天,等审计完了再去,别让人说闲话惹出是非来。犟眼子的柳建铭不肯:"和那边已经定好了,我又不怕审计,他审他的计,我干我的活,井水不犯河水。"可社会中官场上总有拨弄是非的人。柳建铭出差不是有意躲避什么,而是在做原来计划好的事,他原本没想到这个时候来审计。一个要审计,一个要离开松江出差谈生意,把这两件事搅和在一起,那说道就多了。结果还真是这样,审计工作组刚刚跨进林业局的门,外面的风言风语骤起,说林业局局长柳建铭害怕吓跑了,有的说得更邪乎,说他携巨款畏罪潜逃,公安和检察机关正在追捕。

消息传到何劲那里，他将信将疑。虽然不太得意柳建铭这个人，但对他的为人还是信任的，就给唐跃胜打了个电话："你知不知道柳建铭为什么在这个时候离开松江，能是畏罪潜逃吗？"

"市长，柳建铭出差我知道，他是到南方签订一个林业合作项目，时间也是原先商定好的，不是因为审计有意躲开。"唐跃胜解释道。

"他这个人真是怪呀，早不出差晚不出差，审计局要审计他出差，就不能等几天吗？要出差你就别让审计局进来，人家来了你这个当局长的就别走，那个合同晚几天签天能塌下来呀！你马上通知他，他心里要是没有鬼，就马上回松江配合审计，松江不少那一个合作项目。"电话里何劲说话的语气挺重。

细想想真是那样，林业局局长被审计吓跑的传闻要是传到上边和外边，确实成了爆炸性新闻了，让整个松江市都跟着蒙羞。

唐跃胜放下电话，一股内火冲上脑门，市长说得有道理，审计工作需要一把手的配合，其实审计审的就是掌握财权的一把手，在这个时候出差谈合作项目鬼才相信呢。他马上拨通了柳建铭的手机："建铭啊，你畏罪潜逃的谣言传得松江快家喻户晓啦，何市长问我你为什么要在这时离开松江，我做了个解释。审计刚开始，有没有问题我说不清楚，你赶紧回来灭这个火。"

电话里传来粗暴的骂声："谁畏罪潜逃？放他娘的屁！哪个乌龟王八蛋造我的谣？唐市长实话告诉你，我柳建铭经得起审计，别说市里就是省里国家来审计我也不怕，你放心，经济上我没有任何问题，我敢打保票，敢对天起誓。"

唐跃胜的手微微有些颤抖："你不要啰唆说这些没用的，也不用对我发咒起誓，你向何市长打保票去，你向松江老百姓解释去。做事要讲前因后果，你这次出差本来就不是个时候，我提醒过你，可你犟得像头驴似的。我给你说两句话，你要立即给何市长打个电话，说明这次出差的原因，他说什么你都听着，别再节外生枝了，市长过问这件事也是出于对你的关心。再就是放下签订合同的事,没有这个合作项目,松江照样存在、照样发展,你用不着杞人忧天。你要是觉得自己没有问题,立即买最近时间的机票返回松江,人一回来所有谣言都不攻自破。你要是觉得自己有问题有罪过,那就背着罪名潜逃吧,我管不了你,所有的责任你自己负。"

就听柳建铭在电话里嚷嚷:"唐市长,你别听他们胡说八道,要是出趟差会产生这么严重的后果,我马上买飞机票回松江,最迟不过今天晚上。"

柳建铭很讲诚信,从来都是说一不二。唐跃胜听他这么一表态,心里亮堂了:"好好好,只要你回来,一切都会烟消云散。"

柳建铭刚挂上电话,手机铃又响了,是他老婆艾欣打过来的,那声音紧张伴着恐惧:"建铭,你现在在哪?"

"我在三峡这儿。"

"干什么?"

"谈林业合作项目啊!"

"你不会是撒谎骗我吧?"

"骗你干什么,我真的在三峡这儿谈合作项目。"

"我告诉你柳建铭,咱俩结婚这么多年了,相互之间是信任的,你是不是背着我干了违法犯罪的事?现在松江传得满城风雨,说你带着巨款和情妇畏罪潜逃,这是不是真的?听到这个传闻我吓得连道都不会走了。你要是真的做了违法乱纪的事,赶紧向组织上说清楚,主动坦白交代,你跑什么呀,跑得了和尚跑得了庙吗?你自己作了孽想让我和孩子为你背黑锅,我们担当得了吗?女儿还不知道这事,她要是知道了精神会受到多大打击呀!"艾欣的声音有些嘶哑,说着呜呜地哭了起来。

听到艾欣的骂声哭声,柳建铭慌了,知道自己弄巧成拙犯了个不该犯的错误,一个劲地道歉安慰:"艾欣,这都是别有用心的人造谣诽谤,你千万不要相信,我哪来的巨款、哪来的情妇啊!刚才唐市长来电话了，我不会欺骗你们。他们已经去买飞机票了，我今天晚上就回松江，放心吧！"

一句"今天晚上就回松江"让艾欣止住了哭声："好，几点的飞机？我到机场接你。"

"别到机场接我，要跑四五百里的路，我们一起三个人，不用接，我保证安全到家。"

"那行，什么时候到提前告诉我，好给你做饭。"

关上手机，柳建铭满手心都是汗。他恍如梦中，像经历了一场惊心动魄的生死考验。万分愧疚的他在恨自己骂自己，为什么那样自负固执不听唐市长一句劝，犯下如此不可饶恕的错误，伤害着亲人朋友，让他们为我担惊受怕，太不仗义了，太不负责任了。

自责焦虑的情感使柳建铭不能自持，他一动不动地坐在床边，两眼透过玻璃窗直瞪瞪地望着天际。

第二天早晨，柳建铭和往常一样上班了。见到他的机关干部一如既往地打个招呼，只是暗自投去惊异的目光。那天柳建铭做的唯一的事情就是召开班子会，简要通报了与外地签订合作项目的事，要求有关部门继续做好后续协调工作，保证项目落地生根。关于审计的事他只字未提，至于畏罪潜逃的传闻好像与他无关，一切如常，一切淡然。这是柳建铭与唐跃胜商量好后做出的姿态。

打那以后，柳建铭的心思基本不在工作上，局里的事情按照惯例和程序推着往前走，他在盘算应当出现的结局可能会在什么时候。终于有一天，唐跃胜让他到办公室来商量点事，柳建铭猜到了八九分。两人情绪都很淡定地坐在那里喝茶，唐跃胜慢条斯理地逗着乐："演戏演电影一般都有开头，接着是剧情发展演变，然后达到高潮，而高潮过后就是结局。人在社会的大舞台上演戏，也经历着相似的过程。咱们在官场上打拼了几十年，虽然整个过程平平淡淡，这个官当得平平庸庸，但有时也有点辉煌，偶尔出现过闪光点，这就足够了，谁能一辈子都辉煌？高潮过后就要走下坡路，该结尾了要收得住,最后退出历史舞台,这是个规律。许多人平时说得好,可真的到了要退出的时候,又放不下那些幻想和迷恋,这就有点可怜可悲了,有点不大高尚。"

柳建铭放下手里的茶杯,做了个暂停的手势:"打住,打住,有话你直说,别含沙射影的,咱俩谁跟谁呀,我早就做好了思想准备,当着你的面自我表扬一回啊,我这个人身上缺点毛病多,但也有优点,最大的长处是能拿得起,也能放得下。唐市长你说吧,是直接退下来,还是到二线?"

唐跃胜眨眨眼:"你的心宽,整个人都透亮。何市长找我了,说是听听我的意见,也是给你透点信息,大概6月中旬左右市里要研究一批干部,其中涉及你。考虑年龄关系,有两个去向供你选择,市政协经济委主任到点了,你要是想去,可以把位置留着。政协工作你知道没有硬任务,比较轻松,挺适合你的。再一个选择是退居二线当巡视员,看看你的想法。"

柳建铭一反常态地问:"唐市长,你说怎么办好?"

唐跃胜挤眉弄眼地笑笑:"那么大岁数了,又不是为了解决职务级别,到政协去干什么,趁早拉倒吧!"

柳建铭把手一拍:"好,按照你说的退二线,退下来就不用操那份心了,我可以专心致志地搞点学术研究。这也算是老当益壮,为国分忧啊!"

唐跃胜站起来挠挠头:"退二线就顺心顺意精神不压抑了,还和我打哈哈,你是本性难移啊!"

第 十 五 章

　　林业局局长柳建铭退居二线的内幕很少有人知道，但社会传言却把责任算在唐跃胜的头上，说他背着市长压缩植树造林经费，缩小植树造林规模，自己另搞一套，产生不良影响，连累了柳建铭，让柳建铭当了替罪羊。听到这些风言风语，唐跃胜也不向别人解释什么，毕竟这事与自己有关，让他们说去吧。

　　有句俗话说，屋漏偏逢连夜雨，船破又遇顶头风。这说的就是不幸中又遇不幸，挫折后又遭挫折的无奈。人生有许多无奈，特别是做官的人，看起来他可以发号施令、指点江山，实际上也有许多无可奈何的事情伴着他。你喜欢的事、想做的事，总是不能如愿；你不喜欢的事、不想做的事，又总是推不掉、躲不开。

　　唐跃胜天生就不喜欢玩花架子作秀，图表面光彩形式主义那些东西，这倒不是特意显示自己高尚与众不同，而是骨子里就那个风格。他自己不愿去做这些事，也看不惯玩弄这些把戏的人。可他偏偏分管民政工作，访贫问苦，救灾济难，帮助弱势群体解决生活中的困难，是民政部门的一项重要职能，越到过年过节他们越是忙乎，以体现党和政府对人民群众的关心。但是那些五花八门的慰问走访活动中，掺杂进不少形式主义的东西。唐跃胜明白，有些领导干部嘴上说反对形式主义，不搞花架子，而实际上他们最热衷形式主义那一套，上面一强调要坚持以人为本，实践全心全意为人民服务的宗旨，关心人民群众的困难和疾苦，善于领会上面精神的人就组织人马，带上大米白面豆油，还有个小红包，到困难地区、困难家庭走访慰问，送去党和政府的温暖，然后在电视上、报纸上进行宣传，烘托气氛。他们之所以选择这样的方式，一是省事，二是能够树立形象，对上对下都好交代。有些下级看准了上级的心思和习惯，动不动就组织类似的慰问活动，讨上级欢心。这样做还真能收到立竿见影的效果，有人就靠这玩意把领导和群众玩得团团转，自己官运亨通。在形式主义官僚主义盛行的社会环境中，唐跃胜这类干部是不吃香的，至少也是有点格路不合群，并且还会增加他们自己的心理压力，唐跃胜最打怵这项工作。

春节在即，民政局上下紧锣密鼓地筹备慰问走访，将活动计划报到唐跃胜那里。民政局局长张学功几次问赵祥龙唐跃胜什么时候有时间，他要向市长汇报春节活动安排情况。作为分管市长，又是头一次具体抓这项工作，等他把方案都看明白了，相关的事情梳理通了，这才让张学功过来汇报。

张学功在松江官场上属于风头人物，有着非凡的交际能力，神通广大，朋友很多，尤其是特会说话，特能办事，有人形容他比猴都精，比泥鳅还滑。当时分管民政工作的范亚风副市长却特别喜欢他，他们常常形影不离地在一起。张学功非常恭敬地坐在唐跃胜对面，有板有眼地汇报着春节走访慰问活动安排。他汇报时，一双眼睛始终没有离开唐跃胜的脸，这既显示对领导的尊敬，有亲切感，更重要的是在察言观色，根据唐跃胜面部表情的变化，随时调整汇报的内容和说话的节奏。

唐跃胜认真地听着，没有插话打断张学功说话的连续性。等他汇报完，唐跃胜先是对他们的工作给予肯定："春节走访慰问涉及很多人和事，工作环节多，你们工作抓得早，落实做得细，这都符合市委、市政府的要求。我刚接触民政工作，不了解情况，你是老民政了，需要你多支持帮助。"张学功听到这话有点喜滋滋的样子，欠了欠身体向唐跃胜示好："我会全力以赴支持市长工作，民政局有唐市长领导，我们就更有信心了。"他信誓旦旦地表态。

唐跃胜很客气地笑笑："唉，可别说我领导，民政工作要接受市委、市政府的领导，我们共同对市里负责。你们的工作安排我原则上同意，就是这个账我算不大好，一千四百多万元的经费预算，这个数不小哇，你把经费使用情况详细说一说，因为我从工作计划中看不到明细。"

唐跃胜这么一问，张学功面色有些紧张："市长，这个工作我只知道一个大概轮廓，具体事情由卢长雨副局长负责，要么把他叫来详细和你汇报一下？"说着掏出手机要打电话。

"不用不用了，什么时候得便给我说两句就行，你告诉他一下。"唐跃胜制止道。

民政局有关走访慰问这些工作，都归卢长雨分管。人称二愣子的卢长雨年龄资历和张学功差不多，自己是个直肠子，就看不惯张学功弯弯绕绕拍马溜须那些举动。他们两人之间可以说是针尖对麦芒，说话办事总尿不到一个壶里，在班子会上顶牛拍桌子也是常有的事，正应了那句话，最尖锐、最激烈的争斗，永远来自内部。自从唐跃胜分管民政工作，卢长雨有点欢欣鼓舞的样子，时不时地在私下里对他信任的人说："咱民政局也该改改天换换地了。"他之所以敢说这种放肆的话，很重要的一个原因，是他认定唐跃胜挺正派的，不搞那些乌七八糟的东西，和前任分管领导不一样。

唐跃胜等了好几天没有卢长雨的动静，以为他给忘了，就让赵祥龙打电话催问，他竟然说张学功没告诉他，不知道市长要听汇报这事，接了电话就急匆匆地来到唐跃胜办公室，一进门就道歉解释，做自我批评。唐跃胜给他下台阶："开自己批斗会呢，咱俩还算熟悉，我参加过好几次你组织的慰问活动，怎么你们局长没和你说我要听听算账的事？"卢长雨脖子一梗："我说话直来直往，不是想在背后说一把手的坏话，这个民政局被原来的分管市长架得，人际关系太复杂了，就这么点个事他都耍心眼，意思说我不听话、不懂事，把市长的话当耳旁风。这不是给人挖陷阱下绊子吗，要是遇到大事就更瞒天过海了。我这不是告状，而是气不忿，和他一块干活儿遭老罪了。你想听什么情况吧市长？"

唐跃胜挺喜欢这个性格率直、不装腔作势的人。他一边翻看卢长雨带来的一沓材料一边问："过节慰问走访情况我大体了解了，就按你们的计划进行，你详细说一下经费预算和具体使用情况。这笔钱可不小哇！"卢长雨就一五一十地算账给唐跃胜听。说着说着他的话开始跑调了："唐市长，有些话不知该不该跟你说，虽然你刚分管民政工作，咱们之间接触又少，但是在我心里你是个非常坦诚、值得信任和尊重的领导，反正我心里挺矛盾的，说吧，怕自己的话没有根据说了不好，不说吧，我怕你被忽悠吃哑巴亏。有些话我憋在心里好几年了，实在憋得慌就和几个哥们到练歌房喝酒唱歌，一唱就是大半宿。你说我这公鸭嗓子还能唱歌啊，就是连吼带喊，鬼哭狼叫的，图的就是心里痛快。可今天痛快了，疙瘩还在心里结着，这就像老话说的，借酒浇愁愁更愁，抽刀断水水更流。市长，正事汇报完了，你要是时间还行不嫌烦，我就说几句带牢骚性质的话，难得能和市长一起说说话。"唐跃胜没说行，也没说不行，就那么微笑一下。卢长雨一看唐跃胜的表情乐了，这就等于默许和同意，滔滔不绝就说开了。

走访慰问这些工作是我负责，但经费预算和使用我靠不上边，是我们局长和分管市长定的，我就是执行抓落实，他俩一唱一和的真是一个鼻孔出气。这么说吧，局里有权力、有油水的工作，都是张局长一个人说了算，大家对彩票审批的意见大着呢，完全是他一手把持，在那个领地里，包括分管局长也是针插不进，水泼不透。说句牢骚话，那里有说不清道不明的权力和利益链条。在班子会上研究个什么事，谁要是有不同的意见和看法，他就说这事和市长沟通了，拿市长压大家。有时候还扔大个的，说是市委、市政府主要领导的意见。这事就难了，我们也不能去找市领导核实对证一下，可谁心里没有个小九九啊！在这些问题上我们感到窝囊无奈，总有一种被玩弄欺骗的感觉。我总结张局长这个人有三个特点，一能拍马，二能作秀，三能谋私。他太能美化抬高自己了，特别会用别人的工作成果来打扮装饰自己，要是有了困难和问题，他跑得比兔子都快，躲得远远的，把责任推得一干二净，我们都气死了。

唐跃胜觉得卢长雨的这些话，有不少感情因素掺杂在里面，就插话说了自己的看法："这样的事还得辩证地去看，主要领导和副职之间的关系是非常微妙的，特别是当副职的人得摆正自己的位置，你本来就是片绿叶，得映衬好、扶持好、配合好红花，绿叶不要和红花抢功争彩。一把手有权力，但责任和压力也大。"卢长雨觉得这话有点别扭，一着急硬生生地把唐跃胜的话打断："真要是那样倒好了，权力归你这没有问题，但责任也要你负，可张局长这人只要权力和利益，不担责任和风险，这让人不能接受。"唐跃胜觉得这话对却有点片面性，又反过来把卢长雨的话打断："我们都生活在现实社会中，得承认现实，认识现实，适应现实，所有具体的实际的工作都是下边做的，但成果往往反映在上级和领导那里，好像成绩都属于领导。这种看似不公的社会现象后面隐藏着一个规律性的东西。"唐跃胜抬起手腕指着表针，"你看看这手表，分秒针、分针和时针，人在看表的时候一般都是先看时针再看分针，干活最多最累的秒针基本不大怎么看，甚至被忽略掉了。在日常生活和工作中，人们经常对此抱怨，这有什么办法，要是感到不公平不公正，那你就付出更多的努力，去做时针和分针，当权力大、管事多的主要领导。抱怨是没有用的，你说我说得有没有道理？"

卢长雨吧嗒吧嗒嘴："有道理，市长真是个高人，看问题比我们深。"唐跃胜哈哈大笑起来："卢长雨你也拍马屁呀，我的那些话兴许有点道理，说我是高人就过于抬举我了。你的话还没说完，我总是打断你，肚子里还有什么故事往外掏吧，正好今天我没有什么事，咱们就摆摆龙门阵。"

唐跃胜一怂恿，卢长雨来精神头了："市长，跟你学的，我也说一句有点规律性的话，与人方便，自己方便，给人路走，自己才能走好。一个领导干部要是以为权力在手总想压制别人，去堵别人的路，到头来一定是大家一起去挤对你，封你的路。我敢说民政局这本账经不起审计，只要一查肯定露出马脚，早晚一天要出事的。反正个人做事个人当。问题是，主要领导居功自傲，揽功推过，一定会压抑挫伤大家的积极性，使那些有能力、有追求的人产生自卑感，我都替他们惋惜。"

说到自卑，一下触痛了唐跃胜的神经，这几年工作岗位的变换，曾经让他期待，总是超出常规地努力工作，可那些努力和追求又总是归于失望，自卑感深深地困扰着他。如果说自卑感主要来源于人们对优越的渴望，那么它就具有了双重性，其中的负面影响要是被放大，人们向上的积极性一定会被削弱和淡化，而被强化了的自卑感能够使人颓废，甚至造成神经病把人摧垮，成了阻碍人们健康成长进步的破坏力量。想到这里唐跃胜的嘴角抽动着，欲言又止。

卢长雨看到唐跃胜这个情绪变化，觉得自己和他的想法产生了共鸣，就把话继续说下去，给唐跃胜讲了个自己的部下辞职离开官场的故事。

我分管的福利管理处有个叫闵源的干部，西安交大的毕业生，通过公务员考试进了民政局。这个农民出身家庭贫寒的大学生虽然天资聪明，但有些死性不太会来事，沉稳有余，活络不足，副科五年没动弹。由于他是处里的骨干，我几次提出应当考虑他的成长进步，把职务往上动一动，不能又要马儿跑得好，又要马儿不吃草，可局长无动于衷，找各种理由搪塞。他是局长、党组书记，人事权握在他手里，我们再着急有什么用。心灰意冷的闵源决心退出官场，脱离僵硬管理体制的束缚。

闵源生长在农村，父母都是农民，家族中也没有做官有势力的人。他凭着聪明和勤奋考进了西安交通大学，觉得自己这条小鲤鱼跳过了龙门，从此可以改变人生的命运。大学毕业又考进了政府机关，走上了做官的路，断定自己的人生前程似锦。没想到一个副科级把他卡住了。他不甘心地和处里局里的同志比，和大学同学比，越比越觉得自己相形见绌，灰溜溜的。他千百次地问自己到底差在哪里，输在哪里？他从那些有背景、有来历的人快速进步，想到哪个处到哪个处的现实，得出了自己输在家庭背景、没有大树和靠山的结论，即使想巴结领导给他们送礼，可到哪里去弄钱呀，工作了这么多年连房子都买不起，寄人篱下地住在对象家里。这些使闵源产生了对优越的强烈渴望，这种渴望达不到、实现不了，又使他产生了强烈的自卑感，并把这种自卑情感发泄到父母身上。他长时间不和家里联系，连个电话也不打，偶尔接到家里的电话，也是三言两语就打发了，表现出对父母的冷淡与憎恨。闵源的父母从儿子的语言和行动中，已经感受到了含辛茹苦得到的却是冰冷的回报，只是不知道自己是怎样伤害了儿子，他们痛不欲生。

　　闵源有写日记的习惯，他把自己由渴望到失望、从失望到自卑、由自卑到绝望的痛苦心路历程，都写到了日记中。他曾经在日记中这样埋怨父母：是你们给了我生命，又哺育我成长，更对我寄予希望，本应感恩不尽，可是，你们没有给我创造背景，没有给我带来荣耀，而是让我历经磨难，蒙受屈辱，在官场的竞争中我处处矮人三分，只能眼睁睁地看着机会从眼前溜走，好运属于有背景的人。你们给予我这样的生命是没有意义的。如果我的想法和做法是不忠不孝，不仁不义，那就让苍天惩罚我吧！

　　有一天，闵源一本正经地问我："卢局长，你关心我，我也信任你，我有什么话也想对你说，我可不可以辞职？"当时我简直不敢相信自己的耳朵，瞪大眼睛看着他："你说什么！闵源你怎么彪了，这话能乱讲吗？"闵源含着眼泪："局长，这不是乱讲，而是心里话，也是我的决定。刚进民政局机关，我非常得意，同学们也羡慕我，特别是父母觉得我为他们争了光，我对人生对未来充满了信心，坚信自己是一个能为国家、社会和人民做些事情的人。可是随着岁月的流逝，人生阅历的增加，我渐渐看清了自己被列在另类，是等外品，是可以由人随意摆布的人，任何付出都很难让上级重视，这使我努力的热情在降低，奋斗的动力在减少，我的人生理想和冷漠的社会现实格格不入，我这个人连同精神处于萎缩和萎靡之中。找一个没有人的僻静地方，孤零零地对着苍天疯狂地喊叫，成了我生活的组成部分。大家经常问我嗓子怎么老是嘶哑，就是喊出来的。我要把所有的委屈、烦恼和愤恨，都告诉苍天，希望他能为我做个主。再后来我走进了教堂……我想好了，只有彻底摆脱固化体制的束缚，才能自由自在地做回人，堂堂正正地做点事。"

闵源内心深处有这么多的纠结，埋着这么多的怨恨，这是我没想到的。我快速地消化闵源那些话的含义，也快速寻找能够说服感化闵源的道理和话语。脑子里一下闪过在哪本书里看到的一段话：当政见不同而对立，且又处于弱势状态的人，为免遭伤害，往往选择退出，这是政界中人应持有的道德品性。噢，前进是一种勇敢，退却是一种品性。兴许闵源就是一个放弃勇敢而选择品性的人。

当我把道理想清楚了，还是固执地从领导的角度试图对闵源做点劝解：你现在年轻，机会有的是，别一时感情冲动做出错误选择，那会耽误自己一辈子的。这纯粹是官场上通用的混账话。而闵源给了我一个明确的答复：我去意已定。局长，在我心里你是有正义感、也有政治眼光的领导干部，我一直都很敬佩你，当然你也有你的苦衷和不如意。一直以来，干部能上不能下、能进不能出，已经成为天经地义的规则，是人们无声遵循的惯例，要是哪个地方有个官员辞职下海，肯定成为人们津津乐道的新闻。我知道一个官员哪怕是像我这点个副科级干部辞职，也不是一个人的私事，而是官场生态的一枚斑纹，因为辞职的动机会让人浮想联翩。那天我偷偷和副处长说了一嘴自己的想法，他竟惊得面如土色，说我精神不正常，要送我去看心理医生。其实我早就知道自己有精神障碍,有一次我在树林中狂喊,由于长时间用力造成脑缺氧,一阵天旋地转就摔倒了。虽然言语不很清楚,但别人说话还是模模糊糊听得到,就听围观的人在议论:这人是不是唱歌的在练嗓子?另一个人说我看不像练嗓子,他一直在这儿大喊大叫,是不是得了疯牛病?不管什么病不能动手扶他,要是有个好歹,别让人赖着。要么打电话报个警吧,别出事了。

这时候我苏醒过来,想对围观的人做点解释,唉,丢人现眼的说什么,我拍拍打打身上的泥土,无地自容地快步离开。局长啊,你说我这病是从哪里来的?社会的不公平不公正,是各个阶层人们的最大心痛,官场上的不公平不公正,是导致官员精神障碍的最大祸根。我觉得现在官场上所有的人,都被现行的体制机制牢牢地束缚着,我们被上边束缚着,又用同样的方法和手段去束缚比自己层次更低的人。在机关里做事情不能有自己的想法,更不能有高出别人的作为,得成天围着领导的指挥棒转,按照别人的意志、看着别人的脸色行事。有些领导干部成天喊解放思想、更新观念,其实他们的思想观念最陈旧、最保守,遵循着原来的经验,守着过去做事的规则,他们的感情与理智与社会现实是两层皮,可以说他们每时每刻都在压制着、伤害着年轻有为人的才华,他们本身精神就不健康,又不断地为别人制造精神障碍。

闵源像有满腔冤屈需要倾诉,他说话的时候始终低着头,当把头抬起来,我看到他两眼满含泪水,就握着他的双手说,你的心情我能理解,但要迈出这一步要慎重啊。说心里话,虽然你要辞职的理由很充分,道理上也对,可我还是不大赞成的,觉得你适合在机关工作,有很大的发展潜力。并且离开机关经商办实业是有风险的,弄不好会背负着沉重的包袱。还有就是你爱人,你父母他们能同意吗?这可是一道更大的坎,你要说服他们,让他们理解你、信任你、支持你的选择,恐怕不是一件容易的事,要是把事弄僵,你可要腹背受敌，一点退路都没有了。闵源挺从容地告诉我，自己知道这事阻力大，老早就在做各种准备工作，方向是物流业。他的大学同学组建的物流公司这几年发展得非常快，现在已经成为集团公司，需要他过去做常务副总，协助开展业务。有了这样一个很明确、很现实的工作目标，做通家里人的思想工作容易些。这些人当中关键是他爱人，只要她同意，其他人都好说。

卢长雨一口气说了这么一大串和闵源之间的对话与交流，然后转换了一个角度："市长，虽然我对闵源的选择有些担心，甚至为他的命运捏一把汗，但我认为他的辞职决定是对的，好男儿志在四方，他从此解放了。"

唐跃胜看卢长雨还有说下去的意思就问："你说完了没有，我还有话要说呢。"

"没说完，还有不大点，但很精彩。下面就是闵源后来告诉我的围绕辞职下海这件事，他们家里发生的故事。"

闵源的妻子迟金红是个小学教师，父母都从事教育工作，是个教育世家。迟金红结婚后一直住在家里，算是揩父母的油，属啃老族，五口人的生活过得挺充实，也很平淡。闵源选择了一个迟金红心情比较好的机会，开门见山地把话题摊开了，忐忑不安地等待着她的判决。令闵源没想到的是，迟金红不但没有反对，竟乐得一头扎进他的怀里，紧紧地搂着他说，你早该做这个选择了，我坚决支持你。闵源如同在梦中，自己成天提心吊胆不敢说的事情，怎么这样轻而易举就了结了？他双手捧着迟金红的脸问，你真的支持我辞职，不是开玩笑吧，可不能反悔呀！迟金红扒拉开他的手，这么大的事我能开玩笑，告诉你吧闵源，咱们现在的生活状态我早就心存不甘。虽然工资低，生活不富裕，日子总能过得去，可是一看到你愁眉不展的样子我就心里难过，在你看来还没有自己的家，总有种寄人篱下的感觉。你时不时地偷吃镇静之类的药我就装着没看见，私下里一问医生，说你可能患有精神障碍，我真是担心死了。好几次想劝你改改行，改变一下人生，又怕你舍不得政府机关那个名分，话到嘴边没敢说出来，怕难为你伤你自尊。今儿你自己把话说出来了，算是个大男人，能屈能伸看得开事。你看你这几年那个官当得真是憋气，官场能给你什么？不但不能让你施展才华，理想抱负不能实现，倒是攒了满肚子苦水，成天夹着尾巴做人，太屈你了。咱干吗要在一棵树上吊死？凭着你的聪明和为人，就是摆地摊也会干得比别人强。咱不干了，不去恋那个官。闵源问迟金红，爸妈他们会同意吗？咱们怎么去和他们说？我想劝你离开官场，就是他们的主意。迟金红说着笑得前仰后合。

闵源简直不敢相信自己的耳朵，兴高采烈地在地上跺着脚。那就剩我父母那块了，金红，你看这样好不好，这两天我请个假，你要是方便也请个假，咱俩一起回老家一趟。这些年我明里暗里做了太多对不起父母的事，让他们伤透了心。回去后我给他们下跪，让他们打我骂我，求得他们的原谅。经过这些年的磨炼我悟出了一个道理，有意义有价值的人生要靠自己努力，上帝不会赐给你，苍天不会保佑你；美好的生活要靠自己创造，别人不会送给咱。我要用自己的智慧和勤劳，为社会做点事情，也给你们多一些温暖和幸福。

那天晚上，迟金红的家里像有什么喜事一样，一家人围坐在饭桌上说说笑笑，洋溢着欢乐的气氛。脸喝得红扑扑的闵源，把藏在抽屉里的安神清脑药拿出来扔进了垃圾桶，深情地对迟金红说，从今往后不需要吃了，我的人生我当家，我的健康我做主，我们的幸福自己来主宰。然后，闵源郑重其事地向岳父岳母述说了自己辞职下海的理由：我到了快四十岁这个年龄，再不创业就晚了。我其实是一个喜欢踏踏实实做事，但不擅长揣摩领导心思的人。这样的性格和为人，要想在体制内的官场上顺利成长，那太偶然了，几乎是不可能。当公务员名声挺好，但说到底也是一个打工者，哪怕是有一定的职务级别，并没有什么特别的，没有什么不可以放弃的。在衡量要不要辞职下海这个问题上，我不是纯粹为了赚钱，而是把人生价值算了进去，我是把下海创业当作人生的一段旅程。如果不从现在开始追求，可能就没有明天和将来了。只要二老和金红支持我，我不会理会别人怎么说，按照自己的意志和节奏做好自己的事最重要。听了闵源的话，全家人异口同声地支持他的选择。第二天闵源把辞职报告交到局里，然后无声无息从官场上消失了，走向重新开辟的人生和事业的战场。

闵源辞职离开官场的事，成了唐跃胜与卢长雨之间交谈的一个令人兴奋的插曲。卢长雨一副若有所失的样子："唐市长，闵源辞职这件事过去了好长时间，但我却不能忘记。一来为我没能好好培养使用很有发展前途，也能有所作为的年轻干部而遗憾。二来也对我有启示作用。我常想自己在这个位置干了八九年了，时间越长越没有激情，不如挪挪窝、换换岗，俗话说树挪死人挪活，我这个年龄不能辞职，还得吃官饭，但可以改善一下工作环境，现在这个环境太恶劣了。你说怪不怪，许多人都犯这个毛病，在得到一件东西的时候不知道珍惜，当要失去的时候，才觉得珍贵。闵源在的时候去踩人家、压人家，他辞职走了后处长经常念叨，不该放他走，像失去了左膀右臂一样。你说这不是发贱吗？"

唐跃胜忙附和道："你说的这话我也有同感。当年综合执法局局长干得好好的，可谁也不把他当回事，搞了个什么民主评议把他拿掉了，后来的综合执法局就乱了套了，我成天给他们擦屁股挡风雨。有些领导开始想念他了，可是晚了，给人家一座金山也不会回来伺候你了。"唐跃胜刚要展开往下说，突然觉得不对劲。"我说长雨，咱俩说了半天是不是走题了，赶紧回到主题上来。"

卢长雨点点头："是说跑题了。我这人有个坏毛病，遇到不对脾气的人没有话，打死也不说，可要是碰上对心思的人话就多，打死也得把话说完。"

"你这是为自己发牢骚讲怪话找根据呀。我在想有什么办法能把走访慰问的形式简化一下，这样就可以把预算压下来，把钱往这上面花我觉得有点不值。"唐跃胜说着瞥了卢长雨一眼，像征询意见。

卢长雨转了转眼珠："办法倒是有，就怕上边不允许。唐市长，我们大家知道你的心思都在工作上，真心实意地为市里发展着想，帮着老百姓排忧解难。可上边不一定买你的账，他们不一定这么想，弄不好就自己把自己耍了。"

"咱不为自己贪私，不祸害老百姓，耍什么耍呀！"唐跃胜的语调有点不服气。

"市长，你可别忘了，林业局局长的事就发生在眼前。我现在还没到退二线的年龄，稳稳当当的别找不自在，我已经吃过一次亏了。"于是又绘声绘色地讲述了那让他心有余悸的一幕。

当年松江的经济形势不好，市委提出各方面都要压缩开支，民政局跟着就制定了走访慰问"三减少"的工作方针，就是减少走访户数，减少陪同人员，减少慰问金，并把方案报到市委、市政府办公厅。落实市里要求市委办公厅没说什么，市政府办公厅提出了异议，并呈报到市长那里，何市长要民政局当面向他汇报。张学功知道背景情况怕挨批，推脱自己不在市内，说这项工作由我负责，电话里告诉办公室通知让我去汇报，我傻乎乎就去了，把这个工作方案的来龙去脉向何市长做了汇报，他从头到尾都没给我个好脸。我刚说完，他就不阴不阳地训斥我，按照市里要求开展工作没有错，就工作方案本身来说考虑的也比较周到，但是压缩经费开支是就全市工作总体上说的，并没有要求你们把走访慰问、扶贫帮困的资金也压缩下来。你们不能断章取义片面理解市里的工作部署，更不能别出心裁地出些花花点子，要善于从政治角度看待走访慰问，这是有特殊意义的一项重要工作。通过这种方式和途径，能够体现出市委、市政府关心群众疾苦、为民排忧解难的执政理念，能够加强和改善党群干群关系，能够从正面树立党和政府在人民群众中的形象。这不是小事而是大事，轻视不得，马虎不得，在这方面多投点资是值得的。你回去把我的意思告诉张学功，再搞一个方案，总的要求是以民为本的主题不能偏，宣传力度不能变，社会影响不能减。这项工作能不能做好，对你们的综合素质怎么样，是否具有大局观念，都是一个检验。

我没想到自己无辜挨了市长一顿训，为局长当了回挡箭牌。回到局里我把市长说的事如实和张学功说了，更让我没想到的是，张学功把这件事的责任推到了我身上。"以后制定这样的工作方案要考虑周到，别把没经过研究论证，还不成熟的东西急急忙忙往上报。这不，惹领导不高兴了吧。"

我没好气地顶了他："学功局长，这个方案是按照你的要求弄出来的，你怎么能把责任往我身上推？我成你们的出气筒了，谁想训就训一通。今天这事本来应该你向市长汇报，你却把我打发去了，挨批挨训的板子打在我屁股上，你在那里装好人，做人做事能这样吗？"

"我不是把责任往你身上推，这事主要是你负责，当然你去汇报才能说清楚。我没有别的意思，以后咱们都注意点。"张学功看我火了马上换了副面孔。

卢长雨说到这里又长长叹了口气，脸上现出痛苦状。"往事不堪回首哇，从那以后何市长见了我都不用正眼瞧。唐市长，你看张学功这个人阳奉阴违的缺不缺德。要叫我说今年的走访慰问工作，就按照预定的方案做吧，钱花多花少也不能用秤去称一称，多花了没人指责你，把钱省下来未必有人说你好，也揣不到自己腰包里，算了吧，我真怕有人找你的麻烦。"

唐跃胜有点似笑非笑："找我麻烦？都是为了工作找我什么麻烦？不过你提的这个醒我还真得注意。我想多省几个钱倒不是为了向谁讨好，主要是觉得不该那样做，心里有愧，因为这事是我分管的。我当过县委书记，那时我就反对大轰大哄搞这些名堂。有一次市里领导到林兰县走访慰问，我借故没去陪同，惹得人家一肚子意见，管他呢。我用了好几年时间琢磨一件事，想弄清一个道理，可到现在也没想明白，你帮我分析分析想一想。你刚才和我算了几笔大账，我再给你算几笔小账。市里主要领导下去走访慰问，每户送一袋米、一袋面、一桶豆油，再加上三五百元慰问金，合在一起六七百元吧。但他们走一趟那可是要兴师动众，好几层领导陪同，新闻记者一大帮，还有机关工作人员，把这些人的开销连同车马费用加起来，比走访慰问的钱都多，这不是纯粹在搞形式主义吗？你要问什么是形式主义，这就是，而且非常典型，不用说话算算账就知道了。对于特别困难的家庭，过年过节送点好吃的和慰问金肯定是个好事，也能解燃眉之急，可是这样能从根本上解决他们生活贫困的问题吗？能改变他们的命运吗？不能。那为什么上面一号召为人民群众办实事好事，下面就一窝蜂地搞走访慰问？这样做简单省事呀，还能捞到好处，有些人就愿做这种事讨好上级，收买人心，这是当官往上爬的一条捷径。这样的领导干部是不会动脑筋、下功夫去研究制定富民政策的，那样做要开展调查研究，要到基层体察民情，要和专家学者商讨论证，太费事费力，他们不愿为此有更多的奉献和付出。"

唐跃胜的话说到卢长雨的心里了："市长，你是高瞻远瞩，明察秋毫，说得太对了。这方面的事我体会比你还深。咱们的一些领导干部不知得了什么病，就愿意在贫穷的地方转来转去、走来走去的，困难户家里他们是百去不厌。可是呢，这个穷地方今年去是那个样，明年后年去还是老样子，村容村貌依旧，贫穷落后依旧。这样的访贫问苦、走访慰问除了作秀好看，作用在哪？意义又在哪？要说是遇到天灾地难，那需要政府帮助，全民支持，可是要让一个地区经济发展起来，让老百姓的日子富裕起来，靠走访慰问是解决不了问题的。说句难听的话，领导的眼睛盯着走访慰问这些事那不叫亲民，而是在骗民。有些成天把亲民为民爱民挂在嘴上的人，兴许就是对老百姓最没有感情、最压制老百姓的人。这话是不是说重了市长？"

唐跃胜赞许地点点头："你所说的不是真爱民为民的领导干部，也包括咱们俩。我说长雨啊，你的认识比我高，这一层意思我还真没想到，话虽然有点刺激，但那个道理是对的，反正我能接受。做什么事都有个方向问题，都有个为什么人的问题。要是各级政府光图表面上好看，用走访慰问这种形式和方法来创政绩，而不是通过制定好的富民政策引导民众发展经济，改善生活，很可能会形成政府偏好走访慰问，给弱势群体一些小恩小惠，而那些困难地区、困难群众又心安理得地躺在政府的怀里，等着帮助救济。创造幸福美好的生活，政府、社会和困难群体都有责任，需要调动各个方面的积极性。政府要能够对整个社会给予正确引导和科学管理，不能把什么东西都大包大揽地搂到怀里，背在身上，这是多么沉重的包袱呀！我觉得在开展类似于走访慰问这些带有公益性活动的时候，要调整或叫端正指导思想，改变不良的社会行为和心理，这比送点东西和慰问金都重要。我就想，今年的走访慰问活动能不能在某些方面做点改进，咱不搞大动作，星星点点变化点行不行？"

卢长雨直摇头："我看行不通哇市长，这么多年领导、社会和群众都形成习惯了，稍有点变化都能感觉得到，这种变化的结果好不好不是咱们说了算，而是得跟着主要领导感觉走，他们认为好才好。民政局班子的情况我说过，干点事就像是在螃蟹窝里爬行，不一定什么时候就被蟹子的两个大夹子夹住。有了成绩是领导的，出了问题和毛病那尿盆肯定扣在我的头上。我现在不求有功，只要无过就是好家伙，无过就是功啊。唐市长，我看你也别着急，等你当了市长或书记，有了决策拍板权再搞改革，要不然你的想法再好，推不动也行不通啊！"

这些话让唐跃胜沉思良久，他何尝不懂这样为人处事的利弊得失，只是心里有一种失落。你分管的工作眼睁睁地糊弄推着干，对不起组织上赋予的权力和责任。可是处于下位、副职、助手位置上的人，要是对一项工作过分地去争取说服领导，往往适得其反，他会觉得那里面藏着你的意志和私利，或者想以此扬名树立威信，一旦得逞会对他构成威胁，他会在既不肯定又不否定中把你的想法扼杀掉。只有领导主导性的改革创新才会有市场，才能有生命力，不管是对还是错，因为权力都集中在一把手那里，这是谁也左右不了，奈何不得的。这么一想，唐跃胜觉得做事还是要把握一个度，把一件事做好了不一定有人赞美你，按部就班地推磨也不会有人责怪你，问题的严重性更在于，要是弄不好会殃及卢长雨他们，这样做事情不厚道。唉，多一事不如少一事，还是顺其自然的好。

唐跃胜对等着自己给予明确答复的卢长雨表了态："我理解你的难处和苦衷，春节前的走访慰问工作就按你们提出的方案进行，一点都别改变。"

"那你随书记还是市长？"卢长雨问。

唐跃胜有点疑惑地看看卢长雨："随你们安排，我是革命的一块砖，民政局需要我到哪里就往哪里搬。不过长雨啊，咱俩定个君子协议，到时候我要是有个头疼脑热的，或心情不好不想去，你就帮我挡一挡。头几年我就干过这事，不愿跟着走访，说自己患重感冒，请了个假。我想备不住什么时候又感冒发烧，你们多体谅点儿，照顾照顾我。"

卢长雨听了唐跃胜的请求，笑得差点把水呛了出来："市长，这办法好，当官的不踩病人嘛，但你主要是心病，哪有预测自己什么时候得什么病的，那不成大仙了。到时候我一定为你打好圆场，放心吧，这点事难不住我。"

"这就好，这就好。"唐跃胜诡秘地一笑。从他动情地看着卢长雨的神情，能够知道他是喜欢这个副局长的。"长雨啊，你做好准备，过些日子我到县里搞调研，你情况熟，和我一块去。"

卢长雨乐不颠地答应："我随时待命。"

第 十 六 章

随着改革开放的不断深入，松江市的经济社会事业得到长足发展，人民群众的生活水平明显有了提高。但是一些偏僻边远地区仍然比较贫穷，有的地方连解决温饱都存在问题，并且这些地方社会保障能力又很弱，信访局经常向民政局批转各县乡有关反映低保政策不合理，一些困难群众生活得不到保障的上访信。制定一个符合松江市实际的低收入保障政策，成为唐跃胜最牵挂的一件事。他和民政局商量到东岭县做一次调查研究，把下面的真实情况摸清楚，点名要卢长雨一起去。

东岭是个典型的农业县，林业占了一部分，工商业基础都很薄弱，基本上是靠山吃山，靠林吃林。穷乡僻壤的地方引不来人，又留不住人，有点章程能耐的青壮年男女，大都外出打工了，留下来的是清一色妇女、儿童和年老体衰的人，靠他们在黑土地上苦苦地支撑，那日子过得异常艰难，甚至谈不上什么人格尊严。

唐跃胜一行就四个人：卢长雨、东岭县分管民政工作的副县长隋程生，还有司机兼秘书杨跃。到了东岭他们没在县里落脚，也没专门听民政部门的工作汇报，直接到了鹤溪乡，他们就在这里安营扎寨。副乡长林剑涛负责陪同接待。唐跃胜对调研工作提出三点要求：吃住在乡招待所，不要给村里添麻烦；调查研究要带着真情感，了解真情况；不要任何陪同，不搞宣传报道。他让林剑涛给解决四辆自行车，在乡的范围内不坐汽车，就骑自行车，还特别强调一律不吃宴请。

吃中午饭时林剑涛告诉唐跃胜，他们重点调研走访的对象是富裕村。卢长雨打趣地问："林乡长，你们的乡名村名起的真好听，有什么讲究和来历吗？"

"有讲究。鹤溪乡的名称和丹顶鹤有关系。我们乡有一块60多平方公里的湿地，每年都有数量不少的丹顶鹤在这里栖息，生活在这里的人希望丹顶鹤能给人们带来好运，就把'昌溪乡'改为'鹤溪乡'。"林剑涛像背家书一样地解释给大家听。

"好诗情画意啊！那富裕村富不富裕？"唐跃胜一边嚼着饭一边饶有兴致地问。

"哎妈呀，可惜这个名了，那是我们乡最穷的一个村。怎么个穷法呢？我一下子选不出恰当的词来形容，你们去看看就知道了。"林剑涛回答得挺尴尬。

那天下午，唐跃胜他们四个人与林剑涛骑着自行车来到了名字富而生活穷的富裕村。村支部书记兼村长王久福把他们引到村委会办公室，问林剑涛："乡长，你看在这里凑合凑合行不行？再没有什么好地方了。"

"行行行，有个地方坐就行。"林剑涛爽快地答应。

富裕村破烂不堪的村委会，就成了唐跃胜他们几个人的临时办公室。

按照中国官场排序，村长是最低的芝麻官，属于算不上干粮的豆包。可朴素拙笨中有着一丝聪明的王久福却直观感觉到，这么高级别的副市长到穷山沟里来的派头和别的领导干部不大一样，不像是走马观花看一看，说些冠冕堂皇的话，提些不着边际的希望和要求就走人的领导，心里可能真的牵挂着这些穷百姓，兴许能帮助解决点实际问题，就偷偷问林剑涛："他们来是点点卯做做样，还是在这儿待几天？他们要是来做做样子忽悠我们，我就炮天炮地地瞎白话一通,挑他们愿意听的话说,打发他们走,忽悠不死他。他们要是真的来搞调查研究,那咱也不能扯淡,就往实里说,把咱们这儿的真实情况说给他们听听。"

"你这是什么话?唐市长这次到鹤溪乡,是为制定低保政策来搞调研,能待好几天。你们有什么苦楚,有什么难事,有什么要求都说出来,这可是个难得的机会,过这个村就没有这个店了,长点精神头吧。"

"我准备汇报材料了,你看咋讲好?"

"要什么汇报材料,你不用一套一套地咧咧,就挑干货搂,要是说套话官话你能说过他们哪。"

听了林剑涛撑腰打气的话,王久福使劲点点头:"我懂了,懂了。"挺纯真的笑容爬上了王久福像地垄沟似的黑乎乎的脸。

唐跃胜看他俩一个劲地嘀咕,咳嗽一声:"林乡长,你别给王主任戴什么套套框框搞封口、定调子,今天是四级干部会诊农村低收入保障政策这个大课题。我们一边听一边看,听不懂看不清就问。王主任是最了解实际情况最接地气的官,你就实打实地说,是什么情况就说什么情况,有什么要求就提什么要求,只要不加水分,不糊弄我们就行。"

王久福既激动又紧张:"唐市长,那我就不念汇报材料了,要是说得不对,你可别怪罪。"

唐跃胜吹吹桌子上的灰:"念什么材料,就把这些年你肚子里存的酸甜苦辣的那些干货都倒出来就行了,那就是最好的材料。但是你不要说什么成绩,我不听那些玩意儿,就说困难问题和要求,发牢骚也行,批评上级也行,只要你说真话实话,出了问题我替你兜着。一个副市长还保护不了一个村长啊,这样行了吧?还有啊老王,你不要东一头西一头地把嗑唠散了,就围绕着低收入保障政策这条主线来说。农村的事划拉一块一大堆,我不是什么都听,就听这件事,解决这件事。"

这下王久福心里有底了。他打开抽屉拿出一份文件放在唐跃胜面前。"唐市长，这是去年东岭县政府下发的一个关于农村五保户补助保障政策的文件。里面特别强调，要严格防止申报五保户弄虚作假、多报虚报的情况发生，实行死一个顶一个的硬性措施。俺们现在执行的就是这个政策。"

唐跃胜看看隋程生："什么叫死一个顶一个？"没等隋程生开口，王久福就气愤地说道："就是每个乡每个村给固定的几个名额，不管你那儿有多少够五保户条件的困难家庭，不能超过名额，死一个往上顶一个。就说富裕村吧，一共给我五个五保户名额，全村有二十多个够五保户条件的困难家庭，由于名额限制不能上报，报了也不批，再怎么困难也不能享受五保户待遇，我们是一点儿招都没有。看到有的家庭过的那个日子连过去甚至连旧社会都不如，我不知流过多少眼泪，心里真是难受死了。那些无助的困难户，只能盼星星盼月亮地盼着已经享受到五保户待遇的人快点死、早点死，只有他们死了，自己才能有希望。我们的县长乡长都在这儿，你们别嫌我嘴黑说话难听，这个政策冷冰冰的，一点暖和劲儿和人情味儿都没有，好像不是人民政府制定的政策，根本不符合农村的实际情况。我们这些泥腿子不知道这政策是怎么制定出来的，制定政策的人家里肯定没有五保户，要不然不能弄出这么个无情无义的文件。上级制定一个政策对老百姓来说那是管生管死啊，不能坐在办公室里喝着茶水，跷着二郎腿，拍着脑瓜耍笔杆子瞎编。要把政策制定好，就得像唐市长这样，亲自到农村来听一听，看一看，别搞形式主义放空炮、乱忽悠。"由于气愤和激动，王久福说话的声调都变了。唐跃胜转过头问隋程生："你们县执行这个政策总的情况怎么样？"

"普遍反映不好，下面的抵触情绪很大，上访不断，我们也在考虑对这个规定进行修改调整。"隋程生不大情愿地说。

唐跃胜又问卢长雨："市民政局知道东岭县的这个文件精神吗？"

"知道，但文件只是按照程序报送我们备案，事先没有征求意见。

文件中的一些规定我们也觉得不妥,伤害了农民特别是困难群众的感情。因为这是一级政府的正式文件,我们也不好说什么。"卢长雨边说边看一眼隋程生。

唐跃胜不高兴了:"政府就是要为老百姓负责任,明明看出了有问题,又不及时地提出和阻止,这不是怂恿支持吗?上下之间至少要通通气呀!看来在现实生活中,还有许多与社会主义现代化本质要求相背离、与党的宗旨相背离的现象存在,缺乏人性化的制度设计就是非常明显而突出的问题。我们各级政府,在重要领导岗位做官的人,应当有真挚浓厚的情怀,情怀这东西比能力水平更重要。对农村农民的情怀不是漂亮口号,不是空洞说教,不是表面文章,而是真心真意地付出真情,为老百姓做出让他们切切实实感受到实惠的实事。这反映出做官者的官德,体现出他们对生活和人生的态度,更涵盖着他们的人生观、价值观。"他转过脸来问王久福,"老王,你们村最困难的家庭穷到啥份儿上了?"

王久福唉了一声:"双山屯的特困户任瑞民家,老两口都80多了,老太太一天到晚病怏怏的,有一个儿子在外打工,从来都不回来,也不给家里一分钱。把几亩地租出去,一年到头就靠租地的五六百块钱过活。他们家吃的用的基本上都是邻居乡亲你一点我一点送的。"王久福说到这儿用手抹眼泪。

隋程生有些不自在地问:"这么困难也没享受到五保户的待遇吗?"

"没有指标啊。"王久福愤愤地答道,"生活在这个世界的人,都盼望自己生活得幸福美满,也希望别人过得好,没有或很少有人诅咒盼着别人死的,可任瑞民老汉例外,他常念叨,怎么还没有人死呢?意思是要是有的五保户死了,他好顶上啊。有一天早上,他隐隐约约听到送葬出殡时吹吹打打的声音,知道村里有人死了。死人是悲事,而他心里是乐的,估摸是和他年龄差不多的五保户老周头死了,这下他熬到了头,能顶上去享受五保户待遇了,就让老伴扶他起来,想到门口去看看光景。当有人告诉他死的不是老周头时，他老泪纵横地发出了哀怨，该死的不死，不该死的先走了，我等不到享受国家政策的那一天了。这是命里注定没有这个福分，得先死了。"

　　唐跃胜的脸涨得通红，张了张嘴想说什么又咽了回去。这一刻几个人都没有说话，小屋子一下子陷入了寂静。当大家都回过神来，唐跃胜极力克制着自己的情感："同志们哪，不到鹤溪乡，不到富裕村，我们怎么能知道这些令人心碎的情况？在怎样对待困难群众和弱势群体的态度上，最能看出各级政府所制定的政策的优劣，最能看出各级领导干部的精神境界和道德操守。我们成天说要让广大人民群众享受改革发展的成果，要让老百姓生活得有尊严，体现出社会主义制度的优越性，体现出党和政府对人民群众的关心。可实际上呢？我们实在是说得多做得少，说得大做得小，说得好做得差。咱这些人虽然工资不高，但属于生活无忧无虑的群体，扪心自问咱们对国家和人民尽职尽责了吗？我觉得差距很大，应当感到惭愧。"他瞅瞅天色不早了，"老王，今天就到这里，我们赶回乡里吃晚饭，明天再来。"他又征求大家的意见："你们看看这几天这么安排行不行？明天上午走访困难户，下午请各个自然屯的负责人和困难户代表开个座谈会，再听听他们的意见和要求。后天是中秋节，咱们不回去了，就在村长家里过。饭菜你准备，酒水我们带。"他转过头嘱咐隋程生："咱们在富裕村过中秋节的事谁都别告诉，过了节你再安排一个乡，用三五天时间开几个座谈会，看两个比较典型的村，然后我们打道回府。"大家都表示赞成。

　　中秋节那天，太阳快要落山的时候，司机杨跃用小车拉着啤酒和月饼，沿着崎岖的山路进了富裕村。车往王久福家拐的时候，有几头牛把路挡住了，杨跃按了几声喇叭，不知是山里的牛犟不给让路，还是被喇叭声惊着了，停在路中间不动弹了，就是不让路。杨跃一看牛不听话和自己较上劲了，就按响了警报器，喂哇喂哇的尖叫声一下弥漫了小山村，引得不少人往这里观望。警车开进了村，不知出了什么事。

　　为轰走牛而按响的警报声,把王久福吓着了。他本来坐在炕上和唐跃胜他们说话,听到警报声一高从炕上跳下来,脸色变了,眼睛也直了,连话都不会说了,六神无主地不知想往哪儿躲。这突如其来的一幕把炕上的几个人弄愣了,林剑涛忙喊:"大嫂啊,你快过来,老王这是怎么了?"王久福的老伴正在忙活饭菜,听到喊声手也没顾上洗,张着手就跑了过来,一看王久福的模样,先是一愣,继而仰天大笑:"他这是冲了大神了,是喜神,不要紧,我能调理好。"说着就去拽他,可王久福用劲站在地上不动弹。他老伴知道这老家伙肯定是尿裤子了,偷偷往裤裆那儿一看湿了,再往脚下瞅瞅,他没穿鞋,两只袜子都湿了。王久福的老伴要强,这事儿要是让几位领导看到那不丢死人了,就连拖带抱地把王久福弄了出去。

　　这时候杨跃的车开到了家门口,几个人出来帮着从车上搬东西。王久福却不靠前,不知到哪儿去了。

　　发生这一幕的前因后果,唐跃胜几个人是猜不到的。过节的气氛一点也没被冲淡,大家有说有笑,其乐融融。眼尖的隋程生发现王久福的衣裤都换了,就开他的玩笑:"老王你个土包子挺讲究的,吃饭还得梳洗一下换身衣服。"王久福哼哈地不知该说什么,老伴却憋不住笑了,用手直拍他的后脊梁:"他换衣服不是讲究,是被逼无奈。这里面笑话大了,你们想不想听,我给你们说说?"王久福听老伴要讲自己的故事,脸腾地一下红了:"嘚瑟什么你,还讲故事,你不怕领导笑话啊!快做饭去!"老伴不肯罢休:"怕什么!我这不是揭你的短,而是当着领导的面帮你诉诉苦。"

　　王久福的老伴叫邹凤荣,不笑不说话。说是老伴,其实年龄不大,才六十多岁,那是农村人的习惯叫法。邹凤荣的笑话还没说,自己先哈哈哈地笑了一顿,然后用围裙擦擦眼泪:"你们都是城里来的领导,我说话粗鲁别见笑。俺老头刚刚不是冲了大神,是被警报声吓得精神不正常,把裤子尿了,没看他站在地上不敢动弹了吗?"

唐跃胜他们几个人不约而同地把目光投向了王久福的裤裆处。王久福又是害臊又是惭愧地慌忙解释:"刚才我半天没出来,就是去冲了个澡,换身衣服,不脏不脏。"大家又说说笑笑,接着听邹凤荣讲述老伴的奇闻逸事。

俺村的梁广恩和老头有点远亲,他家翻新房子少几根檩子,钱不宽裕不想出去买,就来找俺老头,说就少两根檩子想砍两棵树。老头心肠软,被他磨得没有办法,说上级规定不准砍树,我就批你两棵,多一棵都不行。梁广恩答应得好好的,谁知他夜里偷偷砍了二十多棵树,第二天就有人告到乡里,罪名就是村支书滥用职权,支持自家亲戚盗伐国家树木。谁知砍树犯国法呀!那天晚上俺们刚端起饭碗,老远就听见警车拼命地叫,不一会儿嘎一声停在俺家门口,从车上下来两个警察,横丢丢的样子,其中一个说,你盗伐林木犯了法,跟我们走,把砍树的事儿安在他头上了。老头哪经历过这样的事,吓得浑身发抖,想要跟警察解释,人家警察连理都不理,根本不让你说话,连推带搡地就往警察车上弄。我上前去拽他,警察一把推开我,不让我靠边。他上警车后我就看他裤腿那儿直往下滴水,心想可能是吓尿裤子了,等我跑回屋把裤子拿出来,警车开走了。俺这个家的天可塌了,看热闹的人把大门围得一层一层的,村里像炸了锅一样,说什么难听话的都有,我根本不敢出门见人。过了两天他自己悄悄回来了,说没有事了,警察抓错了人,我一看他裤子上的尿疙瘩一块一块的。趟上这么个事把老头吓彪了,好几天憋在家里,一听到汽车喇叭声就不会走道了。有一回前屯的一个老太太得了心脏病,把急救车叫来了。农村人见识少,一下也分不出警车声和急救车的声音有什么区别,就觉得喂哇喂哇的一个动静。俺老头在老远的山上听到了,没地方躲没地方藏,一头钻进山上的苞米秸堆里。等回家我一看,裤子尿了不说,老脸让苞米秆划得一道一道的。那时我就劝他,别再干那个倒霉的村长了,你这么大岁数了,拼死扒命地图个啥,还想捞个什么好啊?你们猜他怎么说的?"我是个党员,得听组织的,不干乡里不让,叫我小车不倒只管推。"还给我白话这套嗑,我看这个破车再推下去不得精神病也是个半疯子,弄不好命都得搭进去。这老东西可怪了,那个心思都在五保户困难户那里,一个大老爷们动不动就掉眼泪、滴猫尿,今天你们领导来了他能在家吃顿安稳饭,要不然又得串个半夜才回来。县里乡里也真是的,把全村那些操心出力的事都推给他,俺们村穷,没有来钱的道,他又不能生钱,更不敢抢钱,这不难死他了吗?不怕你们笑话,俺家过年过节做点好吃的自己吃不清静,他都背着我偷走了,东家一点西家一点,可有点什么事谁替他担一点、挡一点?邹凤荣说着有点哽咽,开始擦起眼泪。

"你这老婆子,净说些陈芝麻烂谷子没用的话,别说了。快弄饭,快弄饭。"王久福不让邹凤荣往下说。

这时唐跃胜从炕上站了起来,倒了满满一杯啤酒:"老哥老嫂,我敬你们一杯酒。生活在城市里、坐在机关里,哪知道这些事啊!听都没听说过。看来你这个村长比我当副市长难多了,我遇到难办的事可以推、可以拖也可以躲,可你不行啊,那些与生活息息相关的具体事你不帮助解决,他们就活不下去。这次下来真是受教育,来,先干为敬,我喝了。"

这是一个平平常常的中秋节,可在这里过中秋节的几个人的心情却不平静。王久福这个农村汉子,被副市长敬了杯酒有点不好意思了:"我这点丑事都让老伴嘚嘚出去了,你们可别往外传哪,传出去了我这张老脸可没地方搁了。老伴心疼我,总是打退堂鼓,不让我操那份心,可这么大的村子,又那么多的事,我不干也得有个合适的人来接呀!当村支书首先得对这个村里的人村里的事有感情,用你们的话说就是要有爱心。过去生产队的时候吃大锅饭,搞平均分配,弄得经济发展不起来,日子过得穷。但是那时候再穷,五保户和特别困难家庭的生活还是基本有保障的。现在可倒好,村里没有什么工业副业,偏偏各种税费又多,实在招架不了。我这把年纪了,操不动那份心了,撑到年底说什么也不干了。当个村长顶着官的牌子,叫村里人吃不饱饭,过不上好日子,见了人我都害臊。看到有些困难家庭吃的穿的那么寒酸,我常常睡到半夜就醒了,就觉得自己没尽到责任。就我这身板和精神头儿,再干个一年半载就得垮,心理压力实在太大了。这话我说了好几遍了,对农村五保户和困难家庭的现行政策不行,国家得把这事担起来管起来,不管不行啊,谁家要是有个得重病的人,这个家一下就毁了,村里哪有能力解决这么大的难题,得市里、县里、乡里帮分担一下。上边别老喊口号弄虚的,还是来点实在的好。"

　　这顿中秋饭表面上气氛挺好,高高兴兴挺轻松的,但饭桌上那些话却是沉甸甸的,压人心哪。唐跃胜不再叫王久福村长或者老王,而改口称老哥。坐在热炕上有点燥热,他欠了欠屁股挪挪地方:"老哥,我们几个这次没白来,你和老嫂子给我们上了一堂很好的课啊。你说的那些没弄好的事,首先我们这几个人就有责任,因为我们就是直接管这事的,真是心里有愧啊!今天八月十五,求老哥两件事,一件事是请你把那些月饼送给五保户、困难户家,一家两盒。这月饼没花国家的钱,是我们几个人用自己的钱买的,但千万别说是我们送的,就说是村里买的。再一件事,我今晚不走了,就住在你家。你家房子挺宽敞,不多我一个人。你们几个回乡里,车也开回去,明天吃了早饭我骑自行车回去。"

　　卢长雨阻止道:"市长,你还是回乡里住吧,要不我留在这儿陪你。"

　　"别别别,陪我干什么,不用陪,人多了要给老哥添麻烦的。你们都回去,我就一个人住在这儿,好几年没躺火炕了,今晚上好好休息一下,你们走吧!"唐跃胜不容商量地把那几个人打发走了。

　　回乡里的人走了,邹凤荣开始收拾碗筷。这当口儿唐跃胜一个人遛遛达达走出了村口。

　　富裕村没有什么风景名胜,也没有什么值得看的地方。唐跃胜不是为了观景赏月,就是想呼吸呼吸这里的新鲜空气,把心里压抑的情感排解排解。他在一个小池塘边停了下来,抬头望望洁白的月亮,又看看池塘中的月影,池塘边长满了茅草,池水里也分布着浮草,水并不清澈,投下的月光也没那么明亮耀眼。唐跃胜叹了口气,难道贫穷的地方月亮也不圆不亮吗?此时此刻他没有浪漫的思乡柔情,也没有想念这个那个亲人,他要在这么个独处的时间里,把几天来所听所见所想的事情理一理,把焦虑不安的心抚一抚。他从走进富裕村的那一刻起,心胸的天空始终是阴暗的,没有晴朗过。不平静的心一直与敌对着的情绪交织在一起,觉得自己孤立无援,势单力薄地生活在一个危机四伏、充满凄凉的世界里。他开始联想,这些年来自己常常被压抑的情感所笼罩,造成神经症的真正原因,不仅仅是强烈的情感刺激、外来的纠结所引起,而是这些东西引起了内心的冲突,只是自己不愿意去承认它,揭示它,化解它,有一种自欺欺人的色彩。

唐跃胜正沉浸在所梳理的情感中,隐约听到有呼喊他的声音。噢,肯定是王久福看他很晚没有回去,不放心找来了。待声音近一些听清楚了,他也亮起嗓子做了回应。不一会儿王久福就赶过来了:"唐市长,这么晚了还不休息?"

"这么多年养成晚睡的习惯了,早躺下也睡不着。月光底下想想事,心里透亮些。"唐跃胜边说边迎着王久福。

王久福陪着唐跃胜站在池塘边说着话:"庄稼人不比城里人,没地方去也没事儿干,吃了晚饭看几眼电视就睡下了。我们活得简单想的心事也简单,最多顾着几百人吃饱肚子,你们要管几十万上百万人的生活问题,操的心不一样,想的心事也复杂。晚饭后我带了两个人把你给的月饼都送过去了,有的老人看到月饼呜呜地哭啊。我说这是松江市市长给的,他们都想要给你跪下来。唉,唐市长啊,苦日子不能再这样过下去了。我是最基层摆不上台面的小破官,那也不叫官,就这么个名分,知道的事情少,目光也短浅,更说不出个什么道理来，我觉得要老是这样下去，老百姓就不会相信党、跟党一条心了，人民群众的生活要是有困难国家不管不顾的，那要是国家有了难事老百姓会管会顾吗？我看够呛。这个心可能操大了，可我总是惦记着这个事，总觉得这是个事儿。"

"哎呀老哥，你想的真是个大事，是关系到国家和民族的大事，我还从来没有像你这样，想得这么深，看得这么远。你比我们有觉悟啊！"

"看你这话说的，我有啥觉悟，你们上级领导站得高看得远，是领道指方向的，我们就知道低头干活儿拉车，做点实在事，这可不能比。"

月光下，两个都有点精神亢奋的人，踩着高高低低、坑坑洼洼的田间小路，深情地交谈着困难群众生活生存这些琐碎小事，也说些当大官掌大权的人才有资格说的有关国家的大事要事。关心小事也好，议论大事也罢，当官做领导的只要心里装事就好。唐跃胜是个愿意往心里装事的人。在他看来，今天再大的事，到了明天可能就是小事；今年再大的事，到了明年就成了故事。可是，作为领导干部还应有另外一种思维，今天的小事，不及时解决，到了明天就是大事；今年的小事，累积起来到了明年就是事故了。不论当什么官，当多大的官，不要由于自己不作为、乱作为，让事烦了自己的心，坏了百姓的事。

王久福从来没这么晚睡过觉，他催唐跃胜："唐市长，夜晚了，天也有点凉。你这两天连轴转走访贫困户，召开座谈会，这活不轻快，早点回去休息吧，明天还得往乡里赶，又得忙活一天。咱们领导干部的作风都像你这样务实，农村哪能是这个样子。都是当官的，可成色不一样啊！我待在农村的小天地里，没见过世面，属于井底之蛙，但各级领导干部也接触过一些，为数不少的当官者属于两面人，长了两张脸。在比自己地位高、权力大的人面前，那是满脸堆笑，而在比自己职位低、不如自己的人面前，就不屑一顾，那脸色和派头都让人恶心。唐市长，你不是两副面孔的领导干部，对上对下都一样，你就长了一张脸。"

"老哥，你还表扬我呢。我分管农业和农村工作，可基层的情况我知道得很少，许多事情都是大约摸大概其，甚至凭着推断想象，检讨都检讨不过来呢。要讲做官的成色，你比我的成色足啊老哥。"虽然看不清唐跃胜说话的表情，听声音这话说得挺真诚。

邹凤荣烧好了热水，给唐跃胜准备了新脸盆新毛巾，还有香皂牙膏牙刷。她边往脸盆里舀水边说："唐市长你就住里屋，是儿子儿媳的新房，他们结婚没住几天就到城里打工去了。被褥都是新的，炕也烧得热乎乎的，洗洗早点休息吧，累了一天了。"

唐跃胜接过毛巾："打扰你了老嫂子。我老家也是农村，念大学才离开那儿，每次回去我母亲就像你一样，什么东西都准备好了，想得周到细致。老嫂比母，这话一点不假。"

邹凤荣在围裙上擦擦手："要不怎么说你能当大官，对人多和蔼、多体贴啊！可别说打扰的话，我巴不得你在俺家多住几天呢！你是我这辈子见过的最大的官，还住在家里。你这个贵人可给俺家带来仙气福气喽，不但俺家沾你的光，全村人都沾你的光，托你的福。"

这几句话说得唐跃胜心里热乎乎的，直想掉眼泪，心里嘀咕着，我哪有那么大功力法力，不给人家添麻烦就不错了。上边下来个人，老百姓对他们抱有多大期望啊！可我们总是让他们失望，说不过去呀！他洗完了脸和脚，钻进了已经铺好的热被窝。原以为躺在热炕上一定能美美地睡个好觉，没想到被窝里热，心里更烦躁，一点睡意也没有。他用鼻子闻了闻被子，还有淡淡的肥皂味，然后用双手托住脑袋，又开始思考在池塘边没想完的心事。我们常说要坚持全心全意为人民服务的宗旨，把想人民为人民作为一切工作的出发点和落脚点，什么叫落脚点呢？就是像毛主席说的，共产党人好比种子，人民群众好比土地，种子只有种在土地里才能生根开花结果。你制定再多的政策，如果不能惠及老百姓，不能给他们带来实实在在的利益，就不是好政策;你发展的速度再快，成果再多，要是人民群众享受不到，就不是真成果。在领导机关的工作总结里，在领导干部的报告讲话中，在电视报纸的宣传报道里，农村面貌欣欣向荣，发生着日新月异的变化，老百姓的生活也是蒸蒸日上，农村的形势一片灿烂辉煌。而真实的情况并都不是这样，老百姓的美好生活是被各种各样的平均数给提上去的。有些领导干部不管下面有什么困难和问题，只要GDP数字大，平均收入水平高，能把所有的丑陋遮掩过去就行。这个落脚点一定是踩歪了，没有落在老百姓的切身利益和现实生活上，而是挂在领导干部个人的政绩上。

唐跃胜越想心里越觉得不踏实，心灵的震撼让他躺不住了，呼地掀开被子坐起来。他在痛苦地反思，他在深刻地自责。我们这些当领导的表面上看起来挺气派、挺高尚，而内心里却是灰暗的、猥琐的。这些年来各级制定了那么些惠民政策，而其中有一些政策是凭着个人意志和感觉拍脑袋拍出来的，是笔杆子们坐在办公室里编出来的，和实际情况不靠边不对点。什么叫渎职？由于领导干部责任心不强，工作不到位而出现这样那样的事故，造成这样那样的损失是渎职;而由于领导干部没能深入开展调查研究，没能从实际出发制定了不利于经济社会发展，不利于改善人民群众生活的政策，同样是渎职，并且是更严重的渎职。党政机关制定政策不能高高在上往下看，那样看不清楚，看不明白，缺少针对性，而是要沉到下面，从下面往上看，这样就能真切地知道老百姓需要什么，基层需要什么，农民群众需要什么，困难家庭需要什么。要是对这些实际困难不闻不问，或者根本不了解，政策规定和实际情况之间就成了两张皮，一定是不管用的。做了官当了领导干部的人，对国家、对社会、对人民是负有责任的，不能饱食终日，得过且过，也不能成天揣摩上级意图，研究领导爱好，察看领导脸色，一味讨好迎合，更不能名义上口头上夸夸其谈为人民，而背地里、实际上想个人政绩、图自己升官。要是我们这些大大小小的做官人责任感淡漠了，事业就会受影响，老百姓就要遭磨难，国家的未来就会有危险了。

唐跃胜揉揉眼睛，再按按太阳穴，觉得自己想得太大太远了，还得多想想眼前现实的事。他下地从包里掏出笔和本，把制定低保政策的一些想法写下来，怕忘了。唐跃胜正在聚精会神地写着，传来那个屋的开门声。王久福有起夜的习惯，一觉醒来快到五点了，要上趟厕所。他往这个屋里一看，灯还亮着，以为唐跃胜睡觉忘闭灯了，轻手轻脚地走过去要把灯关上，顺着门缝往里一看，唐跃胜围着被子坐在那里写东西，敲敲门就进来了。"唐市长，你起得这么早啊，睡得怎么样？"

"老哥，不知怎么了，换个新地方睡不着，我一宿没怎么合眼，想起点事就把它记下来，好脑子不如赖笔头。"唐跃胜放下笔伸了伸懒腰。

王久福听说唐跃胜一宿没睡，心疼了。"不睡觉哪行，离天亮还有一会儿，快躺下睡吧，少迷糊一会儿也好。我看你的心事太重，俺也帮不上你什么忙，快睡会儿吧！"说着把灯闭了。

唐跃胜就势躺下来，似睡非睡地等天亮。明天还要到别的地方去。

唐跃胜带着调研组七天走了两个乡，查看了十三个自然屯，开了五个座谈会，走了五十八户困难家庭，对制定好能管着松江市的低保政策，心里有了点谱。

回去的路上，唐跃胜让卢长雨坐自己的车，反复叮嘱他："领导机关、领导干部转变作风，不是嘴上说文件上规定怎么转，而是要有实实在在的行动。我们这次下来下决心在乡里村里待了几天，对事物的认识理解，对农民生活的体察感受，和坐在机关里说大话空话套话是不一样的。要制定一个好的政策不下去待上十天半个月的，没有资格写。我想过了，这个政策的制定实施不会一帆风顺，肯定会有阻力，因为涉及钱的问题。我们尽量争取，这不是为咱俩争名夺利，而是为老百姓为困难群众争利益，哪怕得罪了谁也值得。为了尽快把这个政策制定好，我参与策划，你也别当甩手掌柜，亲自动手写，组织一个得力的小班子，靠你出芽了啊！"

卢长雨随唐跃胜下去这一趟，心里起了很大的变化，牢骚玩笑话少了，多了一份沉默。他看市长决心这么大，还把这么重要的任务交给了他，得有个态度啊，他转过身来："市长，我向你表个忠心吧！"

"你拉倒吧，表什么忠心，我又不是皇上，咱们就是同心协力一起做点事情。"唐跃胜打断他的话。

"那行市长，我是不会拍马溜须的料，说点真情实感。跟你下去搞了一个礼拜的调研，确实了解了农村和农民的一些真实情况，重要的是从你身上学到了做官做人的品格，懂得什么叫近朱者赤近墨者黑的道理。我觉得越是把事做实做细越是有压力，做事情干工作越是漂浮越觉得轻松。现在感到压力挺大，有了压力就能走得实走得快。"卢长雨把表扬和表态两层意思都表达出来了。

在卢长雨几个人的努力下，松江市政府关于农村低收入家庭保障实施办法出台了。当然按照程序要求，从制定到实施中间还有不少讨论和研究的环节。他们几经修改后定了稿，然后报给何劲市长。

市长是要从全局的角度考虑整个盘子的摆布，对资金的使用他要讲轻重缓急，这是他的权力，也是他的责任。看了民政局起草的实施办法，何劲没有明确表态，而是批示将此件送发改委和财政局。民政局按照市长的要求，马上将文稿给发改委和财政局送去。

唐跃胜和民政局在等待这个文件上市长办公会议的消息。半个月过去了没有动静，唐跃胜有些着急，就直接找何劲催问："市长，民政局报送的那个实施办法不知道你看没看，什么时候能够上会？"

何劲先是对他们的调研工作给予肯定："这个实施办法写得不错，很有针对性和操作性。为慎重起见，我让发改委和财政局先看看，这毕竟需要支付很大一笔钱。"

唐跃胜马上解释："这个实施办法是个指导性政策，需要市县乡三级财政共同负担，只是市本级财政支付稍多一点。"

何劲点点头:"那行,最近安排上会。"

在市长办公会上,民政局局长张学功对起草该实施办法情况作了简要说明,然后何劲让与会同志发表看法。市长话音刚落,财政局局长冷文波抢先发言:"这个文件我们事先看过了。在现在的情况下围绕解决好农村低收入家庭生活保障,制定这样一个实施办法很有必要,充分体现了市委市政府对农村农民的关心。但有两个问题需要考虑,一个是低保资金应由县乡财政解决,市财政一下支付这么大数额的资金压力很大。再一个是将来建立城乡保障体系,可以把低收入保障放在那里一并考虑。"发改委主任赵迪接着发言:"按照市里统筹规划,小城镇建设明年将要全面展开,可以把低保问题放在小城镇建设这个大盘子里一并考虑,这样比较好解决资金来源问题。"

财政局和发改委是政府序列的领衔部门,由市长一手把持,这两个领军人物一开腔,事情基本上就定了调了,因为他们的意见中能看到市长的影子,别人一般都不再说什么。唐跃胜想,这两个人率先发言说的是他们自己的看法,还是市长的主导性意见,一时吃不准,需要投石问路。唐跃胜给张学功递眼色,让他站出来说话。可这时候张学功低着头把玩手中的笔,准备记录的样子,谁也不看,对唐跃胜递来的眼色硬是视而不见,偶尔向何劲和范亚风扫一眼,会议出现短暂的冷场。

何劲不习惯冷场,凡他主持的大小会,都喜欢很连贯地进行。他把头转向唐跃胜:"唐市长,你做了大量的调研工作,对实际情况了解,要么你说说。"这本来是句客套话,唐跃胜一看市长点了将,又不是我自己硬要说,于是就借题发挥:"这个实施办法的制定情况,民政局局长已经做了汇报,我不多说了,但这个实施办法幕后的故事大家不一定清楚,因为在座的各位都不生活在农村里,有些人和我一样,老家虽然在农村,是从农村走出来的,但家里亲人的生活恐怕并不困难,至少说能过得去,谁也不会把解决农村低保问题太放在心上,这也是情有可原。去年以来,因低保政策不落实造成大量农民上访,市长让我们做些调查研究,把原来的政策做些调整使之进一步完善。前些日子我和民政局的同志一道到东岭县的两个乡做了比较细致的调研,我万万没有想到,一个村竟有二十多户符合五保户条件的困难家庭,得不到政府一分钱的资助。他们的生活穷到难到什么程度,不亲眼看一看是无法想象的。他们绝不仅仅是就业难、看病难、上学难,而是在生死线上挣扎。"

唐跃胜说到这里声音有些哽咽,参加会议的人眼睛齐刷刷地聚焦到他的脸上,会场的气氛变得凝重起来。由于激动,唐跃胜说话的声音稍稍高了些:"在全市经济社会事业发展的全局上,确实有轻重缓急之分,可谁能把人民群众的冷暖安危放在秤上称一称,哪个轻哪个重,哪个急哪个缓呢?不是我分管民政工作就强调民政工作重要,也不是往农村跑了一趟就在为民请命。当那么大的一个弱势群体需要关心帮助救济时,谁都不能无动于衷,谁都不该麻木不仁。什么是大事,什么是小事,恐怕无法下个确切的定义,作为领导机关、领导干部千万不能在大事与小事之间画一条界限,那样会使我们丧失民心、走入歧途。今天是研究救助低收入家庭的具体政策,有感而发说了几句题外话。要是这个实施办法不行,可以改,可以重新写,但这个问题不能再拖,确实到了该解决的时候了。"

何劲听了唐跃胜很动情的话若有所思,他最后做了总结发言:"唐市长的一番话发自肺腑,我深受启发。老百姓是天,老百姓是地,他们生活的好不好与我们息息相关。民政局在报给我的实施办法后面附了个调查报告,我看后止不住眼泪啊。要说松江市的农民生活困难没过上好日子,我是第一责任人,这是推不掉的。现在这个实施办法比较好,财政局要尽快与各县区沟通协调,确定低保政策中各级财政投入比例,发改委和劳动局配合做好相关工作,待条件成熟马上实行。"

唐跃胜面无表情地体味着何劲这番话的含义。作为决策拍板人,他原则上肯定了制定这样一个实施办法的重要性和必要性，积极予以支持，而对市财政如何投入却没有明确意见，让财政局介入协调，这就可能翻来覆去地扯皮。"待条件成熟后马上实行"这句话也耐人寻味，条件是否成熟的标准是什么，什么时候条件才能成熟，这就留出了很大的空间和余地。他这是进路退路两头堵啊，真不愧是政治家。唐跃胜无语了。

事实证明了唐跃胜的预感，市长办公会后，财政局、发改委几个部门动作很快，又是召开座谈会，又是沟通协调，张罗得声势很大，但干打雷不下雨，那个实施办法又拖了八个多月才重新上会研究，待贯彻实施，那是一年以后的事，并且声势弄得挺大。那年松江市政府制定了为民办实事规划，解决好农村低收入家庭生活保障，被列入十五件实事的末尾。即使这样，这件实事也在社会各界引起了很大反响，激动的人们欢欣鼓舞。媒体更是领衔主演，纷纷炒作，市委、市政府领导用关心爱护老百姓的实际行动，贯彻落实上级执政为民、以人为本的精神，办实事值得称赞。

唐跃胜看着报纸好生纳闷，难道各级政府为老百姓所做的事情，还有虚实之分吗？要是有，虚实的界限在哪里？他直摇头。

第 十 七 章

在全国上下轰轰烈烈推进小城镇建设的浪潮中，松江市制定了加快小城镇建设五年规划。这当然是市长的主打工程，但作为分管农村工作的唐跃胜也责无旁贷。不论是唱主角扛大旗，还是敲边鼓拉帮套，都得往前冲，不能做旁观者，更不能当绊脚石。

唐跃胜从各县市上报的材料中看到，秦谷县的梅河乡敢于创新，抢得先机，创造了在加快小城镇建设中合村并校的经验。他决定到那里学习考察。这次和他同去的是民政局局长张学功和秘书赵祥龙。秦谷县常务副县长邓洪坤在梅河乡迎接。在乡里召开的座谈会上，邓洪坤和乡党委书记曲真分别做了汇报。按照惯例，唐跃胜是要说些肯定赞美之类的话，毕竟梅河乡的经验在市里挂了号，还准备往上推荐。可他只轻描淡写地说了几句表扬性的话，执意要到已经合并的村校看看情况，听听反映。乡长段嘉伟自告奋勇全程陪同。

段嘉伟为什么那么积极恳切地要跟随唐跃胜下去做调研？因为他有心事，有话要对上级领导说，这是他盼望已久才逮着的机会。

晚上邓洪坤代表县委、县政府在梅河乡宴请了唐跃胜一行，他致辞时的话说得很自豪："梅河乡是在小城镇建设中涌现出来的一个典型，不仅要在市里叫得响，我们还要把他们的经验推向全省，要是能在全国挂上号，那就更是锦上添花。唐市长这次亲自来考察指导,这是松江市委、市政府对我们最大的信任、鼓励和支持,一定能推动梅河乡、秦谷县的小城镇建设再上新的台阶,取得新的成就,创造新的经验。"他还借着这个机会宣传秦谷县未来发展的宏伟蓝图,听起来很是鼓舞人心。

随着一杯杯酒下肚,人们的热血开始沸腾,酒宴的气氛逐渐升温,张学功有点不耐寂寞了,他和邓洪坤一唱一和地连说了三个好:"梅河乡的小城镇建设之所以取得这么大的成绩,是中央的政策好,市县领导得好,乡里落实抓得好,是立得住的标杆。"这几句赞美的话说得不实诚,挺虚的,听起来让人不大自在,唐跃胜也有些反感,他又开始扮演两面人的角色。来秦谷县的路上,张学功摇头晃脑地说梅河乡这个典型不大靠谱,有注水拔高的嫌疑,在宴会上又为其大唱赞歌,讨人家的好。他端着酒杯准备继续往下发挥,又有所顾忌地扫了一眼唐跃胜,觉得市长不愿听这样的话,就打住不再往下说了。宴会上唐跃胜隔三岔五地说几句风趣话,表示自己的存在和对大家的尊重。

宴请时间不长,个把小时就结束了。吃完饭唐跃胜就回乡里的宾馆休息,赵祥龙刚把茶叶泡上,段嘉伟敲门进来了。唐跃胜边让座边问:"段乡长你家住在乡里还是在县城,不回去休息啊?"

"我是土生土长的坐地户,住的离乡里不远。曲书记家住县城,是走读生,他基本不住这里。唐市长,虽然咱们是第一次见面,可我们早就听说你了。曲书记家里有事回去了,他让我过来看看市长有什么吩咐,需要我们做点什么。"

"噢,你们听说我什么了,是不是有些不好的传闻哪?"

"不是不是,虽然乡和市里隔了好几层,但官场上的人和事传播得非常快,最起码你是值得我们尊重和信赖的领导。唐市长,我看今天晚上你没怎么说话,对我们乡的工作也没做什么评价,尽管觉得不大得劲,但就从这一点上我们能感受到你严谨慎重的领导风格。"

"我这个副市长不说话你们心里就发毛没底,那是你们多虑了。

我之所以没多说什么话，主要是因为我对梅河乡合村并校的情况不了解，也就不好妄加评论，说不及你们不高兴，说过了我会感到不舒服。那么你这个创造了梅河乡经验的乡长，怎么看待自己的工作成果，给自己打多少分？"

段嘉伟晃晃脑袋："这个分还真不好打，有点名声在外，不好下台。人们常说鞋合不合适脚知道，很多时候痛苦在自己心里，荣耀却在别人眼里。梅河乡的经济条件并不好，合村并校不是简单的一句话，而是要靠实力，需要充足的钱来做好配套工程。在上面看来梅河乡的合村并校轰轰烈烈很成功，其实那是驴粪蛋子外面光，许多矛盾和问题捂在里面。我们的日子过得挺紧巴，真有点捉襟见肘哇。"

唐跃胜觉得奇怪："有这么悲观嘛，我看你们的经验挺好哇，材料写得也不错。"

段嘉伟的话说得有点直言不讳："市长，我们哪有那个水平，这个经验材料是县里帮助总结拔高弄出来的。曲书记急于调回县城，也就多方面创造条件，当县里把合村并校的试点任务摁在我们头上，他就委曲求全地接了，然后把活推到我身上。他怕我不干就给我戴高帽：'我在这儿干不了几天，做这些事也是为你打基础垫道。我调到县里你当书记，给你让窝，你可别推辞，这是给你创牌子。'干工作俺俩还是挺对撇子的，人也处得来。小城镇建设可没有那么简单，我们硬是要把十几年、几十年才能做到做好的事，在三年五载内干完，能不留后遗症吗？我既是受害者，又是造孽的人。"

"这是怎么说的，创造了经验的乡长倒成了罪人？"唐跃胜不解地问。

段嘉伟来精神头了："市长，你要是不困不急着休息，我就详细向您汇报汇报。有些领导来了专门听成绩，听好听的话，你和他们不大一样，什么情况都听，还要实地考察到下边看看。我可遇到能说点真话实话的领导了。"

唐跃胜敞敞亮亮表了个态："你挺能表扬人的，乡长把副市长好顿赞美表扬，听着挺舒服。我现在不想睡觉，有什么话你就说，今晚就等于开了个只有咱俩参加的座谈会。你说吧，茶水都预备好了。"

段嘉伟乐得眉开眼笑："唐市长，那我可就说了。"

去年春天，县里提出结合小城镇建设要修建一条沿林观光大道，和我们乡搭上界了。规划要求取直道，这样就要动迁五六户人家和二十多亩地的塑料大棚。五六户人家动迁工作好做，按照规定给予补偿就行了，可那个塑料大棚是由十来户人家组成的蔬菜专业组建起来的，他们用了好几年时间一点一点投入才干出个模样来，塑料大棚是他们的命根子，坚决不同意动迁，给补偿也不干。我们也觉得沿林观光大道非修成笔直的吗？就向县里提出改道的建议，结果挨了顿批，要求我们必须按原计划和时间完成任务。我们一看做不通县里的工作，就把任务往村里压，让他们务必想办法做好疏导工作，尽快完成动迁。村里一着急就动粗了，动迁那帮人和蔬菜专业组的人打起来了。一天夜里，动迁组的七八个人拿着铁锹镐头偷偷靠近塑料大棚，想强行把大棚扒了。谁知道蔬菜专业组的人怕被偷袭，早就严阵以待有所防备，天天晚上派人值班，还有两条狼狗助阵，没等动迁的人动手，两条狗便狂叫着向他们扑去。动迁组的人想撤走，被蔬菜专业组的十几个人团团围住。开始时是相互指责，继而是粗鲁难听的谩骂，再后来就动起手来了。两边人的火气都很旺，谁也不让谁，一场混战终于爆发了。在那个黑乎乎的夜晚，打声哭声喊声乱成一团，真是有点惊天动地，村里跑过来围观的人越来越多。动迁组里不知是谁怕弄出人命，慌忙给村长打了个电话，村长怕压不住阵立即给我打电话。我一听说为动迁打群架，抓了件衣服登上自行车就往那儿赶。俺家离出事地不太远，一会儿就到了，我去的时候双方还继续在打。我把自行车一扔，一边喊住手一边朝人群就跑过去了。那帮人打仗打红眼了，听到喊声奔着我就过来了，不管头和脸一顿拳打脚踢。情急之下我拼命喊，住手，我是乡长！可谁认识我是乡长啊，大黑天也看不清啊！不知谁在骂："操你个妈还乡长,你怎么不说你是县长市长,你要是欺负老百姓就是省长也照样揍你。"说着一脚踢到我的下部,我"妈的"一声就倒地了,疼得我两眼冒金星。这时候乡派出所的民警接到报警赶过来了,制止混战后用手电筒一照,横七竖八躺了一地人,有的满身满脸是血。有人扒拉我时一看惊呆了,这不是乡长吗?怎么也参加混战被打倒在地!他们顾不上细问,马上从乡医院叫来一辆救护车。

到医院一检查,我的下部都肿起来了,连路都不敢走。医生说这是踢偏了,要是踢正点能把你踢死。我这算是捡了条命。第二天有人听说我住院都过来看我,男的女的都有,问我什么病,难说呀!还能说拉架让人把命根子踢坏了?就支支吾吾地搪塞。俺老婆不让呛了,非要打我的人赔偿。我求她说,你叫谁赔呀,连打我的人是谁都不知道,咱就吃个哑巴亏吧!再说了,踢到这个地方怎么和人说,算了算了。农村人传瞎话那是没边没沿的,有影没影都能给你胡诌一套。可这事能瞒过人吗?没过几天就传开了,说我的命根子被人踢坏了,报废了不能用,等把凶手查出来叫他陪俺老婆睡觉,这就等于赔偿。你说这不是胡扯吗?

唐跃胜听到这里憋不住一下笑了:"那你的家伙到底踢没踢坏?"

"没坏,好用好用。"段嘉伟不好意思地笑笑。然后他换了副有些愤怒的腔调:"唐市长啊,这事要说到这里结束就不叫故事了,我也不能讲给你听,这才刚开始。打了那一仗后,乡里下了死决心,采用软硬兼施的手段拔掉了蔬菜专业户这个钉子,把塑料大棚全拆了。可没过多少日子县里又下了通知,由于资金短缺,沿林观光大道暂停修建。祸祸了一大顿,工程又停建不干了,这真是晴天霹雳啊!我们怒火填胸,好好的塑料大棚硬是给人家拆了,可道又不修了,这不是丧天良祸害人吗?受了重大损失的蔬菜专业组那些人都快疯了,他们集体到乡里上访,围在乡政府门口破口大骂:'你们这些狼心狗肺的东西,你们这些婊子养的,有这么作践祸害老百姓的吗?你们总有一天要遭报应,叫你们走江掉江,过海掉海,让雷公劈死你们,叫你们断子绝孙。'我们就装聋作哑听着吧,能说什么呢,这事不怪人家呀!"

"段乡长,你们明知道这样修路老百姓不满意,资金上又有困难,为什么不及时向县里反映呢?你得让县里了解你们的实际情况。"唐跃胜有点质问的意思。

段嘉伟哭笑不得:"我和曲书记不知向县里说过多少次了,人家连理都不理,根本不听你那一套。他们不管你有没有困难,只要结果。我是个小乡官,这些年的最大进步就是会见风使舵,看脸说话。我到县里参加过几次有关加强小城镇建设的会,就是领任务表态度,根本不听你这个问题那个矛盾。我每次汇报时一看领导皱眉头不愿听了,马上就转向,要不然你报喜得喜,报忧得忧。我们这一层的官儿纯粹是受夹板气的料,老百姓恨你骂你,上边挤你压你。为盲目扒塑料大棚引起斗殴的事,我向县里作检讨,在全乡干部大会上作检讨,到村里向村民作检讨,向受损失的专业户们鞠躬道歉,因制止动迁打架不力,背了个行政记过处分。拍拍良心我到底错在哪里?真是的,哪个庙里都有屈死的鬼,到现在我都不知道该到哪里出这口怨气!"

唐跃胜没在乡里干过,对这个层次干部的苦衷了解不多,理解不深。听了段嘉伟的诉苦,同情之心油然而生。"哎呀段乡长,我虽然当过县长、县委书记,但没有在乡镇工作的经历,基本上是在机关里待着,时间一长就养成了高高在上的漂浮作风。什么叫官僚主义?它不是个单纯的口号和说法,而是体现为一种理念、情感和行为。高层次领导、长期在机关里工作的人为什么容易犯官僚主义的毛病?就是在不了解下情、不懂得民生的情况下进行决策,指导工作,这样做的结果很难避免凭主观意志和愿望甚至想当然做事瞎指挥,造成工作失误,事业损失。同时还会出现一味地对下面批评指责的现象,伤害做实际工作那些人的积极性。你看看你们修的那个沿林观光大道,一会儿建一会儿又不建,翻来覆去烙烧饼,那是典型的官僚主义瞎指挥。我身上也有官僚主义和形式主义,对于在现在的经济社会条件下到底怎样搞小城镇建设,不论从理论上还是实践上都没怎么弄懂,就不敢乱说话。这次到下边了解情况,就是向你们学习请教,和你们一起进行总结。我最担心的是搞小城镇建设又刮风。咱们中国人最爱刮风,说要干什么就一哄而起,说不能做什么又一哄而散,大起大落,起起落落,害国伤民。最近从内参上看到一份材料,说中国要大力提高城市化比率,通过城镇化建设使农村人口大幅度向城镇转移,这是中国走向现代文明的标志。咱们中国可是经济落后的农业大国,向现代化迈进也是个历史过程,我们现在还处于社会主义初级阶段,提高城市化率也搞大跃进恐怕会出乱子行不通。可是现在从上到下都这么喊,刮起一股强劲的造城风,谁还能唱反调,得随着潮流走啊。我看你们步子迈得挺大,但苦头吃得也不少吧!一个未成年的小孩只能挑个五六十斤,最多百八十斤,你非让他挑一百五六十斤的担子,他的能力实力不行,非压垮不可。"

段嘉伟激动地站了起来:"唐市长,不瞒你说,这个造城风让老百姓吃了苦头,也让我多造了不少孽呀!"他控制不住自己的情绪,眼泪刷的就流下来了。"你看我坐在这里说话像个好人似的,实际上我心里苦得很,一年里背了两个处分。春天因动迁打架背了个行政记过处分,挨了一脚差点没被踢死;秋天又因为校车翻了死了学生,背了个行政记大过处分,要不是曲书记层层做工作,很可能要留党察看,撤销职务。倒霉的事都叫我趟上了。"说着眼泪又下来了。

唐跃胜关切地问:"你说的就是去年秋天死七人、伤九人的特大翻车伤亡事故吗?"

就是那起事故。段嘉伟一边抹眼泪一边说。一下死了七个孩子,别说给个行政记大过处分,就是开除党籍公职也赎不了那个罪呀!七条人命啊,而且都是活蹦乱跳的孩子。这起事故我确实负有领导责任,可这能都怪我和曲书记吗?梅河乡原来中小学的布局是分散了些,但方便孩子上学,绝大多数孩子上学就走三四里地。小城镇建设要求在合村的同时并校,而且是一刀切,有条件没条件都要落实。这真是牛不喝水强按头啊!我们乡把十八所中小学合并为一所中学、四所小学,学校规模扩大了,师资力量相对得到了充实和集中,但大多数学生上学难了,平均要走十多里地,最远的将近二十里。县里规定中小学生不能住宿,我们也没有寄宿条件,只有买校车通勤上学。可是乡里财政没有几个钱,哪有买车这笔款?就求爷爷告奶奶地到处化缘,好不容易弄了七八辆旧车破车,有几辆大客车属于报废车。我们的孩子成天就坐这些车上学。我当时心里就敲鼓,万一出了事怎么办?那可是人命关天,就和负责教育工作的副乡长商量,让车况相对好点的车跑难走的山路,千万让学校和老师多操点心。我们小心来小心去还是出了事。一个大雨天,因山陡路滑,拉着好几十个孩子的中客车滚落山底,发生了震惊全省的那场惨剧。等我赶到事故现场,看到雨中死伤的孩子们,抱着曲书记就哭,死的心都有。从那以后有半个多月的时间我天天做噩梦,一闭上眼就看见血肉模糊的孩子,只要被梦吓醒就再也睡不着了,吃安眠药都不好使。心灵的煎熬使我不但精神不济,身体也垮了,掉了二十多斤秤。我当时向县里提出辞职,接受组织处理。县里组成联合调查组对事故进行调查后认定,属于突发性事故,曲书记负有领导责任,我负有主要领导责任,给了他个党内严重警告,我背了个行政记大过处分,让我俩戴罪立功。唐市长,我不是看你来了逮着个机会发牢骚叫冤屈,而是觉得在基层干工作常常很被动很困难。为了树我们乡这个典型,不管经济基础怎么样,不管条件允不允许,硬压着摁着让你干,出了问题还要我们兜着扛着。

"那你们村与村合并后的情况怎么样?"唐跃胜有意把话题引到这上面来。段嘉伟呸了一口:"别提了,村与村之间为什么要合,怎样合,合了之后怎样运行这些事都没有想明白、设计好,呼呼隆隆就开干了。那叫什么合并啊!就是把几拨人划拉到一块,其他一切照旧,我都愁死了。"

唐跃胜指着一份材料:"不对呀段乡长,县里报到市里的情况反映中说,实行合村有三大好处:大幅度精简了机构和人员,建立起新的运行机制,提高了工作效率。这可是白纸黑字,你们自己干的事,自己总结的经验,你怎么不认账了?"

段嘉伟的话说得挺自嘲的。这事让我真正领略到谁最会弄虚作假了。我们乡里写了个关于合村并校的情况反映,报到县政府办被退回来了,说高度不够,重写。乡里的笔杆子就那么个水平,几个人又鼓捣了两三天,我和曲书记看了都觉得挺好,比较真实地反映了我们的工作状况,又报上去了。县政府办的陆玉洁主任看后不高兴了,在电话里把曲书记好顿训:你们怎么就没个眼力见儿,看不出个火候?这个经验材料不仅仅是乡里的事,还代表着秦谷县的脸面,不能婆婆妈妈地就事论事,而是要有概括和提炼,使之达到一定的高度,这样材料才有分量。并且告诉曲书记,他要亲自到乡里总结。曲书记和我一碰,我们只管做好接待服务工作,他们想怎么写就怎么写,笔杆子话语权在人家手里。他们来了倒好,找几个人开了个座谈会,然后就关在屋子里炮制经验。我们说的没说的,做的没做的,凡是他们需要的都往里写,都往上拔。以前为了应付上面,上报的数字我们也掺了不少水分,那是壮着胆子干这事,算计来算计去的,生怕惹事出麻烦。县里的那几个人写经验材料的动作让我开了眼界,他们说大话假话空话的胆子比我们大,水平比我们高,掺的水分比我们多。俺曲书记看了他们写的经验材料和我说,这个材料写得让人心里不踏实,虽然总结的是咱们乡的经验,可那里边的事有的我连想都没想过,结果经验都出来了,你看看帮把把关,这要是报到上边捅出娄子,咱俩都被卷进去了。我立马推脱说自己没有那个水平,县里定了调子的事咱们就服从跟着说好吧,可不能说不同意见,更不能顶着来,就这样我们梅河乡被总结拔高了。

别看段嘉伟头一次和唐跃胜见面,说起话来像久别重逢的老朋友,无拘无束。他看看表十点多了,有点不好意思地站起来:"唐市长,我话说多了，不知怎么的见了你就想把心里话说出来。这么晚耽误你休息了。这几天我要做两件事，一件是把调查研究的各项工作安排好，再一件是清明节快到了，我要给那几个孩子上上坟。"说着头也不抬地走了。可能说到死去的孩子，又触到他心里的痛处了。

　　送走了段嘉伟，唐跃胜静静地坐在那里，思考着梅河乡合村并校经验的价值和作用。他们这个经验材料中虚假拔高的成分别人是不知道的，而且这个经验是县里下来总结的，又得到了市里领导的肯定，涉及这个经验的话题就比较敏感了，不能轻易触碰。出现这种情况看起来表现在下面，根子还是在上面，是上级机关工作指导思想上存在太多的功利主义和实用主义，什么事情都跟风刮风，什么问题都一个模式一刀切。上面制定的政策差之毫厘，下面在执行中可就谬之千里了。其他地方要是盲目地学习借鉴梅河乡的经验，那问题就大了。他忽然想起自己在林兰县当书记时经历的一件事情。

　　那时强调领导干部年轻化。上面有了这个总体要求，各级开始制定实现干部年轻化的具体措施。松江市从副科到正处划出四条年龄界限，并作为不可突破的硬性标准。林兰县委要把一个镇的党委书记提拔为副县长，但须等到县里召开人代会走程序，而人代会又是在来年的1月份召开，这就跨年度了。巧的是市里规定提拔副处级干部年龄要求的上限是三十九岁，这个党委书记正好三十九岁多快到四十岁的临界点上，当年12月份提拔是三十九岁，年龄正好，要是等到来年1月份人代会召开，那个时候就是四十岁，不符合市里的要求。就这么个一刀切的数字游戏，把那个党委书记坑了废了，没提起来，原因是年龄超了。组织部部长找那个党委书记谈话解释时，他提出了一个令人啼笑皆非的问题："今天提拔我年龄正好，明天就超龄了，那么俺妈什么时候生俺才对？是俺妈生错了还是政策规定有问题？干部是不是年轻化就差那一天吗？"后来他愤然离开官场，去做了一个公司的董事长，事业搞得红红火火。

　　每当想起这件往事，唐跃胜的心里就会生出不可名状的痛楚。

在选拔任用干部上搞一刀切，真是切掉了不少德才兼备、年富力强的好干部，原因就是他们超过了上级规定的一岁半岁，甚至是三天五天。实行干部年轻化的同时，又强调知识化，各级又纷纷制定有关加速领导干部知识化的规定，本科学历又成了一道坎，达不到本科学历的不能提拔。这就逼得没达到本科学历还想进步的那些干部纷纷往大学里钻，通过各种方式弄一个学历，拿一个文凭。而那些金玉其外、败絮其中的干部再拿几个文凭也算不上是知识型干部，达不到知识化的标准。可不少人真的就是文凭到手，官运亨通。

唐跃胜从那些往事回到上下都在搞的小城镇建设的现实中来，内心涌起一阵阵躁动不安。一个国家的城市化率，一个地区的城镇化水平，不是个单纯的经济问题，更不是无聊的数字统计，而是现代文明达到的水平，现代文明需要长时间的创造积累，不是喊口号贴标签一蹴而就，不是今天做了计划明天就能实现，不会像吃止痛片那样，现在吃了一会儿就能见效。现在农村有那么多青壮年外出打工，但农村并没有怎么富裕起来，农民的生活水平依然很低，城乡差别依然很大。原因就在于土地制度和户籍制度改革滞后，农民身上仍然背负着很多枷锁，离乡打工的人并没有享受到同城里人一样的待遇。城镇化建设是中国走向现代化的一个重要标志，是经济、文化、道德、法律达到一定程度的结晶，绝不是一合一并那么简单，绝不是把农民赶进城变个身份就实现了城镇化，而这恰恰是许多领导干部盲目推进小城镇建设思想认识的逻辑起点。在松江市这样经济并不发达的地区搞城镇化建设，到底应当走怎样的发展道路，各级领导干部并不清楚，只站在规律的边缘，需要经过艰苦的探索研究，才能逐步达到理性的自觉，使城镇化建设健康地向前发展。

想这些问题想得太投入，唐跃胜觉得头有些晕乎乎的，想停下来不再思考，可是不行，思维如同开足马力往前跑的火车，巨大的惯性使他不能一下子停下来。自己作为副市长属于执行的官，不是拍板定夺的掌权者，想这些问题怕是多余的，并且也只能是想想，与实践无关，那我为什么逼迫自己、折磨自己去想那些不会有答案和结果的问题呢？这是何苦！可是你毕竟占着分管领导的位置，也不能无所事事呀！这真是欲为不成、欲罢不能啊！他强迫自己赶紧睡觉养好精神，明天有好几个座谈会要开呢。

第二天上午，唐跃胜和张学功几个人一起，参加了由十来个村干部与会的座谈会。唐跃胜开门见山地说明了座谈会的主题，反复强调："我们来就是为了了解情况，为市里决策提供参考。你们要敞开思想，想说什么就说什么，想怎么说就怎么说，只要是实话不是假话，说问题提建议什么都行。"会场里没有动静，你看看我，我瞅瞅你，都不先开口说话。可别以为村长是泥腿子大老粗，他们是懂政治的，梅河乡小城镇建设的经验在县里市里挂了号，得到上级的肯定，这些他们是清楚的。作为村级干部只能为维护荣誉添彩，不能自我否定抹黑，哪一句话说错了就算是把县里乡里得罪了，以后还能有好果子吃？座谈会就那么闷着，一屋子人就那么耗着。

张学功有些着急，他从村干部处于第一线、最辛苦也最了解情况说起，从多个角度进行启发引导，村长们还是不张嘴，你有千条计，我有老主意。

段嘉伟当然了解这些村官们的心思，他们不是没有话说，而是不愿讲、不敢讲，心里有顾虑。你再大的官听完汇报就拍屁股走人，他们要是惹下什么麻烦得自己兜着。段嘉伟咳嗽两声清清嗓子："今天唐市长亲自到咱们乡搞调查研究，我是陪同搞服务的，你们只要一说话开了场我就离开，不在这里挡害碍眼。你们也别他妈的一个个装熊儿，私底下有能耐咒天骂地的，什么话都敢咧咧，到了动真格的时候变成了缩头乌龟，有什么话亮开嗓子说，别留在肚子里沤肥。今天你们要是有话不说，以后有什么事别找我，所有问题都你们自己扛着，就是天塌下来你们也得顶着，到时候哭都没有人看。唐市长，我插这么几句话，就不在这讨人嫌了，走了啊！"

段嘉伟的话虽然有点粗鲁，但唐跃胜从中受到了启发，他把说话音量调得很小,像自言自语似的:"我今天到这儿来不光是听你们说什么,在可能的情况下还想帮你们做点什么。副市长听起来官挺大,派头不小,实际上权力有限,做不了什么大事,但力所能及地帮你们出点主意,解决点实际问题是可以做到的。我就不信,你们在小城镇建设中就那么一帆风顺,什么困难问题都没遇到,也不给我这个副市长为你们出一点力的机会?"

一石激起千层浪。唐跃胜的这几句话如同发酵的面引子,把一团死性的面发开了。一个村长自报了家门:"我这辈子没和这么大的领导坐在一起说过话,今儿是偏得了。小城镇建设的成绩我就不多说了,成绩不说跑不了,问题不说不得了。我就说说并村后我这个村长的难处。难在哪儿呢?过去一个村就一个村长,最多配一个副手,再加上会计村班子就两三个人。并村后倒好,村班子快赶上乡班子县班子了,一大帮子人。好几个村长到了一块儿得排排队,不能群龙无首,上级真有办法,给你设第一村长、第二村长、村长。咱听说过去一些重要的大省设第一书记、第二书记,为的是加强党的领导,维护政权稳定,这么设挺好的。可一泡尿不用使劲都能尿到边上的小山村,还要把村长分为第一、第二、第三,这不是开玩笑捉大冤吗?今天的座谈会本来第一村长来,他有事让我这个第二村长来,还一个劲嘱咐我说话把点门,别瞎鸡巴咧咧。我就怕你们这些领导说我这些话是瞎咧咧,深化改革要求简政放权,我们这里不但没简政,还把村官的板凳加长了,以前两三个人的工作现在六七个人干。这样要是能提高工作效率,把小城镇建设搞好,我把李姓倒过来写,把眼珠子挖出来当球踢。"

他的话音刚落,另一个村长也开炮了:"合村就合村,非要急猴似的慌慌忙忙并校吗?小孩子读书不容易,应当尽量创造一些方便,那都是咱们自己的后代呀!现在倒好把简单的事弄复杂了,孩子们天天坐校车上学。你看那些校车有一辆像个车样吗?去年那场车祸我九岁的孙子没了。"他哽咽着说不出话来了,缓了一会儿,用手背擦拭着眼泪。"没有了孙子我们的日子都快过不下去了,我一闭上眼,他就在我身前身后转。高高在上的那些当官做老爷的,就会说漂亮话,就会打官腔,红嘴白牙嘈嘈嚷嚷要关心爱护下一代,可他们关心在哪?县里给乡里一分买校车的钱了吗?都让他们这些王八犊子吃了喝了贪了占了。你上边一张嘴就定指标定速度,规定什么时候达标完成任务,说的都是些屁话,他们是站着说话不嫌腰疼。"旁边的人拽了他一把:"别激动,说两句就行了。"他把手一甩:"我六十好几的人了,秋后的蚂蚱蹦跶不了几天了。孙子都不在了我还怕啥呀,真要是把我抓监狱还好了,那里管饭吃。"

唐跃胜一看座谈会炸开了锅,需要降降温,就因势利导地把话题集中拢一拢:"非常感谢大家说了那么些心里话,我能理解你们的心情和难处,下面是不是侧重说一下你们在小城镇建设中,需要解决一些什么具体的实际的问题?"一个年轻点的村长站起来:"好,我说两句。我们这些在最基层工作的村官,不在乎,不打怵多出力多流汗,也不怕那些棘手的问题,就怕政策跑偏老变来变去的。搞好小城镇建设要制定一个好的政策和规划,把方向指明把住了,不能想哪干哪,干什么样算什么样,要不然我们就成了无头的苍蝇乱碰乱窜,我们受苦,老百姓受害。别看现在我们还不富裕,只要政策好,我们能带领老百姓过上好日子。"

连续开了几个座谈会,又到几个村的村委会实地进行了察看,唐跃胜对梅河乡的小城镇建设大致有所了解。他和张学功商量:"这次我们不能白来,回去后给市里写个情况反映,中心意思是小城镇建设应当注意的几个问题。"并把任务交给了他。张学功虽然把活接了下来,但反复和唐跃胜磨嘴皮子:"县里市里都总结肯定了梅河乡的小城镇建设经验,咱们的情况反映还是正面表述为好,别弄得像纠偏唱对台戏似的,反倒出力不讨好。我怕到时候你也不好说话。"唐跃胜寻思寻思:"你说的这个问题还真得注意,别人家栽花,咱们挑刺,好像就咱们正确。但是我想啊,该说的话还是要说,我们下来搞调查研究写情况反映不是搞新闻炒作,而是为市委、市政府决策提供参考。咱们现在制定的一些政策属于成绩导向型,根据取得的成绩和对未来的设想做决策,以求锦上添花,这正好把事情弄颠倒了。我们都有这样的感受,真正好的决策是从问题和矛盾出发,根据存在的矛盾和问题决策,那就有了现实针对性和操作性。我敢说松江市小城镇建设中存在的这些问题,书记、市长并不一定都了解,或者了解不多,这对他们作决策是不利的。什么叫对上级负责?什么叫对老百姓负责?说真话实话就是,说虚话假话就不是。过去说当官不为民做主,不如回家卖红薯。现在应当改一下,别老想做人民群众的主人,而要当他们的服务员,当官不为民造福,不如回家卖红薯。"唐跃胜说完了这些话去握段嘉伟的手:"段乡长,我们这次到梅河乡搞调查研究,你这个乡长给我创造了很好的条件,得好好感谢你呀!当好乡官不容易,有苦处,有难处,也有怨处。怎么办,咱们还得凭着党性和良心,硬着头皮挑着担子往前走;不能停下来、歇下来。我把手机号留给你了,有什么事给我打电话,只要力所能及,我会给你帮助和支持的。你那天晚上说要办好两件事,第一件事你帮我办好了,明天是清明节,别忘了把孩子们的事办好。"段嘉伟使劲握着唐跃胜的手:"唐市长你心真细,这事还记得。你放心,我一定办好!"

那场翻车灾难后,乡里征求故去孩子们家长的意见,为他们修建了一座小陵园,把七个孩子都安葬在那里。

一眨眼,孩子们离开人世八个月了,到了该祭祀他们的日子了。段嘉伟按照当地的习俗准备了祭品,还特地扎了一辆豪华的纸车,去探望非亲非故早逝的孩子。

段嘉伟知道这天孩子的父母都会来看望他们,孩子的同学有的也会来扫墓。为了避免与他们相遇,天刚亮他就骑着自行车,一个人来到孩子们的陵园。七座坟排成一排,石碑的上方镶嵌着孩子们的照片,中间写着他们的名字。坟的后面栽种了二十多棵一米来高的松树。小小的陵园在清晨的薄雾中，是那样的宁静而凄凉。段嘉伟在每个墓碑前都放了鸡蛋糖块和水果，用手轻轻抚摸着石碑上的照片，念叨着他们的名字，眼泪顺着眼角往下流。花儿一样的少年，本该活蹦乱跳地背着书包上学，享受美好的人生。可你们却躺在冰冷寂寞的黄土里，阴阳两界永远地分隔开了。他摆好了祭品，又把香、纸点上，往每个坟头前都抓一把纸。他把纸扎的客车投进火里，忽地一下就着了起来，火苗蹿得老高。他嘱咐孩子们，就是车害了你们，今天往天堂送去一辆崭新的大客车，坐着舒适安全，要是你们还嫌不好就托梦给我，再送几辆更好的车，只要你们高兴不委屈。随后把酒和矿泉水洒在火堆里，立即飘起一朵轻雾。做完了这些，段嘉伟小心翼翼地去拔每一个坟头上的草，拔着拔着他产生了幻觉，只见七个孩子笑盈盈地向他走来，说来帮他拔草。段嘉伟一下站起来，使劲揉揉模糊的泪眼，一转眼孩子们又都不见了。他捂着怦怦狂跳的心，是自己花了眼，还是孩子们显灵了？

　　按一般规矩来说，长辈为晚辈扫墓，在他们的墓前鞠个躬就尽到了情分，可段嘉伟觉得那样不足以表达对孩子们的忏悔之情。他双膝跪地，两手合十，连续给孩子们磕了三个头，喃喃地对着孩子，也像是说给自己听："我是你们的罪人，我是个自私鬼，为了面子，为了个人的前程，不顾及不该做的事情的后果，用你们的生命去赌自己的前程。可我不知道会惹出这么大的乱子来，我要是哪怕有一丝一毫的预感，那天也不会让你们顶着雨上学。要知道有今天，我宁愿你们读不成书成为文盲，也不会让你们冒险踏上不归路。你们的父母养育了你们，你们的生命却断送在我手里，我向你们谢罪。孩子们宽恕我吧，只要我活着，每年清明节都来看你们。"

　　段嘉伟站起来，又向孩子们鞠了个躬，拎着帆布袋子往陵园外走。刚走两步，突然刮起一阵小旋风，把草叶连同纸灰一同旋起，在他身边转了几个圈后慢慢消失了。他有点欣慰地叹了口气，孩子们没有怪罪我，还为我送行。

段嘉伟推着自行车，迎着太阳走在山冈的小道上。当他回过头朝陵园望去，看到十几个人走了进去，他想这一定是孩子的家长们约好，一同来看他们的孩子。他停下脚步驻足凝望着陵园，当一股纸烟升起，突然传来一阵撕心裂肺的哭声，多么悲惨揪心的骨肉分离呀！弥散在田野里的哭声，包含着多少无奈、绝望和愤恨。

段嘉伟在心里痛骂自己，当了官的人要是不能为老百姓造更多的福，起码不能作孽啊！我给他们带来的苦难和不幸，今生今世需要做多少善事好事才能补偿回来呀！

从秦谷县梅河乡调研回来都快一个月了，张学功才把调研报告送到唐跃胜手里。唐跃胜看后给他打了个电话："学功啊，这个调研报告我怎么有点看不大懂？你们不像到梅河乡走了一趟，倒像是在文件和报纸堆里钻进去爬出来的。六七千字的材料短是不短，可那些似曾相识的话对市委、市政府决策，对解决实际问题有用吗？你们辛苦点重写一稿，再给你们一个月的时间，够不够啊？"说完把电话挂了。

第 十 八 章

小城镇建设的浪头还没过,形势又发生变化了,城乡一体化的大潮汹涌而来。中国有个层层搞规划的习惯,上边提出了什么战略、什么规划,省市县乡一定会跟随着层层制定战略和规划。这样做不仅仅是出于经济考虑,更重要的是政治需要。上面有了战略或规划下面没有,上下不好对应,不利于开展工作,而最主要的是要表明政治立场,紧跟着制定战略或规划,就是明确表示同上面保持一致。按照专家学者的说法,城乡一体化是比城镇化更高层次的要求,对于实现小康目标有着更重大的意义,而且中国经济社会发展已经进入必须实现城乡一体化的历史阶段。不管怎么说,推进城乡一体化肯定是个好事,不管你理不理解,跟着做就是了。

松江市很快比照省里的蓝图,制定出推进城乡一体化的发展规划。在这场比决心、比实力、比胆魄的竞赛中,林兰县的动作既快又大,在各县区报上来的城乡一体化建设方案的对比中,林兰县最具大气魄。他们在规划中提出,五年中建设十个各具特色的工业园区,建设十个富有标志性的居民活动广场。"双十"目标的提出,对于松江市来说具有震撼性,其他县区和林兰县的目标一比,自觉相形见绌,望尘莫及。

唐跃胜还没从小城镇建设中拔出腿来,又和城乡一体化战略挂起钩较起劲来了。怎样把市委、市政府确立的城乡一体化战略实施好，他心里没有数，也摸不着个头绪，就按照老套路、老模式、老办法，选择一个点下去摸情况。虽然蹲到下面去这个办法有点老套落伍，显得有些笨拙，但挺管用。他选择了自己曾经当过县委书记的林兰县，在反复研究了他们的规划后，和郎旭光一起来到了林兰。

林兰县县长叫童宝文，唐跃胜当县长时他是常务副县长，在一起搭班子共过事。唐跃胜升任松江市副市长那年他当了县长。童宝文是优越感和好胜心都很强的人，自己把自己塑造成敢为人先、敢作敢当的性格，为人处事有咄咄逼人之势。凡事都有两面性，优越感和好胜心强能成就事业，也难免产生对立面。如果一个领导干部过于看重个人意志，只专注于个人的优越，而不顾及别人的感受和社会现实，会强化优越好胜的情结，以这种情结为底色的领导干部，很可能使自己演化成傲慢无礼、作风霸道的人。这种领导者在班子里、在官场上、在社会中都不大受欢迎，当上了县长的童宝文常常为此而苦恼。

唐跃胜听说过前个时期童宝文在常委会上，与任明强书记发生激烈争论的事。县政府将城乡一体化规划的盘子端到县委常委会上，虽然这个规划有着大胆的设想，有许多超前的地方，但与已经确定的林兰县长远发展纲要有些冲突，甚至相悖，特别是以林兰县现有的经济实力，很难保证整个规划的有效落实。有的常委比较含蓄地说了些不同看法，总体上还是赞成支持的。最后任明强做总结发言时，提出要"降调、缩水、放缓"的修改调整原则。当他详细解释"六字"方针的具体内涵时，童宝文蛮横地打断了他的讲话："我们要按照科学发展观的要求，用超越跨越精神来建设发展林兰，在发展的思路和格局上不走老路，不走慢路，不走回头路，要抢占制高点，抓住新机遇，创造新业绩，力争走在全市、全省乃至全国的前列。这个规划是可行的。"

即使出现了书记县长意见不一致的尴尬僵局，任明强还是提醒他，经济和社会事业的发展不能仅凭热情和意志，而要符合实际，遵循规律。比如说一百米跑九秒九，除了世界最顶级的短跑运动员能跑出来，几乎对所有人来说都不能成为自由行动，都会有不可逾越的恐惧感和自卑感。而对于那些喜欢跑步的人来说，每天坚持慢跑却可以成为自由行动，成为生活的乐趣，从而有益于身心。要是有什么力量使自由行动的完成受到妨碍和威胁，心里抵抗情绪就会产生出来。我们制定实施城乡一体化建设规划也是一样，要是大家都感到高不可攀，产生过大的心理压力，处于焦虑不安的心态之中，积极性和创造性都会受到压抑，到头来我们是无法把这件事做好的。不同季节的花要在不同季节开放，所以不能着急，任何急于求成都会造成伤害。我们要有足够的耐心和定力，等待花的自然开放。花会随时，人要随缘，不要天天追求花开艳丽，只有我们桌上的这些假花、塑料花才能那样。

　　任明强的这些话像棒槌，句句敲在童宝文的心上。他自己也知道这个规划是咬着牙做出来的，按照这个规划的方向往前走，要背负着沉重的包袱和压力。对规划进行大幅度修改调整，把规模缩下来，将速度慢下来，又不符合他的性格，他不甘心四平八稳的行进状态。尽管常委会上有明显不同声音，童宝文还是固执地坚持把有"双十"内容的规划报到市里。

　　唐跃胜的到来让童宝文的心敞亮了一些，他企盼着老书记的鼓励和支持，甚至想到用自己和唐跃胜的关系压一压任明强。可事与愿违，他汇报林兰县城乡一体化建设规划时，唐跃胜的眉头一直紧锁着，没怎么开脸，也不插话，这让童宝文心里有些发虚。难道唐跃胜与任明强的观点和态度是一样的？这不是个好兆头。他汇报完后看看在场的人："我这个汇报是常委会讨论修改后的版本，政府班子也反复研究过，大家还有什么想法和意见都说说。唐市长是咱们林兰县的老书记，对林兰县的发展建设特别关心，现在我们更需要老书记的鼓励与支持。"

到了老家，人家一口一个老书记叫着，唐跃胜说话格外客气。他把会场上包括郎旭光在内所有人的脸挨个看了一遍，挺动情地说：我到林兰县真有到家的感觉，到家就得说家里话，说家里话最大的特点就是说真话，不说假话。一般来说，再怎么能说假话的人，和家里人说话很少胡说八道掺水分，因为他面对的是自己最信赖、最贴心的亲人。听了宝文县长关于林兰县城乡一体化建设规划的情况介绍，我还是很受鼓舞的，能看出来你们一班子人想干事、干大事的勇气和决心，我从骨子里希望林兰县能借着城乡一体化的东风，有一个更大更快的发展，但我最盼望的是能有一个更好更健康的发展。所以我对你们这个规划既受鼓舞，又稍稍有些担忧。虽然我离开林兰好几年了，但对你们的家底和实力还是知道的。当大投入没有相应的经济实力做后盾和保障时，任何宏大计划和美好蓝图都会变成空中楼阁。要是把投入主导型经济的着眼点放在招商引资上，那就更没有根底了。大家都知道欲速而不达这个道理，咱们是在基层做事，不是在上边指挥，上边的人包括我这个副市长，可以夸夸其谈，海阔天空，也允许有丰富的想象，可是到了县里乡里就不行，县这一层是上与下的连接点，承上启下的位置是要接地气的。县里的工作我还是了解熟悉的，天天要和各种具体矛盾和问题打交道，那就不能玩虚的，而要脚踏实地，在工作的布局和指导上要量体裁衣，量力而行。城乡一体化建设肯定是会影响损害一些局部的、眼前的利益，这是建设发展必须付出的代价，没有暂时的舍，就不会有长久的得。但不要随意妨碍和破坏老百姓的平静生活，不要去伤害他们的感情，不要去祸害他们的幸福。你们这里已经发生了因动迁而导致农民老汉喝农药自杀身亡的事故，不能再出现这种情况了，否则你们无法向市里交代，更无法向林兰人民交代。维护人民群众的利益不受损害，不断提高老百姓生活的幸福指数，是城乡一体化建设成败与否的准绳和底线，偏离了这个准绳和底线就不是真的改革，也不是好的发展。说句实在话，不管什么改革，要是不能给广大人民群众带来实实在在的利益，就别改革和少改革，别拿改革去忽悠、欺骗老百姓。我说的这些话不代表市里，只是我个人的看法，和从前参加班子会一样，和大家交流交流意见。今天到老家来听听情况报个到，以后还会经常来，希望你们能做出更好的成绩，创造新的经验。现在是春天，到秋天和你们共享成功的果实。旭光啊，你作为松江市政府的秘书长，有什么要说的也和大家交流交流。郎旭光连连摆手表示没有什么说的。

唐跃胜讲话时从童宝文的表情和动作上，捕捉到了他不愉快的信息，汇报结束后就径直来到他的办公室："宝文，我怎么觉得你的精神不对呀。我说话时打量过你，好像有点心不在焉的感觉，老是走神儿，目光也有些散。你是不是身体不舒服，或者有什么心事？你可得注意啊，不行别撑着，看看医生。"

童宝文唉声叹气的："跃胜书记，不，还是叫市长对。当真人不说假话，我现在有点四面楚歌的感觉。从工作上来说，在一些重大问题上，我和明强书记之间经常出现一些不和谐的情况。这次搞的城乡一体化建设规划，他又是横挑鼻子竖挑眼的，冷水泼得太多，把我弄得很被动。最近都在传说他要调到省委组织部，不知是真是假，反正他下来当书记是镀金，调走是早晚的事。我这个县长当的时间不短了，陪了两任书记，任明强要是真的调走，不知上面能不能让我接这个书记。"说着他死死盯着唐跃胜的脸，像在寻找答案，抑或是逼迫唐跃胜支持帮助。

唐跃胜劝导安慰他："我也听到了点动静，这都是没有根据的传说，要真是那样的话我当然希望你能接任书记。不过话又说回来了，到时候能不能把位置留给你，那是组织上定的事，个人想法归想法。说一千道一万，你和任书记的关系要处好，尤其是在当前有了任书记要调走风声的情况下，更得注意。你尊重人家，人家才能帮你，这是相辅相成的。你要是打横炮，人家能支持你才怪呢。并且在谁接任县委书记这个问题上，任书记的意见和态度是很重要的，你不要掉以轻心。按照我的经验，团结出战斗力，团结出成绩，团结也出干部。党政主要领导之间不团结、不和谐，往往两败俱伤。"说到这里唐跃胜缓了口气，用轻松的语调说着一个沉重的话题。"宝文啊，为了增强你那个'双十'规划可行性的理论依据，你在会上反复强调这是按照科学发展观的要求制定的。从大的原则上讲这肯定是对的，可也不能机械地形而上学地套用这个概念，把什么事都用科学发展观包装起来。你嘴上说坚持科学发展观，实际上做的事情干的工作就一定符合科学要求吗？我看不一定。咱不说挂羊头卖狗肉的现象，至少有人拿科学发展观作挡箭牌，动不动就用科学发展观来说事。刚才在会上我没多说什么，咱俩私下里说点悄悄话。说到用科学发展观指导经济建设和事业发展，这是国家的要求，必须作为工作的指导方针。但你看看现在有些人，一天到晚把科学发展观挂在嘴上，大会小会讲个没完没了，整天净干些违背客观规律不科学的事。在我们心里边，不管说什么话，做什么事，一定要从客观实际出发，按照事物发展规律想问题、办事情、做工作，总不会出错。我现在比较担心的还是你的身体，总觉得有些异常，你千万要当心。"

回到松江后，唐跃胜老是惦记着童宝文的精神状态，有些放心不下。他让赵祥龙给童宝文的秘书打电话，要多关心县长的身体，避免出现意外。

其实林兰县政府办公室主任罗志勇和秘书解慧，早就发现童宝文经常出现精神恍惚的现象，每当他外出开会或者参加一些重要活动时，解慧总是一步不离地跟在眼前。解慧心里最清楚，最近童宝文的病情明显加重，时不时地把他喊来，停了半天又说没有事了。童宝文的工作日程和社会活动，都是由解慧协调安排的。有一天傍晚，按计划童宝文要去参加一个重要的宴请活动，可他临时改变了主意，让解慧通知罗志勇另行安排一位副县长参加，自己身体不舒服要回家休息。在解慧的记忆中，多年来头一次发生这样的情况。

解慧性格内向，言语不多，但做事非常细致认真，让人放心。

他看到县长的精神状态每况愈下，有一天一人悄悄去了省城，通过关系在省医科大学附属医院挂了神经科专家的号，替县长会了次诊。专家说虽然没见到患者本人，但根据描述已经感觉到问题比较严重，建议马上住院治疗，并提供方便。

童宝文知道自己的身体状况，同意住院治疗。但童宝文的事由他老婆做主，去不去住院最终还得童宝文的老婆陈小娟说了算。陈小娟是小学校长，又是个地地道道的家庭主管。童宝文在家是个甩手掌柜，什么事都不管，大小事情都由陈小娟一手打理，这养成了她在家里一手遮天的霸道作风。解慧从省城回来的当天晚上来到童宝文的家里，向陈小娟述说了他替县长到省城看医生的过程，并说明医生让县长马上住院治疗的建议。

陈小娟一听要让童宝文到医院治疗精神方面的病，立马就火了，她用力拍着桌子，蛮横地指责解慧："你胆子不小哇，竟敢背着我给县长看医生，还要去住院，这不是要陷害他吗？当主要领导事情多，工作压力大，精神紧张一些，这是很正常的事，你为什么小题大做，往精神病方面扯？一个县的县长得了精神病，那不成了全县全市全省的笑话了吗？再说了，县委书记很快就要调动，他是要接替书记的，在这个时候说他有精神病要住院，他能当上书记吗？这个严重后果你想过没有？给领导当秘书得长脑子，绷紧政治这根弦，要为领导的名声着想，为领导的前程着想，不能稀里糊涂干帮倒忙的事。"

陈小娟连珠炮似的一顿训斥，童宝文听不下去了："你吵吵啥，有理无理搅三分。别冤枉小解，到省城是我让他去的。我不是小孩，有没有病要不要看病，我心里清楚。你关心我，他也关心我，你们都是为我好。你不要发火，说些不三不四的话，要是怕有影响，医院咱不去不就得了。"解慧想插嘴说必须住院，一看陈小娟那张愤怒的脸，吓得没敢吱声。童宝文要住院治病的事，就这样被他老婆生生搅黄了。

夜幕下，解慧没坐车，他觉得胸口堵得慌，就没精打采地溜溜达达往家走。虽然县长住不住院是人家的家事，但我毕竟是县长的秘书，是离领导最近的身边人，要是因为我没尽到责任而出现闪失和意外，后悔都来不及。打电话把这事告诉罗主任吧，那也无济于事，他知道陈小娟的厉害，不敢多说一句话。怎么办哪？真难死人了。

解慧回到家已经十点多了。他早一点晚一点回家都属常事，家里人习惯了也不在意。不过他爱人杨瑛见他紧绷着脸，知道又受什么委屈了，就笑脸相迎地接过他手里的包："吃饭了吗？"

"没吃。"

"我给你弄饭。"

"别弄了，我不饿，有什么水果吃点就行。"

就这样解慧胡乱吃了些水果，洗洗就躺下了。可满肚子的委屈、不满再加上担心的解慧，哪里睡得着啊。

在人们眼里，领导秘书权力很大，很风光，很有油水，而实际上他们也都有着各色各样不为人知的苦衷，有些事情还难以启齿。就说解慧吧，他跟了性格急躁、又有些专横的领导，为领导以及周围的人做了那么多的事，很少能得到肯定和表扬，耳边听的最多的话就是，你干的这叫什么事，谁让你这样做的，怎么老打着领导的旗号做事呀！在领导那儿这样的话随口而出，可每当解慧听到这样的话，都会有一种羞辱感和失落感。特别是在一些公开场合遭到县长的白眼与呵斥，他的心都会感到剧烈的疼痛，那份伤痛真是无法忍受。无法忍受也得忍，你还能和领导较真讲道理？领导本身就是道理。解慧有时候在梦里遭到领导无端的训斥，恐惧中惊醒后就再也睡不着了，不能自制地产生过自杀的念头。

这天晚上为县长看病的事，又挨了县长老婆一顿训，解慧别扭得转不过弯。这是为什么呀！在单位里要当县长的奴才，私下里还要被县长的家人当奴隶，他感到极度的不公平。这就如同人们期望社会能有公平的分配，当认为分配不公而少得时，会引起不满；当认为别人因不正当分配而多得时，则会产生罪恶感。解慧为自己鸣不平了，难道官职低就要被别人瞧不起，就要无条件地接受别人泼向自己的脏水吗？我也是官场上的人，也是七尺男儿，受这样的窝囊气自己还有人格，还有尊严吗？与其这样忍气吞声，倒不如早点离开那个岗位，离开那个是非之地，非要在一棵树上吊死吗？可这都是气头上想的事，要不要离开，什么时候离开，离开后到哪儿干点什么，解慧翻来覆去想了一宿也没想出个道道来。唉，只要你在官场上，这些事自己说了不算，命运握在领导手里，别逞强了认命吧！天亮前解慧迷迷糊糊地做了个梦，他躺在省城医院的病床上，正在接受心理医生的治疗。医生和他开玩笑，你怎么把县长的位占了，他到哪个病床上啊！醒来后是个梦。这个梦启发了解慧，要是有合适的机会，我怎么也要去看看心理医生，因为我的人生还有很长的路要走，走好人生的路要有健康的心智。

　　林兰县县委书记任明强要调到省委组织部的消息，已经在松江市和林兰县传得铺天盖地。其实大多数人最关心的不是要走的人在哪里高就，而是关注谁到林兰县当书记。官场上就是这样，空出一个重要位置，会有一群人来争，有的即使不大靠谱也要努力去争一把，免得后悔。要是从林兰县自身来说，当然是县长童宝文最有优势，他当了五六年县长，对林兰县情况熟悉，又陪了两任书记，就是论资排辈也轮到他了。从这个角度看县长接书记，那是顺理成章，童宝文占有天时地利，而人和就难说了。在人们纷纷传播的消息中，虽然童宝文的呼声挺高，但松江市民政局局长张学功的势头更猛，理由是他年轻有为，发展潜力大，需要到县级主要领导岗位上锻炼。

　　这个说法并非空穴来风，是有来头的。这些年社会上关于省市人事变动的传说，不少都被事实验证是真的。童宝文听到这个消息如同遭遇狂风恶浪的冲击，坐不住镇了，有些惶惶不可终日，他要通过所有途径来判别这个说法的真伪。经过权衡和盘算，他要找的第一个人就是唐跃胜。一来他相信一个副市长得到的消息会比较准确可靠，可信度高。二来自己和他共过事，彼此间相处得很好，比别人有更深的感情基础,这样的问题容易开诚布公地交流,并达成共识。

星期天的中午,唐跃胜如约来到那芬湖酒店,童宝文在门口迎接他。二人落座后唐跃胜开童宝文的心:"你老兄是无事不登三宝殿,我离开林兰县你这是头一次单独请我吃饭,是不是要打通关节从我这搞点小道消息呀!"

童宝文笑得两眼都眯成一条线了:"老书记呀,你在林兰县是我们大家的主心骨,谁遇到大事难事都和你商量,向你请教,你三言两语就理出了头绪,指明了方向。现在我又碰上难题了,还得向你请教不是?在我心里你的话算是最高指示了。"

唐跃胜被他的话惹笑了:"宝文,你以前也不这么肉麻地吹捧人,现在说话怎么变味了,跟谁学的?我身上的鸡皮疙瘩都起来了。别和我绕弯子了,有话就直说。"其实唐跃胜早就猜透了童宝文请自己吃饭的用意。关于林兰县县委书记人选的传闻有不少版本,传来传去都传烂了,但童宝文没戏是真的,这个消息来自市委管干部的副书记杨明辉。一次吃饭时,杨明辉主动和唐跃胜说起林兰县县委书记人选的事,意思是林兰县县委书记不打算从本地产生,要从市里派。杨明辉知道唐跃胜和童宝文之间的特殊关系,选择那么个机会把这个信息透露给唐跃胜,除了他们之间相互信任,无话不说,恐怕杨明辉有意识地通过唐跃胜向童宝文透点风,让童宝文不要期望太高,费尽心机去做不该做也不会有结果的工作,到时候不好收场。唐跃胜哪能不懂这层意思,正好童宝文找上门来了。

唐跃胜一本正经地问:"是不是听到什么风声坐不住了?"

童宝文也不遮掩:"如坐针毡哪。我这个人你了解,那点心思你也知道,明人不说暗话。你走后林兰县配的两任书记都是镀金型的,他们对林兰的情况不了解,需要很长的熟悉过程,这或多或少会对工作产生影响。我是林兰老人,掌控全局心中有数,不论是重大问题决策还是使用干部,不大会跑偏。我今年已经五十四岁了,往上走的机会越来越少,这次要是上不去以后恐怕就没有机会了,我也就格外看重、格外珍惜。再说还有个面子的事,你离开林兰县我当了县长,又陪了两任书记,一般来说县长接任书记是正常自然的接替,要是老接不上这个班,我实在心理压力太大,觉得无颜见大家,工作起来也没有劲头,太别扭。到了这个节骨眼上还得求你这个老佛爷显圣,你得出山帮帮我。我知道在提拔干部、工程项目这些事情上你不愿意说话插手,但咱俩的关系非同寻常,你得屈尊一点,这个恩我当终生相报。"

童宝文的这些话说得恳切,很能打动感染人。唐跃胜听了频频点头,觉得童宝文的话说得合情,他的要求也属合理,一点也不过格。在一个诚信严重缺失的官场中,朋友同事相聚很少有真诚的思想交流与情感互动,大多是牢骚怪话,奇闻逸事,或者是言不由衷的一些场面话。而童宝文说的却是真心话,至少他对唐跃胜是信任的、尊重的。可是提拔使用干部不是简单的逻辑推理,该轮到谁就是谁的,不论在哪个级别的官场环境中,干部的提拔使用都是最复杂的政治经济学,那里有明确规定的政治原则,还有防不胜防的潜规则。唐跃胜和童宝文这些久经官场的人,对这些都心知肚明,只是他们将会选择什么样的原则和方式去面对现实,处理解决自己的事情呢?

唐跃胜边听着童宝文的话边琢磨,怎样自然地与他的话衔接上,然后把改变不了的现实渗透给他,让他放弃幻想。唐跃胜举起酒杯和童宝文的杯子碰了一下:"宝文,能说出这一番话,说明你是信任我的,既然这样我也不藏着掖着,开诚布公地说出我的心里话,要不然对不起老朋友。你是县长,在用人问题上的话语权仅次于书记,在政府范围内干部的使用,有时候你还拥有更大的自主权。当咱们坐下来平心静气地想一想提拔使用干部的得失时,有几个规律性的东西是值得思考研究的。以我的经验大概有这么几点:在局部看来挺优秀可用的干部,在更大范围内比较并不可用,打开视野就能发现还有更优秀的人才可以选择,这样就有了更多考虑的余地。这就是有的干部盲目地拿自己的能力业绩和别人进行比较,要么产生更大的优越感,要么产生强烈的自卑感,这是一点。第二点是对一把手的配置格外谨慎。一把手处于核心位置,要有帅才的素质,要善于正确地实施决策,要善于正确地选拔任用干部,要善于综合协调各个方面,要能够以自己的威望和人格,团结凝聚调动一切积极因素,奔着同一个目标开创事业。总而言之一句话,一把手称职与否对一个部门、一个单位、一个地区的发展至关重要。再一点就是在干部提拔使用问题上,主观努力与客观需要之间往往不是画等号的。一个人在社会环境中受到挑战,他会用个人的奋斗努力获取成功,就是说个人可以通过奋斗来改变和主宰自己的命运。但是在官场上做官可不完全是这么回事。领导干部的个体与官场的整体之间很可能是对立的,做官不是全靠自己的奋斗和努力,它要受到诸多客观因素的影响和制约,许多情况下,主观意志是左右不了的。还有一点就是群众评价和上级感觉往往不是一回事,你我都有这样的经历,有些群众口碑好、工作基础好的干部,上级并不赏识,而上级看好的干部,老百姓往往又不买账。这就是站在不同的层次和角度,会对一个干部得出不同的结论。我说这些话可不是为了显示我有理论水平,也不是说我比你高明给你上政治课,而是为了说清楚你当前面临的选择。就我对你的了解和得到的信息,接替林兰县县委书记的空缺,你有相当大的优势,但优势归优势,坐这把交椅的可能性却不大。要是说得再直白点,就是基本上没戏。在这个问题上你要有非常清醒的认识,不要听别人说东道西,更别让乱哄哄的传说冲昏了头。那么接下来就是不要做徒劳的工作,不要有过格的举动,免得让人看不起你,使自己产生更大的失落。"

　　童宝文听着唐跃胜的话,面部表情发生着明显的变化,几次用餐巾纸去擦额头上的汗。突然他对着门说:"来解慧,再给我加点酒,我要敬老书记一杯。快点,你站那干什么。"眼睛死死盯着门的方向。面对着童宝文的这一异常举动,唐跃胜心里一颤,愣住了:"宝文,你和谁说话？"

"和解慧说话。"

"他在哪儿？"

"站在门边的不是他吗？"

唐跃胜慌了，用手在他眼前晃了晃，推了他一把："门边哪有人，你是不是产生了幻觉？"

这下把童宝文推醒了。他眨眨眼："岁数大了眼神不好使，就觉得解慧在门边站着。"这时眼泪从他的眼角流出来，马上用餐巾纸捂着，怕被唐跃胜看到。

此时唐跃胜的心像针刺般地难受，但他明白现在应当给予童宝文的不是同情与怜悯，而是支撑精神的清醒剂。他用很严肃的语调劝慰："宝文，也许是我的话刺痛了你，伤害了你，让你焦虑不安。但你我都是人生阶段上成熟的人，应当能够以一颗平常心面对所有的现实。其实你的焦虑心理不是现在才有的，本来该去看看心理医生的。你这样顶着扛着会使你的焦虑情结越来越重，你把外界环境中对干部的政治评价，看成是对自己构成障碍的危险与恐惧，总是用羞耻感和负罪感来警示自己、惩罚自己，这是何必哪！一个人最容易迷失在别人的议论和评价之中。我告诉你宝文，你如果当上了县委书记，只能说明你的机遇好、运气好，并不能说明你就比别人优秀。要是当不上县委书记，那只是命运和你开了个玩笑，并不能减少你优秀的光彩。虽然你的性格有些偏执，但你的工作魄力和对事业的责任与追求，值得人们学习。我和许多领导对你是信任的、敬佩的，要是用辩证的观点看，你不当这个县委书记，说不定还是个好事呢！"

童宝文眼角依然挂着泪花："老书记啊，你说的这些都对，我听得明白也能理解，只是情感上一下子转不过弯来，总觉得人活一张脸，能够上一个台阶就会有一种成就感。以你的风格不会说那么多铺垫的话，你是在用情和理做我的思想工作，打开我心头的结，让我正确对待眼前就要到来的上与下、得与失的关系，有一个充分的心理准备，非常感谢你的良苦用心。"

唐跃胜苦笑了一下："我从县委书记当上了松江市副市长，用你的话说我应当心满意足，有很多很大的成就感幸福感，可是你能看到我有什么成就感幸福感吗？我的成功和幸福都是在你们眼睛里，在你们的感觉中。而实际上呢，这些年走过来，我的苦处难处比你还多。我常常一宿一宿地睡不着觉，不是工作多么累，而是情绪不好心太累。"有些激动的唐跃胜端起酒杯一口喝了下去，"宝文，论职务我比你高半格，论年龄我比你大一点，论关系我曾经是你的班长，人们对什么是成就、什么是幸福有各种各样的看法和理解，我希望你能相信我说的话，成功幸福这几个字在我心里的真谛就是，能够以积极平常的心态去创造新的生活，让自己的理想追求融入到持续不断的奋斗之中，而不是所有的需要都得到满足，所有的追求期望都能有一个完满的结果。对于做官的人来说，有得有失才是合理的，有成有败才是正常的，有苦有乐才是公平的。"

童宝文也举起酒杯："老书记，我可以用语重心长来形容你对我说的话。当不当书记不是人生成功与否的唯一标志，只要我能心情愉快地干好自己想干的事，能为社会和老百姓做一点有益的事，那就够了。从今往后，我什么话也不说，谁也不找，听从组织上的安排，听从命运的安排。"说着两个人的手紧紧地握在了一起。

童宝文摇下车窗玻璃，挥手向唐跃胜告别的那一刹那，唐跃胜还是从童宝文迷离的眼神中看到了他不甘与无奈的内心。这时唐跃胜猛然间想起前不久发生的自杀事件，市教育局副局长耿秋昌从办公室坠楼身亡后，市纪委在寥寥数语的通报中，连续用了死者生前抑郁、失眠、情绪低落的字眼和词语。看来官员因抑郁自杀已经不是个案，不是医学问题，而是有着复杂内涵的社会问题。想到这里唐跃胜打了个激灵，感到浑身一阵发冷。他让赵祥龙给解慧打电话，务必多留心童宝文的安全。

有些事情具有传染性。自从唐跃胜当上了副市长离开林兰之后，林兰县的领导干部都不大善于走动，可以说是没有形成跑官要官的风气。别看童宝文想当书记的心情极其迫切，但在这方面还真不太擅长，他不是一个愿意拉拉扯扯的人，就是找唐跃胜也是他当校长的老婆陈小娟逼的。那天陈小娟早早就回家了，盼望等待着童宝文能带回喜悦的消息。当童宝文述说了和唐跃胜相约的过程，陈小娟脸色变了："你这不是白跑一趟吗？是不是走个过场给我看来应付我呀！我也不是脑袋瓜儿削个尖往官堆里钻，而是市里太亏你了。前任书记空位时说你当县长时间短，横竖不让你当，这次该考虑你了吧，五六年的县长当下来，论资排辈也该让你坐书记这把交椅了。你不要再找不办事没有用的人了，要亲自找孔书记。这年头你不去跑不去要，还有人主动上杆子送给你呀！组织上还认为你就喜欢当这个县长呢。这回要是再当不上书记，不要说你的面子不好看，我的脸也没地方搁呀！"

童宝文在唐跃胜那儿讨得底数后，打算放弃一切努力，心境也平静了许多。陈小娟的一把火，又使他快要熄灭的火种熊熊燃烧了起来，知情人苦口相劝别去蹚浑水，可梦寐以求要当林兰第一夫人的陈小娟，却不依不饶步步紧逼，这让童宝文痛苦至极。他答应陈小娟决不放弃，只要有一点希望都要尽最大努力争取。陈小娟高兴了，童宝文却陷入了进退两难的绝境，他觉得自己已经掉进了无边的苦海，落到了深不见底的万丈深渊。

童宝文之所以痛快答应陈小娟继续做工作，他是想借机到省城去看病。他清楚自己的病情越来越重，经常出现幻觉，每当幻觉出现，就好像失去知觉和记忆，体力消耗的也大，连正常的行为都不能自持。他要拯救自己。连续开了几个工作会议，对一些工作作了安排后，他和解慧去了省城。

那天风和日丽。他们在医院附近的一家饭店吃的中午饭，预约两点去看医生。童宝文和解慧脚前脚后地正在穿越一条马路，当一辆黑色轿车驶过来时,童宝文突然大声喊叫着解慧的名字:"躲开,快躲开!"张着两手扑向汽车,重重地撞在前车灯上。虽然车速不快,司机也果断采取了急刹车措施,还是向前冲了两三米,童宝文倒在了车轮下。这突如其来的一幕把周围所有的人都吓傻了,等解慧反应过来,一个箭步冲上去,从车轮下把他拽出来,和那辆车的司机一起,抱起血肉模糊的童宝文,快速向医院冲去。解慧在手术室外焦急地等待着。一个小时左右,医生出来告诉解慧,患者因颅内伤势过重没抢救过来,人已经死了。

解慧不敢相信自己的耳朵,中午吃饭人还好好的,这时候怎么就会死了呢?医生推着童宝文的遗体走过来时,解慧猛地扑过去,掀开蒙在他身上的白布,只见他的头部被纱布缠满了。解慧用力跺着脚大声哭喊着:"县长,你这是怎么了,怎么了呀!我怎么向组织上交代,怎么向陈校长交代呀!"

童宝文没留下一句话走了。

当得知死者是林兰县县长,省公安厅马上对这起交通事故立案。解慧作为当事人,用嘶哑的声音平缓地说:"我是童县长的秘书,出了这样的事我有不可推卸的责任。这次突发的交通事故,我是见证人,不是自杀,也不是谋杀,与司机也没有任何关系。他本来要去医大附属医院看神经科医生,走在马路上突然精神恍惚产生了幻觉,以为对面走过来的人是我,伸出手来救我却扑到了汽车上。这是谁也想不到的……"

就在那一天,本来没有什么事,可唐跃胜就觉得心神不宁。快到下班时,赵祥龙敲敲门走了进来,站在办公桌前张了张嘴,想说什么又咽了回去。唐跃胜有点不耐烦地问:"有什么事吗?"赵祥龙咬咬牙:"市长,童县长出事了。"

"他出什么事了?"唐跃胜忽地站起来。

"在省城遇车祸去世了,后天开追悼会。"赵祥龙的声音小得就在嗓子里转。

唐跃胜如遭晴天霹雳，一屁股坐在椅子上，他最担心的事还是发生了。
　　唐跃胜参加了童宝文的遗体告别，送了他人生最后一程。回松江的路上，唐跃胜思绪万千。他痛惜一条鲜活的生命，竟以这样的方式告别人世。他会自杀吗？虽然童宝文很渴望当上县委书记，但他毕竟是经过官场几十年的历练，看惯了荣辱得失，心理不会那样脆弱，何况他本来就不是一个投机钻营、嗜官如命的人，他不会自杀。难道是谋杀？那更不可能。童宝文脾气暴躁，主观专断，但从来不树敌，更没有情敌，而且出事时秘书就在眼前，即使有仇有恨也不至于在光天化日之下动手哇！这不是谋杀。剩下的可能就是精神疾病发作断送了性命。这时，一个可怕的念头在唐跃胜的脑海里闪过：难道童宝文吸毒了？据说吸毒会产生幻觉的。不能啊，他连烟都不抽，他在生活上是挺简单的一个人，还是未能解脱的精神枷锁扼杀了他。想到这里唐跃胜激灵了一下，自己不是也有精神障碍吗？为了面子，为了欲望，为了更大的权力，竟然长期隐瞒病情，讳疾忌医，结果用最宝贵的生命做赌注，去抵押身外之物的名利地位，真是不值啊！
　　望着车外飞逝的景致，唐跃胜又想起告别仪式上对他盖棺定论的评价，含含蓄蓄、委婉模糊，当然这是经市委市政府圈定的。可童宝文是个很敞亮的人，从不喜欢遮遮掩掩的表达方式，而你自己告别世界的方式很难让组织上自圆其说。不管告别仪式上怎样评价你，社会上怎样议论你，你的功绩不能湮灭，但终归你为官为人的结局是不完满的，那些遗憾只能带到棺材里去了，让上帝去为你鸣不平吧！
　　唐跃胜仰坐着，一会儿闭上眼，一会儿又睁开，让他痛苦不已的是，像童宝文这样的年纪，他的人生还有几十年的美好时光，可是他向世界告别，向他熟悉不熟悉的人告别，竟是那样的匆忙，连一句话都没留下。难道说这是命运的安排？可命运又是什么呢？哪一个人的命运不论是幸运还是不幸，会是孤立的吗？童宝文的不幸，既是他个人和家庭的不幸,也是社会的不幸。如果这是悲剧,既是他个人的悲剧,也是历史的悲剧。泪水和痛楚属于他的亲人、同事和朋友,而不幸和悲剧则属于社会和历史。谁都不能轻轻松松地把个人与社会分开,个人的命运与社会的命运注定连在一起。童宝文没说一句话就走了,他是不是要逼着我们去寻找产生不幸与悲剧的原因?

正如传说的那样,过了不长时间,林兰县县委书记任明强调到省委组织部任常务副部长,松江市民政局局长张学功接任林兰县县委书记。

第 十 九 章

在官场上做事的人有一个最大的特点,就是敏感。他们对官场上的事、社会生活中的事、个人前途命运的事,都会有敏锐的感觉,从而对将来可能出现的结果或结局有了预见性,及时采取相应的对策和办法。一些非常精明的领导干部的上下进退就显得从容不迫,水到渠成。

这样的事又轮到唐跃胜的头上了。在副市长这个位置一干就是十年,连他自己都不敢相信,怎么一晃十来年就过来了,真是弹指一挥间啊,该转岗把这个位置倒出来了。国家的组织法有规定,政府副市长不能超过两届,这个谁都不能逾越。副市长当不了,又不到退休年龄,得找个合适的岗位。往哪儿去呢?唐跃胜走到了人生的一个岔路口。

以唐跃胜的能力和人品,好多地方都喜欢他去。就眼前的现实来说,提拔使用已不可能,而在平行的位置上有三个比较好的选择:到省林业厅当副厅长,省政府领导早就有这个意向。可以到市人大当副主任,或者到市政协做副主席,政府副市长要退下来之前的一站,大都到人大或政协任职。再就是到大的国有企业担任董事长之类。唐跃胜非常清楚自己已经踩在了挺难取舍的节点上。到了这个年龄段,身体和精力还都有潜力可挖,能够释放相当大的能量,这个时候到人大、政协这样的二线机关早了点。到大企业做事收入会很丰厚，但风险压力又太大，要有和这个年龄段不大相称的付出。而继续往前走、往上升肯定没戏，你就有天大的本事也是此路不通，要想有更大的作为又晚了点。在早了一点和晚了一点这个中间地带上做事情，是挺尴尬的。

临近政府换届还有一个来月，有一天唐跃胜接到市委办公厅的通知，孔兆君书记找他有事。唐跃胜按时来到孔兆君的办公室。在唐跃胜的记忆中，当副市长十多年的时间里，孔兆君和他谈过两次话，一次是他刚当副市长时，孔兆君受省委委托，代表市委和他谈话，提了些希望和要求。第二次谈话就是今天，是他要离开副市长位置的告别谈话。唐跃胜心想，孔书记记性真好，安排得也恰当，在他上岗下台的一头一尾各谈一次话。

这次谈话不比第一次，孔兆君面带笑容，非常热情，说话的语气也很平和，透出浓浓的人情味，因为他要高升为副省级领导，到省人大当副主任早已不是秘密了。"跃胜啊，平时由于工作忙，咱俩很少在一起唠唠嗑，交流交流思想。这里有一个重要原因是你工作做得出色，不用市委这边操什么心，这一点大家的看法都一致。不管是分管城市建设还是分管农村工作，你都为松江市的建设发展做出了重要贡献，这也是有目共睹的。你做了十年的副市长，到了届满的期限，需要离开政府换换岗，这是硬性规定，上下都一样。对你下步的工作安排市委非常重视，省里有关领导也很关心。头两年省林业厅要过你几次，我们没舍得放，这次不知你是不是还有这个考虑？如果有这个想法，省里的工作我负责做，但只能做副厅长，要争取加个正厅的括号恐怕有难度。按照以往的惯例，你到市人大做副主任比较顺，这也是我和市长最先考虑的，但是人大班子基本配齐了，你要是过去，在副主任排序上要排在最后，这有点亏你。我们权衡再三，觉得你还是到政协比较好。一来政协班子年龄偏大，力量显得弱一些，需要加强一下。更主要的是汤福玉副主席到点了要退下来，想让你做政协的常务副主席、党组副书记，这样既能继续发挥你的作用，在领导班子建设上也能保持一种平衡。现在和过去不一样了，随着民主政治建设进程的加快，人大政协不再是二线班子了，对一个城市和地区的经济社会发展，起着非常重要的凝聚民心、出谋划策、监督制约的作用。我觉得那个岗位比较适合你，不知你有什么想法和要求。"孔兆君的话温和中带有一份期待与体贴，他在等待唐跃胜的回答。

唐跃胜早就掂量过自己，也反复权衡过不同岗位的利弊得失，不过给他安个政协常务副主席、党组副书记的头衔是他没想到的。他知道在官场上、在社会生活中，每个人都有比较适合自己的位置，只不过这个位置常常空着，大家都很眼热地寻找更有权势、更有利可图的地方，对本来适宜自己的位置因心思太杂乱而看不到。唐跃胜以平和而自信的口吻回应着："孔书记，谢谢你的关心。到什么地方什么岗位工作组织上定吧，我服从市委的安排，到哪里我都会按照市委的要求，尽职尽责做好工作。"

这几句话让孔兆君面带笑容的脸上多了几分灿烂："好，转岗到市政协工作的意向就这么定了，等市委常委会研究后报省委。"往外送唐跃胜时，他随口说道："你要转岗了，我也很快就要转岗，都离原来的工作远了点，需要加强学习，咱们共勉吧！"

"哎呀孔书记，这可是两码事。虽然你我都是转岗，内涵却大不一样。你是高升进步，我是平行移动。祝贺你孔书记！"唐跃胜热情的恭维让孔兆君非常高兴。

唐跃胜回到办公室，感到一种莫名的失落。他呆呆地坐在那里，打量着工作了十来年的这个小天地，突然产生了陌生的感觉。他第一次踌躇满志地坐在这张办公桌前时，心潮澎湃地憧憬着更加美好而光明的未来，争取早日进市委常委、做常务副市长是最大的期盼。可冷酷的现实把梦想打得粉碎，常委没进去，常务副市长化为泡影，现在倒要去政协做常务副主席。"常务"二字相同，内涵却有天壤之别，这个角色转换便是整个人生的转折了。突然间，唐跃胜想起了孔兆君第一次找自己谈话时的情形，从他说话的内容、语气以及面部表情来看，有轻蔑不敬之意，没怎么把自己看在眼里，大概他是摸透了、看准了自己是个没有背景的人，他早已断定当年省委组织部部长力挺自己当副市长，那不过是个偶然的例外，就算是个背景，也是昙花一现的背景，不是与生俱来，也不是精心培育出来的，可以忽略不计。因此，在松江市官场几次大变动中，孔兆君毫不犹豫地把自己抛开放弃。

过去的已经过去，成为历史，自己的仕途和政治生涯将要在政协副主席这个位置上定格。这一切都不能改变，唯有改变心态。当把纷繁复杂的事情想过了，把藏在那些事情里面的理悟透了，唐跃胜反而觉得如释重负，身心轻松了许多。在这段不短不长的过渡时间里，自己应当做些什么呢？他陡然想起"世态炎凉"、"人走茶凉"两个词，这可是经过多少人的实践检验，不以人的意志为转移的客观规律，要赶紧办理遗留的几个人事方面的事，等到离开副市长这个位置再找人办事，那就是求人家了，难度一定加大。他按轻重缓急的顺序，一个一个地抓落实。

唐跃胜首先找的是水务局局长庄伟忠。电话是赵祥龙打的，告诉他明天上午九点到唐市长办公室。庄伟忠马上问："什么事？"赵祥龙说不知道。唐跃胜要到市政协当副主席的消息不胫而走，庄伟忠也一清二楚，他在盘算，除了正常工作来来往往的事，唐跃胜很少为个人或朋友的事找他，这样一来相互之间无形中就产生并保持着一定的距离。这时候以这种方式找他，一定有事。第二天上午他俩一见面，唐跃胜就单刀直入地问："伟忠，省水利厅张厅长侄女安迪要调到水务局的事落实得怎么样了，前两天厅长还来电话问。"庄伟忠一听是这事，马上回口道："唐市长，我正在办，你别着急。"

从省城往松江倒着调人有个插曲。省水利厅张光宇厅长的侄女在省直机关工委工作，因受丈夫贪污窝案的牵连，在省城待不下去了，想到松江来。张光宇把这事托付给了唐跃胜。唐跃胜找庄伟忠说明了情况,他一口应承下来,可拖了两三个月没有落实。现在唐跃胜离开政府已经进入倒计时了,再不办就可能泡汤,这样就对不起张厅长了。为了促成这件事尽快落实,唐跃胜将了庄伟忠一军:"伟忠啊,你不要介意张厅长没有直接和你说。我已经和他说过了,这事是你在帮他解决,他会感谢你的。你们俩上下级业务对口,厅长托局长办一件事,而且不违反原则,这个面子得给人家,不然以后你们怎么相处啊!"

庄伟忠挺委屈似的样子:"唐市长,我不是耍滑头,你交代的这事我确实是满口答应。我印象中局里还有行政编的名额,一问人事处傻眼了,空余的两个名额全被占了,考进来一个大学生,又分配进一个转业干部。为这事我把他们好顿批评。这样吧市长,明天我亲自去找市编办,看看能不能给水务局增加个职数,先借个给我也行。要是编办能照顾一下,我马上就办。另外,我听说要调进来的安迪好像有点精神方面的障碍,要是真的把人调进来,又不能正常工作,这就不好和局里交代了。"他要表达的中心意思是自己想办好这件事,只是客观条件不允许。

庄伟忠说这些话时唐跃胜只是听着,没有插话。当他说到安迪有精神障碍时,唐跃胜打断了他:"你听谁说的安迪有精神障碍?你们是不是私下里调查过她?"庄伟忠忙解释:"没有,绝对没有市长,我们怎能干那样的事,要了解我们就正儿八经地通过组织了解,不能背地里搞小动作。"

唐跃胜改变了说话的口气:"庄局长,这件事我是受人之托。做人呢要守规矩、讲分寸,特别是对他人所托之事要毫无差错地去落实,这样才值得信任。当时之所以找你,是因为安迪在大学时学水利专业,希望能到水利系统工作。你这个当局长的既不知道局里的编制数,又左右控制不了人事安排,从外边调入行政编人员竟然是人事处说了算,而你不知情,这合乎常理吗?合乎你的性格吗?你是听到什么动静、闻到什么味道了吧？我看不是安迪有精神障碍，是咱俩的精神不正常。我不该找你，你也不该答应我，你说是不是？"

听唐跃胜这么一说，庄伟忠的脸红一阵白一阵的，手足无措地又做解释："唐市长，你千万别误会，安迪的事不是我有意拖着不办，真的是因为我考虑不周出了岔儿。这样好不好，我回去把水务局的行政编制和事业编制再好好核查一下，看看还有没有余地。如果可能我马上就办，再不用你催。"唐跃胜没客气："好哇好哇，你现在打个电话一问就清楚了。要是没有行政编名额我也不为难你，另想办法。"庄伟忠真的当着唐跃胜的面打了电话，不过收口的两句话说得很艺术："你们把材料准备好，我回去要听汇报。"这显然是不想让唐跃胜知道水务局到底有没有行政编指标。

唐跃胜眼看着庄伟忠耍戏法，不想说破他，那怪没意思的。他瞥了庄伟忠一眼："我的性格脾气你是知道的，不论一件事成败与否都要有始有终，得给人家一个交代。安迪调水务局的事是我答应的，没办好责任在我，我会向张厅长说明、道歉。如果他还想办，那就让他直接找你，这件事咱们不再说了,等于画了句号。"唐跃胜停了停，很严肃也很严厉地问："庄局长，我听说你把高凌水库下游堤坝防护工程停下来了，有这事吗？"

庄伟忠一脸惊讶，有些语塞："没有哇，工程没有停下来，只是由于财政资金紧张暂缓一下。"唐跃胜用逼人的目光盯着他："刚才我和你说了调人的事，这属于私事，结果怎样我不大在乎，也不会怪你。而高凌水库下游堤坝防护工程是公事，工作上的事。本来不应当把这两件事扯到一起说，好像我是公报私仇似的。我想说什么呢？那个工程要投入三四千万，在松江财政非常紧张的情况下，何市长咬着牙下决心先把这件事做好，因为这个工程涉及高凌水库下游七八万人的生命安全。这个工程报告是我签批、何市长审定的，要改变这么大已经定下来的工程项目，不向我和市长报告，你们局务会研究一下就定下来了，这是谁赋予你们的权力？这件事的背后，你是不是还有其他更深更远的考虑啊？"

庄伟忠坐不住了，急忙向唐跃胜表白："唐市长，确实是由于资金紧张我们才想把工程缓一缓，局长办公会只是议了一下，没有形成明确的决议。不管怎么说这件事是我考虑不周，这段时间事情比较多，没来得及向你汇报。我们班子以前议的不算数，尽快启动开工，遇到什么困难和问题，我们及时向你报告。"

唐跃胜所说的把这个工程停下来"背后更深更远的考虑"指的是什么呢？庄伟忠得知唐跃胜要离开政府后，想把这个工程留作新任领导的见面礼。为了把这件事做得符合程序，他召开了班子会，说了一大堆困难，强调现在上马这个工程条件还不成熟。有的副局长提出不同意见，他很强硬地指责："我们要有大局意识，现在市里财政困难，水务局别瞎哄哄抢饭吃。并且我们还要请有关专家对工程方案进行更进一步的研究论证。"其实对于他醉翁之意不在酒的心思，水务局班子的同志是能够看得出来的。于是唐跃胜也就知道了水务局班子做出暂停工程的决议。

唐跃胜依然用和缓的语气和庄伟忠对话："庄局长，咱们在一起共事几年了，彼此间的信任最重要。刚刚这些话我是以分管副市长的名义和你说的。之所以要说这些话，是提醒我也是要求你，我们要共同对市委、市政府负责，要对松江市人民负责，对高凌水库周边老百姓生命财产安全负责。我在其位要谋其政、负其责。就是不当副市长、不再分管这项工作了，我还是松江市的市民，也会紧紧盯着这个民生工程的。"

庄伟忠走后唐跃胜在屋子里来回走着，换了另外一种角度和方法，来审视自己前前后后遇到的一些事情，突然一下把视野打开了。庄伟忠是很精明、很有能力的干部，他在一些问题上言不由衷甚至出尔反尔，恐怕并非他的本意，这与他的性格不相称。还有已经当了县委书记的张学功，虽然他有表里不一的毛病，爱唱点高调，说点大话，但他是个做事分寸感很强的人，可他说话办事很明显像在迎合什么，露出有意厚此薄彼的痕迹。唐跃胜对他们是真诚的，在工作上从来都是积极支持，从不挑剔，更不搞小动作，可他们对他总是若即若离。唐跃胜虽然不能完全猜透个中缘由，但凭着他的政治经验，确实感觉到有一只手在摆布他们，有一种不可抗拒的势力操控着他们。

安迪调入水务局碰钉子的事，让唐跃胜提高了警觉，秘书赵祥龙工作的安排他就格外小心，直接找市政府秘书长周之豪。他打电话过去，周之豪没二话，并且不容商量地说晚上要到唐跃胜家里。他这么大方痛快倒是出乎唐跃胜的意外，随口问道："到家里吃饭吗？"

"到家里不吃点喝点还能干坐着？你能过意啊！"周之豪一点不客气。

天天忙得团团转的政府大管家，今天哪来的闲情逸致，唐跃胜挺纳闷的。

李文漪准备好饭菜就不靠边了，到客厅里看电视。她从来不加入这种喝酒的行列，并且她知道他俩可能有重要的事情商量，不去打扰。饭桌上就唐跃胜和周之豪，两人相对而坐，喝的是五粮液。

唐跃胜端着小酒杯打着哈哈："今天到家里吃饭不是我请的，是你自己硬要来。但不管怎么说是我有事求你，还得先敬你。"他俩碰了下杯，一仰脖都干了。唐跃胜抹抹嘴说："之豪呀，你是市政府的灵魂人物，什么事都在你的掌握之中。我马上要到政协工作了，离开前我想把赵祥龙的工作落实一下。他跟了我七八年了，现在是正科，小伙子素质好，有发展潜力，我已经耽误人家好几年了，咱们要对年轻干部的前途负责，这事就交给你了，是留在办公厅还是到局里去，你看着办。"周之豪拿起酒瓶，先给自己的杯倒满，又为唐跃胜添了点，瞪着眼问："市长你说完了吗，就这事？"

唐跃胜点点头："就这事，这可是关系人家一辈子的大事呀！"

周之豪满不在乎的样子："要是就这事就不用往下说了，我包干了,肯定让你和赵祥龙满满意意,保证负责到底行不行?这都是不是事的事,往后放放,先说我的事,当务之急的天大事,需要你来全力帮助和支持。"

唐跃胜愣怔怔地看着他:"瞧你说的那个邪乎,把我当小孩吓唬了是不是?你神通广大,有什么事还用我这个快下岗的人帮忙?"

周之豪挺挺胸:"市长,你可别开我的心。咱俩之前说的这些算是序幕,是开场白,下面我要正式向你汇报。这次政府换届,就你离开能倒出个副市长的位置。我在市长助理和秘书长的位置上干了九年。从年龄上看,这次进政府班子是最好也是唯一的机会。何市长的态度是明确的,他和孔书记沟通的情况也很理想,明辉书记也赞成。他们几个同意这事就不会有什么障碍了。但前两天听说半道上杀出个程咬金来,这个人在前面挡横。"说着伸出两个指头。

周之豪手指比量的二,指的是松江市政府二号人物,常务副市长范亚风。他是个坐火箭上来的干部,当民政局局长三年多一点就提拔为副市长。没看到他有什么本事能耐,做出过什么业绩,又当上了市委常委,成为常务副市长,那个官硬是一级一级往上蹿,还有更大的官等着他呢,谁也看不懂这是怎么回事。

周之豪有些神秘地往桌前靠了靠:"说实话市长,在官场上谁也不比谁聪明多少,谁也不比谁傻多少。我今天之所以到家里说话,怕在酒店里隔墙有耳泄露了天机。我当秘书长三四年的最大收获之一就是,大致了解松江市政治生态的内幕。范亚风才是松江市的政治核心,书记市长都得围着他转。在提拔使用干部这个问题上,一直是他当松江市的家。"

唐跃胜大吃一惊地问:"怎么会是这样?想必他有非凡的背景,我真不太清楚,只是听到一些风声和传说。"

周之豪撇撇嘴:"你的心思和精力都用在工作上、事业上,自然不会去关心这些事,这也就让你吃了大亏。话说到这个份儿上我就连底端给你。范亚风的表哥在北京,是掌握实权的大官,对这个背景他是半藏半露。我做市长助理时隐隐约约听说了一点,当了秘书长真正成了市长身边人,他有什么事就不怎么瞒我了,我这才知道,人家是朝中有人好做官哪。我先说一个不起眼的小事,你当了十来年的副市长,市长家你去过吗?书记家你去过吗?恐怕你连他们住在哪儿都不知道,可范亚风到他们家里去像走平道。市长办公室我几乎天天去,有时一天好几趟,这是工作性质决定的,我几乎每次去他都在市长那里,你去过市长办公室才几趟啊。我再说一件更小的事,从我当秘书长开始,好几年加在一起你去过一趟北京,他平均每年二十多趟。"

"这事你怎么知道得这么清楚?有眼线还是卧底?"唐跃胜不解地问。

"眼什么线,卧什么底啊,办公厅的财务审批一支笔,都在我这儿,领导外出的机车船票报销都得我签字,我就留了个心眼,小账记得清清楚楚。"周之豪说得唐跃胜直眨巴眼。他心不甘地叹了口粗气:"我这秘书长在他眼里根本算不了什么,特别是他当了常务副市长之后,找他协调个什么事没有顺当的时候,不是这事就是那事,能让你别扭死,有时候我就打着市长的旗号不商量了,而是下通知。这次政府换届副市长人选问题,他肯定要做手脚,因为他要起用自己的人庄伟忠。理由是你离开后,市政府班子里需要一个熟悉农口的人来接替,水务局局长庄伟忠就成了理想人选。有常务副市长做靠山,庄伟忠的竞争力是很强的。我今天来就是请你助阵,在这关键时刻你得帮我一把,全方位支持一下。虽然推荐票高不一定用你,但得票高至少说明我的群众基础好,大家认可我信任我,咱们在这个重要环节上不能掉链子。我半斤八两都装在你肚子里,我不是不择手段为自己捞什么争什么的人,但这次确实是个难得的机会。同时不能让他看扁了,好像松江的事都要顺着他的意志走。"说着又把酒杯端了起来,往唐跃胜的杯子上一碰。"来,市长,我用你的酒再敬你一杯。你喝了这杯酒就能尽心尽力帮我。"说完自己干了。

跟着，唐跃胜也把酒干了。他亮了亮杯子，一滴都不剩。"这个忙我要帮到底。"

周之豪乐了，笑了。"市长，我不是当面奉承你，咱俩也用不着说那些让人恶心的话，要是用百分制打分，你95分，不能打满分，那不符合辩证法。范亚风得倒过来，59分，他做人做官都不够格。但越是这样的人越能做大官。今儿乘着酒兴我来揭几个谜底，有的你知道，有的你还真的不知道。头几年市委换届，你是常委、常务副市长最理想的人选，可你没有背景后台呀！书记、市长都得靠着人家这棵大树，只能丢卒保车牺牲你。开始我也纳闷，就他这么个拿不起放不下的副市长，市长喜欢他，书记得意他，他成了两边都讨好的通吃，原来是他有不可撼动的靠山。其实何市长对你的感觉挺好的，工作也满意，好几年了我从来没听到市长在背地里说过你一个不字。但是拿到桌面上来，他得讲政治，得表明轻重厚薄的姿态。这就是种瓜得瓜，种豆得豆。书记市长的投入这次都得到回报了，皆大欢喜，不是双赢而是三赢：孔书记提拔了，到省人大当副主任，副部级了。何市长是裤衩换乳罩，到书记这个位置上当一把手了。最让人想不到而又令人愤慨的是，范亚风当松江市的市长。要是不出意外，这个盘子不会改变了。"

周之豪的这几句话，说得唐跃胜目瞪口呆。他的筷子停在嘴边半天没放下，将信将疑地连问了两句："不会吧，不会这样安排吧？省委、市委能这么定吗？他要是当了市长，松江市的命运可就令人担忧了。"

"哎妈呀，市长，你这叫杞人忧天。这些年官场上做交易的事我们见得还少吗？就是从学校抓个小学生来当市长，这个城市三年五载也垮不了，只是老百姓的日子好赖过呗。我敢说，只要他的后台背景还在，对付几年肯定还往上走，他家祖坟算是冒青烟了。咱北方人和南方人不同，你看一个个膀大腰圆的，实质上是软皮囊一个，没有尿性，没有反抗精神。这样的事要是出在南方，只要老百姓不满意，到时候真有可能把他们不买账的人选下去，在松江就别指望这个，那就只有逆来顺受了。"周之豪愤愤不平地说。

唐跃胜一个劲地唉声叹气，他在心里嘀咕，官场上真有不少这样的人，把所有的心思和精力都用在怎样当官上，把所有的社会资源都用在为顺利做官铺平道路上，自己和人家比不行。本来他是在心里琢磨，不知怎的把"自己和人家比不行"这句话就说出来了。

周之豪听了这句话把酒杯往桌子上一放："不是咱能力水平不行，而是背景靠山不行，爹妈只给了咱们一副好身板好德行，没给咱做官的资本。你这几年管农口比管城建难多了，许多事都是范亚风在设套垒坎。实际上那几个局的局长不是成心要和你对着干，可是他们哪能不顾忌这个有根子的靠山？过去他分管农口，后来当了二把手的常务副市长，马上又要当市长，谁能不在乎？你说的高凌水库下游河堤防护工程的事，借个胆给庄伟忠他也不敢私自做主改变原来的计划呀，范亚风要等当上市长后，把这个民生工程的彩记在自己头上。为这个工程的事，何市长还专门和我交代过，要协调好你和水务局、财政局之间的关系，不要急于上马，现在财政比较紧张。为这个工程设的局咱能看不出来吗？我有个建议啊市长，你满打满算就能干一个来月，不要操那份心得罪人了，他们爱咋弄咋弄，真的出了什么问题他们自己兜着。"

唐跃胜望望周之豪："我现在不担心自己，而是担心你。"

"你担心我什么？"周之豪也望望唐跃胜。"我担心你当不上副市长，更担心你不能继续当这个秘书长了，你得把位置让出来。范亚风要是当了市长能不拿你开刀？按常理说秘书长得是市长信赖的自己人，你属于他的人吗？"唐跃胜把话直接挑开了。

周之豪诡秘地一笑："这就是我全力争取当副市长的主要原因。不过我也有一张底牌，现在亮给你，当然这张牌是马上当书记的何劲留给我的。范亚风不喜欢我这个秘书长，那是秃头上虱子明摆着的，这一步棋是瞒不过你们这些政治家老江湖眼睛的。何市长说，这次能当上副市长最好,如果不成功就到市委当副秘书长兼办公厅主任。杨明辉很快就要到人大当主任,庞大义秘书长提副书记,我接任秘书长,还进市委班子了。你说这是不是更好的一步棋,也算是因祸得福吧。"

这话让唐跃胜笑得脸上开了花:"要是这样就好了,双保险。吉人自有天相啊!我说这一晚上你说话气儿挺粗的,原来身后也有大树哇,可惜我没有。"

"你咋没有,我的大树就是你的大树。吃水不忘挖井人,我当助理最不讨人喜欢待见的时候,政府领导里面就你不歧视我,许多方面给我同情关心和支持,时常为我鸣不平,我忘不了这个恩。"周之豪卖了个乖子。

唐跃胜脸上依然挂着笑:"言重了,言重了。我当时可没想那么多,只是将心比心啊!"

周之豪冷丁想起了什么,把唐跃胜的话打断了:"市长,有件事我差点忘了,就是你和林兰县的关系。童宝文县长出事后我就想和你说,怕你心里难受犹豫了很长时间,要是不说又怕他们吃暗亏,还是说出来好。范亚风把你作为对他威胁最大的竞争对手,包括你那条线上的人。林兰县是你的根据地,算得上老巢了,他对那里的干部防范打压得很厉害。关于林兰县县委书记的人选,开始的意向是宝文县长,不知怎么三鼓捣两鼓捣给弄下来了。后来我才知道,主要是范亚风搅浑水,恐怕杨明辉在其中也搞了些小动作,他这个人有点看不大明白。宝文县长要是当了书记,不一定能出事。我把这话说给你听了,你适当的时候给林兰县的头头脑脑下点毛毛雨,注意和张学功的关系要处好,别不知深浅地莽撞行事。"

唐跃胜和周之豪高一声低一语地说着话,大一口小一口地喝着酒,而且面部表情变化无常,一瓶五粮液喝得一滴不剩,两人什么事也没有。周之豪站起来:"市长,话该说的我都说了,哪个地方不对不妥当你多包涵啊!你交代给我的秘书工作的事,你就不用操心了，先留在办公厅，到秘书二处当副处长。这地方文字量小，主要负责领导公务活动安排，小赵能胜任。我走了啊！"

送走了周之豪，李文漪边收拾饭桌边问唐跃胜："你们说什么怕人话说了这么长时间，菜也没怎么动，光喝酒了。"

唐跃胜心想，这些话可是一句两句说不清楚的，她要是知道而又没弄清其中的利害关系，一旦说出去可要惹麻烦了，就糊弄她说："这家伙遇到一些不顺心的事，找我排解排解，帮出出主意。"然后回到自己房间。

喝了不少酒的唐跃胜感到心里阵阵燥热，捧起杯子大口喝了几口凉茶，压压心火。本来就爱琢磨事的他，这时更是百感交集，努力回忆着这些年官场生涯苦与乐、得与失、荣与辱的那些事，一些情景如同电视画面般清晰地映现在眼前。那次在酒桌上杨明辉暗示过自己，松江市湾不大、水不浅，庙不大、神不小，有通天人物左右着这里的局势，无论你怎么干、怎么争，市委常委都与你无缘，不要徒费心力。可是自己在这些问题上太迟钝、太麻木，竟然没有觉察到，没有嗅出味道，真是幼稚不成熟。要说怨只能怨自己，热衷于工作和事业这本没有错，可这会引起别人的嫉妒和防范。对官场上走仕途的人来说，怎样做好人干好工作只是一个部分，而不是全部，甚至不是最重要的内容，最重要的是造人脉、搭平台、寻靠山，一个人能不能在仕途上走得更远，需要主观努力与奋斗，更需要有机遇、有运气，有能够真心实意帮衬引领你的人，有时候客观因素起着决定性作用。这就决定了官场从来不是清一色优秀人才聚集的地方，各种各样的投机政客会乘虚而入，形成鱼龙混杂的局面。看来自己的清高、认真和执着，不适合官场规则，属于不合时宜的另类，被官场淘汰也是合情合理的。在世故的社会中你要是不懂世故，少了世故，那是根本站不住脚的。

这样一些道理唐跃胜哪能不懂，只是心思没往这方面用，一厢情愿地忠诚于事业和自己的责任。有大跨度跳跃性思维习惯的唐跃胜,刚刚还在想自己的官运不济,突然又跳到了国家和民族的命运上。要是我们国家的官场都被权势者、有背景的人把持着,什么公平公正原则,什么德才兼备方针,都将被践踏亵渎,有才华有能力的人被排挤而受压抑,平庸无能之辈却可平步青云,并且这种连锁反应是要被放大的,官场上的人可能就一代不如一代了。到头来我们的事业要遭受损失,国家和民族的命运令人堪忧。想到这里他又把思维转了回去,国家的、社会的、民族的事情与自己何干呢?真是闲扯淡瞎操心,觉得自己很无聊。那么作为我这个层级的干部该想些什么、做些什么呢?他茫然了,一时找不到答案。他把窗帘扯开条缝,扒在窗台上往外望,不知什么时候天阴了,星星月亮的光都被遮住,天地间昏暗暗雾蒙蒙,要下雨的样子。他拉上窗帘又坐回床上,开始了一系列的假设。可是时光不能倒流,人生不能重来,在你接触事物的同时也意味着告别,苍天就是这样安排。命有八尺,难求一丈。他长长嘘了口气。

这时李文漪推门进来。"我就知道今天晚上你又要折腾自己了,安眠药吃没吃?有事明天再想,晚上就是要休息。"说着把药放在桌子上,又去倒水,催他吃了药赶紧睡觉。唐跃胜挺配合,吃了安眠药就上床躺下。在睡和没睡之间他又想事了。这时没想别的,而是笑话看不起自己,要么你生得绝顶聪明,什么事都一眼就看穿;要么你生得笨拙一些,什么都过眼云烟不往心里去,很少有烦恼。就怕自己这样,聪明有点但不算很聪明,傻又不是很傻,还会看开一些事,就这种不上不下的半吊子水平,才能让你东想西想,可又想不大明白看不太透,到头来净自找苦吃。许多人明里暗里夸自己能耐优秀,自己也曾为此洋洋得意过。但现实的答案却不是这样,那个优秀是打了很大折扣的。自己经常被人背后放冷箭,这一方面说明自己没有落伍,走在别人前面,另一方面也说明自己走得不够快不够远,那一段路仍然在人家的射程之内。要是自己真的很有能耐,足够优秀,大步流星把别人落得远远的,他们想放冷箭都够不着。看来还是自己不了解自己，自己没读懂自己。而一个读不懂自己的人，往往会自怨自艾，把所有的不如意都归罪于客观。是啊，只读别人而不读自己、也读不懂自己的人，命中注定成功会与他挺遥远的。唐跃胜就这么翻来覆去地嘲笑批判自己。

离交权的日子越来越近了，唐跃胜抓紧时间处理他认为重要的善后事宜，唯独没顾及到要换房子的事。李文漪和他一起生活了30多年，从来没有提什么过分要求给他添过难，只是这一次让他和市长说说，换一套带电梯的房子，岁数大了方便些。唐跃胜倒是满口答应了，但始终没张嘴和市长说。他一直在心里盘算，这个时候向市长提这样的要求，会不会被看作是走前捞一把，让人瞧不起？等等再说。实际上还等什么呀！再等就到政协去了，恐怕解决起来就困难了。至少也不会可心可意。

正在他围着办公桌转来转去的为难之际，周之豪敲门找他来了。"市长，你离开政府之前，我想为你做件有意义的好事。"

"什么好事，还是有意义的好事？真能瞎掰，你想帮我什么忙，是不是祥龙的工作落实好了？"唐跃胜不解地问。

周之豪哈哈大笑："你真是毫不利己、专门利人的典型，心里就一个赵祥龙是不是？不是说好了吗，他的工作不算回事，我负责到底。今天一上班何市长就找我，说你的房子是市级领导中最差的，马上调换一套，去政协工作之前解决好。我过来是征求你的意见，想选哪个地段的，定下来后我找房产局局长落实，保证又快又好，你别管也别问。"

这事是唐跃胜没有想到的："何市长怎么知道我住房的情况，是不是你跟他说的？"

周之豪也不推托："是我跟他说的。以前我也不知道你住了那么一套房子，那天晚上在你家吃饭才亲眼看到。一个曾经主管城建工作的副市长，住的房子还没我的大，条件也不好，这太亏你和嫂子了，我当然路见不平一声吼，和何市长一说，他立即表态，并叫我亲自办理。我拿着这个尚方宝剑就好办了。"

"哎呀之豪，真得好好感谢你！"唐跃胜边说边去握周之豪的手。

"感谢我什么，我得好好感谢你。好些人和我说，你下命令似的跟人家打招呼推荐我当副市长，概略估计一下，我的胜算比较高，现在是浑身充满了力量。市长，你猜我遇到什么好事了？昨晚上何市长和我说，副市长的推荐票多少无所谓了，书记碰头会研究确定我到市委去了。"

"那副市长人选内定了？"

"看来非庄伟忠莫属啊，要不然我能顺利到市委吗？这叫手套换包，互惠互利，半斤对八两的交易。"周之豪说着仰天大笑。

唐跃胜笑话他："稳点稳点，笑声太大了，人还没过去不算数，等你屁股坐到那把椅子上才算数，别得意忘形啊！"

周之豪一摆手："放心吧老佛爷，古人说少要沉稳老要狂，你看你四平八稳的，什么时候就不能狂点，真急死我了。"

那一年松江市官场的人事变动果然像周之豪说的那样：范亚风当选为市长，庄伟忠当上了副市长，周之豪先是去市委做副秘书长，四个月后当上了常委秘书长。唐跃胜呢，做了政协的常务副主席。

第 二 十 章

唐跃胜出了政府的门，进了政协的门。官衔也由副市长改为副主席了。

俗话说隔行如隔山，又说隔行不隔山。从政府到政协，看起来都是市级机关，名分都是市级领导，实际上差别可大了。政府是行政机关，管理服务社会的所有行政权力都在那里。而政协是个参政议政带有监督性质的议事机关，是要围绕着政府的工作建言献策，没有任何主导性权力在手里。这个跨度太大了，当你出了政府的门进了政协的门，就更能切身感受到两者之间工作内容不同，目标要求不同，方式方法不同，就连心灵情感的表达也不同。唐跃胜尤其听不惯别人称他为主席，这是个什么角色啊！

市政协迎接唐跃胜的声势挺大的，可他往办公室里一坐，失落和自卑的感觉油然而生。唐跃胜的办公室宽大明亮，比副市长的办公室大出一倍多，还有个能睡觉休息的套间。他不是不适应这个大空间，而是不适应大空间里的小内涵。用他自己的话说，"我现在是好看不中用"，这话说得不夸张。过去他不论分管城建还是农村工作，只要一上班办公室里里外外都是人，可以用络绎不绝来形容，他感到忙碌而充实。现在可倒好，冷冷清清，门可罗雀，这让他感到空虚与寂寞。有两件小事最让唐跃胜不习惯，一件事是听不到敲门声了，在政府工作时坐在办公室里，不一会儿就有人当当当地敲门，时间长了他听惯了这种声音，敲门声成了他的工作不可缺少的韵律，即使是很忙碌很劳累很烦躁，听到敲门声就要回一声请进，于是有了存在感和价值感。现在是半天听不到一声敲门声，办公室里静悄悄的，心里面空落落的。再一件事是他喝茶不习惯了，当副市长时找他办事的人多，而喝他茶的人也多，来个三五人，泡上一壶茶，很快就喝出来了，还边喝边嘱咐喝茶的人，下次别空手来，别忘了多带点好茶，茶都叫你们喝光了。于是经常有人送茶来。他的茶属于大出大进。现如今不一样了，泡一壶茶就自己喝，没有人来分享，本来挺好的茶也觉得没滋没味，至少没人夸奖茶好。

那天，唐跃胜吃了午饭刚躺下想睡一会儿，手机响了，是弟弟唐跃利打来的，说是有急事，下午要到松江来。

唐跃胜当了政协副主席的消息，一溜烟冲进临通县鸭绿江边的小山村，唐家炸了锅了。唐跃胜的母亲抹着眼泪问唐跃利："你哥不是副市长吗？怎么又变成副主席了，副主席是个什么官，和副市长哪个大？他八成是趟上事让人给撸了，这可怎么办哪！"唐跃利也不懂副市长变成副主席到底是咋回事，他拉着脸劝慰母亲："你别哭别闹了，也不用你撑，我下午就坐火车到松江去找俺哥，看看到底是怎么回事。"

这次唐跃利是空着手来的，下了火车就被唐跃胜的司机接到办公室。这回省事，既不用脱鞋，也不用洗手，他一屁股坐下来，劈头盖脸就问："哥，又怎么了你，好好的市长不当，当什么主席啊！为这事家里都翻了天了。你这次是不是真的犯了事，人家让你靠边了？"

唐跃胜冷冷一笑："你这叫没有事找事，吃饱了撑的！你们是不是天天盼着我犯点错误出点事，我要是不出点事你们心里难受不舒服是不是？天底下真有这样的怪事，哪有自家人盼自家人倒霉的，这不是诅咒我吗？你的脑子是不是缺根弦，我要是出事了还能上报纸电视吗？这么简单的道理你们都想不通。到政协当副主席不是因为我犯了事，而是年龄大了，任职时间到了，必须往人大政协这边转岗。你看级别还是副市级，也没降。虽然权力小了，可事儿也管少了，心操少了，但钱照拿不误。谁能一辈子老当副市长啊。"

唐跃利被哥哥这一顿呛白训斥，听明白了一些，但还是有点不甘心、不服气。"哥，你别看俺们是土包子大老粗，政府和政协的事多少也知道点。政协是个空架子，庙大神小，奶盘大，奶子小。没有实权，没有油水，清水衙门一个，在几大班子里面是拉不丢。"说着把小指头伸出来。正说在兴头上的唐跃利意犹未尽："哥，你没听社会上流传的那套嗑吗，又精又鬼进市委，又猛又虎进政府，又老又瘪进政协。我看你也不老不瘪呀，急着到政协干什么？"接着他又数落起哥哥来，"你看人家当官的，一步步往高处走，再看看你这个当官的，怎么一步步往下出溜？你现在是心里明白嘴茬硬，属于倒驴不倒架那份的。当初你手里有权时，叫你弄点地皮开发挣点钱，你无私高尚的这也不准那也不行。现在好了，手里没有权，想弄也弄不成了，有权不用，过期作废，现在后悔了吧。我看还会有人给你上贡送礼？等着吧！我都替你可惜。"

他还要往下说，唐跃胜一拍桌子打断他："你这话说得越来越跑调变味，越来越难听了。今天来是开我批斗会是不是，你还替我可惜，可惜啥啊你告诉我。那权力是贴了属于我的标签了吗？跃利，更多的道理我不给你说，你回去告诉爸妈亲戚朋友，我没犯错误，也没给家里和乡亲们丢脸，我是堂堂正正地被政协委员选为副主席的。有这么个道理你记住了，酒喝到半醉为好，花开到半放最好看，船撑开半边帆才不颠覆，骑马牵到半缰才稳当。你不要瞧不起我，我自己能感觉到推断出，好像现在不如过去辉煌权力大，但从今往后，肯定比现在更安稳、更精彩。"

这几句话把唐跃利说乐了："哥，你不但脑瓜子里有玩意，嘴皮子功夫也厉害。我刚才那些话不是瞧不起你、批判你，而是为你鸣不平，觉得上面亏待了你，要是让你当一把手主席我心里就平衡了。既然你这么说，那我还有什么可说的，回去向爸妈报平安，让他们别操那份没用的心。那我走了，还是赶晚上十点钟的火车。"

唐跃胜看看天快黑了，正赶在饭口上，哪能让弟弟饿着肚子回去呢。"跃利，该吃饭了，你说咱是回家吃，还是在外面吃？"

唐跃利一咬牙一跺脚："在外面吃，别回家了，俺嫂子那一身穷毛病我扛不了，想想浑身都不自在，就在外面吃点得了。"

唐跃胜一看弟弟这个态度，就不勉强回家了。"好，找个饭店吃饭去。"

唐跃胜作为市政协党组副书记、常务副主席，要协助主席处理一些重大重要事情，负责政协的日常工作。他逐步熟悉了解政协的情况后明白了，政协的那些大事要事和政府那边比起来，根本就称不上事了，连鸡毛蒜皮的事都顶不上，但在政协工作的那盘棋上，却是不可轻视忽视的大事。

那天秘书长谷野带着办公厅负责人事工作的副主任石成明，向唐跃胜汇报处级干部竞聘上岗的事，这是他走马上任后遇到的第一件大事。别看唐跃胜官不小，还从来没管过这种具体工作的落实。石成明对这类工作相当熟悉，很流畅地汇报了竞聘工作的所有流程后，又说了几句需要唐跃胜特别注意的话："唐主席，处级干部竞聘上岗是一个常规性的工作，已经搞了好几年了，效果也挺好。但有两个难缠的竞聘上访钉子户，估计在应聘工作前会来找你，死磨硬泡的，你得有个思想准备。"

唐跃胜乐得一下笑出了声："什么，政协还有竞聘上访钉子户？真有意思，政协怎么还出这样的怪事。既然有钉子户，你们为什么不把钉子拔了，尽快把问题解决掉，而是拖着不办呢？"

谷野怕石成明说不清楚赶忙接话："市长，不对，该叫主席，我叫习惯了一下改不过来。成明说的竞聘上访钉子户虽然是个形容词，但也确实有点棘手，这两个女的让人头痛死了。一个当时进机关时间短硬件不够，硬件够了又去生孩子。另一个为人和工作都挺好，就是精神不正常，一到竞聘演讲就犯病，总是缺席。大家称政协机关有'一对妖怪女，两个精神病'。"

唐跃胜心想，政协这地方真是有点邪道，连给人编瞎话起外号也是神神道道的，"妖怪女""精神病"的话都出来了。他下命令似的嘱咐谷野和石成明："我对政协工作不熟悉，对机关情况不了解，你们俩一个是政协的大管家，一个负责干部人事工作，一定要替我挡住，别把球往我这儿踢。她们要是真找到我，我都不知道和她们说什么。你这么大个秘书长还解决不了那么个小事，这事交给你们了啊！"

"俺俩尽可能挡，实在挡不住也没有办法。一个机关干部想要见见主席汇报汇报思想，谁敢不让啊，我估计非找你不可。我们按照主席的要求，尽最大可能把这事挡住。"谷野不大情愿地表了个态。

说曹操曹操就到。竞聘上岗方案公布的第二天，经济委员会的于美艳，一大早就站在唐跃胜的办公室门口，见到唐跃胜问了一声主席好，又自报家门说出自己的名字。唐跃胜一听"于美艳"三个字，脑袋嗡的一下，钉子户真的来了，还抓得挺早。他朝于美艳点点头问："有事吗？"于美艳爽快地回答："有事。"边说话边随唐跃胜进了办公室，在唐跃胜的对面坐了下来。"唐主席，我在林业局时就认识你，还跟着你到农村搞过调研，可能你对我没有印象了。"

唐跃胜哦了一声："你原来在林业局工作，什么时候到政协的？"

"前年秋天调过来的。"

"年纪轻轻怎么想到政协工作？"

听唐跃胜这么一问，于美艳控制不住内心的委屈，泪水夺眶而出，嘴角也有些抖动。"我在林业局办公室负责文字综合工作，领导挺器重我的，准备提拔我当办公室副主任。由于我们经常和市政协经济委打交道，彭树良主任三番五次劝说我到他们委做办公室副主任，说政协是市级机关，领导职数多，干部提拔快，工作轻松压力不大，我要是到政协会很有发展前途。虽然我对政协不怎么了解,但私心重想快点进步,就调过来了。谁知道来后一切都是相反的,答应我的事根本不兑现。我过来不到三个月,机关搞竞聘上岗,我满怀希望报了经济委办公室副主任岗位,认真准备了演讲稿。结果呢,说我到机关时间短,不够竞聘资格,把我甩出去了。凑巧的是就在那前后,林业局机关也搞竞聘上岗,我想回去林业局不同意,我是鸡飞蛋打,两头落空。这件事对我的打击很大,怨自己赶上这么个倒霉点。没有办法慢慢等吧。去年中秋节前后又有一次机会,这次我的年头够了,偏偏在我生孩子时搞竞聘上岗,我在医院里躺着怎么去竞聘呀!他们欺负人欺负到什么份儿上?明明知道我生孩子,还专门到医院里通知我。那天人事处处长他们两个人到医院来,给我乐的,以为是来看望我,没想到是来问我能不能参加竞聘,组织上给每个人的机会是均等的。当时气得我天旋地转的,好几顿没吃饭。从此落下了一生气上火就眩晕的后遗症。医生告诉我说,这是精神障碍的一种,要注意调节。主席呀,我真是想不通,政协机关怎么这样对待干部哇。到政协工作不是我要来,不是我死皮赖脸地来抢谁的位置,是你们硬要把我调过来,为什么这么不公待我呀!"

这时于美艳的脸色开始发白,她边呜呜哭着边将身体往沙发背上靠,并用双手捂着眼睛。唐跃胜一看这情形慌忙问:"你是不是头晕了?"

于美艳点点头:"过一会缓醒缓醒就好了。"

此情此景让唐跃胜心里不安,就觉得有一股火在胸中燃烧,他甚至能听到自己心脏咚咚跳的声音。等于美艳情绪平静一些他劝慰道:"你说的情况我听懂了,等我和办公厅他们商量一下,希望你能把握好这次机会。"

于美艳慢慢抬起头来:"唐主席,这两年我太委屈了,实在别不过劲来曾想到死,可我死了孩子怎么办?我从来没有向组织上提任何过分的要求,组织上应当考虑考虑我的感受,把人调进来扔一边不管了，成了后娘养的了，这对我太不公正了。我预感这次竞聘上岗也没有戏，因为机关里的一些人把我当成外人，说我来占了他们的位，掏他们兜里的钱，稍搞点小动作一联合，我的票就没了，不用费力就把我挤出去了。我要回林业局现在也回不去，太伤自尊了。当初要来政协时俺对象就不同意，这三番两次的折腾，他也一肚子无名火，常常说些气话，堵得我上不来气。我现在是走投无路，不知该怎么办才好。"说着一把鼻涕一把泪地迈出了唐跃胜的门。

唐跃胜怕这样下去会出乱子，马上把经济委主任彭树良叫了过来。"刚才你们委的于美艳来找我，反映了她从林业局调过来后两次竞聘上岗没成功的事。这是怎么个情况？树良啊，你们怎么弄的，这样对待干部可不好，说不过去呀。"由于彭树良和唐跃胜老早就熟悉，就不在乎地爆了粗口："主席啊，真气死我了，办公厅和人事处这帮狗娘养的，没有一个好东西，一点人事不办，他们成天就算计自己那点破事，将来他们要是生儿子养孙子，连屁眼都不长，他们太丧良心太缺德了。"彭树良没说正事，先是一通子骂，然后说了事情的经过。

我们经济委办公室文字工作弱，弄什么材料都水裆尿裤的，有些重要材料我就得亲自干，太累了。我们到处物色人，就看好了林业局办公室的于美艳。她是公务员，调动没有问题。我侧面了解于美艳这个人不仅文字好，人也厚道，虽然年纪轻轻但挺成熟的，适合做办公室工作。人家林业局想培养使用的，我死磨硬泡非要挖这个人。当时林业局局长要我承诺一件事，于美艳到政协机关后要能提拔。能提拔他们就放人，别影响她进步，要是平调就不去了，他们自己留用。我当时拍着胸脯打保票，调过来就当经济委办公室副主任，由正科提为副处，提半个格。我们又反复好几次做了于美艳的思想工作，净挑好听的话说，嘴硬牙硬地向她许了愿。为了慎重起见，调人前我和分管主席说过，和谷野秘书长打过招呼，最后找汤福玉常务副主席汇报过，他们都同意，在没有不同意见的情况下才调的人。结果人调进来了,耍滑头的谷野和办公厅像死人一样的石成明都打起了官腔,说从外面调进来的干部不能直接提拔,要参加机关的竞争上岗,这是市里的规定,不同意提拔人家。这下我傻眼了,质问他们为什么不早说。你猜那个死人石成明说什么?"这个政策规定我也不明确,请示市委组织部后才清楚。"我当时气得半昏,真想揍他,好在把火压住了。我们把官司打到常务副主席那儿,这老头快退休了,什么事也不管,和他说什么事都哼哈答应着,遇到问题请示怎么办时,他叫我们按市里规定办,一推溜干净。这事谁都可以推,我不能推呀,是我把人家弄进来的。我好话赖话地做于美艳的思想工作,说年底前机关搞处级干部竞聘上岗,那时就有机会了。于美艳虽然不高兴,也没太计较。结果到了竞聘上岗时,又说人家到机关工作时间不够,给甩出去了。这些事可能于美艳都给你说了,我不重复。主席啊,于美艳是个很要强的人,不到万不得已,被逼无奈,她不会来找你。

唐跃胜直摇脑袋:"树良,既然这样,你这个当主任的应当和领导说清楚,该争取的事你们要为她争啊,怎么能叫她自己东找西找的?这对她多不好,你们得为人家负责呀!"

听了唐跃胜没好气的问话,彭树良的脸涨得像猪肝似的,脖子的青筋都暴出来了。"我操他们八辈祖宗的,我怎么没替她说话为她争呀,而是没打着狐狸惹了身骚。机关里传说我和于美艳关系不正常,就是看她长得漂亮才把她调进来的。你说这脏水泼的,人让他们埋汰的,天地良心哪,压根没有的事,我又不能和谁解释,这样的事不说倒罢,要是解释了那不是自己糟践祸害自己呀。现在于美艳见了我就像见了仇人似的,虽说在一个委里工作,她十天半月不和我说一句话。这工作还咋干哪,是我坑了害了人家,就忍气吞声吧。两年了,文字工作从来不交给她,我一个人担着,怎么好意思让她干,给人家减轻点负担和压力吧。我只能做到这个份儿上。机关马上又要搞竞聘上岗,我估计又会有人捣她的乱,她的希望不太大,好好的一个干部把人家祸害成这样。她现在成天愁眉苦脸的像个精神病似的，我呢一个大男人，像个贼似的躲躲闪闪的，生怕节外生枝出麻烦。我无所谓，什么彪啊傻啊色啊都能担待，说去吧，我是害怕这一次她再不能如愿会出大乱子，她已经到了崩溃的边缘。"

"这事郑主席知道吗？"唐跃胜问。

"知道，怎么不知道，他耳不聋眼不花嘴不哑。但主席只抓大事，不管这些具体的小事。我们真看不出他抓了什么大事，也弄不清政协机关还有什么比干部问题更重要，咱算是看不懂他们摆的是什么谱。"彭树良愤愤不平地说道。

唐跃胜心里有些堵得慌，抓起电话："谷野，你和成石明马上到我办公室来，马上。"

"有人来，那我走了。"

"你别走，一块碰一下。"

"我见了他们恶心，你和他们说吧。"

唐跃胜没有强留，彭树良拔腿就走了。

谷野和石成明一坐下，唐跃胜就绷着脸问："你们把于美艳的事推给我就解放了是不是？事已经出了总得解决吧，我想听听你们是怎么处理这件事的。"谷野瞟了石成明一眼，"你向主席汇报吧。"石成明磨磨唧唧就两句车轱辘话："真没有什么好办法，这事弄夹生了。"唐跃胜紧逼着问："什么夹生了，谁给弄夹生的？"石成明低着头不吭声。

唐跃胜抑制着内心的不满："这事要是轮到你们的头上，你们会怎么想怎么办呀！刚才于美艳和彭树良都找我了，我虽然不能听一面之词，但这件事的来龙去脉不难厘清。你们所说夹生饭的缘由也不难捉摸，我没有批评指责你们的意思，但对这样一个涉及干部切身利益的现实问题，不能躲避绕道走，而要以负责的精神主动地化解。你们说说于美艳的工作和素质到底怎么样，做经济委办公室副主任能不能胜任？"

望着窗外的谷野把脸转过来:"主席,对这件事我没有推脱的意思,政协机关的人事工作由常务副主席负责,我不好乱插手乱说话。于美艳的综合素质是相当好的。这么说吧,政协机关里她的文字水平没几个人能超过,连续挫折打击叫一般人早就完蛋了,但她工作依然不掉链子,只是精神头差了。我不彪不傻能看不出来?她是承受着很大精神压力硬撑着的,经济委办公室副主任的位置到现在还空着。"

"为什么不配?"唐跃胜追问道。

"彭树良那头倔驴放出狠话,不提于美艳也行,副主任不配了,谁也别想进来,工作就那么推着做,天也塌不下来。经济委办公室有没有副主任无所谓。他这么一咋呼,机关两次搞竞聘上岗没有一个人报经济委办公室副主任这个岗位,谁都知道去了没有好果子吃。"谷野的话很无奈,既像说明情况,也像作解释。

从面部表情看,唐跃胜有些不大耐烦。"我看哪,不论是从工作需要还是从对干部负责的角度说,这次都要把经济委办公室副主任这件事处理好了。谷野,这事就交给你了,我授权、你落实,相信你一定能妥善处理好。好了,这事就这样,石成明你走吧,我还有其他事和秘书长说。"唐跃胜把石成明支走了。

石成明走后唐跃胜一步跨到谷野眼前:"你这么大个秘书长处理不好这么个小破事,能耐哪去了?你小子在市委当副秘书长时我就说你是个老油条,别再油腔滑调了。哈哈腰做点实事,你还想把这事拖多久,包袱甩给谁呀!"

谷野使劲搓了搓脸:"主席呀,我还能连这么点智慧都没有?我向老大老二汇报过好几次了,这俩掌舵人不哼不响的,一个字一句话的态度都没有,谁知是啥意思啊,只能放着不办。现在好了,你这个掌门人亮了剑,我这个办事的就敢接招。下午我和彭树良碰一下,我俩分头做点工作,保证一举成功。"

唐跃胜乐了:"谷野,这次可别大意,咱俩这里的工作要是不到位有点闪失,就等于把于美艳推上了绝路,会要出人命的。人家没招谁惹谁,干什么要和人家过不去,那不是伤天害理吗?"

谷野把胸脯一拍:"这回要是出了问题我负全责,于美艳要是出了人命,我去给他偿命。"

唐跃胜笑了:"好好好,这我就放心了。"

政协机关处级干部竞聘上岗前,谷野以巧妙的方式和各专委会主任打了招呼,结果很理想,结局挺乐观。解决于美艳的问题没有悬念了。唐跃胜和谷野高高兴兴的。

可是他们高兴得太早了,唐跃胜万万没想到按下葫芦起来瓢,就在竞聘上岗的当天,市政协的第二个女妖怪,就是提案委女干部韩秋,把好好的一个局搅得稀烂。

韩秋大学毕业考进了政协机关,这个水灵灵的南方姑娘心灵手巧,计算机让她玩得像变魔方似的,提案委每年都要在网上处理四五百件提案,她就一个人做得干净利索,井然有序。工作了几年后,她终于有了由正科竞聘副处级领导岗位的资格。竞聘大会上,这个天生有点神经质的韩秋,上台后就念稿子,根本没敢往下面看,念着念着不知怎么眼睛走了神,把目光投向了台下,妈呀,五六十双眼睛盯着自己,她一下慌神眼花了,把字念错了行,上言不搭下语接不上茬。越是说不成句越紧张,越紧张越把稿子念得磕磕巴巴,引起会场一阵骚动。念完一千五六百字的演讲稿,她大汗淋漓,不能自持地走下台来,心狂跳不止,感到阵阵恶心,竟控制不住大口大口地呕吐起来。许多人围过来,会场乱了套。

这次竞聘上岗本来就是差额的,按照三比二的比例聘用,参加竞聘演讲的人将有三分之一被淘汰,韩秋没有竞聘成功落聘是正常的事,可她把这个责任完全归咎于自己演讲的失败,一想起演讲的情景就心跳不已并伴有饥饿感,想吃东西,好像自己的胸膛里都是空的,需要很多东西去填满。这种状态持续了挺长时间,她不得不去看医生。挂了内科的号,医生看后又把她转到神经内科,她不敢相信自己的耳朵,也不敢相信医生的话。"大夫,你把我转到神经科干什么?"

"啊,你的病就属于神经科的,必须转过去。"医生直截了当地告诉她。

韩秋犹犹豫豫地来到神经内科,自己把症状述说一遍,医生做了些检查后告诉她,得的是暴食症,是由于精神长时间压抑而产生的。韩秋从此背上了思想包袱,而压力又刺激和加速着精神压抑,只要精神一焦虑紧张,就没完没了地吃东西,老是有饥饿感,真成了女妖怪。她不得不按照医生的要求开始吃药。得了这样的病不好意思也不敢对别人说,连她的家人都不知道她的病情。

那天竞聘上岗述职大会组织得很好,机关里能来的人都来了,主持会的谷野让人事处清点人数,点来点去少了韩秋。再一问,办公厅和提案委都没有接到她的请假电话,而她排在第二个述职。谷野让提案委给韩秋家打电话,手机通了没人接,家里也没人接电话。谷野走下台贴近唐跃胜的耳朵请示怎么办。唐跃胜也没经历过这种事,和谷野商量,竞聘上岗对机关干部是难得的机会,而韩秋的情况又不明,只能暂停进行,赶紧让人到韩秋家里把情况弄清楚。

谷野向大会作了暂停进行的说明,让石成明带着人事处和提案委的人,急忙赶往韩秋家。

韩秋住在三楼,他们轻轻敲了几下门没人应声,继而用力敲打门还是没有动静。刚要走,隐约听到屋里有孩子的哭声,声音很微弱,他们知道出事了,可门弄不开。石成明决定报警。不到十分钟警察赶到把房门打开,所有人都惊呆了,韩秋满嘴满脸是血,穿着内衣躺在厕所边,不满两岁的女儿自己下不了地,光着屁股趴在床边,可能是由于惊吓,哭得时间长,已经奄奄一息,哭不出声了。警察让石成明叫了急救车送韩秋和孩子去医院,他们保护现场。

经过抢救,韩秋醒了过来,睁眼一看自己躺在医院的病床上,机关的几个人围在身边，哇的一声哭了起来："我的孩子呢？"医生告诉她，孩子在医院里没有事，你不能哭，情绪要稳，现在正在做手术准备，半个小时后手术。这时石成明他们才知道，韩秋是因暴食而造成胃出血，由于出血过多造成休克，再晚一点命就没了。

韩秋的手术很成功，病情稳定后她向来看望的人述说了那天晚上惊心动魄的一幕。得到机关要搞竞聘上岗的消息后，她好几天睡不着觉，心里总是惴惴不安。为了应对第二天的述职演讲，吃了晚饭她就开始熟悉稿子，本来念得挺顺畅挺好的，可一想到上台述职时的情景，她忽地就紧张起来了，越念心越虚越念不成句。她强迫自己放下稿子，把电视打开看节目。她爱人在外贸局工作，出国到新加坡了，就她们娘俩在家，电视也不能看得太晚，怕影响邻居休息。十一点来钟她上床睡觉，可怎么也睡不着。睡不着不要紧，觉得有些饿得慌。她知道自己的毛病，心想坏了，暴食症又犯了，赶忙吃药。人得了这个病就像吸毒抽大烟一样，自己控制不了自己，其实她并不饿，但就是觉得饿，非吃东西不可。开始她咬牙忍着，硬是扛着不吃，到下半夜两点来钟实在忍不住了，她就爬起来吃东西，饼干、面包、橘子什么都吃，越吃越想吃，止不住了。她的胃就那么大，实在吃不动了才爬到床上，迷迷糊糊之中她被一阵剧痛弄醒了，感到胃里翻江倒海的，一阵紧似一阵的疼，接着就大口大口地呕吐。她赶紧跑到厕所，一看吐得都是血，吓得魂不附体，从厕所出来时眼前一黑就摔倒在地，什么也不知道了。

石成明是个经不住事又不担事的人，听着韩秋的述说，哭咧咧的表情一直挂在脸上。"太离奇、太吓人了，别感谢我们，你得感谢唐主席，是他决定把正在进行的述职测评停下来，让我们到你家找你，这一找救了两条命。"

听说韩秋病情好转，唐跃胜和谷野几个人到医院来看望她。韩秋是千恩万谢。那天正好她爱人毕永奎出差回来在医院护理她。毕永奎谢过唐跃胜和谷野后笑呵呵说着话："韩秋不是争强好胜的人，更不是挖空心思想当什么官，但既然在机关工作就得要求上进啊。这两天我就劝她，从今往后不要再参加什么竞聘上岗了。这是干什么，为了升个副处级一个月多长个百八十块钱，连命都差点搭上，太不值得。要是在机关里觉得心里不平衡，就辞职不干了，摆个地摊也能养活自己。"韩秋忙阻止毕永奎："你别说这牢骚话了，唐主席刚到政协不长时间，对我们非常关心。不是主席那天当机立断，再晚两小时我就完了。主席和秘书长都在，我感谢归感谢，有句话还是想和领导说，可别因为我影响了机关的竞聘上岗工作，这次我不参加竞聘了。我知道自己的病是怎么得的，今后再也不参加这样的竞聘上岗了，组织上给我提职就提，不提我认了，为了孩子和家庭平安，什么提拔不提拔的，不去管他了。现在的干部管理太花哨了，该管的不管，不该管的管得倒挺严。"

毕永奎马上帮腔："唐主席、谷秘书长，韩秋说的不是气话，是她的心里话。这两天俺俩说了不少这方面的话，经历了这次生死考验，她懂得了当官的价值和生命的意义是不一样的。我也真的纳闷，机关就那么几十个人，谁的能力强、素质高、人缘好，应当到哪个岗位上，领导心里没有数吗？非要大家投一票来决定啊。韩秋得这病不是一天两天了，以前我心粗再加上老出差不在家，没好好观察，这两天我寻思寻思回过味来了。我女儿不到两岁，我动不动就买点很精致的小食品，也没看到孩子怎么吃，不知怎么就没有了，她就逼着我再买。原来给我女儿买的东西都叫韩秋偷吃了，我真觉得对不起她。"

唐跃胜和谷野像听故事一样，听着韩秋两口子你一言我一语的那些话，有一种说不出来的感觉。唐跃胜看这两口子不说了，就插嘴说了几句安慰之类的话："韩秋，我和秘书长来看看你，希望你能早日康复，不要急着上班。机关竞聘上岗工作也往后拖拖，等你好了再搞。机关内部的事，早点晚点没关系，你还是参加好。"

韩秋马上回应："谢谢主席和秘书长的关心，我说这次不参加竞聘上岗是真的，不是虚假的推托，你们不要考虑我，别因为我而耽误了大家的事。"

于是，市政协机关竞聘上岗少了一个人。

对要求进步的人来说少了一个竞争对手，这是个好事。但许多人挺同情韩秋的，觉得亏待了她，因为韩秋认真负责、任劳任怨的精神在机关里是公认的，她连续好几年都被评为优秀公务员，大家都很喜欢佩服她。民测结果出现了戏剧性的一幕，韩秋虽然没参加竞聘上岗述职，却得到了很多推荐票，位列第一名。要说这些推荐票有效吧，她本人没参加述职，放弃竞聘上岗资格。要说这些票没有效吧，那是机关干部白纸黑字推荐的。怎么办呢？领导小组专门为这事开会研究，自然是七嘴八舌，看法不一。石成明作为办公厅分管人事工作的副主任，首先说了自己的看法，提出向市委组织部请示，按组织部的要求办。领导小组副组长谷野听石成明说了这话，脸色一下变了："不要什么事都请示，我们现在所做事情的依据不是国家组织法，而是地方带有土政策性质的实施办法，解释权在他们那里，一个干事都有权解释，他们说行或不行就给这件事定性了。我的想法是，要么就按照机关竞聘上岗方案要求，没参加述职者等于自动放弃，不再予以考虑。要么就作为特殊情况处理。韩秋已经准备了述职报告，而且就是在准备述职报告中犯的病。她在主观上是积极的，态度是端正的，机关干部还鸣不平地推荐她，并且是第一名，票数最高。可见她是个非常优秀的干部，得到机关上下一致的认可，选用这样的干部会有什么问题？政协机关缺的就是这种认真负责、甘愿奉献的干部。通过这件事我认识了一个道理，向善向美任何时候都是生活的主流，都是人们向往的真谛，政协机关干部是有觉悟、讲良心的。"

谷野的声调挺高，说得理中带情，情中有理，得到领导小组的一致赞成。最后需要领导小组组长唐跃胜拍板定夺，大家一齐把目光聚焦在他的脸上。"我也赞成大家的意见，秘书长的这个倡议很好，既坚持原则，又有人情味。当了这么多年领导干部，走了不少地方和岗位，头一次遇到这种事，从中体会到民心不可违这句话的含义。各级机关采取竞争上岗的方式选用干部，目的就是通过竞争优胜劣汰，保证人尽其才，才尽其用。我们经常说是金子总要发光，优秀干部在哪儿都会发挥作用，都会得到重视。可现实生活告诉我们，好多事情不是这样，让金子发光是要有条件的，要是总让它待在矿坑里不挖掘，总埋在土里不露脸，它是发不了光的。再优秀再能干的人才，不给他发挥作用的机会和舞台，他能展示出自己的智慧和才华吗？肯定不行。如果大家没有别的意见，韩秋这件事就作为一个特殊情况，以领导小组的名义报政协党组，我和谷野向郑主席汇报，其他工作按计划进行。"

政协党组同意领导小组的意见，竞聘上岗结果皆大欢喜，圆满解决了两个竞聘上岗"钉子户"的问题。于美艳当上了经济委办公室副主任，韩秋由正科提为副处级调研员。

这一下彭树良心花怒放，他笑逐颜开地赞美唐跃胜："你在政协机关就是解放区的天，明朗的天，你就是救苦救难的活菩萨。我也终于获得了解放，对林业局有所交代，对于美艳有所交代，对我自己也有所交代。不服不行啊，主席，你就像老中医，对症下药，药到病除，是你亲手治好了一对精神病，起用了两个好干部，功德无量啊！"这一番让人肉麻的奉承话，真的把唐跃胜说得美滋滋的："你这马屁拍出水平来了，从哪儿学的？我以前也没看出你有这本事。"彭树良又讨好："这是哪里话，你是个真正有硬度的金刚钻，什么瓷器活都敢揽，什么难缠的事到你手里都化解了，不服气不行。我明天晚上请林业局局长吃饭，也想请你去，能不能赏个脸？你要是去我这腰杆就更硬了。"唐跃胜一口答应："去。"

机关竞聘上岗干部人选确定后，是要张榜公示的。于美艳看到公示榜上自己的名字，眼泪哗地就下来了，扭头跑回办公室，趴在桌子上哭得泪人似的。这是喜悦混合着委屈的泪。她擦擦眼泪敲开彭树良的门:"主任,我公示了,谢谢你啊,你怎么不早点告诉我。"彭树良耸耸肩膀:"谁敢提前告诉你啊,官场上风云多变,中间要是出个什么差头,那不又是惹下天大乱子,还是稳当点好,我可吃够了苦头吓怕了。今天咱俩算是化干戈为玉帛了,虽然晚了点,我欠你的账也算还清了。你别感谢我,要感谢就感谢唐主席和谷秘书长,这也是你的造化,好事多磨嘛。"于美艳只是含泪笑着点头,不知说什么好。

刚刚出院回家的韩秋得到消息可不得了了,笑一阵子哭一阵子,又要请客,又要送礼,抱起女儿使劲亲了几口,觉得不解渴不过瘾,又去咬人家的脸蛋,把女儿疼得哇哇直哭。毕永奎看她疯疯癫癫的样子,一把夺过女儿:"你别闹了,这可不是送礼的事,机关那么多人投你的票送礼给谁啊。你以后好好工作就行了,那就是感谢报恩。要真的让你请客送礼,你还真就不会做这事。"

"那咋办,我就提前上班吧。"

"得得得,你别给领导添麻烦了。这样去谁忍心让你干活呀,可别又弄出个乐极生悲,用平常心对待荣辱得失就好了。"

没参加竞聘被提拔为副处级,韩秋就觉得自己的运气好。其实好运气只是个副产品,只有你在工作中不带私心杂念,不耍小聪明,单纯而又认真负责地做事情时,好运才会降临。

一场竞聘上岗的风波,让唐跃胜长了不少见识,对一些习以为常、司空见惯的事有了新的认识和理解,而想得最多的是干部人事制度改革中那一张功过是非的票。这些年各级干部提拔使用过程中,加大了民意调查的比重,把民主测评作为一个规定动作,这本来是扩大民主的一个途径和措施,通过民主推荐考察干部的群众认可度,以此作为提拔使用的一个背景和参考。但这个办法在实践过程中把民主票的作用扩大化、绝对化了,出现了以票定升迁的错误导向,造成领导干部的投机心理,他们不把主要精力用在工作和事业上,而是千方百计拉关系、结人缘、找背景,甚至有人把请客送礼作为敲门砖，完全背离了民主测评的本来作用和意义，以票取人，用票的多少决胜负成为官场的一个规则，这就难免出现两个恶果，一方面那些庸碌之辈和投机钻营的政客，能够以票为载体，达到升迁的目的。另一方面打击伤害着那些有能力、肯奉献但不善投机、不会来事的有作为的干部，他们的积极性会由于票少受到挫伤。而现实生活中呢，各级各层都在这么做，做得心安理得。

唐跃胜在苦苦思索中，又想起到医院看望韩秋时她爱人毕永奎说的话，一个机关就几十号人，或者百八十人，谁优谁劣、谁高谁低，都在领导的眼里，谁能干什么，谁适合在哪个岗位上做事情，都在领导的心里，非要机械地用投票的方式来解决升迁取舍吗？这么一个官职不高的干部随便说的几句话，确实切中了干部人事制度改革中的一些时弊，大官小官、上级下级都在拉选票，可我们的所有选票又都不是公开的，凡是不公开捂着盖着就可能使事物走向反面。民主测评作为好的选人用人机制，必须有票数公开与之对应，只有不断提高干部民主测评过程的公开透明度，进一步完善信息公开机制，民主测评、民主推荐的科学性和真实性才能得到切实保障，就如同天平的两端，民主测评在这头，信息公开透明就一定要在那头，不能一头不断加码，而另一头却无所作为，否则天平是一定要失衡的。

正在聚精会神想这件事情的唐跃胜，突然间产生了一种不安的感觉。机关竞聘上岗以来，对他的赞美声不绝于耳，有些人就那么赤裸裸地给他戴高帽，不论真情还是假意，话就这么说了传了，好像他在把持政协的局面，当政协的家。这可是大逆不道的事，那些赞美之词传到郑主席耳朵里，他会做何感想呢，这不是要抢主要领导的彩吗？不行，要赶紧降温灭火。他把谷野叫过来："机关对这次竞聘上岗有什么反应？"谷野不知道唐跃胜要表达什么意思，就伸出大拇指："大智若愚，力挽狂澜，大家都在赞美你。"唐跃胜脸一拉："谷野，你和其他人不一样，要有政治家的眼光。这项工作做完就完了，别去表扬谁为谁唱赞歌。要说这次竞聘上岗工作做得好，那主要是政协党组和郑主席领导得好，和我没有什么关系，你也别沾边。咱俩都是执行者，做具体工作的，成绩是别人的，要是有什么问题那咱俩担着。"

谷野恍然大悟："主席，还是你想得周到，这就是咱俩的区别，你能当主席，我这辈子秘书长到头了，因为我没有你站得高、看得远。"

政协机关干部竞聘上岗取得圆满结果，唐跃胜当然功不可没。谷野对他真是佩服得五体投地。在谷野眼里，唐跃胜有不同于一般人的智慧，也有不同于一般官僚的正直。官场上，领导干部队伍中，思想人人都有，但有而等于没有的占大多数，这种领导的脑袋里杂乱无章，对不同的观点和意见都点头称是，人云亦云，随波逐流，他们既不会用自己的眼睛发现问题，也不愿用自己的脑袋思考问题。而唐跃胜则不同，他到政协机关时间不长，但那些细微不同的事物和差别，他都能觉察出来，不忽略过去，并采取恰当的方法有效加以解决。这是自己不具备的素质，也学不会。

谷野回到办公室，翻出办公厅准备的关于市政协机关干部竞聘上岗工作总结，在导语部分加了这么几句话：政协机关竞争上岗工作，认真贯彻落实市委的有关规定，在政协党组的领导下，在郑庆茂主席的亲自关心指导下，取得圆满成功。

报告修改完后，谷野端量着自己流畅的字会心地一笑。不加上这几句话，唐主席那儿过不了关，他会睡不着觉的。

第二十一章

都说本性难移,唐跃胜为人处世谨慎的性格,就是到了政协这样一个比较宽松的工作环境中,也还是一如既往地保持着。历经过官场风雨坎坷的唐跃胜,对于官场规则、语言生态、处事方法等,那是了如指掌,驾轻就熟。然而在政协这个舞台上怎么把话说得恰当,事情做得得体,他还显得嫩了点,这就是不经一事不长一智。用他自己的话说,往前迈一步嫌过分,往后退一步嫌保守,挺费思量的。那怎么办?就得摸着石头过河,比照别人的样子照猫画虎。

觉得自己的事业心还行,身体能力还行的唐跃胜,凭着对农村情况的熟悉了解,牵头承担了市政协的年度重点课题:如何加强城市化建设中农村环境保护。他亲自带队,组织这方面的专家学者,用了三个多月的时间开展调查研究,并形成了《不能忽视农村发展中的环境问题》的调研报告,中心意思是,由于城乡二元结构,加上现有的环境治理措施不当,农村环境问题已经非常严峻,需要在制度建设和资金投入两个方面,改变重城市、轻农村的环保格局,切实加强农村环境治理。他们在调查报告中特别强调农村环境恶化的社会影响:土地退化降低了土地生产能力,造成农业损失;土地污染会造成农作物污染,引起食品安全问题;环境污染会导致健康水平下降,影响社会稳定等等。

按照政协工作的程序，凡报市委、市政府以及上级政协的调研报告，要经过主席办公会议讨论研究，修改把关后再上报。办公厅很快就安排这个重点调研报告上会。

政协召开的类似主席会议和主席办公会议比较开放，与会人员可以充分发表意见，对调研报告评头品足，什么话都可以说。大家都觉得这是一篇质量好、分量重的调研报告，对加强和改善松江市农村环境建设，会起到积极的促进和推动作用。只是感到问题说得稍微直白尖锐，口气和角度也应做些调整。

面对着大家的七嘴八舌，唐跃胜需要选择一个合适的时机，说合适的话。按照他的政治经验，这个调研报告是他牵头搞出来的，他不能先说话，否则等于堵别人的嘴，也不能最后说，主席要做总结性讲话。他抓住大家的话说得差不多了，主席还没有讲话这个空当儿，做了一个说明性的发言，就是表个态，因为他还把握不好这个话讲到什么分上为好。这些程序都进行完后，最后是郑庆茂主席讲话。他先肯定了这个调研报告对松江市环境保护和改善的重要意义，对调研成果也给予很高评价。他转过头来看了一眼唐跃胜，有点开玩笑似的说："唐主席在政府时主抓环保工作，现在到政协了负责监督环保工作，一样的内容两样角色了。虽然这篇调研报告对我市农村环境建设存在的问题说得很尖锐，切中时弊，所提的意见建议分析深刻，见解独到，可以说话说到了点子上，但我们可以把话说得再柔和委婉点，角度也可以再做点调整，总的说这是一篇非常好的调研报告，会后办公厅抓紧上报。我就这个机会说几句政协履行职能的方法问题。从大的方面说，政协参政议政要与政府施政在方向上保持一致，以积极热情的态度去帮助、支持、推动、促进政府工作。我们对政府工作不是要求，不是指导，而是建议监督。提建议最恰当的一个词就是'应当'怎样，而不是'要'怎么样，政协工作的学问就是把这个'应'字用好用活，在政协与政府之间以'应'字为载体，巧妙地变通、演化、转换。政协工作讲究方法很重要的一点就是讲温和温柔,多摘花、少挑刺,多一些风和日丽,少一点火药味。我们政协靠的不是有权力,而是有真理。政府有权力,我们有真理,他们靠权力治事,我们靠真理服人。意见建议说得有没有道理是我们的事,人家听不听你的话是他们的事,我们管不着。政协工作中讲究方法还有一点就是,要选好角度和位置。市委是领导决策核心,政府依法行政,人大搞立法监督,政协是参政议政,这四大班子比较起来就政协没有自己的工作主体,是围绕着别人的主题说事做文章,这就好像山里树和藤的关系,树有独立的枝干,不需要依附别的什么东西,而藤是立不起来的,必须依靠树、攀附树。电影《刘三姐》歌里唱得好,'山中只有藤缠树,世上哪见树缠藤'。从某种意义上说,政协工作注意方法的本身就是效益。"

郑庆茂的一席话,既有感性经验的总结,又有思想政治高度,唐跃胜听了感慨颇深,心想,别看他平时说话不多,对大事小情从来不明确表态,可他心里有一杆秤啊,这才是真人不露相,自叹不如。

唐跃胜签发了报送市委市政府的调研报告后,天天等着市委、市政府的信息反馈,二十多天过去了竟没有一点动静,泥牛入海无消息。他有点急,让办公厅打电话询问。办公厅的同志告诉他,这样的事不太好追问,只能慢慢等着。这一等两个多月过去了,唐跃胜真的是按捺不住,把谷野喊了过来,表达了对市委、市政府领导的愤愤不平之情:"我们的报告报去两个多月了,怎么到现在还没有个说法?市委、市政府的领导怎么能这样对待市政协的劳动成果?市政协是一大班子,不是他们的下属单位,他们对市政协要有起码的尊重。"

谷野从唐跃胜有些焦急的心情中,看到了他不减的责任感和工作热情,这是追求社会认可,实现自我成就的需要。官场上的人尤其需要别人的肯定与赞美,以此获得威望。但是在谷野的印象中,唐跃胜在政府工作期间,不论分管城建还是农村工作,对政协的提案、信息和调研报告很少有批示,于是就问唐跃胜:"主席,你在政府工作期间对政协报送的各种材料有没有做过批示,批示得多不多?"

唐跃胜闭着眼睛想了想:"批示过,批示次数多少记不清了。"

谷野嘿嘿一笑:"你之所以记不清了,那是说明你很少作批示,所以印象不深。你当了十年副市长,对政协报送的材料就批示过两次,还是应付式的。"

唐跃胜有些尴尬:"就批示过两次吗,你怎么知道得这么详细?"

谷野摆着挺认真的姿态:"我做过调查研究。办公厅的同志和我说过,你老是询问市委、市政府对报送调研报告的反馈情况,我才知道你对他们的批示挺在意、挺看重的,就让秘书处把近五年来市政协报送件的批示情况做了个统计,涉及城建和农村工作的报送件最多,而你的批示最少,哪怕是做做样子。现在你又盼望能看到市委、市政府的批示,实际上就是在等他们的态度,人家也不理会你,是不是无奈了?"

唐跃胜不大自然地想打圆场:"我就批示了两个吗?这太不像话了,太不应该了。"他似乎在努力回忆当时为什么不对市政协报送的文件好好看一看,做出点批示,结果留下了话把。从他的情绪看,可能真的是为此陷入了自责。中国人最大毛病是喜欢泛泛地指责别人,议论别人,包括道德方面的评价和批判,可所有这些都不把自己包括在内,枪口都是朝着别人的。其实在泛泛的批评指责中,自己同样有这样那样的恶习和劣根性。柏杨曾经写过《丑陋的中国人》,那不是自己对自己的轻蔑、谩骂和攻击,而是告诉人们,人人都要承认和正视这样的劣根性,并改正和根除它。现在不仅在社会民众中,尤其是在官场上,凡是有点权力地位的人,都拥有成为口头道德卫士的权力,成天指手画脚地说东道西,结果造成价值和道德评价的泛滥过剩,严重影响和伤害了现代社会正确价值观的形成。在批评指责别人之前,先看看自己做得怎么样,别老是看自己一朵花,看别人豆腐渣。

唐跃胜看谷野一个劲地朝他笑,从自责的思考中回过神来:"谷野,政协工作看似简单,其实里面藏着很多东西呀,内容挺丰富,内涵挺深刻,没有点眼力一时半会看不清。你算是老政协了,我是个小新兵,你要是没有什么事就在这里坐会儿,给我精神精神。我也不能让你白说,有好烟好茶。"谷野做出积极的回应。他们两人守着刚泡上的香茶,对面而坐,促膝谈起心来。

谷野先郑重声明:"主席,我不是不知天高地厚瞎掰掰什么经验,而是向你汇报工作谈体会。"

唐跃胜忙制止:"什么汇报工作,咱俩于公于私都是无话不说的老朋友老交情了,你别给我来那些虚头巴脑的客套,捞干的说,这是个特殊的培训班,你说我听,然后我再思考、再实践,看看你说的这些对不对、灵不灵,实践是检验真理的标准嘛,快说吧。对我而言是言者无罪,闻者足戒。"他俩作了这一番铺垫之后,谷野拉开了二人近两个小时思想交流的序幕。

政协虽然位列四大班子,是市级政治机关,它的行事准则是政协章程,但这个章程虽然能指导和规范政协自身,却没有法律依据和效力,对别人不能产生约束作用。没有法律依据的事自己难做,别人不听。这些日子让你闹心的批示的事就是这样,我们辛辛苦苦地搞调研、写报告,报到市委、市政府那里,人家可看可不看,可听可不听,可做可不做,当然也就可批可不批,凭着领导的感觉走,没有任何约束力。说是政协履行职能要紧紧围绕党政工作大局,服务这个大局,可是党政工作大局谁跟你商量啊,党政工作中的重大事情谁敢监督呀。所有这些问题的关键就是缺少法律依据,没人听你的,所以政协有句顺口溜:"不说白不说,说了也白说,白说也得说,爱说随便说。"

谷野说一段喝几口茶,隔一阵抽几口烟。他又点上一支烟。"主席,我给你讲个真实的故事。"

有个市的政协主席,原来是市委管干部的副书记。他这个政协主席挟着副书记的余威,履行政协职能很有力度,搞民主监督的着眼点锁定在领导干部超标住房上。凡有实权部门的领导干部住房没有不超标的,有的甚至有好几套房,这是一个法不责众的问题,制约监督起来非常棘手,纪检监察部门也管不了,政协却要去碰这个硬钉子。在这位主席的带领下,在社会舆论的支持下,检查工作开展得有声有色,确实查出一批违规超标住房问题。但与纪委沟通时人家说,既然你们查出了问题,那就一块处理吧,别移交往外推啦,我们会支持政协行动的。事情做到此,这位主席才明白,政协没有任何处罚的权力,国家压根就没有赋予政协这个职责,向外移交人家又不接,矛盾和问题砸在自己手里了。一些领导干部住房超标被曝光了,而查处却没有了依据。被检查有问题的领导干部的亲朋好友,联合起来到政协上访,要讨个说法,政协成了信访办了,办公厅成天忙于接访。这时的政协主席已经骑虎难下,狼狈不堪,真的是进退两难。市委一看出现这样复杂的局面,急忙下令让纪委把查处领导干部超标住房的事接过去,妥善加以处理,并告诉政协领导不要说过头的话,不能做越格的事,不仅要按照政协章程履行职能,更要依据宪法和法律开展工作。据传说,这位主席急火攻心,造成精神错乱,住院期间过量吞服安眠药企图自杀,幸亏抢救及时保住了性命。你说这是多么大的遗憾。

唐跃胜瞪大眼睛:"真有这样的事啊,不是你编造的吧?"

谷野直摆手:"不是编的,确有实事,只是这事在传说中可能增加了些演绎的成分。不管怎么说,作为政协主席自己该干什么,干到什么分上,怎样来收场,这不是工作方法问题,而是政治上成不成熟的表现。现在官场上的人谁不遇到问题绕道走,偏偏这位主席不甘寂寞,碰到矛盾迎风上,精神可嘉,可与法律规定和上级要求相背离,注定要遭劫难,这个教训不浅。"

谷野说完这段话后问唐跃胜:"主席,你看我这么说行不行?因为后边还有不少话,要是行我接着往下说,要是不行我马上打住,别说废话浪费你宝贵的时间。"

唐跃胜使劲点点头:"你说得太精彩了,我是深受教育啊。在松江干部堆里,有你这样理论水平和表达能力的没有几个,包括我们这些人在内,都赶不上你,你是出类拔萃,凤毛麟角,只是在政协当秘书长大材小用,有点屈才,太可惜了。"

得到赞美的谷野有些高兴:"主席,你这话虽然有夸大其词的嫌疑,但也有实事求是的一面,我尽管没有你说的那么好,但在干部堆里肯定不差。你这一表扬给了我动力,那就往下说了。"

政协组织的性质决定了,它的掌门人要有高超的政治技巧,在各个层面处理好与党委、政府之间的关系,找准位置,选好角度,各得其所。对于政协履行职能有句顺口溜说得很形象、很贴切:党委招招手,政府动动手,人大举举手,政协拍拍手。政协不必举手,也不能动手,更不许招手,它的职责就是拍手。这是社会历史对政协功能的定位,也是中国民主政治的特色。全国政协领导曾经提出过政协履行职能十八字方针:尽职而不越位,帮忙而不添乱,切实而不表面,被政协系统的人称为经典。谁要问什么叫哲学和哲学观点,这三句话十八个字会告诉你。这十八个字包含着非常丰富的内容,充满着辩证法思想,不好把握,更难实践,但这就是政协工作应遵循的原则。前几年政协换届时,政协领导班子调整很大,政协委员队伍进来一批新人,他们对政协的历史和政协工作环境都不太熟悉,也不知道这三句话的来历。在一次座谈会上,有人不知深浅地对这三句话发难了,什么叫尽职不越位?什么叫帮忙不添乱?什么叫切实不表面?这纯粹是在玩文字游戏,照这么个说法政协什么事都别做了,你尽职时害怕越位,帮忙时害怕添乱,做一件事情时害怕别人说你搞形式主义,那什么事都不做都不干,就没有嫌疑了,也用不着害怕。我一看这些人的话越说越离谱,就打圆场地做了一通解释,这话是全国政协领导说的,告诫我们履行职能时,要从客观实际出发,增加自觉性,减少盲目性,提高政协工作的政治和社会效益。我这么一解释有些人开窍了,感到这几句话真的富有哲理。政治真是个说不清的东西,咱们中国人太爱崇拜权力了。总结正反两方面经验教训,做好政协工作的最大窍门是点到为止,适可而止,不做不行,做多了也不行,做过了更不行。在党委、政府、政协三者关系上,政协的角度最蹩脚,不是你自己想干什么就能干什么,而是党委、政府需要你干什么,得看人家的脸色行事,得围着人家所做的事情转。不干不够意思,干点意思意思,干多了什么意思?处在政协的位置上要是把事干过了头,党委、政府就会警觉,是不是手伸长了,是不是有政治野心,是不是想突出自我,不和党政同吹一把号,同唱一个调,同演一台戏。这就自己给自己埋下隐患,挖了陷阱。要想在政协这个舞台上演好戏,最深的功夫就是打太极拳,不紧不慢,不软不硬,不深不浅,不温不火。

谷野说得眉飞色舞的,他喝口茶再望望唐跃胜:"主席,我净瞎咧咧,胡说八道了,自家人说话不挑礼,我就这么浅的认识水平,你批评指正吧。"

唐跃胜开谷野的心:"我可是收获大了,上这堂课要多少讲课费?你这些话怎么不早点和我说。我到政协快两年了,今天才略知一二。我要一边消化理解你说的这些话,一边在实践中总结提高,尽快让自己成熟起来。"

过了不长时间唐跃胜就有了对谷野说的那些话进行检验的机会。市政府要到政协通报协商城市道路改造方案,听取市政协和政协委员的意见建议。

那天市政协主席会议室坐得满满的,在家的政协主席全部参加,加上各专委会主任、政协委员代表共三十多人。市政府主管城建工作的丁德强副市长,带着建设口的几位局长,还有政府办公厅的相关工作人员,也是十多个人。这个专题通报协商会的阵容挺庞大的,很有点气势。郑庆茂主席说了开场白之后,应是政协领导和政协委员发言,可是丁德强情绪激昂地敲了敲话筒,抢先说了话,从政协领导到政协机关,再到政协委员,讲了一通感谢赞美的话,把政协和政协委员的地位提高了,作用夸大了,一听就是言不由衷虚情假意的讨好话。政协领导和政协委员发言时,也都是在充分肯定政府工作,充分肯定城市道路改造工程的重要性、必要性后,很温和委婉地提点意见建议，能够听出来，这都是些闪烁其词、不痛不痒的话，即使带点批评建议的意思，也一定让你感到舒舒服服，能够接受。

　　唐跃胜是常务副主席，一定是要说话的。从会议一开始他就在勾勾画画写提纲、打腹稿，而且是按照谷野说的原则准备的。他虽然当了十年副市长，还从没参加过类似的专题协商会，现在是从政协的角度给政府提建议，话说得挺慎重。他发言时不论表扬政府工作还是提意见建议，都说得比较笼统原则，轻描淡写，最后加一句，这是我个人不成熟的看法，最后郑主席要做总结讲话。

　　午饭时，他一边吃饭一边回忆着、咀嚼着上午专题协商会的情形，真是如同一杯白开水没滋没味的。他揣摸，市政府来通报协商，是为了表明他们决策时不是盲目拍脑袋，而是广泛听取社会各界意见建议，在充分尊重民意的基础上提出来的，体现出他们的民主意识和民主作风。而政协乐此不疲地组织这类通报协商活动，是为了表达政协履行职能始终是围绕中心、服务大局，充分调动政协委员的积极性和创造性，为城市建设发展议政献策，建言出力，说明政协存在的价值和作用，这是一种双赢。而实际成果呢，几乎是个零。唐跃胜看到，热热闹闹协商了一上午，政府来的人从副市长到局长再到工作人员，几乎没有人在纸上写几个字。这些既精明又了解官场规则的人清楚，到人大政协征求意见基本是走过场，但已经与政协进行协商的程序和名分是最重要的，至少也是块挡箭牌，效果怎样不去管他，程序走到就行。

　　中午本来可以休息一会儿，唐跃胜躺在床上又睡不着了，总有一种被愚弄的感觉。在他思考的排序中，先是对自己明哲保身的发言感到耻辱。虽然官场有一言丧邦的风险，话不能随便说，尤其在一些紧要场合，不能随心所欲，信口开河。但在一个开展协商议政的场所，在一个要为国家为老百姓负责任的地方，净说些虚假空话，那是不负责任的失职，是有些可耻的。自己在那样的场合说的那些话都没有错，可哪一句都没有用，都是些不着边的废话。要是不想说或者不会说,宁可把嘴闭上不说话,也不要去说那些迎合讨好别人的话。由此他又想到了政协作为市级政治机关的地位和作用。地位和作用是相辅相成的,作用发挥得好,在社会上就会拥有地位,这个地位是靠发挥作用争取的。反过来说,有了一定地位才能更好地发挥作用。总是开这种不解决任何问题的会,不管给它安上什么政治协商、专题协商的头衔,作用和影响都非常有限,不但政协委员会看轻政协这个组织,也会看轻自己的地位,不再以积极的姿态履行职责,参政议政,那么政府以及社会更不会把政协当回事。因为你说的话,发出的声音无足轻重,这一定会削弱政协的地位,损害政协的形象。这种削弱和损害相当大一部分来自于自己的作为不够。不自爱者别人不会真爱,不自重者别人不会看重。

正当唐跃胜在床上翻来覆去,东一榔头西一棒子想了这又想那时,有人当当当地敲门,唐跃胜把门打开,谷野进来了。他把一份文稿摆在桌子上:"主席,我刚签完字,随手带过来了,你签个字好往市委、市政府报。"

"让我签什么文件?"

"就上午专题协商会的情况反映,作为工作简报送市委、市政府。"

"这么快就弄出来了?"

"机关干这事轻车熟路。"

唐跃胜坐下来仔细一看,那里边的话说得,不知道内情的人真会觉得专题协商成果不小,就有点担心地问谷野:"这样报行吗?"

"行,就这么报吧,以前都是这样,走个形式呗,还真想解决点什么问题呀,鬼才相信。"

唐跃胜看看谷野你愿不愿意都得签字的架势,不大情愿地把字签了。谷野刚要走,唐跃胜把他叫住了:"你先别走,咱俩说两句话。"

"那行,我先把文件送秘书处让他们处理,郑主席要求报送文件要及时,讲究效率,尤其是这种情况反映,要以最快速度让市委了解政协工作动态,争取他们对政协工作的支持。我去去就来。"谷野说完就往外走，唐跃胜又一把拽住了他："报送市里的文件不报郑主席签发行吗？"

"行，本来这类文件都由常务副主席签发，以前咱们那位老太爷常务不管事，字也不愿签，没有办法，报送市里的文件就请郑主席签字。现在你当家主政，情况不一样了。郑主席老早就交代，以后报送市里和上级政协的文件，除特别重要的他看看，其他所有文件都由你签发。"谷野解释完头也不回就走了。

谷野还真是匆匆去又匆匆地回，往唐跃胜的对面一坐："文件已处理好，主席有什么指教我洗耳恭听，坚决照办。"

唐跃胜满脸狐疑："政协的工作效率真是够快的。谷野，有一个问题我思考了很长时间，但一直没找到答案。今天上午的协商会使我触景生情，中午躺在床上又反复琢磨，还是没想明白，这就向你请教，你来帮我解解这个扣。政协是个参政议政的地方，应当创造一个非常宽松和谐、畅所欲言的环境，让社会各界代表人士把要说的话都说出来。我没想到，政协委员、政协机关干部说话也是看脸色、看风向。一个会议开下来，政协和政府并没有得到有识之士的真知灼见，倒是多认识了几个人，以后可以多交几个朋友，办事倒是挺方便的。"

谷野一拍大腿："主席，这话叫你说对了。在政协的语言系统中，使用频率最高的词是'仅供参考'，我们说的所有话，不管有用没用一律都是'仅供参考'。这和西方国家的政治诉求不一样，议员在国会里提出的主张就是要让政府接受采纳，他们全力争取政府的决策要听他们的，有时不惜以强硬态度要政府接受他们的主张，而不仅仅满足于参考。'参考'这个字眼太贬低损害我们政协了。我是学历史出身的，到现在还很热衷于这门科学，我专门研究过古代自由与现代自由的区别。中国封建时代自由的特征是，社会中的人们特别是追求当官的人，更多考虑和追求他们在社会权力中的份额和比重，往往忽视个人权利所能享受到的程度和价值。而现代自由却产生了另一种令人担忧的危险倾向，人们沉溺于享受个人的独立与幸福，最大化地追求各自的利益，非常轻易地就放弃分享政治权力的欲望和信念。于是很多人只想自己当官掌权捞好处，而对国家、社会、民族的利益和命运表现出少有的淡漠。这个问题在各级官场、各个层次领导干部中是司空见惯的，在政协这个机构和舞台上也有充分的体现。这让我深为忧虑。虽然咱们人微言轻，不能多说什么，说了人家也不信不听，但想总是要想的。"

谷野的话拨动了唐跃胜的心弦，产生了强烈的共鸣。"这话我愿意听，你说了一个能帮人解开思想扣子的重要理论问题。政协召开的都是以协商议政为主导的参政议政会议，本该以建议和批评为基调，而实际上大都是隔靴搔痒的好听话，稍有一点批评意味就要拐弯抹角加以修饰，更不能否定什么或者提出尖锐的批评，为的是保持和谐，不给政府添乱。我总觉得我们的政治生活中多了一些温情，一切都是温情脉脉的，少了一点野性，它让想说真话、有正义感的人焦虑、恐慌、压抑。其实，无言的沉默有时是对现实的不满与抗争，只不过是不以公开对抗的形式，而是选择不说或少说。我们现在好多事情表面上看轰轰烈烈，以华丽漂亮的外表张扬支撑，可内心里却是松弛懈怠的，体内血液的循环早已缓慢，就像冬眠的动物一样，了无生气。我们经常能在电视里看到，一些西方国家议会开会双方争论得一塌糊涂，甚至会场上都是乱糟糟的。这就是西方的政治文明中留有相当多野性的成分，不使政治成为一潭死水，真正让政治活跃起来，激荡起来。我们中国官场特别需要有那样一种野性、冲劲、张扬、释放，哪怕是带有决斗色彩的野蛮。"

谷野的话让唐跃胜叫好，而唐跃胜的话令谷野激动地拍起巴掌。他俩的对话说得挺热闹，挺顺畅，一唱一和，有板有眼。这时候唐跃胜的思维不知怎么转向了，一下把话题又扯到谷野当年要当市委宣传部部长的事情上了。"谷野，我问你，你是不是还为当年没当上宣传部部长而不平，为此耿耿于怀？你要说心里话。"

谷野一听这个话题，心里不由自主地涌起一股冲动。他深深叹了口气:"往事不堪回首,风也过,雨也过,有过伤,流过泪,至今心里还有痛,这苦和痛到现在都没有完全消失。"

谷野在松江市的官场上是个很有名气的才子,他思想敏锐,又有深度和厚度,一直作为市级后备干部培养,在市委当副秘书长期间分管文字综合工作,深得市委领导赏识。那一年市委宣传部部长郭轩调任省教育厅厅长,市委准备把谷野提起来放在宣传部部长的位置上。就在这时,有人向市委、省委写匿名信,举报谷野生活腐化、有男女关系问题。说领导干部能力不强,工作出现决策失误问题不大,要是说谁有生活作风问题,这是杀伤力很大的撒手锏,在关键口上来这么一下,足以把人击倒打垮。省市纪委联合一调查更是弄了个满城风雨,虽然谷野的问题澄清了,属子虚乌有的诬告,但机会也丧失了,宣传部部长的空缺由广电局局长滕广成接任。问题没有了,但所产生的负面影响却不会很快消除。谷野觉得在市委副秘书长位置上继续干下去会有些不便,主动提出挪挪窝,过了三四个月当上了政协的秘书长,由负转正,级别也提了半格。而在政协全会的选举中,他意外地丢了一些选票,这让谷野很难堪,挺丧士气的。这几年他就是这样磕磕绊绊走过来的。

谷野有些失意地看着唐跃胜:"主席,我从来不愿去揭这块伤疤。纪委调查过程中找我谈过话,那话问得很伤人心哪。那段时间我是吃不下睡不好,咬着牙挺着,要是组织上硬是把尿盆扣到我头上,我只有以死相拒。经历那次打击,我对官场和仕途是心灰意冷,问题是还落下了个病根。我晚上睡觉常常被噩梦惊醒,每次都是一身大汗,有时发出恐怖的喊叫声,让俺老婆惊恐不已,她时不时地流着泪向我抱怨。我问过医生,说这属轻微精神分裂症,我已经吃了好几年的药了,隔一段时间还要偷偷摸摸看一次医生。这病不能对外说呀!"

唐跃胜有意大咧咧逗他:"没想到你个乐天派也有精神障碍,咱俩是同病相怜哪。"

"你也有这毛病?不是拿我开涮吧!"

"这还能糊弄你。不过我相信，虽然咱俩神经方面有点不健康，但精神是立得住、垮不了的。"

谷野大喘气地逗唐跃胜："主席，我和你说，还真不是死要面子，现在咱俩到了这个岁数才敢往外透一点口风，反正就这样了，上边知不知道无所谓。头些年哪敢说呀，生怕别人知道。那时候还年轻有野心，想往上爬，要说精神不好那是自投罗网。现在不怕了，快退休了。"

和谷野的这次谈话，让唐跃胜的心平静了许多，他总在提醒自己，既然与世无争，就要放慢节奏，看开事情，自己不是开创事业的年龄，政协不是个让你意气风发有所作为的地方，从思想方法到工作作风都要适应政协的特点和要求。

谷野走后，唐跃胜在办公桌前坐下，拿出笔记本写自己到政协工作后的体会。政协工作虽然没有硬任务、硬指标，不会感到有负担有压力，但依然要处理好与方方面面的关系，而处理好关系的压力有时比完成硬任务硬指标更大。政协工作中虽然有许多规矩，有两个问题不能轻视、不能糊涂：不可越职越权行事，要善于虚事实做。政协没有自己的主场和主阵地，一切都是围绕党政工作大局来履行职能，围绕是一种职能定位，但也是一种说不清的依附，最容易出现过格越位的问题。唐跃胜正写着，眼前突然出现一年前的一个情景：市委秘书长带领写作班子，到市政协征求对市委全会工作报告的意见，而且把报告文稿事先发到与会人员手里。郑庆茂要求政协领导班子和与会委员要认真准备，多提一些对修改报告有重要参考价值的意见建议。天性要强的唐跃胜把报告看了好几遍，下功夫写了发言提纲，结果座谈会上出现了让人不可思议的一幕，他说一个建议，市委政研室主任做一番解释，说明原报告的合理性。开始他并没太在意，两人交了几次锋后他才调过风向，这是要堵他的嘴不让他讲话，至少不要讲他们不愿听的带刺的话，于是很知趣地终止了发言。他挨了一闷棍，其他与会人员看在眼里，汲取教训，往后发言的人全是歌功颂德的赞美话，场面整得挺欢快挺活跃。他内心生出一股无名火，被轻视愚弄的情感撞击着心扉，你们口口声声来听意见，可当别人说出意见建议时，你们又听不进去，这是什么逻辑。唐跃胜真的明白了，政协虽然是个讲话的地方，但也得讲究说话的效益。在这里说话不是开放性的自由，更不能漫无边际地说过头越格的话，而是有边界的。在政协里工作的人要有清醒的边界意识，事前要好好想清楚，哪些话说了有用，哪些话说了没用，哪些话说了会有反作用，一定要把握准、掌握好说话的边界。他从这件事情汲取了教训后，往后再有类似的会议和活动，要么借故不参加，要么徐庶进曹营一言不发，势必要发言也是把真情隐去，说些浮光掠影的话。

本来唐跃胜想把虚事实做的体会也写下来，想到这码子事他的脑袋有点乱，精神集中不起来，索性放下手中的笔，轻轻敲击着桌面。这时他的思维又转弯了，这样总结经验是不是有些消极了？社会生活中的人都会有经验，也会有教训，但不论总结经验还是吸取教训，都应当以积极的心态去做，只有这样才能为人生增添动力。要是总是从消极的角度去看人和事，必定是怨天怨地牢骚多，就会降低人生追求的水平，阻碍前进的脚步，这是要不得的。到政协工作这几年，上报纸电视多了，可对城市建设发展的贡献少了，出那名没有任何意义。别说一个政协副主席，就是书记市长或者更大的官，老百姓要是把你这张脸看腻了，就不把你当回事了。现在官场上有一种非常恶劣的风气，官升得越快越不担责任越好，工作越清闲越不担心越好。这对个人可能有好处，而对国家、社会和人民就成了坏事了。想到这里，又有股力量支撑着他，重新打开笔记本写道：政协工作相对虚一些，但要善于虚事实做，把政协工作做实的标准不是做了多少实际工作，解决了多少具体问题，而在于从民主政治建设的高度，看看为党政决策提供了多少有高度、有分量、有重要参考价值的真知灼见。

从唐跃胜面部表情的变化能看得出来，他对从这个角度进行人生得失的总结，还是挺满意的。

第二十二章

政协的工作环境、工作节奏以及人与人之间的关系，让唐跃胜平添了一分忧伤，他觉得这种生活没有什么压力，但也没有多少活力；挺舒适安逸，但对整个人生来说多多少少有点虚度和浪费的意味。每当以配角的身份出席这样那样的会议，参加这样那样活动的时候，便有一种百无聊赖的感觉。不知从什么时候开始，他在饭前茶后和妻子李文漪谈论起退休回家的话题，虽然是闲谈磨论，所表露的可是他的心迹。

重阳节那天，市里统一组织看望慰问老同志，回家后他竟然翻看着万年历，计算着自己退休的倒计时。李文漪知道他的心思，用话开他的心："俺老百姓退了也就退了，没有什么可牵挂留恋的，我退下来三四年了，成天侍候你，风平浪静的。你可别像有些领导干部口是心非，不到点时成天把退休挂在嘴上，真让他退下来又恋恋不舍那个官位。我早就看出你这个副主席当得没滋没味，可不管怎么说只要你在位，仍然是个有身份、有地位的人，到哪里别人都会把你当作市级领导，高看你一眼，你要是退休，哪怕是退居二线，可就成了平民百姓了，人走茶凉，许多事情就由不得你。谁也不要瞧不起谁，自己不要夸大自己，也别小看了自己。鸟活着的时候吃蚂蚁，鸟死了后蚂蚁吃鸟。反正这事你可要想想好，别到时候又后悔。"

唐跃胜听了李文漪的唠叨若有所思。"你教导我这些话的道理我能听得懂,你说我当县长县委书记、当副市长时手里有没有权力,可以说大权在握,呼风唤雨,可我留恋过那些吗?我过度消费过权力吗?要是好好掂量掂量自己,我这杯茶什么时候都没有大热过,最多是不温不热,属于温性,咱对人、人对咱大概都是这个热度。我总结了,在官场上温性姿态和性格的人,仕途走得都很缓慢艰难,许多事情不能遂己愿,也不想遂人愿。领导干部这个群体不是清一色的精英,而是分层次的。没有事的时候我常常扒拉扒拉,看看能把自己划在哪层哪类官里合适。这么说吧,我不是大智大勇的官儿,更不是大圣大贤的官儿,但也不是大奸大恶的那一种,属于中间稍靠上一些的平庸官儿。要是说具体点儿就是有点清高,但能把人做的坦诚一点,事情做得扎实一点,关系处的透亮一点,时刻不忘责任感的那种。这么多年来,碰到困难挫折也好,趟上不顺心的事也罢,我都尽可能不去掩饰伪装自己,而是克制着、挣扎着活出个自我来。在松江市的官场上,有人嘲笑我无能怯弱,但很少有人指责我口是心非不像个人样。文漪,你说我为自己画的像,像不像?"

李文漪笑吟吟的。"挺像的,细想想当官的和当官的真是不一样,你和一些领导干部的最大区别就是责任感强。不要说在工作上事业上,就是对这个家你也有很强的责任感,你为我们想得多,为我和孩子的长远想得多。你不想怎么把这个家弄得大富大贵、张灯结彩,而是要让一家人安稳和谐地生活,这可是多少钱都换不来的,不少当官的人就缺少这个。"

唐跃胜开心地笑了。"你能想到悟到这一层不简单,几年前我为能当上市委常委到五台山拜访过慧宁大师,临走时他说了几句话,我一直没告诉你,他说我是个有福气的人,这不单单是我的造化,而是有你这个通情达理的贤妻保驾。他说你少贪心,不攀比,能持守,这就使我虽然做了官有了权,但心神安宁,不贪不占。因此我的仕途虽不如愿,但却少风险。做了几十年的官,荣荣辱辱,得得失失,让我看明白了,每件事都不是孤立存在的,它的背后都有着因果关系,也都会有个迫不得已,只是当事人没有用心思去看去想,这就是人们常说的当事者迷,旁观者清。经历多了也就能理解和看透,不论是社会生活还是官场生涯,谁都不负责用美丽美好美妙这些东西取悦你,而是用磨难挫折烦恼来教导你,那些淡定从容宽厚都是逼出来摔出来磨出来的。在政协工作这几年虽然无所事事,但也磨炼了我,从另一个角度教会了我许多东西,其中就包括忍耐忍让。可我的品德性格中还是责任多一些,随大流的东西少一点,当我知道自己所做的事情不能更多地与责任和良心挂钩,就会觉得亏心苦恼,这也折磨人、让人压抑。我想提前退居二线离开官场的原因就在这里,自己做不到、做不好,或者不愿意做的事,最好不要违心硬去做,别逞能、别勉强,离开它、放弃它。"

离开权力、退出官场,这可是人生的重大转折,是属于天大的事情。面对这个大事,唐跃胜、李文漪两口子平淡中带有戏说的一段对话,真的就达成了共识,这是难得的心有灵犀一点通。

人世间真有巧合的事。这边唐跃胜想提前一点离开官场,而官场那边也希望他早点离开,把副主席的位置让出来,有人急于坐到这个位置上来。

市人大主任杨明辉虽然与唐跃胜关系很好,但直接往唐跃胜办公室打电话说事很少。重阳节后的一个下午,躺在床上小憩的唐跃胜刚要起床,电话铃响了,他爬起来快步走过去,抓起电话一听是杨明辉打来的,忙问:"明辉主任有何吩咐?"

"什么吩咐!你在办公室等着,我一会儿到你那儿去。"

"明辉主任哪能劳你的驾,我到你那儿去。"

"别别别,我到楼下了,就在办公室等我,别动。"

唐跃胜心里有点紧张,杨明辉提前不打招呼直接到办公室来,一定是有重要的事。他穿上衣服就往外走,要到楼下去接客人。没走出去几步杨明辉就来到了眼前,握着唐跃胜的手问:"你这是来接我还是要出门?"

"去接你,怎么这么快就到了?提前也不通知一声,我过去不就得了,还让你跑一趟。"

"你跑一趟我跑一趟都是跑。我有事求你还敢劳驾你呀!只能我跑一趟。"

二人有说有笑落座后,杨明辉开玩笑似的说:"咱俩虽然是好朋友,但我每次找你都没给你带来福音,怪对不住你的,所以挺不好意思登你的门。"

唐跃胜替他解围:"这话怎么说的,你给我的都是真情,所有的不愉快都是上帝强加的,他让我经风雨,历磨难,在官场上做个好官,在社会上做个好人。"

杨明辉用挺轻松的语调说着很沉重的话题:"有你这话垫底,我说话才有底气。今天到这儿来是要和你商量一件大事,兴许是一件让你不痛快的事,就是你可不可以提前退休?这事是午饭前何书记、范市长和庞大义副书记三人碰头决定的。按组织原则,本来应该是庞大义来征求你的意见的,何书记考虑到我俩关系好,就特意打电话委托我跑一趟。其他人现在都不知道,你要是不同意,这事就等于不存在了。要说个背景就是,书记、市长执意要把财政局局长冷文波提起来,理由是他在这个位置上工作了多年,对市里贡献很大,并且他的年龄大了,按照七进八不进的要求,今年是他唯一的机会,否则就得从这个岗位上退下来,或者把他调整到别的位置上,这既对他不公平,也影响更合适的人选到财政局局长的位置上来。何书记电话中和我交流说,政府班子的位置是满的,况且他这个年龄也不能到政府任职,我们人大几个副主任都还有几年的任期,算来算去就算到你的头上了。你满打满算还有一年零六个月就到了退休年龄,对于你现在的心境我是了解的,基本上属于做一天和尚撞一天钟,有时钟还不一定撞得响,属算盘珠的,扒拉一下动一动。不是你不想动，而是不能动、不该动。如果你提前一年退休，这是顾全大局、主动让贤的高风亮节，值得称颂，松江人肯定对你大大赞扬一番。话说得难听一点，就是把你留在这个位置上待个一年半载，你不但难有什么作为，兴许会平添许多烦恼，那你可是自找苦吃啊！"

说到这里，杨明辉停了一下，他想根据唐跃胜表情的变化，选择话往下说的内容和方式。可是这时的唐跃胜偏偏像个木头疙瘩，脸上的表情如同凝固了一般，就连眨眼的节奏和频率都看不出什么改变，很难捕捉到有用的信息。杨明辉一看唐跃胜不配合，不得不自编自导地重新把话拾起来："跃胜，我看你无动于衷的样子，不知该不该继续往下说，要么你做点表示给我指个方向，这道要是能走通就往前走，要是走不通我可不去撞南墙。"

唐跃胜挺别扭地咧嘴一笑："看来在松江市的官场上我是个多余的人，只有我的位置倒出来，才能满盘皆活呀！我要是不动就是一潭死水。就一个干部个体而言，上下进退都无足轻重，我只是不太懂，一个财政局局长提不提对松江市的全局有那么重要吗？"

杨明辉微闭的眼睛用力一睁："这个话题咱俩几年前就说过，松江这湾水浑浑浊浊地深不见底，里面藏着蛟龙。你记不记得我当时说的那句话，在能不能进常委这个问题上不要去找钱江书记，虽然他赏识你，器重你，在要不要提拔你为松江市副市长上力排众议地挺举过你，可是今非昔比，他和我们所处的背景都发生了重大变化，对于松江市的人事安排，他有难言之隐，不便多说话。要提拔冷文波是何书记力主、范市长同意的。"

"原来你是代表市委向我下通知书，代表书记、市长逼宫来了。"唐跃胜的话有些调侃的味道。

杨明辉又是摇头又是摆手："错了错了错了，我既不是下通知书，又不是来逼宫，你千万别误会。今天来确实是受何书记的委托，但有个前提我得说清楚，虽然我受书记之托，但说话交流完全是咱俩之间的事，没有代表组织的意思。把话说白了，何书记考虑到咱俩之间的关系，让我扮演个说客的角色，我完全是来征求你的意见的。按照干部管理条例规定，现在这个时候你让不让这个位置，退不退二线，主动权百分百在你手里，市委和何书记没有权力让你提前退居二线。你要是想考虑这个问题，给市委给何书记个面子，咱们就往前走下去，你要是不愿意就立即打住，等于没有这回事，我这些话也等于没说，常务副主席你照当，谁也不能来撵你。"

"那你说我是退还是不退，这个位置让还是不让？我想听听你的意见。"唐跃胜反过来问杨明辉。

杨明辉爽快地连嗝都没打："不论从哪个角度看，我都赞成你退居二线，今天我挺痛快到你这儿来本身就是这个态度，非常明确明朗，要不然我能不知好歹地来和你说这件事？你的为人、你的能力、你的威信，包括你的志向追求，让你提前退下来肯定是不公平的，就咱俩比，你各个方面都也比我高出一大截，没看我和你说这件事小心翼翼的，老看你的脸色，是怕得罪你伤害了你。你的仕途本来就不该是这个样，可是你对底线的坚守，让你失去了不少机会，这就是性格决定命运。你脑神经不好的事我早就知道，这还能保密瞒得过我呀！你现在急流勇退一举三得。"杨明辉说着亮出三个指头。

唐跃胜好奇地瞪着眼："明辉主任你真夸张，退个位置还能有三得？好处这么大呀！"

杨明辉亮着的三个指头还没放下："那当然了。就你的性格和秉性来说，现在是不开心的，烦恼无助的情绪天天骚扰你围剿你，离开官场对你来说是脱离苦海，保证能有个好心情，那是一种福分，这是一得。这些年你做了许多自己不想做、不愿做的事情，人在官场身不由己，我也是这样。你不在官场上就不听那些话，不做那些事，去做自己想做愿做的事情。我有一个判断，你离开官场后对社会所做的贡献，可能要比待在官场里还大，这是二得。那第三得呢？就是赚了个好名声，你在松江官场上的名声和威望怎样，自己说了不算，吹不出来，捧不出来，要不出来，而是在广大干部和人民群众的眼里心里。虽然你不喜欢虚名浪绩,但能得到别人的尊敬和爱戴,那也是人生价值的体现。"最后杨明辉戏谑地说,"怎么样跃胜,你看我这个说客的嘴皮子不差吧,咱俩比一比,也难分出个高下来呀!"

唐跃胜唉了一声:"我也得顺着你说奉承话呀!这话叫你说得真是天花乱坠,滴水不漏。好好一个市委书记的料,就这么给荒废了,真是可惜。明辉主任,你这嘴茬子功夫好生了得,我这颗不算脆弱的心,到底让你给说动了。对我退二线的功德你戴了好几顶高帽,说了一大堆好处,你亮了招我得接招啊。为了让你向何书记交差,我原则上答应,但得稍留点时间和空间,我好回家向老婆孩子交个差,他们也得有个态度呀!但不影响定这件事。不过我有言在先,一个领导干部特别是级别稍高一点的,不管什么原因离开官场,都会有一个地震波,弄不好各种风言风语都会跑出来,要是出现这种情况,我唐跃胜人前人后不会吭一声,你明辉主任或者何书记可得站出来说话,帮我遮挡遮挡,可别站在一边看笑话,让我无辜受伤害。你说这个要求过不过分?"

杨明辉两眼放着光芒:"不过分,这根本就算不上什么要求,这一切都包在我身上,我会让你明明白白、展展扬扬地软着陆。跃胜啊,既然这事这么说定了,你倒真的和我说句实在话,对市委有什么要求没有,你别磨不开,有什么想法说出来,能办的我尽量帮助落实。"

唐跃胜憨直地笑道:"要求,什么要求?我什么要求也没有。"他用力拍了几下胸脯,"领导干部成熟与否的一个重要标志是,在位时得不到、没得到的东西,在退出舞台、交出权力时是否还想得到。都到这种时候了,我什么都不想了。就这一点来说,松江官场上的成熟干部有多少不好说,我算一个。别的我不敢夸口,这方面我的腰杆比较硬。"

杨明辉拍着唐跃胜的肩膀:"那我呢,也应该算一个吧!跃胜,在名利待遇问题上你从来不争不抢,但该组织上考虑的也要为你想到做好。何书记让我带话给你,你退二线后在位的一切待遇不变,包括办公室都不动。另外你想在慈善总会这样的公益性组织里面任职，松江市范围内先由你选，市委绝对开绿灯。"

唐跃胜又不大自然地笑了："要退就彻底退下来，还在那些组织里兼个职、挂个名，留个做官的尾巴和那一点点虚荣心干啥。我不是装清高，名正言顺的副主席都不当了，还要办公室干什么？不要留，什么都不留，我是洁身进来洁身出哇，别牵肠挂肚、拖泥带水的。"

杨明辉伸出手，把唐跃胜的手紧紧握住："什么叫大智若愚，你就是。走了啊！"刚走几步，又急刹车似的猛转回身。"哎呀，还有句挺重要的话差点给忘了。跃胜啊，提前退二线得以你自己提出申请的方式来办这件事，要不然市委被动。理由就是你身体不好，笼统这么一说就行了。"他回身要走，唐跃胜一把拽住他的胳膊："明辉主任，要是这样做你们是不是有点太欺负人了？又要让我让位，还得我亲口说是我自愿的，好人都叫你们做了，倒霉的事都让我兜着，这个申请我不能写，身体好好的哪来的病，退二线的事算了吧。"

这下杨明辉急了，求爷爷告奶奶的："可别，可别，可不能变卦，写个申请就十个二十个字的也不费事，就这么定了啊，不能变。"边说边拔腿就往外走，头也不回，怕唐跃胜纠缠，磨了半天嘴皮子，他要是反悔可就前功尽弃了，三十六计走为上。其实唐跃胜就那么说说，他哪能把这样的人生大事当作儿戏。

杨明辉走后唐跃胜马上给李文漪打了个电话，让她把儿子一家都叫回来吃晚饭，说是今天有喜事庆贺。

一家人聚在一起吃顿饭那是常事，而在唐跃胜家像是迎宾客似的正儿八经摆上酒杯却少有。唐振平有点莫名其妙的样子，端着酒杯一口一个爸地叫着，问有什么好事。唐跃胜晃了晃杯中的酒："不是好事，也不是坏事，而是一件需要你们都知道的事。今天下午人大杨主任受市委何书记委托找我，和我商量可不可以退二线，就是不当副主席了，保留一切待遇，提前把位置让出来，市委急着安排人。我虽然原则上答应了，但还是想听听你们的想法。杨主任和我说得清楚,他是征求我的意见,如果我不同意就算没有这回事,我还是继续当副主席,不影响什么。这是个大事,我不能私自做主,你们要是赞成就这么定了,要是不赞成,这事就不作数了,我在电话里和杨主任说一声就行。"说完看看李文漪,"想提前退下来这事我和你议论过好几次,你好像没有反对的意思,是这样吧?"

唐振平的性格像母亲,心直口快,说话不绕弯子:"爸,既然这事你和我妈都商量好了,我们没有什么说的,反正俺们也没有发言权,在家里的主要责任和义务就是服从,你和我妈是领导核心,你们的话就是最高指示,是不是孙莉?"

孙莉还是以前的战术,不应声,不说话,既不点头,也不摇头,从她那儿看不出态度来,尤其是这样的大事,她更不便多说什么。

李文漪忙打断儿子的话:"振平,你这话有点发牢骚,我和你爸说退休的事只是议论议论,杨主任找他是商量,是征求意见,你爸他发扬民主,征求全家人的意见,可别把责任推到我身上。"

唐振平望着李文漪的脸:"妈,你还把我当小孩蒙啊,我爸要不把这事掂量考虑到九分熟,能轻易说出来啊!我先把态度表了,爸提前退下来我是赞成的,说提前也就是一年半载呗。以前我不敢说,也不该说,现在说没有什么顾忌,爸爸这个官当得太苦太累了,不像有些领导干部心比天高,胆比地大,成天潇潇洒洒的,爸爸不是那样的人,你早该离开那个让你压抑、叫你不开心的浑浊地方,你与现实官场的风气格格不入,等你把担子心思都放下来,心情就愉快了。"

听儿子这么一说,李文漪也帮腔打气:"我看振平说得对,不愧为教授,看问题就是尖锐透亮。你爸他当了一辈子官,可从来不整景玩弄权术,现在留在那个位置上也就是个名分,是个面子,聋子的耳朵摆设。你们都知道他不是那种贪图虚荣的人,到政协工作后他经常去参加一些乱七八糟的会,那叫陪会,不讲话干坐着。每次看到电视里的镜头,他就唉声叹气的,要是退下来就没有这些事了。"

妈妈的话又启发了儿子，唐振平仗着酒劲，借着酒胆，话说得就有些放肆了："爸，以前吧我埋怨过你，有时候也瞧不起过。一来觉得你不合潮流，缺乏时代精神，那官当得畏首畏尾，一点不敞亮，太明哲保身了。二来觉得你亏了自己，也亏了我们。我们几乎沾不到你什么光。现在看我们的眼光不行，还是你厉害。宦海浮沉，许多名噪一时、红得发紫、风光无限的人都没落了，就像开得非常艳丽的花儿，风雨一吹就凋落了。而爸爸是官场上的常青树，是个智慧理性的官儿，走得正，坐得稳，是真正给予我们荣耀和幸福的人。"

这娘俩一唱一和滔滔不绝地说着，唐跃胜不想说话，而儿媳孙莉想说插不上话，成了听客了。她想这样不行，在这个节骨眼上自己得说话，得有个态度，要不然自己真的成了家里可有可无的人了。当唐振平说话有点卡壳的时候，孙莉马上接过茬："虽然这些年因为工作忙，我们和爸见面的机会不多，实际上我们一直在偷偷向爸学习。现在的社会和官场追名逐利乱哄哄的，但爸始终保持着清醒，给我们树立了榜样，我和振平多次说过，我们为有你这样的好爸爸感到自豪和骄傲。"

儿媳用如同散文一样富有激情色彩的语言评价老公公，让唐跃胜和李文漪很是兴奋，他往每个人杯子里添了点酒。"哎呀，没想到你们能这样看这件事，看我这个人。虽然是在家里说话，我还是觉得你们说过了，有点受用不起呀！实际上我知道你们这些话一半是赞扬肯定，一半是开导安慰，不管怎么说，在退二线这件事上咱们全家人有了共识，这是我最感欣慰的，我可以心安理得地把位置让出来。"他正要往下说，突然打住问道："唐楠怎么没来，他的想法呢？"

李文漪笑着回答："你是贵人多忘事，孙莉一进屋就告诉你楠楠今天在姥姥家，来不及接他，他一个小屁孩懂什么，你这是想孙子了吧！"

"有那么点儿，但正经的事还是要让他知道。他现在虽然小，可是代表一辈人哪，你们回家把这件事告诉他，一定要让他知道。"唐跃胜嘱咐道。唐振平和孙莉一齐答应。

唐跃胜不紧不慢地往自己杯子里加了些酒，端了起来。"感谢你们的理解和支持，我敬你们一杯酒。从今天开始我又走向了另一种人生。在官场有烦恼和苦闷，离开官场会有新的烦恼和苦闷，这是人生的本质，也是生活的真谛。在你们眼里我什么时候都有个好心情，即便心情不好，也不让不好的情绪左右驾驭我。为什么要这样呢？以我的经历和经验来看，心情是外界事物的影像，也是内心的感怀；是行为的动力，也是思想的沉淀。心情不仅可以改变自己，也可以改变周围的事物，所以心情能够改变世界，人一定要守住自己的心情，希望你们能够记住这句话。还有一句话你们也不要忘了，不要过分地埋怨环境，把什么不好的事情都推给环境。环境是什么，它是由很多的人和事长期积累形成的，不是一人之力能够改变，并且我们自己就是创造现实环境的一员，既然我们自己改变不了环境，那么就要去适应环境，在适应中因势利导，改变自我，进而慢慢地改变环境。千万记住，在这种改变中不能失去了自我，而要坚定地保持自我的色彩。"

唐振平的情绪被调动起来了，耍着欢地拿起酒杯，把自己的杯子灌得满满的，轻轻地端起来："妈，今天多喝点，要是喝多了你别训我。我干了这杯酒向爸妈报告一个好消息。"说完把一杯酒全喝进去了。嘴角还挂着酒色的唐振平用手捂着酒杯，"已经接到中央电视台《百家讲坛》栏目的正式通知，我写的《商鞅变法的历史意义》讲稿已被选中，明年初开播，到时候我可要在中央电视台上露脸了，面对的是全国的亿万观众，我太激动了。"

这个爆炸性新闻，让唐跃胜一家人振奋不已，为他喝彩叫好。唐跃胜乐得合不拢嘴："我说今天是个喜庆的日子，左眼皮老是跳，到底还是有好事，这真是青出于蓝而胜于蓝啊。"他深情地看着儿子，"振平，你比爸强多了，我最多在松江电视上亮过相，你一高就蹦到中央电视台，和全国全世界对话了，了不起，了不起呀！搞学问和学术研究多好哇，这是真实的成果，这是实实在在有益于社会的作为，我们一起为你庆贺。"好几只酒杯碰在一起，发出当当的声音，怪好听的。

儿子儿媳走了，李文漪开始收拾碗筷，这是他们家的惯例。本来孙莉要帮她收拾，她不让孙莉插手，还是自己干活看着顺眼，硬是让他们赶紧走。以前李文漪做这些事情的时候，唐跃胜连瞅都不瞅一眼，那理所当然是她要做的，与自己无关。今天唐跃胜乖巧了，磨磨蹭蹭地走进厨房，小声问道："我能帮你做点啥呢？"

正在聚精会神刷碗的李文漪吓了一跳，转过身来："你在和谁说话，吓死我了。"

"家里就咱两个人，不和你说话和谁说话。我以前家里活干得少，现在不能坐享其成，想帮你干点什么。"

"哎妈呀，过了大半辈子了，到老了想帮我干家务活，这是刮的什么风啊，真感动死人。"

"这话叫你说的，人都在变嘛！"

"你拉倒吧，这块儿你插不上手，要是想帮忙以后就帮我买菜，省得我风风雨雨往外跑。"

"行行行，我干那活儿行，主要是别碰上熟人，到时不好解释。"

"你看你那个虚荣心，买点菜还要向人解释，解释什么呀，那是自己要吃的，自力更生嘛，我看你还是放不下那个臭架子。你没从电视里看到吗，国务院副总理级的领导干部，星期天都拎着布袋到菜市场买菜，还和卖菜的讨价还价，那个官多大呀，你个小副市长还拿架子。"

"那就买菜，以后买菜的事我包了，到时候别嫌买贵了买错了嘟嘟囔囔就行。"

"你现在还没退呢，先实习，咱俩一块去买，你等熟悉菜价有经验了再自己去买。"

夫妻俩达成了这么个临时协议。

唐跃胜提前退居二线、主动让贤,在松江市引起了轰动,当然什么说法都有,对于这些唐跃胜心里早有准备,他平淡自然地应对着、接受着,对谁也不多解释什么,最多说一句,官场上的人不能永远待在那个位置上,早晚都得退下来,这是规律。对于官场规则唐跃胜拿得准,而对社会和人生规则,他心里的底数不是很大,不知会发生些什么让他预料不到的事情。按照唐跃胜的逻辑,退居二线就意味着他的政治生涯画上了句号,同时也意味着新的生活的开始。唐跃胜还有个逻辑,自己虽然退出了政治舞台,人与人之间的交往可以减少,方式可以改变,但情感那条线不应当割断,这是他情感世界里最为在乎而不愿割舍的东西。可现实生活却不能随着你的意愿和逻辑,逼着你重新审视情感世界里的是是非非。

唐跃胜刚退居二线的一段时光里,经常有人打电话来问候,也有人到家里坐坐,特别是郎旭光、赵祥龙他们,时不时地请他吃个饭,大家在一起叙叙旧,这使唐跃胜感到了人性的温暖与善美。但好景不长,这种情形很快就发生了变化,逐渐走低冷却,他不是在概念中,而是在亲身经历中感受到了世态炎凉到底是一种什么样的内涵。

临近春节了,原来的秘书赵祥龙打来电话,问寒问暖之后说,挺长时间没到家里看望市长了,星期天上午要到家里来。唐跃胜美滋滋的,到底还是有人记着自己。虽然是大冷的天,他的周身却涌动着一股暖流。自那以后,他天天对着日历,盼望星期天的到来,并提前买了好几样水果。

星期天平平常常地到来了。唐跃胜没有睡懒觉的习惯,一大早就起床,活动活动筋骨,八点来钟吃早饭,李文漪也配合他,把水果洗好摆上茶几,准备停当后自己到商场购物去了。唐跃胜泡好了茶,等待赵祥龙的到来。

九点半有人敲门,唐跃胜以为是赵祥龙来了,迈着轻松的脚步打开房门,是小区物业的老李给他送报纸来了。他虽然有点失望,还是热情地和老李打过招呼,说几句感谢之类的客气话。以往他接到报纸往沙发上一靠就目不转睛地看起来,今天的心却沉不下来,老觉得有心思,虽然也在一张一张地翻着,却没怎么看进去,就是大致浏览一下,还时不时地看看墙上的钟。转过头来他暗自笑话自己,谁到领导家串门一大早就来,赵祥龙也早已不在自己身边工作,真是自作多情,等客人也要有点耐心。他正琢磨着,又有敲门声,而且声音不大,他断定肯定是赵祥龙来了,把报纸往桌子上一放,急匆匆地赶过去开门,站在他面前的不是赵祥龙,而是到商场买东西回来的李文漪。他随口说道:"怎么是你啊!"

李文漪白了他一眼:"不是我是谁,我回来是不是让你失望了?这么大岁数了,来个人看把你慌慌的。赶紧把东西接过去,勒死我手了。"

唐跃胜有些不好意思,边接过李文漪手里的东西,边自嘲地说:"当家人回来我哪能失望,只是不是个时候。"

李文漪数落着他:"这几天你就心神不定,人家赵祥龙没有忘记你,国庆节时不是还到家里来过?他现在当处长事情多了,哪有那么多闲工夫来看你。你看他今儿个要来把你给慌慌激动的,要是来个大官儿看你,那更不得了了。你要是嫌在家里孤单寂寞,就到商店里去逛逛,那地方人多,想看什么样的人都有。"

被李文漪一顿数落,唐跃胜有点吃不住劲:"这话叫你说的不太着调,镰刀砍白菜把嗑唠散了,我慌慌激动什么,他们来不来无所谓,只是怕怠慢了人家。"

"好好好,既然不慌慌就帮我择菜吧!"李文漪将了他一军。

"你先择,我把这点报纸看完就过去。"唐跃胜不情愿地答应着。

说是看报纸,其实唐跃胜的眼睛始终没离开墙上的钟。不一会儿当当当的敲门声又响了起来,唐跃胜心想这下可真的来了。他一溜小跑地朝门奔去,"来了来了,"正要开门,门自动开了,是儿子唐振平用钥匙打开了房门,后面跟着儿媳和孙子。没等唐跃胜反应过来,孙子楠楠朝爷爷扑了过来,唐跃胜顺势把他抱起:"哎呀这么沉啊，爷爷快抱不动了。"

儿孙的到来给清静的家庭带来了欢乐，唐跃胜脸上笑容可掬，可心里还是惦记着应当来还没来的赵祥龙。他往墙上一瞅，快11点了，应该来了呀！唐跃胜着急了，把孙子喊过来："楠楠，爷爷下去接个人，一会儿就回来，你在屋里等爷爷。"边说边从桌子上抓起手机，穿戴好，下楼了，急不可待地亲自去接赵祥龙。

唐跃胜站在门口的雪地上，望着路上来来往往的行人，突然他看到远处向这边走来那个人的身影很像赵祥龙，忙不迭地迎上去，走近一看不是他。若有所失的唐跃胜用手捂着耳朵，时不时地跺跺冻疼了的脚。眨眼间快半个小时了，当唐跃胜犹豫着是不是继续等下去时，手机铃响了，他一听是赵祥龙的声音："市长啊，实在对不起，上午家里来人走不开，过几天一定去看你。"没等唐跃胜应答，那边的手机挂了。唐跃胜轻轻叹了口气，这些日子忙，过几天来看你，过几天请你吃饭，过几天到哪儿去转转，怎么都是这样的话呢？过几天是个什么概念，说不清楚。这是空口无凭的承诺，还是廉价情感的交易？和自己关系一般的人碰了面这么说，曾经和自己亲近的人也说这套嗑。这样的话听多了，唐跃胜的神经麻木了，热腾腾的心开始冷漠。他们说要来看你而不来，说要请你吃饭而不请，都能说出不少非常正当合理的理由。他送你个空人情，还得让你感谢他、记着他、念他的好，这个人情世故啊，谁能说明白。站在雪地里的唐跃胜有些感慨，官场上、社会中、人群里，有些话听起来很华丽，一时会亮你的眼睛，但未必能走进你的心。只有那些真诚而朴实的话语，才能触动心灵。同样的，有些事情冷丁看起来很上眼，一时会引起你的兴奋，但未必能给你带来益处，而有些让你不大如意的事，却益人惠己。咳，真善不自知，真善不自念啊！

那天的太阳真好，照在雪地上反射出来的光特别刺眼。唐跃胜用手遮着直面扑来的光线，有些恍惚的感觉，正要转身往家走，楠楠扬着手跑过来："爷爷，你怎么这么长时间没回去，我等急了，有重要事和您说，快走吧！"说着用力握住唐跃胜的几根手指往回走。走了几步，唐跃胜又回过头来，朝远处望去，此时此刻他多么希望赵祥龙能一下来到自己面前，让自己惊喜一次。往回转身的瞬间，他看到地上一个长长的影子，随着脚步的移动而改变着形态。他心想，人都要活在自己的阴影里。

急急忙忙把唐跃胜拽回家的唐楠一脸严肃："爷爷，我们班主任老师调走了，新来一个老师，他又让同学们填表。"说着从书包里抽出一张纸，题头上的字是：学生家长情况一览表。主要内容是说明家里有没有科级以上领导干部。唐跃胜看后用手敲敲那张纸："楠楠，这表不是让我填的，家长指的是你爸你妈，找他们填去。"楠楠摇着肉嘟嘟的小手："不行啊爷爷，不能让他们填，他们是教师而不是领导干部，填了不管用。你看看这个栏目的要求，'请说明家里是否有科级以上领导干部，能为学校做些什么贡献。'上次填表时我写的是爸妈，可他们是教师，既不当官也不能为学校做什么贡献，结果吃了亏，老师不待见我，只安排我做了个学习委员。表里填家长当大官的，就安排当了班长副班长，老师是按家长官大官小的顺序安排学生的职务。这次我想当班长，就得填大官。爷爷你是市长，比其他同学家长的官大多了，表里填上你的名字，老师保准让我当班长。"说着把笔塞到唐跃胜手里，逼着他填表，并且要写市长。

满脸惊讶的唐跃胜把孙子搂在怀里："楠楠，爷爷现在不是副市长，连副主席也不是了，而是退居二线、什么官都不是的老百姓，还不如你爸爸妈妈。你的那个表里不能填爷爷，要填你爸爸妈妈。"楠楠嚷嚷着不干："爸妈是家长，爷爷奶奶更是家长，什么一线二线的，反正你当过市长，那就算数。爷爷求你了，快填吧，填上你的名字我就能当班长，要是还填我爸爸妈妈，弄不好连学习委员都当不上，那可就惨了。"

唐跃胜又气又急地喊："振平、孙莉，你们过来，孩子填表的事怎么搞的，他不懂事你俩也不懂事吗？怎么能这么惯孩子，为了当个班长就说假话骗老师。再说了,你也骗不了人家呀!我离开政府到政协,现在又退了,这些事都是公开的,谁不知道哇。你们怎么能拿这样的事打哈哈,缺心眼啊!"

唐振平苦笑道:"爸,你别生气,也别冤枉俺俩,其实今天还真不是来看你和我妈,就是为填这张表。我和孙莉好说歹说他就是不听,挣了命地要回来。我问他为什么非要当班长,他回答得很干脆,当上班长就说了算,能管人,还会有同学向他献殷勤。为了当上这个班长,那个表里填我和孙莉他坚决不干,我也不能为这事打他呀!今天回家来请你教育教育他。没想到,真没想到,你刚刚从领导岗位上退下来,咱家又出了个小官迷,真愁死人。"

唐跃胜拉着个脸:"你们这些当教师的就这样教育孩子呀!古语说从小看到老,这么小的孩子脑瓜削个尖,甚至不择手段地要当官,这不是条正道。学生的任务就是好好学习,健康成长,当不当班长不是衡量是不是好学生的标准,品学兼优才是。"他顿了一下又强调,"有一个常识你们要懂得,一只鸟站在树枝上,不管风吹雨淋,它都不害怕和担心,这不是因为它相信树枝结实,而是坚信有能保护自己的翅膀。"

唐楠听了爷爷和爸妈的对话,几乎是恼羞成怒地喊叫:"你们都不关心支持我,叫我怎么办啊!"然后就放肆地嗷嗷哭起来。哭声惊动了正在做饭的李文漪,她张着两只手跑出来:"楠楠过来,这个表不用他们填了,等做完饭奶奶帮你填,你想怎么填奶奶就怎么填,行不行?"楠楠一下破涕为笑,搂着奶奶的脖子,左一口右一口使劲亲着奶奶的脸。唐跃胜看了直瞪眼,心里在叫苦,一个投机钻营的老师会教出一批投机取巧的学生,这么小的孩子心灵应当是纯洁的,可他们在不怎么懂事时就感受到不公平、不公正的待遇,幼小的心灵受到了污染,这会影响他们的健康成长,对国家的未来也会贻害无穷呀!可是这些道理孙子是不懂的,怎么对他说好呢?想到这里,就觉得血直往脑门子上涌,他慢慢靠着沙发坐下来。唐振平看爸爸脸色不好，蹲下来问："爸，你是不是不舒服，要不要到医院看看？"

"我没有病，上什么医院。"说着又站起来，"走走，吃饭去。"

饭桌上依然有说有笑，只是唐跃胜的脸不太伸展。李文漪拿他开涮："咱家老爷子一早晨接人没接着，楠楠又来了这么一出，他心里又添堵了。"

唐跃胜勉强地一笑："净扯，这添什么堵。"

李文漪挖苦道："还嘴硬哪，真是倒驴不倒架，你心里那些不愉快都挂在脸上了，想装都装不出来，今儿又得给你准备安眠药了。"

唐跃胜把筷子往桌子上撞了一下："吃药归吃药，填表归填表，不管谁填这张表，都不许写我的名字。这个名现在不值钱，贬值了。你们信不信，老师要是看到我的名字能笑掉大牙，咱别干自讨没趣又让人笑话的事了。"他斜眼瞅了一眼李文漪，"尤其是你这个老太婆，可不能乱来啊！"唐跃胜说这些话的语气挺重。

其他几个人大眼瞪小眼，你瞅瞅我，我瞧瞧你，谁都没敢吱声。

第二十三章

唐跃胜虽然退居二线，可他的心却没有退下来，还是活跃在第一线，对政治的关心仍然是他重要的生活方式。特别是十八大后掀起的反腐风暴，让唐跃胜异常兴奋，格外关注。反腐败斗争关系到党和国家的前途命运，必然拨动整个社会的心弦；而反腐败斗争的指向是针对各级领导干部，必定引起官场的震动。长久以来，唐跃胜一直不停地观察思考的问题集中在两个点上：一个问题是，继续深化改革的路到底怎么走。在他看来，即使进行了这么多年的改革，但人们的理论思维、发展思路以及社会治理模式，仍然被传统僵化的东西束缚着，很难应对诸多的现实问题和深层矛盾。那些比较容易的、好做的、赢利的改革都已经做了，收获不少，成果不小，算是皆大欢喜。而剩下来的大都是艰难的、复杂的、难啃的骨头，按照以往的经验和做法很难往前走，甚至是行不通的，必须用新的理论思维、发展思路和治理模式来探索、应对、解决，建立起现代化的治理体系。

再一个问题就是中国反腐败的命运，这最让唐跃胜焦虑和担忧，体现的是国家兴旺、匹夫有责的情怀。伴随着改革开放的历史进程，围绕着加强和改善党的领导、巩固党的执政地位所开展的反腐败斗争，从来都没有停止过，从上到下制定了那么多的规章制度，可腐败之风愈演愈烈，腐败的范围愈来愈广，腐败程度愈来愈深，所有的反腐败规章制度大都成了纸上的教条,而没有成为行动的真理,猖獗蔓延的腐败对党的前途、国家的命运产生严重的威胁。唐跃胜从历史与现实的比较中,被眼前正在兴起的反腐败斗争的猛烈程度所吸引,被反腐败斗争取得的现实成果所震撼。他敏锐地感觉到,这次掀起的反腐风暴与以往不同,最高决策层不仅要彻底打破经济大发展时期形成的官场管理既有模式,还要以法律和制度建设为基础,建立一套适应现代化治理需要的全新党员干部管理模式,这象征着、预示着我们的国家和民族,负载着宏伟蓝图的庞大车轮,将荡涤一切污泥浊水,不可阻挡地滚滚向前。反腐败斗争涉及的范围、运行的强度、实现的效果、产生的影响,并非加强党风廉政建设的概念能包含和体现,完全超出了人们的想象和期待。那么在这场前所未有的反腐风暴中,松江市将以怎样的姿态融入其中,接受洗礼?这让唐跃胜的心放不下来。

2014年五一节刚过,唐跃胜接到市政协办公厅的会议通知,市委要召开全市领导干部大会,并强调会议很重要,没有特殊情况不要请假,请务必参会。唐跃胜以前对这样的强调并不在意,因为常有这样的情形,为了保证到会人数,会议组织部门通知时故意渲染一下,以引起人们的重视,尽可能到会。在当前广泛开展反腐败斗争的社会背景下,唐跃胜对这样的强调还是挺在乎的,兴许有新精神新内容,他按要求参加会议。

这个会议的主题是贯彻落实中纪委和省纪委关于深入开展反腐败斗争精神,对松江市的党风廉政建设进行动员部署。会上播放的警示教育片,竟是在"猎狐行动"中被抓捕回国的松江市潘龙区委书记温贤友。唐跃胜屏住呼吸,瞪大眼睛看着银幕上温贤友从潜逃到被抓捕归案的一幕幕。

温贤友虽然官职不高,却一直在重要部门重要岗位掌权。当了三年那芬湖管委会主任后,改任区委书记,很显然,这个过渡是为他以后的仕途发展奠定基础。谁知道他贪污大量钱财后,觉得足以支撑在国外的生活,早早制定了一个周密的外逃计划:先是送女儿到加拿大深造,而后让老婆以陪读为名移民过去,这边还挂职吃空饷,同时巧妙地把资金转移出境。他自己则利用职务便利名正言顺地办理了出国护照,创造机会在一次组团到加拿大考察招商时,突然消失人间蒸发了。他原本把加拿大看作人间天堂,以为在那里可以过着花天酒地人上人的生活,可一切都事与愿违,从踏上异国土地的第一天起,他就被恐惧、歧视、无奈的情绪所笼罩,成天惶惶如丧家之犬,过着人下人的生活。为了防止、避免出现意外,他不敢在公共场所久留,连到超市买东西都要戴着帽子,把帽檐压得很低,怕别人看到他那张脸。有病不能到医院挂号就诊看医生,忍着疼痛到药店买药。最可怜的是,他和女儿同在一个城市,却根本不敢见面,就连通电话也是简短说几句,担心警方监听定位。这才真真叫美梦一场,而生活在水深火热之中。一会儿画面里出现温贤友声泪俱下的镜头,他呜咽地说着愧对、悔恨之类忏悔的话。落魄时话说得再动情又有什么意义呢?那张熟悉的脸瞬间变得陌生、丑陋而狰狞,当然等待他的是法律的严惩。唐跃胜的内心里卷着波澜,温贤友还有大大小小的贪官,他们忏悔,他们流泪,那是因为他们落马了翻船了,而且将要面临法律的严惩和牢狱之灾。一把鼻涕一把泪的温贤友其实已经不是官员,而是罪犯,要是权力还在他手里,他会后悔并痛哭流涕吗?落马贪官的悔恨各有各的不同,但将被双开、坐牢或杀头的结局是相似的。并且他们贪污受贿的数量,成了对他们量刑的筹码,这真是具有讽刺意味。贪图便宜,反倒得不了便宜;不贪便宜,反而能得便宜。这个道理很多做官的人一辈子都没能悟透。

　　银幕上的画面交替切换着,唐跃胜的心也跟着一阵阵地发颤。触景生情,他想和旁边的人说点什么,又打住了,会场上这么多人能说什么,把嘴闭上悄悄看吧!警示片播放完,会议还在继续着,可唐跃胜的精力却被温贤友给分散了,台上的人讲了些什么他没怎么听清楚,模模糊糊的,他沉浸在自己的思绪之中:大概这就叫善有善报，恶有恶报吧。你违背党纪国法，昧着良心，巧取豪夺，侵吞国家资产，吸食人民血汗，而又瞒天过海地背叛自己的祖国，损害国家和民族的形象，算得上罪大恶极啦！唐跃胜一下想起十恶不赦这个成语，十恶是中国历朝历代法律打击的对象，其中有一个罪名叫谋叛，就是指图谋叛逃投降敌方的人。你温贤友作为一个党员领导干部，不顾个人前程，不顾国家利益，不顾民族尊严，带着赃款跑到国外去，这不是赤裸裸的叛逃是什么？当然罪在不赦之列。唐跃胜想着想着竟轻轻叹了口气，怕被别人听到，用手把嘴捂上。

看了警示片心颤的肯定不止唐跃胜一个人，那些日子，外逃贪官温贤友落入法网，成为松江人街谈巷议的热门话题。

温贤友毕竟是个小官，属于苍蝇级别，他被绳之以法引起的震动很快就平复了，人们从各种媒体上见到落网的大贪官多着呢，他根本排不上号。可是这个风波在松江市人心里留下的阴影，却不能很快消除，就如同光滑的脸蛋被刀割了个口子，伤口很快可以愈合，而留下的疤痕不会彻底消失。唐跃胜和许多人都知道，温贤友与市人大主任杨明辉的关系非同一般，能不能拔出萝卜带出泥，牵扯到杨明辉呢？唐跃胜为杨明辉的命运担忧。

光阴似箭，日月如梭，转眼到了中秋节。晚饭后李文漪把小茶几搬到窗前，上面摆着月饼和葡萄，然后喊唐跃胜过来赏月拜月神。唐跃胜答应着："我先接个电话，马上就来。"他打开手机一听，是周之豪的声音："唐市长，你现在在哪儿？"

"我在家里呀！能上哪儿，正要和你嫂子一块赏月呢！"

"好，我一会儿到你家去，等我啊！"

没等唐跃胜反应过来，那边手机就挂了。

他走到李文漪跟前："哎，泡壶茶，周秘书长一会儿来，和咱们一起过中秋节。"

"他还和咱们一起过节，不是又来找你喝酒吧！"李文漪有些讥讽地说道。

"半夜了，喝什么酒，他肯定有事找我。"唐跃胜说完往门那儿扫了一眼。

过了二十来分钟，周之豪敲门进来，招呼打得不怎么亲热，一脸冷峻地坐在沙发上。李文漪把客人迎进来，说几句客气话就离开了，依然不掺和他们的事。

"哪阵风把你给吹来的，还急急忙忙的，中秋节不回家跑我这里干什么，要不要喝酒？"唐跃胜有些调侃似的问。

"是反腐风暴把我吹来的,哪有心思喝酒。唐市长，杨明辉自杀了。这个消息一夜之间就会传开，我怕你不知道内情说出不合适的话来，所以就赶过来了。"周之豪的话说得有些忧郁。

唐跃胜不相信自己的耳朵，腾地从沙发上弹了起来，死死盯着周之豪的眼睛，一把抓住他的手："什么，杨明辉自杀了，这是真的？"周之豪明显感到唐跃胜的手在抖动，脸唰地一下变色了。他扶着唐跃胜坐回沙发上。"唐市长，你别激动，也不要为他难过，他这是咎由自取，自己做的孽当然要自己承担。也许他自感罪孽深重，唯有选择死亡让自己解脱，只是不要连累别人就好。"

唐跃胜的眼里闪着泪花。"怎么会这样，他自杀前一点征兆也没有吗？这样的结局可不可以避免呢？"

"不能说没有，但征兆不明显，就没有引起重视。因为温贤友案的牵连，大前天省纪委领导找他谈过一次话，隔了两天他就自杀了。"周之豪淡淡地解释。

"这个杨明辉，有什么问题不可以向组织上说清楚？主动讲出来嘛，非要选择这种极端方式，与社会和人民为敌吗？"唐跃胜有些哽咽。

周之豪安慰道："唐市长，事情没有那么简单，我们不识他真面目，只缘太近看不清。其实，杨明辉早就与社会和人民为敌了，我们都被蒙在鼓里。你把情绪放松一点，我详细说给你听。"周之豪讲述了杨明辉畏罪自杀的情形。

杨明辉进入省纪委的视线不是一天两天了。中纪委和省纪委收到有关杨明辉买官卖官、聚财敛钱的举报信数以百计。中秋节前夕，省纪委领导找杨明辉谈过一次话，这让他有了大祸临头、行将待毙的预感。昨天下午，他只身来到香格里拉酒店，住进了22层的总统包房，并嘱咐服务员说他有重要事情处理，三天内不要打扫房间，以免打扰工作。接待杨明辉的是个老服务员，他很少碰到这样的事情，虽然答应了，还是产生了一丝警觉，就多了个心眼。今天上午九点来钟，这个服务员带着一名男服务生，照常打开2208房间进行例行清扫，问了几声先生好，却没有回音，屋里一点动静都没有。当他们走进卧室时，看到客人仰卧在床上，身上的被子盖得整整齐齐，从露出的上半身可以看到，他穿的是崭新的西服，衬衫和领带也都是新的，黑白相间的头发梳理得很整洁。惶惑的服务员连叫了三声先生，没有回应，两个人走近一看，大惊失色，人已经死了。

接到酒店报警，警察很快就赶到现场，并立即辨认出死者是市人大主任杨明辉。公安局马上报告市委，半个小时后，何书记等市委领导来到了香格里拉酒店2208房间，一切都保留着案发时的模样。杨明辉的面部表情挺平和的，只是明显能看到泪痕。那泪水是悔恨与耻辱，还是无奈与不甘，或者是对人世的留恋，这些都已经无从知晓。床头柜上有一个装安眠药的小瓶，只是里面已经空了，药瓶旁边的水杯还剩小半杯水。客厅的写字台上有一本人大机关用的稿纸，上面放着已经打开的钢笔，只是纸上没写一个字。但仔细观察纸的上半部都是钢笔尖戳的小点点，密密麻麻的一片。看来杨明辉死前想留遗言，或者是要向人们说些什么，可又一个字都没写。从那些小点点上能够看出他当时的心情是多么复杂，心灵经历了怎样剧烈而痛苦的搏斗。他是不想写、不愿写，还是不能写、不敢写？当年武则天留下个无字碑，今天杨明辉留下张无字纸，那里面藏了多少不可告人的秘密？何劲问公安局长胡连波，杨明辉还留下什么遗物？警察报告说，大衣柜里有个黑色的小提包，里面有一部手机和一条白色尼龙绳，这应该是死者的。在场的警察根据现场情况做出大致的推断：杨明辉是因吞服安眠药而自杀身亡。对于自杀他做了三种选择和准备，其一是服药而死，现实结果已经证明。其二是跳楼而死，他选择22楼的目的就是确保坠楼后能够死亡。其三是他想上吊，手提包里的尼龙绳是唯一的解释。何劲要求将杨明辉自杀的情况立即向省委和省纪委报告，公安局依法立案，按照程序开展相关工作。

唐跃胜静静地听着周之豪的讲述，心里却掀起了狂涛巨澜，他不愿意接受这样的现实，他不愿意把罪恶和杨明辉的名字联系在一起，他甚至幻想那个自杀身亡的人不是杨明辉。可事实能推翻打碎一切。他突然又抓住周之豪的手："之豪啊，我的心很乱，现在不知道该说什么，能做什么？"

周之豪把左手搭在唐跃胜握着自己的手上："唐市长，这个时候你什么都不要说，什么都不要做。你和杨明辉之间的关系大家都知道，我今天来的意思你能猜得出来，一来让你知道事情的原委，这样的事要是传起来可能就天翻地覆地走样了，我把事情的真相告诉你，免得你被传言迷惑。二来担心在审查杨明辉犯罪事实过程中会牵扯到你，这是我想的最多的，也是今天到家里来的主要目的。我刚才用了'犯罪'这个字眼，杨明辉的涉案金额可不小啊，虽然上边正在查还没有结论，据我所知八位数是跑不了的。你得有个思想准备，不一定什么时候上边可能找你谈话，我希望你和杨明辉没有一点瓜葛。"

周之豪说到这里停了下来，像开导，也像征询意见似的看着唐跃胜。只见唐跃胜的脸铁青铁青的，说话的声音有些颤抖："咳，真是画虎画皮难画骨，知人知面不知心，在松江市的官场上都知道我和杨明辉关系好，相互之间很投缘，很信任，我一直以为我们都把守着自己的底线。现在看各自底线的内涵是截然不同的。之豪你放心，我身上有不少缺点和毛病，但在大的原则问题上我从不迁就、含混犯糊涂,更不会同流合污。你想想,我在位有权力时,想贪想捞那方便容易得很,还需要别人配合吗?我自己做多安全哪。再说了,别人送的钱我不要,偏偏稀罕从杨明辉那里分一杯羹,这符合我做事的风格和逻辑吗?杨明辉虽然管干部,但在干部提拔使用这些事情上,我从不找他走他的门路,这是由我的人格决定的。我向你表这个态,也是对组织的态度,你丝毫不用担心。"

听了这番话,周之豪的脸上露出轻松的笑意:"这就好,这就好哇唐市长。我不是投机分子两面派,看杨明辉出了事就说些不好听的话,在政府工作时和杨明辉接触不多,大老远看这个人挺好的,到市委这边后大事小情接触多,我感觉他城府太深,太能随机应变,为人也太狡诈,对待同一个人同一件事的态度常常是翻手云、覆手雨,判若两人,让人感觉他深不可测,很是恐怖,他确实是玩弄两面派手法、阳奉阴违的高手。刚才我说过,杨明辉的事情上边正在查,还没有最终说法,主要问题是利用分管干部工作的便利,大搞买官卖官的交易,同时不动声色地插手工程项目,松江市的许多工程项目都有他的影子,并且他在生活上的腐化达到令人难以想象的程度。他是一条台上台下、人前人后、说的做的不一样的变色龙啊。"

唐跃胜冷丁想起了什么,打断周之豪的话:"之豪,几年前你在我家吃饭时就话中有话地暗示过我,可我当时没往他身上想。那时建设口的张泽春、郎旭光他们也都借题发挥,在不同场合、用不同方式暗示过我,我也没往心里去。那时候杨明辉大权在握,他们不好明说,现在想想才明白,他们老早对杨明辉就有察觉,发现了他的蛛丝马迹,就我榆木疙瘩脑袋,嗅觉不灵,反应迟钝,还感情用事,过于相信别人。"唐跃胜还要往下检讨,周之豪挡住了他的话:"你看你这老头儿,别人出了问题你倒自责起来了,犯不上。杨明辉脚上的泡是他自己走出来的,人生的悲剧是他自己酿出来的,怪不得别人,怨不了组织,也别往制度体制上赖。你别多想了,只要你和杨明辉没有什么瓜葛我就放心高兴了。"周之豪临走时又把这句话重复强调了一遍。

唐跃胜和李文漪送走了周之豪,又迎着月亮在窗前的茶几前坐了下来,只是没有了先前的愉悦,月光是明亮的,而心情则是暗淡的。李文漪望着唐跃胜冷峻愁容的脸问道:"跃胜,看上去文质彬彬的杨明辉竟是个大贪官,你说他是苍蝇还是老虎?"

唐跃胜重重地叹着气:"在松江他是个大老虎,要是从全国看顶多算个硕鼠,够不上大老虎,但也不是小苍蝇。杨明辉落到这步田地,我真的没想到,更没看出来,连一点点迹象也没觉察到,眼力不够哇。市委秘书长今天能到家里来当面和我说这件事,非同小可啊,对他来说,怕我沾了杨明辉的包,趟了浑水;对我来说,真切感受到了他的那份情意,关键时刻见真情。至于我和咱们这个家,明净地就像天上的月亮,没有灰尘,没有污点,更没有火坑陷阱。连那些送大钱重金人的边我都不沾,凭什么绕个弯子去搭他杨明辉的界,掺和他那些破事烂事?告诉你啊文漪,虽然我从感情上为杨明辉惋惜,舍不得他,但我心中和骨子里是高兴的,因为挖出的蛀虫越多,越有利于国家和人民,越有利于建设公平公正的社会,咱们的党和国家才有希望。这不是说大话空话套话,而是我心里早就有的期待。"

两口子说了一阵子话,李文漪觉得有心思的唐跃胜并不想多说什么,话说得有些勉强和应付,就拉他去看电视。唐跃胜不太情愿:"你看吧,我不爱看那玩意,回屋看书去。"

"好,你先去看书,一会儿我给你拿安眠药。"

"我精神好好的,吃什么安眠药。"

"别装了,还精神好好的,三五天你都缓不过来。"

唐跃胜回头瞅了她一眼:"你成孙悟空了,长了双火眼金睛啊!"

回到卧室,唐跃胜斜坐在床边,一条腿放在床上,一条腿耷拉在地下,两条胳膊像支架似的把身体撑起。他脑子里乱糟糟的,心中如同有团燃烧的火,一双眼睛不知往哪儿看好,目光是散的。他较着劲地强迫自己,用理智去和情感对话。人真是个怪物,自己原本怀着忧患之心，期望掀起一场反腐的暴风骤雨，扫除官场上的贪官污吏和社会中的各种丑恶。可当暴风雨真的来临，自己又有些叶公好龙，只希望那些不好的、倒霉的事情发生在与自己无关的人身上，而对于自己身边和朋友圈里的人出了这样的事，在情感上不太愿意接受。唐跃胜极力控制和调整自己的思绪，回忆着、梳理着、品味着从与杨明辉接触、走近，到相互欣赏、信赖的点点滴滴。他扪心自问，作为官场上曾经相互信任、相互支持而无话不说的朋友，他做了违法犯罪而又自绝于党和人民的事，自己到底有没有责任，有多大的责任。不管怎么说，凭着自己的心智和眼力，确实没能从杨明辉的脸上看到邪恶，没能从他的言行中发现堕落，要是发觉哪怕是一点点苗头和迹象，自己也会以恰当的方式提醒他，甚至批评他，不会眼睁睁地看着他往下坡路走，往泥潭里钻，往悬崖下跳。唉，大概是情感的迷雾蒙蔽了眼睛，把他看成正人君子，而实际上他是个披着美丽画皮的魔鬼。

唐跃胜一动不动地保持那个姿势，生怕改变姿势打乱了思路。他想了那么多事情后，把心思聚焦在一个点上，杨明辉是怎样把真与假、善与恶、美与丑、君子与小人、天使与魔鬼同时集中在自己身上的？他运用和调动自己所有的知识、信息和经验，来破解这道难题，包括杨明辉在内，官场上、社会中的任何一个人，都是由多面体组成的复合物，即使是那些伟大人物的身上，也存在丑陋卑微的东西；同样道理，即使一个渺小的普通人，他身上也会有美好高尚的闪光因素。这就是常言说的，人的心房有两个角落，一个角落里住着天使，他总是让人走近真善美，另一个角落里住的是魔鬼，他千方百计唆使人投靠假恶丑，人的灵魂和品格就处于这样的矛盾体中。问题在于，一个领导干部应当严苛自觉地打压和束缚魔鬼作恶，不做少做假恶丑的勾当，极力弘扬和抬举天使行善，多做有益于国家、社会和人民的真善美好事。看来杨明辉败就败在过度放纵心中魔鬼作祟，他一面在台上唱着反腐倡廉的高调，一边在暗地里肆无忌惮地以权谋私，他的那些闪光的高谈阔论，不是用来鞭策和警示自己，更不是为了真心去做，而是装腔作势地说给别人听，作秀给别人看。他对腐败行为义愤填膺的批判，不是要对党和人民负责，而是要让自己在腐败与反腐败的博弈中占据有利位置，把强烈地反腐败作为自己彻头彻尾腐败的挡箭牌、保护伞。这种人骨子里喜欢、迷恋、崇拜腐败腐朽腐烂的东西，而表面上又把自己装扮得非常光辉亮丽耀眼。一样的本质，不同的面孔，这会蒙蔽欺骗多少善良的人。可到头来，最终害的还是自己。一个在官场上做官的人，除了要用党纪国法来管束自己、要求自己，最需要的是内省和自律，不断清洗灵魂中的灰尘，使自己的人生观、价值观不发生偏差。

思着想着，唐跃胜的心里涌出一股怨恨，明辉啊，千不该万不该，你不该把人生的方向弄偏了，自作聪明地往绝路上走，你留下的有关善恶美丑的疑问，让我想得好苦好累呀！

唐跃胜听到外面的电视关了，怕李文漪进来逼他吃药，催他睡觉，麻溜地顺势躺在床上，一副熟睡的模样。都说少小夫妻老来伴，还真的是那样，李文漪这个伴自打退休后，对唐跃胜生活上的照顾更加体贴入微，但管束得也挺严，尤其晚上不让他熬夜，到点就得睡觉。不一会儿，伴着轻轻的脚步声，李文漪来到唐跃胜的床前："把药吃了吧。"

唐跃胜打个哈欠："都睡了，吃什么药啊，不吃了。"

"装什么装呀，你刚刚扑通一声躺下，我都听到了，赶紧吃吧。杨明辉的事想想就得了，他自己惹的祸你管得了吗？你不要以为你放不下的人，人家也同样放不下你。鱼没有水会死，水里要是没有鱼会更清亮。别咸吃萝卜淡操心，各人的事各人担，自己酿的灾自己消。"

"人都死了，还消什么灾避什么祸呀。"

唐跃胜扛不过李文漪磨叽："好好好，我马上吃药马上睡，什么都不想了，你也快去睡吧。"

唐跃胜吃了药，吧嗒吧嗒嘴，自言自语地叨叨："不想了，再想也不顶什么用，都是马后炮。一个人不能听他说些什么，而要看他做了些什么，那才是真理与谎言的界限。"

杨明辉事件的冲击波还没散尽，紧接着又发生了更强烈的地震，市长范亚风被中纪委带走的消息在松江市不胫而走。唐跃胜听到这个传说马上给周之豪打电话："之豪啊，你说话方便吗？听说范亚风出事了，是真的吗？"

"唐市长，我说话方便。范亚风被中央巡视组带走是真的，不是瞎传。10月28日，省委通知何书记和范市长到省里参加经济形势分析会，我和何书记一起去的省里。范亚风按要求到达指定的酒店，一进会议室就被带走了。这个情况在省委经济形势分析会上做了通报，事情大概就是这样。对范亚风来说这是必然结局，对咱们松江市真就是个大好事。昨天有不少人在松江广场燃放鞭炮，还打出了送瘟神的横幅。他多伤咱松江老百姓的心哪！你别像大家闺秀似的老闷在家里，出来走走看看，外面的世界真精彩啊！唐市长，你要是没有别的事就挂了啊，我马上去参加一个会议，等有时间再详细和你汇报。"唐跃胜啊啊地答应着。

不到两个月，松江市市长和人大主任一个落马一个畏罪自杀，这个强震波及全市的每个层面、每个角落，生活在这片土地上的人感到了从来没有过的震惊。不论他们出于什么考虑，谈论这个话题成为最大的兴奋点。特别是官场上的人，纷纷猜测范亚风这个风头人物垮台的前因后果。

唐跃胜和李文漪看这件事的角度和别人不大一样，觉得这不仅是我党反腐败斗争的一个重要成果，也是松江人民觉醒的一个重要标志。那天晚上吃饭时，李文漪问唐跃胜："你说范亚风的根子那么硬，他怎么就翻船落水了呢？会不会是他的后台老板出了事，树倒猢狲散，把他也挂上了？"

唐跃胜习惯性地敲了敲碗边："这事还真不好说，但他自己胡作非为，引火烧身是不容置疑的。自从他当上了市长，松江的事就他一个人说了算，那真是熊瞎子打立正，一手遮天。他从不把市委和何书记放在眼里，他就是松江市的天，想说什么说什么，想干什么干什么。别的不说，你看看他搞的那个沿江中心广场，号称中国北方维多利亚湾，要投资上百亿元的大工程，竟然不经市委常委会研究，政府自己就定了，既没有广场的功能定位，又不搞详细规划，就凭着他个人的意志和兴趣指点江山，想哪干哪，这留出了多么大的寻租空间，里面能滋生出多少腐败分子？折腾快两年了，那个广场建设一片乌烟瘴气，除了让财政背上沉重的包袱，松江老百姓得到一点好处了吗？谁能从那个广场中看到希望啊！许多人早就气鼓鼓的。不是不报，时机不到，现在时机来了，范亚风要是不出事不正常，出了事才是顺理成章。松江人不会永远沉默,党纪国法不会永远疲软。一切都在预料之中，只是没想到因果报应来得这么早、这么快。这也好，就像人得了癌症，早点发现，早点切除，才能恢复健康，提高生活和生命质量。他要是晚些垮台，松江不知能让他祸祸成什么样儿，不知有多少干部会跟着陷进去，害人害己呀。"唐跃胜既入情入理又简明扼要地分析给李文漪听。

李文漪有些气不忿了："他一个当了市长的人，要什么没有啊，怎么还那么不顾死活地捞钱哪？他那么天不怕地不怕地胡来，就不想想后果吗？"

唐跃胜轻蔑地一笑："人心不足蛇吞象，这是由人恶的本性决定的。还有一句话叫'手莫伸，伸手必被捉'，手伸得很长的范亚风就被党纪国法捉住了。杨明辉出事后让我想起了从小在农村喂鸡的情形。有一天傍晚放学回来，看到母亲手里端着个瓢，里面装了些玉米，她一边唧唧唧地唤着，一边抓了两把玉米撒在地上。一群鸡看到玉米撒着欢地冲过来，互相争着抢着斗着，都想多吃几粒玉米。我看着好玩，就从瓢里接连抓了几把玉米向鸡群撒去，可那些鸡却不再激烈争抢了，而是不紧不慢、不慌不忙地偶尔啄一粒玉米，我把握在手里没撒出去的玉米又放回瓢里。那时不懂事,只是看着鸡抢食有意思好玩,现在想想才明白其中的道理。最初撒一把玉米,鸡多米少吃不饱,就又争又抢的,等地上的玉米多了,所有的鸡都能吃得上吃得饱,它们就不争不抢了。鸡是容易满足的,它们知道适可而止。你看看咱们人,连鸡都不如。一些领导干部已经得到了那么多的玉米,那么多的财富,那么多的享受,可就是不满足,不知饱,利令智昏,贪得无厌。就是这种无止境的贪婪,使一个又一个当官的堕落,导致一个又一个悲剧的重演。唉,人怎么就不知道饥饱呢?"

李文漪啧啧嘴:"你真能编故事,什么话到你嘴里一过不但好听,还能把里面的道理抠出来,不服不行。头些日子我从《松江晚报》看到一篇文章,里面说了这么个事:人身上的所有器官特别是五脏六腑,哪个地方都可能长肿瘤,唯独心脏不会得癌症,因为心脏的心肌细胞不会分裂,不会再生,所以就长不出肿瘤来。文章最后强调说,虽然人的心肌细胞不分裂不再生,但人心里的欲望每时每刻都在分裂再生,要高度警惕和防范这种心灵的病变。我觉得这个故事对当官的人会有启发的。"

"何止是启发,那就是警示、训诫和规劝。"唐跃胜显得挺兴奋。"你这个故事比我那个故事有成色、有深度,更有教育意义。看看社会现实还真是那回事,当了官就生出了野心,还想分裂再生出更大的官;有了钱就贪心不足,还想分裂再生出更多的钱,欲壑难填。结果分裂出再生出各种各样的肿瘤来。欲望是无度的,它可以使一个人在罪恶的歧途上走得很远很远,以致迷途不归,直到坠入万丈深渊。"

李文漪像发现新大陆似的:"人要是只长心,而没有心眼、心灵、心智多好哇!"

唐跃胜不由自主地又敲了几下碗:"你这是美丽的幻想,人心就像个口袋,哪能什么都不装呢?总是要装点东西的。依我的经验和体会,往心里装一点点叫心眼,装多一点叫心计,再装多一点叫心机,要是装太多了就叫心事,而心事的最大特点就是和欲望相连,心生欲望，欲望随心，这两者是分割不开的。其实咱俩唠的这些嗑，话好说，道理也不难弄懂，真正悟透做到就难了。我来编套嗑啊：生容易、活容易，生活不容易；做容易、道容易，做到（道）不容易。"

李文漪乐得使劲敲了下碗："这顺口溜编得有水平。"

又过了一个月。唐跃胜和李文漪吃了晚饭正在看电视，他的手机响了，是周之豪打过来的："唐市长，告诉你个不大不小的新闻，受范亚风案牵连，省纪委决定，对松江市副市长庄伟忠严重违法违纪问题进行调查。市纪委决定，林兰县县委书记张学功停职反省，接受组织调查。"

唐跃胜握手机的手微微有些抖动，眼盯着电视画面啊啊地答应着。死了一个杨明辉，抓了一个范亚风，现在又冒出庄伟忠和张学功，松江还会有多少个危害党和国家的蛀虫败类？他不敢往下想了。

第二十四章

2015年1月6日，唐跃胜正式办理了退休手续，从此彻底离开了官场，成了名副其实的老百姓，开始了人生新阶段的平民生活。

对人生经历的阶段孔子是这样说的，三十而立，四十不惑，五十知天命，六十耳顺。耳顺就是能听得进各种不同的声音，给逆耳之言以宽容。民间有句老话叫：人到六十才懂事。依这个说法，唐跃胜在六十岁左右的坎儿上，不但耳顺，也开始懂点事了。

这个道理唐跃胜也是经历了许多事情之后，才慢慢懂得的。他婉言谢绝了若干个到社团组织中任职的邀请后，也不大喜欢约人钓鱼、和老友一起打牌这类活动，大部分时间待在家里给李文漪打下手，帮她做些买菜、倒垃圾、打扫卫生之类的家务事。做这些事情的时候他又三番五次对李文漪表白："从为官的政治生涯来说，我奋斗到站了，要远离政治。可从人生懂事的角度看，我才刚刚开始，别看退休三四个月下来，自己对松江市大事小情不闻不问，但我心里那面镜子还亮着，不仅渐渐懂得了怎么养生保健，也懂得了人情世故，更懂得官场的正义与邪恶，还有数不清的是是非非，恩恩怨怨，我想开始新的人生。"

起初，李文漪没听懂唐跃胜这些含混不清的话的意思，觉得在家里干打杂的活儿他嫌屈得慌，就劝他出去旅旅游，散散心，和那些老家伙一起唠唠嗑也好。可听他的话次数多了慢慢品出点味道来,这老伙计不服老,不甘心,老了老了还来激情了,想发挥余热整点景,要整点啥景呢?李文漪拭目以待。

那天唐跃胜买菜回来,李文漪让他帮择韭菜,一边择菜一边问他:"我看你在家里待不住,有点五脊六兽的,是不是想弄点什么事做做,填补一下精神的空虚?"

唐跃胜抖抖手里的韭菜,胸有成竹的样子:"你说得挺靠谱。空虚倒是不空虚,而是觉得有块心病未除。我里里外外有点什么情况瞒不住你,这么多年来,我的心病,你们叫神经病,再往难听点说是精神病,都是你跑来跑去想办法给我找医生、寻良药、看大仙,效果有但都不明显,不大理想。退休后我想明白了,心病还需心药治,解铃还须系铃人。我这个神经病靠天靠地靠医生靠大仙都不管用,只有我能治好自己的病,药方就是解剖和清洗灵魂,也称为做好疏导思想的工作。把这件事做好了,病自然消失。既然我已经开始懂事了,就不能浪费时光和智慧,我要重抖精神,做一点有益的事情。"

李文漪啧啧嘴:"树老根多,人老话多。你啰唆了半天也没说清楚到底要做一件什么有意义的事。听你说话不清亮,越听越闷得慌。你就悄悄干吧,俺不听了,你也再别说了。"

唐跃胜拍拍手上的泥:"这叫引而不发。要是我一张嘴你就看到小舌头,一说话你就明白要表达什么意思,那就没有悬念、没有想象的空间了,也显得我没有什么水平。现在我正式地明明白白地告诉你,我要写一本政论方面的书,书名叫《基因与机制》,大概二十来万字。"

李文漪像不认识唐跃胜似的,上上下下把他好顿打量:"怎么,你要写书?是你说错了还是我听错了?我耳朵不背呀!你这不是白日做梦说胡话吧,你干点别的什么事我信,写书当作家,咱家祖坟上冒青烟了吗?我看有点悬。"

唐跃胜把屁股下面的小板凳使劲一扭,再用力跺跺脚:"什么?

你说我做白日梦，也太小瞧我了吧！这叫狗眼看人低知道不？给你说件事你就明白了，写书不是闹着玩的，得有丰富的积累，得有相当好的文字功夫，我已经写了二十多年的笔记了，你以为我晚上睡不着觉就那么干白熬，凭着我的聪明能做那个赔本买卖？我常常是熬夜写日记。一会儿我把十五六本笔记拿出来你看看，那里记录了我对官场、对社会生活认识的点点滴滴。有成功与失败、经验与教训、正义与邪恶、光明与黑暗，等等等等，我十几年前就开始做准备了。告诉你说，凡事预则立，不预则废，成功是留给有准备的人的。"

"那你为什么不早点写，年轻力壮时不出力，年纪大了精力不够用了才想起来要写东西。"李文漪将信将疑地问。

"这就是天机，一来准备不充分，要写成一本书的条件不够成熟。二来我身在官场哪好写官场中的人和事，那不是把自己也绕进去了吗？再说了我那么多的事，真的抽不出时间写作。现在好了，无官一身轻，所有的时间都由自己支配，想说什么说什么，想干什么干什么，来去自由，一切自由。当然咱不能做违法乱纪的事。"唐跃胜说得情绪激昂。

李文漪也听得心花怒放，把手里那小撮韭菜一抖搂说："需要我做什么尽管吩咐，我是夫唱妇随，鞠躬尽瘁。从今往后你就别做家务活儿了，我全包圆，反正身体好，干活就等于锻炼了。"

"这态度表得太让人感动了，就是稍有点夸张。到时候你就帮我端个茶、倒个水什么的，做点敲边鼓、拉帮套这些辅助性的工作，电影里就是那么演的。对你的要求不高，就是再细心点、温柔点，有甘于奉献的精神。等书写完后，署名肯定是我，因为我是作者，名分是咱俩的，说明写成这本书也有你的功劳。就像歌里唱的，军功章里有我的一半，也有你的一半。吃完午饭咱俩就把书房收拾一下，三四年了，好好的书房就那么静静的空着，没派上用场。这下好了，从今往后这书房有了用武之地，我新的生活、新的追求、新的人生就从这间书房启程。我思考和研究的方向是，中国官员长期抑郁的内在基因与外在机制,书名都告诉你了。"

唐跃胜自从正式迈进书房,坐在那把椅子上,基本是按照上下班的作息时间,很有节奏很有秩序地做起想要做的事情。这种生活状态的改变,开始时李文漪有点不习惯,好像这件事给唐跃胜增加了额外的负担,是自找苦吃,也给她的生活增添了累赘,看电视声音大了不行,说话声音大了不行,干活弄出点动静来也不行,处处受限制,成了家里多余的人。她想,不知猴年马月才能写成几十万字的书,我这日子可怎么过,干脆趁他刚动手的时候给他泼点冷水,把写书的事搅黄了算了。那天唐跃胜感冒有些发烧,但他还是按时坐在了写字台前。李文漪又是心疼又是不安:"跃胜啊,你这是何苦呢,又没有人管着你,拿枪逼着你,给你定指标下任务,这不是自个难为自个吗!你看你弄得正儿八经的,能坚持下去啊,这可不是十天八天的事,要打持久战的。要我说就算了吧,反正没人知道。"

唐跃胜用手梳理一下头发:"我早就发现你要打退堂鼓。人最需要自己管住自己,需要对自己有个要求。时间一晃而过,光阴不能浪费,你要想做好一件事情,就不能放松放纵自己。人不是孤立存在的,所做的事情也都这样那样地与社会相关联。我知道自己劳心费神地思考研究问题改变不了社会,造就不了时势,但是可以通过对个人实践和官场生涯的总结发一点声音,提一点建议,送一点信息,这还是有点意义和作用的。我做这点微不足道的事情不为名不图利,只为对自己的灵魂进行清洗和净化,改造提升自己,也算是对自己有个交代吧。"

"那你得注意劳逸结合,也别在我眼前叫苦喊累的。"李文漪嘱咐着。

"啊,这你放心,我一定任劳任怨地把这件事做好。毛主席说过,世上无难事,只要肯登攀。你就等着我成功的那一天。"唐跃胜信誓旦旦地向李文漪表了决心。

唐跃胜一头钻进了自己十几年写就的笔记和收集的资料之中。

他像摆地摊似的，把那些资料摆得满桌子满地都是，看起来杂乱无章乱糟糟的，而在唐跃胜心里却是清晰有序。他一边仔细地分辨梳理资料，一边形成写作提纲，提纲中扼要地罗列着一个个富有色彩和感染力的小故事。他还常常沉浸在这些饶有情趣、令人沉思，而又曾经让他压抑愤懑的故事之中。

松江市召开领导干部大会，主题是坚持求真务实，反对形式主义，转变工作作风。这个精神符合中央要求，也切中社会现实时弊。可是会议的内容和进程让人忍无可忍，市委主要领导讲话一气干了近三个小时。他念一会儿稿子，自己发挥一阵子，手舞足蹈地讲得神采飞扬。而台下听的人直打哈欠，饱受煎熬，这就是一把手的精神境界和能力水平。会议一结束，那些烟瘾大的人一溜小跑离开会场，赶紧把烟点上，抽着烟打着哈哈，带有明显讽刺意味地议论着，这一上午的时光算是白白浪费了，浪费点时间算不了什么，关键是让大家身心受到创伤，要想知道什么叫说大话、空话、套话、假话，台上讲话的人就是典型，那是搞形式主义的榜样，他在教唆我们怎样搞形式主义，就像用谎言去验证谎言只能得到谎言一样，用形式主义的东西反对克服形式主义，只会产生更多更严重的形式主义。这些话虽然只能背后说说，但至少说明广大干部真善美与假恶丑的界线是分得清的。

唐跃胜反复思忖着已经过去多年的这个情境，有些领导就喜欢变魔术耍戏法，自己习惯作秀玩形式主义花架子，他的下级就投其所好，把形式主义搞得更花花。他又回想起自己当县委书记时研究干部的一件事。

有一次常委会研究干部，组织部介绍拟提拔干部的德才表现时，对发改委一名处长的工作态度做了特别说明：该同志有强烈的事业心和责任感，经常加班加点到深夜，节假日基本上不休息，一心一意扑在工作上。用这么个情节来说明这个干部的工作热情高，责任心强。按理说这种情况介绍是容易获得通过的，却偏偏有人较真，纪委书记陈再望当着所有常委的面问组织部的人:"不论哪级机关都是以常态化的程序开展工作,这个处长老是在工作之余加班加点,是发改委领导盲目加给了他过多的工作量,让他承受不了,还是他的能力水平差,正常工作时间完不成任务,必须用额外的时间打补丁,或者说他别有用心地想用这种方法引起人们对他的关注?"组织部的人无言以对。结果常委会对这个干部的提拔使用形成了这样一个共识:既然组织部解释不了这个问题,就把这个干部先放一放,暂时不研究,让组织部再到发改委搞点调查研究,听听机关干部的意见,如果没有什么问题下次再上会。结果呢,组织部又到发改委搞了一次扩大的民意调查,许多人反映,这个干部可是聪明透顶,心眼太多了,他不是能干事,而是会干事,所干的每一丁点事儿都要在领导那里挂上号。他的最大诀窍是,白天正常上班时不怎么干活,吃了晚饭到办公室来了,把灯一点,全机关大楼都是黑的,就他那里亮着灯,一花独秀,大老远都能看到。偏偏有的领导就好这一口,爱好这一套,时不时地对他的做法进行表扬。其实这不是爱岗敬业,而是投机取巧。唐跃胜了解到这个情况后告诉组织部长,像这样作风做派不正的干部要暂停提拔,至少近期不要往常委会上端,不能提拔思想不端、心术不正的人。

虽然这是个不起眼的小事,可在唐跃胜的心里打上了不可磨灭的印记。现在想想这桩往事,心情仍不能平静。官场环境的恶化,使得许多想往高走、往上升的领导干部,不是靠自己的作为赢得人心,而是投机取巧,做花拳绣腿的表面文章,滋生着不劳而获、少劳多获的邪恶心理。这种念头和心理坑害了不少干部,愚弄了不少有作为的聪明人。

沉思中,已经故去的林兰县县长童宝文的形象又浮现在唐跃胜眼前,那还是唐跃胜当林兰县县委书记的时候。作为常务副县长的童宝文,要协助县长完成年度工作指标,承受着很大的压力,定了指标而完不成对上对下都不好交代。这个集要强好胜和好大喜功于一身的人，风尘仆仆地挨个乡催逼，要是不能超额完成任务，至少也要实现既定目标，少一分钱也不行。在他的高压之下，有些预感完不成任务的乡干部动起了歪心思。李店乡经济基础较差，工业项目不多，乡里的财政收入主要靠食品加工厂。乡长把厂长叫到办公室，问了几句生产情况后开始下达命令："咱们乡离县里年初下达的任务指标还差两千多万，全乡有潜力可挖、能挤出油水的就数你们厂了。现在到年底还有一个多月，你想办法把这个窟窿填上。"乡长的话一出口，当时就把厂长吓蒙了，又是磕头又是作揖，哭天喊地地哀求："乡长，这可不行，企业效益一直下滑，你就是把我和全厂人的骨髓都榨出来，也弄不出那么多钱来，乡里想想别的办法吧！"乡长的嘴不干不净地骂骂咧咧："平时你们有事来找我，乡长长乡长短的，我什么问题不帮你们兜着，什么困难没帮你们解决？现在用得着你们了，这可倒好，还哭起穷来了。我告诉你，乡里养着这个厂子，不是摆着好看的，是要在关键口上冲锋陷阵的，养兵千日，用兵一时，没有什么价钱可讲，这次你要是冲不上去，我先把你给撸了，明年就让这个厂子黄了，留着也没用，我要把它连根抹了。"

这下厂长吓麻爪了："乡长你别说了，我回去想办法，头拱地下也争取落实好。"

乡长给了厂长一个好脸："这就对了嘛。"

厂长回去后把财务科长叫到办公室，也是直截了当下指示："乡里要求往县里报两千万产值，你抓紧办，三天之内报到乡里。具体的事我不管，你全权负责，怎么方便怎么办。"财务科长是个女的，听了厂长的话脸腾的一下就红了："哎妈呀厂长，还报两千万，两百万也没有啊！要是报二十万还凑合。"厂长立马就翻脸了："每次和你说事都婆婆妈妈的，没有痛快的时候，你就不能干净利索点？这个数不是我要，而是乡里要，乡里还要往上报。要是满足不了乡里的要求，咱这个厂子可能就被封门了，我这个厂长要是当不成，就先抓个替罪羊，把你这个财务科长撤了，留你这个白吃饱好看哪？"

女科长的脸由红到白,再由白到红,她的嘴唇哆嗦着:"厂长你吓死我了,我可有高血压,就觉得这血压噌噌往上升,顶得脑门子都疼。你要想好了厂长,报两千万产值所交的税款额可不是个小数目,要是交不上税款还不如让厂子关门呢。"厂长吼叫着:"厂子倒不倒关你屁事,你现在最大的任务就是想办法把产值报上去,还要把账做好,账面上不能出毛病。另外这事不能对外人说,就烂在肚子里。"

女科长领了任务边往外走边小声嘟囔:"弄虚作假都到这份儿上,吓死人了。"持续升高的血压让她两眼冒金星,踏空的脚有点不利索绊在门槛上,一跟头栽倒在地。开始厂长以为她开玩笑整景没在意,看她半天没起来,走到跟前一看,她两眼紧闭,口吐白沫,不省人事,赶紧喊人把她送到乡医院,一检查是脑出血,乡医院治不了,救护车拉着她就往县医院赶。厂长捶胸顿足地破口大骂:"我操他个妈,操他八辈祖宗的!这叫什么世道,为了上报假数字真是要逼死人害死人哪!"女科长因抢救无效死亡的噩耗传来,厂长蹲在地上号啕大哭:"是我逼死了她,我丧尽天良。"哭完自己把厂子大门封了,厂长也辞了,回家种地。

唐跃胜得知这件事后,心中升起一团怒火。他在县委常委会上严厉批评了这种逼良为娼的做法。县长逼着乡长上报假数字,乡长逼着厂长往数字里面掺水,厂长逼着科长做假账,走投无路的科长命归黄泉。这种弄虚作假的背后,是假恶丑对精神的缠绕,是领导干部灵魂的堕落。唐跃胜在会上说了三句振聋发聩的话:"一个人为钱犯罪,这个人有罪;一个人为吃饭犯罪,这个社会有罪;一个人为尊严犯罪,所有的人都有罪。"与会人员为这几句话鼓起了掌。

唐跃胜痛定思痛地回味着这一幕时,思维一下回到了眼前的现实。他质问自己,为什么有些领导干部,一边不畏艰辛地努力工作着,甚至抱着有病的身体坚守岗位,一边又兴风作浪大搞形式主义的花架子?一边唱着反腐倡廉的高调,一边又肆无忌惮地贪污受贿,这两种截然相反的人格和追求,是怎样水火不容地聚拢在一个人的身上？冥思苦想的唐跃胜似乎寻找到了答案，这里肯定有领导者个人品德素质低下和价值观扭曲的问题。中国是个礼仪之邦，优秀传统文化随着时代的扬弃，一直传承到今天。可在历史与现实的衔接中，讲廉耻知荣辱的基因迅速发生变异，一些领导干部不顾荣辱、不知廉耻的行径让人痛心疾首。唐跃胜所经历和听说的往事中，松江市农委副主任杨志舰包养情妇、又被情妇告发走了麦城的故事，在他的记忆中留下了抹不去的印痕。

年仅三十三岁的杨志舰当上了农委副主任，可谓风华正茂，年轻得志，这在松江的官场上并不多见。一次同学聚会时，他与多年不曾联系的女同学李晓相遇，共叙峥嵘岁月的旧情后，感情急速升温，二人同居了，成了名副其实的情人关系。杨志舰垂涎的是李晓犹存的风韵，李晓紧靠杨志舰却要复杂得多，情感因素之外，无疑看好了他手上的权力，她要借用这个权力实现出人头地的梦想。而杨志舰恰恰在这个问题上犯了主观主义错误，过多关注自己的感情需求，忽视了李晓的物质需要。两个人的情感不能说不甜蜜，而心却是分离的。杨志舰帮助李晓做了些事情，让她赚了些钱后发现，这个人胃口太大，欲望太多，整个人像个填不满的无底洞，自己很难满足她。要是一味迁就随着她水涨船高的欲望走，自己就要冒风险，甚至要触碰能置自己于死地的法律。为一个半老徐娘断送自己的前程和人生，这个代价太大了。清醒过来的杨志舰想要悬崖勒马，开始疏远李晓。可李晓还有好多愿望没有实现，哪肯善罢甘休，多次与杨志舰交涉争执未能挽回旧情，她一怒之下，把不回心转意的杨志舰举报到了市纪委。经查实，杨志舰的错误仍属道德问题，经济上并没有陷得太深，也构不成犯罪，给予留党察看两年的处分，调到市社科联工作。让人想不到的是，当市纪委领导找杨志舰谈话时，他流了一通眼泪后承认和检讨自己所犯的错误，坦诚接受组织处理，同时发了一通牢骚，对李晓这个往日情人大加指责：既然是情人关系，当然要以感情为基础，感情的事是双方自愿的，不是谁逼迫谁，也不是谁收买谁，她不该一味贪婪地追求物质金钱，而不珍惜彼此之间的情分，当自己的欲望没有得到满足，就撕破脸皮举报我，毁我的前程，这是非常不道德、非常卑鄙的行为，是对我无辜的伤害，情人之间不应该背叛。这真是咄咄怪事，一个道德堕落的人，竟厚颜无耻地谴责别人不讲道德。他应当明白，包养情妇虽然不犯法，但明显违背社会伦理道德。这种会被人戳脊梁骨的丑恶行径，绝对不能做呀！这会让自己沉沦。自那以后，杨志舰的精神世界变得很狭隘、很昏暗，他偏激地认为人世间没有真心真情真爱，一切都是在互相利用。长期不能自拔的心理压抑，使他变得越来越庸俗，原本好端端的一个干部，在百无聊赖中使自己的人生一步一步地走了下坡路。

唐跃胜知道，出了事被绳之以法的领导干部中，绝大多数都有包养情妇、生活腐化的劣迹。那么现职干部中又有多少隐蔽得很深没有浮出水面的花花公子呢？他们人前道貌岸然，暗地里男盗女娼。一条鱼死了，是鱼的问题，一池子鱼都死了，一定是水出了问题。杨志舰生活腐化，那他自己有问题，那么多干部堕落，一定是现行的体制和机制在作祟。个人品德情操中那些丑陋的基因，遇到了可以让人胆大妄为的体制机制，不可避免地会生出这样那样的怪胎来，赤裸裸地表现出来的社会行为就是，他们的生活被玷污了，生活方式被绑架了，精神支柱被冲垮了，他们已经无力驾驭和保护自己。

沿着这个思路深入思考下去，首先碰到的思想交锋便是，不好的不良的体制机制是怎样让一些领导干部精神颓废、人生堕落的？换句话说，我们现行的体制机制到底在什么地方、出了什么故障，加剧了固化着人们的卑俗丑陋的基因？这个问题太高深太庞大，由于眼界和思维水平的限制，唐跃胜一下想不清楚，说不明白，但他从自身实践的经历中能找到一点端倪来。不是在科学坚固的法律基础上建立起来的体制机制，不仅落后、僵化、教条，而且如同玻璃人那样脆弱不堪一击，经不起碰撞，经不起摔打，有权有势的人轻易就能把貌似完整强大的政策规定、制度措施钻个洞，如同牛栏关猫，进出自如，林林总总的法律制度政策规定都形同虚设。这样的体制机制又每时每刻地培育着、塑造着官员的畸形心理，他们责任淡化，急功近利，贪污受贿，腐化堕落。同时，在这样的官场环境和运行模式中，会让一些投机钻营的人阴谋得逞，会让一些正直善良又可能有所作为的人遭到淘汰，会让一些有才华有见地的人受到压抑，会让一些庸俗的人得过且过。人是社会的产物，各级领导干部更是由法律、制度、规则、道德、民意等各种因素构建起来的产物。国家、社会和人民赋予他们最大的责任是担当，而实际上"担当"二字被一些领导干部污损了。有些领导干部所处的位置，所拥有的权力和资源，本可以大有作为地多做一些事情，把自己应该做的事情做得更好一些。但在干多干少一个样，干好干坏一个样，干与不干一个样，甚至越多干越不讨好的机制下，许多人选择平平淡淡、舒舒服服地工作和生活，从来不想冒什么风险，干什么创新开拓的事，他们不想改变什么，也改变不了什么，就那么被领导牵着鼻子走，被时势潮流推着往前爬，做一天和尚撞一天钟。自己不是也常常处于这种状态吗？唐跃胜扪心自问。

想到这里，唐跃胜如释重负地吁了口气，以前自己曾无数次地思考过这个问题，但从来没有深入到这个层面。他尝到了真正站在理性层面思考认识问题的乐趣与苦恼，他在找寻基因与机制相关联背后藏得更深的东西。当他把思想的矛头瞄向自我心灵的时候，便有了一种大彻大悟、豁然开朗的感觉。噢，原来最能让在官场上做官的人欢乐或痛苦的是责任。当你走入官场，拥有了权力，责任这个枷锁同时也套在了你的头上，焊在了你的肩上，如影随形地伴随着你。当你拥有权力的同时尽到了责任，你会获得满足与愉悦。而当权责不当、责任拖了权力的后腿，让权力蒙羞时，沮丧与痛苦就会袭来。看来研究思考领导干部做官经验教训的关键词不是权力，而是责任，或者叫担当。按照这个逻辑，从自己退居二线离开办公室的那一刻起，由于没有了权力,也就尽完了职责,到了这个时候不需要奋斗,自然就少了烦恼,生活变得轻松愉快、心安理得了。可是自己不能欺骗自己,在心灵的深处仿佛还存在一份责任和压力,虽然没有官职和权力,但本该与权力相连的责任并没有完全消失,这真是怪事。

唐跃胜打破砂锅问到底地破解着自己。在官场上我是船到码头车到站,可在整个人生的长河中我还没有走到尽头,还有很长的一段路。生活在人世间一天,就有一天要做的事情,尤其是自己立定主意要做的事,那是自己人生的期待,和权力地位没有关系,只和责任有瓜葛。责任与权力相匹配,责任也与人生息息相通。我要写《基因与机制》这本书,实际上等于现在的自己和将来的自己签了个契约,契约里有新的人生追求,也有与良心挂靠在一起的责任。在领导岗位时,自己要尽大的责任,收获的是大的快乐,现在已退下来,做点微不足道的小事,等于尽小的责任,尽管快乐小一些,但也是收获,这大概就是梁启超说过的"人生须知道有无责任的苦处,才能知道有尽责任的乐处"。唐跃胜自言自语地念叨着梁启超的话,要是这么想,自己现在的心理和行为就能得到合理的解释,这个场是能圆的。

唐跃胜思索问题时常用的面部表情动作,大都是紧锁眉头,而今天却不同,可能是心头锁被打开的缘故,脸上呈现出一缕轻松淡雅的笑。他为自己找到几十年神经衰弱的缘由而高兴,也为自己找到应当做好想做的事的根据而兴奋。他把孟子"君子有终身之忧"和曾子"任重而道远"的话用粗笔写在稿纸上,并画了着重号,认真琢磨着,仔细推敲着,这两句话所表现出来的不正是"鞠躬尽瘁,死而后已"的精神境界吗?唐跃胜已经领悟到,责任从一个做官的人身上离开大致有两种情形:一种是用主观意志把责任推掉,所谓无官一身轻,就是权力没有了,责任自然终止被卸掉,卸掉了权力的人自然就轻松自如了。另一种情形是,人虽然离开了官场,手中没有了权力,而责任并没有完全从生命里卸掉解除,责任是随着生命和精神的存在而存在的。人一生下来可能把所有事情都安排好了,要是真的把一辈子的命运都定下来,你是逃不掉的。如果说烦恼苦难是从责任那里生发出来的,那么只要把责任放在肩头,印在心头,烦恼和苦难就将伴随着人的一生,这是不想把责任彻底抛弃的人永远躲不过绕不开的。他的思绪沿着走过的人生路径往上追溯,果然看到了苦乐是围绕着对责任的态度而循环的。以前的苦恼与压抑,大都来自于对权力的热衷而对责任的躲避,现在的愉悦与快乐来自于虽然没有了权力又心甘情愿地把责任揽在身上。唐跃胜有生以来头一次为自己的发现而欣喜不已。

三个月的时光悄悄从唐跃胜的笔端溜走,千金难买的光阴换来近四万字的写作提纲。一直对他心存疑虑的李文漪,从厚厚一摞写得密密麻麻的稿子中,看到唐跃胜的不懈追求,看到他的意志和定力,也看到了他人生的辉煌。

一天早晨,李文漪收拾唐跃胜写字台卫生时,看到摆放得整整齐齐的文稿,坐下来仔细一瞅,是已经写成的后记。她忍不住喊了一嗓子:"哎,跃胜,你过来一下,我发现了个问题。"

唐跃胜听到喊声,忙不迭地走过来:"你发现什么问题了,一大早就亮嗓子,不能小声点!"

李文漪把他往写字台前拽了拽:"声音小了怕你听不见。我说啊,你怎么弄颠倒了,书的正文还没写怎么后记倒先出来了,这不是本末倒置吗?"

唐跃胜洋洋自得地嘿嘿一笑:"你说这个啊,这就是你和我之间不同的地方,或者叫差距。我本来想写序言,想想还是写后记好,实际上我是把后记当序言用了。那么先写后记的目的是,为了确定好全书的写作原则和前进方向,用一句形容词叫纲举目张,保证写作时不走歪道不跑偏。这个后记很重要,有时间你帮我看看,提点修改意见,做到精益求精。这个稿子我还要反复修改呢!"

李文漪推脱着:"咱可没有那个水平,要是说不好还不叫你笑话,你自己改吧,我只管后勤保障服务。"

吃了早饭的唐跃胜,又按时坐在写字台前,拿起笔来字斟句酌地修改《基因与机制》的后记,时不时地停下笔,目光也定了格:中华民族的真正兴盛强大,不仅是物质的丰富,经济实力的增强,还应是现代文明的崛起,而中国现代文明崛起的一个显著特点,是实现人的全面发展,意味着社会文明实现了从对人性的蔑视压抑,到对人性的尊重弘扬的转换。从一定意义上可以说,在中国实现现代化的本质是官员心态的改变和官场现代管理体制的建立。人们在观察认识官场这个特殊系统过程中,不要一叶障目,不能盲人摸象,而要多增加一些元素,多改变一些角度。在痛恨批判官场恶行丑态时,还要看到官场的正义与阳光,特别是对那些有这样那样情感纠结与心智障碍,而又责任未泯尽心竭力地做着事业的人,多一些关注、同情和理解,因为他们常常在无奈中挣扎。社会生活中的人们,需要发掘过往的记忆,对自己身边或者遥远的官员们,不要那么多的误解和偏见,以致产生漠视、鄙视和仇视。当我们从不同的视角全景式地审视官场的全貌,就能改变以往的那些偏见,建立起在共同信仰和价值理念基础上的良好官场生态,整个社会就会重塑民族精神,形成空前凝聚,汇成向现代化迈进的巨大力量。

唐跃胜眯缝着眼睛,玩味着、咀嚼着、消化着后记中的这段话,陡然间产生了从未有过的开朗与爽快,觉得自己正在摆脱苦闷与抑郁,走出心灵的雾障。